코끼리의
무덤은
없다

Leaving
time

코끼리의
무덤은
없다

조디 피코 장편소설
곽영미 옮김

현대문학

조안 콜리슨을 위해

진정한 친구는 비가 오든 눈이 오든,
진눈깨비가 내리든 우박이 떨어지든,
함께 먼 길을 걷는 사람이다.

일러두기

1. 본문 중 굵은 글씨는 저자가 강조한 것입니다.
2. 본문의 주는 모두 옮긴이 주입니다.

프롤로그

제나

예전에는 사람들이 코끼리 무덤이 있다고 믿었다. 병들거나 늙은 코끼리들이 찾아가서 죽는 곳이 있다고 말이다. 그들은 무리에서 슬그머니 벗어나 먼지 자욱한 풍경 속을 느릿느릿 걸어간다고 했다. 우리가 7학년 때 배우는 그리스 신화의 타이탄들처럼. 전설에 따르면 그 장소는 사우디아라비아에 있다고 했다. 초자연적인 힘의 원천이자 세계 평화를 가져다줄 마법의 책이 있는 곳이라고 했다.

그 무덤을 찾아 나선 탐험가들은 죽어가는 코끼리들을 몇 주씩 따라다니지만 사실은 원점회귀만 하고 있었다는 사실을 깨닫곤 했다. 어떤 이들은 그러다 영영 사라졌다. 어떤 이들은 자신들이 무엇을 보았는지 기억하지 못했고, 무덤을 찾았다고 주장하는 탐험가들 중에도 그곳의 위치를 다시 찾아내는 사람은 한 명도 없었다.

이유는 여기에 있다. 코끼리 무덤은 미신이기 때문이다.

사실, 연구자들이 인근에서 죽은 코끼리 무리를, 그것도 짧은 기간에 많은 코끼리들을 발견한 적은 있었다. 나의 엄마 앨리스였다면 대규모 매장지가 존재하는 데는 그만한 논리적인 이유가 있다고 말했을 것이다. 코끼리 집단이 식량이나 물 부족으로 갑자기 죽었다든가, 상아 밀렵꾼들에게 대량 살상을 당했다든가, 아프리카의 세찬 바람에 흩어져 있던 코끼리 뼈들이 날려 한 곳에 쌓였을 수도 있다고 말이다. 엄마라면 내게 이렇게 말했을 것이다. "제나, 네가 보는 모든 것에는 이유가 있단다."

코끼리들의 죽음과 관련해 우화가 아닌 냉철하고도 엄연한 과학적 정보가 많이 있다. 엄마가 있었다면 내게 말해줬을 텐데. 우리는 그늘이 드리워져 마우라가 좋아했던 커다란 참나무 아래 어깨를 맞대고 앉아 마우라가 코로 도토리를 집어서 던지는 모습을 구경했을 텐데. 엄마는 올림픽 심판처럼 점수를 매겼겠지. "8.5점…… 7.9점. 와우! 10점 만점."

나는 귀 기울여 들었을 것이다. 아니면 그냥 눈만 감고 있거나. 그것도 아니면 엄마의 살에 밴 방충제 냄새를 맡거나, 엄마가 멍하니 내 머리를 양 갈래로 땋아 초록 풀대로 끝을 묶어주는 대로 있었을 텐데.

어쩌면 나는 코끼리 무덤이 실제로 있기를 줄곧 바래왔는지도 모르겠다. 단지 코끼리를 위해서가 아니다. 그러면 엄마를 찾을 수 있을 테니까.

앨리스

아홉 살 때, 내가 자라서 과학자가 되기도 전이었던 그때 나는 내가 모든 걸 알고 있거나 적어도 모든 걸 알고 싶어 한다고 생각했다. 내 마음에는 그 둘이 다르지 않았다. 그 나이에 나는 동물에 빠져 있었다. 호랑이 무리는 줄무늬라고 부른다는 걸 알았다. 돌고래가 육식동물인 것도 알았다. 기린은 위가 네 개고 메뚜기는 다리 근육이 인간보다 천 배이상 힘이 세다는 사실도 알았다. 북극곰은 속살이 검은색이고 해파리는 뇌가 없다는 것도 알았다. 내가 이 모든 사실을 알게 된 것은 의붓아버지 같은 아저씨가 생일 선물로 준《타임라이프》월간 동물카드 덕분이었다. 아저씨는 그 1년 전 집을 떠나 샌프란시스코에서 절친인 프랭크와 살고 있었는데, 엄마는 내가 듣고 있지 않다고 생각해 그 친구를 '애인'이라고 불렀다.

새로운 카드는 매달 우편으로 왔다. 1977년 10월의 어느 날 이제까지 중 최고의 카드가 도착했다. 코끼리와 관련된 카드였다. 내가 왜 코끼리를 가장 좋아하는지는 알 길이 없다. 내 방에 정글 같은 까슬까슬한 초록색 카펫이 깔려 있고 코끼리 같은 동물들이 춤을 추고 있는 벽지가 붙어 있었기 때문인지 모른다. 아니면 걸음마를 배울 즈음 생애 처음 본 영화가 〈덤보〉여서인지도. 아니면 우리 엄마가 엄마의 엄마로부터 물려받은 모피 코트 안감이 코끼리들이 그려진 인도의 전통의상 사리였기 때문인지도.

《타임라이프》카드로 나는 코끼리들에 관한 기초 지식을 배웠다. 코끼리는 지구 상에서 가장 큰 육지동물로 간혹 무게가 6톤이 넘을 때도 있다. 일일 식사량은 150킬로그램이다. 육지동물들 중 임신 기간이 22개월로 가장 길다. 암컷 우두머리, 즉 보통 무리에서 가장 나이 많은 암코끼리의 지도 아래 무리 지어 산다. 우두머리는 무리가 날마다 어디로 가고, 언제 쉬고, 어디서 먹고, 어디서 물을 마셔야 하는지를 결정하는 코끼리다. 새끼들은 무리에 있는 모든 암코끼리의 보호를 받으며 자라지만, 수코끼리는 열세 살쯤 되면 무리를 떠난다. 혼자 돌아다니기를 좋아할 때도 있고, 수코끼리 집단에 들어가 다른 수컷들과 어울려 다닐 때도 있다.

그러나 이것은 **누구나** 아는 사실이었다. 나는 점점 빠져들어 더 깊이 파고들었고, 학교 도서관이며 선생님이며 책에서 알아낼 수 있는 모든 정보를 알아내려 애썼다. 그리하여 코끼리들도 햇볕에 타고, 그 때문에 등에 흙을 뿌리고 진창에서 구르곤 한다는 사실을 알게 되었다. 코끼리와 가장 가까운 동족은 기니피그처럼 생긴 털북숭이 바위너구리였다. 인간 아기가 위안을 얻으려고 엄지손가락을 빨듯이 코끼리 새끼도 이따금 코를 빤다는 사실도 알아냈다. 1916년에 테네시 주 어원에서는 메리라는 코끼리가 살인죄로 재판을 받고 교수형에 처해졌다는 사실도 알아냈다.

돌아보면 엄마는 코끼리 얘기를 지겨워했던 것 같다. 아마도 그래서 어느 토요일 아침 해가 뜨기도 전에 엄마가 날 깨워서는 모험을 떠날 거라고 말했는지도 모른다. 우리가 사는 코네티컷에는 동물원이 없었지만 매사추세츠 주 스프링필드에는 포레스트파크 동물원이 있었다. 그곳에는 살아 있는 진짜 코끼리가 있었는데, 우리가 그 코끼리를 보러 갈 거라고 했다.

그때 기분은 흥분했다는 말로도 부족하다. 나는 엄마에게 코끼리와 관련된 농담을 몇 시간이나 퍼부어댔다.

"아름다운 회색 코끼리가 유리 구두를 신고 있으면 뭐게?" "신데렐레펀트!"

"코끼리는 왜 주름이 많게?" "다리미판에 맞지가 않잖아."

"코끼리 등에서 어떻게 내리게?How do you get down from an elephant?" "못해. 털은 거위한테서 얻어야지."*

"코끼리들은 왜 코trunk가 있게?" "조수석 사물함이 있음 웃기잖아."**

동물원에 도착하자마자 나는 쏜살같이 달렸고 마침내 모가네타라는 코끼리 앞에 섰다.

내가 상상했던 모습과는 전혀 달랐다.

《타임라이프》 카드나 내가 공부했던 책에서 본 그런 위풍당당한 동물이 아니었다. 모가네타는 큼지막한 시멘트 바닥 한가운데 사슬에 묶여 있어 어느 쪽으로도 멀리 걸어갈 수가 없었다. 쇠고랑 때문에 뒷다

---

* down에는 '거위털'이라는 뜻도 있다.
** trunk에는 '자동차 짐칸'이라는 뜻도 있다.

리에는 멍이 들어 있었다. 한쪽 눈은 시력을 잃어가고 있었고, 나머지 눈으로도 나를 보려고 하지 않았다. 나는 감옥에 있는 그녀를 보러 온 또 한 명의 인간에 불과했다.

엄마도 모가네타의 상태에 충격을 받았다. 엄마가 사육사를 불러 물어보자, 그의 말이 모가네타도 왕년에는 가두행진도 하고 인근의 한 학교에서 대학생들과 줄다리기 같은 묘기도 부렸지만 나이 들어서는 종잡을 수 없이 난폭해졌다고 했다. 관람객들이 우리 가까이에만 와도 코로 후려갈기려 들었다고 했다. 어떤 사육사는 손목이 부러지기도 했단다.

나는 울기 시작했다.

엄마는 나를 차에 도로 밀어 넣고 집까지 네 시간을 달렸다. 우리가 동물원에 있었던 시간은 고작 10분이었다.

"우리가 도울 순 없어?" 내가 물었다.

그 일로 나는 아홉 살 나이에 코끼리 변호인이 되었다. 도서관을 둘러본 후 우리 집 식탁에 앉아 매사추세츠 주 스프링필드 시장에게 모가네타에게 더 넓은 공간과 더 많은 자유를 주면 좋겠다고 편지를 썼다.

시장은 내게 답장을 하지 않았다. 대신 《보스턴글로브》에 응답을 보냈고, 신문사가 그 기사를 내자 한 기자가 모가네타를 그 동물원에서 훨씬 더 넓은 버팔로 구역으로 옮겨갈 수 있도록 시장을 설득한 아홉 살 소녀에 관한 이야기를 썼다. 나는 초등학교 조례에서 특별 시민상을 받았다. 개장일에는 동물원에 초대받아 시장과 함께 붉은 리본을 자르기도 했다. 모가네타가 우리 일행 뒤에서 어슬렁거리고 있을 때 카메라 플래시가 터져 나는 눈이 부셨다. 이번에는 모가네타가 선한 눈으로 나를 보았다. 하지만 그녀가 여전히 불행하다는 걸, 나는 **알았다.** 그냥 알았다. 모가네타에게 일어났던 일들, 사슬과 쇠고랑, 우리와 채찍질, 어쩌면 아프리카의 초원에서 끌려오던 순간의 기억까지 그 모든 것이 이 버팔로 구역에도 여전히 있었고, 그 사실이 모든 여유 공간을 지워 버렸다.

참고로 말하면 다이마로 시장은 모가네타의 삶을 개선해주려고 부단히 애썼다. 1979년에 포레스트파크의 북극곰이 죽으면서 그쪽 시설이 문을 닫자 모가네타는 로스앤젤레스 동물원으로 옮겨졌다. 그녀의 집은 훨씬 커졌다. 연못과 장난감, 그녀보다 나이 많은 코끼리도 두 마리 있었다.

지금 알고 있는 걸 그때도 알았더라면 코끼리들이 서로 붙어 있다는 이유만으로 우정을 쌓지는 않는다는 사실을 시장에게 말해줄 수 있었을 텐데. 코끼리들의 성격도 인간들만큼 독특한데, 모르는 사람 두 명이 친한 친구가 될 거라고 쉽게 가정하지 않듯이 코끼리들 또한 둘밖에 없다고 해서 유대감이 형성될 거라고 가정해서는 안 된다. 모가네타는 우울의 수렁으로 계속 빠져들어 살이 빠지고 쇠약해졌다. LA로 간 지 대략 1년 만에 그녀는 코끼리 구역 연못 바닥에서 죽은 채로 발견되었다.

이 이야기의 교훈은 당신이 이따금 세상에 큰 변화를 가져올 만한 시도를 할 수는 있지만, 그것은 결국 체로 물길을 막으려는 노력과 비슷하다는 것이다.

이 이야기의 교훈은 우리가 아무리 노력하고 아무리 원해도…… 어떤 이야기는 해피엔딩이 아니라는 것이다.

내 영웅적인 모습을 어떻게 설명하지? 나는 느껴
개구쟁이 소년 때문에 내 몸이 부풀어 오른 걸.

한때 나는 덩치가 송골매만 했고, 사자만 했고,
한때 나는 지금 같은 코끼리가 아니었어.

피부는 축 늘어지고. 주인은 묘기를 망쳤다고 날
혼내. 밤새 천막에서 얼마나 연습을 했던지, 나는

조금 졸렸어. 사람들은 날 슬픔과 연관 짓지,
대개는 순리적이라고 하고. 시인 랜달 자렐은 날

미국 시인 윌리스 스티븐스에 비유했어. 하긴
육중한 3행 연구를 보면 그렇기도 하지만, 내 생각에

난 유럽인이자 문명인인 엘리엇을 더
닮았어. 지나치게 격식을 따지는 사람은 신경쇠약을

겪어. 난 아슬아슬한 공연은 별로야.
균형 잡기, 줄타기 곡예, 왼뺄 표지판 돌기.

우리 코끼리들은 겸손의 대명사야. 우리가
죽으려고 그 서글픈 여정에 나설 때가 그래.

하지만 그거 알아, 코끼리들이 발굽으로
그리스 문자 쓰는 법을 배웠다는 것을?

고통에 지쳐, 우리는 거대한 등을 대고 누워,
풀을 하늘 높이 던져―기도가 아닌 기분전환으로.

긴긴 여정의 끝에 그러고 있는 건 겸손해서가 아니야.
꾸물거리는 거야. 누워 있어도 내 육중한 몸은 아프거든.

댄 치아슨 「코끼리」

1부

제나

기억에 관한 한 나는 전문가 못지않다. 고작 열세 살이지만 내 나잇 대 아이들이 패션 잡지를 섭렵하듯 기억을 연구해왔으니까. 누구나 세 상에 대해 가지고 있는 기억이 있다. 난로는 뜨겁다든가 겨울에 밖을 나설 때 신발을 신지 않으면 동상에 걸린다든가 하는 기억 말이다. 오 감에서 얻은 기억도 있다. 해를 쳐다볼 때 눈을 가늘게 뜨게 된다거나 벌레는 도무지 맛있는 간식이 못 된다는 사실 같은 것. 역사 시간에 우 주의 거대한 계획으로 볼 때 중요하다고 배워서(아니면 그렇다고 들어 서) 기말고사 때 토해내는 날짜들도 있다. 남들에게는 아니지만 자신한 테만큼은 중요한, 자신의 인생 그래프에서 높은 곳을 점하는 사사로운 기억들도 있다. 지난해에 학교 과학 선생님이 내게 기억에 관한 개별 연구를 해보라고 허락해주었다. 대부분의 선생님이 내게 개별 연구를 허락해주었는데, 내가 수업을 지루해하는 탓도 있지만 내가 선생님들보다 더 많이 알고 있는 것이 약간 무서운 데다 그 사실을 인정하고 싶지 않기 때문이라는 것이 솔직한 내 생각이다.

내 첫 번째 기억은 플래시가 팡 터질 때 찍힌 사진처럼 모서리 부위가 하얗다. 엄마는 솜사탕을 들고 있다. 손가락을 입술에 갖다 댄다. "이건 우리끼리 비밀이야." 그러곤 솜사탕을 아주 조금 떼어낸다. 엄마가 손가락을 내 입술에 대자 솜사탕이 사르르 녹는다. 내 혀는 엄마의 손가락을 감고서 쪽쪽 빤다. "이스위디Iswidi." 엄마가 내게 말한다. "달콤하지." 내가 늘 먹는 우유가 아니다. 내가 아는 맛은 아니지만 맛있다. 엄마는 몸을 숙여 내 이마에 입을 맞춘다. "우스위디Uswidi." 엄마가 말한다. "예쁜 아가."

내가 아홉 달이 채 되지 않은 무렵일 것이다.

아이들의 첫 기억이 두 살에서 다섯 살 사이 어디쯤인 것으로 볼 때 이 기억은 정말이지 놀랍다. 아기들이 기억상실증 환자라는 뜻은 아니다. 아기들도 말을 배우기 전의 기억을 가지고 있지만 묘하게도 말을 하기 시작하면 그 기억에 접근하지 못한다. 내가 솜사탕 사건을 기억하는 이유는 엄마가 코사족* 말을 썼기 때문일지 모른다. 코사어는 우리말이 아니라 엄마가 남아프리카에서 박사 학위 공부를 하고 있을 때 주워들은 말이었다. 내가 이 무작위 기억을 가지고 있는 다른 이유는 내 뇌가 일으킨 절충 탓일지 모른다. 왜냐하면 나는 내가 절실히 기억하고 싶은 일은 오히려 기억하지 **못하기** 때문이다. 바로 엄마가 사라진 날 밤의 기억이다.

엄마는 과학자였고 한동안 기억을 연구했다. 외상 후 스트레스와 코

* 남아프리카공화국의 한 부족.

끼리에 관한 연구 일부였다. 코끼리는 절대 잊지 않는다는 옛 속담을 혹시 아는가? 흠, 이것은 사실이다. 증거를 원한다면 엄마의 자료를 보여줄 수도 있다. 말장난이 아니라 나는 그 자료를 몽땅 외우고 있다. 엄마가 공식적으로 발표한 연구 결과에 따르면 기억은 강렬한 감정과 연결돼 있고, 부정적인 기억은 뇌 벽에 유성 펜으로 휘갈겨 쓴 낙서와 비슷하다. 그러나 부정적인 사건과 트라우마는 종이 한 장 차이다. 부정적인 사건은 기억에 남는다. 트라우마는 잊히거나 알아볼 수 없을 정도로 심하게 왜곡되거나, 아니면 내가 그날 밤 일에 집중하려고 할 때처럼 머릿속이 하얗게 비면서 **아무것도** 기억나지 않는다.

내가 아는 사실은 이렇다.

1. 나는 세 살이었다.

2. 엄마는 코끼리 보호소에서 의식불명으로 발견되었고, 남쪽으로 1킬로미터쯤 떨어진 곳에 시신 한 구가 있었다. 경찰 보고서에 있는 내용이었다. 엄마는 병원으로 이송되었다.

3. 경찰 보고서에는 나에 대한 언급이 없다. 나중에 할머니가 나를 할머니 집으로 데리고 왔다. 아빠는 죽은 코끼리 사육사와 의식을 잃고 쓰러진 아내의 일을 처리하느라 정신이 없었기 때문이다.

4. 동이 트기 전 엄마는 의식을 되찾았고 병원 직원들 눈에 띄지 않고 병원에서 사라졌다.

5. 나는 두 번 다시 엄마를 보지 못했다.

내 삶은 엄마가 실종되던 순간에 연결된 두 대의 기차 같다는 생각이 들곤 한다. 그러나 두 기차가 어떻게 이어져 있는지 보려고 들면 선로가 덜커덕거려 머리가 뒤로 홱 빠진다. 나는 엄마가 코끼리들에 대해 열심히 기록을 하고 있을 때 그 옆에서 불그스름한 금발을 휘날리며 철없이 야생마처럼 뛰어다니던 아이였다. 지금은 나이에 비해 너무 진지하고 날 위한 일에는 머리가 획획 잘 돌아가는 아이이다. 그러나 과학적 통계에는 누구보다 강한 반면 워널로*가 인기 있는 새 상표가 아니라 웹사이트라는 사실 같은 생활 정보에는 형편없이 무지하다. 8학년이 청소년의 사회적 위계를 보여주는 소우주라고 한다면(엄마에게는 확실히 그렇게 보였을 것이다) 보츠와나 툴리 구역에 사는 코끼리 50마리의 이름을 열거할 줄 아는 것과 원디렉션**의 멤버들 얼굴을 알아보는 것이 어디 비교가 되겠는가.

내가 엄마 없는 아이라서 학교에 맞지 않는다는 얘기가 아니다. 부모를 잃은 아이들이나 부모에 대해 이야기하지 않는 아이들, 혹은 엄마 아빠가 새로운 배우자와 의붓자식들과 함께 살고 있는 아이들은 많이 있다. 그런데도 나는 학교에 친구가 없다. 점심시간에 내가 한쪽 구석에서 할머니가 싸준 도시락을 먹고 있는 동안 멋쟁이 여자애들은 자기들끼리 아이시클즈***라고 부르며 나중에 커서 OPI****에서 일하면서 매니큐어 색을 '마젠트 레멘은 금발을 좋아해'나 '푸크시아 굿맨'***** 등으로 유명 영화 제목을 본 따서 짓겠다는 둥 하는 수다를 떤다. 아마도 한두 번은 그런 대화에 끼어보려 했을 테지만 그때마다 아이

---

* Wanelo. Want, Need, Love를 합성한 이름으로 사용자와 연결된 다른 지인들이 구매하는 상품이나 희망 목록에 대한 정보를 참고해 쇼핑을 할 수 있도록 한 소셜 쇼핑앱.
** 영국의 남성 아이돌 그룹.
*** The Icicles. 미국 미시건 주 그랜드래피즈 출신의 인디팝 밴드.
**** 네일 용품 전문 브랜드.
***** 〈신사는 금발을 좋아해Gentlemen prefer blonds〉, 〈어 퓨 굿맨A few good man〉을 패러디한 것이다.

22

들은 나한테서 이상한 냄새가 나기라도 하는 양 날 보며 작은 들창코를 찡그리고는 하던 얘기로 돌아갔다. 그딴 무시를 당해도 나는 충격을 받거나 하지 않는다. 내게는 더 중요한 일들이 있다고 생각되기 때문이다.

엄마의 실종 이후의 기억도 고르지 않기는 마찬가지다. 할머니 집에다 큰 여자애 침대(내 첫 침대다)가 있던 내 새 방에 대해서는 말할 수 있다. 침대 옆 탁자에는 작은 바구니가 놓여 있었고, 바구니 속에는 커피 메이커도 보이지 않는데 무슨 이유에서인지 분홍 봉지에 든 스위튼로*가 수북이 있었다. 밤이면 나는 숫자를 셀 줄 알기 전부터 그것들이 아직 있나 확인하려고 바구니 속을 들여다보았다. 지금도 그런다.

아빠를 처음 면회 간 날에 대해서도 말할 수 있다. 하트윅 하우스 복도는 암모니아 냄새와 지린내가 났다. 할머니는 내게 아빠와 얘기를 좀 하라고 부추겼지만 나는 침대 위에 걸터앉아 알아는 보겠지만 전혀 모르겠는 사람과 너무 가까이 있다는 생각에 떨리기만 했다. 아빠는 말도 없고 미동도 없었다. 그런 아빠의 눈에서 지극히 자연스러운 현상인 양 여름에 차가운 탄산음료 캔에 작은 물방울이 송송 돋듯 눈물이 새어 나왔다.

내가 꾼 악몽들도 기억한다. 사실은 악몽이 아니었지만 어쨌든 나는 마우라의 시끄러운 뿌뿌 소리에 깊은 잠에서 깨곤 했다. 할머니가 내 방으로 달려와 그 암코끼리는 여기서 수백 킬로미터 떨어진 테네시 주의 새 보호소에 살고 있다고 설명해주는데도 나는 마우라가 내게 무슨 말인가를 하려고 했고, 내가 엄마만큼 코끼리의 언어를 잘할 줄 알았

---

* Sweet'N Low. 설탕 대신 쓰는 인공 감미료.

다면 이해했을 거라는 느낌이 가시지 않았다.

내게 남은 엄마의 유품은 엄마의 연구 기록뿐이다. 엄마의 일지는 닳도록 읽고 있는데, 일지에 적힌 말들이 언젠가 종이 위에 재배열되어 엄마가 있는 곳을 알려줄 거라 믿기 때문이다. 엄마는 비록 내 곁에 없었지만 좋은 과학은 가설에서 시작된다는 것을 가르쳐주었다. 가설은 예감을 고급스럽게 포장한 말일 뿐이다. 내 예감은 이렇다. 엄마는 절대 자진해서 날 떠나지 않았을 것이다.

내가 그렇게 믿는다면 이제부터 그 예감을 증명하면 된다.

잠에서 깨니 거티가 커다란 덮개처럼 내 발 위에 엎어져 있다. 꿈속에서 제 눈에만 보이는 뭔가를 쫓고 있는지 몸을 씰룩거린다.

나는 **그게** 어떤 느낌인지 안다.

거티를 깨우지 않고 일어나려고 했건만 거티가 벌떡 일어나더니 닫힌 방문을 보고 컹컹 짖는다.

"진정해." 나는 털이 복슬복슬한 거티의 목덜미에 손가락을 찔러 넣으면서 말한다. 거티는 내 뺨을 핥으면서도 진정을 못 한다. 문 저편에 뭐가 보이기라도 하는지 방문만 뚫어지게 응시한다.

오늘을 위해 내가 세운 계획을 생각하니 거티의 행동이 무척 아이러니하다.

거티는 침대에서 뛰어내려 꼬리로 벽을 탕탕 친다. 나는 문을 열어 녀석이 재빨리 나가게 해주었는데, 아래층에 가면 할머니가 녀석을 내보내주고 먹이도 준 뒤 내 아침을 준비할 것이다.

거티는 나보다 1년 늦게 할머니 집에 왔다. 그 전에는 보호소에 살았고 시라라는 코끼리와 가장 친하게 지냈다. 거티는 날마다 시라 곁에 붙어 있었다. 거티가 아프면 시라는 코로 녀석을 부드럽게 어루만져 주며 보초까지 섰다. 개와 코끼리의 우정이 처음 있는 일은 아니었지만, 이들의 이야기는 어린이 책과 뉴스에도 등장할 만큼 전설적이었다. 한 유명 사진작가는 믿기 어려운 동물들의 우정을 찍어 달력을 만들었는데, 거티는 7월의 아가씨였다. 그러다 보호소가 문을 닫고 시라가 어딘가로 보내진 후 거티도 나처럼 버려졌다. 거티가 어떻게 됐는지는 몇 달 동안 아무도 몰랐다. 그러던 어느 날 할머니가 초인종 소리를 듣고 나가보니 동물 구조대원이 동네에서 발견했다며 혹시 이 개를 아느냐고 묻더란다. 거티는 그때까지도 제 이름이 수놓아져 있는 목걸이를 차고 있었다. 비쩍 마르고 벼룩이 들끓을 것 같았지만 녀석은 날 보더니 얼굴을 핥기 시작했다. 할머니는 내가 적응하는 데 도움이 되겠다고 생각해 거티를 머물게 해주었다.

이 대목에서 솔직히 말하면, 그 일은 효과가 없었다. 나는 늘 혼자 있기를 좋아했고, 이 집에도 소속감을 느껴본 적이 없었다. 제인 오스틴을 읽는 여성 독자들처럼 나도 미스터 다아시*가 현관에 나타나주기를 병적으로 갈구하는 사람이다. 아니면 야구장이나 공원 벤치에서도 쉽게 볼 수 있는, 전장에서 서로를 향해 으르렁거리는 남북전쟁 재연 배우들 같다고나 할까. 나는 모든 벽이 역사로 만들어져 있다는 점만 다를 뿐 상아탑에 갇힌 공주이고, 이 감옥을 세운 사람은 바로 나다.

잠깐이었지만 학교에서 마음이 조금 통하는 친구가 **한 명** 있었다. 채텀 클라크는 내가 처음으로 엄마에 관한 이야기와 엄마를 찾는 방법에 대해 털어놓은 아이였다. 채텀은 엄마가 마약 중독으로 감옥살이를

---

* Mr. Darcy. 제인 오스틴의 소설 『오만과 편견』에 등장하는 인물로 영국 여성들의 꿈속의 왕자로 통한다.

하고 있어 이모와 살고 있었다. 아버지는 만나본 적이 없다고 했다. "엄마가 그렇게까지 보고 싶다니, 훌륭하다야." 채텀이 내게 했던 말이다. 그게 무슨 소리냐고 묻자 그 친구는 이모에게 이끌려 엄마가 복역 중이던 감옥에 갔던 일을 들려주었다. 자기 엄마는 주름 장식이 많은 치마에 투명 거울 같은 검정 구두를 신고 있었다고 했다. 그러나 낯빛은 죽은 송장처럼 창백하고 두 눈은 흐리멍덩하고 이는 필로폰 때문에 썩어빠졌더란다. 그런 엄마가 자기한테 너를 안아줄 수 있으면 얼마나 좋을까라고 말했지만 정작 자신은 둘 사이에 플라스틱 벽이 가로놓여 있어 얼마나 기뻤는지 몰랐다고 했다. 그 뒤로는 두 번 다시 면회를 가지 않았다고 했다.

채텀은 여러모로 유용한 친구였다. 내 첫 브래지어도 그 애가 데리고 가서 사주었다. 할머니는 내 절벽 가슴을 보호해줄 생각도 하지 않는 데다 (채텀의 말대로) 열 살이 넘으면 학교 탈의실에서 옷을 갈아입을 때 나 같은 애들은 놀림감이 되기 십상이기 때문이었다. 채텀은 영어 시간에 쪽지를 건네기도 했는데, 선탠 크림을 얼마나 발랐는지 고양이 냄새가 나는 영어 선생을 막대처럼 그려놓은 엉성한 그림들이었다. 복도를 걸을 때는 나와 팔짱을 끼고 다녔다. 야생동물 학자들이라면 적대적인 환경에서 살아남는 문제와 관련해 한 명보다는 두 명이 훨씬 안전하다고 말해줄 것이다.

어느 날 아침 채텀이 학교를 오지 않았다. 그 애 집에 전화를 걸었지만 아무도 받지 않았다. 자전거를 타고 그 애 집에 가보니 〈팝니다〉라는 표지판만 걸려 있었다. 엄마의 실종으로 내가 이런 문제에 얼마나 기겁하는지 누구보다 잘 아는 친구였기에 그 애가 말도 없이 떠났다는 게 믿기지가 않았다. 일주일이 흐르고, 2주일이 흘러도 그 애를 납득

할 수가 없었다. 나는 원래 그런 애가 아닌데 숙제도 자꾸 빼먹고 시험 성적도 떨어지자 학교 상담실에 불려가게 되었다. 슈가맨 선생은 천년 묵은 여우 같았다. 상담실에 꼭두각시 인형까지 두고 있어 정신적 외상이 너무 심해 '질'이라는 말조차 할 수 없는 아이들도 펀치와 주디 인형극*으로 자신들이 부적절한 접촉을 당한 부위를 보여줄 수 있었다. 아무리 그래도 슈가맨 선생이 깨진 우정은 말할 것도 없고 종이봉투에서 뭘 꺼내듯 쉽게 날 이끌어줄 수 있을 것 같지는 않았다. 그 선생이 내게 채텀한테 무슨 일이 있었다고 생각하냐고 물었을 때 나는 "휴거라도 당했나 보죠"라고 말했다. 날 버리고 갔다고도.

처음이 아니었을 거라고.

슈가맨 선생은 다시는 날 상담실로 부르지 않았다. 전에는 내가 학교에서 괴짜로 통했다면 지금은 그보다 훨씬 심한 완전히 정신 나간 애가 되었다.

할머니는 채텀이 사라진 것에 적잖이 당황했다. 저녁 식탁에서 물었다. "너한테 말도 없이? 너는 친구한테 절대 그러지 마라." 채텀이 내 공범으로 있는 동안에도 나는 이런 일을 예상하고 있었다는 사실을 할머니에게는 설명할 길이 없었다. 버림받은 경험이 있는 사람은 그런 일이 또 일어날 거라고 예상한다. 그래서 그 사람이 당신한테 중요한 존재가 되기 전에 가까워지는 걸 멈춘다. 그래야만 그 사람이 당신의 세계를 이탈해도 아무렇지 않을 수 있기 때문이다. 열세 살 소녀가 하는 얘기 치고는 믿기 힘들 만큼 우울한 소리로 들리겠지만 **당신도** 예외일 수 없다는 사실을 받아들여야 할 것이다.

---

* 줄에 매단 인형을 이용하여 아내인 주디와 늘 싸우는 곱추에 매부리코인 어릿광대 펀치 이야기를 들려주는 영국의 전통 아동극.

내 미래는 바꿀 수 없을지 모르나 내 과거는 무슨 일이 있어도 알아낼 것이다.

그래서 내가 아침마다 치르는 의식이 있다. 누구는 커피를 마시고 신문을 읽고 누구는 페이스북을 확인한다. 또 누구는 머리를 펴서 말리고 윗몸 일으키기를 백 번쯤 한다. 내 경우에는, 옷을 갈아입고 컴퓨터 앞에 앉는다. 인터넷 검색으로, 주로 실종자와 신원 미상자를 올려놓는 사법부 공식 사이트에서 많은 시간을 보낸다. 검시관들이 사망한 여성에 대해 새로운 정보를 올려놓은 것은 없는지 신원 미상 데이터베이스부터 확인한다. 다음에는 연고자가 나타나지 않는 사람들 데이터베이스에 들어가서 죽었지만 가까운 친척이 없는 사람들의 목록을 훑는다. 마지막으로 실종자 데이터베이스에 접속해 우리 엄마의 항목으로 곧장 들어간다.

상태: 실종

이름: 앨리스

중간이름: 킹스턴

성: 메트캐프

별명/가명: 없음

실종 날짜: 2004년 7월 16일 밤 11시 45분

실종 당시 나이: 36세

현재 나이: 46세

인종: 백인

성별: 여성

신장: 약 163cm

몸무게 : 약 56kg

주 : 뉴햄프셔

상황 : 앨리스 메트캐프는 뉴햄프셔 코끼리 보호소에서 일한 박물학자이자 연구원이었다. 2004년 7월 16일 밤 10시경 의식불명으로 발견되었다. 그곳에서 남쪽으로 1킬로미터쯤 떨어진 곳에 코끼리에게 짓밟힌 보호소 여성 직원의 시신이 있었다. 뉴햄프셔 분 하이츠에 있는 머시 유나이티드 병원으로 이송된 후 앨리스는 밤 11시경 의식을 되찾았다. 그녀를 마지막으로 본 사람은 밤 11시 45분에 그녀의 장기를 점검한 간호사였다.

이 신상명세는 바뀐 적이 없다. 이 글을 쓴 사람이 바로 나이기 때문이다.

다음 페이지에는 엄마의 머리색(빨강)과 눈동자 색(초록), 흉터나 기형이나 문신이나 의족처럼 엄마를 확인할 수 있는 것(전혀 없다)에 대해 적혀 있다. 엄마가 실종됐을 당시 입고 있던 옷을 기입하는 페이지도 있지만 몰라서 공백으로 남겨두어야 했다. 엄마가 이용했을 만한 교통수단과 치과 기록과 DNA 샘플에 관한 페이지도 모두 비어 있다. 엄마의 사진도 한 장 있는데, 엄마가 코끼리 마우라 앞에서 나를 품에 안고 있는 사진이다. 할머니가 다락에 숨겨놓지 않은 유일한 사진을 스캔해서 올린 것이다.

경찰 접촉에 관한 페이지도 있다. 그들 중 한 명인 도니 보이랜은 퇴직을 한 뒤 플로리다로 이사를 갔고 알츠하이머병에 걸려 있다(구글에서 알아낼 수 있는 정보는 정말이지 놀랍다). 다른 한 명인 버질 스탠호프는 2004년 10월 13일 진급식에서 형사로 승진했다는 사실이 경찰 소식지에 마지막으로 실려 있었다. 인터넷 추적으로 그가 지금은 분 경찰서에서 일하고 있지 않다는 사실을 알아냈다. 그건 둘째 치고 그는 지구 상에서 아예 자취를 감춘 듯하다.

이런 일은 생각보다 드물지 않다.

텔레비전도 크게 틀어놓고 주전자도 불에 올려두고 장난감도 마루에 어지러이 널브려 놓은 채 집을 버려두고 가는 가족들도 있다. 텅 빈 주차장이나 근처 연못에 승합차는 있지만 시신은 전혀 발견되지 않는 가족들도 있다. 술집에서 만난 남자들한테 냅킨에 전화번호까지 적어주고는 행방불명이 된 여대생들도 있다. 숲으로 들어간 뒤로 종적이 묘연한 할아버지들도 있다. 요람에서 잘 자라는 입맞춤을 받고 다음날 아침 사라진 아기들도 있다. 장 볼 목록을 들고 차에 오른 뒤 스톱 앤 숍에 갔다가 집으로 돌아오지 않는 엄마들도 있다.

"제나!" 할머니 목소리가 나를 방해한다. "식당 문 닫을 시간이다!"

나는 컴퓨터를 끄고 방을 나가려고 한다. 다시 생각해보고는 속옷 서랍에 손을 넣어 안쪽에서 은은한 파란색 스카프를 꺼낸다. 짧은 청바지와 민소매 티셔츠와는 전혀 어울리지 않는 스카프지만 목걸이처럼 목에 두르고 아래층으로 후다닥 내려가 조리대 의자에 걸터앉는다.

"네 시중드는 것 말고 다른 일을 찾아보는 게 더 나을 것 같구나." 할머니는 나를 등진 채 프라이팬에 있는 팬케이크를 뒤집으며 말한다.

할머니는 TV에 등장하는, 꼭 껴안고 싶은 백발의 천사 같은 노인이 아니다. 주차 관리 사무소에서 주차 단속 요원으로 일하는데, 할머니가 웃는 모습을 본 횟수가 다섯 손가락 안에 들 정도다.

나는 할머니에게 엄마 얘기를 할 수 있으면 좋겠다. 내가 모르는 모든 기억을 할머니는 가지고 있으니까. 할머니는 엄마와 18년을 함께 살았지만 나는 고작 3년밖에 못 살았다. 할머니가 내 감정을 작은 상자

속에 봉인해두라고만 하지 말고 내가 어렸을 때 실종된 엄마의 사진들을 보여주거나 엄마 생일 때 케이크를 구워주는 그런 분이면 좋겠다.

오해하지 말아 달라. 나는 할머니를 사랑한다. 할머니는 학교 합창회 때 와서 내가 부르는 노래를 들어주고, 내가 고기를 좋아하는데도 내 건강을 위해 야채 요리를 만들어준다. 19금 영화도 보여주는데 (할머니 말씀이) 쉬는 시간에 학교 복도에서 펼쳐질 법한 광경이 다 들어 있기 때문이란다. 나는 할머니를 사랑한다. 다만 엄마가 아닐 뿐이다.

내가 오늘 할머니에게 한 거짓말은 좋아하는 선생님, 7학년 수학을 가르치는 앨런 선생님의 아들을 봐주기로 했다는 것이다. 그 아이의 이름은 카터지만, 출산 반대를 외치고 싶게 만드는 아이여서 나는 '산아제한'이라고 부른다. 이렇게까지 호감이 가지 않는 아이는 처음이다. 머리는 엄청 크고, 날 보는 눈빛이 꼭 내 마음을 읽고 있는 것만 같다.

할머니는 팬케이크를 주걱 위에 반듯이 올려 빙빙 돌리다 내 목에 걸린 스카프를 보고는 얼굴이 굳어진다. 스카프가 어울리지 않는 것도 사실이지만, 할머니의 입이 굳게 다물어진 이유는 그 때문이 아니다. 할머니는 무언의 판결처럼 고개를 가로젓고는 주걱으로 내 접시를 탁 치고서 음식을 올려놓는다.

"액세서리가 달고 싶어서요." 나는 거짓말을 한다.

할머니는 엄마에 대해 이야기하지 않는다. 엄마가 사라져서 마음이 허전하다고 하면 불같이 화를 낸다. 할머니는 정말로 그런지는 알 수 없지만 엄마가 떠난 사실도 용서하지 못하고, 죽어서 돌아올 수 없을 거라는 사실도 받아들이지 못한다.

"카터 말이냐? 가지처럼 생겼다는 애?" 할머니는 대화의 방향을 다른 쪽으로 한 겹 벗겨내며 말한다.

"다 그런 건 아니고, 이마만 그래요." 나는 꼬집어 짚어주었다. "지난 번에 갔을 때는 내리 세 시간을 빽빽거리는 거 있죠."

"귀마개라도 가져가렴." 할머니가 제안한다. "저녁때는 올 거니?"

"잘 모르겠어요. 하지만 나중에 봐요."

할머니가 나갈 때도 나는 이 말을 꼭 한다. 우리 두 사람이 듣고 싶어 하는 말이어서 꼭 한다. 할머니는 프라이팬을 개수대에 넣고 지갑을 집어 든다. "나가기 전에 거티도 잊지 말고 내보내주고." 할머니는 이렇게 당부하고서 내 옆을 지나치며 나인지 엄마의 스카프인지를 보지 않으려 신경 쓴다.

나는 열한 살 때부터 적극적으로 엄마를 찾기 시작했다. 그 전에도 엄마가 그리웠지만 무엇을 해야 할지 몰랐다. 할머니는 찾고 싶어 하지 않았고, 내가 아는 한 아빠라는 사람은 엄마가 실종됐을 당시 긴장성 분열증으로 정신병원에 있었기 때문에 그 얘기를 한 번도 한 적이 없었다. 내가 몇 번인가 아빠를 채근해봤지만, 그러면 대개 새로운 파국이 촉발돼 나도 더는 꺼내지 않았다.

그러던 어느 날 치과에 갔다가 《피플》 잡지에서 자기 엄마의 미결 살인 사건 수사를 재개시켜 살인범이 재판에 부쳐진 열여섯 살 소년에 관한 기사를 읽었다. 나는 돈도 없고 수완도 없는 내가 의지만 가지고 무엇을 만회할 수 있을지 생각하기 시작했고, 그날 오후 노력을 해보기로 결심했다. 막다른 길일 수도 있었지만 우리 엄마를 찾는 데 성공한 사람이 없는 것도 사실이었다. 또 한편으로 나만큼 열심히 찾아본 사람도 없었다.

내가 접촉한 사람들은 대개가 내 말을 묵살하거나 날 동정했다. 분 경찰서는 지원을 거절했다. 첫째는 내가 후견인 동의 없이 일하는 미성년자라는 이유에서였다. 둘째는 10년이 지났으면 엄마의 흔적이 화석이 되었을 거라는 이유에서였다. 셋째는 그들이 믿는 한 관련 사건은 사고사로 해결되었기 때문이다. 물론 뉴잉글랜드 코끼리 보호소는 완전히 해체됐고, 죽은 사육사에게 무슨 일이 있었는지 내게 말해줄 수 있는 단 한 사람, 다시 말해, 우리 아빠는 자신에게 정신분열을 일으킨 그 사건의 자초지종은 말할 것도 없고 자기 이름이나 무슨 요일인지도 정확하게 댈 수 없었다.

그래서 나는 독자적으로 일을 추진하기로 했다. 사립탐정을 써보려 했지만 그들도 변호사들처럼 무보수로 일하지는 않는다는 사실을 알게 되었다. 흥미라도 보일 만한 사람을 구하려면 이번 여름이 끝날 때까지 충분한 돈을 모아야겠다는 생각으로 선생님들의 아이들을 봐주기 시작한 때가 이때였다. 그 다음에는 나 자신이 최고의 수사관이 되는 과정에 들어갔다.

실종자를 찾는 거의 모든 온라인 검색 엔진은 돈이 들고 신용카드를 요구했지만 나는 둘 다 없었다. 그러나 어느 교회 바자회에서 『사립탐정이 되고 싶습니까?』라는 입문서를 용케 입수해 며칠 동안 한 장에 실린 정보를 달달 외웠다. 「실종된 사람들 찾기」였다.

그 책에 따르면 실종자들은 세 부류로 나뉜다.

1. 실제로는 실종되지 않고 당신이 없는 생활과 친구를 가진 사람들. 당신과 연락이 끊긴 옛 남자친구라든가 대학 룸메이트가 이 범주에 속한다.
2. 실제로는 실종되지 않았지만 찾아주길 원치 않는 사람들. 자녀의

양육비를 대지 않는 아빠들이나 목격자들이 여기에 속한다.

3. 그 밖의 모든 사람들. 창문 없는 흰색 밴을 탄 정신병자들한테 납치당한 가출 청소년들이나 우유 배달 소년들처럼.

사립탐정들이 누군가를 찾을 수 있는 것은 실종자가 어디 있는지를 많은 사람들이 정확히 알기 때문이다. 다만 당신은 그런 탐정이 아니다. 당신은 누군가가 지금 누구인지부터 알아내야 한다.

사라지는 사람들은 저마다 그만한 이유들이 있다. 보험사기를 저질렀거나 경찰한테 쫓기는 몸이었을 수도 있다. 다시 시작할 결심을 했을 수도 있다. 빚더미에 올랐을 수도 있다. 아무도 알아내지 못했으면 하는 비밀을 가지고 있을 수도 있다. 『사립탐정이 되고 싶습니까?』에 따르면, 당신 자신에게 가장 먼저 해야 할 질문은 이것이다. 그 사람이 찾아주기를 원합니까?

솔직히 말하면 내가 그 대답을 듣고 싶은지 모르겠다. 엄마가 자의로 떠났다면, 그런 거라면 내가 지금 엄마를 돌아오게 하려고 계속 찾고 있다는 사실, 10년이 지나도록 엄마를 잊은 적이 없다는 사실을 알리기만 하면 된다. 엄마가 돌아오지 않을 작정으로 어딘가에 살고 있다는 말을 듣느니 10년 전에 죽었다고 알게 되는 것이 더 마음 편하지 않을까 하는 생각도 가끔 든다.

책에 따르면 실종된 사람들을 찾는 것은 워드점블 게임*과 비슷하단다. 단서는 모두 있으니 주소가 맞도록 해독만 하면 된다. 자료 수집은 사립탐정의 무기이자, 사실은 친구이다. 이름, 생일, 주민등록번호, 다

---

* word jumble. 알파벳 순서를 바꿔서 단어를 맞추게 하는 게임.

닌 학교, 병역 날짜, 근무 경력, 알려진 친구와 친척까지. 그물을 멀리 던지면 던질수록 실종자가 휴가 때 어디를 가고 싶어 했다든가 장래희망은 무엇이었다든가 하는 대화를 나눈 사람을 발견할 확률이 커진다.

이 사실들을 가지고 무엇을 해야 할까? 흠, 우선은 아닌 것부터 배제한다. 열한 살 때 내가 가장 먼저 한 인터넷 검색은 사회보장 사망자료 자료로 들어가 색인에서 엄마의 이름을 찾는 것이었다.

엄마는 사망자로 올라와 있지 않았지만 그것만으로는 충분치 않았다. 엄마는 살아 있거나 아니면 다른 이름으로 살고 있을지 몰랐다. 아니면 제인 도*, 즉 신원미상으로 죽었을 수도 있었다.

엄마는 페이스북이나 트위터, 동창 찾기 서비스나 엄마가 다닌 바사 대학교 동문 네트워크에도 등록되어 있지 않았다. 달리 생각하니, 자기 일과 코끼리들에 푹 빠져 살았던 엄마였던 만큼 그런 여가 활동에 많은 시간을 보냈을 것 같지도 않다.

온라인 전화번호부에는 앨리스 메트캐프가 367명이 있었다. 전화는 일주일에 두세 통만 했기 때문에 고지서에 장거리 요금이 적혀 있어도 할머니는 길길이 뛰지 않았다. 나는 많은 메시지를 남겼다. 몬태나에 사는 아주 친절한 노부인은 우리 엄마를 위해 기도해주고 싶다고 했고, LA 뉴스 방송국에서 프로듀서로 일하는 여자는 내 얘기를 인간미 넘치는 기사로 쓰자고 사장에게 건의해보겠다고 약속했다. 그러나 내가 전화한 사람들 중에 엄마는 없었다.

그 책에는 다른 방법들도 나왔다. 교도소 데이터베이스, 상표출원, 심지어 모르몬교의 가계 기록까지 찾아보라고 했다. 그렇게 해봤지만

---

* Jane Doe. 미국과 캐나다 등지에서 신원을 알 수 없는 여자를 지칭하는 이름으로 광범위하게 사용된다. 남성일 때는 존 도John Doe, 아이인 경우 베이비 도Baby Doe라고 한다.

아무런 결실도 얻지 못했다. 구글에서 '앨리스 메트캐프'를 검색하니 너무 많았다. 160만 명이 넘었다. 그래서 검색어를 '앨리스 킹스턴 메트캐프 코끼리 슬픔'으로 좁혀서 찾아보았는데, 대개 2004년 이전에 했던 엄마의 학문적 연구만 올라와 있었다.

그런데 구글 검색 16페이지에 동물들의 애도 과정에 관한 논문이 어떤 심리학 블로그에 있었다. 세 단락에 앨리스 메트캐프의 말이 인용돼 있었다. "인간이 슬픔을 독점하고 있다는 생각은 다분히 인간 중심적이다. 코끼리도 사랑하는 대상의 죽음을 애도한다는 증거는 많이 있다." 이것은 엄마가 다른 잡지와 학술지에서 수도 없이 했던 말로, 여러 모로 특별할 것이 없는 소견이었다.

그러나 이 블로그 등록 날짜가 2006년이었다.

엄마가 사라지고 2년 후였다.

인터넷 검색을 1년간 해왔지만 엄마의 존재와 관련해 어떤 증거도 발견한 적이 없었다. 온라인 기사에 등록된 날짜가 오타인지, 그 이전에 엄마가 쓴 기사를 인용한 것인지, 아니면 엄마가 여전히 건강하게 살아 있는지, 2006년에 건강하게 살아 있었는지는 알 수 없다.

그렇다는 것만 알 뿐이고, 거기가 출발점이었다.

모든 수단을 다 동원하겠다는 정신으로 나는 『사립탐정이 되고 싶습니까?』에 제시된 방법에만 검색을 제한하지 않았다. 실종자 리스트 서버*에도 올렸다. 한번은 어떤 축제에 갔다가 핫도그와 연꽃 모양 양파 튀김을 먹고 있는 사람들 앞에서 최면술사의 실험 대상이 되겠다고

* 특정 그룹 전원에게 메시지를 전자우편으로 자동 전송하는 시스템.

나선 적도 있었다. 최면술사가 내 안에 꽉꽉 눌려 있는 기억들을 풀어내주길 바라는 마음에서였지만 그가 해준 말은 내가 전생에 어떤 공작의 대저택에서 일하는 부엌데기였다는 거였다. 도서관에서 개최하는 꿈 분석 무료 세미나에도 가보았는데, 완강하게 잠겨 있는 내 마음에 꿈 분석 기술이 통하지 않을까 생각했지만 그 세미나는 일기 쓰기 말고는 별 얘기를 하지 않았다.

오늘은, 처음으로 심령술사를 찾아갈 것이다.

오늘까지 미루고 있었던 데는 몇 가지 이유가 있다. 첫째는 충분한 돈이 없었다. 둘째는 평판이 좋은 심령술사를 어디서 찾아야 할지 알지 못했다. 셋째는 심령술이 비과학적인 데다 엄마가 있었다면 명백하고 확고한 사실과 자료만 믿으라고 가르쳤을 것이기 때문이다. 그런데 이틀 전 엄마의 일지들을 다시 정돈하는데 한 일지에서 책갈피가 툭 떨어졌다.

진짜 책갈피는 아니었다. 코끼리 모양으로 종이접기를 한 1달러짜리 지폐였다.

그 순간, 엄마가 손으로 지폐를 구겼다 접었다, 홱 젖혔다 뒤집었다가 허공으로 날려 보내 내가 마침내 울음을 그치고 엄마가 만들어준 그 작은 장난감을 뚫어지게 보았던 기억이 떠올랐다.

나는 그 작은 코끼리가 연기처럼 훅 사라지지 않을까 하는 기대로 손을 댔다. 그러다 내 눈이 책갈피가 떨어진 일지의 펼쳐진 페이지로 쏠렸는데, 한 단락이 네온사인 간판처럼 눈에 쏙 들어왔다.

> 내가 동료들한테 최고의 과학자들은 무엇을 연구하건 간단히 수량화할 수 없는 지점이 2~3퍼센트는 존재하고, 그것은 마법이거나 외

계인이거나 무선오차*일 수 있고 이들 중 어느 하나도 배제할 수 없다는 사실을 이해한다고 말하면 그들은 늘 웃기는 소리하지 말라고 한다. 과학자로서 정직하고자 한다면 우리가 알 수 없는 것이 조금은 있을지 모른다는 사실을 인정해야 한다.

나는 이것을 징조로 받아들였다.

지구 상의 모든 사람이 편평한 종잇조각보다는 접혀 있는 작품을 보려고 하겠지만, 나는 아니다. 내 경우에는, 처음부터 시작해야 했다. 그래서 그 지폐에 엄마의 손끝 열기가 아직 남아 있다고 상상하며 엄마의 작품을 조심조심 펼치는 데만 몇 시간을 보냈다. 나는 수술을 하는 의사처럼 한 단계 한 단계 밟아나갔고, 마침내 엄마가 했던 식으로 다시 접을 수 있었다. 그 결과 내 책상에는 아주 작은 녹색 코끼리 여섯 마리가 한 줄로 서서 행진하게 되었다. 나는 까먹지 않았을까 싶어 온종일 다시 시험을 해봤고, 성공할 때마다 자신감에 얼굴이 상기되었다. 그날 밤 나는 영화에서나 보는 극적인 장면을 상상하며 잠이 들었다. 마침내 실종된 엄마를 찾지만 엄마는 나를 알아보지 못한다. 나는 엄마가 보는 앞에서 1달러짜리 지폐를 코끼리 모양으로 접는다. 그러자 엄마는 나를 안아준다. 그리고 놓아주지 않는다.

전화번호부에 나와 있는 심령술사가 얼마나 많은지를 알면 놀랄 것이다. 뉴에이지 영혼 안내인, 로럴의 심령술 조언, 이교도 여승 타로카드 점, 케이트 킴멜 점집, 떠오르는 불사조-사랑, 부, 성공을 조언해드

---

* 우연에 의해 생겨나는 측정치들의 변화.

립니다.

분 컴벌랜드 가, 세레니티 천리안.

세레니티는 광고도, 수신자 부담 전화번호도, 성도 없었지만 우리 집에서 자전거를 타고 갈 수 있는 거리에 있었고, 10달러라는 헐값에 점을 봐주겠다고 약속하는 유일한 심령술사였다.

컴벌랜드 가는 할머니가 내게 가까이 가지 말라고 당부했던 구역에 속해 있다. 가보니 그 골목에는 쫄딱 망해서 판자로 막아놓은 편의점과 좁고 어둑어둑한 술집이 들어서 있다. 보도에는 안내판 두 개가 세워져 있는데, 하나는 오후 5시 전에는 2달러짜리 위스키를 제공한다는 광고판이고, 다른 하나는 10달러에 타로점을 봐준다는 광고판이다. 끝에 14R이 붙어 있다.

14R이 뭐지? 나이 제한인가? 브래지어 크기인가?

나는 자전거 자물쇠가 없다. 학교나 메인 스트리트나 내가 평소 다니는 곳에서는 자물쇠를 채울 필요가 없었다. 자전거를 거리에 세워두는 것이 불안해 술집 입구 왼쪽에 있는 복도로 자전거를 끌어 맥주와 땀 냄새 나는 계단으로 끌고 올라간다. 꼭대기에 작은 로비가 있다. 한 문에 14R이라는 라벨이 붙어 있고 문 앞에 표지판이 세워져 있다. 〈세레니티 천리안〉.

로비 벽은 무명 벨벳 벽지를 발랐는데 벽지가 벗겨지고 있다. 천장에는 노란 얼룩이 덕지덕지 묻어 있고 포푸리* 같은 냄새가 진동한다. 다리가 흔들거려 전화번호부를 받쳐놓은 사이드 테이블이 보인다. 테이블 위에는 명함이 가득 든 자기 접시가 놓여 있다. 〈심령술사 세레니

---

* 장미 등의 말린 꽃잎을 향료와 섞어 병에 넣은 것.

티 존스).

로비가 좁아 자전거와 내가 차지할 공간이 거의 없다. 나는 자전거를 반 바퀴쯤 떠밀어 벽에 세워두려 애쓴다.

문 안쪽에서 두 여자의 숨죽인 목소리가 들린다. 노크를 해서 내가 왔다고 세레니티에게 알려야 할지 판단이 안 선다. 다음 순간 그녀가 진짜로 일을 잘한다면 이미 알고 있어야 하지 않나 하는 생각이 든다.

그러나 혹시 몰라 기침을 해본다. 큰소리로.

자전거가 넘어지지 않게 엉덩이로 받치고서 귀를 문에 바짝 댄다.

"중요한 결정 때문에 골치가 아프시군요."

헉 하는 소리에 이어 두 번째 목소리가 들린다. "그걸 어떻게 알았어요?"

"부인이 내릴 결정이 바른 길인지 아닌지 강한 의혹을 품고 계시고요."

다시, 다른 목소리. "버트가 없어서, 너무 힘들어요."

"그분은 지금 여기 있습니다. 부인의 가슴을 믿고 따르면 된다고 하는데요."

잠시 침묵. "그건 버트답지 않은 소리예요."

"물론 아니죠. 부인을 지켜보고 있는 다른 분이었으니까요."

"루이즈 이모?"

"빙고! 부인을 늘 좋아했다고 하시네요."

어쩔 수 없이 코웃음이 터진다. '회개하시지, 세레니티.' 나는 속으로 생각한다.

문 안쪽에서 대화가 흘러나오지 않아 그녀가 내 웃음소리를 들은 게 아닌가 싶다. 나는 더 자세히 들으려고 몸을 바짝 기울이다 자전거를 넘어뜨리고 만다. 몸을 가누려고 비틀거리다 풀려버린 엄마의 스카프에 발이 걸려 넘어진다. 자전거와 나는 작은 테이블에 부딪치고, 접시가 바닥에 떨어져 산산조각 난다.

문이 벌컥 열려 나는 자전거 옆에 쭈그리고 앉아 깨진 조각을 주우려다 말고 올려다본다. "여기서 뭐하고 있는 거지?"

세레니티 존스는 키가 크고, 솜사탕 같은 분홍색 머리를 위로 돌돌 말아 올려놓았다. 머리 모양과 립스틱이 잘 어울린다. 전에 만난 적이 있는 듯한 이 기묘한 느낌은 뭘까. "당신이 세레니티인가요?"

"그러는 넌 누군데?"

"**알고** 있어야 하지 않아요?"

"난 점쟁이지 전지전능한 신이 아니야. 내가 전능하다면 여길 파크 애비뉴로 만들 거고, 케이맨 제도*에 내 배당금을 감춰둘 거야." 그녀의 목소리는 용수철이 망가진 소파처럼 끽끽 쉰 소리가 난다. 다음 순간 그녀가 우리 손에 있는 깨진 자기 조각들을 알아본다. "너 나랑 **장난해**? 그건 우리 할머니의 수정점 그릇이라고!"

나는 수정점 그릇이 뭔지 모른다. 다만 큰 문제가 생겼다는 건 알겠다. "죄송해요. 사고였어요……"

"이게 얼마나 오래된 건 줄 알아? 우리 집 가보란 말이야! 엄마가 살아서 이 꼴을 안 보게 해주신 아기 예수님 감사합니다." 그녀는 깨진 조각들을 잡고 감쪽같이 붙이기라도 할 것처럼 모서리들을 맞춰본다.

"제가 고쳐보도록 할……"

"네가 마법사가 아닌 한 그런 일은 일어나지 않아. 우리 엄마와 할머

---

* 카리브 해에 있는 영국령 제도로 조세 피난처로 유명하다.

니 두 분 다 무덤 속에서 통탄을 하고 계실 거야. 동물들도 갖고 있는 방향 감각이 너한테는 없어서 말이지."

"그렇게 소중한 거였으면 왜 복도에 굴러다니게 뒀어요?"

"그러는 넌 왜 벽장만 한 공간에 자전거를 가져왔니?"

"입구에 두면 누가 훔쳐갈까 봐 그랬어요." 나는 발딱 일어서며 말한다. "이봐요, 물어주면 될 거 아니에요."

"아가씨, 1858년산 골동품을 걸스카우트에서 쿠키 판 돈으로 갚겠다고, 어림도 없어."

"걸스카우트 쿠키 따윈 팔지 않아요. 난 여기 점 보러 왔다고요." 내가 말한다.

그 말에 그녀가 멈칫한다. "난 애들은 안 받아."

안 받는 거야, 안 받겠다는 거야? "이래 봬도 나이 많아요." 이 말은 사실이다. 다들 내가 8학년이 아니라 5학년쯤 된다고 생각하니까.

안에서 점을 보고 있었던 여자가 출입구에 불쑥 나타난다. "세레니티? 당신 괜찮아요?"

세레니티는 내 자전거 프레임에 발이 걸려 비틀거린다. "괜찮아요." 그녀는 내게 억지 미소를 지어 보인다. "난 못 도와줘."

"뭐라고 했어요?" 고객이 묻는다.

"랭햄 부인한테 한 말이 아니에요." 세레니티는 이렇게 대답하고서 내게 속삭인다. "당장 나가지 않으면 경찰을 불러 고발할 거야."

랭햄 부인은 아이들에게 못되게 구는 심령술사가 싫었는지 모른다. 아니면 여기 있다가 경찰과 대면하는 일을 피하고 싶었는지 모른다. 이유가 무엇이었건 그녀는 무슨 말을 할 것처럼 세레니티를 바라보더니 우리 둘 옆으로 살살 움직여 계단을 후다닥 내려갔다.

"이런 대단한데." 세레니티가 투덜거린다. "넌 이제 값을 매길 수 없는 가보에다 내가 방금 놓친 10달러까지 빚지게 됐어."

"두 배 더 줄게요." 나는 불쑥 말한다. 내 수중에는 68달러가 있다. 애보기로 올해 번 돈이고, 사립탐정을 쓰려고 저축한 돈이다. 세레니티가 진짜라는 확신은 들지 않는다. 그러나 알아내기만 한다면 20달러쯤 기꺼이 내놓을 것이다.

그 말에 그녀의 눈이 반짝거린다. "널 위해 연령 예외를 두어야겠군." 그녀가 말한다. 그녀가 문을 활짝 열자 소파와 탁자와 텔레비전이 있는 평범한 거실 풍경이 보인다. 할머니의 집과 별반 다를 게 없어 조금 실망스럽다. 어딜 봐서 **심령술사** 집이라고 하겠는가. "그래, **문제가** 뭐지?" 그녀가 묻는다.

"수정 구슬이나 구슬 달린 커튼 같은 걸로 보는 거 아니었어요?"

"그럼 돈을 더 내야 해."

나는 농담인지 진담인지 알 수가 없어 그녀를 빤히 본다. 그녀는 소파에 털썩 앉으며 의자를 손짓한다. "이름이 뭐지?"

"제나 메트캐프요."

"좋아, 제나." 그녀는 이렇게 말하고 한숨을 쉰다. "이것부터 끝내자." 그녀가 내게 장부를 건네며 내 이름과 주소, 전화번호를 적으라고 한다.

"왜요?"

"나중에 연락할 필요가 있을 때를 대비해서. 혼령이 메시지를 남기거나 뭐 그럴 때."

다음번엔 20퍼센트 깎아준다는 광고성 이메일을 보낼 게 빤하지만 나는 가죽 장부를 받아서 적는다. 손에서 땀이 난다. 지금 여기 있으니 생각이 바뀌려 한다. 최악의 시나리오는 세레니티 존스가 엉터리여서 엄마의 수수께끼와 관련해 또다시 막다른 길에 봉착하는 것이다.

아니다. 진짜 최악의 시나리오는 세레니티가 유능한 심령술사여서 내가 둘 중 하나를 알게 되는 것이다. 엄마가 자의로 날 버렸거나 아니면 죽었거나.

그녀가 타로카드를 가져와 섞기 시작한다. "내가 타로점을 치면서 너한테 해줄 말이 지금 당장은 이해가 안 될 수도 있어. 하지만 잘 기억해둬. 언젠가는 혼령들이 오늘 너한테 무슨 말을 하려고 했는지 깨닫게 될 날이 있을 테니까." 그녀는 이 말을 비행기 승무원이 안전벨트를 잠그고 푸는 법을 알려주듯 기계적으로 한다. 그런 다음 카드를 삼등분하여 내게 건넨다. "자, 뭘 알고 싶니? 누가 널 몰래 좋아하는지? 영어 시험에서 A를 받을지? 어느 대학에 지원을 해야 할지?"

"그딴 건 관심 없어요." 나는 마음이 상해 카드를 돌려준다. "10년 전에 엄마가 사라졌어요." 내가 말한다. "엄마 찾는 일을 도와주면 좋겠어요."

엄마의 현장 연구 일지들 중에 내가 외우고 있는 구절이 있다. 수업 시간에 지루해지면 이따금 엄마의 필체를 흉내 내며 그 구절을 공책에 써보곤 한다.

엄마가 보츠와나에 있을 때, 그러니까 박사 학위 취득 후 툴리 구역에서 코끼리의 슬픔을 연구하고 야생에 사는 코끼리의 죽음을 기록할 때였다. 카기소라는 이름의 열다섯 살 난 암코끼리의 새끼에게 일어난 일이었다. 카기소는 동이 막 텄을 때 출산을 했는데, 새끼가 죽어서 태어났던가 태어나자마자 죽었던가 했다. 엄마의 기록에 따르면 첫 임신을 한 코끼리에게는 드물지 않은 일이었다. 이상한 것은 카기소의 반응이었다.

화요일

0945 카기소는 탁 트인 빈터의 넓은 양지에서 새끼 옆에 서 있다. 새끼의 머리를 쓰다듬고 코를 들어 올린다. 0635이후로 새끼는 전혀 움직이지 않는다.

1152 아비베와 코키사 두 암코끼리가 새끼의 몸을 살피러 오자 카기소는 그들을 위협한다.

1515 카기소는 시신 옆을 계속 지키고 서 있다. 코로 새끼를 어루만진다. 새끼를 들어 올리려 애쓴다.

수요일

0636 카기소가 물웅덩이에 가지 않아 걱정이 된다.

1042 카기소는 새끼의 시신 위로 잔가지들을 걷어찬다. 덮개로 쓰려고 나뭇가지를 부러뜨린다.

1546 불볕더위다. 카기소는 물웅덩이에 갔다가 새끼 근처로 돌아와 머문다.

목요일

0656 암사자 세 마리가 접근한다. 새끼 코끼리의 시체를 끌고 가기 시작한다. 카기소가 공격하자 녀석들은 동쪽으로 달아난다. 카기소는 우렁찬 소리를 내지르며 새끼의 시신을 지킨다.

0820 여전히 우렁찬 소리를 지르고 있다.

1113 카기소는 죽은 새끼를 계속 지키고 서 있다.

2102 사자 세 마리가 새끼의 시체를 먹고 있다. 카기소는 보이지 않는다.

그 페이지 밑에 엄마는 이렇게 써놓았다.

카기소는 사흘을 잠도 자지 않고 새끼를 지킨 뒤 시신을 버린다.
두 살 이하 코끼리 새끼는 고아가 되면 살아남지 못한다는 사실에 대한 연구 기록은 많이 있다.
그러나 새끼를 잃은 어미에게 무슨 일이 일어나는지를 연구한 기록은 하나도 없다.

엄마는 이 글을 쓸 당시 나를 임신하고 있었다는 사실을 몰랐다.

"난 실종자는 다루지 않는데." 세레니티는 **예외**는 있을 수 없다는 목소리로 말한다.

"지금 장난해요?" 나는 손가락 하나를 까딱거리며 말한다. "실종자는 다루지 않다니요. 그럼 정확히 무슨 일을 **하는데요**?"

세레니티는 눈을 가늘게 뜬다. "기 조절을 원해? 까짓것. 타로카드? 당장 해주지. 죽은 사람과의 대화? 내가 적임자지." 그녀가 몸을 앞으로 기울여 나는 헛발걸음을 했다는 걸 깨닫는다. "하지만 실종자는 다루지 **않아**."

"당신은 심령술사잖아요."

"심령술사마다 가진 재주가 달라." 그녀가 말한다. "예지력, 기 읽기, 영적 교신, 텔레파시. 미각을 타고난 사람이 뷔페 음식을 모두 맛보지는 않잖아."

"엄마는 10년 전에 사라졌어요." 나는 아무 말도 못 들은 척 내가 하고 싶은 말을 한다. 코끼리 발에 짓밟힌 사건이나 엄마가 병원으로 옮겨진 사실도 이야기해야 하나 고민하다 하지 않기로 한다. 대답을 떠먹여 주기는 싫으니까. "전 고작 세 살이었어요."

"대부분의 실종자들은 원해서 사라지는 거야." 세레니티가 말한다.

"다 그런 건 아니에요." 내가 대답한다. "엄만 날 떠나지 않았어요. 난 알아요." 나는 망설이다 엄마의 스카프를 풀어 그녀에게 내민다. "이거 우리 엄마 거예요. 어쩌면 도움이 될지도⋯⋯?"

세레니티는 손대지 않는다. "난 **못** 찾는다고 한 적이 없는데. 찾지 **않겠**다고 했을 텐데."

이 만남이 어떤 방향으로 전개될지 상상해본 여러 시나리오 중에 이런 것은 없었다. "왜요?" 나는 어이가 없어 묻는다. "할 수 있으면서 왜 도와주고 싶지 않다는 건데요?"

"난 그 잘난 테레사 수녀가 아니거든!" 그녀가 쏘아붙인다. 그녀의 얼굴이 토마토처럼 벌게진다. 고혈압으로 죽을 뻔한 적이 없는지 궁금할 정도다. "잠깐만." 그녀는 이렇게 말하고서 현관으로 사라진다. 잠시 후 수돗물 소리가 들린다.

그녀는 5분간 자리를 비운다. 10분인가? 나는 일어나 거실을 어슬렁거리기 시작한다. 벽난로 위에는 세레니티가 조지 부시와 바바라 부시, 가수 셰어, 영화 〈쥬랜더〉의 주인공과 찍은 사진들이 진열돼 있다. 이해가 되지 않는다. 이런 유명 인사들과 어울린 사람이 왜 지금은 뉴햄프셔의 외진 동네에서 10달러짜리 타로점이나 봐주고 있는 거지?

변기 물소리가 들려 나는 얼른 소파로 돌아와 내내 그 자리에 있었던 것처럼 다시 앉는다. 세레니티는 차분해진 모습으로 돌아온다. 어푸어푸 세수라도 한 듯 분홍색 앞머리가 젖어 있다. "오늘 상담료는 청구하지 않으마." 그녀가 이렇게 말해 나는 코웃음을 친다. "네 엄마 일은 정말 유감이다. 네가 듣고 싶은 말은 다른 사람이 해줄 수 있을지 몰라."

"다른 사람 누구요?"

"나야 모르지. 모든 사람이 수요일 저녁마다 사주 카페를 기웃거리지는 않을 테니까." 그녀는 문으로 가서 문을 활짝 열고는 나가라는 신호를 준다. "그런 일을 하는 사람을 알게 되면 연락을 주마."

그 말은 그녀의 거실에서 썩 꺼지라는 말을 달리 표현한 새빨간 거짓말이다. 나는 로비로 걸어가 자전거를 일으켜 세운다. "찾아주는 건 싫다 해도 살았는지 죽었는지 정도는 말해줄 수 있지 않아요?" 내가 말한다.

내가 뭘 물었는지 깨닫는 순간 그 말이 서로의 얼굴을 똑똑히 볼 수 없게 만드는 커튼처럼 우리 사이에 드리워진다. 나는 자전거를 움켜쥐고서 대답을 듣기 전에 문밖으로 뛰쳐나갈까 잠시 생각한다.

세레니티는 전기 충격을 받기라도 한 듯 몸을 부르르 떤다. "안 죽었어."

그녀가 내 면전에서 문을 닫을 때 나는 이것도 새빨간 거짓말이 아닐까 생각한다.

나는 집으로 돌아가지 않고 분의 변두리를 지나 비포장도로를 5킬로미터쯤 달려 '자유가 아니면 죽음을 달라'는 뉴햄프셔 주 좌우명을 만든 독립운동가의 이름을 따서 지은 스타크 자연보호구역 입구로 간다. 10년 전만 해도 스타크 자연보호구역은 우리 아빠 토마스 메트캐프가 설립한 뉴잉글랜드 코끼리 보호소였다. 당시에는 보호소와 가장 가까운 가정집 사이에 80만 제곱미터 둘레에 800만 제곱미터가 넘는 땅이 펼쳐져 있었다. 지금은 그 땅의 절반 이상이 쇼핑몰, 코스트코, 주택단지로 변했다. 나머지만 주의 보호지로 남아 있다.

나는 자전거를 세워놓고 20분쯤 걸어 지금은 잡초가 무성하지만 전에는 코끼리들이 날마다 물을 마시러 왔던 자작나무 숲과 호수를 지난다. 마침내 내가 가장 좋아하는 장소, 가지들이 마녀의 팔처럼 휘어져 있는 거대한 참나무 아래 당도한다.

1년 중 이맘때면 숲의 대부분이 이끼와 양치식물로 뒤덮이지만, 이 나무 아래만은 언제나 자주색 버섯들이 양탄자처럼 깔려 있다. 요정이 실제로 있다면 살고 있을 것 같은 그런 곳이다.

학명은 자주돌각버섯이다. 인터넷으로 찾아보았다. 엄마도 이 버섯들을 봤다면 찾아봤을 것 같았다.

나는 버섯들 한가운데 앉는다. 내가 버섯들 머리를 짜부라뜨릴 거라 생각하겠지만 내 무게에 녀석들이 그냥 무너진다. 나는 아코디언처럼 이랑이 져 있는 버섯의 밑면을 어루만진다. 벨벳 같기도 하고 근육 같기도 한 것이 코끼리의 코끝을 닮았다.

이곳은 마우라가 자기 새끼를 묻은 장소였다. 이 보호소에서 태어난 유일한 새끼였다. 너무 어릴 때라 기억은 나지 않지만 엄마의 일지에서 읽고 알았다. 마우라는 임신한 몸으로 보호소에 도착했는데, 그녀를 배에 실어 보낸 동물원 측도 그 사실을 몰랐다. 마우라는 도착하고 거의 15개월 뒤에 출산을 했지만 새끼는 사산되었다. 마우라는 새끼를 이 참나무 아래로 안고 와 솔잎과 나뭇가지로 덮어주었다. 이듬해 봄,

보호소 직원들이 새끼의 유해를 정식으로 묻어준 그 자리에서 아름답기 그지없는 자주색 버섯들이 우후죽순 돋아났다.

나는 주머니에서 휴대전화를 꺼낸다. 보호소 토지 절반을 팔아 치워서 좋은 점이 하나 있다면 너무 멀지 않은 곳에 대형 통신탑이 들어서서 뉴햄프셔 주 그 어느 지역보다 서비스가 잘 터진다는 것이다. 나는 인터넷을 열어 검색어를 친다. 세레니티 존스 심령술사.

가장 먼저 읽은 사이트는 위키피디아다.

세레니티 존스(1966년 11월 1일생)는 미국인 심령술사이자 영매이다. 〈굿모닝 아메리카〉라는 텔레비전 방송에 다수 출연했고, 자신만의 프로그램 〈세레니티〉도 가지고 있었다. 그녀는 콜드리딩*으로 청중의 마음을 읽기도 하고 일대일로 개인의 마음을 읽기도 했지만 그녀의 전문 분야는 실종자 사건이었다.

실종자 사건이라고? 지금 **장난해?**

그녀는 여러 경찰서와 FBI와 일했고 88퍼센트의 성공률을 자랑했다. 그러나 상원의원 존 매코이의 아들 유괴 사건 예언 실패가 언론에 대대적으로 보도되고 그녀는 매코이 가족에게 고소를 당했다. 존스는 2007년 이후 세간의 이목을 받지 못하고 있다.

명예 실추까지 당한 유명한 영매가 지구 상에서 잠적했다가 10년 후 뉴햄프셔 주 분 근방에 다시 모습을 드러내는 게 가능한가? 가능하

---

* cold readings. 상대에 대한 아무런 사전 정보가 없는 상태에서 상대의 속마음을 간파해내는 기술.

고말고. 눈에 띄지 않는 장소만 찾고 있던 사람이라면. 그런 곳이 바로 1년 내내 가장 신나는 일이라곤 7월 4일 소 퐁당 빙고 대회*밖에 없는 우리 마을에 있었다.

나는 세레니티의 유명한 예언 목록을 훑어본다.

1999년에 존스는 시아 카타나푸러스에게 7년 전 실종된 아들 아담이 살아 있다고 말했다. 2001년 아담은 아프리카 근해에 있는 한 상선에서 발견되었다.

존스는 O. J. 심슨의 무죄 선고와 1989년의 대지진을 정확하게 예언했다.

1998년에 존스는 차기 대통령 선거가 연기될 것이라고 말했다. 2000년에 선거 자체는 연기되지 않았지만 공식 결과는 36일이 지나서야 발표되었다.

1998년에 존스는 실종된 대학생 케리 라시드의 엄마에게 딸은 칼에 찔려 죽었으며 유죄 판결을 받은 남자는 DNA 감식 결과 무죄로 판명될 것이라고 말했다. 2004년에 올랜도 이케스는 이노센스 프로젝트** 덕분에 석방되었고 그의 전 룸메이트가 대신 기소되었다.

2001년에 존스는 경찰에게 찬드라 레비의 시신이 수목이 우거진 어느 산비탈에 있을 거라고 말했다. 시신은 이듬해 메릴랜드 주 록크리크 공원 내 가파른 경사면에서 발견되었다. 존스는 또한 뉴욕 시 소방관이 9.11 사태 후 사망했다고 추정한 토마스 퀸타노스 4세가 살아 있다고 예언했는데, 그는 정말로 세계무역센터 붕괴 닷새 만에 잔해 더미에서 구조되었다.

2001년에 존스는 자신의 TV 프로그램에서 카메라에 잡힌 경찰을 우체부 얼렌 오둘의 고향인 플로리다 주 펜서콜라로 이끌어 그 자의 지하실에서 잠겨 있는

---

* Cow Plop Bingo tournament. 990제곱미터의 넓은 땅에 울타리를 치고 그 안에 빙고 판을 그려놓고 소를 집어넣은 다음 소가 가는 곳의 숫자를 맞추는 대회.

** Innocence Project. 누명을 써서 억울하게 유죄 판결을 받은 사람들에게 DNA 검사를 실시해 무죄를 입증할 수 있도록 도와주는 미국의 인권단체.

방과 8년 전 열한 살의 나이에 유괴를 당해 죽었다고 추정되었던 저스틴 포커를 찾아냈다.

2003년 11월에 존스는 자신의 TV 프로그램에서 상원의원 존 매코이와 그의 아내에게 유괴된 아들이 아직 살아 있으며 플로리다 주 오캘리에 있는 버스 터미널에서 발견될 거라고 말했다. 소년의 시신은 부패된 채 그곳에서 발견되었다.

이때부터 세레니티 존스는 내리막을 긋기 시작했다.

2003년 12월에 존스는 미 해군 특수부대원의 한 미망인에게 건강한 남자아이를 출산할 거라고 말했다. 그 여인은 2주 후 유산을 했다.

2004년 1월에 존스는 유타 주 오렘의 욜란다 롤스에게 그녀의 실종된 다섯 살 난 딸 벨벳이 세뇌 교육을 받고 솔트레이크시티에서 저항의 물결을 일으키고 있는 한 모르몬교 가정에서 자라고 있다고 말했다. 여섯 달 후 욜란다의 남자친구가 그 소녀를 살해했다고 자백했고 시신을 파묻은 지역 쓰레기장 부근으로 경찰을 데리고 갔다.

2004년 2월에 존스는 지미 호퍼의 유해가 록펠러 가문이 버몬트 주 우드스톡에 세운 방공호 시멘트 벽에서 발견될 거라고 예언했다. 이 예언은 들어맞지 않았다.

2004년 3월에 존스는 위스콘신 대학교 매디슨 캠퍼스를 다니던 중 행방불명된 오드리 세일러가 연쇄살인범에게 희생되었고 그 증거로 칼이 발견될 거라고 말했다. 세일러는 남자친구의 관심을 얻기 위해 자작극을 벌인 것으로 밝혀졌다.

2007년 5월에 존스는 포르투갈에서 부모님과 휴가를 보내던 중 사라진 마들렌 매캔이 8월경 발견될 거라고 예언했다. 이 일은 미제 사건으로 남아 있다.

이후로 그녀는 어떤 공개적인 예언도 하지 않았다. 내가 알 수 있는 건 **그녀도** 행방불명되었다는 것이다.

그녀가 **아이들을 받지** 않을 만도 하다.

좋다, 그녀가 매코이 사건에서 엄청나게 큰 실수를 저지르긴 했지만, 변호를 좀 하자면 반은 맞히지 않았는가. 실종된 소년을 찾았으니 말이다. 다만 살아 있지 않았을 뿐이다. 잇단 성공 후 첫 실패가 유명 정치인과 관련돼 있었다는 것이 불운이었다.

세레니티가 그래미 시상식에서 스눕 독과 찍은 사진과 백악관 특파원 만찬에서 조지 W. 부시와 찍은 사진도 있다.《US 위클리》의 패션 폴리스 난에 실린 사진도 있는데, 젖가슴 위로 두 개의 큼지막한 비단 장미꽃 장식이 달린 드레스를 입고 있다.

나는 유튜브 앱을 클릭해 세레니티와 상원의원의 이름을 쳐본다. 로딩이 되자 텔레비전 화면에는 아이스크림 모양 올림 머리에 머리색보다 약간 짙은 분홍색 바지 정장을 입은 세레니티가 보인다. 그녀의 맞은편 보라색 소파에 상원의원 매코이가 앉아 있는데, 직각에 가까운 사각턱에 관자놀이가 아주 희끗희끗한 남자다. 그의 아내는 옆에서 남편의 손을 꽉 잡고 앉아 있다.

나는 사실 정치에 관심이 없지만 수업 시간에 정치 실패의 본보기로 상원의원 매코이를 배운 적이 있다. 그는 하이애니스포트 지역에서 케네디 가문과 어울려 다니고 민주당 전당대회에서 기조연설을 하면서 대통령 출마를 준비했다. 그런데 당시 그의 일곱 살 난 아들이 다니던 사립학교 운동장에서 유괴를 당했다.

화면에서 세레니티가 그 정치인 쪽으로 몸을 기울인다. 그녀가 말한다. "매코이 의원님, 환영이 보입니다."

장면이 복음 성가대로 바뀐다. "환영이요!" 부부가 스타카토처럼 소리 지른다.

"두 분의 아드님 환영이……" 세레니티는 머뭇거린다. "살아 있고 건강합니다."

상원의원의 아내는 남편의 품으로 쓰러지며 흐느껴 운다.

그녀가 매코이 의원을 일부러 선택한 건지, 정말로 아이의 환영을 본 건지, 아니면 단지 언론 매체를 통한 광고 효과를 노린 건지 궁금하다.

장면은 오칼라에 있는 버스 터미널로 건너뛴다. 세레니티가 매코이 부부를 대동하고 그 건물로 들어가 남자 화장실 옆에 있는 사물함 구간으로 좀비처럼 걸어간다. 세레니티가 경찰에게 341번 사물함을 열라고 하자 상원의원의 아내가 "헨리?"라고 소리쳐 부른다. 사물함에는 얼룩진 여행 가방이 들어 있다. 경찰이 그것을 꺼내자 안에 든 시신의 악취 때문에 모두가 현기증을 느낀다.

그 순간 카메라가 떨어지고 화면이 비스듬히 기운다. 잠시 후 카메라맨이 정신을 가다듬고서 토하고 있는 세레니티, 기절하는 지니 매코이, 찍지 말라고 소리를 지르고 말을 듣지 않자 주먹을 날리는 민주당의 독보적 존재 매코이 의원을 제때 잡아낸다.

세레니티 존스는 위신만 추락한 게 아니었다. 존재 자체가 곤두박질쳤다. 매코이 부부는 세레니티를 고소했지만 결국 합의를 보았다. 이후 매코이 의원은 음주 운전으로 두 번 구속돼 의원직을 상실했고 자신의 '탈진'을 치료할 수 있는 곳으로 갔다. 그의 아내는 1년 후 수면제 과다 복용으로 죽었다. 세레니티는 조용히, 빠르게 보이지 않는 존재가 되었다.

매코이 부부의 신세를 완전히 망친 그 여자는 실종된 수십 명의 아이들을 찾아낸 여자이기도 했다. 그녀는 또한 이 마을의 가장 지저분한 구역에 살고 있고 돈에 굶주린 그 세레니티 존스였다. 한데 그녀는 실종자들을 찾는 능력을 잃어버렸던 걸까…… 아니면 없는 능력을 속여왔던 걸까? 그녀는 **실제로** 심령술사였을까…… 아니면 단지 운이 좋았던 걸까?

초자연적 재능은 자전거 타기와 비슷할지 모른다. 시도만 하면 돌아올 수 있는 재능일지 모른다.

세레니티 존스야 제집 문 앞에서 날 두 번 다시 보고 싶지 않을 테지만 우리 엄마를 찾는 일이 그녀에게는 일종의 보조바퀴 구실을 해줄 수도 있지 않을까.

앨리스

이런 말을 들어본 적이 있을 것이다. "걘 코끼리처럼 기억력이 아주 좋아." 밝혀진 바로는 이는 상투적 문구가 아니라 과학적 사실이다.

태국에서 재주 부리기 훈련을 받았던 아시아 코끼리를 본 적이 있다. 그 코끼리가 감금되어 있는 보호구역으로 견학을 온 초등학생들이 한 줄로 앉으라는 지시를 받았다. 다음에는 신발을 벗으라는 요청이 이어졌고, 신발은 뒤죽박죽 뒤섞였다. 그 코끼리와 일하는 조련사가 그녀에게 신발을 아이들에게 돌려주라고 지시했다. 그러자 코끼리는 코로 신발 더미를 신중히 뒤적거려 모든 아이의 신발을 주인의 무릎 위에 떨어뜨렸다.

보츠와나에서는 암코끼리가 헬리콥터를 세 번이나 공격하는 것을 보았다. 그 헬리콥터에는 연구를 위해 마취총을 쏘려던 수의사가 타고 있었다. 머리 위로 헬기가 지나가기만 하면 코끼리들이 가까운 곳으로 모여들어 우리는 보호지역에 비행 금지 구역을 요청해야 했다. 이들 중 몇몇 코끼리가 본 헬리콥터는 50년 전 산림 경비원들이 선별 도태 기간에 그들의 가족에게 마취총을 쏜 헬리콥터뿐이었다.

상아 밀렵꾼의 손에 구성원이 죽음을 당하는 것을 목격한 코끼리들이 밤중에 마을로 쳐들어가 총을 휘두른 인간을 찾아냈다는 일화도 있다.

케냐의 암보셀리에는 오래전부터 코끼리들과 접촉을 해온 두 부족이 있다. 한 부족은 붉은 옷을 입고 창을 이용해 코끼리들을 잡는 마사이족이고, 또 한 부족은 농사만 짓고 코끼리들은 절대 잡지 않는 캄바족이다. 한 연구에 따르면 코끼리들은 캄바족보다 마사이족이 입고 다니는 옷 냄새를 맡을 때 더 큰 두려움을 보였다. 그들은 무리를 지어 냄새가 나는 곳에서 멀리 달아났고, 마사이족 냄새를 확인하고 나서도 한참이 지나서야 편히 쉬었다.

이 연구에서 알아둘 것은 코끼리들이 두 부족의 옷을 본 적이 없다는 사실이다. 그들이 의지한 것은 오직 후각적 단서였는데, 두 부족의 식습관과 분비물 때문인 듯하다(마사이족이 캄바족보다 동물성 음식을 더 많이 소비한다. 캄바족 마을에서는 소 냄새가 진동한다고 알려져 있다). 흥미로운 것은 누가 친구이고 누가 적인지를 코끼리들은 정확하게 알아낸다는 점이다. 밤에도 어두운 골목길로 다니고, 폰지 사기*에 속아 넘어가고, 중고차 영업사원들로부터 불량품을 사는 우리 인간들과 비교해 보라.

---

* Ponzi scheme. 찰스 폰지가 벌인 사기 행각에서 유래된 피라미드식 다단계 사기수법. 실제 자본금을 들이지 않고 고수익을 미끼로 투자자들을 끌어모은 다음, 나중에 투자하는 사람의 원금을 받아 앞 사람의 수익금을 지급하는 방식의 사기수법을 말한다.

이 모든 사례로 볼 때 문제는 코끼리들이 기억할 수 있느냐가 아닌 것 같다. 질문을 달리 해야 하지 않을까? **코끼리들은 무엇을 잊지 않을까?**

세레니티

내가 다른 사람들은 볼 수 없는 사람들로 가득 찬 세상을 자각하게 된 것은 여덟 살 때였다. 학교 정글짐에서 철봉에 거꾸로 매달려 있는데 그 밑을 기어 다니며 내 치마를 쳐다보고 있는 남자애가 있었다. 내 침대 귀퉁이에 앉아 자장가를 불러주는, 백합 향기가 나는 흑인 할머니도 있었다. 어느 날은 엄마와 같이 길을 걸어가는데 내가 마치 강을 거슬러 오르는 연어 같다고 느껴졌다. 무수한 사람들이 내 쪽으로 다가와 어떻게 피할 도리가 없었던 것이다.

엄마의 증조할머니는 순수 이로쿼이 혈통* 주술사였고, 아버지의 엄마는 크래커 공장에 다닐 때 동료들이 휴식 시간에 담배를 태우고 있으면 찻잎 점괘를 봐주었다. 그 재주가 내 부모의 핏속에는 전혀 스며

* 뉴욕에 살았던 인디언의 한 부족.

들지 않았지만 나는 갓난애 때부터 그 재주를 타고났다는 증거를 수없이 보였다고 엄마는 말했다. 내가 지니 이모한테서 전화가 올 거라고 하면 5분 후에 전화가 울렸다고 했다. 더없이 화창한 날인데도 내가 장화를 신고 유치원을 가겠다고 우기면, 아니나 다를까 하늘이 예상 밖의 폭우를 뿌리곤 했다고 한다. 내 환영 친구들은 아이들만이 아니라 남북전쟁 때의 군인들이나 빅토리아 시대의 미망인들도 있었고, 한번은 목에 밧줄 자국이 있는 스파이더라는 도망 노예도 있었다. 학교 아이들이 내가 이상하다는 걸 알고 날 멀리하자 부모님은 뉴욕에서 뉴햄프셔로 이사를 가기로 결심했다. 2학년 첫 등교일 전날 부모님이 날 앉혀놓고 말했다. "세레니티, 상처 받고 싶지 않으면 네 재주를 숨겨야 할 거야."

그래서 숨겼다. 교실에 들어가서 어떤 여자애와 짝이 되었을 때 나말고 다른 학생이 말을 걸어 그 애를 볼 수 있는 사람이 나만이 아니라는 사실이 확인될 때까지는 말을 걸지 않았다. 담임인 디캠프 선생이 펜을 집어 들었을 때 선생의 하얀 블라우스 위로 잉크가 쏟아질 줄 알면서도 나는 경고 대신 입술만 깨문 채 그 일이 일어나는 것을 지켜보았다. 교실에서 키우는 애완용 쥐가 달아나 교장선생님 책상 밑으로 들어가는 환영이 보였을 때도 교장실에서 비명 소리가 들릴 때까지 그 생각을 머릿속에서 밀어내기만 했다.

나는 부모님 말씀에 따라 친구들을 사귀었다. 그중 한 애가 모린이었다. 그 애는 나를 자기 집에 초대해 함께 폴리포켓*을 가지고 놀았고 자기 오빠는 매트리스 밑에 《플레이보이》를 숨겨 두었다거나 엄마는

---

* 작은 인형들과 각종 모형들을 이용해 플라스틱 인형집을 꾸미며 노는 장난감.

벽장 속 헐거워진 판벽 뒤에 현금이 가득 든 신발 상자를 보관해놓았다는 식의 비밀을 말해주었다. 그랬으니 어느 날 모린과 내가 운동장에서 그네를 타고 있는데 그 애가 내게 누가 더 멀리 뛰어내릴 수 있는지 시합을 해보자고 했을 때 내 머릿속으로 그 애가 운동장에 누워 있고 구급차 불빛이 배경에 보이는 장면이 획 지나갔다면 내 기분이 어땠겠는가.

나는 뛰어내리지 말자고 말하고 싶었지만 내 재주를 전혀 모르고 있는 단짝 친구를 잃고 싶지도 않았다. 그래서 침묵을 지켰고, 모린이 셋을 세고서 허공으로 날아올랐을 때 나는 그네에 그대로 앉아 그 애 다리가 제 몸뚱이에 깔려 두 동강 나는 모습을 보고 싶지 않아 눈을 감아버렸다.

부모님은 투시력을 숨기지 않으면 내가 상처를 받을 거라고 말했다. 그러나 다른 누가 상처를 받느니 내가 상처 받는 게 더 나았다. 그 사건 이후 나는 어떤 대가를 치르든 내 재주가 앞으로 일어날 일을 보여주면 말해버리겠다고 다짐했다.

그랬더니 모린은 날 괴물이라고 불렀고 인기 있는 여자애들과 어울리기 시작했다.

나이를 먹을수록 나에게 말을 거는 이들이 산 사람만은 아니라는 사실을 알아보기가 쉬워졌다. 누군가와 이야기를 하고 있으면 주위에서 혼령이 지나다니는 것이 보이곤 했다. 그러다 우리 대다수가 날마다 지나는 길에서 마주치는 무수한 사람들의 얼굴을 실제로 보지 않고도 인식하듯이 나 역시 점점 무심해질 수 있었다. 어느 날은 엄마에게 차에 무슨 문제가 있는 것 같으니 계기판을 켜기 전에 브레이크부터 점검하라고 말했다. 동네 한 엄마에게는 의사로부터 임신 사실을 듣기

일주일 전에 축하 인사를 건넸다. 내게 정보가 들어오면 수정이라든가 말을 해야 할지 말아야 할지 판단도 하지 않고 무엇이든 알렸다.

그러나 내 재주는 전지전능하지 못했다. 열두 살 때 아버지의 자동차 대리점이 불에 타 잿더미가 되었다. 두 달 후 아버지는 엄마에게 두서없는 사과문과 예복을 입은 당신 사진과 산더미 같은 도박 빚을 남긴 채 자살을 했다. 나는 이 모든 걸 예측하지 못했고, 왜 못했느냐는 질문을 이후로 얼마나 많이 들었는지 모른다. 그 대답을 나보다 더 듣고 싶어 할 사람이 과연 누가 있겠는가. 그러나 또 한편으로 나는 로또 번호도 맞출 수 없고 어떤 주식이 오를지도 말해줄 수 없다. 아버지에 대해서도 몰랐고, 몇 년 후 일어난 엄마의 뇌졸중도 예견하지 못했다. 난 빌어먹을 오즈의 마법사가 아니라 심령술사니까. 머릿속으로 지난 일들을 재생해보며 내가 어떤 징후를 놓친 건 아닌지, 사후 세계 사람이 내게 접근을 못한 건지, 불어 숙제에 정신이 팔려 못 알아챈 건 아닌지 생각했다. 그러나 시간이 흐르는 동안 깨달은 것은 알아서는 안 될 일이 있을 수 있고, 미래의 풍경을 내가 다 알고 **싶어 하는** 것도 아니라는 사실이었다. 다시 말해, 다 **알 수** 있다면 사는 게 무슨 의미가 있겠는가?

엄마와 나는 코네티컷에 다시 정착했는데, 엄마는 호텔 청소부 일자리를 잡았고 나는 검은 옷을 입고 주술도 조금 해보면서 고등학교를 무사히 마쳤다. 내 재주를 알리기 시작한 것은 대학생이 되고부터였다. 독학으로 타로카드를 배워 여학생 사교 동아리 회원들에게 점을 봐주었다. 《페이트》 잡지도 구독했다. 교과서 대신 노스트라다무스와 에드가 케이시*에 관한 글을 읽었다. 기숙사에 있을 때는 과테말라 스카프를 두르고 얇게 비치는 치마를 입고 향을 피웠다. 이때 주술에 관심이 많은 쉐넌이란 친구를 만났다. 나와 달리 그 친구는 죽은 사람과는 소통하지 못했지만, 공감 능력이 뛰어나 룸메이트가 생리를 하면 생리통을 같이 겪었다. 우리는 둘이서 수정점도 쳐보았다. 촛불을 갖다 놓고 거울 앞에 앉아 우리의 전생이 보일 때까지 오래도록 응시했다. 쉐넌은 계보가 긴 심령술사 집안 출신이었는데, 내 영혼 안내자들에게 이름을 말해달라고 요청해야 한다고 알려주었다. 두 분 다 영매인 자기 이모와 할머니도 저쪽 세상의 영혼 안내자가 있다고 말이다. 그래서 나는 자장가를 불러주곤 했던 흑인 할머니 루신다를 정식으로 만났다. 건방진 게이 데스몬드도 다시 만났다. 그들은 항상 나와 함께 있었고, 내 발밑에서 잠을 자다 내가 부르면 그 소리에 깨는 애완동물들 같았다. 그때부터 나는 내 영혼 안내자들에게 끊임없이 말을 걸며 내가 내세를 향해할 수 있도록 날 인도해주거나 다른 이들을 내게 인도해달라고 부탁했다.

데스몬드와 루신다는 어린애나 다름없는 내가 초자연적인 비행을 다치지 않고 할 수 있도록 해준 최고의 보모들이었다. 그들은 내가 악령들 즉, 인간이었던 적이 없는 혼령들을 만나지는 않았는지 확인했다. 또 내가 미리 알아서는 안 되는 대답을 요구하는 질문들에 피해갈 수 있도록 조종했다. 내 재주가 **나를** 통제하도록 하지 않고 경계를 정해 내가 재주를 통제하도록 가르쳤다. 밤새도록 5분마다 전화가 울려 당신을 깨운다면 기분이 어떨지 상상해보라. 한도를 정해두지 않고 혼령들과 지내게 되면 그런 일이 벌어진다. 데스몬드와 루신다는 사람들이 찾아왔을 때 내 예언을 공유하는 것과 원치 않는 사람의 마음을 읽는

* 미국 최고의 투시능력자이자 예언자. 제2차 세계대전과 소련의 해체를 예언하기도 했다.

것은 전혀 다르다고도 설명해주었다. 내가 다른 심령술사들을 찾아가 그렇게 해보니 어떤 느낌인가 하면 나도 없는 집에 누군가가 들어와 내 속옷 서랍을 뒤적거리거나, 누군가가 내 사적인 공간을 침범하는데도 도망칠 수 없는 엘리베이터에 갇힌 듯하다.

여름방학 때는 메인 주에 있는 올드 오처드 비치에서 5달러를 받고 점을 봐주었다. 대학을 졸업하고 나서는 이런저런 잡일로 생활을 하면서 입소문을 통해 고객들을 찾아냈다. 스물여덟 살에 동네 식당에서 종업원으로 일하고 있을 때 메인 주 주지사 후보가 가족과 함께 홍보용 사진을 찍으러 왔다. 후보 부부가 우리 식당 대표 요리인 블루베리 팬케이크를 앞에 놓고 카메라 세례를 받는 동안 후보의 작은 딸이 등받이 없는 카운터 의자에 깡충 뛰어올랐다. "심심하니, 그래?" 내가 묻자 그 애는 고개를 끄덕였다. 일곱 살이 안 돼 보이는 아이였다. "핫 초콜릿 좀 마실래?" 그 아이의 손이 머그잔을 잡으려고 내 손을 스치는 순간 이제껏 경험하지 못한 **어둠**의 기운을 강하게 느꼈다. 그 느낌을 달리 표현할 길이 없다.

하지만 이 작은 소녀는 마음을 읽히는 걸 허락하지 않았고, 내 영혼 안내자들도 내게는 개입할 권한이 없다고 아주 분명하게 떠들어댔다. 식당 저편에서 카메라를 보고 미소 띤 얼굴로 손을 흔들고 있는 아이 엄마는 내가 알고 있는 사실을 알지 못했다. 후보자의 아내가 여자 화장실로 쏙 들어갔을 때 나도 따라 들어갔다. 그녀는 나를 표를 얻을 수 있는 또 한 명의 유권자로 여겼는지 손을 내밀어 악수를 청했다. "제 말이 미친 소리처럼 들리겠지만요, 따님에게 백혈병 검사를 받아보게 하세요." 내가 말했다.

그녀의 미소가 얼어붙었다. "애니가 당신한테 성장통 얘기를 하던가요? 그 애가 귀찮게 했다면 미안해요. 관심은 고맙지만 소아과 선생님이 걱정할 일이 아니라고 하셨어요." 그 말과 함께 그녀는 걸어 나갔다.

그것 보라며, 데스몬드는 조용히 비웃었다. 잠시 후 후보자는 수행원과 가족을 데리고 식당을 떠났다. 나는 그 작은 여자애가 먹다 남긴 핫 초콜릿 머그잔을 내려다본 뒤 내용물을 음식물 쓰레기통에 부었다. "그 점이 어려운 거란다, 애야." 루신다가 내게 말했다. "네가 뭘 알게 된다고 해도 그것만으로는 할 수 있는 게 쥐뿔도 없거든."

일주일 후 후보자의 아내가 식당에 다시 찾아왔다. 값비싼 모직 정장이 아닌 청바지 차림으로 혼자 왔다. 그녀는 내가 테이블을 닦고 있는 칸막이 자리로 곧장 걸어왔다. "암을 발견했어요." 그녀가 작은 소리로 말했다. "애니의 혈액에는 아직 없더라고요. 골수 검사를 받아보았어요. 다행히 조기에 발견해서." 이 대목에서 그녀는 흐느끼기 시작했다. "살아남을 가능성이 크대요." 그녀가 내 팔을 잡았다. "어떻게 알았어요?"

그렇게 끝나버릴 수 있는 일이었다. 선한 심령 행위에 대해 핀잔만 일삼던 데스몬드에게 그것 보라며 응수할 수 있는 일이었지만 후보자의 아내가 우연찮게도 〈클레오!〉 쇼 제작자의 여동생이었다. 미국은 워싱턴하이츠의 빈민가에서 나고 자라 지구 상에서 가장 인정받는 인물들 중 한 명이 된 클레오를 사랑했다. 클레오가 책을 읽으면 미국 여성들 모두가 책을 읽었다. 그녀가 크리스마스 선물로 양털 같은 목욕 가운을 기부하겠다고 하자 그 회사의 홈페이지는 다운되었다. 그녀가 인터뷰하는 후보자는 선거에서 이겼다. 그녀가 자기 점괘를 봐달라며 나를 쇼에 초대했을 때 내 인생도 하루아침에 바뀌었다.

나는 클레오에게 바보 천치도 추측할 만한 예언들을 했다. 더 승승

장구할 것이다, 《포브스》 선정 올해 세계에서 가장 부유한 여성들 명단에 오를 것이다, 그녀의 신생 제작사가 아카데미 수상자를 배출할 것이다 등등. 하지만 그때 뭔가가 머릿속으로 쓱 들어왔는데, 그녀가 뭐든 얘기해도 좋다고 했던 터라 신중히 생각했어야 할 문제를 불쑥 내뱉고 말았다. "당신 딸이 엄마를 찾고 있어요."

그날 쇼의 일원이기도 했던 클레오의 가장 친한 친구가 말했다. "클레오한테는 딸이 없어요."

사실이었다. 클레오는 할리우드의 어떤 배우와도 스캔들이 난 적이 없는 독신 여성이었다. 그런데 클레오의 눈에 눈물이 차올랐다. "사실은, 있어요." 그녀가 고백했다.

이것은 그해의 가장 뜨거운 뉴스 중 하나였다. 클레오는 열여섯 살에 데이트 폭행을 당한 뒤 푸에르토리코에 있는 수녀원으로 보내졌고, 그곳에서 아기를 낳고 입양을 보냈다고 털어놓았다. 그녀는 서른한 살이 된 자신의 딸을 공개적으로 찾기 시작했고, 두 사람은 방송에서 눈물 어린 재회를 했다. 클레오의 인기는 치솟았다. 그녀는 에미상*을 탔다. 그 답례로 그녀의 제작사는 날 식당 종업원에서 유명 심령술사로 탈바꿈시켜 나만의 TV 쇼 프로그램을 만들어주었다.

나는 아이들 문제와 인연이 깊었다. 경찰서들은 내가 살인자에 관한 단서를 읽을 수 있지 않을까 하고 아이들 시신이 발견된 숲으로 함께 가달라고 청하곤 했다. 나는 아이들이 유괴되었던 집으로 들어가 법집행을 할 수 있는 흔적을 탐지하려 애썼다. 여기저기 튄 피가 입고 있는 보호 장비에 묻어도 범죄 현장을 돌아다니면서 무슨 일이 있었는지

---

* 미국에서 매년 텔레비전 프로그램에 대해 주는 상으로 TV 아카데미상으로 불린다.

그려보려 애썼다. 나는 데스몬드와 루신다에게 실종된 아이가 이미 강을 건너지는 않았는지 묻곤 했다. 명성을 얻을 속셈으로 직통 전화를 거는 사이비 심령술사들과 달리 나는 경찰들이 **날** 찾아오길 기다렸다. 내 쇼에서 추적한 사건들은 최근 사건도 있었고, 미결 사건도 있었다. 나는 놀라운 적중률을 보였다. 내가 일곱 살짜리였다면 속임수를 쓰는 게 아니라고 강조했을 것이다. 그와 동시에 나는 베개 밑에 38구경 권총을 넣어놓고 잠을 자기 시작했고, 집에는 복잡한 방범 장치를 달았다. 펠릭스라는, 얼음같이 차가우면서 투견처럼 강인해 보이는 경호원도 고용했다. 내 재주를 이용해 사랑하는 사람을 잃은 자들을 돕는 일이 내 등을 겨냥했다. 내가 자신들을 지목할 수 있다는 사실을 아는 범인들이라면 날 찾아내는 것도 식은 죽 먹기였다.

물론, 날 비판하는 이들도 있었다. 무신론자들은 내가 사람들을 속여 돈을 뜯어내는 사기꾼이라고 했다. 뭐, 사람들을 속여 돈을 뜯어내는 심령술사들이 **있기는** 하다. 나는 그들을 늪지대 마녀라 부른다. 길가에 앉아 있는 가짜 심령술사들. 좋은 변호사와 악덕 변호사, 좋은 의사와 돌팔이 의사가 있는 것처럼 좋은 심령술사와 사이비 심령술사도 있다. 신이 주신 재능으로 돈을 받는다고 질책하는 사람들도 있는데, 이들의 불평이 더 이상하다. 나는 그저 집에서 먹고 지내기 좋아하는 습관을 깨고 싶지 않았다. 그들에게는 이 점에 대해서만 사과하겠다. 테니스 선수 세레나 윌리엄스나 가수 아델에게 **그들의** 재능을 이용한다고 욕하는 사람들은 아무도 없다, 그렇지 않은가? 나는 언론이 나에 대해 뭐라고 하는 소리는 대체로 무시했다. 비방꾼들과 붙는 건 침몰하는 타이타닉 호에서 사진을 정리하는 짓이나 다름없다. 그래 봤자 뭐가 좋겠는가?

그렇게 나를 욕하는 사람들도 있지만 내 팬들도 있다. 그들에게 고마웠고, 인생에서 정말 좋은 것들, 말하자면 이탈리아산 고급 프레떼 리넨, 말리부의 방갈로, 모엣 샹동 샴페인, 단축 번호에 들어 있는 제니퍼 애니스톤의 휴대전화 번호도 정말 감사했다. 어느 순간부터 나는 점만 보고 있지 않았다. 닐슨 시청률도 자세히 살피고 있었다. 데스몬드가 내게 미디어 창녀가 되어 가고 있다고 말했지만 나는 귀를 닫았다. 내가 보기에는 나는 여전히 사람들을 돕고 있었다. 그 대가로 이만한 것쯤 누릴 자격이 있지 않은가?

매코이 의원의 아들이 낙엽 쌓이는 가을에 유괴를 당했을 때 나는 역대 최고 심령술사가 될 평생 한 번뿐인 기회가 왔다는 걸 알았다. 내 재주를 대통령이 될지도 모를 정치인보다 더 잘 보증해줄 것이 무엇이겠는가? 그가 나와 함께 앞장서서 비과학부Department of Paranormal Affairs를 신설하는 꿈을 꾸기도 했다. 조지타운에 있는 예쁜 타운하우스를 구입하는 꿈도 꾸었다. 그러기 위해서는 '매순간 대중의 눈에 노출되어 있는 그 남자'에게 유권자들의 조롱이 아닌 다른 중요한 정보를 내게서 얻어낼 수 있다고 납득시키기만 하면 되었다.

매코이 의원은 자신이 가동할 수 있는 모든 연줄을 이용해 전국적인 수색에 들어갔지만 아무런 단서도 얻지 못했다. 그가 내 TV 쇼에 출연해 생중계 점을 볼 가능성은 아주 희박했다. 그래서 나는 **나만의** 무기고에 있는 무기를 이용했다. 나는 딸의 병세가 호전되고 있는 메인 주 주지사 아내에게 연락을 취했다. 그녀가 매코이 의원의 아내에게 무슨 말을 했는지는 모르지만 의원 쪽 사람들이 우리 쪽에 전화를 준 것을 보면 효험이 있었던 모양이다. 나머지는 이른바 소문대로다.

어릴 때는 혼령과 산 사람의 차이를 알 수가 없어 모두가 내게 할 말이 있나 보다고만 생각했다. 유명해졌을 때는 그 두 세계의 차이를 구별하는 법을 아주 잘 알았지만 집중해서 듣지 않았다.

나는 자만하지 말았어야 했다. 내가 부르면 언제든 영혼 안내자들이 올 거라고 생각하지 말았어야 했다. TV 쇼 당일, 나는 매코이 부부에게 살아 있는 건강한 아들의 환영이 보인다고 말했지만 그건 거짓말이었다.

나는 아이의 환영을 보지 못했다. 내가 그때 보고 있던 것은 또 한 번의 에미상이었다.

나는 루신다와 데스몬드에게 변명으로 발뺌하기 일쑤였다. 그래서 매코이 부부가 내 맞은편에 앉아 있을 때 나는 그들이 유괴에 대해 무슨 말을 해주기를 기다렸다. 루신다는 내 머릿속에 오칼라 지역의 모습을 밀어 넣어주었다. 그러나 데스몬드가 그녀에게 입을 다물라고 했고, 이후로 그들은 아무 말도 하지 않았다. 그래서 나는 즉흥적으로 매코이 부부에게 그들과 전 미국이 듣고 싶어 하는 말을 했다.

그 일이 어떻게 끝났는지는 모두가 안다.

그 여파로 나는 은둔했다. TV나 라디오에 출연하지 않았다. 하지만 그곳에서 사람들은 신나게 날 헐뜯고 있었다. 나는 내 제작자들이나 클레오와도 말하고 싶지 않았다. 창피한 건 둘째 치고, 이미 속이 문드러져 있던 부부에게 또다시 상처를 줬다는 사실이 더 마음 아팠다. 내가 그들에게 희망의 가능성을 주고선 찢어발긴 셈이었다.

나는 데스몬드를 비난했다. 그가 어느 날 그 못된 엉덩짝을 다시 내밀었을 때 나는 그들과 두 번 다시 이야기하고 싶지 않아 그에게 루신다를 데리고 꺼지라고 말했다.

소원을 빌 때는 조심해야 한다.

내가 일으킨 스캔들이 마침내 다른 스캔들에 자리를 내주면서 나는 내 TV 쇼로 돌아왔다. 그러나 영혼 안내자들은 내 요구사항을 그대로 따랐고 나는 혼자가 되었다. 심령 예언을 해보았지만 감당이 안 될 정도로 어긋났다. 나는 자신감을 잃었고 결국 모든 걸 잃었다.

심령술사 외에 내가 자격 조건에 구애받지 않고 할 수 있는 일은 식당 종업원뿐이었다. 결국 나는 어쩔 수 없이 왕년에 내가 비웃던 이들과 같은 처지가 되었다. 절박한 손님이 걸려들기만을 바라며 지역 축제에 자리를 깔거나 지역 게시판에 전단지를 붙이는 늪지대 마녀 말이다.

전광석화 같은 진짜 심령술을 못 쓴 지 10년이 넘었지만 죽은 남편 버트를 보기 위해 매주 찾아오는 랭햄 부인 같은 사람들 덕분에 지금까지 근근이 살아올 수 있었다. 그녀가 계속 오는 이유는 비록 가짜 점이지만 내가 합법적으로 점을 보던 당시에 버금가는 기술을 가지고 있기 때문이다. 이것을 콜드리딩이라 부르는데, 몸짓 언어, 시각적 단서, 속내 떠보기를 말한다. 기본 전제는 이렇다. 심령술을 원하는 사람들, 특히 죽은 자와 접속하고 싶어 하는 사람들은 성공했으면 하는 의욕으로 가득 차 있다. 그런 사람들은 내가 제공할 수 있는 모든 정보를 갈구한다. 그렇기 때문에 콜드리딩을 잘하면 늪지대 마녀보다 고객에 대해 더 많은 것을 알 수 있다. 불합리한 추론을 연속적으로 던지면 된다. 이모, 그해 봄, 물 관련성, S 음, 사라이거나 샐리이거나, 교육 문제는 아닌지, 장부인지, 저술인지, 고객은 이 목록에서 적어도 한 가지에는 반응을 보이면서 그것이 자신에게 갖는 의미를 찾으려 절실히 애쓴다. 이 대목에서 작동되는 초능력이란 보통 사람이 오만 가지 일들에서 의미를 찾는 능력에 불과하다. 우리 인간은 잘린 그루터기에서 성모 마리아를 보고, 뒤틀린 무지개에서 신을 찾고, 비틀즈 노래를 거꾸로 틀어 폴 매카트니 사망설*을 듣는 종족이 아닌가. 인간의 마음은 말도 안 되는 소리도 이해하려고 들 만큼 복잡한 구석이 있어 가짜 심령술사의 말도 믿을 수 있는 것이다.

그렇다면 나는 어떻게 행동해야 할까? 좋은 마녀는 좋은 탐정이다. 내가 하는 말이 고객에게 어떤 영향을 끼치는지, 동공의 팽창, 숨 들이쉬기 등에 주목한다. 내가 선택한 말들로 단서를 뿌린다. 예를 들어 랭햄 부인에게 "오늘은 부인이 지금 생각하고 계신 기억을 선물할까 합니다……"라고 운을 떼고서 휴일에 대해 말하기 시작하면 아니나 다를까 그녀가 생각하고 있던 **바로** 그 기억이 돼버린다. **선물**이라는 말이 그녀의 마음 한구석에 박혀버리기 때문에 그녀가 깨닫든 깨닫지 못하든 자신이 선물을 받은 때가 언제인지 생각해보라는 신호를 받은 셈이어서 그녀는 생일이나 크리스마스 때를 떠올리게 된다. 그러면 나는 그녀의 마음을 읽은 것처럼 보이는 것이다.

내가 한 말이 그녀에게 통하지 않아 실망의 빛이 보인다 싶으면 얼른 물러나 방향을 돌릴 줄 안다. 그녀의 차림새와 말투를 보고 가정환경을 추정한다. 몇 가지 질문을 하면 대개의 경우 고객은 내가 찾고 있는 답을 준다.

"B가 보이고 있어요…… 할아버지 성함이 그 글자로 시작했나 보죠?"

"아닌데요…… 혹 P자 아닌가요? 할아버지 성함이 폴이셨거든요."

그럼 빙고.

---

* 비틀즈의 노래 〈I'm so tired〉를 거꾸로 틀면 "Paul is dead"라는 말이 들린다며 팬들이 당시의 폴 매카트니 사망설과 연관을 지었다.

고객이 제공하는 정보가 충분하지 않을 경우에는 두 가지 선택이 있다. 하나는 적극적 공세. 제 정신을 가진 사람이면 누구나 듣고 싶어 하는 말, 가령 "부인의 할아버지는 평안하게 지내신다며 부인도 평안하면 좋겠다고 하시네요" 같은 죽은 사람의 전갈을 지어내는 것이다. 다른 하나는 '바넘 효과'* 노리기. 99퍼센트의 사람들에게 들어맞지만 고객 스스로 해석을 내리게 하는 말을 해주는 것이다. "부인의 할아버지는 부인이 신중한 결정을 하고 싶어 한다는 사실을 아시지만 때로는 성급한 판단을 한다고 느끼시네요." 그런 다음 편히 앉아 내가 잡을 수 있는 동아줄을 고객이 더 내려주기를 기다린다. 재미있는 건 사람들은 대화의 공백을 견디지 못해 무슨 말로든 채우고 싶어 한다는 점이다.

그렇다면 나는 사기꾼일까? 그렇게 볼 수도 있을 것이다. 나는 나 자신이 진화론자라고 생각한다. 적응하고 있고, 그래서 살아남을 수 있다고.

그러나 오늘은 재수 옴 붙은 날이다. 비쩍 마른 계집애와 그 애의 녹슨 자전거 덕분에 불과 한 시간 전에 좋은 고객과 할머니의 수정점 그릇과 마음의 평정을 한꺼번에 잃었다. 제나 메트캐프는 제 말마따나 나이보다 어려 보였다. 흥, 이빨 요정의 존재를 아직도 믿고 있을지도 모르지. 하지만 거대한 블랙홀처럼 나를 매코이 스캔들의 악몽 속으로 다시 빨아들일 만큼 영향력이 셌다. 나는 그 아이에게 "실종자는 다루지 않아"라고 말했는데, 그건 진심이었다. 죽은 남편의 전갈을 꾸며내는 것과 사건 종결이 필요한 사람에게 헛된 희망을 심어주는 것은 전

---

* 누구에게나 들어맞을 수밖에 없는 보편적이고 일반적인 성격이나 특징을 듣고 '꼭 내 이야기 같다'라고 생각하며 자신만의 특성으로 여기는 심리적 현상. 19세기 말 미국의 링링 서커스단을 이끌었던 유명한 곡예사 피니어스 테일러 바넘P. T. Barnum의 이름에서 따온 말이다.

적으로 다른 문제다. 그런 행동의 끝이 어디인지 아는가? 뉴햄프셔 주 크랩빌에 있는 술집 위층에 기거하며 목요일마다 실업수당을 타는 것이다.

나는 사이비가 되는 게 좋다. 고객들이 듣고 싶어 하는 말을 지어내는 편이 더 안전하니까. 그래야 고객들도 상처 받지 않고, 나 또한 저세상에 손을 뻗었지만 응답은커녕 참담한 좌절만 맛볼 때 상처 받지 않을 수 있으니까. 어떻게 보면 타고난 재주가 없었던 편이 더 마음 편했을 것 같다. 그랬다면 내가 무엇을 잃고 있는지도 모를 테니 말이다.

그런데 방금 자기가 무엇을 잃었는지도 기억 못하는 누군가가 왔다 갔다.

대관절 제나 메트캐프의 무엇이 날 이렇게까지 흔들어놓는 걸까. 어쩌면 신비하고 아주 매력적이던 눈, 헝클어진 붉은 앞머리 아래 푸르스름하던 눈 때문인지도 모른다. 어쩌면 손톱 밑 속살이 다 뜯겨 있었기 때문인지도 모른다. 아니면 내가 도와주지 않겠다고 했을 때 이상한 나라의 앨리스처럼 몸이 줄어들어 보였기 때문인지도 모른다. 그렇지 않고서는 엄마가 죽었는지를 묻는 그 아이에게 내가 대답을 해준 이유를 설명할 길이 없다.

그 순간만큼은 내 신통력이 돌아오기를 얼마나 원했던가. 벽에 부딪친 듯 실망 어린 얼굴을 하고 있어 나는 10년 전 포기한 시도를 다시 해보았다.

눈을 감고 나 자신과 내 영혼 안내자들 사이에 다리를 다시 세워 무엇이든, 속삭임이든 비웃음이든 입김이든 들어보려고 했다.

그러나, 깊은 침묵만 흘렀다.

그래서 제나 메트캐프를 위해, 다시는 하지 않겠다고 맹세한 짓을 해버렸다. 그 사이로 새어 들어오는 빛줄기 속으로 그 애가 걸어 들어 갈 줄 뻔히 알면서도 가능성의 문을 열고 말았다. 그 아이의 엄마가 죽지 않았다고 말한 것이다.

그때 내 **진짜** 본뜻은 "나도 몰라"였다.

제나 메트캐프가 떠난 뒤 나는 신경안정제를 먹었다. 항불안 치료제까지 꺼낸 이유를 들자면, 과거를 떠올리게 하는 데만 그치지 않고 내 머리 위에서 그 과거를 반 토막 내버린 여자애 때문이다. 3시쯤 나는 소파에서 더없이 행복한 무의식에 빠져들었다.

지난 몇 년간 꿈을 꿔본 적이 없다는 말을 해야겠다. 꿈꾸기는 평범한 인간이 초자연적인 비행기에 오르는 것과 흡사하다. 정신이 감시망을 늦추고 벽들이 저편 세상을 흘긋 볼 수 있을 만큼 얇아지는 때이다. 그런 이유로 자고 난 뒤 그렇게 많은 사람이 죽은 사람이 왔다 갔다고 얘기하는 것이다. 그러나 내 경우는 아니었다. 데스몬드와 루신다가 떠난 뒤로는 그랬다.

그런데 오늘, 잠이 든 뒤 내 정신세계의 빛깔이 만화경 같다. 눈앞에서 깃발이 펄럭이는데, 다시 보니 깃발이 아니다. 얼굴을 볼 수 없는 어떤 여자의 목에 감겨 있는 파란 스카프다. 그녀는 사탕단풍나무 근처에서 미동도 없이 반듯이 누워 코끼리 발에 짓밟히고 있다. 가만 보니 짓밟히고 있는 게 아닌 듯하다. 코끼리는 뒷발을 들어 올려 여자의 몸을 건드리지 않고 움직이면서 그녀를 밟지 않으려고 무진장 애를 쓴다. 코끼리가 코를 뻗어 스카프를 잡아당기는데도 여자는 꿈쩍하지 않는다. 코끼리의 코가 그녀의 뺨과 목과 이마를 어루만진 뒤 스카프를 풀어 들어 올리자, 스카프가 바람에 실려 아득히 사라진다.

코끼리가 여자의 엉덩이 밑에 깔려 있는 뭔지 모를 가죽 장정에 코를 뻗는다. 책인가? 신분증 지갑인가? 코끼리가 그것을 한 장 한 장 넘기는 솜씨가 놀랍다. 잠시 뒤 코끼리는 그것을 여자의 가슴 위에 청진기처럼 올려놓고 숲으로 조용히 사라진다.

나는 흠칫 놀라 잠에서 깬다. 코끼리에 대한 생각으로 혼란스럽고 놀라운데 머릿속은 아직도 폭풍이 휘몰아치고 있는 느낌이다. 그러나 천둥이 아니라 누군가가 문을 쾅쾅 두드리는 소리다.

나는 일어나 문을 열러 가는데 누가 왔는지 이미 안다.

"아줌마가 흥분할까 봐 미리 말하면요, 엄마를 찾아달라고 설득하러 온 게 아니에요." 제나 메트캐프가 날 밀치고 들어오면서 말한다. "두고 간 게 있어서요. 정말로 중요한 거라서……"

나는 현관 입구에 세워진 그 우스꽝스런 자전거를 다시 보고서 눈알을 굴리며 문을 닫는다. 제나는 우리가 몇 시간 전 앉아 있던 공간을 둘러보며 탁자 밑과 의자 아래를 뒤져본다.

"뭐가 있었으면 연락을 했을 거야……"

"아닐 걸요." 그 애가 말한다. 내가 우표와 몰래 챙겨둔 오레오, 배달 메뉴판을 보관해두는 서랍들을 열어보기 시작한다.

"**그만두지** 못 하겠니?" 내가 말한다.

그러나 제나는 내 말을 무시한 채 소파 방석들 사이로 손을 찔러 넣는다. "여기 있을 줄 **알았다니까**." 그 아이는 크게 안도하며 내가 꿈에서 본 파란 스카프를 치실처럼 쭉 잡아당겨 목에 감는다.

그 스카프를 만져볼 수도 있을 만큼 가까이에서 실물로 보게 되자 내가 좀 미친 게 아닌가 하는 생각이 든다. 이 소녀가 두르고 있는 스카프가 내 잠재의식 속에 들어 있었던 걸까. 그러나 이해되지 않는 그 꿈에서 본 것들. 양파 껍질 같은 코끼리 주름들, 코끼리 코의 발레 동작. 그리고 이제야 깨달은 또 하나, 그 코끼리는 여자가 숨을 쉬고 있는지 확인하고 있었다는 것. 그 동물이 떠난 것은 여자가 숨을 **거둬서가** 아니라 여전히 **숨 쉬고** 있었기 때문이라는 것.

그 사실을 어떻게 아는지는 모르겠지만 그냥 알겠다.

지금까지 내가 초자연적 현상을 정의 내린 방식도 그렇다. 이해할 수도, 설명할 수도, 부인할 수도 없다는 것.

타고난 심령술사가 아니면 징조의 힘을 믿지 못한다. 차가 막혀 비행기 시간을 놓쳤는데, 그 비행기가 대서양 한가운데 추락할 때가 있다. 잡초만 무성한 정원에서 장미 한 송이가 피는 일도 있다. 해고당한 여자가 당신 꿈에 나타날 때도 있다.

"귀찮게 해서 죄송해요, 어쨌든." 제나가 말한다.

그 애가 문 밖으로 나가려 할 때 내가 나도 모르게 그 애 이름을 부르고 있다. "제나. 미친 소리처럼 들리겠지만." 내가 말한다. "네 엄마가 혹 서커스 같은 데서 일하셨니? 사육사였니? 흠…… 나도 이유는 모르겠지만 코끼리들과 관련된 중요한 일이었니?"

나는 7년 넘게 진짜 심령 현상은 느껴본 적이 없다. 7년씩이나. 이것도 우연의 일치거나 행운이거나 점심으로 먹은 부리토 후유증일지 모른다.

제나가 돌아서는데 얼굴이 백짓장 같고 충격과 경탄이 반반 섞인 표정을 짓고 있다.

그 순간 나는, 그 애가 날 찾을 인연이었다는 것을 깨닫는다.

내가 그 애의 엄마를 찾게 될 거라는 것도.

앨리스

코끼리들이 죽음을 이해한다는 사실은 의심의 여지가 없다. 물론 우리 인간들처럼 죽음을 준비하지는 않을지 모른다. 인간의 종교 교리에 등장하는 정교한 사후 세계 같은 내세를 상상하지도 않을지 모른다. 코끼리들에게는 슬픔이 더 단순하고 더 명쾌하다. 상실이 전부다.

코끼리들은 다른 동물들의 뼈에는 별 관심이 없고 자기네 코끼리들 뼈에만 관심을 보인다. 코끼리들은 오래전 죽은 동료 코끼리의 시신, 하이에나가 뜯어먹고 남긴 유해와 뼛조각들을 발견하면 서로 모여들고 긴장한다. 그 시체에 떼로 다가가 뼈를 어루만지는데, 꼭 경의를 표하는 것 같다. 그들은 코와 뒷발로 죽은 코끼리를 구석구석 쓰다듬는다. 냄새도 맡는다. 잠깐이지만 상아나 뼈를 들고 가기도 한다. 아무리 작은 상아 조각이라도 자기네 발밑에 놓고 살살 흔들어주기도 한다.

박물학자 조지 애덤슨*은 1940년대 케냐의 정부 정원에 침입한 수

코끼리를 쏠 수밖에 없었던 사건에 대해 글을 썼다. 고기는 주민들에게 나누어주고 나머지는 마을에서 1킬로미터 정도 떨어진 곳에 두었다고 했다. 그날 밤 코끼리들이 그 시체를 발견했다. 그들은 어깨뼈와 대퇴골을 죽은 코끼리가 총에 맞아 숨진 장소로 다시 옮겨놓았다. 사실, 죽음 의식을 상세히 기록해온 위대한 코끼리 연구자들이 있다. 이언 더글러스 해밀턴, 조이스 풀, 카렌 맥콤, 루시 베이커, 신시아 모스, 앤서니 홀 마틴이 그렇다.

나도 그렇다.

보츠와나 보호지역에서 한 코끼리 무리가 걸어가던 중 우두머리인 본틀레가 쓰러지는 것을 나는 본 적이 있다. 다른 코끼리들이 그녀에게 문제가 생긴 걸 알고 엄니로 그녀를 들어 올려 일으켜주려 애썼다. 그것이 먹히지 않자 어린 수코끼리 몇 마리가 본틀레에게 올라타 그녀의 의식을 돌려놓으려 애썼다. 당시 네 살쯤 된 새끼 키고시는 어린 코끼리들이 어미에게 인사를 할 때처럼 어미의 입 속에 코를 넣었다. 무리가 우르렁거리고 새끼가 비명 비슷한 소리를 내는가 싶더니, 다음 순간 다들 조용해졌다. 나는 본틀레가 죽었다는 사실을 알 수 있었다.

코끼리 몇 마리가 수목 한계선으로 가서 나뭇잎과 가지를 모아 본틀레를 덮어주려고 가지고 왔다. 다른 코끼리들은 그녀의 몸 위로 흙을 던졌다. 무리는 물과 먹이 때문에만 잠시 자리를 비울 뿐, 이틀 반나절을 본틀레의 시신을 지키고 서 있었다. 수년이 흘러 그녀의 유골이 바래지고 흩어지고 거대한 두개골이 메마른 강기슭 굽이진 데 박힐 즈음에야 무리도 그곳을 지날 때 으레 하던 짧은 묵념을 그만두었다. 최근

* 사자의 아버지로 불리는 영국인 야생동물 보호주의자. 사자와 인간의 뜨거운 포옹 장면을 담은 동영상의 주인공 크리스티앙을 야생에 적응시킨 인물이기도 하다.

에 나는 여덟 살의 큰 수코끼리가 된 키고시가 그 두개골에 다가가 어미의 입이 있었던 자리에 코를 찌르는 모습을 보았다. 녀석이 그렇게 한 건 그 뼈들이 특별한 의미가 있어서는 아니었다. 하지만 그 모습을 보았다면 누구라도 나와 같은 생각을 할 것이다. 그 특별한 뼈들이 한때는 제 어미였다는 사실을 녀석도 알아본 거라고 말이다.

제나

"다시 말해봐요." 내가 다그친다.

세레니티는 눈알을 굴린다. 우리는 지금 그녀의 거실에 한 시간째 앉아 있고 그녀는 우리 엄마에 대해 꾼 10초짜리 꿈을 세세히 이야기한다. 내가 엄마라고 아는 건 엄마의 파란 스카프와 코끼리 때문이고…… 또, 어떤 것이 진실이라고 절실히 믿고 싶을 때는 뭐든 그렇다고 굳게 믿을 수 있기 때문이다.

사실, 세레니티는 내가 문을 나서자마자 구글에서 나를 검색해 기묘한 혼수상태와 후피동물을 대충 꿰맞추었을지도 모른다. 그러나 구글에서 '제나 메트캐프'를 치면 세 번째 페이지에나 엄마의 이름이 등장하는데, 그마저도 내가 엄마의 세 살짜리 딸로 언급되어 있을 뿐인 기사다. 저마다 다른 삶을 살아온 다른 제나 메트캐프가 무수히 많은 데다 엄마의 실종은 아주 오래전 일이었다. 게다가 세레니티는 내가 스카프를 두고 가서 돌아오고 있다는 사실도 몰랐다.

정말로 **몰랐다면**, 그녀가 진짜배기라는 증거다, 그렇지 않은가?

"있지, 지금까지 한 얘기들 말고는 더 말할 게 없어." 세레니티가 말한다.

"하지만 엄마가 숨 쉬고 있었다면서요."

"내가 꿈에서 본 **여자는** 숨을 쉬고 있었지."

"헉헉거리거나 그랬나요? 소리도 내면서요?"

"아니. 그냥 누워만 있었어. 내 느낌으론…… 그랬어."

"엄마는 죽지 않았어." 나는 세레니티보다 나 자신에게 이 말을 중얼거린다. 내 피가 탄산가스로 변하기라도 한 듯 그 말이 내 속에서 거품처럼 부풀어 올라 나를 채워주는 게 좋기 때문이다. 엄마가 살아 있을지도 모른다. 그리고 10년 동안 나를 찾지 않았다는 사실에 화가 나거나 속이 상해야 할 텐데 그러기는커녕 내가 잘만 하면 엄마를 다시 보게 된다는 생각에 기쁘기만 하다.

엄마를 봐야 미워하든 아니면 왜 날 데리러 오지 않았는지 따져 물을 수 있으니까.

아니면 그냥 엄마 품에 슬그머니 안겨 처음부터 다시 시작하자고 할 수도 있으니까.

갑자기 내 눈이 커진다. "그 꿈 말이에요. 새로운 증거잖아요. 아줌마가 나한테 한 얘기를 경찰한테 말하면 엄마의 사건을 재수사하지 않을까요?"

"아가씨, 이 나라엔 심령술사의 꿈을 공식 증거로 채택할 수사관은 없어. 검사한테 부활절 토끼를 증인으로 불러달라고 하는 격이지."

"하지만 진짜 그런 거면요? 아줌마가 꾼 꿈이 아줌마 머릿속으로 들어온 과거의 한 조각이면요?"

"심령 정보는 곧이곧대로만 보면 안 돼. 한번은 할머니가 돌아가셨다며 찾아온 고객이 있었어. 그 할머니는 내게 만리장성, 천안문 광장, 마오쩌둥, 포춘 쿠키를 보여주면서 강한 존재감을 느끼게 했어. 나한테 중국을 말하게 하려고 온갖 수를 쓰는 것 같았지. 그래서 고객한테 할머니가 중국을 방문한 적이 있는지, 아니면 풍수나 그런 것에 관심이 있었는지 묻자 그녀는 그런 것 같지 않다고, 말도 안 된다고 했어. 그러자 할머니는 내게 장미를 보여주었어. 내가 그 얘기를 해주자 고객은 이렇게 말했지. '제 할머니는 들꽃 쪽에 가까운 분이셨어요.' 그래서 계속 생각했지, 중국…… 장미. 중국…… 장미. 그때 고객이 고개를 들고 이렇게 말하는 거야. '있죠, 할머니가 돌아가시고 나서 제가 할머니 자기 세트를 물려받았는데 거기에 장미 문양이 있었어요.' 그 할머니가 장미 문양이 있는 소스 그릇이 아니고 왜 에그롤을 보여주었는지는 지금도 몰라. 그러니까 내 말은, 코끼리가 실제로는 코끼리가 아닐지 모른다는 거야. 다른 뭔가를 대신 보여줄 수도 있단 거지."

나는 어리둥절한 표정으로 그녀를 본다. "하지만 엄마가 죽지 않았다고 두 번이나 말했잖아요."

세레니티는 머뭇거린다. "이보세요, 내 실적이 썩 완벽하진 않다는 걸 아셔야지."

나는 어깨를 으쓱한다. "한 번 엎어졌다고 또 엎어지란 법은 없잖아요."

그녀가 입을 벌리다가 탁 다문다.

"실종자들을 잘 찾았을 때는 어떻게 한 건데요?" 내가 묻는다.

"먼저 아이가 입던 옷 조각이나 가지고 놀던 장난감을 받아. 그 다음에는 경찰들과 나가서 그 애가 마지막으로 발견된 곳을 추적하지." 세레니티가 말한다. "이따금 보이는데……"

"뭐가요?"

"전광석화처럼, 도로명 표지판이나 풍경의 유형이나 차 제조업체, 한번은 어항도 보였는데, 나중에 보니 아이가 갇혀 있던 방이었어. 하지만……" 그녀가 불안하게 어조를 바꾼다. "내 신통력은 아무래도 동맥경화증에 걸린 것 같아."

세레티니 말대로 그녀가 얻는 정보가 직격탄일 수도 있고 정반대 의미일 수도 있다면 심령술사가 잃을 게 뭔지 모르겠다. 내게는 이보다 더 좋은 안전망이 없어 보이는데 말이다. 세레니티가 본 코끼리는 엄마에게 닥친 큰 장애물을 비유할 수도 있다. 그러나 프로이트의 논리대로라면 진짜 코끼리일 수도 있다. 알아낼 방법은 한 가지뿐이다. "차 있죠, 네?"

"으응…… 뭐? 왜에?"

나는 거실을 가로질러 엄마의 스카프를 목에 두른다. 그런 다음 내가 이곳에 도착하자마자 뒤적거린 서랍장에서 차 열쇠를 보았던 칸에 손을 집어넣는다. 열쇠를 세레니티에게 휙 던지고 그녀의 아파트 문을 나선다. 나는 심령술사는 아니지만 이 정도는 알겠다. 세레니티도 그 꿈이 무엇을 의미하는지 궁금해 죽겠지만 감을 못 잡고 있다는 걸 말이다.

세레니티는 녹이 슬어 조수석 문 뒤에 레이스 같은 구멍이 난 1980년대산 노란색 폭스바겐 버그를 몬다. 내 자전거는 뒷좌석에 찌부러져 있다. 나는 그녀에게 뒷길과 주립 고속도로를 알려주다 자전거는 지나갈 수 있지만 차는 지나갈 수 없는 골목길 때문에 딱 두 번 길을 잃는다. 스타크 자연보호구역에 도착하니 주차장에 세워져 있는 차가 한 대도 없다. "자, 이젠 왜 날 여기로 끌고 왔는지 얘기 좀 해볼까?" 그녀가 묻는다.

"여기가 예전에는 코끼리 보호소였어요." 내가 말한다.

그녀는 아직도 코끼리를 기대하는 눈빛으로 차창 밖을 본다. "여기가? 뉴햄프셔에?"

나는 고개를 끄덕인다. "아빠는 동물 행동 심리학자였어요. 엄마를 만나기 전에 보호소를 여셨죠. 코끼리는 태국이나 아프리카 같은 더운 지역에서만 산다고 생각하는데, 의외로 추위에도 심지어 눈에도 적응을 잘해요. 제가 태어났을 때 여기에는 아빠가 동물원이나 서커스에서 구해낸 코끼리가 일곱 마리 있었어요."

"지금은 어디 있는데?"

"여기가 문을 닫았을 때 테네시 주에 있는 코끼리 보호소에서 다 데려갔어요." 나는 출발점 맞은편에 있는 철조망을 바라본다. "이 땅은 주에서 사들였어요. 언제였는지는 너무 어릴 때라 기억이 안 나요." 나는 조수석 문을 열고 차에서 내려 세레니티가 따라오는지 보려고 뒤를 힐끗 본다. "여기서부턴 걸어가야 해요."

세레니티는 자신의 표범 무늬 샌들과 풀이 무성한 길을 내려다본다. "어딘데?"

"나도 몰라요."

세레니티는 내가 무엇을 요구하고 있는지 단번에 이해한다. "오, 못해. **젠장.** 못한다고." 그녀가 말한다. 그녀는 발길을 돌려 차로 돌아가려고 한다.

나는 그녀의 팔을 잡는다. "몇 년 동안이나 꿈을 꾸지 않았다면서요.

근데 제 엄마 꿈은 꿨잖아요. 전광석화처럼 뭐가 보인다고 해도 다치는 건 아니잖아요, 안 그래요?"

"10년이면 미제 사건이다 못해 완전 미궁이야. 네 엄마가 사라졌을 때 있던 것들이 지금은 하나도 없다고."

"**난** 여기 있잖아요." 내가 말한다.

세레니티의 콧구멍이 벌렁거린다.

"아줌마도 그 꿈이 진짜로 아무 의미 없는 꿈이기를 바라진 않잖아요." 내가 말한다. "이건 로또 당첨하고 비슷하잖아요, 네? 표를 사지 않으면 기회조차 못 가지잖아요."

"난 그 빌어먹을 표를 매주 사지만 한 번도 당첨된 적이 없어." 세레니티는 투덜대면서도 사슬문을 넘어 풀이 무성한 길로 덤불을 헤치고 들어가기 시작한다.

우리는 잠시 말없이 걷기만 한다. 곤충들이 머리 위를 핑핑 지나다니며 윙윙거리는 여름 소리를 낸다. 세레니티는 손으로 어린잎들을 스르르 만져보더니 잎 하나를 툭 꺾어 쿵쿵 냄새를 맡고는 계속 나아간다. "뭘 찾고 있는 거예요?" 내가 작은 소리로 묻는다.

"알게 되면 말해줄게."

"보호소 땅이었던 곳은 거의 끝나버렸는데……"

"내가 집중하길 원하는 거 아니야?" 세레니티가 말허리를 자른다.

그래서 나는 조용히 좀 더 지켜본다. 그러나 차를 타고 올 때부터 날 끈질기게 괴롭히는 의문이 가시지 않는다. 목구멍에 걸려 있는 가시처럼. "세레니티?" 나는 기어이 묻고 만다. "우리 엄마가 살아 있지 **않다는** 걸 알게 돼도…… 살아 있다고 거짓말을 할 건가요?"

그녀가 걸음을 멈추고 돌아서서 허리에 손을 얹는다. "아가씨, 내가 널 좋아할 만큼 잘 알지도 못하는데 하물며 네 여린 십 대의 마음까지 헤아릴 것 같니. 네 엄마가 왜 나한테 오지 않는지는 나도 몰라. 살아 있어서, 죽지 않아서 그럴 수도 있지. 아니면 내가 말했듯이 내 실력이 녹이 슬어 그럴 수도 있고. 하지만 이건 약속하마…… 네 엄마가 혼령이나 아니 유령이라 해도 느낌이 오면 사실대로 말한다고."

"혼령이나 유령이라뇨?"

"그 둘은 서로 달라. 할리우드 덕분에 사람들은 그 둘이 같다고들 생각하지." 그녀가 어깨 너머로 나를 본다. "육체는 숨을 거두면 끝이야. 끝. 사랑하는 사람이 세상을 떴어. 하지만 영혼은 온전히 남아. 남부럽지 않은 삶을 살고 후회가 많지 않은 사람은 잠시 떠돌다 곧 이행을 끝내지."

"이행이라뇨?"

"강을 건넌다고. 천국으로 간다고도 해. 뭐라고 부르든 상관없어. 그 과정을 거치면 혼령이 돼. 그러나 이승에서 멍청이로 살았고 베드로나 예수나 알라한테 한심한 놈으로 찍히면 지옥이나 저승에 있는 다른 나쁜 곳으로 가게 돼. 일찍 죽었다고 화를 내는 인간도 있을 수 있고, 염병, 죽었다는 사실조차 깨닫지 못하는 인간도 있어. 어느 쪽이건 이런 인간은 이승을 떠날 준비가 되지 않았거나 아직 죽지 않았다고 결론을 내려. 문제는 **죽었다**는 거야. 그런데 어떻게 할 수가 없어. 그래서 이곳에서 어정쩡하게 유령으로 머무는 거지."

우리는 울창한 덤불을 헤치고 나란히 다시 걷는다. "그럼 엄마가 혼령이면 어디 다른 곳으로…… 갔다는 건가요?"

"맞아."

"엄마가 유령이면요, 어디 있는데요?"

"여기지. 이 세상의 일부이긴 하지만 네가 속해 있는 곳은 아니야."
세레니티는 고개를 가로젓는다. "이걸 어떻게 설명하나……" 그녀는
이렇게 중얼거리고는 손가락 마디를 뚝뚝 꺾는다. "디즈니 만화영화
제작자들을 다룬 다큐멘터리를 본 적이 있는데, 도널드 덕이나 구피를
만들 때 여러 가지 선과 색을 겹겹이 쌓다 보니 투명한 층이 생기더라
고. 유령은, 그런 거랑 비슷한 것 같아. 우리 세계에 겹쳐 있는 또 하나
의 층이라고나 할까."

"아줌마는 그런 걸 어떻게 알아요?" 내가 묻는다.

"나도 들은 거지 뭐." 세레니티가 말한다. "내가 알 수 있는 건 빙산의
일각이야."

나는 내 주변에서 맴돌고 있을 유령들을 혹시 볼 수 있을까 하고 주
위를 둘러본다. 엄마를 느껴볼까 하고. 엄마가 죽었어도 어디 가까이
있기만 하다면 그다지 나쁘지 않을 것 같다. "나도 알 수 있어요? 엄마
가 유령이었으면 나한테 말을 걸려고 했을까요?"

"전화 소리를 듣고 수화기를 들었는데 아무 소리도 안 들린 적 있
어? 그랬다면 너한테 무슨 말인가를 하려고 한 혼령일 수 있어. 혼령은
에너지여서 산 사람의 주목을 끌 수 있는 가장 쉬운 방법이 에너지를
조작하는 거야. 전화 연결, 컴퓨터 고장, 전구 점멸 그런 걸로."

"아줌마하고는 어떻게 소통하는데요?"

세레니티는 머뭇거린다. "내 경우에는 콘택트렌즈를 처음 꼈을 때랑
비슷해. 내 눈에 맞지 않는 이물감이 느껴져서 도무지 적응이 안 됐어.
불편하다는 느낌이 아니라 그냥 내 몸의 일부가 아니었어. 저세상으로
부터 정보를 받을 때 그런 느낌이야. 아차 싶은 생각하고 비슷한데, 다
만 그 생각의 주체가 내가 아닌 거지."

"듣고 싶지 않은데 자꾸 들리는 소리처럼요? 멈추고 싶은데 자꾸 흥얼거리게 되는 노래처럼요?" 내가 묻는다.

"비슷해."

"난 늘 엄마를 봤다고 생각했어요." 나는 부드럽게 말한다. "사람들이 북적거리는 곳에서 할머니 손을 놓고 엄마 쪽으로 달려갔지만 한번도 따라잡질 못했어요."

세레니티가 이상한 표정으로 날 빤히 보고 있다. "네가 심령술사 **같은데**."

"잃어버린 사람을 찾다 보면 이런 증상이 생기는지도 모르죠." 내가 말한다.

갑자기 그녀가 걸음을 멈춘다. "뭔가가 느껴져." 말투가 연극 대사 같다.

주위를 둘러보지만 내 눈에는 언덕을 이룬 키 큰 수풀과 나무 몇 그루와 정교한 모빌처럼 머리 위를 천천히 돌고 있는 왕나비들만 보일 뿐이다. "여긴 사탕단풍나무에서 한참 떨어진 데라고요." 나는 콕 집어 준다.

"환영은 은유랑 비슷해." 세레니티가 설명한다.

"참 웃기네요, 그 표현은 직유잖아요." 내가 말한다.

"뭐라고?"

"아니에요." 나는 목에 두른 스카프를 푼다. "이게 있으면 도움이 되지 않을까요?"

내가 스카프를 건네자 그녀는 전염병이라도 옮을 것처럼 물러선다. 문제는 스카프가 이미 내 손을 떠나 강풍을 타고 토네이도처럼 빙빙 돌아 하늘 멀리 멀리 날아가고 있다는 것이다.

"안 돼!" 나는 비명을 지르며 쏜살같이 쫓아간다. 스카프는 바람을 타고 떨어졌다 떠올랐다 하며 날 약 올리기만 할 뿐 잡을 수 있을 만큼은 가까워지지 않는다. 잠시 후 스카프는 높이 6미터쯤 되는 어떤 나무의 가지에 걸린다. 발 디딜 곳을 찾아 올라가 보려 하지만 나무껍질에 디딜 마디가 없다. 나는 좌절하여 땅에 쿵 떨어진다. 눈물이 눈을 찌른다.

내가 가진 엄마의 유품이 거의 없는데.

"여기."

세레니티가 내 옆에 쭈그리고 앉아 두 손을 깍지 껴 디딜 발판을 만들어준다.

나무를 오르자 뺨과 팔이 자꾸 긁힌다. 손톱도 나무껍질에 찔려 뚝뚝 부러진다. 그러나 나는 첫 번째 V자형 구간에 도착하기 위해 어떻게든 높이 올라간다. 손을 더듬거리자 흙과 잔가지가 있는, 모험심 많은 새가 버려두고 간 둥지가 만져진다.

스카프는 뭔가에 걸려 있다. 나는 손을 뻗어 마침내 스카프를 잡아당긴다. 나뭇잎들과 가지들이 내 머리 위로, 세레니티 위로 후드득 떨어진다. 이어서 더 단단한 뭔가가 내 이마를 탁 치고는 땅에 떨어진다.

"대체 그게 뭐예요?" 나는 엄마의 스카프를 다시 목에 둘러 단단히 묶으면서 묻는다.

세레니티는 몹시 놀란 표정으로 손바닥을 응시한다. 그런 다음 땅에 떨어졌던 그 물건을 내게 건넨다.

여기저기 금이 간 검정 가죽 지갑인데, 속에 뭔가가 들어 있다. 지폐 33달러. 벤다이어그램 원이 그려진 구식 마스터카드 한 장. 앨리스 K. 메트캐프라고 찍힌 뉴햄프셔 주 운전면허증.

이것은 증거다. 맹세코 진짜 증거로 내 바지 주머니에서 나오고 싶어 안달하고 있다. 이것으로 엄마의 실종이 자의에 의한 일이 아니었다는 것을 증명할 수 있지 않을까. 돈도 신용카드도 없이 멀리 떠난다는 게 말이 되는가?

"이게 무슨 뜻인지 알아요?" 나는 세레니티에게 묻는다. 그녀는 차로 돌아와 마을로 운전을 하기 시작한 때부터 거의 말이 없다. "경찰이 엄마를 찾아주려고 할 것 같아요."

세레니티가 나를 흘깃 본다. "10년이 지난 일이야. 그렇게 쉽지 않을 걸."

"아뇨, 쉬울 거예요. 새로운 증거는 사건 재개나 마찬가지예요. 탕!"

"넌 그러면 좋겠다는 거지. 하지만 놀랄 일이 생길지도 몰라." 그녀가 말한다.

"지금 장난해요? 내가 얼마나 오랫동안…… 정말, 이걸 꿈꿔왔게요."

그녀는 입을 오므린다. "영혼 안내자들한테 그쪽 세계는 어떠냐고 질문을 할 때면 내가 알아서는 안 되는 것들이 있다고 못 박곤 했어. 난 내세에 관한 어마어마한 비밀을 보호할 필요가 있어서 그런가 보다 생각했는데…… 사실은 날 보호하기 위해서였다는 걸 나중에야 깨달았지."

"내가 엄마를 찾아보지도 않는다면, 그랬다면 어땠을까 하는 궁금증을 평생 달고 살아야 할 거예요." 내가 말한다.

그녀가 빨간불에 차를 세운다. "엄마를 찾으면……"

"찾았을 **때**요." 나는 말을 바로잡는다.

"엄마를 찾았을 **때** 왜 그동안 널 찾으러 오지 않았는지 물을 거니?" 내가 대답을 하지 않자 그녀도 더는 캐묻지 않는다. "대답을 원한다면 말이야, 들을 준비도 해두는 게 좋을 거야."

그 순간 그녀가 경찰서를 그냥 지나치고 있다. "이봐요, 세워요." 내가 소리치자 그녀가 브레이크를 꾹 밟는다. "들어가서 우리가 뭘 찾아냈는지 말해야 해요."

세레니티는 차를 보도에 걸쳐놓는다. "**우린** 아무것도 할 필요가 없어. 난 내 꿈을 너한테 말해줬고. 주립공원까지 널 데려다주기까지 했어. 네가 원하는 걸 얻어서 나도 기뻐. 하지만 난 경찰과 연루될 필요도 없고 연루되고 싶지도 않아."

"그러세요?" 나는 기가 막힌다. "다른 사람 인생에 수류탄처럼 정보를 던져놓고 폭발하기 직전에 떠나시겠다?"

"엉뚱한 사람한테 화풀이하지 마."

내가 왜 놀라고 있는지 모르겠다. 세레니티 존스는 전혀 모르는 사람이 아닌가. 그런 그녀가 날 도와줄 거라 기대를 했다니. 하지만 난 날 버리고 떠나는 사람들에 이골이 나 있고, 그런 사람이 한 명 더 생기려 하는 것뿐이다. 그래서 나는 뒤에 남게 될 위험이 느껴질 때면 가장 손쉬운 방법을 쓴다. 내가 먼저 떠나버리는 것이다. "사람들이 아줌마를 싫어할 만도 했네요." 내가 말한다.

그 말에 그녀가 머리를 탁 든다.

"**꿈** 얘기 고마웠어요." 나는 차에서 내려 뒷좌석에서 자전거를 끌어내린다. "잘 사세요."

나는 차 문을 쾅 닫고 자전거를 세워놓고 경찰서로 걸어간다. 유리 부스 안에 있는 접수원에게 다가간다. 고등학교를 갓 졸업한 듯한 나보다 두세 살이 많아 보이는 아가씬데, 가슴팍에 경찰 로고가 새겨진 밋밋한 폴로셔츠를 입고 있고 아이라이너를 엄청 짙게 그렸다. 가만 보니 그녀는 컴퓨터 앞에 앉아 페이스북 페이지를 보고 있다.

나는 헛기침을 한다. 그녀와 나를 갈라놓은 유리에 작은 격자판처럼 구멍이 나 있어 내 소리가 들릴 것이다. "안녕하세요?" 내가 인사를 건네는데도 그녀는 타자만 치고 있다.

내가 유리문을 톡톡 치자 그녀의 눈이 내 쪽을 보고 깜박거린다. 나는 관심을 끌려고 손을 흔든다.

전화가 울리자 나는 안중에도 없다는 듯 그녀가 날 외면하고 전화를 받는다.

정말이지, 저런 신출내기들 때문에 우리 세대가 나쁜 평판을 듣는 거라고.

두 번째 접수원이 내 쪽으로 걸어온다. 곱슬곱슬한 금발에 드럼통 체형을 가진, 나이가 있어 보이는 작달막한 여자다. 그녀의 이름표에는 폴리라고 적혀 있다. "뭐 도와줄 일이라도 있니?"

"네." 나는 최대한 어른스러운 미소를 지어 보이며 말한다. 사실 열세 살짜리 소녀가 10년 전 일어난 실종 사건을 이야기하고 싶다고 하면 어떤 어른이 진지하게 받아주겠는가? "형사님이랑 얘기하고 싶어요."

"무슨 일로?"

"그게 좀 복잡해요." 내가 말한다. "10년 전 코끼리 보호소가 있던 곳에서 한 직원이 살해됐는데요. 버질 스탠호프 형사가 그 사건을 조사했어요…… 저는…… 그분하고 직접 얘기를 하고 싶어요."

폴리라는 여자가 입을 오므린다. "이름이 뭐니, 아가씨?"

"제나요. 제나 메트캐프예요."

그녀는 헤드마이크를 벗고 내가 볼 수 없는 안쪽 방으로 들어간다.

나는 실종자들과 자녀를 돌보지 않는 아버지들로 가득한 벽면을 꼼꼼히 본다. 10년 전 엄마의 얼굴이 저 벽에 붙어 있었다면 나는 지금 여기에 서 있을까?

폴리 접수원이 내가 있는 유리 부스 밖에 불쑥 나타나는데, 손잡이에 번호자물쇠가 달린 출입구로 나온 모양이다. 그녀는 의자들이 늘어서 있는 곳으로 나를 데려가 자리에 앉힌다. "나도 그 사건을 기억한단다." 그녀가 내게 말한다.

"그럼 스탠호프 형사도 아세요? 지금은 여기서 일하지 않는다는 걸 알지만 여기 오면 그분이 어디 있는지 알 수 있겠다고 생각했어요……"

"그분한테 어떻게 연락을 하겠다는 건지 모르겠구나." 폴리가 내 팔위에 손을 살짝 얹는다. "버질 스탠호프 형사는 죽었단다."

그 사건이 있고 나서 아빠가 거주하게 된 시설은 할머니 집에서 거리가 5킬로미터 정도밖에 되지 않는데도 나는 자주 찾아가지 않는다. 좀 우울한 곳인데, 첫째는 늘 지린내가 나기 때문이고 둘째는 정신질 환자들보다 유치원생들을 수용하고 있는 건물인 양 눈송이나 불꽃, 핼러윈 호박 스티커가 창문에 붙어 있기 때문이다.

시설의 이름은 하트윅 하우스인데, 이름만 들으면 PBS 드라마 제목 같다. 하지만 현실은 간호조무사들이 환자들의 안정을 위해 약이 든 컵을 돌리는 동안 본관 라운지에서는 약에 취해 좀비들처럼 요리 프로를 시청하고 있거나, 전기 충격 요법으로 휠체어 팔걸이에 모래 자루처럼 축 늘어져 잠을 자는 환자들이 있는 곳이다. 그곳에 갈 때면 나는 무섭기보다 한때는 보호소의 대단한 구세주로 보였던 아빠가 지금은 자신조차 구원할 수 없다는 사실에 끔찍하리만치 우울하다.

하트윅 하우스에서 내가 정말로 기겁했던 적이 딱 한 번 있었다. 라운지에서 아빠와 체커를 두고 있는데 기름진 머리를 하나로 땋은 십대 소녀가 부엌칼을 들고 여닫이문으로 불쑥 들어왔다. 그 애가 칼을 어디서 구했는지는 나도 모른다. 하트윅 하우스에서는 무기가 될 만한 물건은 모두 다, 신발 끈조차도 금지되어 있고, 라이커즈 아일랜드* 보다 더 안전하게 캐비닛에 보관해두는데 말이다. 그러나 어쨌거나 그애는 병원 체제보다 한 수 위였고, 여닫이문으로 쳐들어와 정신 나간 눈빛으로 내 얼굴을 똑바로 응시했다. 그런 다음 팔을 쳐들었는데, 칼이 허공을 가로지르며 내 쪽으로 날아들었다.

나는 머리를 홱 숙였다. 미끄러지듯 탁자 밑으로 들어갔다. 두 팔로 머리를 감싼 채 내 모습을 감추려 애쓰는 동안 건장한 간호조무사들이 그 애를 붙잡아 진정제를 놓고 병실로 데려갔다.

간호사 한두 명은 내가 괜찮은지 확인하러 올 법도 했건만 그들은 사건의 여파로 비명을 지르고 겁에 질려 날뛰고 있는 다른 환자들을 챙기느라 바빴다.

아빠는 비명을 지르지도 겁에 질려 날뛰지도 않았다. 자기 수만 두고 있었다. "장군이다." 아빠는 아무 일도 없었다는 듯이 말했다.

아빠의 세계에서는 아무 일도 일어나지 않았다는 사실을 깨닫기까지는 오래 걸리지 않았다. 십 대 정신병자 때문에 내가 추수감사절 칠면조처럼 두 동강이 났어도 아빠에게 왜 가만히 있었냐고 화를 낼 수 없었다. 자신의 현실이 타인의 현실과 같지 않다는 사실을 진짜로 이해 못하는 사람은 비난할 수가 없는 법이다.

---

* 뉴욕 시에 있는 감옥 단지로 수감자들을 학대하고 방치한 사건들로 최근 언론에 보도돼, 사법 처리의 대상이 되고 있다.

오늘 하트윅 하우스에 가보니 아빠가 라운지에 없다. 아빠는 자기 방에서 창문 앞에 앉아 있다. 매듭으로 꼬인 선명한 무지개색 자수용 명주실을 만지작거리고 있다. 치료와 관련해 누군가의 기발한 착상이 다른 사람에게는 지옥 같은 좌절을 안길 수 있다는 생각은 어제오늘 한 게 아니다. 내가 들어가도 아빠는 힐끗 쳐다만 볼 뿐 열을 내지 않는다. 불안 증세가 심하지 않다는 좋은 징조다. 나는 이를 내게 유리한 방향으로 이끌어 엄마 얘기를 꺼내볼 생각이다.

나는 아빠 앞에 무릎을 꿇고 앉아 명주실을 잡아당겨 점점 헝클어뜨리고 있는 아빠의 두 손을 진정시킨다. "아빠." 나는 색색의 실뭉치에서 오렌지색을 뽑아 아빠의 왼쪽 무릎 위에 걸쳐놓는다. "우리가 엄마를 찾게 되면 어떻게 될 것 같아요?"

아빠는 대답하지 않는다.

나는 새빨간 실을 잡아당긴다. "그러니까요, 우리 가족이 파탄 난 게 엄마가 없어 그런 거면요?"

내가 아빠의 두 손을 움켜잡자 명주실 두 가닥이 내 손에 휘감겨 버린다. "엄마를 왜 떠나보냈어요?" 나는 아빠의 눈길을 붙잡으며 작은 소리로 묻는다. "엄마가 실종됐다고 왜 경찰에 말하지 않았어요?"

아빠는 분명 머리가 고장 났지만 지난 10년 동안 제정신이 드는 순간이 있었다. 엄마가 실종됐다고 아빠가 말했어도 아무도 진지하게 받아주지 않았을지도 모른다. 그러나 반대로, **받아주었을지도** 모른다.

그러면 실종자 사건을 재수사할 수도 있다. 그러면 10년 전 일어난 실종 사건이란 사실조차 모르는 경찰에게 그 일을 조사해달라고 처음부터 새로 시작할 필요도 없다.

갑자기 아빠의 얼굴 표정이 바뀐다. 모래를 치는 파도의 물거품처럼 좌절감이 누그러지면서 아빠의 눈빛이 밝아진다. 내 눈과 같은, 사람을 불안하게 만드는 짙은 초록 눈이다. "앨리스?" 아빠가 말한다. "당신은 이거 어떻게 하는지 알아?" 아빠가 실뭉치를 들어 보인다.

"난 엄마가 아니에요." 내가 말한다.

아빠는 어리둥절한 표정으로 고개를 젓는다.

나는 입술을 깨물고서 실 가닥을 풀어 어린이 캠프만 가면 누구나 배워 오는 간단한 매듭으로 팔찌를 만든다. 실을 꼬고 있는 내 손 위에서 아빠의 손이 벌새처럼 파닥거린다. 나는 완성한 뒤, 고정하느라 쓴 아빠 바지에 있던 옷핀을 빼내고 실을 아빠의 손목에 묶어준다. 밝은 색상의 팔찌다.

아빠는 감탄한다. "당신은 언제나 이런 걸 정말 잘했어." 아빠가 내게 미소를 지어 보이며 말한다.

그 순간 아빠가 왜 엄마를 실종자로 신고하지 않았는지 깨닫는다. 어쩌면 아빠에게는 엄마가 실종되지 않았겠다고. 내 얼굴과 내 목소리와 내 존재에서 언제나 엄마를 찾을 수 있었을 테니까.

내게도 그렇게 쉬우면 얼마나 좋을까.

집에 돌아오니 할머니가 텔레비전으로 〈운명의 수레바퀴〉를 보면서 참가자들보다 먼저 대답을 외치고 진행자인 바나 화이트의 옷차림에 대해 한소리 한다. "그 벨트 때문에 꼭 화냥년처럼 보이잖아." 할머니는 바나에게 말하고 나서 입구에 서 있는 나를 본다. "오늘은 할 만했니?"

나는 잠시 움찔했다가 할머니가 애 봐주는 일을 묻고 있다는 걸 깨닫는다. 물론 그 일은 하지 않았다. "괜찮았어요." 나는 거짓말을 한다.

"냉장고에 조개 모양 파스타 있으니까 먹고 싶으면 데워 먹어라." 할머니는 이렇게 말하고서 화면으로 눈길을 돌린다. "F를 골라야지, 이 멍청아." 할머니가 소리친다.

나는 할머니가 방심한 틈을 타 내 뒤를 따르는 거티와 함께 위층으로 올라간다. 거티는 편히 쉬려고 내 침대 위에 베개들로 집을 만들고는 빙글빙글 돈다.

나는 무엇을 해야 할지 모르겠다. 정보는 손에 쥐었지만 아무런 성과가 없다.

주머니에 손을 넣어 가져온 지폐 뭉치를 꺼내 한 장을 펴본다. 아무 생각 없이 코끼리 모양으로 접기 시작하다 자꾸 망치는 바람에 구깃구깃 뭉쳐 방바닥에 던져버린다. 아빠의 두 손이 자수용 실로 되지도 않는 매듭을 짓고 있던 모습이 계속 떠오른다.

코끼리 보호소를 수사했던 형사들 중 한 명은 알츠하이머병에 걸려 있다. 다른 한 명은 죽었다. 그러나 여기가 막다른 곳은 아닐 것이다. 현직 형사들한테 당신네 경찰서가 10년 전에 우리 엄마를 실종자로 간주하지 않아 사건을 망치게 되었다는 사실을 알릴 수 있는 길만 찾으면 될 것이다.

그 일이 정말로 잘돼야 할 텐데.

노트북을 켜자 윙 소리와 함께 화면에 불이 들어온다. 암호를 쳐서 검색 창을 연다. '버질 스탠호프, 사망'이라고 친다.

처음 뜨는 기사는 그가 수사관으로 임명되는 진급식에 관한 공지다. 사진도 한 장 있다. 옅은 갈색 머리를 옆으로 빗어 넘겼고, 덩치가 크고 뚱뚱하다. 그는 이가 보이게 활짝 웃고 있고, 목젖이 동그란 문손잡이처럼 생겼다. 좀 바보 같고 젊어 보이는데, 10년 전이면 이 정도 젊었겠구나 싶다.

나는 새 창을 열어 공문서 자료에(참고로 연간 사용료는 49달러 95센트다) 로그인을 하고 버질 스탠호프의 사망 기록을 찾는다. 애석하게도 그 날짜는 그의 수사관 진급식 날짜와 겹친다. 그가 훈장을 받고 집으로 가는 길에 교통사고를 당했는지, 아니면 더 운 나쁘게 식장으로 가는 길에 그렇게 됐는지 궁금하다. 한 생명이 꺼졌다.

흠. 연관 검색을 해볼 수 있겠군.

링크를 클릭해보지만 열리지가 않는다. 대신 서버 오류가 났다는 페이지가 뜬다.

그래서 처음 검색 창으로 돌아가 기사들을 샅샅이 뒤지다 등줄기가 오싹해지는 기사 하나를 발견한다.

"스탠호프 수사기관." 나는 계속 읽는다. **과거에서 미래를 찾아라.**

시시한 광고 문구다. 그런데도 내 손은 마우스를 클릭해 새 창에서 그 페이지를 연다.

면허증 있음. 가족과 부부 관계 수사. 감시 서비스. 보석 승소 대행. 사람 찾기. 자녀 양육권 수사. 사고사 수사. 실종자 수사.

화면 맨 위에 또 하나의 버튼이 있다. 소개의 글.

빅 스탠호프는 면허가 있는 사립탐정으로 전직 경관이자 수사관이다. 뉴헤이븐 대학에서 응용범죄학과 과학수사 석사 학위를 받았다. 국제화재조사관협회, 국립보석집행대행협회, 국립공인수사관협회 회원이다.

스탠호프 탐정의 엄지손톱만 한 사진이 없었다면…… 우연의 일치로 넘겼을 수 있다.

사실 그는 더 나이 들어 보인다. 또한 머리가 빠지기 시작해 브루스 윌리스처럼 엄청 강인해 보이려 애쓰는 아저씨들같이 머리를 짧게 깎았다. 하지만 그의 목젖이 이 사진에서도 의심할 여지없이 정중앙에 있다.

빅과 버질이 쌍둥이일 수도 있지 않을까. 아직은 모른다. 나는 휴대전화를 들어 화면에 있는 번호를 누른다.

벨이 세 번 울린 뒤 저편에서 누군가가 수화기를 드는 소리가 들린다. 잇단 잡음과 욕설과 함께 수화기가 바닥에 떨어지는 듯한 소리에 이어 제대로 된 말이 들린다. "네."

"스탠호프 씬가요?" 나는 작은 소리로 묻는다.

"그렇습니다만." 그 목소리는 으르렁대듯 말한다.

"**버질** 스탠호프 씬가요?"

일순 정적이 흐른다. "지금은 아닙니다." 그 목소리는 말을 얼버무리며 전화를 끊는다.

맥박이 마구 뛰기 시작한다. 버질 스탠호프는 죽었다 살아났거나 죽은 **적이** 없었다.

어쩌면 사람들이 죽었다고 생각해주기를 바라고 사라졌을 수도 있다.

만약 그 경우라면 그야말로 우리 엄마를 찾을 수 있는 적임자다.

앨리스

코끼리들이 또 다른 코끼리의 뼈를 발견하는 모습을 본 적이 있는 사람이면 슬픔의 명함을 알아볼 것이다. 극도의 침묵, 축 늘어진 코와 귀, 주저하는 듯한 어루만짐, 동족의 유해를 발견했을 때 수의처럼 무리를 둘러싸고 있는 듯한 슬픔이 그렇다. 그러나 코끼리들이 자기네가 잘 아는 코끼리들의 뼈와 잘 모르는 코끼리들의 뼈를 구별하는지에 대해서는 의문이 제기되어 왔다.

확인된 코끼리만도 2천2백 마리가 넘는 케냐의 암보셀리에서 내 동료들이 밝혀내고 있는 연구는 무척 흥미롭다. 한번은 한 무리를 택해 연구원들이 몇 개의 중요 품목을 보여주었다. 작은 상아 조각, 코끼리 두개골, 나무토막이었다. 실험은 실험실에서 하듯이 진행됐는데, 코끼리들이 각 품목 앞에서 머무는 시간이 얼마나 되는지를 알아보기 위해 그 물건들을 조심스레 제시하고서 코끼리들의 반응을 기록했다. 의심할 여지없이 코끼리들이 가장 흥미를 보인 것은 작은 상아 조각이었고, 다음이 두개골, 마지막이 나무토막이었다. 코끼리들은 상아를 어루만지고 들어 올리고 안고 가고 뒷발로 굴리곤 했다.

두 번째로 연구원들이 그 무리에게 보여준 것은 코끼리의 두개골, 코뿔소의 두개골, 물소의 두개골이었다. 이 물건들 중 무리가 가장 관심을 보인 품목은 코끼리 두개골이었다.

마지막으로 연구원들은 몇 년 사이에 우두머리의 죽음을 겪은 세 무리의 코끼리들에게 초점을 맞췄다. 그들에게 세 우두머리의 두개골을 보여주었다.

그 코끼리들이 자기네 무리를 이끈 우두머리의 두개골에 가장 관심을 보였을 거라고 생각할 것이다. 어쨌거나 앞선 실험에서 코끼리들은 일반적인 호기심으로 물건을 아무렇게나 검토하는 것이 아니라 선호도를 따른다는 사실을 분명히 보여주지 않았던가.

내가 보츠와나에서 직접 목격했던, 동료의 죽음을 무척 마음 아파하고 몇 년이 흘러도 기억하는 듯했던 코끼리들의 예를 보더라도 세 무리가 자기네 우두머리에게 관심을 보이고 경의를 표했을 거라고 생각할 것이다.

그러나 결과는 아니었다. 암보셀리 코끼리들은 세 개의 두개골에 동일한 관심을 보였다. 그들이 각각의 우두머리를 알고 지내고 함께 살고 개개의 죽음까지 깊이 애도했을 텐데도, 그런 행동이 이 결과에는 반영되지 않았다.

이 연구로 코끼리들이 다른 코끼리들의 뼈에도 매료된다는 사실이 입증되지만, 코끼리가 특정 동료 하나 때문에 슬픔을 경험한다는 주장 또한 허구로 입증된 것이라고 볼 수 있다. 코끼리들이 이 두개골과 저 두개골을 구별하지 못한다면 어느 두개골이 자신의 어미인지는 중요하지 않다고도 볼 수 있다.

그러나 이것은 **모든** 어미가 중요하다는 의미일 수도 있다.

버질

경찰마다 도망친 사건이 하나쯤은 있다.

어떤 경찰들한텐 그 경험이 경찰서 크리스마스 파티 때나 동료들과 맥주를 부어라 마셔라 할 때 읊어대는 전설이 되기도 한다. 바로 눈앞에 있는데도 보지 못한 단서, 차마 없애지 못한 파일, 종결짓지 못한 사건이 그런 것들이다. 그로 인해 지금도 악몽을 꾸고 이따금 식은땀을 흘리며 화들짝 깨기도 한다.

남은 우리에게는 여전히 살아 있는 것이 악몽이다.

거울을 보면 어깨 너머에서 누가 보고 있는 것 같다. 수화기를 들면 저편에서 알 수 없는 침체된 공기만 흐른다. 혼자 있는데도 누군가가 늘 함께 있는 것 같다.

매 순간 우리가 실패했다고 느끼게 만든다.

그때 당시 나와 함께 일했던 도니 보이랜 형사가 말하길, **자기** 사건은 부부싸움 전화였다고 했다. 그 남편이 누구나 알고 좋아하는 평판이 좋은 사업가여서 수갑을 채우지 않았다고 했다. 경고 조치면 충분하다고 여겼다. 도니 형사가 그 집을 떠나고 세 시간 만에 그 남자의 아내는 죽었다. 한 방에 머리를 관통 당했다. 그녀의 이름은 아만다였고 당시 임신 6개월이었다.

도니 형사는 그 여자를 자신의 유령이라 불렀고, 몇 년 동안 그 사건에서 헤어나지 못했다. 내 유령의 이름은 앨리스 메트캐프. 내가 아는 한 그녀는 아만다처럼 죽지 않았다. 그녀는 10년 전 있었던 사건의 진실과 함께 사라졌을 뿐이다.

이따금 술을 진탕 마시고 잠에서 깰 때면 앨리스가 내 책상 맞은편에 떡하니 앉아 있는 것 같아 눈을 가늘게 뜨곤 한다. 의뢰인들이 아내가 바람피우는 현장을 찍어 달라거나, 양육비를 내지 않는 아버지를 찾아달라고 부탁할 때 앉는 그 자리에 말이다. 잭 다니엘을 직원으로 치면 모를까 나는 혼자 일한다. 내 사무실은 벽장 크기만 하고 중국집과 세탁소 냄새가 난다. 나는 내 아파트보다 여기 소파에서 자는 날이더 많지만, 내 의뢰인들에게 나는 전문 사설탐정 빅 스텐호프다.

마침내 잠에서 깨니 머리가 욱신거리고 혀가 입천장에 달라붙은 듯하다. 빈 술병이 덩그러니 놓여 있고 또 앨리스가 날 내려다보고 있다.

"지옥이 따로 없네." 그녀가 내게 말한다.

"아 사건 말이야." 10년 전 도니 보이랜이 제산제를 한 알 더 입 안에쏙 넣으면서 내게 말했다. "2주 남겨놓고 터질 게 뭐람."

도니 형사는 퇴직할 날만 손꼽아 세고 있었다. 그는 내 옆에 앉아 이제는 필요 없는 온갖 것들을 장황하게 떠들어댔다. 서장이 넘기는 문서 업무, 차량 강도 사건, 나 같은 피래미 가르치기, 습진을 악화시키는 폭염 등등. 뉴잉글랜드 코끼리 보호소에서 사육사 한 명이 죽었다며 아침 7시에 걸려온 전화 역시 불필요한 것이었다.

피해자는 마흔네 살의 장기 근속자였다. "자네는 이게 어떤 후폭풍을 불러올지 알겠나?" 그가 물었다. "3년 전 그곳이 문을 열었을 때 어땠는지 기억하나?"

물론 기억했다. 그즈음 경찰에 들어왔으니까. 사나운 행동으로 동물원이나 서커스에서 쫓겨난 '나쁜' 코끼리들이 도착했다고 항의하는 주민들이 있었다. 동물들로부터 시민들을 안전하게 지켜줄 울타리를 이중으로 둘러쳤는데도 사설들은 도시 계획국이 토마스 메트캐프에게 보호소를 인가해줬다고 날마다 비난했다.

아니면 그 반대거나.

보호소가 들어서고 첫 3개월은 치안 유지를 위해 날마다 경찰 인력이 시위 중심지인 보호소 정문으로 파견되었다. 이 일은 결국 별 문제가 되지 않았다. 동물들은 조용히 적응했고 주민들은 인근에 보호소가 있다는 사실에 익숙해졌고, 아무런 분쟁도 일어나지 않았다. 그날 아침 7시에 전화가 오기 전까지는 말이다.

우리는 작은 사무실에서 기다리고 있었다. 일곱 개의 선반에 코끼리들의 이름표, 마우라, 완다, 시라, 릴리, 올리브, 디온, 헤스터가 붙은 바인더들이 빼곡히 들어차 있었다. 책상 위에는 어질러진 서류들, 장부 더미, 마시다 만 커피 잔 세 개, 심장 모양의 문진이 놓여 있었다. 약물 청구서와 호박과 사과도 놓여 있었다. 나는 건초 청구서에 적힌 총액을 보고 휘파람을 불었다. "이런, 세상에. 이 돈이면 차도 뽑을 수 있겠어요." 내가 말했다.

도니는 즐겁지 않았다. 하긴 즐거울 리가 없었다. "대체 뭐가 이렇게 오래 걸리는 거야?" 그가 투덜거렸다. 직원들이 코끼리 일곱 마리를 외양간으로 몰아넣고 있어 우리는 거의 두 시간째 기다리고 있었다. 그 일이 끝이 나야 우리 범죄 수사부도 코끼리 구역에서 증거를 수집할 수 있었다.

"코끼리한테 밟힌 사람 본 적 있으세요?" 내가 물었다.

"입 닥치고 있지 그래?" 도니 형사가 대답했다.

내가 벽면에 상형문자처럼 이어져 있는 이상한 부호들을 조사하고 있을 때 한 남자가 사무실 문을 벌컥 열고 들어왔다. 겁먹고 긴장한 얼굴에 안경 너머의 두 눈도 극도로 흥분돼 있었다. "아직도 믿을 수가 없어요. 이건 악몽이에요." 그가 말했다.

도니 형사가 일어섰다. "당신이 토마스 메트캐프시군요."

"네." 남자는 혼이 빠진 얼굴로 말했다. "오래 기다리게 해서 죄송합니다. 코끼리들을 안심시키려 하다 보니 정신이 없었습니다. 녀석들이 몹시 불안해하고 있습니다. 여섯 마리는 외양간에 넣었는데 나머지 한 놈은 먹이로 아무리 유인을 해도 들어가려고 하지 않는군요. 그러나 임시 열선을 설치해뒀으니 다른 구역으로 들어가실 수 있을 겁니다⋯⋯" 남자가 우리를 그 작은 사무실에서 데리고 나왔는데, 햇빛이 얼마나 눈부신지 세상이 온통 하얗게 보였다.

"피해자가 코끼리 구역으로 어떻게 들어갔는지 아십니까?" 도니 형사가 물었다.

메트캐프는 눈을 깜박거렸다. "네비요? 여기가 문을 연 날부터 일해 온 직원인 걸요. 코끼리들을 돌본 경력만도 20년이 넘습니다. 회계 장부와 야간 관리도 맡고 있죠." 그는 머뭇거렸다. "아니 **맡았었죠**. 야간 관리를 맡았었죠." 갑자기 그가 걸음을 멈춘 채 손으로 얼굴을 가린다. "오, 이런. 이건 제 잘못입니다."

도니 형사가 내 얼굴을 보았다. "어째서죠?" 그가 물었다.

"코끼리들은 긴장 상태를 감지할 줄 알거든요. 그래서 불안해했을 겁니다."

"그 사육사 때문에요?"

그가 대답할 새도 없이 갑자기 우렁찬 소리가 울려 퍼져 나는 움찔했다. 울타리 반대편에서 들려오는 소리였다. 나뭇잎들도 바스락거릴 정도였다.

"코끼리만 한 동물이 사람한테 몰래 다가갈 수 있다고 하면 좀 억지스럽지 않습니까?" 내가 물었다.

메트캐프가 돌아섰다. "코끼리들이 우르르 몰려가는 모습을 본 적이 있으십니까?" 내가 고개를 젓자 그는 기분 나쁜 미소를 지었다. "앞으로도 없기를 바랍니다."

우리는 강력 범죄 수사반을 이끌고 5분 정도 걸어 작은 언덕에 이르렀다. 정상에 올라서자 한 남자가 시신 옆에 앉아 있는 것이 보였다. 연회석으로 써도 좋을 만큼 어깨가 떡 벌어지고 살인을 저지를 수도 있을 만큼 강한 거구의 남자였다. 눈언저리가 빨갰고, 부어 있었다. 그는 흑인이었고 피해자는 백인이었다. 키가 족히 180센티미터는 넘고, 자기보다 작은 사람은 제압하고도 남을 만큼 힘이 세 보였다. 풋내기 형사로서 내가 알아낼 수 있는 정보의 수준은 그 정도였다. 그는 피해자의 머리를 자기 무릎 위에 받치고 있었다.

여자의 두개골은 으스러져 있었다. 셔츠가 갈기갈기 찢겨 드러난 맨살을 스웨터로 가려놓았다. 그녀의 왼쪽 다리는 믿기 어려운 각도로 꺾여 있었고, 피부는 여기저기 멍이 들어 있었다.

검시관이 작업을 하려고 쭈그리고 앉기에 나는 몇 걸음 물러섰다. 검시관한테서 피해자가 죽은 게 확실하다는 말은 들을 필요조차 없었다.

"여기는 기드온 카트라이트입니다." 메트캐프가 말했다. "그가 여기 있는 장모를 발견했어요……" 그의 목소리 끝이 흐려졌다.

남자의 나이를 가늠할 수는 없었지만 피해자와 열 살 이상 차이 나 보이지는 않았다. 그렇다는 것은 피해자의 딸이자 그의 아내와 그의 나이 차이가 상당하다는 의미였다.

"보이랜 형사라고 합니다." 도니 상관이 그 남자 옆에 무릎을 꿇고 앉았다. "사건이 일어났을 때 현장에 계셨습니까?"

"아니요. 장모님은 야간 관리를 맡고 계셨습니다. 간밤에 혼자 이곳으로 나오셨죠." 그는 갈라지는 목소리로 말했다. "제가 나갔어야 했는데."

"댁도 여기 직원입니까?" 도니 형사가 물었다.

강력 범죄 수사반의 웅웅거리는 목소리가 벌떼처럼 보호소 구역을 뒤덮고 있었다. 그들은 시신을 찍고 수사 구역을 정하려 애쓰고 있었다. 문제는 이곳이 확실한 경계가 없는 옥외 범죄 현장이라는 점이었다. 코끼리가 피해자를 어디까지 쫓아가서 들이받았는지 누가 알겠는가? 사망 시점을 알 수 있는 단서들이 있을지는 또 누가 알겠는가? 시신에서 20미터쯤 떨어진 곳에 깊은 구덩이가 있고 그 가장자리에 사람 발자국이 찍혀 있었다. 나무에도 추적할 만한 증거 조각이 있을지 모를 일이었다. 그러나 대개가 나뭇잎과 풀과 흙과 코끼리 똥과 파리와 수액이었다. 그런 것들이 범죄 현장에 얼마나 중요한지, 아니면 여느 때와 다름없는 것인지는 신만이 아실 터였다.

검시관이 수사관 두 명에게 시신을 자루에 넣으라고 지시하고서 우리에게 다가왔다. "제가 맞춰볼까요." 도니 형사가 말했다. "사인은 짓밟혀서?"

"흠, 짓밟힌 흔적이 있긴 합니다만. 그게 사인인지는 모르겠습니다. 두개골이 두 동강 났어요. 짓밟히기 전에 그랬을 수도 있고, 짓밟혀서 그랬을 수도 있죠."

그제야 나는 기드온이 우리 말을 다 듣고 있다는 사실을 깨달았다.

"안 됩니다. 안 됩니다. 안 됩니다." 갑자기 메트캐프가 소리쳤다. "그건 설치할 수 없습니다. 코끼리들한테 위험합니다." 그는 수사반 대원들이 드넓은 보호구역에 둘러치고 있는 범죄 현장 테이프를 가리켰다.

도니 형사는 눈을 가늘게 떴다. "코끼리들은 당분간 이곳에 올 수 없습니다."

"뭐라고요? 이 땅을 당신들한테 넘기겠다고 한 적 없습니다. 여긴 자연보호구역입니다……"

"한 여자가 살해된 곳이기도 하고요."

"그건 사고였습니다." 메트캐프가 말했다. "당신들에게 코끼리들의 일상을 침범할 권한은 없단……"

"애석하지만 메트캐프 박사님, 박사님에게는 선택권이 없습니다."

그의 턱이 씰룩거렸다. "얼마나 걸리겠습니까?"

도니 형사는 인내심을 잃어가고 있었다. "장담할 수 없습니다. 어쨌든 스탠호프 부관과 저는 코끼리들을 돌보는 사람들과 이야기를 나누어야 합니다."

"모두 네 명입니다. 기드온, 네비, 저, 그리고 제 아내 앨리스입니다."

메트캐프는 그 말을 하면서 기드온 쪽으로 얼굴을 돌렸다.

"부인은 어디 있습니까?" 도니 형사가 물었다.

메트캐프는 기드온을 빤히 보았다. "난 자네와 있을 줄 알았는데."

기드온의 얼굴은 슬픔으로 일그러졌다. "지난밤부터 보지 못했습니다."

"무슨, 나도 못 봤는데." 메트캐프의 얼굴에서 핏기가 빠져나갔다. "앨리스가 없다면 내 딸은 누구와 있는 거야?"

집주인 여자 아비가일 치버스는 이백 살에서 한두 달 빠지거나 더한 나이가 아닐까 싶다. 농담이 아니라 그녀를 보면 절로 그런 생각이 든다. 그녀가 목에 브로치 달린 검정 드레스 외에 다른 옷을 입었거나 흰 머리를 틀어 올려 쪽을 진 머리 모양 외에 다른 머리 모양을 한 모습도 본 적이 없는 데다, 내 사무실에 머리를 들이밀고서 캐비닛을 쾅쾅 열고 닫을 때면 다문 입이 더 쭈글쭈글해졌다. 그녀가 지금 내 머리에서 15센티미터쯤 떨어진 책상을 지팡이로 툭툭 친다. "빅터, 악마의 작업 냄새가 나." 그녀가 말한다.

"그래요?" 나는 머리를 쳐들고 이 위로 혀를 굴려보는데, 백태가 낀 듯하다. "전 싸구려 술내밖에 안 나는데요."

"불법적인 일하면 용서하지 않을 거……"

"백만 년 동안 불법은 저지른 적이 없네요, 애비." 나는 한숨을 쉬며 말한다. 우리 사이에 이런 실랑이는 수도 없이 있었다. 아비가일은 술을 입에도 대지 않는다. 또 치매 증상이 심해 날 빅터라고 부르나 링컨 대통령이라고 부르나 거의 매한가지라는 사실을 얘기한 적이 있던가? 물론, 나로서는 좋은 일이다. 그녀가 내게 집세가 밀렸다고 할 때 이달

치는 이미 냈다고 거짓말을 칠 수 있으니까.

늙은이 치고는 무섭도록 팔팔하다. 지팡이로 소파 쿠션도 퍽퍽 치고 전자레인지도 들여다볼 줄 안다. "그거 어딨어?"

"뭐가 어딨어요?" 나는 모른 척하며 묻는다.

"사탄의 눈물 말이야. 보리 식초. 맥주. 어디다 숨겨 두었는지 다 안다고."

나는 종종 천진난만한 미소를 지어 보이곤 한다. "그런 걸로 제가 뭘 하겠어요?"

"빅터, 거짓말은 금물이야." 그녀가 말한다.

나는 맹세한다. "신에게 맹세코, 이 방에는 술 같은 거 없어요." 나는 일어나 사무실에 딸려 있는 작은 욕실로 비척비척 걸어간다. 작지만 변기와 세면대와 청소기가 들어올 정도는 된다. 나는 등 뒤로 문을 닫고 소변을 본 뒤 변기 수조 뚜껑을 연다. 간밤에 딴 병을 꺼내 벌컥벌컥 들이키자 욱신거리던 두통 증세가 싹 가시기 시작한다.

나는 병을 도로 숨겨놓고 물을 내린 뒤 문을 연다. 애비는 여전히 서성거리고 있다. 나는 그녀에게 거짓말을 하진 않았고 진실을 조작하기만 했다. 이 꼴로 살기 전, 형사 교육을 받을 때 배운 기술이다. "자, 어디까지 얘기했죠?" 그 말을 하자마자 전화가 울린다.

"술 마셨군." 그녀가 비난한다.

"애비, 무슨 그런 말씀을." 나는 부드럽게 말한다. "설마 과음을 하신 건 아니겠죠." 내가 그녀를 문 쪽으로 이끄는데, 전화가 계속 울린다. "그 얘긴 나중에 마저 하는 게 어떨까요? 밤에 술 한 잔 하면서 말이죠, 네?" 나는 구시렁거리는 그녀를 문 밖으로 밀어낸 다음 전화기를 잡고 더듬거린다. "네에?" 얼른 수화기를 든다.

"스탠호프 씬가요?"

위스키를 단숨에 들이켰는데도 관자놀이가 다시 조여드는 느낌이다. "그렇습니다만."

"**버질** 스탠호프 씬가요?"

1년이 흐르고 2년이 흐르고 또 5년이 흘렀을 때 나는 도니 상관이 내게 했던 말을 절실히 깨닫기 시작했다. '유령이 생기면 말이지, 절대 떠나질 않는다고.' 나는 앨리스 메트캐프를 없앨 수가 없었다. 그래서 대신 버질 스탠호프를 없앴다. 어리석게도 다시 시작하면 죄의식과 의문에서 벗어나 새 출발을 할 수 있을 거라고 생각했다. 내 아버지는 참전 용사이자 작은 마을의 시장이자 어느 모로 보나 강직한 분이었다. 그런 아버지의 특성이 내게 전이될지 모른다는 생각으로 아버지의 이름을 빌려 썼다. 신세 왕창 조진 인간이 아니라 신뢰 받는 인간으로 거듭날 수 있을지 모른다고 생각했다.

지금 이 순간까지 날 의심한 사람은 아무도 없었다.

"지금은 아닙니다." 나는 투덜거리며 수화기를 탕 놓는다. 사무실 한가운데 서서 욱신거리는 머리를 손으로 눌러보지만 상대편 목소리가 여전히 들린다. 화장실로 가서 변기 수조에서 위스키 병을 다시 꺼내들고 마지막 한 방울까지 비워봐도 그 목소리는 계속 들린다.

앨리스 메트캐프의 목소리를 실제로 들어본 적은 없다. 내가 발견했을 때 그녀는 의식이 없었고, 병원으로 보러 갔을 때도 의식이 없었다. 그 다음에는 사라졌다. 그러나 상상 속에서 그녀가 내 맞은편에 앉아 무슨 판결을 내릴 때의 목소리가 방금 전화기 저편에서 들린 그 목소리와 똑같았다.

우리가 보호소로 파견됐던 것은 의심할 여지없는 사망 사건이 났다고 신고가 들어왔기 때문이다. 사실 10년 전 그날 아침에는 앨리스 메트캐프나 그녀의 아이가 실종됐다고 추정할 이유가 없었다. 두 사람은 다행히 보호소에서 무슨 일이 일어난지도 모른 채 슈퍼에 갔을 수도 있었다. 공원에 갔을 수도 있었다. 앨리스의 번호로 전화를 걸어 보았지만 토마스의 말에 의하면 그녀는 휴대전화를 가지고 다니는 법이 거의 없다고 했다. 그리고 코끼리의 인지 연구라는 작업 성격상 관찰을 하기 위해 어디 먼 데로 사라졌다가 몇 시간 만에 돌아오기도 하는데, 남편이 싫다고 하는데도 세 살짜리 딸을 데리고 다녔다고 했다.

나는 그녀가 이른 아침의 던킨도너츠 여행을 마치고 커피 한 잔을 손에 들고 베이글 빵을 질겅질겅 씹고 있는 아이와 함께 나타나기를 바라고 있었다. 코끼리 일곱 마리가 여전히 활개치고 있는 보호소 안에서는 그들을 절대 보고 싶지 않았다 .

그들에게 이미 무슨 일이 생겼을지도 모른다는 생각은 절대로 하고 싶지 않았다.

조사에 들어간 지 네 시간 만에 강력 범죄 수사반은 열 개의 증거 상자를 수집했다. 호박 껍질과 건초 다발, 마른 똥과 마른 피인지 모를 것들로 시커멓게 변한 나뭇잎들이었다. 그들이 현장에서 일하는 동안 우리는 기드온과 함께 네비의 시신을 보호소 정문까지 전송했다. 기드온은 천천히 걸었다. 그의 목소리는 드럼통처럼 헛헛했다. 경찰로서 많은 비극을 보아온 터라 그가 장모의 죽음을 정말로 애석해하는지 아니면 아카데미 남우주연상을 받을 만한 연기를 하는지 알 수 있었다. "조의를 표합니다." 도니 상관이 말했다. "많이 힘드시겠습니다."

기드온은 눈물을 닦으며 고개를 끄덕였다. 그는 지옥을 지나온 사람처럼 보였다.

"여기서 일한 지 얼마나 되셨습니까?" 도니 형사가 물었다.

"개장한 첫날부터요. 전에는 남부에 있는 서커스단에 있었습니다. 거기서 아내를 만났지요. 제게 첫 직장을 알선해준 분이 장모님이셨어요." 죽은 사람의 이름을 들먹이는 순간 그의 목소리가 갈라졌다.

"코끼리들이 공격적인 행동을 하는 것을 본 적이 있습니까?"

"본 적이 있냐고요?" 기드온이 물었다. "물론이죠, 서커스단에 있을 때요. 여기서는 많지 않았습니다. 사육사가 불쾌한 방식으로 놀라게 하면 코끼리들은 찰싹 때립니다. 한번은, 우리 아가씨들 중 한 명이 오르간 소리 같은 휴대전화 벨소리를 듣고 흥분한 적도 있습니다. 코끼리들은 절대 잊지 않는다는 얘기를 아십니까? 아, 이건 사실입니다. 그러나 늘 좋은 의미로 기억하는 건 아니지요."

"그렇다면 그…… 아가씨들 중 한 명이…… 어떤 일로 화가 나서…… 선생의 장모를 때려눕혔을 수도 있겠군요?"

기드온은 땅을 내려다보았다. "어쩌면요."

"확신에 찬 목소리는 아니시군요." 내가 말했다.

"장모님은 코끼리를 잘 알고 계셨습니다." 기드온이 말했다. "멍청한 초보자가 아니셨어요. 단지…… 운이 없었던 겁니다."

"앨리스는 어떤가요?" 내가 물었다.

"뭐가 말입니까?"

"그녀도 코끼리를 잘 알았습니까?"

"앨리스는 제가 만난 누구보다 코끼리를 잘 아는 사람입니다."

"간밤에 그녀를 보았습니까?"

그는 도니 상관을 보고 나서 나를 본다. "비공개인가요?" 그가 말했다. "도와달라며 절 찾아왔습니다."

"보호소에 무슨 문제라도 있었습니까?"

"아니요. 토마스 때문이었습니다. 보호소 운영에 출혈이 생긴 후로 그는 변하기 시작했습니다. 감정 기복이 심해졌어요. 문을 잠근 채 온종일 서재에서만 지내고, 간밤에는 앨리스를 위협했던 것 같습니다."

'위협했다'. 그 말은 적신호였다.

나는 그가 뭔가를 말하지 않고 있다는 걸 감지했다. 놀랍지 않았다. 직장을 잃고 싶지 않다면 사장의 가정사를 함부로 경솔하게 말할 수는 없는 노릇이다. "부인이 다른 말을 하지는 않았습니까?" 도니 상관이 물었다.

"제나를 안전하게 둘 수 있는 곳으로 데려가야겠다고 이야기했습니다."

"부인이 당신을 신뢰하나 보군요." 도니 상관이 말했다. "그런 일을 아내분은 어떻게 받아들이십니까?"

"아내는 세상을 떠났습니다." 기드온이 대답했다. "장모님이 제게 남은, 아니 **남았던** 유일한 가족입니다."

거대한 외양간에 가까워졌을 때 나는 걸음을 멈췄다. 코끼리 다섯 마리가 외양간 너머 울타리로 둘러싸인 구역에서 먹구름들처럼 서로 방향을 바꿔 가며 빙빙 돌고 있었는데, 조용히 쿵쿵 걷는데도 발밑의 땅이 흔들렸다. 우리가 나누고 있던 말을 그들도 알아들었을 것 같은 묘한 기분이 들었다.

그 순간 토마스 메트캐프가 생각났다.

도니 상관이 기드온을 마주 대했다. "선생의 장모를 해치고 싶어 할 만한 누가 있다고 생각하십니까? 그러니까, 사람이 말이죠?"

"코끼리들이겠죠, 야생동물이니까요. 애완동물이 아니잖습니까. 무슨 일이든 일어날 수 있죠." 기드온이 울타리를 친 쇠막대 쪽으로 손을 뻗자 한 녀석이 쇠막대 사이로 코를 내밀었다. 녀석은 기드온의 손가락을 쿵쿵 냄새 맡고는 돌 하나를 집어 들어 내 머리에 던졌다.

도니 상관이 큰소리로 웃었다. "이보게, 버질. 자네가 맘에 안 드나봐."

"먹이를 달라는군요." 기드온이 안으로 들어가자 코끼리들은 무슨 일이 있을지를 아는 듯 뿌우 뿌우 울어대기 시작했다.

도니 상관은 어깨를 으쓱하고는 계속 걸어갔다. 그의 질문에 기드온이 제대로 된 대답을 하지 않았다는 사실을 그는 알아차리지 못한 것일까.

"그만 좀 해요, 애비." 나는 소리친다. 혀가 열 배쯤 불어난 느낌이라 생각만큼은 소리치고 있다고 여긴다. "술 안 마신다고 했잖아요."

이것은 엄밀히 말해 사실이다. 지금은 마시고 있지 않다. 취하기만 했다.

그러나 집주인 여자는 계속 문을 두드리는데, 어쩌면 공기 드릴인지도 모르겠다. 뭐였건 그 소리가 그치지를 않아 나는 의식을 잃고 쓰러졌던 것 같은 바닥에서 몸을 일으켜 사무실 문을 홱 잡아당긴다.

초점을 맞추기가 어렵긴 하지만 내 앞에 있는 사람이 애비가 아닌 것은 분명하다. 고작 150센티미터쯤 되는 키에 배낭을 멨고 이사도라 던컨이나 눈사람 프로스티처럼 목에 파란 스카프를 두르고 있다. "스탠호프 씬가요?" 그녀가 묻는다. "버질 스탠호프요?"

토마스 메트캐프의 책상에는 무슨 암호처럼 작은 부호와 숫자로 가득한 종이들이 잔뜩 널려 있었다. 도표도 하나 있었는데, 팔다리가 관절로 연결된 팔각형 거미처럼 생긴 도표였다. 나는 고등학교 때 수학을 낙제하다시피 했는데, 내게는 그 과목이 화학처럼 보였다. 우리가 들어가자 메트캐프는 도표 종이를 둘둘 말았다. 바깥 날씨가 그렇게까지 덥지 않은데도 그는 땀을 흘리고 있었다. "사라졌어요." 그는 극도로 흥분한 상태로 말했다.

"저희가 힘닿는 대로 최선을 다해 찾아보겠습니……"

"아뇨, 아뇨, 제 **메모 용지들**이요."

그때까지 많은 범죄 현장을 다니지는 않았지만 아내와 아이가 사라진 마당에 그가 그깟 종잇조각들을 더 신경 쓰는 것처럼 보여 이상했다.

도니 형사가 책상 위에 쌓여 있는 것을 보았다. "거기 있는 것들이 아닙니까?"

"그게 아닙니다." 메트캐프는 딱 잘라 말했다. "제가 얘기하고 있는 건 거기에 **없는** 페이지들입니다."

그 종이들은 숫자와 문자가 기묘한 배열을 이루고 있었다. 컴퓨터 프로그램일 수도 있었고, 사탄의 암호일 수도 있었다. 조금 전 벽면에서 본 것들과 비슷했다. 도니 상관이 나를 흘깃 보며 눈썹을 치켜 올렸다. "코끼리가 간밤에 여기서 사람을 죽였는데, 보통 사람 같으면 사라진 가족을 염려할 텐데."

메트캐프는 종이와 책 더미를 꼼꼼히 뒤적거리면서 머릿속으로 분류가 끝난 것은 왼쪽에서 오른쪽으로 옮겨놓았다. "이것 때문에 제가 아내한테 제나를 코끼리 구역으로 데리고 가지 말라고 수도 없이 얘기했던 겁니다."

"제나요?" 도니 형사가 물었다.

"제 딸이요."

그가 잠시 머뭇거렸다. "아내분과 자주 싸우셨다고 하던데, 그렇습니까?"

"누가 그러던가요?" 그가 비웃으며 말했다.

"기드온이요. 박사님이 간밤에 부인의 마음을 상하게 하셨다던데."

"제가 **아내를** 말입니까?" 토마스가 되물었다.

나는 도니 상관과 의논했던 대로 앞으로 걸어 나왔다. "화장실 좀 쓸 수 있을까요?"

메트캐프가 손을 들어 복도 안쪽에 있는 작은 방을 가리켰다. 화장실에는 모서리가 말린 누런 신문이 깨진 액자에 들어 있었는데, 보호소에 관한 신문 기사였다. 토마스와 임신한 여성이 자기들 뒤에 코끼리가 있는데도 카메라를 보고 미소 짓고 있는 사진도 있었다.

약장을 열어보니 밴드, 네오스포린 연고, 박틴 소독약, 애드빌 진통제가 들어 있었다. 토마스의 이름이 적혀 있는, 최근에 새로 채운 약통도 세 개 있었다. 프로작, 아빌리파이, 졸로포트 같은 항우울제였다.

기드온이 감정 기복에 대해 한 말이 사실이라면 토마스가 약물 치료를 받는 건 일리가 있어 보였다.

덤으로 변기 물까지 내리고 사무실로 돌아오니 메트캐프는 우리에 갇힌 호랑이처럼 서성거리고 있었다. "하시는 일에 대해 뭐라 하려는 건 아닙니다만, 형사님." 그가 말했다. "전 피해를 준 사람이 아니라 피해를 본 사람입니다. 아내가 제 딸과 제 필생의 업적을 들고 튀었습니다. 절 심문할 게 아니라 제 아내를 찾으러 나서야 하지 않겠습니까?"

나는 앞으로 나섰다. "부인이 왜 박사님의 연구를 훔쳤다는 거죠?"

그는 책상 의자에 털썩 앉았다. "전에도 그랬으니까요. 여러 번 말이죠. 제 메모 용지를 가져가려고 사무실에 몰래 들어왔어요." 그는 책상 위에 있는 긴 두루마리를 펼쳤다. "이건 이 방에 그대로 있지만, 형사님들…… 전 기억 분야에서 중요한 발견을 목전에 두고 있습니다. 기억은 편도체에서 부호화되기 전까지만 탄력적이라는 것이 기존 학설입니다만 제 연구에 따르면 기억은 상기될 때마다 그런 상태로 돌아갑니다. 그렇다는 것은 편도체에서 일어나는 단백질 합성을 약물로 차단하게 되면 기억이 회복된 후에도 기억 상실이 일어날 수 있다는 뜻이죠…… 사건이 있고 나서 몇 년 후에 화학 요법으로 정신적 외상 기억을 지울 수 있다고 상상해보십시오. 그렇게 되면 정신적 외상 후 스트레스 치료법이 완전히 달라질 겁니다. 또한 앨리스가 하고 있는 슬픔에 관한 행동 연구도 과학이 아닌 억측으로 보일 겁니다."

도니 형사가 어깨 너머로 날 보았다. 미친 거 아냐, 입 모양이 그랬다. "그럼 따님은요, 메트캐프 박사님? 박사님이 부인을 보셨을 때 따님은 어디에 있었습니까?"

"자고 있었습니다." 그가 갈라지는 목소리로 말했다. 메트캐프는 고개를 돌려 헛기침을 했다. "분명한 사실은 제 아내가 이 연구실에는 **없다**는 겁니다…… 그래서 말인데요, 두 분은 왜 아직도 여기 계시는 겁니까?"

"스탠호프 부관." 도니 상관은 쾌활하게 말했다. "난 메트캐프 박사님께 물어볼 게 더 있으니, 자넨 수사대에 가서 마무리를 지으라고 하지?"

나는 도니 보이랜이 경찰에서 더럽게 운 나쁜 놈이라고 결론짓고서 고개를 끄덕였다. 코끼리 발에 짓밟힌 사육사 사망 사건을 증명하러 왔다가 어떤 미치광이와 아내의 가정불화, 두 사람이 실종됐거나 아니면 어쩌면 살인으로 귀결될 수 있는 사건이나 알아낸 꼴이 아닌가. 나는 현장 수사관들이 쓸모없는 쓰레기를 분류하고 있는 곳으로 걸어가다 갑자기 등골이 오싹해지는 느낌을 받았다.

돌아서니 외양간에 들어가지 않은 일곱 번째 코끼리가 아주 조잡한 이동식 전기 울타리 저편에서 나를 내려다보고 있었다.

이렇게 가까이서 보니 어마무지하게 컸다. 귀는 머리 뒤로 착 붙어 있고 코는 땅에 질질 끌렸다. 산등성이를 닮은 앙상한 이마에는 털이 듬성듬성 나 있었다. 두 눈은 감정이 풍부한 갈색이었다. 녀석이 우렁찬 소리를 내질러 나는 울타리가 가로놓여 있는데도 뒷걸음질 쳤다.

그 코끼리가 다시 한 번, 이번에는 더 큰 소리로 뿌우 울고는 물러났다. 그러다 몇 걸음 뒤에 멈춰 서서 나를 돌아보았다. 이 행동을 두 번 연거푸 했다.

마치 내게 따라오라고 기다리고 있는 듯했다.

내가 움직이지 않자 그 코끼리는 돌아와 조심조심 전기 울타리 앞에 섰다. 녀석의 코끝에서 뜨거운 김이 새어 나왔다. 건초와 흙먼지 냄새도 났다. 나는 숨죽이고 있었는데, 코끼리가 내 뺨을 속삭이듯 부드럽게 건드렸다.

녀석이 움직이기 시작했을 때 이번에는 나도 울타리를 사이에 둔 채 따라갔는데, 마침내 그 코끼리가 방향을 확 꺾더니 내게서 멀어지기 시작했다. 녀석은 골짜기로 들어갔고, 시야에서 사라지기 전에 다시 한 번 나를 힐끔 돌아보았다.

고등학교 때 우리 친구들은 목초지를 지름길처럼 가로질러 다니곤 했다. 그곳에도 전기 울타리가 있었다. 우리는 펄쩍 뛰어 철사를 잡고 솟구쳐 올랐다. 발이 땅에 닿기 전에 철사를 놓으면 감전이 되지 않았다.

나는 냅다 뛰어 울타리를 넘었다. 마지막 순간 신발이 흙에 끌리고 손이 감전돼 얼얼했다. 나는 넘어져서 떼구르르 구른 다음 벌떡 일어나 코끼리가 사라진 곳으로 쏜살같이 달렸다.

백여 미터 떨어진 곳에서 코끼리가 여자의 시신을 지키고 서 있는 모습을 발견했다.

"제기랄." 내가 중얼거리자 코끼리는 으르렁거렸다. 내가 한 발짝을 떼는 순간 녀석의 코가 쑥 올라오더니 내 어깨를 후려쳐 날 쓰러뜨렸다. 이것이 경고라는 건 의심의 여지가 없었다. 원하기만 하면 녀석은 제 구역을 넘어와 날 때려죽일 수도 있었다.

"이봐, 아가씨." 나는 눈을 맞추면서 부드럽게 말했다. "네가 그 여자를 보호하고 싶어 한다는 거 알아. 나도 보호해주고 싶어. 그러니까 조금만 더 가까이 가게 해달라고. 약속해, 그녀는 괜찮을 거야."

내가 계속 말하자 코끼리의 자세가 풀렸다. 머리 옆에 착 붙어 있던 두 귀가 앞으로 펄럭였다. 코는 여자의 가슴 위에서 똘똘 말려 올라갔다. 그렇게 덩치 큰 동물에게서 전혀 상상해본 적 없는 섬세함이었는데, 녀석이 육중한 발을 들어 올려 시신에서 떨어졌다.

그 순간 정말로 이해가 되었다. 메트캐프가 왜 이 보호소를 시작했고, 기드온은 왜 자기 장모를 죽인 이 짐승들을 비난하지 않는지를 말이다. 토마스가 왜 이 짐승들의 뇌를 이해하려고 노력하는지도. 꼬집어 말할 수 없는 뭔가가 있었다. 복잡성이나 연관성만이 아닌 **동등성**, 마치 우리가 같은 편이라는 사실을 둘 다 알고 있다는 그런 느낌이었다.

나는 코끼리에게 고개를 끄덕였는데, 하늘에 맹세코 코끼리도 고개를 끄덕였다고 장담한다.

내가 순진했던 건지 모른다. 아니면 그냥 바보였거나. 아무튼 나는 그 코끼리가 원하기만 하면 날 밟아 뭉갤 수 있는 곳까지 다가가 그 옆에 무릎을 꿇고 앉아 여인의 심장 박동을 살폈다. 그녀의 두피와 얼굴 여기저기에 피가 말라 있었다. 낯빛은 보라색이고 얼굴은 부어 있었다. 반응은 전혀 없었지만…… 그녀는 살아 있었다.

"고맙다." 나는 코끼리에게 말했다. 내게는 어쨌거나 녀석이 이 여인을 보호하고 있었다는 확신이 들었기 때문이다. 고개를 드니 그 짐승은 이 작은 골짜기 너머 인근 숲으로 조용히 사라지고 없었다.

나는 여인을 간신히 끌어안고 강력 범죄 수사대원들 쪽으로 질주하기 시작했다. 토마스 메트캐프가 했던 말과 달리 앨리스는 딸과 도망을 치지도, 그의 소중한 연구를 들고 튀지도 않았다. 그녀는 바로 이곳에 있었다.

술을 진탕 마셨을 때 속임수를 계속 쓰는 산타클로스와 유니콘과 함께 포커를 치는 환각을 겪은 적이 있다. 갑자기 러시아 마피아가 그 방으로 쳐들어와 산타를 때리기 시작했다. 나는 그들에게 잡히기 전에 얼른 비상계단으로 도망쳤다. 유니콘도 내 옆에 있었는데, 우리가 건물 옥상에 이르자 유니콘이 내게 날아오르자고 말했다. 그 순간 휴대전화가 울린 덕에 나는 빌어먹을 피터 팬처럼 다리 하나를 옥상 끝에 걸쳐 두게 되었다. 신의 은총이 없었다면 어땠을까, 생각했다. 그날 아침 사무실에 있는 술이란 술은 죄다 싱크대 배수구에 부어 버렸다.

사흘을 맨 정신으로 지냈다.

그 기간에 새로운 의뢰인이 찾아와 자기 남편이 다른 여자와 바람이 난 것 같다며 남편 사진을 구해 달라고 했다. 남편이 주말이면 공구점에 다녀오겠다고 나가서는 몇 시간 뒤에 아무 물건도 사지 않고 돌아온다고 했다. 휴대전화 문자도 삭제하기 시작했다며, 의뢰인 말이, 남편이 자신이 결혼했던 그 남자가 아닌 것 같다고 했다.

어느 토요일, 나는 하고 많은 장소 중에 동물원으로 향하는 그 남자를 미행했다. 물론 그는 여자와 함께 있었다. 공교롭게도 네 살쯤 돼 보이는 여자애와 말이다. 그 애는 울타리를 쳐놓은 코끼리 구역으로 뛰어갔다. 순간, 내가 보호소에서 보았던, 작은 콘크리트 우리에 갇혀 있지 않고 광대한 땅을 자유롭게 어슬렁거리던 그 짐승들이 생각났다. 우리에 있는 코끼리는 우리 인간에게는 들리지 않는 음악에 맞춰 움직이듯 몸을 앞뒤로 흔들고 있었다. "아빠, 코끼리가 춤을 춰!" 그 작은 여자애가 말했다.

"아저씨는 코끼리가 오렌지 껍질 벗기는 것도 봤단다." 나는 사육사 사망 사건 이후 코끼리 보호소를 찾아갔던 때를 떠올리며 무심코 말했다. 올리브라는 코끼리가 보여준 여러 행동 중 하나였다. 올리브는 그 작은 과일을 거대한 앞발로 굴려서 쪼갠 후 코로 조심조심 껍질을 벗겼다. 나는 내 의뢰인의 남편인 그 남자에게 고개를 끄덕여 인사했다. 나는 그들 부부에게 아이가 없다는 사실을 알고 있었다. "아이가 귀엽네요." 내가 말했다.

"그렇죠." 그가 대답했다. 그 목소리에는 네 살배기 아이가 아닌 곧 태어날 아이 아빠한테서나 들을 수 있는 경탄이 묻어 있었다. 혹은 자신이 아이 아빠라는 사실을 방금 알게 되었을 때 같은 경탄이.

나는 집으로 돌아가 의뢰인에게 남편분은 다른 여자와 바람이 난 것이 아니라 부인 모르게 딴살림을 차렸다고 말해야 했다.

그날 밤 내가 의식이 없는 앨리스 메트캐프를 발견하고, 그 코끼리에게 했던 맹세와 관련된 꿈을 꾼 건 놀라운 일이 아니었다. '약속해, 그녀는 괜찮을 거야.' 나는 그 맹세를 지키지 못했다.

그날로 내 맨 정신은 끝났다.

내가 앨리스 메트캐프를 발견하고 난 뒤 여덟 시간 가량은, 그 짧은 시간 사이에 너무 많은 일이 일어나 상세히 기억나지는 않는다. 그녀는 여전히 의식이 없는 상태로 구급차에 실려 지역 병원으로 이송되었다. 나는 구급대원들에게 그녀의 의식이 돌아오는 대로 연락을 하라고 지시했다. 앨리스 메트캐프의 딸이 코끼리 구역에 있을지도 몰라 이웃 마을 경찰에 보호소를 샅샅이 뒤지는 작업을 도와달라고 요청했다. 밤 9시쯤 병원에 잠깐 들렀지만 앨리스 메트캐프는 여전히 의식불명이라고 했다.

나는 토마스를 용의자로 체포해야 한다고 생각했다. 도니 상관은 범행을 저질렀다는 증거가 없기 때문에 불가능하다고 했다. 앨리스가 깨어나 무슨 일이 있었는지, 토마스가 그녀의 두부 손상이나 아이의 실종이나 네비의 사망과 무슨 관계가 있는지 스스로 말할 때까지 기다려야 한다고 했다.

병원에서 그녀의 의식이 회복되기를 기다리고 있을 때 기드온이 당황하여 전화를 걸었다. 20분 후 그를 따라 손전등을 비추며 어둠을 헤치고 코끼리 구역으로 가보니, 토마스 메트캐프가 맨발에 목욕 가운 차림으로 어떤 코끼리의 두 앞다리에 채운 사슬을 고정시키려 애쓰고 있었다. 반대로 코끼리는 그 속박을 벗겨내려 버둥거리고 있었다. 개가 컹컹 짖고 토마스를 물어대며 그의 행동을 저지하려 했다. 메트캐프가 갈비뼈를 걷어차 그 개는 멀찍이 엎어져서 훌쩍거렸다. "U0126*을 투여하는 데 몇 분밖에 안 걸린다고⋯⋯"

"그가 대관절 뭘 하려는 건지 모르겠지만 여기서는 코끼리들에게 사슬을 채우지 **않거든요.**" 기드온이 말했다.

코끼리들이 우르릉거리는 소리를 내고 있어 굉장한 지진이라도 난 듯 발밑이 심하게 흔들렸다.

"그를 데리고 나가셔야 합니다." 기드온이 투덜거렸다. "코끼리가 다치기 전에요."

'아니면 그 반대거나.' 나는 속으로 생각했다.

토마스를 설득해 코끼리 구역 밖으로 끌어내는 데 한 시간이 걸렸다. 기드온이 겁에 질린 코끼리에게 다가가 족쇄를 벗기는 데 또 30분이 걸렸다. 우리는 가장 적절한 조치라고 여겨 메트캐프에게 수갑을 채워 분에서 남쪽으로 100킬로미터 정도 떨어진 정신병원으로 데리고 갔다. 차로 이동 중일 때 잠깐이었지만 이동전화 서비스 구역을 벗어나 앨리스 메트캐프가 깨어났다는 문자를 한 시간이 지나서야 받을 수 있었다.

그때까지 우리는 열여섯 시간째 일하고 있었다.

"내일 해." 도니 상관이 선언조로 말했다. "아침 일찍 면담하러 가자고. 지금은 우리 둘 다 상태가 별로야."

내 인생 최대 실수는 그렇게 시작되었다.

자정과 다음 날 아침 6시 사이 앨리스는 머시 병원 퇴원 서류에 서명을 하고 지구 상에서 자취를 감췄다.

---

* 강력한 선택적 억제제. 최면으로 기억을 지우거나 다른 기억으로 변형시킬 수 있는 약물.

"스탠호프 씬가요?" 그 애가 말한다. "**버질 스탠호프 씨 맞나요?**"

문을 열자 그 아이는 버질이라고 하면 성병에 걸리기나 하는 듯이 비난조로 그 말을 내뱉는다. 순간 내 모든 방어기제가 작동한다. 나는 오랫동안 버질이 아니었다. "사람을 잘못 찾아왔다."

"앨리스 메트캐프가 어떻게 됐는지 궁금하지 않았나요?"

그 아이의 얼굴을 좀 더 자세히 응시하지만, 술을 많이 마신 덕에 여전히 흐릿하기만 하다. 그래서 눈을 가늘게 떠본다. 이것도 필시 환각일 것이다. "꺼져." 발음이 꼬인다.

"10년 전 의식이 없는 제 엄마를 병원에 데려다 준 사람이라고 인정할 때까지는 안 꺼져요."

갑자기 정신이 화들짝 들면서 내 앞에 서 있는 사람이 누군지 알겠다. 앨리스도 아니고, 단지 환각도 아니다. "제나. 너는 앨리스의 딸이로구나."

그 소녀의 얼굴을 적시는 빛이 성당에 걸린 그림들을 응시할 때 비쳐드는 예술적인 빛을 닮아 가슴을 저릿하게 만든다. "엄마가 제 얘길 했어요?"

물론, 앨리스 메트캐프는 내게 어떤 말도 하지 않았다. 사건 다음 날 아침, 그녀의 진술을 듣기 위해 병원에 갔을 때 그녀는 사라지고 없었으니까. 간호사가 내게 전해준 말은 그녀가 퇴원 서류에 서명을 했고 제나라는 이름을 언급했다는 것뿐이었다.

도니 형사는 그 일을 앨리스 메트캐프가 자신이 바라던 대로 딸과 함께 떠났다는 증거로 받아들였다. 기드온의 이야기와 맞아 떨어졌으니까. 앨리스의 남편이 미치광이라는 사실을 고려하면 그 결론이 해피엔딩으로 보였다. 퇴직을 고작 2주 남겨둔 도니 상관으로서는 책상 위에 놓인 업무들, 뉴잉글랜드 코끼리 보호소에서 일어난 사육사 사망 사건 따위를 치우고 싶었을 것이다. 내가 더 깊이 파보자고 했을 때 그는 단호히 말했다. "그건 사고였어, 버질. 앨리스 메트캐프는 용의자가 아니야. 신고가 접수되지 않으면 실종자도 아니야."

정말 신고하는 사람이 아무도 없었다. 내가 신고를 하려고 들자 도니 상관이 막아서며 내게 좋은 게 뭔지 안다면 여기서 사건을 접으라고 말했다. 내가 잘못된 결정이라고 주장하자 도니 상관은 목소리를 깔았다. "난 잘못된 결정을 하지 않아." 그는 퉁명스럽게 말했다.

지난 10년간 그 사건과 관련해 납득이 되지 않는 점들이 있었다.

그러나 10년이 지난 지금, 도니 보이랜이 옳았다는 증거가 등장했다.

"제기랄." 나는 관자놀이를 문지르며 말한다. "믿을 수가 없군." 내가 문을 젖혀 주자 제나는 바닥에 구겨져 있는 패스트푸드 포장지며 퀴퀴한 담배 냄새에 코를 찡그리며 들어온다. 나는 떨리는 손으로 셔츠 주머니에서 담배를 꺼내 불을 붙인다.

"그게 아저씰 죽일 거예요."

"진작 그랬어야지." 나는 퉁명스럽게 대꾸하고서 니코틴을 들이마신다. 정말이지, 나를 또 하루 살게 해주는 것을 꼽으라면 단연 이 맛이다.

제나는 20달러를 탁 내놓는다. "있죠, 얼마 동안만 정신 좀 차려주실 래요." 그 애가 말한다. "제가 아저씨를 고용할 동안만요."

나는 허허 웃는다. "꼬마 아가씨, 돼지 저금통이나 배 불리지 그래. 강아지를 잃어버렸으면 전단지를 붙이고. 섹시한 여자 때문에 남자친구한테 차였으면 브래지어를 차고 그놈이 질투하게 만들어. 이 충고는 모두 무료다. 이건 여담인데, 내가 이렇게 굴러먹은 인간이야."

그 애는 눈도 깜박하지 않는다. "아저씨 일을 마무리 짓도록 제가 고용하겠어요."

"뭐라고?"

"아저씬 제 엄마를 찾아줘야 해요." 그 애가 말한다.

그 사건에 대해 내가 누구한테도 말 못한 사실이 있다.

뉴잉글랜드 코끼리 보호소에서 사망 사건이 터지고 난 뒤 며칠은, 상상이 가겠지만 염병할 악성 루머의 기간이었다. 토마스 메트캐프는 약에 취해 인사불성 상태로 지역 정신과 시설에 수용됐고 그의 아내는 무단이탈을 했으며, 남은 사육사는 기드온뿐이라는 것이었다. 보호소는 파산해 채무 불이행 상태에 있었고, 보호소 재단에 뚫린 구멍들이 만천하에 공개됐다. 코끼리들에게도 먹이가 지급되지 않았고, 건초도 떨어진 상태였다. 보호소 땅은 은행에 압류될 예정이었지만, 그러기 위해서는 우선 1만 5천 킬로그램이 넘는 코끼리들을 이주시켜야 했다.

일곱 마리 코끼리의 집을 찾아주기란 쉬운 일이 아니었지만 기드온은 테네시 주에서 자라, 호엔발트라는 곳에 코끼리 보호소가 있다는 걸 알았다. 그쪽 관계자들은 이 일을 긴급하게 받아들여 뉴햄프셔 주 동물들을 위해 할 수 있는 모든 일을 해주기로 했다. 그들은 새 보금자리가 세워질 때까지 자기네 외양간에 코끼리들을 수용하기로 했다.

그 주에 내 책상에는 새로운 사건이 올라왔다. 열일곱 살짜리 보모가 6개월 된 아기에게 두부 손상을 입힌 사건이었다. 나는 금발에 더없이 환한 미소를 짓는 치어리더 소녀에게 아기를 흔들었다는 자백을 받아내는 데 골몰했다. 그 때문에 도니 상관의 송별식 날에도 책상에 앉아 있었는데, 그때 네비 루엘에 관한 검시관 보고서가 당도했다.

나는 보고서 내용을 이미 알고 있었다. 사육사의 죽음은 코끼리 발에 짓밟힌 사고사로 결론이 나 있을 것이었다. 그런데도 나는 보고서를 훑으면서 피해자의 심장과 뇌와 간의 무게를 읽어 내려갔다. 마지막 페이지에는 시신에서 발견된 물건 목록이 있었다.

그중 하나가 빨간 머리카락 한 올이었다.

나는 그 보고서를 움켜쥐고 아래층으로 급히 내려갔는데, 도니 상관이 파티 모자를 쓴 채 18번 홀같이 생긴 케이크 위의 촛불을 끄고 있었다. "도니, 얘기 좀 해요." 나는 작은 소리로 말했다.

"지금 말인가?"

나는 그를 복도 쪽으로 끌었다. "이거 보세요."

내가 검시관의 보고서를 덥석 쥐어주자 그는 결과를 훑어보았다. "이미 알고 있는 사실을 알려주려고 내 송별 파티에서 날 끌어낸 거야? 말하지 않았나, 버질. 손 떼라고."

"머리카락이요." 내가 말했다. "빨간색이에요. 피해자 것이 아닙니다. 그녀는 금발이었어요. 그렇다면 몸싸움이 있었을지도 모른다는 겁니다."

"아니면 시체 운반 자루를 재활용했던가."

"앨리스 메트캐프가 빨간 머리였습니다."

"미국 인구 중 6백만이 빨간 머릴걸. 그리고 그 머리카락의 주인이 앨리스 메트캐프라고 한들, 어떻다고? 두 여자는 서로 아는 사이야. 스치고 지나가는 중에 증거가 옮겨 갔을 수 있어. 이건 두 사람이 어느 때 가까이 있었다는 증거밖에 되지 않는다고. 과학수사의 기본이야."

그는 눈을 가늘게 떴다. "자네한테 충고 하나 해주지. 어떤 형사도 신경이 곤두서 있는 마을을 담당하고 싶어 하지 않아. 이틀 전 분 시민들이 미치광이 떠돌이 코끼리들이 잠들어 있는 자신들을 죽일지 모른다고 얼마나 겁을 먹었는지 알아. 코끼리들이 떠난다고 하니까 그나마 진정이 된 거라고. 앨리스 메트캐프는 마이애미에서 자기 딸을 가명으로 유치원에 등록했을지도 모르지. 이 사건이 사고사가 아니라 살인 사건이었을지도 모른다고 했다간 새로운 공포가 야기될 거라고. 말발굽 소리가 듣고 싶다면 버질, 얼룩말이 아니라 진짜 말을 찾아. 사람들은 골칫거리로부터 자신들을 지켜주는 경찰을 원하지, 있지도 않은 문제를 찾으러 다니는 경찰은 원하지 않아. 형사가 되고 싶지 않아? 그럼 슈퍼맨 노릇은 그만두고 빌어먹을 메리 포핀스가 되라고."

그는 내 등을 토닥이고는 취객들로 가득한 방으로 향했다.

"상관님 결정이 아니라는 건가요? 그건 무슨 의미죠?" 나는 그를 따라가며 소리쳤다.

도니 상관이 걸음을 딱 멈추더니 축하를 해주고 있는 동료들을 바라본 뒤 내 팔을 잡고 반대 방향으로 끌고 가 우리 말을 엿들을 사람이 없는 곳으로 왔다. "언론이 이 사건에 대해 왜 미쳐 날뛰지 않는지 궁금하지 않아? 빌어먹을 뉴햄프셔여서 그래. 이곳에선 아무 일도 일어나지 않아. 살인의 냄새만 난다 싶어도 그 균열을 이겨내지 못한다고. 안 그랬다간." 그가 말소리를 죽였다. "자네나 나보다 훨씬 높으신 분들이 더는 파지 말라고 지시하지."

그때까지만 해도 나는 정의를, 제도를 믿고 있었다. "서장님도 받아들이셨다는 말인가요?"

"올해 선거가 있어, 버질. 시민들이 분에 살인자가 돌아다닌다고 생각하면 범죄율 제로를 주장하는 주지사가 재선에 승리하긴 힘들어."

그는 한숨을 쉬었다. "그 주지사 양반이 자네가 채용될 수 있도록 치안 예산을 늘린 당사자란 말이지. 그래서 자네도 생활비로 쓸 건지, 비싼 방탄 속옷을 살 건지 고민할 필요 없이 공동체를 보호할 수 있는 거라고." 그가 내 얼굴을 똑바로 보았다. "자, 옳은 일을 하는 게 그렇게까지 흑백 논리는 아니지 않나, 어떤가?"

나는 도니 상관이 멀어지는 모습을 지켜보기만 하고 파티에는 참석하지 않았다. 대신 내 책상으로 돌아와 검시관의 보고서 마지막 페이지를 스테이플러 철침에서 빼냈다. 그 종이를 사등분으로 접어 재킷 주머니에 밀어 넣었다.

검시관의 나머지 보고서는 네비 루엘의 종결된 사건 파일에 넣어두고 나는 두부 손상을 입은 아기에 관한 증거를 자세히 읽었다. 이틀 후 도니 상관은 공식적으로 퇴임했고 나는 십 대 치어리더에게 자백을 받아냈다.

코끼리들은 테네시 주에서 적응을 잘하고 있다고 들었다. 보호소 땅은 반은 자연보호 차원에서 주에, 반은 개발업자에게 매각되었다. 빚을 갚고 난 후 남은 돈은 변호사가 토마스 메트캐프의 정신과 시설 이용비로 지불했다. 그의 아내는 돌아오지 않았고, 이의를 제기하지도 않았다.

여섯 달 후 나는 형사로 승진했다. 진급식 날 아침, 멋진 정장을 입고 침실용 탁자 서랍에서 사등분으로 접은 검시관 보고서를 꺼내 가슴팍의 주머니에 밀어 넣었다.

내가 영웅이 아니라는 사실을 일깨워줄 필요가 있었다.

"엄마가 또 사라진 거냐?" 내가 묻는다.

"또라뇨? 무슨 말이에요?" 제나도 묻는다. 그 애는 내 책상 맞은편 의자에 앉아 인도 사람들처럼 책상다리를 한다.

그 모습이 어쨌거나 안개처럼 뿌연 내 머리 속을 뚫고 들어온다. 나는 퀴퀴한 커피 잔에 담배를 비벼 끈다. "엄마가 널 데리고 도망친 것 아니었니?"

"엄마를 10년 넘게 본 적이 없으니 아니라고 말해야겠네요." 제나가 말한다.

"잠깐." 나는 고개를 젓는다. "뭐라고?"

"엄마가 살아 있는 모습을 마지막으로 본 사람이 아저씨예요." 제나가 설명한다. "아저씨가 엄마를 병원에 데려갔고, 엄마가 사라졌을 때 아저씨는 머리가 조금이라도 돌아가는 경찰이라면 할 법한 일조차 하지 않았어요. 엄마를 추적하는 거요."

"추적할 이유가 없었어. 네 엄마가 직접 서명을 하고 병원을 나갔으니까. 어른들은 날마다 그렇게······"

"엄만 **머리를** 다쳤어요······"

"엄마가 퇴원해도 괜찮다고 생각했으니까 병원 측이 막지 않았겠지, 아니었다면 의료정보보호법을 위반하게 되니까. 병원 측도 네 엄마의 퇴원을 문제 삼지 않는 것 같고, 우리도 다른 이야길 듣지 못했기 때문에 네 엄마는 괜찮고 너를 데리고 떠났다고 추정한 거지."

"그럼 유괴죄로는 왜 기소하지 않았나요?"

나는 어깨를 으쓱했다. "네 아빠가 엄마의 실종을 정식으로 신고하지 않았거든."

"아빠는 전기 치료를 받느라 짬이 없었을 거예요."

"엄마와 있지 않았다면 이날까지 누가 널 돌봐준 거냐?"

"할머니요."

앨리스가 아기를 숨겨 두었던 곳이 그곳이었군. "그럼 할머니는 엄마의 실종을 왜 신고하지 않았니?"

소녀의 뺨이 빨개진다. "제가 너무 어릴 때라 기억은 나지 않지만, 할머니 말씀이 엄마가 실종되고 일주일 뒤에 경찰서에 가셨대요. 근데 아무 말도 못 들으셨나 봐요."

그랬던가? 앨리스 메트캐프에 관한 실종 신고를 정식으로 한 사람이 있었는지 기억이 나지 않았다. 할머니가 당시에 나를 보지 못했을 수 있다. 대신 도니 형사를 만났을지 모른다. 그랬다면 앨리스 메트캐프의 어머니가 도움을 요청했을 때 거부당했을 수도 있다. 또 도니 형사가 내가 그 사건을 추적해서 파헤치고 싶어 한다는 걸 알고 서류를 내 눈에 띄지 않게 의도적으로 치워 버렸을 수도 있다. 그렇다 해도 별로 놀랍지 않은 일이다.

"문제는요." 제나가 말한다. "아저씨가 엄마를 찾아보기라도 했어야 했단 거예요. 하지만 그러지 않았죠. 그러니 제게 빚을 진 거예요."

"엄마를 찾을 수 있다고 어떻게 그렇게 확신하지?"

"죽지 않았으니까요." 제나는 내 눈을 들여다본다. "그렇다고 생각해요. 느낌이 그래요."

실종자 사건에서 희소식을 바라고 있는 사람에게서 이런 얘기를 들었다가 나중에 시신만 찾게 되면 나는 흠, 잭 다니엘이 아니라 비싼 맥캘란 위스키가 마시고 싶어진다. 그러나 지금은 이렇게 말한다. "네 엄마가 원해서 돌아오지 않는 것일 수도 있잖니? 많은 사람들이 새 인생을 설계하거든."

"아저씨처럼요? **빅터로요**?" 그 애가 날 빤히 쳐다보며 묻는다.

"그래, 맞아." 나는 인정한다. "인생이 완전히 망가지면 차라리 새로 시작하는 편이 더 쉽거든."

"엄마는 다른 사람이 되려고 한 적이 **없어요**." 그 애가 주장한다. "엄마는 자신을 좋아했어요. 그리고 날 두고 가지도 않았을 거예요."

나는 앨리스 메트캐프가 어떤 사람인지 모른다. 그러나 살아가는 방식이 두 가지라는 건 알겠다. 하나는 제나처럼 자신이 가진 걸 잃지 않으려고 죽을 둥 살 둥 부여잡고 있는 것이고, 다른 하나는 나처럼 중요한 물건이건 사람이건 그것을 잃기 전에 자신이 먼저 떠나는 것이다. 어느 쪽이든 실망은 따르기 마련이다.

앨리스는 결혼 생활이 파탄 났고 아이가 망가지는 것도 시간문제라고 생각했을 수 있다. 어쩌면 나처럼, 그녀도 자기 인생이 더 나빠지기 전에 태도를 정한 건지 모른다.

나는 머리카락 속에 손을 찔러 넣는다. "이봐, 네 엄마가 달아난 게 본인 결정일지 모른다는 말은 누구도 듣고 싶어 하지 않아. 그러나 충고를 좀 하자면 말이야. 잊어버려. 카다시안 가족*이 유명하다거나, 잘생긴 사람은 식당에 가면 음식이 빨리 나온다거나, 스케이트도 못 타는 아이가 코치 아빠를 둔 덕에 대학 하키 팀에 들어간다거나 하는 공정하지 않은 온갖 헛소리를 모아두는 서랍 속에 넣고 봉해버리라는 거다."

제나는 고개를 끄덕이면서도 묻는다. "엄마가 자의로 떠난 게 아니라는 증거를 가지고 있다면 어쩌실래요?"

경찰 배지를 반납했다고 해서 경찰의 직감까지 없어지는 것은 아니

---

* 카다시안 가족은 미국에서 유명인으로 통한다. 배우도 아니고 가수도 아니지만 뚜렷하게 하는 일도 없이 할리우드에서 자주 들먹여지고 뉴스에도 자주 등장하는 집안이다.

다. 내 팔뚝에 난 털들이 곤두선다. "그게 무슨 뜻이지?"

그 아이가 배낭에 손을 넣어 지갑을 꺼낸다. 흙투성이에 빛바래고 금간 데가 많은 가죽 지갑을 내게 건넨다. "심령술사를 고용했는데, 이걸 같이 찾아냈어요."

"지금 농담해, 심령술사라고?" 내가 말한다. 숙취가 단박에 돌아온다.

"흠, 돌팔이라고 말하고 싶겠지만요, 그 아줌마는 **아저씨네** 범죄 현장 수사대는 절대 찾지 못한 걸 찾아냈다고요." 그 애는 내가 지갑을 열어 신용카드와 운전면허증을 뒤적거리는 걸 지켜본다. "보호소 땅에 있던 한 나무 위에 걸려 있었어요." 제나가 말한다. "엄마가 의식을 잃고 발견된 곳에서 가까운……"

"엄마가 의식을 잃고 발견된 곳을 네가 어떻게 알아?" 나는 냉큼 묻는다.

"세레니티가 말해줬어요. 그 심령술사가요."

"아, 그래, 좋아, 네가 못 미더운 정보원을 뒀구나 생각했지."

"어쨌든." 그 애는 내 말을 무시하며 계속 말한다. "지갑은 많은 잡동사니 밑에 묻혀 있었어요. 새들이 둥지를 만들고 있던 곳이었어요." 제나가 내 손에서 지갑을 가져가 갈라진 비닐에 끼워져 있는, 아직까지는 알아볼 수 있는 사진을 꺼낸다. 바래고 희미하고 쭈글쭈글하지만 잇몸뿐인 아기가 웃고 있다는 건 알 수 있다.

"이건 저예요." 제나가 말한다. "아이로부터 영원히 도망치려는 사람이…… 이런 사진을 간직하고 다닐까요?"

"난 사람들이 하는 행동을 이해하려는 노력 따윈 그만둔 지 오래다. 그 지갑에 대해선, 아무것도 증명해주는 게 없어. 네 엄마가 도망을 치는 와중에 떨어뜨렸을 수도 있어."

"그럼 지갑이 저 혼자 4미터를 날아서 나무에 걸렸을까요?" 제나가 머리를 흔든다. "아니면 누가 거기다 올려두었을까요? 왜요?"

그 순간 생각나는 사람이 있다. **기드온 카트라이트.**

내가 그 남자를 의심할 이유는 없다. 그의 이름이 왜 불쑥 떠오르는지는 모를 일이다. 내가 아는 한 그는 코끼리들과 함께 테네시 주로 가서 그 후로 행복하게 살고 있다.

또 한편으로, 앨리스가 실패한 결혼 생활에 대해 믿고 얘기할 수 있는 대상이 기드온이었다. 그리고 장모가 살해된 사람도 기드온이었다.

두 사실로부터 다음의 생각이 이어진다.

만약 네비 루엘의 죽음이 도니 보이랜 상관이 그렇게 믿으라고 강요했던 대로 사고사가 아니었다면? 앨리스가 네비를 죽이고서 자신을 그 살인의 피해자로 보이게 하려고 지갑을 나무 위에 숨겨 둔 다음 용의자로 거론되기 전에 달아난 거였다면?

나는 맞은편에 앉은 제나를 본다. '소원을 빌 때는 조심해야 돼, 아가씨.'

내게 일말의 양심이 아직 있다면, 이 아이 엄마에게 살해 혐의가 있을지 모른다고 생각하면서도 엄마를 찾아주겠다고 나선다면 가책을 느끼게 될지 모른다. 그러나 또 한편으론, 내 속을 드러내지 않고 이 소녀에게 이것이 살인자가 아니라 단지 실종자를 찾는 사건이라고 믿게 만들 수도 있다. 게다가 이 애한테는 호의를 베푸는 일일 수 있다. 나는 미결 사건이 한 영혼에게 끼치는 해악을 안다. 진실이 무엇이건 빨리 알면 알수록 이 아이도 미래를 빨리 준비할 수 있을 것이다.

나는 손을 내민다. "메트캐프 아가씨, 방금 사립탐정을 고용하셨습니다." 내가 말한다.

앨리스

기억을 폭넓게 연구해온 바로는, 기억의 역학을 설명하는 최고의 유추는 이것이다. 뇌를 당신 몸의 본부로 생각하는 것이다. 하루하루 겪는 모든 일은 책상 위에 떨어져 미래의 참고 자료로 보관되는 서류철이다. 당신이 잠들어 있을 때 뇌의 서류함에서 막힌 것을 뚫기 위해 밤에 찾아오는 행정 보좌관은 뇌에서 해마라는 부위다.

해마는 이 모든 서류철을 가져와 앞뒤가 맞는 자리에 배치한다. 남편과 싸운 적이 있는가? 좋다, 그 일을 작년에 있었던 부부 싸움과 연결해보자. 기억이 폭죽처럼 터지지 않는가? 회상하는 동안 지난해 참석한 독립기념일 파티와 그 일을 상호 참조해보라. 해마는 각각의 기억을 관계된 사건이 많은 곳에 두려 하는데, 그래야 회수하기가 쉽기 때문이다.

그러나 때로는 어떤 경험을 기억하지 못하기도 한다. 예를 들어 야구장에 갔다고 해보자. 누군가가 나중에 우리 뒷줄에 노란 치마를 입은 여자가 울고 있지 않았느냐고 묻는데, 당신은 전혀 기억이 나지 않는다. 이런 일이 일어날 수 있는 시나리오는 딱 두 가지다. 하나는 그 사건이 서류 정리에서 완전히 배제된 것이다. 당신이 야구에만 집중하고 있어 울고 있는 여자에게는 관심을 두지 않았기 때문이다. 다른 하나는 해마가 망가져 그 기억을 엉뚱한 곳에 지정해둔 것이다. 그 슬픈 여자를 노란 치마를 잘 입고 다니던 유치원 선생님과 연결 짓게 되면 그 장소는 결코 찾을 수 없다.

때로는 목숨이 달렸는데도 이름이 떠오르지 않고 기억조차 잘 나지 않는 과거 인물에 관한 꿈을 꿀 때가 있지 않은가? 이것은 당신이 우연히 그 길에 접근해 묻혀 있는 보물 조각을 발견했다는 의미다.

당신이 일상적으로 하는 일들, 즉 해마에 의해 반복적으로 강화되는 일들은 아주 큰 연계를 이룬다. 런던의 택시 운전사들은 너무나 많은 공간 정보를 처리해야 해서 무척 큰 해마를 가지고 있다고 증명되어 왔다. 그러나 이들이 선천적으로 큰 해마를 가지고 태어났는지, 아니면 늘어나는 근육처럼 그 기관도 시험을 당할수록 커지는 것인지는 모를 일이다.

잊지 못하는 사람들도 있다. PTSD, 외상 후 스트레스 장애를 가진 사람들은 보통 사람들보다 작은 해마를 가지고 있을지 모른다. 어떤 과학자들은 코르티코이드라는 스트레스 호르몬이 해마를 위축시켜 기억 분열을 가져올 수 있다고 믿는다.

반면에 코끼리들은 확대된 해마를 가지고 있다. 코끼리들은 절대 잊지 않는다는 이야기가 있는데, 나는 이 사실을 정말로 믿는다. 케냐의 암보셀리에서 연구원들이 장거리 호출을 재생해 들려주는 실험을 행했더니 나이 든 암코끼리들은 백 마리가 넘는 개체를 알아볼 줄 아는 듯했다. 실험 대상 코끼리들은 자기네가 어울렸던 무리의 호출이 들리면 자신들만의 호출로 응답했다. 낯선 무리의 발성이 들리면 서로 모여들어 뒷걸음질 쳤다.

이 실험에서 특이한 반응이 하나 있었다. 울음소리를 녹음해둔 늙은 암코끼리들 중 한 마리가 실험 과정에서 죽었다. 그녀가 죽고 3개월 뒤에, 그리고 사후 23개월 때 연구원들이 그녀의 호출을 재생해 들려주었다. 두 경우 모두 그녀의 무리는 자신들만의 호출로 응답했고 스피커에 다가갔다. 이것은 정보 처리나 기억만이 아니라 추상적 사고도 가능하다는 걸 보여준다. 죽은 코끼리의 무리는 그녀의 목소리를 기억하는 건 말할 것도 없고 잠깐이지만 그 스피커로 다가가 그녀의 모습까지 찾고 싶어 했던 것이다.

암코끼리는 나이가 들수록 기억력이 향상된다. 따라서 무리는 정보 때문에라도 그녀에게 의존한다. 암코끼리는 무리를 위해 결정을 내리는 걸어 다니는 기록 보관소다. 이곳은 위험한가? 먹이는 어디서 구할 것인가? 물은 어떻게 찾을 것인가? 우두머리 암코끼리는 그녀 자신을 비롯해 무리 전체가 평생 이용한 적은 없지만 어쨌든 물려받아 기억으로 암호화해둔 이동 경로를 알고 있을지 모른다.

그러나 코끼리의 기억과 관련해 내가 가장 좋아하는 이야기는 박사 과정을 밟고 있을 때 필라네스버그 국립공원에서 있었던 일이다. 1990년대에 남아프리카의 코끼리 개체 수를 제한하기 위해 대규모 도태가 시행되었는데, 산림 경비원들이 무리에 있는 어른 코끼리들은 쏘아 죽이고 새끼들은 코끼리를 필요로 하는 장소로 보냈다. 안타깝게도 어린 코끼리들은 정신적 외상을 입어 코끼리다운 행동을 하지 않았다. 필라네스버그로 옮겨온 어린 코끼리들은 무리 지어 활동하는 법을 몰랐다. 그들에게는 이끌어줄 누군가가, 암컷 우두머리가 필요했다. 그래서 랜달 무어라는 미국인 조련사가 어른 암코끼리 두 마리를 필라네스버그로 데리고 왔다. 10여 년 전 크루거 국립공원에서 도태 기간에 고아가 된 후 미국으로 이송되었던 코끼리들이었다.

우리는 이 두 대리모 코끼리들에게 펠리시아와 노치라고 이름 붙여주었고, 어린 코끼리들은 금세 이들을 따랐다. 두 무리가 만들어졌고, 12년이 흘렀다. 어느 날, 펠리시아가 하마에게 물리는 비극적인 사고가 터졌다. 상처가 나을 동안 수의사가 여러 차례 상처를 닦고 치료해야 했지만 매번 마취를 시킬 수는 없었다. 코끼리가 한 달에 맞을 수 있는 마취 횟수는 세 번뿐인데, 안 그러면 M99 약물 수치가 심하게 올라간다. 펠리시아의 건강은 위태로워졌고, 그녀가 죽으면 무리도 또다시 위기에 처할 판이었다.

그때 우리가 생각한 것이 코끼리의 기억이었다.

이 두 암컷과 일했던 조련사는 이들을 보호지역에 풀어준 후로 10년 넘게 만난 적이 없었다. 랜달은 필라네스버그로 와서 기꺼이 돕겠다고 했다. 우리가 두 무리를 찾아 나섰더니 그들은 늙은 암코끼리의 부상으로 서로 뒤섞여 있었다.

"제 딸들이 저기 있군요." 지프차가 덜컹거리며 무리 앞에 멈춰 서자 랜달이 기뻐하며 말했다. "오왈라, 두르가!" 그가 소리쳐 불렀다.

우리에게는 이 코끼리들이 펠리시아와 노치였다. 그러나 랜달의 목소리를 듣고 두 우람한 숙녀가 고개를 돌렸고, 랜달은 이 연약하고 겁많은 필라네스버그 무리를 보고 **아무도** 하지 못한 행동을 했다. 지프에서 뛰어내려 그들 쪽으로 걸어가기 시작한 것이다.

자, 생각해보라, 나는 야생에서 12년을 코끼리들과 일했다. 우리가 걸어서 다가갈 수 있는 무리가 있기는 하다. 연구원들이나 차량에 익숙하고 우리를 믿는 코끼리들에 한해서만 그렇다. 그럴 때조차 주의 깊게 충분히 생각하지 않고 할 수 있는 행동이 아니다. 그러나 이들은 인간과 친숙한 무리가 아니었다. 심지어 안정적인 무리도 아니었다. 사실, 젊은 코끼리들은 랜달이 자기네 어미들을 죽인 두 발 짐승인 걸 확인하자마자 우르르 달아났다. 그러나 두 우두머리는 더 가까이 다가왔다. 두르가(노치)가 랜달에게 접근했다. 그녀는 코를 내밀어 그의 팔을 부드럽게 휘감았다. 그런 다음 산등성이에서 여전히 힝힝거리고 씩씩거리며 불안해하는 젊은 의붓자식들을 돌아보았다. 그녀는 랜달 쪽으로 다시 고개를 돌려 뿌우 하고 한 번 울고는 새끼들과 함께 떠났다.

랜달은 그녀를 보내주고서 남은 우두머리를 돌아보고 부드럽게 말했다. "오왈라…… 무릎을 구부려볼까."

우리가 펠리시아라고 부르는 코끼리가 앞으로 걸어 나와 무릎을 구부려 랜달을 등에 태웠다. 12년간 인간들과 직접적인 접촉을 해본 적이 없었건만 펠리시아는 자신의 조련사였던 사람만이 아니라 그가 가르쳤던 명령까지 기억하고 있었다. 어떤 마취제도 없이 그녀는 랜달의 지시에 따라 가만히 있었고, 다리를 들어 올렸고, 몸의 방향을 틀었다. 그리하여 수의사는 감염 부위를 문질러 고름을 제거하고 상처를 소독하고 항생제 주사를 놓을 수 있었다.

펠리시아는 상처를 치료받고 나서, 랜달이 서커스 동물들을 조련시키러 돌아가고 나서도 한참 후에 필라네스버그에 있는 자신의 패치워크 가족*을 이끌러 돌아갔다. 어떤 연구원에게도, 어떤 사람에게도, 그녀는 야생동물이었다.

그러나 다른 곳에서는 자신이 또한 누구였는지를 그녀는 기억하고 있었다.

---

* patchwork family. 여러 가지 색상과 무늬를 가진 작은 천 조각을 꿰매 붙이는 퀼트처럼 서로 다른 가족의 구성원들이 모여 하나의 가족을 이루는 형태.

제나

엄마가 일지에 휘갈겨 쓴 대화와 관련해 내가 가지고 있는 또 하나의 기억이 있다. 대화로만 이루어진 글인데, 이유는 모르겠지만 잊어버리고 싶지 않아 써놓은 듯하다. 어쩌면 그래서 내가 더 똑똑히 기억하고 있고, 바로 앞에서 영화를 보듯 엄마가 쓴 내용에 살을 붙일 수 있는 건지 모르겠다.

엄마는 아빠의 무릎에 머리를 대고 땅에 누워 있다. 두 사람은 이야기를 나누고 있고 나는 야생 데이지 꽃을 잡아당기고 있다. 귀를 기울이지 않는데도 내 뇌의 일부가 모든 것을 기록하는지 모기들이 윙윙거리는 소리도 부모님이 주고받는 말소리도 다 들린다. 두 사람의 목소리는 하늘 위 연 꼬리처럼 오르락내리락하다 쑥 떨어지기도 한다.

남자 인정해요, 앨리스. 완벽한 짝이 있다는 걸 아는 동물도 있어요.

여자 엉터리. 그야말로 순 엉터리예요. 자연계에 환경의 영향을 받지 않고 존재하는 일부일처제를 대봐요.

남자 백조요.

여자 너무 쉽군요. 하지만 아니에요! 흑조들은 4분의 1이 바람을 피워요.

남자 늑대요.

여자 늑대들은 제 짝이 무리에서 쫓겨나거나 새끼를 낳지 못하면 다른 늑대랑 짝짓기를 한다고 알려져 왔어요. 그건 사실이었어요. 그러니 진정한 사랑이 아니죠.

남자 과학자한테 반해 버리는 우를 범하지 말았어야 했는데. 당신은 성밸런타인의 심장에도 대동맥이 있다고 생각할 사람이에요.

여자 생물학적으로 접근하면 범죄가 되는 거예요?

여자가 일어나 앉아 남자를 꼼짝 못하게 눌러 지금은 남자가 여자 밑에 누워 있고 여자의 머리카락이 남자의 얼굴 위에서 흔들린다. 얼핏 보면 싸우는 것 같지만 둘 다 싱긋이 웃고 있다.

여자 바람피우다 들킨 독수리는 다른 독수리들한테 공격당한다는 거 알아요?

남자 날 겁주려는 겁니까?

여자 그냥 그렇다고요.

남자 긴팔원숭이는요.

여자 오, 이런. 긴팔원숭이가 지조 없다는 건 **세상천지**가 다 알아요.

남자가 몸을 굴려, 이번에는 남자가 위에서 여자를 내려다본다.

남자 초원 들쥐는요.

여자 옥시토신과 바소프레신 호르몬이 뇌에 방출되었을 때만요. 그
건 사랑이 아니에요. 화학 반응인 거죠.

천천히, 여자는 활짝 웃는다.

여자 있죠, 생각해보니…… 완전한 일부일처제를 가진 종이 하나 있
군요. 수컷 아귀예요. 수컷 아귀는 크기가 암컷의 10분의 1만
한데, 암컷의 냄새를 쫓아다니다가 암컷을 발견하면요, 자기
살이 암컷 살에 녹아들어 암컷 몸이 제 몸을 빨아들일 때까지
물고 늘어져요. 그들은 평생 짝을 이루죠. 하지만 그런 관계에
있는 수컷이면 생이 너무 짧은 것 같아요.

남자 나도 당신한테 녹아들고 싶어요.

남자가 여자에게 입을 맞춘다.

남자 이렇게 입술에 말이죠.

두 사람이 소리 내어 웃는데 색종이 조각이 날리는 것만 같다.

여자 좋아요. 이것으로 당신을 완전히 입 다물게 한다면야.

그들은 잠시 대화를 멈춘다. 나는 머리 위로 손바닥을 쳐든다. 마우라가 뒷발을 살짝 들어 올려 보이지 않는 돌멩이를 굴리듯 앞뒤로 천천히 흔드는 것을 본 적이 있다. 엄마 말이 마우라가 그런 동작을 할 때는 다른 코끼리들의 소리를 들을 수 있다고 했다. 우리는 못 듣지만 코끼리들끼리는 이야기를 나눈다고 했다. 나는 엄마 아빠가 지금 하고 있는 행동이 그런 건지 궁금하다. 소리 없이 말하기.

아빠 목소리가 다시 들리는데 줄을 팽팽히 감았을 때, 음악인지 우는 소린지 분간이 가지 않는 기타 소리처럼 들린다.

남자 펭귄이 자기 짝을 어떻게 고르는지 알아요? 완벽한 조악돌을 찾아 자기가 눈독 들인 암컷한테 줘요.

그가 엄마에게 작은 돌을 건넨다. 엄마의 손이 그 돌을 꼭 쥔다.

엄마가 보츠와나에 있을 때 쓴 일지의 대부분은 자료들로 넘쳐난다. 툴리 구역을 걸어 다니는 코끼리 무리들의 이름과 움직임, 수컷들이 발정기에 들고 암컷들이 새끼를 낳는 시기, 누가 지켜보고 있어도 개의치 않거나 그 사실을 모르는 동물들의 시간대별 기록 등등. 나는 개별 항목을 읽으면서 코끼리들을 그려보는 대신 그 기록을 쓴 손을 상상한다. 엄마는 손가락에 쥐가 났을까? 연필을 너무 꽉 잡아 굳은살이 박였을까? 엄마가 코끼리들에 대한 관찰 결과를 이리 섞고 저리 섞어 아무리 사소해도 그것으로 더 큰 그림을 만들어보려 한 것처럼 나도 엄마의 단서들을 맞춰본다. 어렴풋이는 알겠으나 수수께끼가 완전히 풀리지 않을 때면 엄마도 딱 이렇게 답답했을까. 과학자의 과제는 틈을 메우는 일인 것 같다. 그러나 내 경우에는, 퍼즐을 보고는 있지만 사라진 조각 하나밖에 볼 수가 없다.

버질 형사도 이런 기분이겠구나 하는 생각이 들기 시작하지만 솔직히 말해 그런들 우리 두 사람에게 무슨 의미가 있을까 싶다.

버질 형사가 일을 맡겠다고 했지만 나는 그다지 신뢰하지 않는다. 술에 절어 있어 재킷을 입다가도 뇌졸중을 일으킬 것 같아 보이는 인간을 믿기란 어렵다. 지금 최선의 선택은 그가 이 대화를 반드시 기억하게 만드는 것인데, 그러기 위해선 그를 사무실에서 끌어내 정신이 들게 해야 한다. "커피 마시면서 얘기하는 거 어때요?" 내가 제안한다. "오는 길에 보니까 식당이 있던데요."

그가 차 열쇠를 움켜쥐는데, **그건** 안 될 일이다. "취했잖아요. 운전은 제가 해요." 내가 말한다.

그는 어깨를 으쓱하고서 열쇠를 그대로 쥔 채 건물 입구로 걸어 나와 내가 자전거 자물쇠를 푸는 것을 본다.

"이 염병할 것은 뭐야?"

"모르시나 본데요, 아저씨는 제 생각보다 취하셨더라고요." 나는 이렇게 말하고 안장에 올라탄다.

"운전을 하겠다고 하길래 차가 있는 줄 알았더니." 버질 형사가 투덜거린다.

"전 **열세 살**이라고요." 나는 콕 집어 주고는 핸들을 가리킨다.

"지금 장난해? 이게 뭔데, 1972년식이야?"

"이게 싫으시면 저 따라 뛰어오시던가요." 내가 말한다. "하지만 두통이 있으신 것 같으니, 저라면 차라리 일등석을 택하겠네요."

결국 버질 스탠호프는 내 산악자전거에 다리를 벌리고 앉고, 나는 그의 두 다리 사이에 서서 페달을 밟아 식당에 도착한다.

우리는 칸막이가 있는 자리에 앉는다. "어떻게 전단지조차 만들지 않았죠?" 내가 묻는다.

"응?"

"전단지요. 엄마 얼굴이 찍힌 거요. 형편없는 홀리데이 인 회의실에라도 지휘본부를 만들어서 전화도 여러 대 설치해놓고 정보를 구하려 하지도 않았느냐는 말이에요."

"아까 말했잖아." 버질이 대답한다. "네 엄마는 실종자가 아니었다고."

나는 그를 쌔려본다.

"좋아. 정정하지. 네 할머니가 실종자 신고를 했지만 서류가 뒤섞여 빠져버렸다."

"인간의 실수로 내가 엄마 없이 자라게 됐다는 건가요?"

"난 임무를 수행했다고 했잖아. 다른 누가 **자기 임무**를 수행하지 않은 거지." 그는 머그잔 너머로 나를 바라본다. "내가 코끼리 보호소로 불려 갔던 건 사체가 있기 때문이었어. 그 일은 사고사로 판결이 났고. 사건은 종결되었어. 경찰은 말이다, 일을 곤죽으로 만들려고 하지 않아. 엎질러진 것들을 치우기만 하면 돼."

"하지만 아저씨도 직무 태만으로 그 사건의 증인 한 명이 사라졌다는 사실을 간과한 건 기본적으로 인정하잖아요."

그가 노려본다. "아니. 난 네 엄마가 자의로 떠났다고 가정하고 있었어. 그게 아니었다면 다른 소식이 들렸겠지. 난 네 엄마가 **너랑** 있다고 생각했어." 버질이 눈을 가늘게 뜬다. "엄마가 경찰한테 발견됐을 때 넌 어디 있었니?"

"모르겠어요. 엄마가 이따금 낮에 네비 아줌마한테 날 맡겼지만 밤에는 아니었어요. 할머니 집에서 할머니하고 있던 것만 기억나요."

"흠, 할머니와 얘기를 해볼 필요가 있겠다."

나는 바로 고개를 젓는다. "안 돼요. 제가 이러고 있는 줄 알면 절 죽이려 드실 거예요."

"할머니는 자기 딸에게 무슨 일이 있었는지 알고 싶어 하지 않으셔?"

"좀 복잡해요." 내가 말한다. "그 문제를 계속 꺼내면 할머니가 무척 아파하실 것 같아요. 내색 같은 것도 잘 하지 않고 힘든 일을 계속 겪고도 그런 일이 없었다는 듯이 행동하는 세대시잖아요. 내가 엄마 때문에 울고 그러면 할머니는 먹을 거나 장난감이나 강아지 거티로 내 주의를 돌리려 했어요. 언젠가 엄마에 대해 물었더니 이렇게 말씀하시는 거예요. '엄만 죽었다.' 한데 말씀하시는 투가 꼭 칼로 내리치는 느낌이었어요. 그래서 더는 묻지 말아야겠구나 생각했죠."

"이리 나서기까지 이토록 오래 걸린 이유는 뭐냐? 10년이면 단지 미결 사건이 아니야. 미궁에 한참 빠진 거라고."

여종업원이 지나가서 나는 우리 쪽을 보라고 신호를 보낸다. 버질 형사에게 쓸 만한 정보를 캐내려면 커피를 대접해야 한다. 종업원은 나를 거들떠보지도 않는다.

"무슨 그런 순진한 말씀을." 내가 말한다. "누가 제 말을 진지하게 들어주게요. 다들 못 본 척하는 판에요. 여덟 살이나 열 살 때쯤 갈 만한 곳을 생각해낼 수 있었다고 쳐요…… 어찌어찌 경찰서를 찾아갔다고 쳐요…… 아저씨가 일을 그만두지 않았다고 치고 접수대에 있는 경사가 와서 어떤 아이가 종결된 사건의 재수사를 원한다고 말한다면……

아저씨는 어떻게 했겠어요? 날 아저씨 책상 앞에 세워놓고 말해보라고 하고는 미소 짓고 고개만 끄덕여주고 관심을 껐을까요? 아니면 동료들한테 탐정 놀이를 원하는 여자애가 왔다고 떠벌렸을까요?"

또 다른 여종업원이 주방에서 부산스럽게 나오자 지지는 소리, 탕탕 소리, 달그락 소리가 흔들거리는 주방 문 사이로 들려온다. 이 종업원은 어쨌거나 우리 쪽으로 곧장 온다. "뭐 드시겠어요?" 그녀가 묻는다.

"커피요." 내가 말한다. "가득이요." 그녀는 버질을 보고서 코웃음을 치고는 물러간다. "이런 속담 있잖아요." 내가 그에게 말한다. "들어주는 사람 하나 없는데 혼자 떠든다."

그 종업원이 커피 두 잔을 내온다. 버질 형사는 달라고 하지도 않았는데 내게 설탕을 건넨다. 그와 눈이 마주쳐 이 취객의 몽롱한 눈을 잠시 들여다보지만, 내가 보고 있는 대상이 편안한지 아니면 약간 무서운지 알 수가 없다. "나는 지금 잘 듣고 있다." 그가 말한다.

내가 엄마에 대해 가진 기억의 목록은 당황스러울 만큼 짧다.

엄마가 내게 솜사탕을 먹여주며 하던 말. "우스위디. 이스위디."

평생 연분에 관한 대화.

마우라가 울타리 너머로 코를 뻗어 엄마의 말총머리를 잡아당길 때 엄마가 소리 내어 웃던 어렴풋한 기억. 엄마의 머리는 빨간색이다. 딸기색 금발이나 오렌지색 금발이 아닌 속에서 활활 타오르는 듯한 빨간색이다.

(좋다, 내가 이 사건을 기억하는 이유는 누군가가 바로 그 순간에 찍은 사진을 본 적이 있기 때문이라고 치자. 그러나 진짜 기억은 사진과는 아무 상관없는 엄마의 머리카락 냄새, 계피향이 나는 백설탕 냄새다. 나는 엄마가 진짜 그

리울 때면 눈을 감고 그 냄새를 들이마실 수 있는 프렌치토스트를 먹곤 한다.)

속이 상했을 때 엄마의 목소리는 여름날 뜨거운 아스팔트의 신기루처럼 흔들렸다. 엄마는 나를 안고서 곧 울 것 같은 표정을 하고서도 괜찮아질 거라고 말하곤 했다.

한밤중에 깨보면 엄마가 자지 않고 잠든 날 지켜보고 있을 때도 있었다.

엄마는 결혼반지는 끼지 않았다. 하지만 목걸이는 절대 풀지 않았다.

샤워하면서 노래를 부르기도 했다.

아빠가 너무 위험하다고 하는데도 엄마는 코끼리들을 관찰하기 위해 날 사륜 오토바이 ATV에 태우고 코끼리 구역으로 갔다. 나는 엄마 무릎에 앉았고, 엄마는 머리를 숙여 내 귀에 속삭이곤 했다. "이건 우리끼리 비밀이야."

우리는 분홍색 운동화를 맞춰 신었다.

엄마는 1달러짜리 지폐를 코끼리 모양으로 접을 줄 알았다.

밤에는 책을 읽어주는 대신 이야기를 들려주었다. 어떤 코끼리가 진흙탕에 빠진 새끼 코뿔소를 구해준 이야기. 고아 코끼리를 가장 친한 친구로 둔 소녀가 대학에 가기 위해 집을 떠나 10여 년 만에 돌아왔는데도 훌쩍 자라 어른이 된 코끼리가 소녀를 알아보고는 코로 감싸 끌어당긴 이야기.

또 기억나는 건 엄마가 코끼리 귀를 큼지막한 높은음자리표로 그린 다음 누가 누군지 알아보려고 V자나 눈물방울로 표시했던 것. 엄마는 코끼리들의 행동 목록도 만들었다. 시라는 코를 뻗어 릴리의 상아에 걸린 비닐봉지를 치운다. 식물을 일상적으로 상아에 싣고 오는 걸 보면 이물질을 인지해 협동해서 치운다는 사실을 알 수 있다…… 공감 같은 보드라운 감정도 가장 학문적인 논의의 대상이 될 수 있었다. 엄마의 연구 분야에서는 그런 감정이 진지하게 받아들여지고 있었다. 코끼리들을 의인화하지 않고 그들의 행동을 임상적으로 연구해 사실을 추론하는 것이다.

내 경우에는, 내가 엄마에 대해 기억하는 사실들을 토대로 엄마의 행동을 추측한다. 과학자들과는 상반되는 방식이다.

머릿속에서 늘 맴도는 생각이 있다. 엄마가 지금 날 만난다면 실망을 할까?

버질 형사가 엄마의 지갑을 손에 들고 뒤집어 본다. 지갑이 너무 물러져 그의 손가락들 사이로 가죽이 바스러지기 시작한다. 그 모습을 보니 엄마를 또다시 잃는 것처럼 명치끝이 아프다. "이게 발견됐다고 네 엄마가 살인의 피해자라고 볼 수는 없어." 버질 형사가 말한다. "의식을 잃은 그날 밤 지갑을 잃어버렸을 수도 있어."

나는 테이블 위에 손을 놓고 깍지를 낀다. "있죠, 아저씨가 무슨 생각하는지 알아요. 엄마가 지갑을 나무 위에 올려놓고 사라졌을 수도 있다는 거죠. 하지만 의식을 잃고 쓰러져 있던 사람이 나무에 올라가 지갑을 숨기기란 어렵지 않나요."

"그런 거라면 말이다, 실제로 발견될 만한 곳에 지갑이 떨어져 있어야 하지 않았을까?"

"그럼 뭐예요? 엄마가 돌로 자기 머리를 치기라도 했단 거예요? 엄마가 정말로 사라지고 싶었다면 그냥 도망을 치지 않았겠어요?"

버질 형사는 주저한다. "정상참작이 가능한 정황들이 있었을지도 모르지."

"예를 들면요?"

"알다시피 그날 밤 부상을 당한 사람은 네 엄마만이 아니었다."

무슨 뜻으로 하는 말인지 단박에 알겠다. 엄마가 진짜로 범인이라면 자신도 피해자로 보이게 하려고 했을 거라는 뜻이다. 입이 바짝 마른다. 지난 10년 동안 상상해본 엄마의 온갖 모습들 중 살인자는 들어있지 않았다. "엄마가 살인자라고 **정말로** 생각했다면 엄마가 실종됐을 때 왜 추적하지 않은 건데요?"

그가 입을 열다 말고 꿀 먹은 벙어리가 돼버린다. '맞췄어.' 나는 생각한다. "그 죽음은 사고사로 판결이 났으니까." 그가 말한다. "하지만 현장에서 빨간 머리카락 한 올이 발견되었어."

"〈천생연분〉 같은 프로그램에서 백치 미인을 찾았다는 말 같네요. 뉴햄프셔 주 분에 빨간 머리를 가진 여자가 제 엄마밖에 없었나 보죠."

"그 머리카락은 사망자의 시신 자루 속에 있었어."

"그렇군요. 첫째 역겹고요, 둘째 그게 뭐라고요. 〈로앤오더:SVU〉*를 자주 보는데요. 그건 두 사람이 접촉을 했었다는 의미밖에 없어요. 그런 일이 하루에 열두 번도 더 있었을 걸요."

"아니면 몸싸움을 하는 중에 머리카락이 옮겨 붙었을 수도 있단 뜻이지."

"네비 루엘 아줌마가 어떻게 죽었는데요?" 나는 따지고 든다. "사인이 살인이라고 검시관이 그러던가요?"

그는 고개를 가로젓는다. "검시관은 짓밟혀서 생긴 둔기 외상에 의

---

* Law and Order: Special Victims Unit. 법과 질서를 지키기 위한 형사들과 검사들의 활약을 통해 대도시의 인간 유형을 그린 미국 드라마.

한 사고사라고 했어."

"엄마에 대한 기억이 많지는 않지만요, 몸무게가 45킬로그램 정도밖에 안 됐어요." 내가 말한다. "그럼 제가 다른 시나리오를 던져보죠. **네비** 아줌마가 **엄마**를 뒤쫓은 거면요? 코끼리들 중 누가 그 광경을 보고 보복을 한 거면요?"

"코끼리들이 그런 짓도 **해**?"

나도 잘은 몰랐다. 그러나 엄마의 일지에서 원한을 품은 코끼리들이 자기들을 해친 인간이나 신경 쓰이는 인간을 응징하기 위해 몇 년씩 기다리기도 한다는 글을 읽은 기억이 났다.

"게다가." 버질 형사가 말했다. "너는 방금 엄마가 널 네비 루엘한테 맡기기도 했다고 말했어. 네 엄마가 네비를 위험인물로 생각했다면 그 여자한테 아이를 봐달라고 맡겼다는 게 이상하지 않아?"

"엄마가 아줌마를 죽이고 싶었다면 아줌마한테 아이를 봐달라고 맡겼다는 것도 이상하죠." 나도 지지 않고 꼬집는다. "엄마는 아줌마를 죽이지 않았어요. 말이 안 되잖아요. 그날 밤 돌아다닌 경찰이 열두 명이나 있었다면서요. 확률로만 따져봐도 **그들** 중 한 명은 빨간 머리겠네요. 그 머리카락이 제 엄마 건지는 아저씨도 모르잖아요."

버질 형사는 고개를 끄덕인다. "하지만 알아낼 방법은 있지."

내가 기억하는 일이 하나 더 있다. 집에서 엄마 아빠가 말다툼을 하고 있다. "어떻게 그럴 수가 있어? 왜 이렇게 자기중심적이야." 아빠가 비난한다.

나는 마루에 앉아 울고 있는데도 아무도 그 소리를 못 듣는 것 같다. 내가 움직이면 고함 소리를 더 키울 뿐이어서 나는 움직이지 않는다.

코끼리 구역에서 나는 담요 위에 앉아 엄마가 가져온 장난감을 가지고 노는 대신 하늘을 점선처럼 가로지르며 날아다니는 노랑나비 한 마리를 쫓아다녔다. 엄마는 내게 등을 보이고 앉아 관찰 결과를 기록하고 있었다. 그때 아빠가 차를 타고 지나가다 내가 나비를 쫓아 내리막으로 향하는 모습을 보게 되었는데…… 그곳에 마침 코끼리들이 서 있었다.

"여긴 야생이 아니고 보호소야." 엄마가 말한다. "제나가 어미와 새끼 사이에 있었던 게 아니잖아. 우리 코끼리들은 사람들한테 익숙해."

아빠가 받아친다. "애들한테는 익숙하지 않아!"

갑자기 따뜻한 두 손이 내 몸을 감싼다. 분 냄새와 라임 냄새가 나는데, 그녀의 무릎은 내가 아는 가장 포근한 곳이다. "엄마 아빠 화났어." 내가 속삭인다.

"무서워서 그런 거야." 그녀가 정정한다. "두 소리가 똑같단다."

그녀가 내 귀에 가까이 대고 노래를 부르기 시작하자 그녀의 목소리밖에 들리지 않는다.

버질 형사에게 계획은 있지만 그가 원하는 곳은 자전거로 가기에는 너무 멀고 그렇다고 차를 운전하고 갈 수도 없다. 우리는 식당에서 나와 다음 날 아침 그의 사무실에서 만나기로 한다. 해가 구름에 걸려 해먹을 타듯 낮게 일렁이고 있다. "내일은 취해 있지 않다는 걸 어떻게 알죠?" 내가 묻는다.

"음주측정기를 가져와." 버질 형사는 퉁명스럽게 말한다. "11시에 보자."

"11시가 무슨 아침이에요."

"나한텐 그래." 그는 이렇게 대답하고서 자기 사무실 쪽으로 걸어가기 시작한다.

집에 돌아오니 할머니가 당근을 소쿠리에 담아 물을 빼고 있다. 거티는 냉장고 앞에 웅크리고 앉아 꼬리로 바닥을 두 번 치기만 할 뿐 다른 인사는 하지 않는다. 내가 어릴 적에는 목욕만 잠깐 하고 나와도 날 쓰러뜨리다시피 하던 녀석이었다. 그런 식으로 날 다시 만나 좋아 죽었다. 나이를 먹을수록 그런 격렬한 그리움은 식어가게 되는 걸까. 나이를 먹으면 가지지 못한 것보다 가진 것에만 집중하게 되는 건지 모르겠다.

머리 위에서 발소리 같은 게 들린다. 어렸을 때는 할머니 집에 유령이 살고 있다고 믿었다. 늘 그런 소리가 들렸기 때문이다. 할머니는 녹슨 파이프나 집이 정착하는 소리라며 안심시켜 주었다. 나는 그렇게 정착을 할 수 없을 것 같은데 벽돌 건물은 어떻게 정착을 할 수 있다는 건지 궁금하곤 했다.

"그래, 그 앤 어떻더냐?" 할머니가 묻는다.

할머니가 내게 미행을 붙였던 건가 싶어 나는 순간적으로 얼어붙는다. 정말 그런 거라면, 사립탐정과 함께 엄마를 추적하고 있는 날 할머니가 추적하고 있다면, 얼마나 아이러니한가? "흠, 몸이 좀 안 좋더라고요." 내가 대답한다.

"무슨 병인지 몰라도 옮지 않았으면 좋겠구나."

'음주가 전염병이 아닌 한 옮지 않을 걸요.' 나는 생각한다.

"넌 채드 앨런 선생이 틀림없는 사람이라 생각하겠지만, 그가 좋은 선생인지는 몰라도 부모로선 무책임하구나. 어떤 부모가 자기 아이를 이틀이나 혼자 버려둔다니?" 할머니가 투덜거린다.

'어떤 부모가 자기 아이를 10년씩이나 혼자 버려둘까요?'

나는 엄마 생각에 몰두해 있다 이번에도 심장이 철렁했다가, 할머니는 내가 앨런 선생의 외계인 머리를 가진 별난 아들 카터를 봐주고 왔고 그 애가 지금은 감기에 걸렸다고 생각한다는 사실을 기억해낸다. 그 애는 내일도 내가 버질 형사를 만나러 갈 때 핑계가 되어줄 것이다.

"아, 걘 혼자 있지 않았어요. 제가 있었어요."

나는 할머니를 따라 부엌으로 들어가 냉장고에서 깨끗한 유리잔 두 개와 오렌지 주스 통을 천천히 꺼낸다. 생선 튀김을 억지로 몇 조각 입에 넣고 기계적으로 씹어 넘긴 다음 나머지는 으깬 감자 밑에 감춘다. 배가 고프지 않아서다.

"어디가 안 좋니?" 할머니가 묻는다.

"아니요."

"널 위해 이거 만드느라 한 시간이나 걸렸단다. 넌 먹어주기만 하면 되는 건데." 할머니가 말한다.

"어째서 수색조차 하지 않았을까요?" 나는 불쑥 내뱉었다가 그 말을 주워 삼키기라도 할 듯이 냅킨으로 입을 가린다.

내가 누구에 대해 말하고 있는지 할머니가 모른 척하지 않기를 우리 두 사람 다 원한다. 할머니 표정이 싸늘해진다. "네가 기억을 하지 못한다고 해서, 제나, 그 일이 없었다는 뜻은 아니다."

"**아무 일도 없었어요.**" 내가 말한다. "10년 동안이나요. 관심이나 있으셨어요? 엄만 할머니 **딸**이잖아요!"

할머니가 일어나 접시에 거의 그대로 남은 음식을 음식물 쓰레기통에 버린다.

그 순간, 어릴 적 그날 코끼리가 있는 줄 모르고 나비를 쫓아 언덕을 내려가다 엄청난 실수를 저질렀구나 깨달았던 그 느낌이 고스란히 전해진다.

이날까지 나는 할머니가 엄마에게 일어난 일에 대해 말하지 않은 건 할머니 당신이 너무 힘들어서 그런 거라고만 생각했다. 그러나 지금, 할머니가 그때 일에 대해 말하지 않은 건 내가 너무 힘들어 할까 봐 그랬다는 생각이 든다.

할머니가 말하지 않아도 무슨 말을 하려는지 알겠다. 그러나 듣고 싶지 않다. 나는 거티를 데리고 이 층으로 뛰어올라가 방문을 쾅 닫고 강아지 목덜미 털에 얼굴을 파묻는다.

몇 분이 지나지 않아 문이 열린다. 얼굴을 들지 않아도 누가 서 있는지 느낄 수 있다. "말 좀 해보세요." 나는 작은 소리로 말한다. "엄만 죽은 거예요, 그런 거예요?"

할머니가 내 침대에 앉는다. "그렇게 간단하지가 않아."

"간단해요." 울고 싶지 않은데 울음이 터져버린다. "죽었거나 안 죽었거나 둘 중 하나잖아요."

그렇게 대들고는 있지만 나도 그렇게 간단하지 않다는 걸 이해한다. 논리적으로 보자면 내 생각이 맞다. 엄마가 결코 자의로 떠난 것이 아니었다면 엄마는 나를 만나러 왔을 것이다. 그러나 알다시피 엄마는 오지 않았다.

이 논리를 이해하는 건 어렵지 않다.

그렇지만 엄마가 죽었다면 내가 모를 수 있을까? 그러니까, 자주 하는 이야기가 있지 않은가? 내 몸의 일부가 떨어져 나간 듯한 느낌이 없지 않은가?

내 속에서 어린 목소리가 말한다. '그렇지 않아?'

"네 엄마가 어렸을 때 말이다. 뭘 하라고 하면 꼭 반대로 했단다." 할머니가 말한다. "고등학교 졸업식 때 치마를 입으라고 했더니 반바지를 입고 나타났어. 어느 날은 잡지에 실린 머리 스타일 두 개를 가리키면서 어떤 게 맘에 드냐고 묻더구나. 그랬더니 내가 싫다고 한 스타일로 머리를 잘랐어. 하버드 대학에서 영장류를 공부해보라고 했더니 아프리카 코끼리들을 선택하더구나." 할머니가 나를 내려다본다. "그 앤 내가 만난 가장 영리한 사람이기도 했단다. 원한다면 경찰도 따돌릴 수 있을 만큼 영리했어. 그러니까 그 애가 살아 있다면, 도망을 친 거라면 말이다, 집으로 돌아오게 함정을 칠 수 없다는 거야. 그 앨 찾겠다고 전단지를 만들고 직통전화를 설치하면 그 앤 더 멀리, 더 빨리 달아나 버릴 거다."

이게 사실일까? 만일 엄마가 지금까지 게임을 하고 있었던 거라면? 아니면 할머니가 지금껏 속고 있었던 거라면?

"실종자 신고를 했다고 하셨잖아요. 그건 어떻게 됐는데요?"

할머니가 내 책상 의자에 걸려 있는 엄마의 스카프를 잡고 체질하듯 주먹으로 쓸어내린다. "실종자 신고를 하러 **간다**고 말했지." 할머니가 말한다. "사실은 세 번을 갔단다. 하지만 안으로 들어가지는 못했어."

나는 어이없는 표정으로 할머니를 쳐다본다. "뭐라고요? 그런 말은 안 하셨잖아요!"

"이젠 나이가 됐구나. 무슨 일이 있었는지 알 만한 나이가." 할머니는 한숨을 쉰다. "난 답을 원했단다. 어쨌든 원한다고 생각했어. 나이가 들면 **너도** 원할 거라는 걸 알았지. 하지만 안으로 들어갈 용기가 나지 않았어. 경찰이 무엇을 알아낼지 두려웠거든." 할머니는 나를 바라본다. "어느 쪽이 더 나빴을지는 나도 모르겠구나. 앨리스가 죽어서 집으

159

로 돌아올 수 없다는 걸 알게 되는 것과 살아 있는데도 돌아오는 걸 **원치** 않는다는 걸 알게 되는 것 중에서 말이다. 경찰이 내게 들려줄 말은 좋은 소식이 없었어. '그 후로 행복했네'는 없는 거였지. 너랑 나랑 둘만 남게 되는 거였고. 그래서 정리를 빨리 할수록 우리 둘도 새 출발을 빨리 할 수 있겠구나 생각했단다."

오늘 오후에 버질 형사가 던진 힌트가 떠오른다. 할머니는 생각도 해본 적 없는 세 번째 가능성. 엄마가 우리 때문이 아니라 살인 혐의를 벗으려고 도망을 쳤을지 모른다는 것. 그것 역시 엄마가 자기 딸에 대해 듣고 싶은 말은 아닐 것이다.

나는 할머니가 아주 늙었다고는 생각하지 않지만 침대에서 일어나는 모습을 보니 연세만큼 늙어 보인다. 할머니는 삭신이 쑤시는지 천천히 몸을 움직여 문간에 그림자처럼 서 있다. "네가 컴퓨터로 뭘 찾고 있는지 나도 안다. 무슨 일이 있었는지 질문을 멈추지 않았다는 것도 안다." 목소리가 할머니를 둘러싸고 있는 빛만큼이나 가냘프다. "어쩌면 네가 나보다 용감한 건지 모르겠구나."

엄마의 일지에는 일종의 급커브, 그러니까 엄마가 방향을 뒤바꾸지 않았다면 전혀 다른 사람이 되었을지 모를 순간으로 보이는 내용이 하나 있다.

어쩌면 **여기** 있는 누군가도.

엄마는 서른하나였고, 박사 학위 취득 후 보츠와나에서 일하고 있었다. 집에서 안 좋은 소식이 왔고 휴가를 냈다고만 막연히 언급되어 있다. 휴가를 다녀온 후 엄마는 코끼리들의 정신적 외상이 미치는 기억의 영향을 기록하며 연구에 매진했다. 그러던 어느 날, 코가 철사 덫에 걸린 젊은 수코끼리를 발견했다.

이것은 흔히 있는 일이었던 것 같다. 엄마의 일지에서 읽었는데, 어떤 마을 사람들에게는 야생동물 고기가 주식이었고 때로는 그 생필품이 사업으로 발전하기도 했다. 그러나 임팔라를 겨냥한 덫들은 이따금 다른 동물들을 얽어맸다. 얼룩말과 하이에나, 그리고 그날은 케노시라는 열세 살짜리 수코끼리였다.

나이가 차서 케노시는 더 이상 어미의 번식 무리에 속해 있지 않았다. 어미인 로라토가 여전히 우두머리였지만 케노시는 다른 젊은 수코끼리들, 방랑하는 십 대 총각 무리와 함께 떠났다. 발정기에 이르면서 녀석은 여학생들 눈에 더 띄고 싶어 서로를 거칠게 떠미는 아둔한 남학생들처럼 친구들과 격투를 벌이곤 했다. 그러나 인간 십 대들과 마찬가지로 이것은 호르몬의 작용에 지나지 않았고, 수컷들이 이를 이길 수 있는 방법은 그저 눈에 더 띄고 나이를 더 먹고 더 멋있어지는 것뿐이었다. 이런 현상은 코끼리 공동체에서도 일어났는데, 형님 수컷들이 생물학적으로는 완벽하나 어쨌거나 서른이 될 때까지는 번식할 준비가 되지 않았다는 이유로 젊은 수컷들을 발정기에 들지 못하게 할 때였다.

그러나 케노시가 어떤 운 좋은 암컷과 관계를 갖는 일은 있을 수 없었다. 녀석은 덫에 걸려 사실상 코가 잘려 나갔고, 코 없는 코끼리가 살아남기란 어렵기 때문이었다.

현장에서 케노시의 부상을 목격한 엄마는 녀석이 천천히 고통스럽게 죽게 될 것을 알았다. 그래서 이날의 연구를 제쳐놓고 코끼리 안락사를 허가받은 정부기관 야생동물국에 전화를 걸기 위해 캠프로 돌아갔다. 그러나 그 보호지역에 공식 파견된 로저 윌킨스는 신참이었다.

"할 일이 산더미처럼 많습니다. 그냥 자연에 맡기세요." 그가 엄마에게 한 말이었다.

연구자의 책무도 그런 것이다. 자연을 관리하지 않고 존중하는 것. 그러나 이들이 야생동물이라고는 하나 **엄마의** 코끼리들이기도 했다. 엄마는 손 놓고 앉아 코끼리를 고통스럽게 둘 수는 없었다.

일지에는 변화가 있다. 필기도구가 연필에서 검정 펜으로 바뀌었고, 페이지 전체가 검은 줄만 쳐 있다. 이것은 내가 상상으로 그 빈 공간에 채워 넣은 내용이다.

캠프에 있는 본부로 들어가니 소장이 작은 상자에 앉아서 퀴퀴한 공기를 부채질하고 있다. 그가 말한다. "앨리스, 어서 들어와. 휴식이 더 필요하면……"

나는 그의 말을 자른다. 휴식이 필요해서 온 게 아니다. 나는 그에게 케노시에 대해, 얼간이 같은 윌킨스에 대해 말한다.

"제도가 불합리하지." 소장도 인정한다. 그러나 나를 잘 모르기 때문에 내가 그냥 나갈 거라고만 생각한다.

"당신이 그 전화기 들지 않으면요, 내가 들 거예요." 나는 위협한다. "하지만 내가 전화를 걸 곳은 뉴욕타임스, BBC 방송국, 내셔널 지오그래픽이에요. 세계 야생동물기금과 조이스 풀*과 신시아 모스와 데임 대프니 셸드릭**한테도 전화를 돌릴 거예요. 동정심이 넘쳐나는 사람들과 동물 애호가들의 관심을 불러일으킬 거고요. 소장님은 말

---

* 오랫동안 아프리카 코끼리를 연구한 케냐 생태학자이자 자연보호론자.
** 케냐의 작가이자 동물보호 운동가. 동물 양육 전문가로 주로 고아 코끼리들을 키워 야생으로 복원시키는 작업을 하고 있다.

이죠, 내가 이 캠프에 대해 욕을 억수같이 퍼부을 거라서요. 이곳의 코끼리 연구 기금이 해 떨어지기도 전에 말라붙는 꼴을 보게 될 거예요. 그러니 그 전화기 들어요, 아니면 내가 들죠." 내가 말한다.

어쨌거나 이것은 엄마가 말했을 **것이라고** 내가 상상한 내용이다. 그러나 엄마가 실제로 다시 쓰기 시작한 대목에는 윌킨스가 배낭과 원한을 동시에 지고 도착했다는 내용이 자세히 기술돼 있다. 그는 지프를 타고 가는 내내 엄마 옆에서 부루퉁한 표정으로 소총을 쥐고 있었고, 엄마는 케노시와 녀석의 친구들이 있는 곳을 찾아냈다. 이것은 엄마의 일지에서 읽고 나도 아는 사실인데, 랜드로버 자동차는 수컷 무리에 12미터 이상 가까이는 접근하지 않는다. 수컷들이 워낙 예측불허여서 그렇다. 그러나 엄마가 이 사실을 설명하기도 전에 윌킨스가 총을 들어 방아쇠를 당겼다.

"안 돼!" 엄마는 괴성을 지르며 총신을 움켜잡고 하늘을 가리켰다. 그런 다음 기어를 올려 다른 젊은 수컷들을 몰아내려고 앞으로 내달렸다. 이번에는 차를 한쪽에 세우고 그를 보고 말했다. "지금이에요. 쏴요."

그는 쏘았다. 턱을 관통했다.

코끼리의 두개골은 뇌를 보호하기 위해 큼지막한 벌집처럼 생겼고, 뇌는 이 하부구조의 안쪽 움푹한 곳에 자리해 있다. 코끼리는 턱이나 이마를 쏘아서는 죽일 수가 없는데, 총알이 해를 끼치기는 해도 뇌는 맞히지 못하기 때문이다. 코끼리를 인도적으로 죽이고 싶다면 귀 뒤쪽을 깔끔하게 쏘아야 한다.

엄마는 케노시가 전보다 못한 고통에 겨워 비통하게 울부짖었다고 써놓았다. 엄마가 알고 있는 언어를 동원해 평생 써본 적 없는 욕이란 욕은 다 퍼부었다. 엄마는 총을 낚아채 윌킨스를 겨냥할까 생각할 정도였다. 그때 놀라운 일이 벌어졌다.

케노시의 어미인 우두머리 로라토가 제 아들이 피를 흘리며 휘청거리고 있는 언덕 아래로 돌진해오기 시작한 것이다. 그 길에 있는 장애물은 엄마의 차뿐이었다.

엄마는 열세 살이나 먹은 새끼라 해도 어미 코끼리와 새끼 사이에 끼어들면 안 된다는 사실을 알고 있었다. 그래서 랜드로버에 후진 기어를 넣고 전속력으로 후진해 케노시와 로라토 사이에 길을 터 주었다.

그러나 어미가 당도하기도 전에 윌킨스가 두 번째 발포를 했고 이번에는 명중시켰다.

로라토는 우뚝 멈췄다. 다음은 엄마가 쓴 글이다.

로라토는 케노시에게 코를 뻗어 꼬리부터 코까지 온몸을 어루만지고 덫에 걸려 가죽이 잘려나간 부위를 유심히 더 보았다. 아들의 거대한 몸뚱이를 밟고 올라서 어미가 새끼를 보호하듯 그 위에 서 있었다. 그녀의 측두샘에서 분비물이 흘러내려 머리 양 옆으로 시커먼 줄이 생겼다. 수코끼리 무리가 떠날 때도, 로라토의 번식 무리가 합류해 케노시를 어루만질 때도 그녀는 움직이려 하지 않았다. 해가 지고 달이 떴지만 그녀는 새끼를 떠날 수가 없는지 아니면 떠나기가 싫은지 마냥 서 있었다.

그녀는 작별 인사를 어떻게 할까?

그날 밤 유성우가 내렸다. 내게는 하늘마저도 울고 있는 것처럼 보였다.

두 페이지를 넘기자 엄마는 마음이 진정됐는지 과학자의 객관적인
눈으로 그 일에 대해 써놓았다.

오늘은 생각조차 해본 적 없는 두 가지 일을 겪었다.
첫 번째는 좋은 것이다. 윌킨스의 행동으로 보호지역 연구원들은 유
사시 단독으로 코끼리를 안락사시킬 수 있는 권한을 얻게 되었다.
두 번째는 충격적이다. 암코끼리는 새끼가 자기 품을 떠났어도 그
새끼가 곤경에 처하자 불같이 화를 내며 돌아왔다.
한번 어미면, 죽을 때까지 어미다.

이것은 엄마가 그 페이지 맨 아래 휘갈겨 쓴 글이다.
엄마가 쓰지 않은 것은 이날이 자신의 연구 주제를 코끼리와 정신적
외상 대신 슬픔의 영향으로 좁힌 날이었다는 것이다.
엄마와 달리 나는 케노시에게 일어난 일이 비극이라고 생각하지 않
는다. 사실 그 사건을 읽을 때면 엄마가 말한 유성우 같은 불꽃이 내 속
에서도 팡팡 터지는 느낌이 든다.
어쨌거나 케노시가 영원히 눈을 감기 전 마지막으로 본 것은 자신에
게 달려오는 엄마였지 않은가.

다음 날 아침 나는 할머니에게 버질 형사에 대해 말을 해야 할지 고
민한다.
"네 생각은 어때?" 나는 거티에게 물어본다. 사실 자전거를 타고 그

의 사무실까지 먼 길을 가는 것보다야 할머니 차를 타고 가는 게 편할 것이다. 수색과 관련해 내가 보여줄 만한 성과가 있다면 발레리나 못지않은 종아리 알통일 것이다.

거티가 꼬리로 나무 바닥을 쿵 친다. "한 번은 '예'고, 두 번은 '아니오'다." 내 말에 거티는 머리를 갸우뚱한다. 할머니가 벌써 두 번째로 내 이름을 부른다. 쿵쿵거리며 계단을 내려가니 할머니가 조리대 앞에 서서 시리얼을 흔들어 내 그릇에 붓고 있다.

"늦잠을 자버렸구나. 따뜻한 음식을 해줄 시간이 없어. 열세 살이나 먹고서도 왜 스스로 못해 먹는지 모르겠지만." 할머니는 씩씩거린다. "어떤 금붕어는 너보다도 생존 기술이 뛰어나더구나." 할머니는 내게 우유를 건네고서 충전기에서 휴대전화를 뽑는다. "애 봐주러 가기 전에 재활용쓰레기 내다 놓으렴. 그리고 제발, 머리 좀 빗고 나가. 머리 꼴이 새가 둥지를 틀고 있는 것 같잖니."

이 사람이 어젯밤 내 방에 들어와 자기 변호로 일관한 그 사람이 맞나. 당신 역시 딸 생각에 여전히 가슴 태우고 있다고 고백했던 그 사람이 맞나.

할머니가 지갑 속을 뒤진다. "차 열쇠가 어디 갔지? 아무래도 치매의 세 가지 증상이 나타나고 있는 게야."

"할머니…… 어젯밤에 하신 말씀이요……" 나는 헛기침을 한다. "저한테 엄마를 찾을 만큼 용감하다고 하셨잖아요?"

할머니가 고개를 젓는 둥 마는 둥 해 빤히 보고 있지 않았으면 못 보고 지나쳤을 뻔했다. "저녁 식사는 6시다." 본격적인 대화를 시작해보기도 전에 할머니는 이제 대화 끝이라고 선언하듯 말하고 나간다.

놀랍게도 버질 형사는 경찰서에 당도한 후 바비큐 파티에 참석한 채식주의자처럼 불편해 보인다. 그가 정문을 이용하고 싶어 하지 않아 우리는 버저를 눌러 안으로 들어가는 경찰 뒤에 붙어 몰래 들어가야 한다. 그는 내근 경사나 순경들과 잡담을 나누고 싶어 하지 않는다. 여기가 내 사물함이 있던 곳이야, 여기가 도넛을 보관하던 곳이야 따위의 경찰서 견학도 없다. 나는 이제껏 버질이 원해서 이 일을 그만뒀다고 믿고 있었는데, 지금은 일부러 해고당할 짓을 했을지도 모른다는 의심이 들기 시작한다. 다른 건 몰라도 이건 알겠다. 그가 내게 말하지 않은 것이 있다는 것을.

"저 사람 보여?" 버질이 나를 복도 쪽으로 끌어당기며 증거물 보관실 책상에 앉아 있는 사람을 훔쳐보게 한다. "랄프라고 해."

"흠, 랄프라는 분은 천 년 묵은 사람처럼 보이는데요."

"내가 여기서 일하고 있을 때도 천 년 묵은 사람 같았어." 버질이 말한다. "그가 지키고 있는 물건들만큼 화석화된 인간이라고 우리끼리 말하곤 했지."

그는 심호흡을 하고서 복도를 걸어간다. 증거물 보관실 문은 위아래로 나뉘어 있는데, 위쪽 문이 열려 있다. "어이, 랄프! 오랜만이에요."

랄프는 물속에서 몸을 움직이는 것 같다. 처음에는 허리를, 다음에는 어깨를, 마지막으로 고개를 돌린다. 가까이에서 보니 엄마의 일지에 꽂혀 있던 사진 속 코끼리들만큼이나 주름이 자글자글하다. 눈은 사과 젤리처럼 뿌연데, 늘 그 상태였을 것 같다. "으흠." 랄프가 이 말을 얼마나 천천히 내뱉는지 으으으음악으로 들릴 정도다. "자넨 어느 날 미제 사건 증거물 보관실로 들어가서는 다시는 나오지 않았다는 소문이 돌았는데."

"마크 트웨인이 했던 말 모르세요? 내 사망 신고는 과장된 거라고 하지 않았습니까."*

"그동안 어디 있었느냐고 물어봤자 말해주지 않겠구만." 랄프가 대답한다.

"그렇죠. 오늘 제가 여기 온 것도 입 다물어주시면 정말로 감사하겠습니다. 사람들이 너무 많은 질문을 해대면 근질근질해져서 말입니다." 버질 형사는 주머니에서 약간 으깨진 트윙키**를 꺼내 우리와 랄프 사이에 있는 카운터에 놓는다.

"대체 언제 적 과자예요?" 내가 작은 소리로 묻는다.

"2050년까지 진열대에 놔둬도 될 만큼 방부제가 들어 있을 걸." 버질이 속삭인다. "게다가 말이야, 랄프는 유통기한처럼 자잘한 글씨는 읽지도 못해."

아니나 다를까, 랄프의 낯빛이 밝아진다. 미소를 짓느라 입가에 주름이 잔물결처럼 번지는데, 언젠가 유튜브에서 본 건물 붕괴 장면이 연상될 정도다. "내 약점을 잘도 기억하고 있군, 버질." 랄프는 나를 흘깃 본다. "자네 조수인가?"

"테니스 파트너예요." 버질이 열린 문 안으로 상체를 기울인다. "저기요, 랄프. 제 옛날 사건들 중 확인해볼 건이 하나 있어요."

"자네는 지금 직원도 아니잖……"

"직원이었을 때도 썩 직원 같지 않았어요. 어서요, 형님. 제가 적극 수사에 관여하거나 하는 그런 사람이 아니잖습니까. 그냥 형님 공간을 잠깐만 쓰자는 겁니다."

---

* 자신이 죽었다는 보도가 나온 후에 마크 트웨인이 기자 회견에서 한 말이다.
** 겉은 노란 케이크지만 속은 흰 크림으로 차 있는 미국의 유명한 과자 이름.

랄프는 어깨를 으쓱한다. "종결된 사건이면 해될 건 없겠다 싶지만……"

버질이 문의 빗장을 끄르고 그를 밀치고 지나간다. "일어서실 필요 없어요. 길은 저도 아니까."

나는 그를 따라 좁고 긴 통로로 들어선다. 벽 양쪽으로 바닥부터 천장까지 이어진 금속 선반이 세워져 있고, 선반들마다 마분지 상자가 촘촘히 들어차 있다. 버질은 입술을 달싹거리며 사건 번호와 날짜로 정리돼 있는 상자들 라벨을 읽는다. "다음 통로군. 여긴 2006년까지만 있어." 그가 중얼거린다.

잠시 뒤 그가 멈춰 서더니 원숭이처럼 선반을 오르기 시작한다. 어떤 상자를 꺼내 내 팔에 던진다. 생각보다 가볍다. 나는 상자를 바닥에 내려놓고 그가 건네는 상자를 세 개 더 받는다.

"이게 다예요?" 내가 묻는다. "보호소에서 나온 증거만도 어마어마하다고 했던 것 같은데요."

"그랬지. 하지만 사건이 해결됐잖아. 여긴 사람들과 관계된 물건들만 보관돼 있어. 중요하지 않다고 판명된 흙이라든가 뭉개진 식물이라든가 잔해 같은 것들은 폐기됐지."

"누가 다 살펴본 것들이면 뭐 하러 다시 보는데요?"

"난장판은 열두 번을 봐도 아무것도 안 보이거든. 그런데 열세 번째 보는 순간 네가 찾고 있던 것이 대낮같이 환하게 널 쳐다보고 있지." 그가 맨 위에 있는 상자 뚜껑을 연다. 테이프로 봉해놓은 종이봉투들이 들어 있다. 테이프에도, 봉투에도 NO라고 적혀 있다.

"안 된다고? 그 서류에 뭐가 들었는데요?" 내가 묻는다.

버질 형사는 고개를 젓는다. "이건 나이절 오닐Nigel O'Neill의 약어야.

169

그날 밤 증거 수색을 했던 경찰이었어. 조서가 되려면 말이다, 연쇄 증거를 법정에 제시하기 위해 경찰이 자기 이름 이니셜과 날짜를 봉투와 테이프에 붙여 놓아야 해." 그가 봉투에 있는 다른 표시를 가리킨다. 물건 목록이 적힌 소유물 번호다. 신발 끈, 영수증. 또 다른 번호에는 피해자의 의복 – 셔츠와 반바지라고 적혀 있다.

"그것 좀 열어봐요." 내가 지시한다.

"왜?"

"때로는 특정 물건이 기억을 건드리기도 한다잖아요? 정말 그런지 확인하고 싶어요."

"피해자는 네 엄마가 아니었어." 버질이 일깨워준다.

내 생각에는 그건 두고 볼 일이다. 말은 그렇게 했지만 버질은 종이 봉투를 뜯고, 선반에 있는 상자에서 장갑을 꺼내 끼고서 카키색 반바지와 폴로셔츠를 꺼낸다. 왼쪽 가슴에 뉴잉글랜드 코끼리 보호소 로고가 박힌 폴로셔츠는 갈기갈기 찢겨 있고 뻣뻣하다.

"응?" 그가 불쑥 말한다.

"그거 피예요?" 내가 묻는다.

"아니, 이건 말라붙은 쿨에이드 음료야. 탐정이 되고 싶다면 말이다, 진짜 탐정처럼 굴어." 그가 말한다.

어쨌든, 그걸 보니 좀 흥분이 된다. "**다른 사람들**이 입는 유니폼하고 다를 게 없는데요."

버질 형사는 계속 뒤적거린다. "이걸 열어보자." 너무 납작해서 안에 아무것도 들어 있을 것 같지 않은 봉투를 꺼낸다. 증거물 표에는 **#859, 시체 자루에 있던 머리카락**이라고 적혀 있다. 버질은 그 봉투를 자기 주머니에 밀어 넣는다. 그런 다음 상자 두 개를 들고 입구 쪽으로 가면서 어깨 너머로 나를 본다. "쓸모 있는 사람이 돼보지 그래."

나는 다른 상자들을 안아 들고 그를 따라간다. 그가 일부러 더 가벼운 상자를 택한 게 분명하다. 내가 든 건 돌덩이로 가득 찬 것 같다. 입구에서 랄프가 낮잠을 자다 말고 고개를 든다. "얘기 나눠서 좋았네, 버질."

버질이 손가락을 세운다. "전 못 본 겁니다."

"보긴 뭘 봐?" 랄프가 말한다.

우리는 왔던 대로 경찰서 뒷문으로 슬쩍 빠져 나와 버질의 트럭에 상자를 싣는다. 그는 음식물 포장지와 시디 케이스와 종이 수건과 운동복과 빈 병으로 이미 포화 상태에 이른 뒷좌석에 상자들을 간신히 쑤셔 넣는다. 나는 조수석에 오른다. "이젠 뭘 하죠?"

"이젠 연구실로 가서 미토콘드리아 DNA 감식을 해달라고 아첨을 떨어봐야지."

무슨 뜻인지는 모르겠지만 철저한 수사의 일부라는 말로 들린다. 나는 좀 감동한다. 버질을 흘깃 보니, 술에 취해 있지 않은 탓인지 모습도 아주 깔끔해졌다. 샤워도 하고 면도도 해서일까, 퀴퀴한 술 냄새 대신 소나무 숲 냄새가 난다. "왜 나왔어요?"

그가 나를 곁눈질로 본다. "우리가 목적한 걸 얻었으니까."

"제 말은 경찰서요. 형사가 되고 **싶었던** 거 아니었어요?"

"내가 되고 싶은 만큼은 아니었나 보지." 버질이 중얼거린다.

"돈 낸 만큼 저도 알 자격이 있다고 생각하는데요."

그는 코웃음을 친다. "흥정이로군."

그가 급히 후진을 하는 바람에 상자 하나가 굴러 떨어진다. 안에 있는 것들이 쏟아져 나는 안전띠를 풀고 몸을 틀어 어질러진 것을 정리

해보려 한다. "뭐가 증거물이고 뭐가 아저씨 쓰레긴지 구별하기가 힘들어요." 내가 말한다. 갈색 봉투들 가운데 하나가 테이프가 뜯겨 나가 안에 있던 증거물이 맥도널드 생선 튀김 포장지 소굴로 떨어졌다. "역겨워요. 생선 튀김을 누가 열다섯 개나 먹는대요?"

"한꺼번에 먹진 않았지." 버질이 말한다.

그러나 나는 제자리를 벗어난 증거물을 주워 모으느라 그 말을 잘 못 듣는다. 조그마한 분홍색 컨버스 운동화 한 짝을 손에 든 채 몸을 앞으로 돌린다.

그런 다음 내 발을 내려다본다.

내가 기억하기로 내게도 목이 긴 분홍색 컨버스 운동화가 있었다. 오래전에. 내 유일한 사치이자 할머니한테 사달라고 조르는 유일한 품목이기도 하다.

유아 때 사진을 보면 늘 그 운동화를 신고 있다. 곰 인형들로 등을 받친 채 커다란 선글라스를 코에 걸치고 담요 위에 앉아 있기도 하고, 알몸으로 운동화만 신고서 개수대에서 이를 닦고 있기도 하다. 엄마도 그 운동화가 있었다. 대학 때부터 간직하고 있던 낡고 해진 운동화였다. 엄마와 나는 옷을 똑같이 입거나 머리 모양을 똑같이 하지는 않았다. 화장 같은 것도 하지 않았다. 그러나 이 작은 것 하나만큼은 둘이 맞췄다.

나는 지금도, 거의 매일 분홍색 운동화를 신는다. 일종의 행운의 부적 같은 건데, 미신일 수도 있다. 내가 그 운동화를 벗지 않았다면 그랬다면 어쩌면…… 흠, 이해가 되다.

입천장이 바짝 마르는 듯하다. "이거 제 거예요."

버질이 나를 돌아본다. "확실해?"

나는 고개를 끄덕인다.

"엄마랑 코끼리 구역에 있을 때 맨발로 뛰어다닌 적 있어?"

나는 고개를 젓는다. 그것은 규칙이었다. 신발을 신지 않고는 아무도 들어갈 수 없었다. "거긴 골프장이랑 달라요." 내가 말한다. "풀이며 덤불이며 관목이 혹처럼 솟아 있었어요. 코끼리들이 파놓은 구덩이에 발을 헛디딜 수도 있었고요." 나는 손에 든 작은 운동화를 뒤집어 본다. "난 그날 밤 거기 있었어요. 무슨 일이 있었는지는 **여전히** 모르겠어요."

내가 자다 일어나 코끼리 구역을 돌아다녔던 걸까? 엄마가 날 찾고 있었던 걸까?

엄마가 사라진 건 나 때문일까?

순간 엄마의 연구가 번개처럼 번쩍 떠오른다. **부정적인 순간은 기억에 남는다. 정신적 외상에 의한 순간은 잊힌다.**

버질 형사의 얼굴은 판독이 어렵다. "네 아빠 말에 따르면 넌 자고 있었어." 그가 말한다.

"글쎄요, 신발을 신고 자지는 않았으니까. 누군가가 제게 신발도 신기고 끈도 매줬던 게 아닐까요."

"누군가라." 버질 형사가 따라 말한다.

간밤에 아빠 꿈을 꾸었다. 아빠는 코끼리 구역에 있는 연못 근처에서 키 큰 풀들을 헤치고 살금살금 걸으면서 내 이름을 불렀다. "제나! 나오렴, 나오렴, 어디 있니!"

아프리카 코끼리 두 녀석은 축사에서 발 검사를 받고 있어서 우리는 코끼리 구역에 있어도 안전했다. 나는 이 게임의 결승점이 넓은 축사 벽인 걸 알고 있었다. 아빠가 나보다 빠르기 때문에 늘 이긴다는 것도 알았다. 그러나 이번만큼은 아빠에게 지지 않을 생각이었다.

"땅콩." 아빠가 말했다. 날 부르는 애칭이었다. "다 보이는데."

아빠는 내가 숨은 곳에서 멀어지고 있었기 때문에 나는 그 말이 거짓말인 걸 알았다.

나는 코끼리들처럼 연못 기슭에 구멍을 파서 숨어 있었다. 엄마와 나는 코끼리들이 더운 몸을 식히려고 호스 같은 긴 코로 서로에게 물을 뿌리거나 레슬링 선수들처럼 진흙탕을 뒹굴면서 노는 모습을 지켜보곤 했다. 이것도 그때 배운 것이었다.

나는 네비 아줌마와 기드온 아저씨가 코끼리들 저녁을 차려주는 커다란 나무 밑으로 아빠가 지나가기를 기다렸다. 토막 낸 건초와 단호박과 통 수박이 저녁 메뉴였는데, 코끼리 한 마리 먹이로는 충분했다. 아빠 모습이 비치자마자 나는 뒹굴고 있던 연못 기슭에서 벌떡 일어나 달리기 시작했다.

그러나 쉽지가 않았다. 옷은 진흙 범벅이고 머리는 등 뒤에서 밧줄처럼 꼬여버렸다. 분홍색 운동화는 연못 진창에 빠져 있었다. 그러나 나는 내가 이길 걸 알았고, 풍선 입구로 헬륨 가스가 쉭쉭 새나가듯 입 밖으로 웃음이 킥킥 흘러 나왔다.

아빠가 원한 것이 이것이었다. 아빠는 내 웃음소리를 듣자마자 휙 돌아서서 내가 진흙투성이 손바닥을 물결 모양의 축사 벽에 탁 찍기 전에 날 앞지를 요량으로 나를 향해 줄달음쳤다.

마우라가 나무 그늘에서 천둥 같은 울음을, 어찌나 큰지 몸이 얼어붙을 정도였던 빵 소리를 내지르지 않았다면 아빠는 날 따라잡았을 것이다. 마우라는 코를 날려 아빠의 얼굴을 후려쳤다. 아빠는 오른쪽 눈을 움켜잡고 땅에 넘어졌고, 눈이 순식간에 부어올랐다. 마우라가 아빠와 나 사이에서 불안하게 왔다 갔다 해서 아빠는 몸을 굴려 길을 내주거나 아니면 코끼리 발에 으스러질 판이었다.

"마우라, 괜찮아. 착하지, 아가씨⋯⋯" 아빠가 헐떡거리며 말했다.

마우라가 또다시 내 귓속이 울릴 정도로 우렁차게 울었다.

"제나." 아빠는 조용히 말했다. "움직이지 마." 이번에는 작은 소리로 말했다. "대체 누가 저 녀석을 축사에서 내보낸 거야?"

나는 울기 시작했다. 무서운 이유가 나 때문인지 아빠 때문인지는 알 수 없었다. 그러나 엄마와 내가 지켜보고 있을 때는 마우라가 사납게 군 적이 한 번도 없었다.

갑자기 축사 문이 드르륵 열리면서 엄마가 큼지막한 문 앞에 서 있었다. 엄마는 아빠와 마우라와 나를 차례차례 보았다. "애한테 무슨 짓을 한 거야?" 엄마가 아빠에게 물었다.

"지금 농담해? 우린 숨바꼭질을 하고 있었다고."

"당신하고 코끼리가?" 엄마가 이렇게 말하면서 마우라와 아빠 사이로 천천히 걸어와 아빠는 안심하고 일어설 수 있었다.

"맙소사, 그게 아니고, 나하고 제나가 말이야. 마우라가 난데없이 나타나 날 후려쳤어." 아빠는 얼굴을 문질렀다.

"당신이 제나를 해치려 한다고 생각했을 거야." 엄마는 얼굴을 찌푸렸다. "마우라 구역에서 왜 숨바꼭질을 하고 있었던 거야?"

"마우라가 축사에서 발 마사지를 받고 있는 줄만 알았지."

"아니, 헤스터만."

"기드온이 화이트보드에 붙여 놓은 정보에 의하면 아니었⋯⋯"

"마우라가 들어오고 싶어 하지 않았어."

"내가 그것까지 어떻게 알겠어?"

엄마가 계속 달래주자 마우라는 마침내 어슬렁어슬렁 멀어지면서도 여전히 경계의 눈빛으로 아빠를 지켜보았다.

"저 녀석은 당신 말고는 다 싫어해." 아빠가 투덜거린다.

"안 그래. 딱 봐도 마우라는 제나를 좋아해." 마우라가 대답처럼 우르릉거리는 소리를 내며 풀을 뜯으러 가자 엄마는 재빨리 나를 안아 올렸다. 축사에서 헤스터의 발바닥을 물에 담가 긁어주고 갈라진 부위를 치료해주는 동안 먹었는지 엄마한테서 멜론 냄새가 났다. "제나를 코끼리 구역에 데리고 다닌다고 큰소리칠 때는 언제고, 흥미로운 놀이터로 고른 건 또 뭐야?"

"이 시간에는 코끼리들이 없기로 되어 있었으니까…… 에잇, 제기랄. 됐어. 못 이길 싸움인 걸." 아빠는 손을 머리에 갖다 대더니 움찔했다.

"내가 좀 볼게." 엄마가 말했다.

"반 시간 뒤에 투자자를 만날 거야. 코끼리 보호소가 인구 밀집 지역에 있지만 얼마나 안전한지를 설명해야 한다고. 그런데 코끼리한테 얻어맞은 시퍼런 눈으로 연설을 하게 생겼단 말이지."

엄마는 나를 옆구리 쪽으로 비켜 안고 아빠의 얼굴을 살살 눌러주었다. 이런 순간들, 우리 가족이 한 조각도 빠지지 않은 둥근 파이처럼 보이는 때가 내가 가장 좋아하는 순간이었다. 이런 순간들이 있어 다른 순간들이 지워질 수 있었다.

"더 붓겠는데." 엄마가 아빠에게 몸을 기대며 말했다.

나는 아빠가 한결 누그러진 걸 눈으로도, 감으로도 알 수 있었다. 엄마가 현장에서 내게 알려주려 애쓰는 것이 이런 식의 관찰이었다. 자세 바꿈, 어깨가 내려간 것만으로도 보이지 않는 두려움의 벽이 사라

176

진 걸 알 수 있다. "아, 정말, 그럼 어쩌지?" 아빠가 중얼거린다.

엄마가 아빠를 보고 빙긋이 웃었다. "당신을 때려눕힌 게 나였을 수도 있잖아." 엄마가 말했다.

10분 전부터 나는 진찰대에 앉아 본래는 알코올에 절어 있지만 완전히 깔끔해진 수컷과 한창때는 지났지만 성욕은 왕성한 쿠거*의 짝짓기 행동을 관찰하고 있다.

내 과학적 현장 기록은 이렇다.

수컷은 우리에 갇혀 불안하다. 앉아서 쉴 새 없이 발을 툭툭 치더니 일어나 서성거린다. 오늘은 쿠거를 만날 기대로 몸단장에 공을 좀 들였는데, 때마침 쿠거가 들어온다.

여자는 흰색 연구소 가운을 입고 있고 화장이 너무 진하다. 잡지 사은품 향수 냄새가 나는데, 향이 얼마나 강한지 『남자들이 잠자리에서 원하는 열 가지』나 『제니퍼 로렌스를 화나게 하는 것!』 같은 책을 연구실을 죄다 뒤져 찾아내 없애버리고 싶을 정도다. 머리는 금발로 염색을 했는지 뿌리가 까맣고, 치마는 엉덩이에 딱 달라붙어 보기 민망하다고 누가 말 좀 해주면 좋겠다.

수컷이 먼저 수작을 건다. 보조개를 무기로 쓴다. 그가 말한다. "와우, 룰루, 정말 오랜만인데."

쿠거는 그의 진격을 저지한다. "그게 누구 탓이게요, 빅터?"

"알아요, 알아요. 원하는 만큼 두들겨 패도 좋아요."

미묘하지만 주목할 만한 공기 변화. "딴말 없기예요?"

---

* Cougar. 젊은 남자와 연애나 성관계를 즐기는 중년 여성을 일컫는 신조어.

이를 드러낸다. 그것도 많이.

"조심해요. 끝낼 수 없으면 시작도 하지 마요." 수컷이 말한다.

"그런 게 우리 둘한테 문제였는지 기억이 없는데. 당신은요?"

나는 앉은 자리에서 관찰을 하면서 눈알을 굴린다. 이것이 옥토맘*
이래 피임에 관한 최고의 논쟁이든…… 이런 허튼소리가 남녀 사이에
도움이 되든 말든, 나는 폐경기에 이를 때까지 데이트를 하지 않을 것
같다.

쿠거의 감각이 수컷보다 낫다. 그녀가 건너편에 앉아 있던 정체불명
의 나를 탐지해낸다. 그녀는 수컷의 어깨에 손을 올리고서 나를 휙 본
다. "애들이 있는 줄은 몰랐는데요."

"애들이라뇨?" 버질은 자기 신발에 뭉개진 벌레 보듯 나를 본다. "아,
내 아이가 아니에요. 실은 저 애 때문에 온 거예요."

쯧쯧, 그런 말은 안 하는 게 좋다는 것쯤은 나도 알겠구만. 쿠거의
짙게 바른 입술이 굳어진다. "그럼 질질 끌지 말고 본론으로 들어가죠."

버질은 천천히 씨익 웃는데, 쿠거가 침을 흘리기 시작했다는 걸 나
도 알 수 있다. "저기, 탈룰라." 그가 말한다. "나도 당신하고 그것만 하
고 싶어요. 하지만 내가 의뢰인을 먼저 살펴야 한다는 건 당신도 알잖
아요."

휴대전화가 울리자 쿠거는 액정에 뜨는 번호를 본다. "이런 제기랄."
그녀는 한숨을 쉰다. "5분만 기다려줘요."

그녀가 검사실 문을 쾅 열고 나가자 버질은 진찰대로 껑충 뛰어 내
옆에 앉더니 한 손으로 얼굴을 쓸어내린다. "나한테 신세 톡톡히 졌다

---

* Octomom. 미국의 나디아 슐만이 여덟 쌍둥이를 낳아 붙여진 애칭으로 8을 뜻하는 라틴
  어에 엄마를 붙인 합성어.

는 것만 알아둬."

나는 그 말에 깜짝 놀란다. "저 여자를 진짜로 좋아하는 게 아니에요?"

"탈룰라를? 당근 아니지. 그녀는 치과위생사였는데, 그만두고 DNA 사팔뜨기가 되셨지. 그녀를 보면 내 이에 낀 프라그를 긁어내주던 모습이 떠오른다고. 차라리 해삼이랑 데이트를 하고 말지."

"해삼은 먹은 걸 토해버린대요." 내가 말한다.

그는 곰곰이 생각한다. "탈룰라랑 저녁은 먹어봤으니까, 데이트는 말한 대로 해삼이랑 하고 싶군."

"그럼 왜 그녀가 꽂으면 바로 작동되면 좋겠다는 듯이 구는 건데요?"

그의 눈이 휘둥그레진다. "그 말은 **못** 들은 걸로 하지."

"애마를 탄다. 참호를 습격하다……" 나는 히죽 웃는다.

"요즘 애들은 대체 뭐가 잘못된 거야?" 버질이 투덜거린다.

"제 양육 환경을 탓해주세요. 부모님의 지도가 부족해서 그래요."

"내가 이따금 술을 마신다고 넌 **날** 역겹다고 생각하잖아."

"첫째 전 아저씨가 항상 술을 마신다고 생각하고요, 둘째 더 분명하게 말하면요, 역겨운 건 아저씨가 자기 번호를 딸 거라고 생각하고 있는 탈룰라를 속이고 있단 거예요."

"나 원 참, 난 팀을 위해 하나를 선택한 거야." 버질이 말한다. "넌 네비 루엘의 시신 밑에 있던 머리카락 임자가 네 엄마인지 알고 싶은 거아냐? 그럼 선택은 두 가지야. 경찰서에 가서 국립 연구소를 통해 검사를 받을 수 있게 해달라고 구슬려보지만, 경찰은 이미 종결된 사건이고 밀린 일만도 1년 치가 넘는다며 안 해주는 것…… 아니면 우리가 직접 개인 연구실에 검사를 의뢰하는 것." 그가 나를 쳐다본다. "그것도 공짜로."

"와우. 정말 팀을 위해 하나를 선택하신 **거군요.**" 나는 순진한 척 눈을 휘둥그레 뜬다. "콘돔 값은 제게 청구해주세요. 아저씨가 임신이라는 함정에 빠질 걱정을 덜어주는 것만으로도 기분은 가히 좋지 않지만 말이죠."

그가 쏘아본다. "난 탈룰라랑 자지 않아. 데이트 신청도 안 해. 난 다만 그녀가 그렇게 **생각하도록** 놔두는 것뿐이야. 그래야 그녀가 인심 쓰듯 네 구강 표본을 떠서 일을 빠르게 진행해줄 테니까."

나는 그 계획에 감명을 받아 그를 빤히 본다. 그가 이렇게 간사하다면 괜찮은 사설탐정이 될지도 모를 일이다. "그 아줌마가 돌아오면 할 말 제대로 하세요." 나는 지시한다. "제가 프레드 플린스톤*은 아니지만, 아저씨의 베드록**이 되어줄 순 있어요."

버질은 히죽거린다. "고맙기도 하지. 도움이 필요하면 요청하마."

다시 문이 열리는 순간 버질 형사는 진찰대에서 뛰어내리고 나는 두 손에 얼굴을 파묻고 흐느끼기 시작한다. 흠, 어쨌거나, 그런 척한다.

"아니, 무슨 일이에요?" 쿠거가 말한다.

버질도 그녀만큼 황당한 표정을 짓는다. 알게 뭐야 젠장, 그는 입 모양으로만 말한다.

나는 더 큰소리로 훌쩍인다. "저는 엄, 엄마를 찾고 싶은 것뿐인데." 나는 젖은 눈으로 탈룰라를 쳐다본다. "또 어디로 가야 할지를 모르겠

---

* 구석기 시대를 배경으로 가족들의 에피소드를 그린 미국 애니메이션 텔레비전 시트콤 〈고인돌 가족〉에 등장하는 주인공.

** Bed Rock. 〈고인돌 가족〉의 플린스톤 가족이 살던 가상의 선사 시대 마을 이름이자, '든든한 기반'이라는 이중의 의미로 쓰였다.

어요."

버질도 연기에 돌입해 내 어깨에 팔을 걸친다. "이 아이 엄마가 10여 년 전에 실종됐어요. 미제 사건이죠. 알아볼 수 있는 것이 많지가 않아요."

탈룰라의 얼굴이 부드러워진다. 솔직히 말하면, 그런 표정을 지으니 그나마 보바 펫*처럼 보이지 않는다. "안됐구나." 그녀는 이렇게 말하고서 버질에게 존경의 눈빛을 보낸다. "그래서 이런 식으로 이 아일 돕고 있는 거예요? 보기 드문 사람이군요, 빅."

"구강 표본을 채취해야 돼요. 머리카락이 있는데 이 아이 엄마 건지도 몰라서 유전자 검사를 해보고 싶어요. 우리한테 출발점이 돼줄 것 같아요." 그가 나를 흘깃 쳐다본다. "부탁이에요, 룰루. 도와줘요. 오랜…… 친구?"

"그리 오랜 친구는 아니죠." 그녀는 기분 좋은 목소리로 말한다. "어쨌든 날 룰루라고 불러도 되는 사람은 당신뿐이니까. 머리카락 가져왔어요?"

그가 증거물 보관실에서 발견한 봉투를 건넨다.

"좋아요. 이 아이의 DNA 배열부터 시작해보죠." 그녀가 돌아서서 캐비닛을 뒤져 종이로 싼 통을 꺼낸다. 주사기겠구나 싶어 주사기를 싫어하는 나는 무서워 떨기 시작한다. 버질이 내 눈을 힐끔 본다. "연기가 좀 과한 거 아냐." 그가 속삭인다.

그러나 내가 이까지 딱딱거리자 진짜로 무서워한다는 걸 얼른 이해한다. 탈룰라가 살균된 포장지를 벗기는 동안 나는 그녀의 손가락에서

---

* 〈스타워즈〉에 등장하는 유명한 현상금 사냥꾼.

눈을 떼지 못한다.

버질 형사가 손을 내밀어 내 손을 꽉 잡아준다.

누군가의 손을 잡아본 게 마지막으로 언제였더라. 천 년도 전에 길을 건널 때 잡은 할머니의 손이었을까. 하지만 그것은 연민이 아니라 의무였다. 이번에는 다르다.

떨림이 멈춘다.

"긴장 풀어." 탈룰라가 말한다. "이건 그냥 큰 면봉이야." 그녀는 고무장갑을 끼고 마스크를 쓰고서 내게 입을 벌려보라고 한다. "이걸 뺨 안쪽에 대고 문지르기만 할 거야. 아프지 않아."

거의 10초 만에 그녀는 면봉을 빼서 작은 유리병에 넣고는 라벨을 붙인다. 그런 다음 이 과정을 한 번 더 한다.

"얼마나 걸릴까요?" 버질이 묻는다.

"백방으로 노력하면 2~3일쯤."

"어떻게 감사해야 할지 모르겠군요."

"내가 알죠." 그녀가 그의 팔꿈치 안쪽에 손가락을 끼운다. "나 점심때 시간 있거든요."

"아저씨는 없는데요." 내가 불쑥 말한다. "의사 선생님이랑 약속 있다고 했잖아요, 기억 안 나요?"

탈룰라가 몸을 기울여 속삭이지만 애석하게도 내 귀에도 다 들린다. "치과위생사 가운도 아직 있는데 병원 놀이를 원하나요."

"늦으면요, **빅터 아저씨.**" 내가 끼어든다. "비아그라를 못 받게 된다고요." 나는 진찰대에서 뛰어내려 버질의 손을 잡고 연구소 밖으로 끌어당긴다.

복도 모퉁이를 도는 순간부터 배꼽이 빠지도록 웃어대 이러다간 건물을 빠져 나가기도 전에 쓰러지지 않을까 싶다. 우리는 양지로 나와 젠자이머트론 연구소 벽돌 건물에 기대서서 숨을 고른다. "널 죽여야 할지 고마워해야 할지 모르겠다." 버질이 말한다.

나는 그를 곁눈질로 보며 탈룰라의 허스키한 목소리를 흉내 낸다. "흠…… 나 점심때 시간 있거든요."

그 말에 우리는 더 배꼽 빠지게 웃는다.

그러다 웃음을 그치는 순간 우리가 왜 여기 왔는지, 우리 둘 다 크게 웃을 일 없이 살아왔다는 사실을 동시에 떠올린다. "이젠 뭘 하죠?"

"기다려야지."

"일주일 내내요? 다른 할 일을 찾아봐야 하지 않을까요."

버질이 나를 본다. "엄마가 일지를 썼다고 했지."

"네. 그런데요?"

"일지에 관련된 내용이 있을 수도 있어."

"백만 번도 더 봤어요. 있는 건 코끼리에 관한 연구뿐이에요." 내가 말한다.

"그럼 일하는 사람들 이야기가 등장할 수도 있지. 서로 간의 갈등이 라든가."

나는 기대고 있던 벽돌 벽에서 쭈르르 미끄러져 내려와 시멘트 보도에 앉는다. "아저씨는 아직도 엄마가 살인자라고 생각하는군요."

버질 형사도 쭈그리고 앉는다. "의심하고 보는 게 내 일이니까."

"엄밀히 말하면 아저씨 **일이었죠**. 지금은 실종자를 찾는 게 아저씨 일이에요." 내가 말한다.

"찾은 다음에는?" 버질이 묻는다.

나는 그를 노려본다. "어떻게 할 건데요? 날 위해 엄마를 찾아준 다음에는 다시 데려갈 건가요?"

"이봐." 버질은 한숨을 쉰다. "아직 늦지 않았어. 날 해고하고 떠나도 돼. 네 엄마와 네 엄마가 혹시 저질렀을지 모를 범죄에 대해선 깡그리 잊겠다고 약속하지."

"아저씬 이제 경찰이 아니에요." 나는 일깨워준다. 그러자 경찰서에 갔을 때 그가 얼마나 전전긍긍했는지, 정문으로 들어가 동료들한테 인사를 하기는커녕 뒷문으로 몰래 들어가야 했던 일이 생각난다. "왜 지금은 경찰을 **안 해요?**"

그가 고개를 젓더니 갑자기 입을 딱 봉하고 막을 친다. "젠장, 네가 상관할 일이 아니야."

분위기가 순식간에 바뀐다. 우리가 조금 전 미친 듯이 웃어댔다는 사실이 믿기지 않을 만큼. 그와의 거리가 한 발자국도 되지 않는데 그가 화성만큼 멀게 느껴진다.

흠. 예상을 했어야 했다. 버질 형사가 내게는 관심이 없다는 것을. 이 사건 해결에만 관심이 있다는 것을. 나는 기분이 언짢아져 말없이 그의 트럭 쪽으로 걸음을 옮긴다. 엄마의 비밀을 알아내기 위해 버질을 고용했다고 해서 내게 **그의 비밀**까지 알 권한이 있는 것은 아니다.

"어이, 제나……"

"알아먹었어요." 나는 그의 말을 자른다. "일 얘기만 하면 되잖아요."

버질이 머뭇거린다. "건포도 좋아해?"

"뭐 별로."

"그럼 데이트는 어때?"

나는 눈을 깜박거린다. "상대가 좀 어리지 않아요, 변태 아저씨."

"너한테 수작 거는 게 아냐. 탈룰라한테 썼던 작업 멘트 좀 날려봤어. 그녀가 내 이를 청소해주고 있을 때 데이트 신청을 했거든." 그가 또 머뭇거린다. "변호를 좀 하자면 그때 난 완전 고주망태였어."

"그게 변호예요?"

"이것보다 더 좋은 핑계가 넌 있어?"

버질 형사는 씩 웃으며 본래 모습으로 **돌아온다**. 내가 무슨 말로 그를 화나게 하든 우리 사이는 이제 금이 가지 않는다. "알아들었어요." 나는 무심한 척하며 대답한다. "내가 들은 최악의 작업 멘트가 아닐까 싶네요."

"네가 그리 말한다면 진짜로 그런 거겠지."

나는 버질을 쳐다보며 방긋 웃는다. "알아주니 고맙네요." 나는 대답한다.

내 기억이 이따금 불분명하다는 것은 인정해야겠다. 내가 악몽으로 돌리는 일들이 사실은 일어났었는지도 모른다. 내가 확실히 알고 있다고 생각하는 일들도 시간이 흐를수록 바뀔지 모른다.

가령 내가 간밤에 꾼 아빠와 숨바꼭질을 하는 꿈은, 꿈이 아니라 실제였다고 믿고 있다.

엄마 아빠가 평생 짝을 이루는 동물들에 대해 이야기한 기억도 그렇다. 내가 그 모든 말을 기억해낼 수 있는 건 사실이라 해도 실제 목소리는 그만큼 분명하지 않다.

엄마는, 확실히 맞다. 아빠는 아빠일 거라는 추측이다.

가끔이지만 아빠 얼굴을 보면 아빠가 아닐 때도 있다.

앨리스

보츠와나 할머니들이 자식들에게 하는 말이 있다. "빨리 가고 싶으면 혼자 가라. 멀리 가고 싶으면 꼭 함께 가라." 이 말이 내가 만난 마을 사람들에게 적용된다는 것은 두말할 나위가 없다. 그러나 코끼리들한테도 이 말이 적용된다는 사실을 안다면 놀랄지 모르겠다.

코끼리들이 무리 지어 있을 때 많은 스트레스를 겪은 코끼리를 몸으로 문지르고 코로 어루만지고 자기 코를 친구 입 속에 넣으면서 서로의 안부를 확인하는 것을 종종 목격할 수 있다. 그러나 암보셀리에서 베이츠, 리, 인지레이니, 풀과 그 밖의 연구원들은 코끼리들이 공감할 수 있다는 사실을 과학적으로 증명해보기로 했다. 그들은 코끼리들이 다른 코끼리의 고통이나 위협을 인지하고 그 상황을 바꾸는 조치를 취하는 순간들을 분류했다. 다른 코끼리들과 협동을 한다거나, 스스로를 돌볼 수 없는 어린 새끼를 보호한다거나, 다른 집 새끼를 돌봐준다거나 자기 젖을 먹여 위로한다거나, 꼼짝 못하거나 넘어졌거나 창이나 덫처럼 이물질을 제거해줄 필요가 있는 코끼리를 도와주는 식이었다.

암보셀리에 있을 때 코끼리의 공감 능력의 범위를 연구할 기회는 갖지 못했지만 그것에 관한 나만의 입증되지 않은 얘깃거리는 많이 있다. 그곳 보호지역에는 어릴 때 올가미처럼 생긴 철사 덫에 코가 뭉텅이로 잘려나가 '뭉툭이'라는 별명을 가진 수코끼리가 있었다. 녀석은 코로 나뭇가지를 자르거나 풀을 스파게티처럼 돌돌 말 능력이 없어 발톱으로 툭 잘라 입에 넣었다. 거의 평생을, 심지어 녀석이 청년이 되었을 때도 무리는 녀석을 먹여주곤 했다. 새끼가 가파른 강둑을 오를 수 있도록 코끼리들이 최고의 계획을 짜는 모습을 본 적도 있다. 몇 놈은 경사를 줄이려고 둑을 허물고, 몇 놈은 새끼를 물가 밖으로 이끌고, 나머지는 힘을 합쳐 새끼를 끌어올리는 일련의 조직화된 행동이었다. 뭉툭이나 그 새끼를 살려두면 진화상의 이점이 있기 때문이라고 주장할 수도 있다.

그러나 흥미로운 점은 공감 행동에는 진화상의 이점이 없다는 것이다. 다음은 필라네스버그에서 관찰한 일이다. 어떤 코끼리가 물웅덩이 진창에 빠져 꼼짝 못하고 있는 새끼 코뿔소와 마주쳤다. 코뿔소들은 속이 타들어갔고, 코끼리는 코끼리대로 화가 나 뿌웅거리거나 우르릉거리며 우두커니 서 있었다. 어쨌거나 코끼리는 자기가 해보겠으니 새끼를 넘겨받으면 길만 열어달라고 코뿔소들을 설득했다. 자, 거대한 생태학적 영역에서 보자면 새끼 코뿔소를 구하는 것은 코끼리에게 이로울 것이 없다. 그런데도 코끼리는 어미 코뿔소의 숱한 공격에도 아랑곳하지 않고 진창으로 들어가 새끼를 코로 건져 올렸다. 다른 종의 새끼 때문에 자기 목숨까지 건 것이다. 보츠와나에서 본 장면은 코끼리들이 다니는 길 한복판에서 새끼 사자들이 놀고 있고 어미 사자는 길 옆에 늘어지게 누워 있는데 우두머리 코끼리가 나타난 것이었다. 보통은 코끼리가 사자를 보면 위협적인 존재로 간주해 공격을 한다. 그러나 이 우두머리는 암사자가 새끼들을 불러 모아 떠날 때까지 정말로 참을성 있게 기다렸다. 사실, 새끼 사자들이 이 코끼리에게 위협적인 존재가 아니지만 언젠가는 그렇게 되지 않겠는가. 하지만 그 순간에는 그들도 누군가의 새끼에 지나지 않았다.

그렇지만 공감에도 한계가 있다. 생물학적인 어미를 잃은 코끼리 새끼는 무리에 있는 암컷들이 보살펴줘도 대개는 어미를 따라 죽는다. 어미젖을 떼지 못한 어린 고아 코끼리는 쓰러진 어미의 시신 곁을 떠나려 하지 않는다. 결국 무리는 결정을 해야 한다. 슬퍼하는 새끼와 함께 있으면서 자기 새끼들을 먹이지도, 물가로 데려가지도 못하는 위험을 무릅쓰든가, 새끼의 피할 수 없는 죽음을 부차적인 피해로 여기고 떠나든가. 이 장면을 실제로 보면 꽤나 충격적이다. 나는 무리가 작별 의식을 행하듯 어미 잃은 새끼를 어루만지고 우르릉거리는 소리로 자신들의 고통을 표현하는 모습을 보았다. 얼마 뒤 무리는 떠나고, 새끼는 굶어 죽는다.

한번은 야생에서 색다른 광경을 보기도 했다. 나는 물웅덩이에 홀로 남겨진 코끼리 새끼를 발견했다. 어미가 죽은 건지 새끼가 길을 잃고 헤맸던 건지 어떤 상황이었는지는 알 수 없었다. 어쨌든 녀석과 아무런 연고가 없는 무리가 그곳을 지나갔고 때마침 하이에나가 다른 쪽에서 오고 있었다. 하이에나에게는 그 새끼가 무방비 상태의 달콤한 목표물이었다. 그런데 그곳을 지나가던 무리의 우두머리에게는 녀석보다 나이가 조금 더 많아 보이는 새끼가 있었다. 하이에나가 버려진 새끼를 유심히 살피는 것을 보고 우두머리는 놈을 쫓아냈다. 그 새끼가 우두머리에게 달려가 젖을 빨려고 하자 그녀는 녀석을 밀어내고 가던 길을 계속 갔다.

참고로 이것은 정상 행동이다. 다윈의 관점으로 보면 아무런 연고도 없는 새끼에게 젖을 주어 제 유전자를 가진 새끼의 먹이를 제한할 이유가 없지 않은가? 무리 안에 입양 기록들이 있기는 해도 양모들이 고아 새끼한테까지 젖을 먹이지는 않는다. 젖이 충분하지 않기 때문에 나누어주었다간 제 새끼들마저 위태롭게 할 수 있다. 게다가 이 코끼리는 아무런 연고도 없었고, 우두머리 코끼리와 생물학적 관계도 없었다.

한데 그 고아 코끼리가 처절하고도 쓸쓸하기 짝이 없는 울음을 내질렀다.

이때 우두머리와 그 새끼 간의 거리는 족히 30미터는 되었다. 암코끼리가 우뚝 서더니 홱 돌아서 새끼에게 돌진했다. 충격적이고 무시무시했지만 고아 코끼리는 물러서지 않았다.

우두머리 암코끼리는 녀석을 코로 움켜잡고 자신의 거대한 두 다리 사이로 쏙 밀어 넣고는 함께 걸어갔다. 그 후 5년 동안 나는 그 새끼 코끼리가 이 새로운 가족의 일원으로 있는 것을 보았다.

이것은 코끼리들이 제 종족이건 아니건 어미와 자식에 대해 가지는 특별한 공감이 있다는 증거다. 이 관계는 소중한 의미와 쓸쓸한 정보를 동시에 지니고 있는 듯하다. 코끼리는 새끼를 잃은 인간의 고통을 이해할 것 같다는 것이다.

세레니티

엄마는 내 재능을 방송에 내보이는 것을 원치 않았지만 세상 사람들이 날 성공한 심령술사로 환호할 때까지 살아 있었다. 엄마가 가장 좋아하는 연예인이 점을 보러 내 쇼에 출연하게 됐을 때 나는 엄마를 LA에 있는 세트장으로 데려가 〈다크 섀도우즈〉에 출연한 그 배우를 만나게 해주었다. 말리부에 있는 내 집 근처에 작지만 엄마가 텃밭을 가꾸고 오렌지 나무를 심을 정도는 되는 방갈로도 사주었다. 나는 엄마를 영화 시사회와 각종 시상식과 쇼핑 천국 로데오 거리에도 데리고 다녔다. 보석이며 차며 휴가며 엄마가 원하는 모든 것을 줄 수 있었지만 엄마를 소멸시키고 만 암 덩어리는 예측하지 못했다.

나는 엄마가 오그라들어 돌아가시는 모습까지 지켜보았다. 돌아가실 때 몸무게가 34킬로그램밖에 나가지 않았고 바람만 불어도 부러질 것처럼 보였다. 몇 년 전 아버지를 잃었을 때와는 상황이 달랐다. 나는 세계 최고의 여배우였다. 나를 이루고 있는 뿌리가 사라진 걸 알았을 때도 나는 행복하고 부유하고 성공한 사람인 양 대중을 속여야 했다.

엄마가 돌아가신 후 내 심령술은 더욱 좋아졌다. 사랑하는 사람이 찢어놓은 구멍을 메우고 싶어 하는 사람들은 내가 줄 수 있는 실마리를 어떻게든 붙잡으려 했다. 난 이 사실을 본능적으로 알았다. 방송국 스튜디오 분장실에 있을 때는 거울 속 나를 보고 엄마가 오게 해달라고 기도했다. 데스몬드와 루신다에게도 **뭔가를** 보여달라고 흥정을 했다. 나는 염병할 심령술사가 아닌가. 엄마가 저세상 어디에 있든 잘 지낸다는 걸 알 수 있는 신호를 받아야 하지 않는가.

3년 동안 나는 여기 지상의 사랑하는 사람들과 접촉하려는 수백 명의 혼령들로부터 메시지를 받았지만…… 엄마한테서는 단 한 마디도 들려오지 않았다.

그러던 어느 날 집으로 가려고 메르세데스에 올라타 조수석에 지갑을 휙 던졌는데 지갑이 엄마의 무릎에 떨어지는 것이 아닌가.

처음으로 든 생각은 '뇌졸중이 왔나 보네'였다.

나는 혀를 내밀어보았다. 뇌졸중을 진단하는 스팸 메일을 읽은 적이 있는데, 그 내용에 따르면 뇌졸중이면 혀를 내밀 수 없거나 혀를 옆으로 젖힐 수 없다고 했다. 정확히는 기억나지 않지만.

나는 손으로 입을 더듬어 아래로 처지고 있는지 확인했다.

"간단한 문장을 말해볼래?" 나는 큰소리로 말했다. '아휴, 바보, 방금 말했잖아.'

나는 현역으로 활동 중인 저명한 심령술사였지만, 하늘에 대고 맹세컨대, 엄마가 내 옆에 앉아 있는 모습을 보았을 때 내가 죽어가고 있다고 확신했다.

엄마는 아무 말 없이 미소 띤 얼굴로 날 보고만 있었다.

'심장마비인가.' 엄마에게서 눈을 떼지 못한 채 그런 생각을 했지만 심장이 그 정도로 조여들진 않았다.

나는 눈을 깜박였다. 그러자 엄마가 사라졌다.

그 여파로 나는 많은 생각을 했다. 만약 그때 내가 정말로 심장마비에 걸렸다면 연쇄 추돌 사고가 났을 것이다, 엄마의 목소리를 단 한번만이라도 다시 들을 수 있다면 내가 가진 모든 걸 내놓을 수도 있다 등.

엄마의 모습은 돌아가실 때처럼 연약하고 부러질 듯하고 가냘파 보이지 않았다. 내가 어릴 때 기억하는 그 엄마였다. 내가 아프면 번쩍 들어 올리고 골치를 썩이면 야단칠 줄 아는 강한 엄마.

노력이 부족했던 것도 아닌데 나는 엄마를 두 번 다시 보지 못했다. 하지만 그날 내가 깨달은 것이 있다. 나는 우리 인간이 수없이 살고 수없이 환생하며, 혼령이란 영혼이 존재하는 기간의 혼합체라고 믿는다. 그러나 혼령이 심령술사에게 접근할 때는 하나의 특정 인물, 하나의 특정 형체로 돌아온다. 나는 혼령들이 산 사람이 알아볼 수 있는 모습으로 나타난다고 생각하고 있었다. 그러나 엄마가 다녀간 후 깨달은 것은 혼령들은 자신들이 기억되고 싶은 모습으로 돌아온다는 것이다.

이 말을 들으면 의심이 들지 모르겠다. 의심이 드는 것도 당연하다. 의심이 많은 사람들은 늪지대 마녀들을 멀리한다. 아니, 나 자신이 늪지대 마녀가 되기 전까지는 그렇다고 생각했다. 초자연적 현상을 경험해본 적이 없는 사람이면 무슨 소릴 듣든 의심을 할 수밖에 없지 않겠는가.

내가 조수석에 앉아 있는 엄마를 본 그날, 의심꾼들이 내게 왔다면 나는 이렇게 말해주었을 것이다. 엄마는 반투명하거나 일렁이거나 우윷빛으로 희지 않았다고. 내가 차고를 빠져나오고 얼마 지나지 않아 주차위반 딱지를 뗀 남자처럼 선명하기만 했다고. 죽은 냇 킹 콜이 딸과 함께 노래 부르는 동영상들처럼 내가 포토샵 같은 기술을 이용해 엄마에 대한 기억을 현시점으로 불러낸 것 같았다고. 의심할 여지가 없는 것은 내가 손을 덜덜 떨며 잡고 있던 운전대처럼 엄마의 모습도 생생했다고.

그러나 의심은 불 탄 자리에 나는 잡초처럼 피는 속성이 있다. 일단 피기 시작하면 뿌리 뽑기가 거의 불가능하다. 몇 년째 내게 도움을 구하러 오는 혼령이 없다. 의심 많은 사람이 지금 내게 누굴 속이려 드느냐고 묻는다면 나는 대답해줄 것이다. "당신은 아니에요. 물론 나도 아니에요."

날 도와주어야 하는 지니어스 바*의 직원은 마리 앙투아네트 같은 대인 관계 기술을 가지고 있다. 내 구형 맥 북을 켜서 손가락으로 키보드를 두드리며 투덜거린다. 나와 눈을 맞추지도 않는다. "뭐가 문제죠?" 그녀가 묻는다.

뭐가 문제냐고? 내 본업이 심령술사건만 심령계와 접속을 못한다는 것. 두 달 치 집세를 못 냈다는 것. 〈댄스 맘스〉** 경연을 보느라 새벽 3시까지 잠을 못 잤다는 것. 오늘 이 바지 속에 입을 수 있는 속옷이 스팽스 보정 속옷뿐이었다는 것.

아, 그리고 내 컴퓨터가 고장 났다는 것.

* Genius Bar. 애플이 직접 소비자에게 제품을 판매하는 오프라인 매장. 제품 판매뿐 아니라 소비자의 문제점까지 해결해주는 소비 공간이자 문화 공간이다.
** 미국의 라이프타임 채널에서 방영되는 리얼리티 쇼. 춤에 재능 있는 친구들과 그들의 엄마, 그리고 댄스 선생님들 간의 경쟁을 다룬다.

"인쇄를 누르는데도 아무런 반응이 없어요." 내가 말한다.

"아무런 반응이 없다니, 무슨 뜻이죠?"

나는 그녀를 빤히 본다. "사람들이 그 말을 할 때 보통 무슨 의미로 쓰는데요?"

"화면이 까맣게 변하던가요? 프린터에서 종이가 나오긴 하던가요? 에러 메시지가 뜨던가요? 문서 **작업**을 하고 계셨나요?"

나는 이런 자기애가 강한 20대 풋내기들, 즉 Y세대의 특징을 안다. 자기 차례를 기다리지 않는다. 노력해서 출세하고 싶어 하지 않는다. 지금 원하는 것을 원한다. 자신은 그럴 자격이 있다고 믿는다. 내가 보기에 이런 젊은이들은 베트남전에서 죽었다가 환생한 군인들 같다. 계산을 해보면 시기가 딱 맞다. 이런 애들은 자신들도 모르는 전쟁에서 죽었다고 지금도 날뛰고 있는 격이다. 스물다섯 살짜리한테 어디 한번 굽실거려보시지, 라는 식으로 무례하다.

"어이, 어이, LBJ*." 나는 목소리를 깐다. "오늘은 몇 명이나 죽였어?"

그녀가 나를 올려다본다.

"전쟁 말고 섹스 말이야." 나는 덧붙여준다.

젊은 직원이 날 정신 나간 사람 보듯 한다. "혹 틱 장애가 있으세요?"

"난 심령술사야. 네 전생이 뭐였는지도 안다고."

"오, 하나님 맙소사."

"아니, 하나님은 아니야." 나는 바로잡아준다.

이 여직원이 전생에 베트남에서 전사했다면 남자였을 것이다. 혼령은 성별이 없다(사실 내가 만난 최고의 영매들은 게이였는데, 그들이 남성성

---

* 미국의 36번째 대통령인 린드 베인스 존슨의 별명. 베트남전이 장기화되면서 인기가 떨어져 임기 종료와 함께 퇴임했다.

과 여성성을 골고루 가지고 있기 때문이지 싶다. 이야기가 샜다). 한번은 고객으로 전생에 강제 수용소에서 죽은 아주 유명한 여성 R&B 가수를 만난 적이 있다. 그녀의 전 남편은 전생에 그녀의 등을 쏜 나치 친위 대원이었고, 그녀가 이승에서 할 일은 그를 살리는 것이었다. 불행히도 이번 생에서 남자는 술만 취하면 여자를 때렸다. 이건 정말 장담할 수 있는데, 그 여자는 죽으면 다음 생에도 그를 만나게 될 것이다. 인간의 삶이 그렇다. 환생해서 바로잡거나…… 아니면 또 바로잡기 위해 다시 태어나거나.

젊은 직원이 키를 몇 개 쳐 새로운 창을 연다. "인쇄를 하시려던 게 있군요." 그녀가 말한다. 내가 《엔터테인먼트 위클리》*에 들어가 '뉴저지의 진짜 주부들'에 관한 요약 기사나 프린트하는 여자쯤으로 보지 않을까. "이게 문제였을 수도 있겠네요." 그녀가 키를 몇 개 누르자 갑자기 화면이 까매진다. "헐." 그녀가 얼굴을 찌푸리며 중얼거린다.

전문가가 얼굴을 찡그릴 정도면 상태가 좋지 않다는 것쯤은 나도 알겠다.

이때 우리 가까이에 있던 탁자 위 매장 프린터가 웅웅거린다. 첫 줄부터 끝줄까지 X자만 찍힌 용지를 무서운 속도로 토해내기 시작한다. 나는 용지가 쌓이고 쌓여 바닥으로 흘러내리는 것들을 황급히 집어 든다. 눈으로 훑어보지만 무슨 말인지 알 수가 없다. 열 장, 스무 장, 쉰 장.

여직원이 인쇄를 멈추지 못해 안달하고 있을 때 관리자가 다가온다. "뭐가 문제야?"

---

* 미국 연예 전문지. 영화, TV, 음악 등 분야별 정보와 할리우드 소식을 제공한다.

그때 프린터에서 나온 용지 한 장이 곧장 날아서 내 손에 떨어진다. 여전히 뜻 모를 글자로 가득한데, 다만 X자들이 하트 모양으로 바뀌어 있고 한가운데 작은 직사각형이 있다.

여직원은 울음을 터뜨리기 일보 직전으로 보인다. "어떻게 고쳐야 할지 모르겠어요."

수많은 하트 모양 한복판에 알아볼 수 있는 글자가 단 하나 있다.

제나

빌어먹을.

"**내가 알아요.**" 내가 말한다.

신호는 받았지만 무엇을 뜻하는지 모를 때만큼 좌절감이 드는 때도 없다. 어떤 기분인가 하면 우주에 온 마음을 열어보지만 김만 모락거리고 속에는 아무것도 없는 그릇을 받아든 것 같다. 예전 같았으면 데스몬드나 루신다나 아니면 둘이 같이 내 컴퓨터에 고장을 일으킨 그 아이의 이름이 심령계와 어떤 연관이 있는지를 해석해주었을 것이다. 초자연적 경험들은 어떤 면에서 겉으로 드러난 기에 불과하다. 버튼을 누르지도 않았는데 손전등이 깜박거린다거나, 천둥번개가 칠 때 뭐가 보인다거나, 전화를 받아보면 상대가 없다든가 그런 식이다. 내게 메시지를 보내기 위해 여러 네트워크를 거쳐 엄청난 기를 내보냈다. 다만 누가 보낸 건지를 알 수가 없다.

경찰서 입구에 버려두고 갔으니 날 용서하지 않을 게 빤해 제나에게 연락을 하는 것이 썩 달갑지는 않다. 하지만 그 애한테는 내가 7년 넘게 느끼지 못한 진짜 초능력을 느끼게 해주는 뭔가가 있다는 것만큼은 부인할 수가 없다. 데스몬드와 루신다가 내 영혼 안내인으로 다시 충실해지기 전에 내가 어떤 반응을 보이는지 알아보기 위해 시험을 하고 있는 것이라면 어떨까?

아무튼, 내 미래가 달려 있을 수도 있으니 이 신호를 누가 보냈건 화를 내서는 안 된다.

다행히 나는 제나의 연락처를 받아두었다. 새로운 고객이 점을 보러 왔을 때 기입하게 하는 장부가 어디 있더라? 고객들에게는 혼령이 긴급하게 뭔가를 전할 경우를 대비해 만든 장부라고 둘러대지만, 사실은 고객들을 내 페이스북에 초대하려는 속셈용이다.

제나가 휴대전화 번호를 적어놓아 나는 전화를 건다.

"고객 만족도 조사 차원에서 전화를 한 거라면 말이죠. 완전 꽝은 1점, 특급 호텔 수준급 심령술은 5점으로 했을 때 2점을 주죠. 그것도 엄마 지갑을 찾아주었다는 이유만으로요. 그마저 없었다면 마이너스 4점이라고요. 대체 어떤 사람이 열세 살짜리를 경찰서 앞에 버려두고 간대요?"

"솔직히 너도 생각해보면." 내가 말한다. "열세 살짜리를 두고 갈 곳이 그보다 더 **나은** 곳이 있을까? 거기다가 말이지, 넌 평범한 열세 살짜리가 아니잖아, 안 그래?"

"아첨은 넣어두시고요. 암튼 원하는 게 뭐예요?" 제나가 말한다.

"저쪽 세상의 누군가가 내가 널 도와주지 않는다고 생각하나 봐."

제나는 이 말을 이해하느라 잠시 말이 없다. "누가요?"

"글쎄. 그게 좀 아리송해." 나는 솔직히 말한다.

"나한테 거짓말한 거죠?" 제나가 추궁한다. "엄마는 죽은 거죠?"

"거짓말하지 않았어. 그것이 네 엄마인지는 나도 몰라. 여자인지 아닌지도 몰라. 난 다만 너한테 연락을 해야 한다고 느꼈어."

"왜요?"

프린터 사건을 말해줄 수도 있지만 제나를 흥분시키고 싶지 않다. "혼령이 말을 걸고 싶어 할 땐 딸꾹질이 날 때랑 비슷해. 멈추고 싶은데 어떻게 해도 멈추지를 않아. 결국에는 멈출 수 있지만 처음에는 어떻게 할 수가 없어. 이해돼?" 그런 메시지가 너무 자주 들렸을 적에는 얼마나 질렸는지 모른다고, 그 말은 하지 않는다. 나는 사람들이 내 능력에 왜 그렇게들 호들갑을 떠는지 알 수가 없었다. 내 분홍색 머리나 사랑니처럼 그것도 그냥 내 일부였다. 하지만 언제든 잃어버릴 수 있다는 사실을 깨닫지 못했다. 지금은 딸꾹질처럼 터지던 그 신통력이 그리워 죽겠다.

"좋아요." 제나가 말한다. "이젠 뭘 할 건데요?"

"모르겠어. 지갑을 발견했던 장소로 다시 가봐야 하지 않을까 생각하고 있어."

"증거가 더 있다고 생각하는 거예요?"

뜬금없이 어디선가 또 다른 목소리가 들린다. 남자 목소리다. "증거라고?" 그가 말한다. "누구랑 통화하는 거야?"

"세레니티." 제나가 내게 말한다. "아줌마가 만나볼 사람이 있어요."

내가 신기는 잃었을지 모르나 버질 스탠호프가 제나에게 아무 짝에도 도움이 되지 않겠다는 것쯤은 한눈에 알아보겠다. 산만하고 방탕한 것이, 20년 넘게 술독에 빠져 산 전직 고등학교 풋볼 스타 같다. "세레니티, 여긴 버질이에요. 엄마가 실종되던 날 당직 수사관이었어요." 제나가 말한다.

그는 내 손을 보며 손을 내밀어 형식적인 악수를 한다. "제나." 그가 말한다. "제발. 이건 시간 낭비라……"

"백방으로 손을 써봐야죠." 그 애가 주장한다.

나는 버질 앞에 똑바로 선다. "스탠호프 씨, 난 범죄 현장에 수십 번이나 불려 다녔어요. 뇌가 박살나 있는 현장에서 장화를 신고 돌아다닌 적도 있어요. 아이들이 납치되어 있는 집으로 가서 경찰관들을 숲으로 데려가 아이들을 찾아내기도 했다고요."

그가 눈썹을 치켜든다. "법정에서 증언을 해본 적은요?"

내 얼굴이 빨개진다. "없어요."

"대단히 놀랍군요."

제나가 버질 앞에 선다. "두 분은 경기가 안 될 것 같으니 타임아웃을 걸어야겠어요." 그 애가 이렇게 말하고서 나를 돌아본다. "그래, 계획이 뭐예요?"

계획? 계획은 없다. 이 황무지를 충분히 어슬렁거리다 보면 섬광처럼 뭔가가 떠오르지 않을까 기대하고 있다. 7년 만에 처음으로.

갑자기 휴대전화를 든 남자가 지나간다. "저 사람 봤니?" 내가 속삭인다.

제나와 버질이 눈을 마주쳤다가 나를 본다. "네."

"아." 그 남자는 휴대전화로 통화를 계속하면서 혼다를 타고 떠난다. 그가 살아 있는 사람인 걸 확인하고 나니 맥이 좀 빠진다. 붐비는 호텔 로비에서 50명 정도를 보면 그중 반이 혼령이곤 했다. 혼령들은 사슬을 달그락거리거나 잘린 목을 들고 다니거나 하지 않고 휴대전화로 통화를 하거나 택시를 부르거나 식당 앞에 있는 단지에서 박하사탕을 꺼내 먹거나 했다.

버질이 눈알을 굴리자 제나가 팔꿈치로 그의 배를 찌른다.

"지금 여기에 혼령들이 있나요?" 그 애가 묻는다.

나는 지금도 혼령들을 보는 듯 주위를 둘러본다. "아마도. 혼령들은 사람이든 장소든 사물이든 어디든 붙어 있을 수 있어. 돌아다닐 수도 있지. 자유분방하게."

"병아리들 같군." 버질이 말한다. "경찰로 있을 때 살인 현장을 수도 없이 다녔지만 시신 주위를 어슬렁거리는 귀신은 본 적이 없는데, 이 상하지 않습니까?"

"전혀요." 내가 말한다. "어떻게든 보지 않으려고 하는 당신 같은 사람한테 정체를 밝힐 이유가 없지 않겠어요? 그건 이성애자가 게이바에 들어가 땡잡기를 바라는 심보나 다를 바 없죠."

"뭐라고요? 난 게이가 아니오."

"그런 말이 아니라…… 아, 그만하죠."

이 남자가 구석기 시대 인간 같은 구석이 있는데도 제나는 매력을 느낀 모양이다. "그럼 나한테 귀신이 붙어 있다고 칩시다. 내가 샤워를 할 때도 지켜보는 거요?"

"글쎄요. 한때는 산 사람이었으니까. 사생활은 이해하지 않을까요."

"그럼 귀신이어서 재밌는 게 뭡니까?" 버질이 작은 소리로 묻는다. 우리는 문에 달린 사슬을 밟고 넘어가 암묵적 동의하에 보호소로 이동 한다.

"난 재밌다고 한 적 없어요. 내가 만난 혼령들은 그리 행복하게 살지 못한 이들이었어요. 그들은 끝내지 못한 일이 있다고 느끼는 것 같아 요. 아니면 전생에 화장실 칸막이벽에 뚫린 구멍만 들여다보고 살아서 저세상 어딜 가든 그 전에 마음 정리를 해야겠다고 느끼는 것도 같아 요."

"그 말은 주유소 화장실에서 붙잡힌 관음증 환자가 내세에서는 자기 스스로 양심을 기르기라도 한단 말입니까? 참 편리한 해석이시네."

나는 어깨 너머로 그를 돌아본다. "육신과 영혼은 가끔 갈등을 빚죠. 그 마찰은 자유의지예요. 주유소 화장실에서 사람들이나 염탐하려고 이 세상에 온 건 아니겠지만 이곳에 사는 동안 자존심이나 자아도취나 말도 안 되는 다른 것이 그의 삶에 찾아들었겠죠. 그래서 영혼은 그에게 그런 구멍을 들여다보지 **말라고** 했을지라도 육신은 내 알 바 아니라고 말했을 거예요." 나는 입고 있는 판초 술 장식에 걸리는 갈대를 풀어가며 키 큰 풀을 헤치고 나아간다. "마약 중독이랑 비슷해요. 알코올 중독이나."

버질이 갑자기 방향을 튼다. "난 이쪽 길로 가겠소."

"나는." 나는 반대 방향을 가리킨다. "**이쪽** 길이 왠지 끌리는데요." 정말로 끌리는 느낌이 든 것은 아니다. 다만 버질이 **검다**고 하면 나는 곧바로 **희다**고 말하고 싶을 만큼 그가 멍청해 보이기 때문이다. 그가 내 말을 완전히 무시하고 가버려, 그는 내가 누구인지 정확히 알고 있고 매코이 의원의 아들도 기억해내지 않을까 하는 생각이 든다. 지금 이 순간 제나 곁에 있어야 한다는 확신이 이렇게까지 들지 않았다면, 덤불을 헤치고 차로 돌아가 집으로 갔을 것이다.

"세레니티?" 제나가 묻는다. 이 아이는 나를 따라올 만큼 분별력이 있다. "육신과 영혼에 대해 말한 것 있잖아요? 나쁜 짓을 하면 그렇게 되는 거예요?"

나는 제나를 흘긋 본다. "철학적인 질문을 하는 것 같진 않은데."

"버질 형사는 엄마가 보호소에서 사라진 이유가 사육사를 죽였기 때문이라고 생각해요."

"난 사고사인 줄 알았는데."

"그건 그때 당시 경찰이 한 말이고요. 버질 형사가 엄마한테 물어볼 것들이 있었는데, 물어볼 새도 없이 엄마가 떠나버렸던가 봐요." 제나는 고개를 젓는다. "검시 보고서에는 사인이 짓밟혀서 생긴 둔기 외상으로 나와 있지만요, 그 둔기 외상이 사람에 의해 생긴 거면요? 이미 죽은 시신을 코끼리가 밟은 거라면요? 아줌마는 그 차이를 알 수 있어요?"

나는 몰랐다. 그 질문은 우리가 숲에서 다시 맞닥뜨렸을 때 버질에게 해야 할 것이었다. 그러나 제나의 엄마만큼 코끼리를 사랑하는 여자라면 그녀를 감싸주려고 한 짐승이 있을 법하다는 것은 놀랍지 않았다. 애완동물 애호가들이 이야기하는 무지개다리가 그런 게 아닐까? 다리는 저기 있다. 그 다리를 건넌 사람들한테 이따금 듣기로는 무지개다리 저편에서 기다리고 있는 것은 사람이 아니라 개이거나 말이거나 심지어는 애완용 독거미였다고 했다.

이 보호소에서 일어난 사육사의 죽음이 사고사가 아니고, 또 앨리스가 지금도 살아 있고 도주 중이라고 한다면 그녀가 딸과 접촉하려 애쓰는 혼령이란 느낌이 들지 않은 이유가 설명이 된다. 그렇지만 이유가 과연 그것 **뿐일까**?

"엄마가 살인을 저질렀다는 걸 알게 된다 해도 엄마를 계속 찾고 싶니?"

"네. 적어도 엄마가 살아 있다는 사실은 알게 되잖아요." 제나는 풀 속에 주저앉는다. 풀들의 키가 제나의 머리 꼭대기까지 올 정도다. "엄마가 돌아가셨다는 걸 알게 되면 말해준다고 했잖아요. 근데 아직까지 엄마가 죽었다고 말하지 않았어요."

"흠, 엄마의 혼령한테서 아무 소식도 못 들었으니까." 나는 시인한다. 그 이유가 그녀가 살아 있기 때문이 아니라 내가 돌팔이여서 그런지는 명확하지 않다.

제나는 풀을 한 움큼 뽑아 무릎 위에 뿌리기 시작한다. "그런 건 안 힘들어요?" 그 애가 묻는다. "형사 아저씨 같은 사람들이 아줌마더러 미쳤다고 하는 거요?"

"그보다 더한 소리도 들었어. 게다가 말이야, 우리 둘 다 죽어보지 않고선 누가 옳은지 알 수 없잖아."

제나는 이 말을 곱씹는다. "앨런이라는 수학 선생님이 있는데요. 그 선생님 말이 점일 때는 점밖에 보지 못한다고 했어요. 선일 때는 선과 점만 본대요. 3차원 속에 있으면 3차원과 선과 점을 다 본대요. 그러니까 우리가 4차원을 볼 수 없다고 해서 4차원이 존재하지 않는 건 아니잖아요. 우리가 거기까지 도달하지 못했을 뿐이라는 거잖아요."

"히야, 또래들이 범접하기 힘들겠는데, 아가씨." 내가 말한다.

제나는 머리를 숙인다. "전에 만난 유령들은요. 얼마나 머물다 갔어요?"

"다 다르지. 대개는 일을 매듭짓고 나면 넘어가."

제나가 뭘 묻고 있는지, 왜 묻는지도 알겠다. 내세와 관련해 밝히고 싶지 않은 통념이 하나 있다. 사람들은 죽으면 사랑하는 이들과 영원히 재결합을 하게 될 거라고 생각한다. 내가 말하고 싶은 건 그렇게 되지 않는다는 것이다. 내세는 단지 이승의 연장선이 아니다. 당신과 당신 남편이 식탁에서 십자말풀이를 하거나 우유를 다 마신 사람이 누구인지를 놓고 말다툼을 벌이다 숨을 거둔다 해도 내세가 그 지점에서 시작되지는 않는다. 어떤 경우에는 그러기도 한다. 그러나 대개의 경우는 남편이 다른 단계의 영혼으로 넘어갔을 확률이 높다. 아니면 당신이 영적으로 더 진화한 사람이어서 이승을 어떻게 두고 떠날지를 계속 고민하고 있는 남편을 앞질러 갈 수도 있다.

나를 찾아오는 고객들이 사랑하는 고인으로부터 듣고 싶어 하는 말은 "당신이 올 때까지 기다리고 있을게"였다.

그러나 열에 아홉이, 실제로 듣게 되는 말은 "다시는 나를 보지 못할 거야"였다.

제나는 풀이 죽어 한없이 작아 보인다. "제나, 네 엄마가 죽었다면 내가 알았을 거야." 나는 거짓말을 한다.

내게 아직도 신기가 있다고 믿는 고객들에게 사기를 쳐서 생활하고 있었기 때문에 나는 늘 지옥에 가게 될 거라고 생각했다. 그런데 오늘은 나조차 믿지 못하는 나를 이 아이에게 믿으라고 하고 있으니, 타락 천사 루시퍼의 원맨쇼 맨 앞자리는 따놓은 당상인 셈이다.

"어이 거기 두 분, 소풍은 끝내셨나, 아니면 여길 계속 어슬렁거리면서 모래밭에서 바늘을 찾아야 하는 거요? 아니 아니, 정정하죠." 버질이 말한다. "바늘이 아니지. 바늘은 쓸모라도 있지."

그는 허리에 두 손을 얹고 못마땅한 얼굴로 우리를 내려다보고 있다.

내가 여기 있게 된 것은 제나 때문만은 아닐지 모르겠다. 내가 여기 있게 된 데는 버질 스탠호프도 한몫했을 것 같다.

나는 벌떡 일어나 부정의 쓰나미를 쓸어내 그를 자빠뜨리려 한다. "가능성에 문을 열고 있으면 뜻밖의 횡재를 만날 수도 있는 법이죠."

"고맙습니다만, 간디 양, 난 우우거리는 무의미한 주문이 아니라 법적인 사실을 다루길 좋아해서 말이죠."

"그 우우거리는 무의미한 주문 덕에 에미상을 세 번이나 탔네요." 나도 지지 않는다. "신기라는 게 우리 모두에게 조금은 있다고 생각해본 적 없어요? 만난 지 진짜 오래된 어떤 친구에 대해 생각하고 있는데, 마침 그 친구한테서 전화가 오는 거죠. 난데없이 말이죠."

"전혀." 버질은 단호히 부인한다.

"그렇겠죠. 당신은 친구라곤 **없을** 테니. 그럼 GPS를 켜고 운전을 하고 있을 때 이번에는 좌회전일 거라고 생각했는데 아니나 다를까 GPS가 '다음은 좌회전입니다'라고 말한 적은요."

버질이 웃고 만다. "그렇다면 신기라는 건 확률의 문제겠군요. 50 대 50의 가능성이 있는."

"내면의 소리를 들은 적은 없어요? 본능적 반응이라던가? 직감은요?"

버질은 씩 웃는다. "내 직감이 지금 무슨 말을 하고 있는지 알아맞혀 보실래요?"

나는 두 손을 든다. "그만두죠." 나는 제나에게 말한다. "네가 왜 날 적임자라고 생각했는지는 모르겠지만……"

"여기 기억나." 버질이 갑자기 갈대를 쓰러뜨리면서 가기 시작해 제나와 나도 따라간다. "여기에 진짜 큰 나무가 있었는데, 번개를 맞고 쪼개진 건가? 저쪽에는 연못도 있었는데." 그가 손으로 가리킨다. 그는 방향을 알아내려고 몇 번을 빙빙 돌더니 북쪽으로 100미터쯤 걸어간다. 그곳에서 동심원을 크게 그리며 조심조심 걷는데 그의 신발이 땅 밑으로 쑥 꺼진다. 버질이 의기양양하게 허리를 굽혀 떨어진 나뭇가지며 스펀지 같은 이끼를 걷어내기 시작하자 마침내 깊은 구덩이가 드러난다. "여기가 시신이 발견된 곳이야."

"**짓밟혔다**는 사람 말이죠." 제나가 날카롭게 지적한다.

나는 이 드라마의 중심으로 들어가고 싶지 않아 한 걸음 물러서는데, 그때 버질이 파헤쳐놓은 이끼들 속에 반쯤 묻혀 있는 뭔가가 내게 윙크를 한다. 허리를 굽혀 쇠줄을 당기자 걸쇠도 온전하고 작은 펜던트도 그대로 달려 있다. 윤이 나도록 닦은 조약돌이다.

또 하나의 신호. 나는 침묵의 벽 저편에 있는 누군가에게 '알겠어요'라고 속말을 하고서 그 목걸이를 내 손바닥에 올려놓는다. "이것 좀 봐요. 이거 혹시 피해자가 갖고 있던 걸까요?"

제나의 얼굴에서 핏기가 가신다. "그건 엄마 거였어요. 엄만 그 목걸일 한 번도 푼 적이 없는데."

나를 믿지 않는 사람을 만날 때도 있다. 웃기지만 이런 사람들도 꿀 만난 벌들처럼 내게 끌리는 것 같다. 그럴 때면 나는 토마스 에디슨 얘기를 꺼낸다. 이 행성에서 에디슨이 과학의 본보기라고 말하지 않을 사람은 없다. 그의 수학적인 머리는 축음기, 백열전구, 영화 카메라, 영사기를 탄생시켰다. 우리는 에디슨이 하느님은 없다고 말한 자유사상가였다는 것을 안다. 1,093개나 되는 특허를 딴 것도 안다. 죽기 전에 죽은 사람들과 대화할 수 있는 기계를 발명하는 중이었다는 것도 안다.

산업혁명의 수준은 심령술의 수준과 맞닿아 있었다. 에디슨이 물질계에서 획기적인 기계를 지지하긴 했지만, 그렇다고 형이상적인 것에 끌리지 않았던 것은 아니다. 그는 영매들이 강신술을 할 수 있다면 기계를 세심하게 손을 보면 저세상 사람들과 대화를 할 수 있지 않을까 추론했다.

그는 이 미래의 발명에 대해 크게 떠들지 않았다. 이 발상을 누가 훔쳐갈까 두려웠는지도 모르고, 구체적인 도안이 떠오르지 않았는지도 모른다. 그는 《사이언티픽 아메리칸》 잡지에서 그 기계는 "밸브와 비슷하다"고 말했다. 그러니까 아무리 미세할지라도 저세상에서 신호가 오면 전신이 돌아가고 초인종이 울리는 등의 증거가 나타날 거라고 했다.

에디슨이 내세를 믿었다고 할 수 있을까? 흠, 그는 삶이 궤멸될 수 없다고 말했다지만 그 말을 내게 직접 하러 온 적은 없다.

에디슨이 심령술의 정체를 파헤치려 했다고 할 수 있을까? 꼭 그렇지도 않다.

하지만 그가 과학자의 뇌를 수량화하기 힘든 분야에 적용하고 싶어 했을 수는 있다. 내가 먹고 살려고 써먹은 재주를 엄연하고 구체적인 증거를 들이대 정당화하려고 했을 수도 있다.

에디슨은 잠과 깸 사이의 그 순간이 베일 같고, 우리 자신이 고차원적인 자아와 연결되는 그런 순간이라고 믿었다. 그는 안락의자 팔걸이 밑에 파이 통을 놓아두고 낮잠을 자곤 했다. 양손에 커다란 볼베어링을 쥔 채 꾸벅 졸다 보면 어느 순간 금속과 금속이 부딪쳤다. 바로 그 순간 보고 생각하고 상상한 모든 것을 그는 기록했다. 에디슨은 그 어중간한 상태를 유지하는 데 능숙해졌다.

어쩌면 그는 자신의 창조성과 교신을 하려 했는지 모른다. 아니면…… 혼령들과…… 교신을 하려 했는지도.

에디슨이 죽고 나서 그가 죽은 사람들과 대화하는 기계를 준비하고 있었다는 사실을 알 만한 견본이나 문서는 발견되지 않았다. 나는 그 이유가 에디슨의 유산을 책임지고 있는 사람들이 그의 심령술 성향에 당황했거나, 그런 업적이 위대한 과학자가 남긴 기억으로 자리 잡지 않기를 원했기 때문이라고 본다.

그러나 내 생각에 최후의 승자는 토마스 에디슨 같다. 플로리다 주 포트마이어스에 있는 에디슨의 저택 주차장에는 실물 크기의 동상이 있다. 그의 손에는 다름 아닌 볼베어링이 쥐어져 있다.

어떤 남성의 존재가 느껴지고 있다.

그러나 솔직히 말하면 단지 편두통이 시작되고 있는지도 모른다.

"당신이 어떤 남자를 느낀다고 칩시다." 버질이 칠리도그를 싼 호일을 구기면서 말한다. 나는 이 남자처럼 먹는 인간을 본 적이 없다. 흡사 대왕오징어와 진공청소기를 보고 있는 듯하다. "영계한테 목걸이를 줄 사람이 남자 말고 또 있습니까?"

"항상 이렇게 무례해요?"

그가 내 감자튀김 하나를 빼든다. "당신을 위해, 특별한 예외를 두도록 하죠."

"아직도 배가 고파요?" 내가 묻는다. "그러게 내가 뭐랬어요, 뭐 이런 머리에서 나는 요리라도 대령해드려요?"

버질이 쏘아본다. "뭐 때문에? 당신이 운 좋게 보석 쪼가리에 걸려 넘어졌다 그겁니까?"

"하, 그럼 **당신은** 뭘 찾았게요?" 우리에게 핫도그를 만들어준 여드름 소년이 노점 트럭에서 이 실랑이를 지켜보고 있다. "뭐야? 말싸움하는 거 처음 봐?" 나는 소리를 빽 지른다.

"그 남자도 분홍색 머리를 가진 여자는 처음 봤을 겁니다." 버질이 중얼거린다.

"그래도 난 아직까지 머리카락이 **있네요.**" 나는 꼬집어 말한다.

이 말은 어쨌거나 그의 아픈 부위를 때린다. 그가 아주 짧게 자른 머리를 쓸어내린다. "공격적이라니까." 그가 말한다.

"그 말은 당신 자신한테나 계속하시죠." 나는 곁눈질로 십 대 핫도그 노점상을 다시 한 번 힐끔 본다. 한편으론 저 아이도 내 남은 점심을 해치우고 있는 인간 진공청소기의 진풍경에 끌리는 거겠지 싶으면서도, 또 한편으론 왕년에 유명인이었던 날 알아보는 건 아닐까 하는 생각도 자꾸 든다. "케첩 병이 비기라도 한 거야?" 내가 쏘아붙이자 소년은 시선을 돌린다.

버질이 돈을 한 푼도 가지고 있지 않은 관계로 우리는 공원에 앉아서 내가 산 핫도그를 먹고 있다.

"그 사람은 아빠예요." 제나가 채식가용 핫도그를 한 입 베어 먹으면서 말한다. 문제의 그 목걸이를 차고 있다. 목걸이가 이 애의 티셔츠 위에서 흔들거린다. "아빠가 엄마한테 이 목걸이를 줬어요. 나도 있었거든요. 기억이 나요."

"훌륭해. 엄마가 돌멩이 목걸이를 받았던 건 기억하면서 엄마가 사라진 날 밤에 일어난 일은 기억을 못하다니 말이야." 버질이 빈정댄다.

"잘 간직해둬, 제나." 내가 제안한다. "어린이 납치 사건으로 불려 다녔을 때 최고의 길잡이가 되어준 것이 실종된 아이가 가지고 있던 물건을 만져보는 거였어."

"암캐처럼 말씀하시는군." 버질이 말한다.

"뭐라고 그랬어요?"

그가 천진한 얼굴로 고개를 든다. "암컷 개요, 됐어요? 블러드하운드*도 그런 식으로 추적을 하지 않습니까?"

나는 그를 무시하고 제나가 목걸이를 손에 쥐고서 눈을 꼭 감는 것을 지켜본다. "안 떠올라요." 잠시 후 그 애가 말한다.

"떠오를 거야." 내가 약속한다. "생각지도 못한 순간에 말이야. 넌 타고난 능력이 많은 아이야, 난 알 수 있어. 장담하는데 오늘 밤 이를 닦고 있을 때 중요한 일이 기억날 거야."

물론, 반드시 그렇지는 않다. 나도 10년을 기다렸지만 지금은 바닥이 드러난 우물처럼 메말라 있다.

"그 목걸이로 기억을 되살릴 수 있는 사람이 제나뿐인 건 아닙니다." 버질이 생각나는 대로 말한다. "그걸 앨리스한테 준 남자가 무슨 말을 해줄지도 모르죠."

제나가 고개를 번쩍 든다. "우리 아빠요? 아빠는 내 이름조차 기억 못할 때가 더 많다고요."

나는 제나의 팔을 토닥인다. "아빠의 잘못에 대해 발끈할 필요 없어. 울 아버진 동성애자였어."

"그게 뭐 어때서요?" 제나가 묻는다.

"그렇지. 근데 공교롭게도 아주 **나쁜** 동성애자였어."

"흠, 아빤 시설에 있어요." 제나가 말한다.

나는 제나의 머리 너머로 버질을 본다. "아."

"내가 알기로." 버질이 말한다. "네 엄마가 실종된 후 네 아버지한테 가본 경찰은 아무도 없었다. 그러니 해볼 만하겠어."

나는 콜드리딩을 숱하게 해온 만큼 속이 빤히 보이지 않는 사람의 속마음도 알 수 있다. 지금 버질 스탠호프는 뻔뻔한 거짓말을 하고 있

---

* 사람을 찾거나 추적할 때 이용하는, 후각이 발달한 큰 개.

다. 그의 계략이 무엇인지, 토마스 메트캐프로부터 뭘 얻어내려는 건지는 모르겠지만 제나를 그와 둘만 보낼 수는 없다.

정신병동에는 두 번 다시 가지 않겠다고 맹세까지 했지만 말이다.

상원의원 사건 후 나는 어둠의 나날을 보냈다. 보드카를 미친 듯이 마셨고, 처방약도 먹었다. 그때 매니저가 내게 휴가를 갖는 게 좋겠다고 제안했는데, 그녀가 말한 휴가는 정신병동에 잠시 들어가 있는 거였다. 그곳은 놀라울 정도로 용의주도했다. 할리우드에서는 연예인들이 **심신을 충전하러** 가는 곳이라고 떠들지만 사실은 **위세척을 하거나 알코올 중독을 치료하거나 전기 충격 요법을 쓰는** 그런 곳이다. 나는 한 달을 그곳에 있었는데, 나 자신을 끌어내리는 짓이 정신병동 회귀를 뜻한다면 다시는 그러지 않겠다고 다짐할 정도의 시간이었다.

나와 같은 방을 쓴 사람은 유명한 힙합 가수의 딸인 귀여운 소녀였다. 기타라는 그 소녀는 머리를 빡빡 밀었고 척추에 줄줄이 구멍을 내 얇은 백금 줄로 이어놓았는데, 그러고도 잠을 어떻게 자는지 궁금했다. 그 애는 자신한테만 실재하는 보이지 않는 무리와 이야기했다. 어느 날 이 가상의 인물들 중 한 명이 칼을 들고 쫓아와 그 애는 차량 속으로 뛰어들었고 택시에 치였다. 그 애는 편집성 정신분열증이라는 진단을 받았다. 나와 함께 있을 때는 외계인들이 휴대전화로 자신을 통제하고 있다고 믿었다. 그래서 누군가가 문자만 보내려고 해도 기타는 길길이 날뛰었다.

어느 날 밤 기타가 침대에서 몸을 앞뒤로 흔들며 이런 말을 했다. "번개가 나를 내려칠 거야. 번개가 나를 내려칠 거야."

맑은 여름밤이었다. 그랬는데도 그 애는 멈추지 않았다. 기타가 이런 행동을 한 지 한 시간이 지났을 때 뇌우세포가 그 지역을 휩쓸었고 기타는 비명을 지르며 자기 살을 뜯기 시작했다. 간호사가 와서 그 애를 진정시키려 애썼다. "얘야, 천둥과 번개는 밖에 있어. 넌 여기 있으니 안전해." 그녀가 말했다.

기타가 간호사를 돌아보았는데, 그 순간 내가 본 것은 그 애의 명료한 눈빛이었다. "아무것도 모르면서." 그 애가 작은 소리로 말했다.

우르릉 쾅 하는 천둥소리와 함께 갑자기 유리창이 산산조각 났다. 네온 빛의 번개가 갈지자를 그리며 들어와 양탄자를 태우고 매트리스에 주먹만 한 구멍까지 뚫어놓자 기타는 더 세차게 몸을 흔들기 시작했다. "번개가 나를 내려칠 거라고 했잖아. 번개가 나를 내려칠 거라고 했잖아." 그 애가 말했다.

이 이야기의 요지는, 우리가 미쳤다고 규정짓는 사람들이 사실은 당신과 나보다 더 정상적일지 모른다는 것이다.

"아빠는 도움이 되지 않을 거예요." 제나는 단언한다. "우리가 귀찮게 해서도 안 돼요."

이번에도 내 콜드리딩 기술이 빛을 발한다. 눈알을 저렇게 왼쪽으로 돌리는 모습, 손톱을 물어뜯고 있는 모습. 제나도 거짓말을 하고 있다. 왜?

"제나, 차에 선글라스를 두고 온 것 같은데 갖다 줄 수 있겠니?" 내가 부탁한다.

제나는 이 대화를 피할 수 있어 뭣보다 기쁜지 벌떡 일어난다.

"좋아요." 나는 버질이 나와 눈을 맞추기를 기다린다. "당신이 뭘 하려는지는 모르겠지만 난 당신을 신뢰하지 않아요."

"잘됐군요. 그 점만큼은 우리 둘이 죽이 맞으니 말입니다."

"저 애한테 말하지 않은 게 뭐예요?"

그는 날 믿어야 할지 믿지 말아야 할지 결정을 못해 망설인다. "사육사가 죽은 시신으로 발견된 그날 밤 토마스 메트캐프는 불안한 모습이었어요. 안절부절못했죠. 아내와 딸이 행방불명됐기 때문이었을 수도 있고, 전부터 신경쇠약 징후를 보였을 수도 있어요. 그러나 양심의 가책으로 그랬을 수도 있다고 봅니다."

나는 팔짱을 끼면서 몸을 뒤로 젖힌다. "토마스를 용의자로 보는군요. 앨리스도 용의자로 보고 있고. 당신은 당신 자신 말고 모든 사람을 용의선상에 두는 것 같군요. 그 죽음을 사고사로 끝낸 장본인이라서 말이죠."

버질이 나를 쳐다본다. "난 토마스 메트캐프가 아내를 학대하고 있었을 거라고 생각합니다."

"그렇다면 도망치고도 남겠네요." 나는 생각나는 대로 말한다. "그래서 그를 직접 만나 어떤 반응을 보이는지 알아보려는 거군요."

버질이 어깨를 으쓱하는 것으로 보아 내 지적이 옳다.

"그게 제나한테 무슨 짓을 하는 건지 생각해봤어요? 그 앤 엄마가 자기를 버렸다고 생각해요. 그런 애한테 장밋빛 색안경을 벗겨내고 아빠도 몹쓸 인간인 걸 보여주겠다는 거예요?"

그는 핑계를 댄다. "제나가 날 고용하기 전에 그쯤은 생각했어야죠."

"정말로 벽창호시군요."

"그 덕에 내가 보수를 받는 거요."

"그렇다면 모든 점에서 그쪽의 과세 등급은 달라야겠군요." 나는 눈을 가늘게 뜬다. "이 사건으로 그쪽과 내가 부자가 되지는 않을 거예요. 그럼 당신은 뭘 얻죠?"

"진실이죠."

"제나를 위해서요?" 내가 묻는다. "아니면 당신을 위해서, 10년 전 안일한 대처로 진실을 알아내지 못한 죄로요?"

그의 턱이 씰룩거린다. 넘지 말아야 할 선을 넘어버려 그가 일어나 씩씩대며 가버리지 않을까 싶다. 하지만 그 전에 제나가 다시 나타난다. "선글라스는 없던데요." 그 애가 말한다. 목에 걸어 걸쇠를 채운 돌멩이 펜던트를 지금도 꼭 쥐고 있다.

어떤 신경학자들은 자폐아들이 자극에 민감한 이유는 뇌 시냅스가 다닥다닥 붙어 있고 무서운 속도로 생성되기 때문이라고 본다. 그 선상에 있는 아이들이 몸을 흔들거나 흥분하는 이유는 모든 감각을 한꺼번에 쏟아놓는 대신 집중을 하도록 도와주기 때문이라는 것이다. 나는 신통력도 이와 크게 다르지 않다고 생각한다. 둘 다 정신병이 아닐 개연성이 높다. 한번은 기타에게 가상의 친구들에 대해 물어본 적이 있다. "가상이라뇨?" 그 애는 마치 그 친구들을 보지 못하는 내가 미친 거 아니냐는 얼굴로 되물었다. 여기에는 의외의 결말이 있다. 나도 그런 경험이 있었기 때문에 그 애가 무슨 말을 하는지 알아들었다. 누군가가 당신한테는 보이지 않는 사람과 이야기를 나누고 있다면 편집성 정신분열증에 걸렸다고 볼 수도 있다. 그러나 심령술사여서 그럴 수도 있다. 따라서 그 대화의 상대방이 당신 눈에 보이지 않는다고 해서 그 존재가 실재하지 않는다는 뜻은 아니다.

내가 정신병동에 있는 토마스 메트캐프를 방문하고 싶지 않은 또 하나의 이유가 이것이다. 내가 다시 한 번 미치도록 갖고 싶은 천부적 재능을 어쩌지 못하는 사람들과 대면하게 될지 몰라서이다.

"시설이 어디 있는지는 알아?" 버질이 묻는다.

"정말이에요." 제나가 말한다. "아빠를 방문하는 건 정말로 좋은 생각이 아니에요. 아빠 모르는 사람들한테는 반응도 잘 안 한다고요."

"네 아빠는 **너도** 알아보지 못할 때가 있다고 했던 것 같은데. 그러니 아빠가 잊어버린 오랜 친구들이 왔다고 하면 되지 않겠어?"

제나를 보니 버질의 논리를 뚫긴 해야겠는데 아빠를 보호하는 말을 해야 할지 그의 허술한 방어를 이용해야 할지 고민하는 모습이다.

"버질 말이 옳아." 내가 말한다.

버질과 제나가 내 말에 동시에 놀란다. "아저씨 말에 **동의한다고요?**" 제나가 묻는다.

나는 고개를 끄덕인다. "엄마가 그날 밤 떠나는 데 네 아빠도 원인 제공을 했다면, 아빠를 만나봐야 방향이 잡힐 테니까."

"네가 알아서 해." 버질은 두루뭉술하게 말한다.

한참 만에 제나가 말한다. "사실은요, 아빠는 엄마 얘기밖에 안 해요. 엄마가 어떻게 생겼는지, 엄마한테 언제 청혼을 해야겠다고 생각했는지 그런 거요." 제나는 입술을 깨문다. "시설에 같이 가고 싶지 않았던 건 그런 이야길 나누고 싶지 않아서였어요. **누구**하고도요. 그게 아빠와 나의 유일한 연결고리 같거든요. 나만큼 엄마를 그리워하는 사람이 아빠뿐이니까요."

우주의 부름이 들리면 기다리게 해서는 안 된다. 내가 이 소녀에게 계속 돌아오게 되는 이유가 있다. 이 아이의 끌어당기는 힘 때문이거나 이 아이가 내가 빨려들 수밖에 없는 배수구이기 때문이다.

나는 아주 환하게 웃는다. "잘됐다." 내가 말한다. "내가 사랑 이야기라면 꺼뻑 죽는 인간이거든."

앨리스

우두머리가 죽었다.

이름이 믐아보였다. 그녀는 어제 무리의 뒤쪽으로 처졌고, 뒤뚱뒤뚱 힘겹게 움직이다 결국 앞무릎을 꿇고 맥없이 주저앉으면서 쓰러졌다. 나는 서른여섯 시간을 내리 자지 않고 관찰을 하고 있었다. 나는 이 모습을 기록했다. 믐아보의 가장 가까운 동반자인 딸 오날레나가 상아로 어미를 들어 올려 간신히 일으켜 세웠지만 결국에는 믐아보가 영원히 쓰러지던 모습을. 믐아보의 코가 마지막까지 오날레나 쪽으로 뻗었다가 리본 타래처럼 땅바닥에서 펴지던 모습도. 오날레나와 다른 코끼리들이 비통한 소리를 내지르고 코와 몸뚱이로 우두머리를 쿡쿡 찌르며 믐아보의 시신을 밀고 당기던 모습도.

여섯 시간 후 무리는 시신을 두고 떠났다. 그러나 뒤이어 또 다른 코끼리가 다가왔다. 처음에는 믐아보의 무리에서 뒤처진 놈인가 했더니 왼쪽 귀에 삼각형 눈금이 있고 발에 반점이 많은 것이, 믐아보 무리보다 더 작은 무리의 우두머리인 세투냐였다. 세투냐와 믐아보는 친족이 아니었다. 하지만 믐아보에게 가까워질수록 세투냐의 움직임이 조용해지고 차분해졌다. 그녀는 머리를 숙이고 귀를 늘어뜨렸다. 왼쪽 뒷발을 들어 올려 믐아보의 시신 위에 가만히 두었다. 다음에는 믐아보를 밟고 올라서 앞발과 뒷발로 균형을 잡고 서 있었다. 그녀는 몸을 앞뒤로 흔들기 시작했다. 시간을 재보니 6분이었다. 음악은 없었지만 춤을 추는 듯했다. 침묵의 장송곡.

이것은 무슨 의미였을까? 믐아보와 친족도 아닌 코끼리가 왜 그녀의 죽음에 그렇게까지 깊은 연민을 느꼈을까?

그날은 덫에 걸린 젊은 수코끼리 케노시가 죽은 지, 내가 박사 후 연구 과제를 공식적으로 좁힌 지 두 달이 흐른 때였다. 보호지역에서 일하는 다른 동료들은 툴리 구역 코끼리들의 이주 양식과 그것이 생태계에 끼치는 영향이나 발정한 수코끼리와 수컷의 계절적 특성을 연구하고 있었던 반면 내 연구는 인지였다. 이것은 지리적인 추적 장치로 측정할 수 없는 분야였다. DNA로도 측정할 수 없었다. 내가 다른 코끼리의 두개골을 어루만지거나 이전 무리의 구성원이 죽은 장소로 돌아오는 코끼리들의 예들, 그러니까 내가 슬픔으로 해석하는 순간들을 얼마나 많이 기록하든, 나는 동물 연구자들이 넘어서는 안 되는 선을 넘고 있었다. 인간이 아닌 생명체에게 감정이 있다고 생각한 것이다.

누구라도 좋으니 내 연구를 변호해보라고 했다면 나는 이렇게 답해주었을 것이다. 행동이 복잡하면 할수록 그 이면의 과학은 더 엄격해지고 복잡해진다고. 수학이나 화학은 쉬운 학문으로, 별개의 답을 가진 폐쇄형 모델들이라고. 사람이든 코끼리든 행동을 이해하기 위한 가설은 훨씬 더 복잡한데, 바로 그런 이유로 가설 이면의 과학이 그만큼 더 복잡할 수밖에 없다고 말이다.

그러나 아무도 묻는 사람이 없었다. 내 상관인 그랜트는 이것이 내가 거쳐야 할 통과의례이고 머지않아 내가 코끼리 인지가 아닌 진짜 과학으로 돌아올 거라고 생각했을 것이다.

나는 코끼리가 죽는 모습을 전에도 보았지만 내 연구 초점을 바꾼 이후로는 이번이 처음이었다. 그래서 하나도 빠짐없이 기록하고 싶었다. 무엇이 됐건 평범한 것으로 치부하고 싶지 않았다. 코끼리의 애도 방식에 어떤 행동이 중요한지 모를 일이었기 때문이다. 그래서 나는 잠까지 미뤄가며 그곳에 머물렀다. 어떤 코끼리들이 다녀가는지는 그들의 상아나 꼬리털이나 몸에 난 반점으로, 때로는 우리 인간의 지문처럼 독특한 문양을 가진 귀의 혈관으로 확인했다. 그들이 음아보를 탐색할 때 어느 부위를 얼마나 어루만지는지도 분류했다. 언제 시신을 떠나는지, 다시 돌아오는지도 기록했다. 음아보가 쓰러져 있는 줄 모르고 그 근방을 지나는 임팔라와 기린 같은 다른 동물들도 분류했다. 그러나 내가 그곳에 머문 가장 큰 이유는 오날레나가 돌아올지 안 올지 알고 싶어서였다.

오날레나는 거의 열 시간 만에 돌아왔는데, 황혼 무렵이었고 무리는 멀찍이 떨어져 있었다. 그녀가 어미의 시신 옆에 조용히 서 있는 사이에 주변은 금세 어두워졌다. 이따금 그녀가 무슨 소리를 내면 북동쪽에서 우르렁거리는 응답이 왔다. 자매들의 안부를 묻고 그들에게 자신이 여기 있다고 상기시켜 주려는 것 같았다.

오날레나는 한 시간을 꼼짝 않고 서 있었다. 아마도 그래서 랜드로버가 전조등을 켠 채 어둠을 가르고 나타났을 때 내가 화들짝 놀랐는지 모른다. 오날레나도 화들짝 놀라 위협하듯 귀를 파닥거리며 죽은 어미에게서 물러섰다. "여기 있었구나." 애냐가 차를 가까이 대면서 말했다. 그녀도 연구원이었는데, 밀렵 때문에 코끼리 이동 경로가 어떻게 달라졌는지를 연구하고 있었다. "무전기에 답을 안 하면 어떡해."

"소리를 낮춰뒀거든. 오날레나를 방해하고 싶지 않아서 말이야." 나는 불안해하는 코끼리 쪽으로 고개를 끄덕이며 말했다.

"흠, 그랜트 소장이 너한테 시킬 일이 있대."

"지금?" 내가 연구 주제를 코끼리의 슬픔으로 바꾼다고 했을 때 소장은 시큰둥한 반응을 보였었다. 요즘은 나와 얘기도 잘 하지 않았다. 이 말뜻은 그의 생각이 바뀌고 있다는 걸까?

애냐가 믐아보의 시신을 보았다. "언제 저렇게 됐어?"

"대략 스물네 시간 전에."

"산림 경비대에는 알렸어?"

나는 고개를 저었다. 물론 알릴 것이다. 그들은 와서 밀렵꾼들의 의욕이 꺾이게 믐아보의 상아를 자를 것이다. 그러나 나는 몇 시간만이라도 그녀의 무리가 슬퍼할 시간을 가져야 한다고 생각했다.

"소장한테 네가 언제쯤 올 거라고 말할까?" 애냐가 물었다.

"좀 있다." 내가 말했다.

애냐의 자동차는 덤불 속으로 들어가 칠흑 같은 어둠 속에서 반딧불만한 점으로 변해갔다. 오날레나가 씩씩거리는 소리를 내뿜었다. 그녀는 어미의 입 속에 코를 밀어 넣었다.

내가 이 행동을 기록하기도 전에 하이에나가 믐아보가 있는 쪽으로 걸어왔다. 녀석이 입을 벌렸을 때 내 눈에 띈 것은 반짝거리는 하얀 앞니였다. 오날레나는 우르릉거렸다. 그녀가 코를 뻗었지만 거리가 너무 멀어 하이에나는 해를 입지 않은 듯했다. 그러나 아프리카 코끼리들의 코는 아코디언처럼 늘어나 예상치 못한 순간에 발차기를 하듯 상대를 때려눕힐 수 있다. 오날레나가 픽 소리가 날 정도로 후려치자 하이에나는 데굴데굴 굴러 음아보와 저만치 떨어진 데서 낑낑거렸다.

오날레나가 무거운 머리를 내 쪽으로 돌렸다. 그녀의 측두샘에서 분비물이 흘러 내려 짙은 회색 줄무늬가 생겼다.

"이제 그만 엄마를 보내줘야지." 나는 큰소리로 말했지만, 이 말이 우리 둘 중 정확히 누구를 향한 것이었는지는 지금도 모르겠다.

나는 내 얼굴에 첫 햇살이 닿았을 때 화들짝 놀라 깼다. 가장 먼저 든 생각은 그랜트 소장이 날 죽이려 들겠구나 하는 거였다. 두 번째 생각은 오날레나가 떠났다는 것이었다. 그녀가 있던 자리에는 암사자 두 마리가 음아보의 엉덩이를 뜯어 먹고 있었다. 하늘에서는 독수리 한 마리가 제 차례를 기다리며 8자 모양으로 돌고 있었다.

나는 캠프로 돌아가고 싶지 않았다. 음아보의 시신을 지키고 앉아 다른 코끼리들이 계속 경의를 표하러 오는지 확인하고 싶었다.

오날레나를 찾아서 그녀가 지금은 무엇을 하고 있는지, 무리는 어떻게 하고 있는지, 누가 실질적인 새 우두머리가 되었는지 알아보고 싶었다.

오날레나가 수도꼭지처럼 슬픔을 꺼버릴 수 있는지, 아니면 엄마를 여전히 그리워하는지도 알고 싶었다. 그 감정이 지나가기까지 시간이 얼마나 걸리는지도.

그랜트 소장의 징계는 쉽고 간단했다.

이곳에서 일주일을 머물다 갈 어떤 뉴잉글랜드 애송이를 돌봐줄 사람으로 하고많은 동료들 중 나를 선택한 것이다. "그랜트. 우두머리를 잃는 일이 날마다 있는 게 아니라고요. 이게 내 연구에 얼마나 중요한지 알아주면 좋겠어요." 내가 말했다.

그는 책상에 앉아 고개를 들었다. "코끼리 시신은 앞으로 일주일은 더 있을 거야."

내 연구로 그랜트를 흔들지 못한다면 일정으로 흔들어야 했다. "오늘은 오언을 데리고 나가기로 한 날이에요." 나는 그에게 말했다. 오언은 밀림 수의사였다. 우리는 콰줄루나탈 대학교 소속 연구팀이 진행하고 있는 새로운 연구를 위해 어떤 우두머리에게 목걸이를 채울 예정이었다. 이 말은 곧 '난 바빠요'라는 뜻이었다.

그랜트가 날 쳐다보았다. "거 잘됐네!" 그가 말했다. "그 사람도 자네가 목걸이 채우는 걸 보고 싶어 할 테니 말이야." 그리하여 나는 보호지역 입구에 앉아 뉴햄프셔 주 분에서 도착할 토마스 메트캐프를 기다리게 되었다.

방문객들이 오면 번거롭기만 했다. 어떤 때는 위치 추적 목걸이를 후원하는 배부른 자본가들이 아내와 사업 동반자까지 데리고 와서는 정치적으로 정당한 화이트 헌터 게임*을 즐기고 싶어 했다. 그들은 코끼리를 죽이는 대신 수의사가 코끼리 목에 위치 추적 장치를 달려고 돌진하는 광경을 구경한 후, 해질 무렵에는 자신들의 호연지기를 진토닉으로 과시했다. 어떤 때는 동물원이나 서커스에서 조련사가 오기도 했는데, 이 경우에는 사람들이 십중팔구 바보천치들이었다. 얼마 전 랜드로버로 이틀을 수행해야 했던 남자는 필라델피아 동물원의 사육

---

* 아프리카에서 백인들이 큰 동물을 사냥하며 즐기는 게임.

사였다. 그는 여섯 살짜리 수코끼리의 측두샘에서 분비물이 나오는 것을 보고 녀석이 곧 발정을 할 거라고 우겼다. 내가 아무리 아니라고 해도(진심일까? 여섯 살짜리 수코끼리는 발정을 할 수 없다!) 그는 자기 말이 옳다고 확신했다.

고백하면, 토마스 메트캐프가 아프리카 택시에서 내렸을 때(이번이 처음이라면 이것만으로도 대단한 경험이었다) 그는 내가 예상한 모습이 아니었다. 나와 연배가 비슷해 보였고, 작고 동그란 안경을 꼈고, 습한 지대에 발을 딛자마자 안경에 김이 서려 손을 더듬거리며 여행 가방 손잡이를 잡았다. 그는 내 너저분한 말총머리부터 분홍색 컨버스 운동화까지 훑어 내렸다. "당신이 조지인가요?" 그가 물었다.

"제가 조지 같아 **보이세요?**" 조지는 동료 연구원들 중 한 명으로, 우리끼리 박사 과정을 못 마칠 거라고 장담하는 학생이었다. 다시 말해 조롱의 대상이었다. 내가 코끼리의 슬픔을 연구하기 전까지는 그랬다.

"아닙니다. 그게, 죄송합니다. 다른 사람이 나와 있을 줄 알았거든요."

"실망시켜 죄송하네요." 내가 말했다. "저는 앨리스예요. 툴리 구역에 오신 걸 환영해요."

나는 그를 랜드로버에 태워 도로 표시가 없는 먼지투성이 길을 따라 구불구불 달리면서 보호지역을 한 바퀴 돌았다. 달리는 동안 방문객들이 오면 으레 하는 장광설을 읊어댔다. "여기 코끼리들에 관한 최초의 기록은 서기 700년경이었어요. 1800년대 후반에 현지 족장들에게 총이 지급되면서 코끼리 개체 수에 엄청난 변화가 생겼어요. 백인 사냥꾼들이 도착하고부터는 코끼리들의 씨가 마를 정도였죠. 동물보호지역이 설립되고 나서 개체 수가 늘기 시작했어요. 우리 연구팀은 일주일 내내 현장으로 나가요." 내가 말했다. "연구 과제는 다들 다르지만 핵심적인 추적 관찰은 같이 해요. 번식 무리들과 그들 간의 유대 관찰, 코끼리 개체 식별, 코끼리들의 활동과 서식지 추적, 행동 범위 결정, 한 달에 한 번 개체 수 조사, 출산과 사망과 암컷과 수컷의 발정기 기록, 수코끼리들에 관한 자료 수집, 강수량 기록……"

"이곳 코끼리가 몇 마리나 되는데요?"

"1천4백 마리 정도." 내가 말했다. "표범, 사자, 치타는 말할 것도 없고……"

"상상이 안 되네요. 저는 고작 여섯 마리 있는데, 그 정도도 매일매일 함께하지 않으면 누가 누군지 알아보기 힘들어요."

나는 뉴잉글랜드에서 자랐기 때문에 그곳에 야생 코끼리가 있을 확률은 팔이 하나 더 생길 확률만큼이나 낮다는 걸 알았다. 그러니까 이 남자는 동물원이나 서커스를 운영하고 있다는 뜻인데, 나는 둘 다 반대하는 사람이었다. 조련사들이 코끼리들한테 그들이 야생에 있을 때 하는 행동을 가르친다고 하는 말은 순 거짓말이다. 야생에서는 코끼리들이 뒷다리로 서 있거나 걸으면서 서로의 꼬리를 잡거나 고리를 뛰어넘지 않는다. 야생에서는 코끼리들이 몇 미터 간격만 떨어져서 지낸다. 그들은 끊임없이 서로를 어루만지고 문지르고 안부를 묻는다. 인간과 감금된 코끼리와의 관계는 착취와 관련이 있다.

나는 토마스 메트캐프를 징계 때문에 아까부터 싫어한 게 아니라 도덕적 견지에서 지금부터 싫어하게 됐다고 여긴다.

"그럼 당신은 여기서 무슨 일을 합니까?" 그가 묻는다.

신이시여, 저를 관광객으로부터 구하소서. "메리케이 화장품을 팔고 있어요."

"제 말은, 어떤 **연구**를 하시냐고요?"

나는 곁눈질로 그를 힐끗 보았다. 코끼리에 관한 지식이 나보다 훨씬 천박한, 방금 만난 남자한테 방어적인 태도를 취할 이유는 없었다. 그러나 내가 새로운 연구에 대해 말할 때면 사람들이 어찌나 뜨악한 표정을 짓던지 지금도 말하지 않는 것이 더 나았다.

다행히 폭포처럼 내달리는 뿔들과 발굽들 덕에 답변을 피할 수 있었다. 나는 핸들을 움켜잡고 마지막 순간에 브레이크를 밟았다. "꼭 붙잡는 게 좋을 거예요." 내가 제안했다.

"정말 놀랍군요!" 토마스는 헉 하고 숨을 내쉬었지만 나는 애써 눈을 돌리지 않았다. 이곳에서 살다 보면 지겨워진다. 관광객들에게는 모든 게 새롭고, 속도를 늦출 가치가 있고, 모험이다. 와아, 저게 기린이구나. 와아, 놀라워. 하지만 그런 걸 700번쯤 보고 나면 놀랍지 않다. "저게 영양인가요?"

"임팔라예요. 하지만 여기선 맥도널드라고 불러요."

토마스가 풀을 뜯고 있는 어떤 동물의 엉덩이를 가리키며 물었다. "저 표시 때문인가요?"

임팔라는 양쪽 뒷다리에 검은 줄이 두 개 있고 짤막한 꼬리에도 줄이 길게 나 있는데, 그 모양이 맥도널드의 로고를 약간 닮았다. 하지만 이런 별명이 생긴 데는 임팔라가 야생에서 포식자들의 가장 흔한 먹이이기 때문이다. "10억 마리 넘게 잡아 먹혔거든요." 내가 말했다.

아프리카의 낭만과 현실 사이에는 괴리가 있다. 관광객들은 사파리에 와서 사냥감을 보고 흥분했다가 암사자가 먹이를 끌고 가는 광경까지 목격하게 되면 종종 조용해지고 불안해한다. 토마스를 보니 얼굴이 창백했다. "저기, 토토 씨, 이곳은 당신이 살던 뉴햄프셔가 아니랍니다."* 내가 말했다.

베이스캠프에서 밀림 수의사 오언을 기다리면서 나는 토마스에게 사파리의 규칙을 알려주었다. "차에서 내리면 안 돼요. 차에서 일어서도 안 돼요. 동물들은 우리를 큰 존재로 여겨요. 이 방침을 지키지 않으면 곤경에 처하게 될 거예요."

"기다리게 해서 죄송합니다. 코뿔소 격리가 생각만큼 순조롭지가 않았습니다." 오언 던커크가 가방과 총을 들고 허겁지겁 들어온다. 오언은 헬리콥터보다 지프차에서 마취총 쏘는 걸 더 좋아하는 곰 같은 남자였다. 내가 연구 과제를 바꾸기 전까지만 해도 우리 사이는 좋은 편이었다. 오언은 구식파였다. 그는 증거와 통계만 믿었다. 내가 차라리 부두교를 연구하거나 유니콘의 존재를 증명하기 위해 연구 보조금을 쓰고 있다고 말했더라면 더 좋아했을지도 모른다. "토마스, 여기는 우리 수의사 오언이에요. 오언, 여기는 토마스 메트캐프예요. 며칠 머물 거예요." 내가 말했다.

"이 시간까지 안 자고 있었던 건가, 앨리스?" 오언이 말했다. "코끼리 추도사인지 뭔지를 쓰느라 목걸이 채우는 법도 까먹지 않았나 모르겠군."

나는 그의 비아냥도, 토마스 메트캐프가 지어 보이는 이상한 표정도 무시했다. "눈 감고도 할 수 있으니 염려 붙들어 매요." 나는 오언에게 말했다. "당신한텐 오히려 과분한 말이겠네요. 지난번에 과녁을 못 맞힌 사람이 당신 아니던가요? 코끼리만큼이나…… 흠…… 큰 과녁을

---

* 『오즈의 마법사』에서 도로시가 회오리에 휩쓸려 신비한 나라에 떨어진 걸 알게 되었을 때 강아지 토토에게 한 대사를 패러디한 것이다.

말이죠?"

애냐가 랜드로버를 타고 우리에게 합류했다. 코끼리에게 목걸이를 채우러 나갈 때는 연구원 두 명과 차량 세 대가 필요한데, 그래야 작업을 하는 동안 무리를 단속할 수 있기 때문이다. 다른 랜드로버 두 대는 산림 경비원들이 몰고 있었는데, 그중 한 대는 벌써부터 테보고의 무리를 추적 중이었다.

목걸이를 채우는 작업은 과학이 아니라 예술이다. 가뭄 때, 다시 말해 기온이 지나치게 높은 여름에는 하고 싶지 않은 작업이다. 코끼리들 몸이 너무 빨리 과열되므로 코끼리들이 쓰러지면 체온을 확인해야 한다. 좋은 방안은 수의사가 안전하게 마취총을 쏠 수 있도록 코끼리와의 거리를 20미터 정도 두는 것이다. 우두머리가 쓰러지면 공포가 잇따르는데, 그 때문에 무리를 어떻게 몰아야 하는지를 잘 아는 경험 많은 산림 경비원들이 필요하다. 무슨 어리석은 짓을 할지 모를 토마스 메트캐프 같은 초보자는 필요하지 않다.

바시의 차에 도착했을 때 나는 흡족한 얼굴로 주위를 둘러보았다. 평지에다 넓기까지 해 코끼리가 달린다 해도 다칠 염려가 없어 마취총을 쏘기에 안성맞춤이었다. "오언, 준비됐어요?" 내가 말했다.

그는 고개를 끄덕이며 마취총에 M99를 장전했다.

"애냐? 당신은 뒤쪽을 맡아, 난 머리 쪽을 맡을게. 바시? 엘비스? 무리를 남쪽으로 몰아주면 좋겠어요. 좋아요, 셋을 셀게요." 내가 말했다.

"잠깐만요." 토마스가 내 팔을 잡는다. "**난 뭘 하죠?**"

"차에 얌전히 앉아 목숨줄이나 붙잡고 있어요."

그 후 나는 토마스 메트캐프를 잊었다. 오언이 마취총을 쏘았고, 화살은 테보고의 엉덩이에 정통으로 꽂혔다. 테보고는 깜짝 놀라 꽤액꽤액 소리를 지르며 머리를 마구 흔들었다. 그녀는 그 작은 화살을 뽑지 않았고 또 다른 코끼리도 뽑지 않았는데, 이것은 가끔 있는 일이었다.

하지만 그녀의 고통은 전염이 되었다. 무리가 모여들어 몇몇은 그녀를 보호해주려고 바깥쪽을 보고 빙 둘러섰고, 몇몇은 그녀를 어루만져주려 애썼다. 땅이 흔들리는 우르릉 소리와 함께 모든 코끼리가 분비물을 내기 시작해 그들의 뺨에 기름 줄무늬가 생겼다. 테보고는 몇 발짝을 걷고 고개를 끄덕였는데, 다음 순간 M99의 효력이 나타나기 시작했다. 코가 늘어지고 머리가 아래로 처지고 몸이 좌우로 흔들리더니 테보고가 서서히 쓰러졌다.

우리가 재빨리 행동을 취해야 할 때가 바로 이때였다. 무리가 쓰러진 우두머리한테서 떨어지지 않으면 그녀를 일으켜 세우려다 부상을 입히거나 상아로 찌를 수 있다. 우리가 해독제로 테보고를 소생시켜야 할 때 그녀 가까이 갈 수 없는 사태가 빚어질 수도 있었다. 테보고가 나뭇가지에 걸려 쓰러질 수도, 자기 코에 걸려 쓰러질 수도 있었다. 비결은 두려움을 내비치지 않는 것이었다. 무리가 쫓아온다고 우리가 물러서게 되면 이 우두머리를 포함해 모든 것을 잃게 된다.

"지금이에요." 내가 소리치자 바시와 엘비스가 속도를 올렸다. 두 사람은 박수를 치고 고함을 지르면서 차량으로 무리를 뒤쫓아 우리가 우두머리 가까이 갈 수 있도록 코끼리들을 흩어놓았다. 우리와 코끼리들 사이에 간격이 제법 벌어졌을 때 오언과 애냐와 나는 산림 경비원들에게 우왕좌왕하는 무리를 맡긴 채 차에서 뛰어내렸다.

주어진 시간은 고작 10여 분이었다. 나는 테보고가 완전히 모로 누워 있는지, 바닥은 깨끗한지부터 확인했다. 흙과 햇빛이 들어가지 않도록 그녀의 귀를 접어 눈을 가려주었다. 나를 응시하는 그녀의 눈에서 공포를 읽을 수 있었다.

"쉬잇." 나는 그녀를 달랬다. 어루만져 주고도 싶었지만 그럴 수 없다는 것도 알았다. 테보고는 잠들지 않아 모든 소리와 감촉과 냄새를 의식하고 있었다. 그 때문에 몸에 손을 대는 짓은 되도록 자제했다.

나는 그녀의 코가 막히지 않도록 손가락처럼 생긴 코끝에 작은 막대를 끼워 넣었다. 코끼리는 입으로 숨을 쉴 수 없어 코 입구가 막혀버리면 질식해 죽게 된다. 내가 귀와 몸에 물을 부어 시원하게 해주자 테보고는 마음이 편해졌는지 코를 살짝 골았다. 다음에는 그녀의 두꺼운 목에 목걸이를 슬쩍 걸어 정수리에 수신기를 설치하고 턱 밑에서 연결했다. 그녀의 턱과 평형추 사이에 양손이 들어갈 정도의 공간만 남겨두고 볼트를 단단히 조인 다음 금속 모서리를 다듬었다. 애냐는 DNA 추출을 위해 테보고의 귀에서 피와 피부 조각을 채취하고 꼬리털을 뽑고 그녀의 발 길이와 체온과 상아 길이와 발에서 어깨뼈까지의 높이를 재면서 정신없이 일했다. 오언은 코끼리의 부상 목록을 만들고 호흡을 확인하는 잡다한 일을 했다. 마지막으로 우리는 위치 추적 장치가 제대로 삐삐거리며 작동을 하는지 확인하기 위해 목걸이를 점검했다.

여기까지 총 9분 34초가 걸렸다.

"잘했어요." 내가 말했다. 애냐와 나는 테보고 때문에 가져온 장비를 전부 수거해 차에 다시 실었다.

바시와 엘비스는 오언이 테보고 쪽으로 다시 몸을 기울이는 것을 보고 차를 몰았다. "자, 착하지." 오언은 달콤하게 속삭이며 테보고의 귓속 혈류에 해독제를 투여했다.

우리는 테보고가 일어나기 전까지는 떠나지 않을 것이다. 3분 후 테보고가 몸을 굴려 일어서더니 거대한 머리를 흔들며 무리에게 뿌우 하는 나팔 소리를 냈다. 목걸이가 딱 맞게 채워졌는지 테보고는 어슬렁 어슬렁 걸어서 우르릉거리고 빵빵거리는 무리에 다시 합류해 몸을 부비고 오줌을 누었다.

나는 더웠고, 땀에 젖었고, 지저분했다. 얼굴은 흙투성이고 셔츠는 코끼리 침으로 얼룩져 있었다. 또한 토마스 메트캐프가 있었다는 사실도 까맣게 잊고 있었는데, 갑자기 그의 목소리가 들렸다.

"오언, 그 마취총에 든 게 뭡니까? M99인가요?" 그가 물었다.

"그렇습니다." 수의사가 대답했다.

"인간은 살짝만 찔려도 치명적이라고 하던데요."

"맞습니다."

"방금 마취총에 맞은 그 코끼리는 잠이 들지 않았습니다. 마비만 된 건가요?"

수의사는 고개를 끄덕였다. "잠깐이죠. 하지만 보셨다시피 아무런 해가 없습니다."

"저희 보호소에는." 토마스가 말했다. "완다라는 아시아 코끼리가 있습니다. 1981년에 게인즈빌 동물원에 있었는데, 그해에 텍사스에서 홍수가 났지요. 대다수 동물이 실종됐지만 스물네 시간 후에 어떤 사람이 물바다에 불쑥 솟아 있는 코끼리 코를 발견했습니다. 완다는 이틀을 물에 거의 잠긴 채로 버텼고, 물이 빠지고 난 뒤 구조되었습니다. 그 사건 이후 완다는 천둥번개만 치면 무서워했습니다. 사육사들이 목욕을 시켜주는 것도 거부했습니다. 물웅덩이에도 들어가려 하지 않았습니다. 그 증세가 몇 년이나 이어졌습니다."

"10분짜리 마취총 충격과 마흔여덟 시간의 트라우마를 동일시하는 건 무리지 않소." 오언이 발끈하며 말했다.

토마스는 어깨를 으쓱했다. "그럴까요, 하긴 수의사님은 코끼리가 아니시니까." 그는 정곡을 찔렀다.

애냐가 랜드로버를 캠프 쪽으로 모는 동안 나는 토마스 메트캐프를 슬쩍 보았다. 그의 말은 코끼리들도 생각하고 느끼고 원한을 품고 용서할 수 있는 능력이 있다는 뜻을 내포하고 있었다. 그 모든 것이 이곳에서 내가 조롱당하는 믿음과 위험할 정도로 흡사했다.

베이스캠프까지 20여 분을 달리는 동안 나는 토마스가 뉴잉글랜드 코끼리 보호소에 대해 오언에게 하는 이야기에 귀를 기울였다. 내가 추측했던 것과 달리 메트캐프는 서커스 조련사나 동물원 사육사가 아니었다. 그는 자신의 코끼리들을 가족처럼 이야기했다. 그러니까······ 내가 내 코끼리들에 대해 말하는 식으로 그도 말했다. 그는 감금되어 있던 코끼리들을 데려와 그들이 남은 생을 평화롭게 살다 갈 수 있는 시설을 운영하고 있었다. 그가 이곳에 온 것은 그들을 아프리카와 아시아로 돌려보내지 않고도 야생에서의 삶과 비슷한 경험을 할 방법이 없는지 알아보기 위해서였다.

나는 이런 사람을 만나본 적이 없었다.

캠프에 도착하자 오언과 애냐는 테보고의 자료를 기록하기 위해 연구 시설 쪽으로 걸어갔다. 토마스는 두 손을 주머니에 찔러 넣은 채 서 있었다. "저기, 이젠 자유로워지셨네요." 그가 말했다.

"무슨 말씀이시죠?"

"저도 압니다. 당신이 날 성가셔 한다는 걸요. 방문객을 위해 속에 없는 말을 늘어놓고 싶어 하지 않는다는 것도요. 그게 빤히 보였습니다."

내 무례함에 덜미가 잡혀 나는 얼굴이 화끈거렸다. "죄송해요." 내가 말했다. "당신은 내가 생각했던 사람과는 다르네요."

토마스는 내 얼굴을 한참을, 내 남은 생애의 바람의 방향을 바꿔 놓을 만큼 한참을 응시했다. 그런 다음 천천히, 씨익 웃었다. "조지를 기대했던 건가요?"

"그 코끼리는 어떻게 됐어요?" 랜드로버를 타고 우리 둘만 보호지역으로 들어갈 때 나는 토마스에게 물었다. "완다 말이에요?"

"2년이 걸렸어요. 제가 옷까지 흠뻑 적셔가며 많은 시간을 들였지요. 이제 완다는 보호소 연못에서 살다시피 한답니다."

이 말을 듣고 나는 그를 어디로 데리고 갈지 판단이 섰다. 기어를 저속에 놓고 모래밭이 돼버린 마른 강바닥을 파도 타듯 달려 마침내 내가 찾고 있는 곳을 발견했다. 코끼리들 발자국은 앞발자국이 뒷발자국에 포개져 있어 벤다이어그램을 닮았다. 납작하고 반짝거리는 원들이 흙에 덮여 있지 않은, 갓 찍힌 발자국들이 보였다. 마음먹고 발자국에 찍힌 금들을 유심히 보면 누구의 발자국인지 알아낼 수 있을 것도 같았다. 뒷발의 둘레를 5.5로 곱하면 발자국 주인의 키를 알 수 있다. 수코끼리의 고독한 줄이 아닌 다양한 발자국이 찍힌 것으로 보아 이곳은 번식 무리의 영역이고, 따라서 이 발자국의 주인도 암코끼리였다.

믐아보의 시신에서 그리 멀지 않은 곳이었다. 이 무리가 그녀를 만났을지, 만났으면 무엇을 했을지 궁금했다.

나는 이 생각을 밀어내며 기어를 넣고 발자국을 따라갔다. "코끼리보호소를 운영하는 사람은 처음 만나봐요."

"저도 코끼리에게 목걸이 채우는 사람은 처음 만나봅니다. 서로 피장파장이네요."

"어떤 계기로 보호소를 시작하게 되었어요?"

"1903년에 코니아일랜드에 톱시라는 이름의 코끼리가 있었습니다. 그 코끼리 덕에 테마파크가 세워졌고, 그녀는 놀이기구도 타고 재주 부리기 공연도 했습니다. 어느 날 조련사가 불붙인 담배를 톱시의 입 속에 던졌습니다. 그녀는 너무 놀라 조련사를 죽였고 위험한 코끼리라는 꼬리표를 달게 되었습니다. 톱시의 주인들은 그녀를 죽이고 싶었는데, 때마침 교류 전류의 위험성을 알리고 싶었던 토마스 에디슨이 그를 찾아갔습니다. 에디슨은 톱시에게 전기 장치를 달았고, 그녀는 몇 초 만에 죽었습니다." 그가 나를 바라보았다. "당시 광경을 제 증조할아버지를 비롯해 1천5백 명이 지켜보았습니다."

"그럼 그 보호소는 유산인 셈인가요?'

"아닙니다. 그 이야기는 제가 대학에 들어가서 어느 해 여름 동물원에서 일하기 전까진 잊고 있었습니다. 그 동물원에 루실이라는 코끼리가 들어왔어요. 코끼리들은 항상 인기가 있어 마을의 빅뉴스가 되었죠. 동물원 측은 루실이 동물원의 수입을 흑자로 돌려줄 거라 기대하고 있었습니다. 저는 서커스 코끼리들과 다방면의 경험을 해본 수석 사육사의 보조로 고용되었습니다." 그는 덤불숲을 흘깃 보았다. "그거 아십니까, 당신이 원하는 지시를 코끼리에게 내릴 때 조련용 쇠꼬챙이로 찌를 필요조차 없다는 걸요? 쇠꼬챙이를 귀에 갖다 대기만 해도 코끼리들은 무슨 일이 벌어질지 알기 때문에 고통의 위협을 느끼고 물러날 겁니다. 두말할 것도 없이, 저는 코끼리들도 자신들이 학대받고 있다는 사실을 의식할 줄 안다고 말하는 중대 실수를 저질렀습니다. 결국 해고됐죠."

"전 얼마 전 현장 연구 주제를 코끼리들의 슬픔으로 바꿨어요."

그가 나를 흘깃 보았다. "코끼리들이 인간들보다 슬픔에 더 익숙하죠."

내가 갑자기 브레이크를 밟아 차가 덜커덩 섰다. "제 동료들이 들으면 반박할 거예요. 아니, 사실은 당신을 **비웃을** 거예요. 날 비웃는 것처럼요."

"왜죠?"

"동료들은 연구를 위해 위치 추적 목걸이며, 치수며, 실험 자료들을 이용해요. 어떤 과학자는 인지로 보는 것을 또 다른 과학자는 조건반사로 봐요. **인지**에 필요한 의식적 사고가 없다는 이유로 말이죠." 나는 그를 돌아보았다. "하지만 내가 증명을 할 수 있다고 해봐요. 야생동물 관리에 미칠 영향을 상상할 수 있겠어요? 당신이 오언에게 말한 대로 우리가 하는 짓을 코끼리가 다 알고 있다면 M99를 쏘는 것이 과연 윤리적일까요? 뭣보다 코끼리 무리를 도태시키는 짓처럼 우리 인간이 앞장서서 총구를 들이대는 거라면요? 그런 짓을 해서는 안 된다고 한다면 코끼리 개체 수는 어떻게 관리해야 **할까요?**"

그가 홀린 얼굴로 나를 보았다. "당신이 코끼리에게 채운 그 목걸이 말입니다, 그걸로 호르몬을 측정할 수 있습니까? 스트레스 지수는요? 질병은요? 목걸이를 찰 코끼리는 죽음을 예견하고서 정하는 겁니까?"

"오, 죽음을 예견할 순 없어요. 그 목걸이는 다른 누군가의 연구를 위해 채운 거예요. 코끼리의 회전반경을 알아내려고 말이죠."

"무엇이었건 코끼리가 필요로 할까요?" 토마스는 웃으면서 말했다. "그게 관건이죠, 아닌가요?"

"전 농담한 거 아니에요."

"그래요? **당신이** 하고 있는 일보다 어떻게 그 연구가 더 중요하다고 생각할 수가 있죠?" 그는 고개를 저었다. "완다요? 물에 빠져 죽을 뻔한 코끼리요? 그녀의 코는 부분 마비가 왔고, 그녀가 보호소에 왔을 때는 안심 담요 같은 게 필요했습니다. 그래서인지 타이어를 질질 끌고 다니는 습성이 생겼죠. 그러다 마침내 릴리와 친해졌고, 친구가 생기자 타이어를 항상 끼고 있지는 않았습니다. 그러나 릴리가 죽었을 때 완다는 엄청난 충격을 받았습니다. 릴리가 묻히고 난 뒤 완다는 타이어를 묘지로 가져가 그 위에 두었습니다. 마치 경의를 표하는 것 같았죠. 아니면 릴리에게 필요한 것이 위로라고 생각했는지도 모릅니다."

나는 지금껏 이렇게 감동적인 이야기는 들어보지 못했다. 그에게 보호소 코끼리들은 가족이라 여겼던 친구들의 시신과 함께 지내는지 묻고 싶었다. 완다의 행동이 이례적인지 아니면 일반적인지도 묻고 싶었다. "당신한테 뭘 좀 보여줘도 될까요?"

나는 즉석에서 결정을 하고서 원을 크게 그리며 차를 우회해 믐아보의 시신이 있는 곳에 도착했다. 내가 방문객을 데리고 나가 코끼리의 시신을 보여준 사실을 그랜트 소장이 알게 된다면 게거품을 물 것이다. 우리가 산림 경비원들에게 죽음을 알리는 이유 중 하나는 관광객들이 썩어가는 시신 가까이 가게 되는 경우를 방지하기 위해서였다. 믐아보의 시신은 청소 동물들이 이미 산산조각을 내놓았고, 지금은 파리들만 시체 주위에서 구름처럼 윙윙거리고 있었다. 그러나 오날레나와 다른 코끼리 세 마리가 근처에 조용히 서 있었다. "이 친구는 믐아보였어요." 내가 말했다. "스무 마리 정도 되는 무리의 우두머리였죠. 어제 죽었어요."

"저기 있는 코끼리들은 누굽니까?"

"믐아보의 딸과 무리의 구성원들이에요. 저들은 애도를 하고 있어요. 증명할 길은 없지만 말이죠." 나는 수세적으로 말했다.

"측정할 수 있습니다." 토마스가 생각에 잠긴 얼굴로 말했다. "보츠와나에 개코원숭이들과 일하면서 스트레스 지수를 측정한 연구원들이 있습니다. 무리에 있던 개코원숭이 한 마리가 포식자에게 죽임을 당한 후 배설물을 확인해보니 원숭이들의 글루코코티코이드 스트레스 지수가 올라가 있었습니다. 죽은 원숭이와 유대가 끈끈했던 친구들의 경우에는 그 표시가 더 뚜렷했습니다. 그러니 코끼리들의 배설물을 구해서, 아주 풍부할 것 같은데 말이죠, 코티솔 증가를 수치로 보여줄 수 있다면……"

"그러면 인간에게 옥시토신*을 유발하는 것과 같은 효과가 날 수 있겠군요." 내가 그의 말을 이어받았다. "무리에 있던 누군가가 죽으면 코끼리들이 서로에게 위안을 찾는 생물학적인 이유가 되는 거죠. 슬픔에 대한 과학적 설명이라니." 나는 놀란 얼굴로 그를 응시했다. "코끼리에 대해 나만큼 열정적인 사람은 처음 만나보는 것 같아요."

"모든 게 처음이시군요." 토마스가 중얼거렸다.

"보호소 운영만 하는 게 아니군요."

그는 목을 움츠렸다. "학사 학위가 신경생물학이었습니다."

"저도요." 내가 말했다.

우리 둘은 서로를 응시하며 상대에 대한 애초의 예상을 조정했다. 가만 보니 토마스의 눈은 초록색이었고 홍채 주위에는 주황색 고리 같은 것이 있었다. 그가 싱긋이 웃을 때 나는 M99가 내 몸에 꽂혀 몸의 감옥에 갇힌 듯한 기분이 들었다.

---

* 뇌하수체 후엽 호르몬의 일종으로 자궁 수축 및 모유 분비를 촉진한다.

우르릉거리는 소리가 우리를 방해했다. "아. 계획대로 되고 있네요." 나는 애써 고개를 돌리며 말했다.

"뭐가 말입니까?"

"보면 알아요." 나는 랜드로버의 기어를 저속에 놓고 가파른 경사를 오르기 시작했다. "야생 코끼리들에게 접근할 때는요." 나는 조용히 설명했다. "당신과 완전히 등을 진 철천지원수라 생각하고 거리를 둬야 해요. 그가 나타나 뒤에서 당신을 놀라게 하면 기분이 좋겠어요? 당신과 아이 사이에 끼어들면요?" 나는 높은 평지에서 원을 크게 그리며 차를 몰아 어떤 번식 무리가 연못에서 물을 튀기며 노는 모습이 훤히 보이는 언덕 꼭대기에 이르렀다. 새끼 세 마리가 진흙탕에서 몸으로, 탑 쌓기를 하다 맨 아래쪽에 있던 녀석이 몸을 굴리면서 허공으로 물을 내뿜었다. 어미들도 진흙탕 속을 힘겹게 걷거나 발로 차 물결을 일으키거나 뒹굴고 있었다.

"저 친구가 우두머리예요." 나는 비오펠로를 가리키며 말했다. "귀가 접혀 있는 저 친군 아카냥이고요. 디네오의 엄마죠. 디네오는 저기서 형을 넘어뜨리고 있는 까불이예요." 나는 토마스에게 코끼리들 이름을 말해주었고, 카기소를 마지막으로 소개했다. "카기소는 한 달 후에 출산을 해요. 첫 새끼죠." 내가 그에게 말했다.

"우리 아가씨들도 언제나 물에서 논답니다." 토마스는 즐거워하며 말했다. "저는 저런 행동 습성을 전에 살던 동물원에서 기분 전환으로 익히게 된 거라고 생각했습니다. 밀림에서는 삶과 죽음의 문제만 있을 줄 알았죠."

"아, 맞아요." 나는 동의했다. "하지만 놀이도 삶의 일부잖아요. 저는 어떤 우두머리가 재미 삼아 가파른 둑에서 엉덩이를 대고 미끄럼을 타는 것도 본 걸요." 나는 계기판에 발을 올리고서 등을 기대고 앉아 토마스가 코끼리들의 장난을 지켜보게 해주었다. 한 새끼가 진흙탕에서 몸을 옆으로 날려 어린 동생을 쫓아내자 녀석은 아프다고 꽥꽥거렸다. 바로 그때 그들의 어미가 뿌우 하고 울었다. 둘 다 이제 그만.

"제가 여기 와서 보고 싶었던 게 저겁니다." 토마스가 부드럽게 말했다.

나는 그를 쳐다보았다. "물웅덩이를요?"

그는 고개를 저었다. "저희 보호소에 오는 코끼리는 마음을 이미 다친 상태죠. 우리는 코끼리가 다시 힘을 낼 수 있도록 최선을 다합니다. 그러나 원래는 어떤 모습이었는지를 몰라 순전히 어림짐작만 하죠." 토마스가 내 얼굴을 보았다. "당신은 날마다 이런 걸 볼 수 있으니 행운 아네요."

나는 그에게 선별 도태로 새끼들이 고아가 되고, 심한 가뭄으로 코끼리들의 살가죽이 늘어나 엉덩이뼈가 드러날 만큼 앙상한 모습을 본 적도 있다는 말은 하지 않았다. 건조기에는 한정된 자원 때문에 무리가 서로 간의 경쟁을 피하려고 결별하기도 한다는 말도 하지 않았다. 케노시의 비인도적인 죽음에 대해서도 말하지 않았다.

"저는 이야기를 했는데, 당신은 어떻게 해서 보츠와나에 오게 됐는지 말해주지 않는군요." 토마스가 말했다.

"항간의 이야기로는 동물들과 일하는 사람들은 다른 사람들하고 잘 어울리지 못해서 그런 거래요."

"당신을 만났으니 세간의 논평은 자제하죠." 그는 냉담하게 말했다.

지금은 코끼리들이 거의 물 밖으로 나와 가파른 비탈을 터덜터덜 올라 등 뒤로 흙먼지를 일으키며 저 멀리 우두머리가 이끄는 곳으로 느릿느릿 걸어갔다. 마지막 암코끼리가 새끼의 엉덩이를 밀어 언덕 위로 올려주고서 자신도 기어 올라갔다. 그들은 조용한 엇박자 리듬으로 멀어져 갔다. 늘 드는 생각이지만 코끼리들은 우리 인간은 들을 수 없는 음악을 머릿속으로 수신 받고 있는 것처럼 걷는다. 엉덩이를 흔들면서 뽐내듯이 걷는 걸 보면 배리 화이트*의 음악이 아닐까 싶어진다.

"제가 코끼리들과 일하는 이유는 카페에서 사람들을 관찰하는 것과 비슷해서예요." 나는 토마스에게 말했다. "코끼리들은 재밌어요. 가슴 아프기도 하고. 창의적이고, 똑똑하죠. 정말이에요, 계속해볼까요. 코끼리들한테는 우리의 모습이 **엄청** 많아요. 무리 지어 다니고, 한계를 시험하는 새끼들, 새끼를 돌보는 어미들, 껍질을 깨고 나오는 십 대 암코끼리들, 엄포를 놓는 십 대 수코끼리들도 볼 수 있죠. 사자는 하루도 관찰할 수 없지만 **이런 건** 평생을 관찰할 수 있어요."

"저도 할 수 있을 것 같습니다." 토마스가 말했다. 내가 그를 돌아보았을 때 그는 코끼리들을 보고 있지 않았다. 날 응시하고 있었다.

손님들은 동행이 없이는 베이스캠프를 돌아다닐 수 없는 것이 캠프의 관행이었다. 저녁 시간에는 산림 경비원들이나 연구원들이 손님들의 오두막으로 찾아가 손전등에 의지해 그들을 식당으로 안내하곤 했다. 이 일은 전혀 유쾌할 수 없었다. 사무적인 일에 불과했다. 혹 멧돼지가 예고도 없이 길을 건너는 바람에 관광객이 기겁해서 도망친 적이 한두 번이 아니었다.

저녁 식사 때문에 토마스를 부르러 가니 그의 방문이 약간 열려 있

* 미국 R&B 가수 겸 프로듀서. 베이스 음악과 로맨틱한 사랑 노래로 유명하며 디스코의 융성을 이끌었다.

었다. 나는 노크를 하고서 문을 밀었다. 그가 샤워를 했는지 비누 냄새가 공중에 떠다녔다. 벽걸이 선풍기가 돌아가고 있었지만 날씨는 여전히 징글맞게 더웠다. 토마스는 젖은 머리에 면도를 산뜻하게 하고 카키색 바지와 흰색 민소매 셔츠를 입고 책상에 앉아 있었다. 양손을 능숙하게 움직이며 정사각형 종이처럼 보이는 것을 접고 있었다.

"잠깐만요." 그는 고개도 들지 않고 말했다.

나는 양쪽 엄지손가락을 허리띠 고리에 찔러 넣고 기다렸다. 부츠 뒤꿈치에 힘을 주고 몸을 앞뒤로 흔들었다.

"여기요." 토마스가 돌아앉으면서 말했다. "당신을 위해 만들었습니다." 그가 손을 뻗어 내 손바닥에 1달러짜리 지폐로 정성들여 접어서 만든 자그마한 코끼리를 올려주었다.

이후 며칠 동안 나는 제2의 고향을 토마스의 눈을 통해 보기 시작했다. 한 움큼의 다이아몬드를 흩뿌리기라도 한 듯 흙 속에서 반짝거리는 석영. 모파인 나무의 가지들에 파트별로 앉아 멀리 떨어진 버빗 원숭이의 지휘에 맞춰 합창을 하는 듯한 새들의 교향곡. 커다란 깃털을 파닥거리며 하이힐을 신은 할머니들처럼 달리는 타조들 등등.

우리는 툴리 구역의 밀렵 행위부터 코끼리들의 잔류 기억이 어떻게 외상 후 스트레스 증후군과 결부되는지까지 모든 것을 이야기했다. 나는 그에게 녹음해둔 암코끼리와 수코끼리의 발정기 노래를 들려주었다. 그 노래를 들으면서 코끼리들이 불가사의하게 축적한 역사를 후세대에 가르치기 위해 우리 인간은 들을 수 없는 저주파로 전승해온 다른 노래들은 없을까 함께 궁금해했다. 가령 어느 지역이 위험하고 안전한지, 물은 어디에 있는지, 이 활동 범위에서 저 활동 범위로 가는 가장 빠른 길은 어디인지 같은 것들 말이다. 그는 위험 동물이란 꼬리표를 단 코끼리가 서커스나 동물원에서 어떻게 보호소로 이송이 되는지, 감금된 코끼리들에게 결핵이 얼마나 심각한 문제가 될 수 있는지를 말해주었다. 텔레비전과 테마파크에서 공연을 펼치던 올리브라는 코끼리가 어느 날 쇠사슬에서 풀려나 자신을 붙잡으려던 동물학자를 죽인 사연도 들려주었다. 서커스에서 다리가 부러진 뒤로 다시는 뼈가 붙지 못한 릴리에 대해서도. 보호소에는 헤스터라는 아프리카 코끼리도 있다고 했다. 헤스터는 짐바브웨에서 선별 도태로 고아가 된 뒤 20년 가까이 서커스에서 공연을 하다 조련사의 결정으로 은퇴를 했다고 했다. 헤스터의 친구가 되어주었으면 하는 마음으로 마우라라는 또 다른 아프리카 코끼리를 데려오기 위해 협상을 진행 중이라고 했다.

나는 답례로 야생 코끼리들이 희생된 동료들을 죽일 때는 무릎으로 으스러뜨리면서 앞발을 이용하는 반면 죽은 코끼리의 시체를 어루만질 때는 민감한 뒷발을 이용해 우리 인간은 짐작만 할 수 있는 뭔가를 느끼는 듯 발바닥을 시신 위에 놓고 빙빙 돌린다는 이야기를 해주었다. 한번은 연구를 하려고 수코끼리의 턱뼈를 캠프로 가져왔는데, 그날 밤 성장기가 거의 끝난 수코끼리 케펜체가 캠프에 들이닥쳐 현관에 둔 뼈를 가져가서는 친구의 사망 장소에 돌려놓은 이야기도 해주었다. 내가 여기 보호지역에 처음 왔을 때 일본인 관광객이 캠프를 벗어난 곳을 돌아다니다가 돌격해오는 코끼리에게 살해된 이야기도 해주었다. 우리가 시신을 회수하러 갔을 때 그 코끼리가 망을 보면서 시신을 보호하고 있었다는 것도.

토마스가 집으로 돌아가는 예정일 전날 밤 나는 그를 이제껏 아무도 데려간 적 없는 장소로 데려갔다. 그 언덕 꼭대기에는 거대한 바오밥나무가 있었다. 원주민들의 믿음에 따르면 어느 날 창조주가 나무 심기를 도와달라며 동물들을 한데 불렀는데 하이에나가 늦게 당도했다. 바오밥나무를 받아든 하이에나는 화가 난 나머지 나무를 뒤집어 심었고, 그 바람에 뿌리가 땅 밑에 묻히지 못하고 하늘을 긁어대고 있는 듯한 물구나무 형상을 하게 되었다고 한다. 코끼리들은 이 바오밥나무의 껍질을 잘 먹었고 그늘로도 이용했다. 근처에는 모츄시라는 코끼리의 오래된 뼈도 흩어져 있었다.

토마스는 자신이 무엇을 보고 있는지를 깨닫고 숙연해졌다. 뼈들이 들끓는 태양 아래서 반짝거렸다. "이것들은……"

"맞아요." 나는 랜드로버를 한 곳에 세워놓고 차에서 내리면서 그에게도 내려보라고 했다. 이 시간대에는 안전한 곳이었다. 토마스는 모츄시의 유해 사이로 조심조심 걸으면서 길게 굽은 갈비뼈를 집어 들었고 갈라진 고관절의 벌집 똥구멍을 손끝으로 만져보았다. "모츄시는 1998년에 죽었어요." 내가 말했다. "하지만 그의 무리는 지금도 찾아와요. 조용히 묵상을 하죠. 우리가 누군가의 무덤을 찾았을 때 하는 식으로 말이죠." 나는 등을 구부려 척추뼈 두 개를 집어 들고 V자를 만들었다.

뼈들 중 일부는 청소 동물들이 가져갔고, 우리 캠프에는 모츄시의 두개골이 있었다. 남아 있는 뼈들이 어찌나 희던지 지구라는 검은 옷감이 군데군데 터진 것처럼 보였다. 우리는 뭘 하겠다는 구체적인 생각 없이 뼈를 모으기 시작했고, 마침내 우리 발밑에 뼈들이 수북이 쌓였다. 나는 길쭉한 대퇴골을 뽑아 들고 끌고 가면서 낑낑거렸다. 우리는 말없이 움직이면서 실물보다 더 큰 퍼즐을 완성했다.

일이 끝난 후 토마스는 막대를 들고 코끼리의 뼈대를 따라 윤곽을 그렸다. "저것 보십시오." 그가 물러서며 말했다. "자연이 4천만 년 걸릴

일을 우리는 한 시간 만에 해냈습니다."

대기에 솜이불 같은 평화가 깃들기 시작했다. 해가 구름 사이로 이글거리며 지고 있었다. "저기, 저와 함께 돌아가지 않겠습니까?" 토마스가 말했다. "슬픔이라면 우리 보호소에서도 많이 관찰할 수 있을 겁니다. 미국에 있는 가족들도 당신을 보고 싶어 할 거고요."

가슴이 뻐근해졌다. "그럴 수 없어요."

"왜죠?"

"새끼가 총에 맞는 걸 어미가 앞에서 봤어요. 어리지 않은, 거의 다 자란 새끼였죠. 어미는 새끼 곁을 떠나려 하지 않았어요, 며칠 동안이나요. 그 모습을 본 뒤 제 마음에 변화가 생겼어요." 나는 토마스를 힐끗 보았다. "슬픔에는 생물학적인 이점이 없어요. 야생에서는 맥없이 돌아다니거나 끼니를 거르게 되면 오히려 아주 위험하죠. 그 우두머리를 지켜보는 동안 든 생각은 조건 행동이 아니라는 거였어요. 그건 다름 아닌 슬픔이었어요."

"그 새끼 때문에 지금도 슬퍼하고 있군요." 토마스가 말했다.

"그런 것 같아요."

"어미도 그런가요?"

나는 대답하지 않았다. 케노시가 죽은 뒤로 몇 달간 로라토를 지켜보았다. 그녀는 케노시보다 어린 새끼들을 돌보느라 바빴다. 우두머리 자리로 돌아간 것이었다. 나는 그렇게 할 수 없었건만 그녀는 용케도 그 순간을 지나왔다.

"작년에 아버지가 돌아가셨습니다." 토마스가 말했다. "지금도 사람들 속에서 아버지를 찾곤 하죠."

"유감이에요."

그는 어깨를 으쓱했다. "제 생각에 슬픔은 볼품없는 소파 같습니다. 절대로 없어지지 않는 소파요. 장식을 할 수도 있고, 덮개를 씌울 수도 있고, 방구석에 밀어놓을 수도 있지만 결국은 그것과 같이 살고 있다는 걸 깨닫게 되죠."

어쨌거나 코끼리들은 나보다 한 걸음 더 나아간 듯했다. 그들은 방에 들어가 그런 소파를 보아도 매번 얼굴을 찌푸리지는 않았다. 그들은 '여기에 얼마나 많은 좋은 추억이 있는지 기억해?'라고 말하는 듯했다. 그리고 잠깐 동안만 앉아 있다 다른 곳으로 이동하는 듯했다.

나는 울기 시작했던 것 같다. 기억이 나지 않는다. 그러나 토마스가 바짝 다가와 그가 쓰는 비누 냄새가 났던 건 기억이 난다. 나는 그의 눈에서 오렌지색 광채를 볼 수 있었다. "앨리스. 당신은 누구를 잃었나요?"

나는 얼어붙었다. 이것은 내가 아니었다. 나였다면 그가 여기까지 오도록 두지 않았을 것이다.

"그래서 사람들을 밀어내는 겁니까?" 그가 속삭였다. "그들이 떠났을 때 마음을 다치고 싶지 않아서요?"

이방인이나 다름없는 사람이 아프리카에 있는 어느 누구보다 나를 잘 알았다. 나 자신보다도 나를 더 잘 알았다. 내가 실제로 연구하고 있었던 것은 코끼리들이 상실에 어떻게 대처하는가 보다 인간은 왜 그러지 못하는가였다.

내가 원치 않아서 못하기도 했고, 방법을 몰라서 그렇기도 했다. 나는 양팔을 토마스 메트캐프의 목에 둘렀다. 뒤집힌 뿌리가 허공에 걸려 있고 껍질이 수백 번이나 잘려나가도 자가 치유를 할 수 있는 바오밥나무 아래에서 그에게 키스를 했다.

제나

아빠가 살고 있는 정신병동의 벽은 보라색이다. 그 벽을 볼 때면 나는 거대하고 소름끼치는 공룡 바니가 생각나는데, 어떤 유명한 심리학자가 쓴 박사 논문에 따르면 치료를 자극하는 색채 목록에서 1순위를 차지한 것이 보라색이었다.

우리가 들어가자 당직 간호사가 세레니티를 잔뜩 노려본다. 우리가 문제 가정으로 보일 테니 그럴 만도 하다고 여겨진다. "무슨 일로 오셨나요?"

"아빠를 좀 보러 왔어요." 내가 말한다.

"토마스 메트캐프요." 세레니티가 덧붙인다.

나는 이곳 간호사를 몇 명 알고 있다. 이 간호사는 본 적이 없는데, 그래서인지 나를 알아보지 못한다. 간호사가 이름을 쓰라며 접수대에 클립보드를 놓는데, 내가 우리 이름을 쓰기도 전에 복도 어디쯤에서 소리 지르는 아빠 목소리가 들린다. "아빠?" 나는 소리쳐 부른다.

간호사는 지겹다는 표정을 짓는다. "이름이요?" 그녀가 말한다.

"우리 이름 쓰고 124번 방으로 와줘요." 나는 세레니티에게 말하고 서 뛰기 시작한다. 버질 형사도 내 옆에서 보조를 맞춰 걸어오는 게 느껴진다.

"세레니티 존스예요." 나는 그녀가 하는 말을 듣고 아빠의 병실 문을 벌컥 연다.

아빠는 두 명의 건장한 잡역부들에게 붙잡혀 몸부림치고 있다. "빌어먹을, 놓으라니까." 아빠는 고함을 지르다 나를 발견한다. "앨리스! 이 사람들한테 내가 누군지 말 좀 해줘!"

얼마나 힘껏 내던졌던지 라디오가 부서져 전선이며 트랜지스터가 로봇을 해부한 것 마냥 바닥에 널브러져 있다. 쓰레기통은 엎어져 있고, 구겨진 종이컵이며 헝클어진 보호테이프며 여기저기 흩뿌려진 오렌지 껍질도 보인다. 아빠의 손에는 시리얼 상자가 쥐어져 있다. 아빠는 그것을 몸의 중요 기관인 양 꼭 쥐고 있다.

버질 형사가 아빠를 빤히 보고 있다. 그가 아빠를 어떻게 보고 있을지는 상상만 가능하다. 흐트러진 백발에 차림새도 너저분하고, 깡마르고 난폭하고 미쳐 날뛰는 사람이지 않을까. "널 네 엄마라고 생각하는 거야?" 버질이 작은 소리로 묻는다.

"아빠." 나는 앞으로 다가가 아빠를 달랜다. "아빠가 진정을 하면 저분들도 이해해줄 거예요."

"내 연구를 훔쳐가려고 하는데 어떻게 진정할 수가 있어?"

그제야 세레니티가 막 들어왔다가, 몸싸움을 보고 우뚝 선다. "무슨 일이에요?"

스포츠머리를 한 금발의 잡역부가 흘깃 쳐다본다. "저희가 빈 시리얼 상자를 버리려고 하니까 흥분을 좀 하셨습니다."

"몸싸움을 그치면요, 아빠, 저분들도 아빠의…… 아빠의 연구를 가져가지 않을 거예요." 내가 말한다.

놀랍게도 그 말에 아빠는 바로 힘을 뺀다. 잡역부들이 놓아주자 아빠는 의자에 풀썩 앉아 그 놈의 시리얼 상자를 움켜잡는다. "이젠 괜찮아." 아빠가 중얼거린다.

"제 정신이 아니구만." 버질 형사가 중얼거린다.

세레니티가 그를 매섭게 쏘아본다. "정말 수고가 많으세요." 그녀가 바닥에 흩어져 있는 쓰레기를 줍고 있는 잡역부들에게 말한다.

"괜찮습니다, 부인." 한 명은 대답하고 다른 한 명은 아빠의 어깨를 토닥거린다.

"안심하십시오, 형제님." 그가 말한다.

아빠는 그들이 나가기만을 기다린 듯 일어서서 내 팔을 잡는다. "앨리스, 내가 방금 뭘 발견했는지 당신은 상상도 못할 거야!" 아빠의 눈이 나를 확 지나 버질과 세레니티에게 꽂힌다. "저 사람들은 누구야?"

"제 친구들이에요." 내가 말한다.

그 말이면 충분한 것 같다. "이것 봐." 아빠가 시리얼 상자를 가리킨다. 상자에는 거북이 같기도 하고 다리 달린 오이 같기도 한 만화와 함께 말풍선 속에 이런 말이 적혀 있다.

여러분은 아시나요……
악어는 혀를 내밀 수 없다는 것을?
꿀벌의 눈에는 꽃가루를 모으기 위해 털이 있다는 것을?

사우스캐롤라이나의 한 구조 시설에 있는 침팬지 안자나는 백호 새끼들과 사자 새끼들에게 우유를 먹이고 함께 놀아주면서 그들을 키웠다는 것을?

코끼리 코식이는 여섯 개의 한국말을 정확하게 말할 수 있다는 것을?

"물론 여섯 개의 낱말을 알고 말하는 건 아니야." 아빠가 말한다. "사육사의 말을 따라 하는 거지. 얼간이 루이스가 캔디크러시 게임을 하다 단계가 올라가니 마침내 컴퓨터를 끄더라고. 그래서 오늘 아침에 구글로 과학 논문을 검색해봤지. 재미있는 사실은 코식이가 말을 배운 게 사교 때문이라는 거야. 다른 코끼리들하고 떨어져 있어서 녀석이 교류할 수 있는 대상이 인간 사육사들뿐이었대. 이게 무슨 뜻인지 알겠어?"

나는 세레니티를 흘깃 보며 어깨를 으쓱한다. "아니요, 뭔데요?"

"흠, 코끼리가 인간의 말을 따라 하는 법을 알아냈다는 문서화된 증거만 있으면 코끼리의 마음 이론에 대한 우리 인간의 생각이 어떤 영향을 받게 될지 상상할 수 있겠어?"

"이론 얘기구만." 버질이 말한다.

"당신의 연구 분야는 뭡니까?" 아빠가 묻는다.

"버질 아저씨는…… 복구 작업을 해요." 나는 즉흥적으로 지어낸다. "세레니티 아줌마는 의사소통에 관심이 있고요."

아빠의 얼굴이 밝아진다. "어떤 매개를 통해서 말입니까?"

"네." 세레니티가 말한다.

아빠는 잠시 당황한 표정을 짓더니 계속 말한다. "마음 이론은 두 가지 중요한 생각을 담고 있어. 하나는 당신이 자기만의 생각과 느낌과 의도를 가진 유일한 존재임을 인지한다는 거야…… 이것은 다른 생명체에도 적용되는데 그들은 당신이 생각하고 있는 것이나 자신들이 생각하고 있는 것을 소통하기 전까지는 몰라. 물론, 여기에 근거해 다른 사람들의 행동을 예측할 수 있는 존재의 진화적 이점은 어마어마해. 예를 들면, 당신이 다친 척을 하는데 상대가 당신의 연기를 알지 못한다면 당신에게 음식을 갖다 주고 당신을 돌봐줄 테니까 당신은 어떤 일도 할 필요가 없어. 인간은 이런 능력을 타고났고, 개발하기도 해. 자, 마음 이론이 존재하려면 인간들이 뇌에 있는 거울 신경세포를 사용해야 한다는 사실을 우리는 알아. 거울 신경세포는 모방을 통해 다른 사람들을 이해하려는 작업이 수반될 때, 그리고 언어를 습득할 때 발사된다는 것도 알아. 만약 코식이라는 코끼리가 그 작업을 하고 있다면 거울 신경세포가 인간들에게 의미하는 공감 같은 다른 것들이 코끼리들에게도 존재한다고 하면 말이 안 되는 걸까?"

나는 아빠의 얘기를 들으면서 아빠가 놀라울 정도로 똑똑한 사람이었겠다고 깨닫는다. 엄마가 무엇 때문에 아빠와 사랑에 빠지게 되었는지도.

그제야 우리가 왜 여기 왔는지 기억이 난다.

아빠가 날 돌아본다. "그 논문의 저자들과 접촉을 하는 게 좋겠어." 아빠는 골똘히 생각한다. "앨리스, 내 연구에 미칠 영향을 상상할 수 있겠어?" 아빠가 손을 뻗는다. 버질이 긴장하는 게 느껴진다. 아빠는 날 끌어안고 빙글빙글 돌린다.

아빠가 나를 엄마로 보고 있다는 것도 안다. 그것이 얼마나 징그러운지도 안다. 하지만 그거 아는지, 이유야 전혀 엉뚱하지만 때때로 아빠한테 안기는 기분이 좋다는 걸 말이다.

아빠가 날 내려놓는데, 솔직히 말해 아빠가 잠깐이라도 이렇게까지 열의를 보이는 모습은 본 적이 없다.

"메트캐프 박사님." 버질이 말한다. "그 일이 박사님께 정말로 중요한 줄은 알겠지만, 부인이 실종되던 날 밤에 대해 몇 가지 질문이 있는데 대답해줄 시간이 되시는지 모르겠습니다."

아빠의 턱이 굳어진다. "무슨 말을 하고 있는 겁니까? 제 아내는 지금 여기 있는데."

"여기 있는 사람은 앨리스가 아닙니다." 버질이 대답한다. "박사님의 딸인 제나입니다."

아빠가 머리를 흔든다. "내 딸은 어린앱니다. 이봐요, 당신이 무슨 장난을 치고 있는지 모르겠지만……"

"흥분시키지 말아요." 세레니티가 불쑥 끼어든다. "화가 나면 아무것도 얻지 못할 거예요."

"얻는다고?" 아빠의 목소리가 커진다. "당신들도 내 연구를 훔치러 온 거지?" 아빠가 다가오자 버질 형사가 내 손을 잡고 나를 두 사람 사이로 끌어당겨 아빠는 내 얼굴을 보지 않을 수 없다.

"이 아이 얼굴을 보십시오. **보란** 말입니다." 그가 다그친다.

아빠가 대답하기까지 5초가 걸린다. 고백하면, 5초도 정말로 긴 시간이다. 나는 우두커니 서서 아빠의 콧구멍이 숨을 쉴 때마다 벌름거리고 목젖이 위아래로 오르내리는 것을 지켜본다.

"제나?" 아빠가 속삭인다.

아주 잠깐이지만 나를 보는 아빠의 얼굴에서 엄마를 보고 있지 않다는 걸 알 수 있다. 아빠가 뭐라고 했지? 나는 자신만의 생각과 느낌과 의도를 가진 유일한 존재라고 하지 않았나. 나는 **존재한다고**.

아빠가 다시 날 힘껏 껴안는데, 이번에는 다르다. 온 세상으로부터 날 지켜줄 수 있다는 듯 감싸고 놀라워하고 살갑다. 아이러니하게도 내가 아빠를 위해 해온 일도 그런 것이다. 아빠의 두 손이 날개처럼 내 등에 펼쳐진다.

"메트캐프 박사님, 부인에 대해⋯⋯" 버질이 말한다.

아빠가 날 안고 있던 팔을 쭉 뻗으면서 버질의 목소리가 들리는 방향을 흘깃 본다. 그것만으로도 우리 사이에 만들어지고 있던 유리 섬유가 끊어지기에 충분하다. 아빠가 다시 날 돌아보지만 지금은 나를 보고 있지 않다. 사실은 내 얼굴조차 보고 있지 않다.

아빠의 시선은 내 목에 걸려 있는 작은 조약돌에 고정돼 있다.

천천히, 아빠가 그 펜던트를 손가락으로 들어 올린다. 아빠의 손이 그 광물을 뒤집자 빛이 번득인다. "내 아내야." 아빠가 말한다.

아빠의 주먹이 쇠줄을 팽팽히 당겨 툭 끊어놓는다. 목걸이가 우리 둘 사이에 떨어지는 순간 아빠는 내게 귀싸대기를 날리고 나는 방 저편으로 나가떨어진다.

"개 같은 년." 아빠가 말한다.

앨리스

이건 내 이야기가 아니라 밀림 수의사 오언이 들려준 이야기이다. 몇 해 전 연구원들이 한 공동 영역에서 마취총을 쏘고 있었다. 그들은 특정 암코끼리를 겨냥해 차량에서 M99를 쏘았다. 그녀는 예상대로 쓰러졌다. 그러나 무리가 그녀 주위로 빽빽이 모여들어 다른 산림 경비원들이 그들을 쫓아낼 수가 없었다. 위치 추적 목걸이를 채울 만큼 접근할 수가 없어 연구원들은 대기 상태로 무슨 일이 일어나는지 지켜보았다.

쓰러진 암코끼리 주위로 두 개의 동심원이 만들어졌다. 바깥 원은 암컷을 등지고 서서 무표정한 얼굴로 차량들에 용감히 맞섰다. 하지만 그들 뒤에는 안쪽 원이 있었고 연구원들은 바깥 원의 커다란 덩치들에 가로막혀 안쪽을 볼 수 없었다. 다만 바스락거리는 소리, 움직이는 소리, 나뭇가지를 꺾는 소리만 들을 수 있었다. 갑자기, 큐 신호가 떨어진

듯 무리가 물러섰다. 마취총을 맞은 코끼리는 부러진 나뭇가지들과 거대한 흙더미에 덮여 모로 누워 있었다.

출산 후 어미 코끼리는 포식자들을 자석처럼 끌어당기는 피 냄새를 가리기 위해 새끼의 몸에 흙을 뿌린다. 그러나 이 암코끼리에게는 피가 묻어 있지 않았다. 코끼리들이 시신을 덮어주는 이유는 죽음의 냄새를 가리기 위해서라고 들었지만, 지금은 그 말을 믿지 않는다. 코끼리들의 코는 놀라울 정도로 예민해서 마취총에 맞은 코끼리와 살아 있지 않은 코끼리를 착각했을 리가 없다.

코끼리들이 죽은 동료나 살아남지 못한 새끼의 몸을 흙으로 덮어 가려주는 모습은 나도 본 적이 있다. 이것은 예기치 못했거나 공격적인 죽음을 당했을 경우에 보이는 행동 양식 같다. 그리고 죽은 대상이 코끼리가 아니어도 그렇게들 한다. 태국을 거쳐 보호지역에 온 한 연구원은 사파리 회사에 소속되어 있던 어떤 아시아 수코끼리의 이야기를 해주었다. 녀석은 15년 동안 자신을 훈련시키고 돌봐준 조련사를 죽였다. 그때가 발정기musth였는데, musth는 힌디어로 '광기'를 뜻한다. 발정기 때는 뇌기능이 호르몬에 밀려버린다. 그러나 공격을 한 뒤 수코끼리는 자신이 무슨 잘못을 저질렀는지 안다는 듯 뒤로 물러나 얌전히 있었다. 더 흥미로웠던 것은 암코끼리들이었는데, 그들은 흙과 나뭇가지로 조련사의 시신을 덮어주었다.

보츠와나를 영원히 떠나기 전주에 나는 긴 시간 작업을 하고 있었다. 죽은 새끼와 함께 있는 카기소를 관찰했고, 음아보의 죽음을 토대로 일지도 작성했다. 어느 더운 날 나는 굳어진 다리를 풀어주려고 지프에서 내려 토마스와 마지막으로 함께 있었던 바오밥나무 아래 누웠다.

나는 선잠을 자는 사람이 아니다. 코끼리들의 왕래가 잦은 장소에서 랜드로버에서 내리는 어리석은 짓은 하지 않는다. 내가 눈을 언제 감았는지도 기억나지 않는다. 그러나 눈을 떴을 때 보니 메모지 묶음과 연필이 땅에 떨어져 있고 입과 눈에 모래 먼지가 묻어 있었다. 머리카락에는 나뭇잎이 섞여 있고 몸에는 나뭇가지들이 쌓여 있었다.

내가 눈을 떴을 때는 날 덮어준 코끼리들이 어디에도 보이지 않았는데, 다행한 일이었다. 살아서 반쯤 묻혔던 것만큼 목숨을 잃기도 쉬웠을 것이다. 나는 혼수상태의 깊은 잠에 대해, 내 판단 착오에 대해 설명할 길이 없었다. 내가 나 자신이 아니었다는 것 외에는 말이다. 나는 나를 넘어선 무엇이었다.

사실은 내 몸속에 생명이 꿈틀대고 있을 때 코끼리들이 자고 있는 날 죽었다고 여긴 일은, 지금 생각해도 아이러니하다. 정확히 말하면, 대략 임신 10주차에 들어설 때였다.

세레니티

한번은 내 TV 쇼에 의사가 나와서 히스테리 상태의 강점에 대해 이야기한 적이 있다. 사람들이 사랑하는 사람을 위해 차를 들어 올리는 등의 비범한 일을 하는 생사의 순간들에 대해서 말이다. 공통분모는 아드레날린을 촉발하는 심한 스트레스 상황이었는데, 이것이 나중에는 그 사람의 근육이 할 수 있는 한계를 초월하도록 이끌었다.

그날의 게스트는 일곱 명이었다. 1964년형 쉐보레 임팔라를 들어 올려 아들 토니를 구한 안젤라 카발로, 퀘벡 주에서 연못 아이스하키 경기를 하고 있던 일곱 살 아들을 추격한 북극곰과 싸운 리디아 앙쥬, 가파른 비탈에서 트랙터가 뒤집혔을 때 트랙터를 밀어 올려 할아버지를 구한 열두 살 쌍둥이 디디와 도미니크 프루였다. "미쳤던 것 같아요." 디디가 내게 말했다. "나중에 우리 둘이 돌아가서 그 트랙터를 움직여 봤어요. 꿈쩍도 하지 않더라고요."

토마스 메트캐프가 제나의 얼굴을 후려칠 때 내가 한 생각이 이것이다. 나는 1분 전만 해도 구경꾼처럼 방관하고 있었는데, 다음 순간 그를 밀쳐내고 우주와 중력의 모든 법칙을 거스르고 몸을 날려 제나를 안고 떨어진다. 그 애가 날 쳐다보는데, 내 품에 안겨 있는 그 앨 보고 내가 놀란 만큼 그 애도 놀란 표정이다. "내가 지켜줄게." 나는 거칠게 말했지만 누가 뭐라고 하건 이 말은 완전 진심이었다.

나는 엄마가 아니지만 지금은 이 소녀를 위해 엄마가 되어야 할 것 같다.

버질은 자기 식대로 토마스를 후려쳐, 토마스는 의자에 나가떨어진다. 간호사와 잡역부 한 명이 쿵 소리를 듣고 병실로 황급히 들어온다. "그를 잡아요." 간호사의 말을 듣고 잡역부는 토마스를 저지하려고 비켜선다. 간호사가 바닥에 쓰러져 있는 우리를 흘깃 본다. "괜찮으세요?"

"괜찮아요." 나는 이렇게 말하고 제나와 함께 일어선다.

사실은 괜찮지 않은데, 그건 제나도 마찬가지다. 그 애는 맞은 부위를 조심조심 매만지고 있다. 나는 토할 것 같은 기분이다. 공기가 착 가라앉았다거나 뭐라 말할 수 없이 서늘해졌다고 느껴본 적이 있는가? 그런 게 육감이다. 나는 공감 능력이 뛰어난 사람이었다. 어떤 방에 들어가 목욕물에 발을 담그듯 그 방의 기를 재고서 좋은지 나쁜지, 살인 사건이 있었는지, 벽이 페인트처럼 슬픔으로 도배되어 있지는 않은지 알 수 있었다. 토마스 메트캐프 주위로는 뭔지는 모르겠지만 묘한 기가 감돈다.

제나는 참아보려 무진장 애쓰고 있지만 그 아이의 눈에 눈물이 핑 도는 것을 나는 볼 수 있다. 병실 저편에서 버질은 흥분해 벽을 퍽퍽 밀친다. 입을 앙다물고 있는 것이 토마스 메트캐프에게 욕을 지껄이지 않으려고 애쓰고 있다는 걸 알 수 있다. 그는 회오리바람처럼 병실을 나가버린다.

나는 제나를 본다. 그 애는 오늘 처음 아빠를 보는 듯이 응시하고 있다. 어찌 보면 진짜 그럴지도 모른다. "어떻게 하면 좋겠니?" 나는 조용히 말한다.

간호사가 우리를 흘깃 본다. "우선은 진정을 시켜야죠. 다음에 다시 오시는 게 좋을 것 같아요."

그녀에게 물었던 건 아니지만 오히려 잘됐다. 제나가 아빠 곁을 떠나기가 쉬울 테니까. 그는 아직까지도 사과를 하지 않았다. 나는 제나에게 팔짱을 슬쩍 끼고서 내 쪽으로 밀착시켜 병실 밖으로 잡아끈다. 문턱을 넘어서자마자 숨쉬기가 한결 편하다.

버질은 복도에도, 로비에도 모습이 보이지 않는다. 나는 제나를 데리고 가는데, 다른 환자들이 우리를 지나칠 때 제나를 빤히 본다. 간병인들은 그 애가 빨갛게 부은 얼굴로 눈물을 간신히 참고 있는 것을 보지 않는 척이라도 해주었건만 이들은 아니다.

버질은 내 차 앞에서 서성거리고 있다. 우리를 보자 고개를 든다. "여길 오지 말았어야 했어." 그는 제나의 턱을 잡고 얼굴을 돌려 상처를 본다. "멍이 시퍼렇게 들겠어."

"잘됐네요." 제나는 침울한 얼굴로 말한다. "할머니한테 이유를 말하면 재밌겠어요."

"사실대로 말해." 내가 제안한다. "네 아빠는 불안정해. 널 때려눕힌 건 성미에 맞지 않아서가 아니……"

"난 오기 전부터 알고 있었어." 버질이 불쑥 내뱉는다. "메트캐프가 폭력적인 걸 알고 있었다고."

제나와 내가 그를 쳐다본다. "무슨 말이에요?" 제나가 묻는다. "아빠
는 폭력적이지 않아요."

버질은 눈살을 찌푸린다. **"그랬다고."** 그가 말한다. "내가 만난 사이
코패스 같은 인간들 중에는 가정폭력범들이 제법 있어. 공개석상에서
는 더할 나위 없이 매력적이지만, 누가 없는 데선 짐승이 되는 인간들
이지. 수사 과정에서 네 아빠가 엄마를 학대했다는 지적도 있었다. 또
다른 직원이 말해주었지. 네 아빠는 널 그때의 앨리스라고 생각한 것
같다. 그렇다는 건……"

"엄마가 자신을 지키려고 도망을 쳤을 수도 있다는 거죠." 제나가 말
한다. "네비 루엘의 죽음과는 아무런 상관이 없을 수 있다는 거고요."

버질의 휴대전화가 울리기 시작한다. 그는 전화를 받아서 통화 소리
를 잘 들으려고 등을 구부린다. 고개를 끄덕이며 몇 발짝 멀어진다.

제나가 날 쳐다본다. "그렇다고 해도 엄마가 어디로 갔고 왜 날 보러
오지 않는지는 여전히 설명이 안 돼요."

불현듯 드는 생각. '갇힌 게 아닐까.'

앨리스 메트캐프가 죽기는 했지만 지상에 묶여 있는 혼령처럼, 살아
있는 동안의 행동에 대해 심판 받는 것을 두려워하는 유령처럼 지내고
있는 것은 아닐까.

버질이 돌아와 나는 제나에게 답을 해야 하는 상황을 모면한다. "엄
마 아빠는 행복하게 결혼했어요." 제나가 그에게 말한다.

"평생의 반려자를 개 같은 년이라고 부르지는 않아." 버질은 솔직하
게 말한다. "연구소의 탈룰라였어. 네 구강 표본 미토콘드리아 DNA가
증거물 자루에 있던 머리카락과 일치한다는군. 네비 루엘이 죽기 전

가까이 있었던 붉은 머리의 임자는 네 엄마였어."

놀랍게도 제나는 이 정보에 당황하기보다 화가 난 것처럼 보인다.
"그래서요, 아저씨는 결정을 내릴 수 있어요? 미친 살인자가 제 엄마예
요, 아니면 아빠예요? 전 아저씨 가설 사이에서 뭐가 뭔지 갈팡질팡하
고 있거든요."

버질이 제나의 상처 난 눈을 본다. "네 아빠가 뒤쫓아 와서 엄마가
코끼리 구역으로 도망을 쳤을 수도 있어. 마침 네비가 그곳에서 자신
이 그날 밤 해야 할 일을 하고 있었겠지. 그녀가 중재를 하려다 그 과정
에서 아빠에게 살해되었을 수도 있어. 살인에 대한 죄책감은 현실 감
각을 잃고 정신병동 신세를 지게 하는 좋은 도화선이 되곤 하지."

"그렇군요." 제나가 비꼬는 투로 말한다. "그런 다음 아빠는 네비 아
줌마가 밟혀 죽은 것처럼 **보이게** 하려고 코끼리들한테 시신 위로 왔다
갔다 하라고 신호를 준 거고요. 아시다시피 코끼리들은 그런 훈련을
받잖아요."

"어두울 때였다. 코끼리가 어쩌다 시신을 밟았을 수도 있어……"

"스무 번, 서른 번이나요? 저도 부검 보고서 읽었다고요. 게다가 아
빠가 그 구역에 있었다는 증거도 없잖아요."

토마스 메트캐프의 병실에선 속이 메스껍더니 이 두 사람 사이에 있
으니 머리가 폭발할 것만 같다. "네비가 없어 애석하네요. 훌륭한 정보
원이 돼줄 텐데." 나는 명랑하게 말한다.

제나가 버질 쪽으로 한 걸음 내딛는다. "내가 무슨 생각하는지 알아
요?"

"그게 중요해? 어차피 말해버릴 걸 너나 나나 아는 마당에……"

"아저씨는 엉터리 수사에 대한 책임이 **본인**한테 있다는 걸 인정하기

싫어서 다른 사람들한테 혐의를 씌우기 급급한 걸로밖에 안 보여요."

"그러는 **너는** 판도라의 상자를 열어서 안에 뭐가 들었는지 확인해볼 용기도 없는 버릇없는 아이로밖에 안 보인다."

"그거 알아요? 아저씬 해고예요." 제나가 소리친다.

"그거 알아? 나도 때려치울 거야." 버질도 맞받아친다.

"잘됐네요."

"잘됐지."

제나는 발길을 돌려 뛰기 시작한다.

"내가 어떻게 해야 하는 거죠?" 그가 내게 묻는다. "난 저 애 엄마를 찾겠다고 했지, 결과가 좋을 거라고는 하지 않았습니다. 참 나, 저 애가 사람을 난감하게 만드는군요."

"알아요."

"어쩌면 애가 너무 성가셔서 엄마가 떠났는지도 모릅니다." 그는 얼굴을 찌푸린다. "진짜 그렇다는 건 아닙니다. 제나 말이 맞아요. 10년 전에 내 직감을 믿었다면 우리가 여기 있을 일은 없을 텐데."

"문제는 앨리스 메트캐프일까요?"

우리 둘은 그 점을 잠시 생각해본다. 그러다 그가 나를 힐끔 본다. "우리 중 한 명은 저 앨 쫓아가야 합니다. 여기서 **둘 중 한 명**은, **댁**을 의미해요."

나는 지갑에서 열쇠를 꺼내 차 문을 연다. "있죠, 나는 혼령들에게 정보를 받으면 걸러내곤 했어요. 고객들에게 아프거나 불편하겠다고 생각되는 메시지는 읽어도 빼버리곤 했고요. 그런 말은 못 들은 척하면 됐어요. 그러다 깨달았죠. 내가 받은 정보를 판단하는 건 내 몫이 아니라고요. 내 역할은 전달하는 것뿐이라는 걸요."

버질이 눈을 가늘게 뜬다. "나한테 맞장구를 쳐주는 건지 뭔지 알 수가 없군요."

나는 운전석으로 들어가 시동을 켜고 창문을 내린다. "제 말은 복화술사가 되실 필요는 없단 거예요. 멍청이시잖아요."

"내 면전에 대고 그 말을 할 수 있기만 기다리셨군."

"좀은." 나는 인정한다. "내가 말하고 싶은 건요, 일이 이렇게 됐다고 너무 신경 쓰지도, 방향을 조종하려고도 하지 말란 거예요. 그냥 흘러가는 대로 따라가라고요."

버질은 손으로 눈 위를 가려 제나가 간 방향을 본다. "난 앨리스가 자기 목숨을 구하려고 도망친 피해자인지, 아니면 다른 누군가의 목숨을 빼앗은 범인인지 모르겠습니다. 하지만 그날 밤 우리가 호출을 받고 보호소로 갔을 때 토마스는 앨리스가 자신의 연구를 훔쳤다고 화가 나 있었어요. 꼭 오늘처럼 말입니다."

"그래서 아내를 죽이려 했다고 생각하는 건가요?"

"아니요." 버질이 말한다. "그건 여자가 바람을 피웠기 때문이 아닐까 생각합니다."

앨리스

나는 코끼리보다 더 좋은 엄마를 본 적이 없다.

우리 인간도 임신 기간이 2년이면, 그만한 시간을 들이면, 더 좋은 엄마가 될 수 있을까. 아기 코끼리는 잘못할 수가 없다. 버릇없어도 되고, 어미의 입에 있는 음식을 슬쩍 해도 되고, 아주 천천히 걷거나 진흙탕에 빠져도 된다. 그런데도 어미는 믿을 수 없을 만큼 참는다. 코끼리의 삶에서 새끼들은 가장 소중한 존재이다.

새끼들을 보호하는 것은 무리 전체의 책임이다. 코끼리들은 무리 지어 다닐 때 새끼들을 가운데 둔다. 차량이 지나갈 때는 새끼를 안쪽으로 옮기고 어미가 방패막이 되어준다. 그 어미에게 6개월에서 12개월 된 딸이 또 있으면 무리 전체가 그 새끼를 양쪽에서 보호한다. 어떤 때는 형 코끼리가 차량으로 다가와 머리를 흔들어 위협하기도 한다. 마치 "그러기만 해봐. 내 동생이란 말이야"라고 말하듯이. 낮잠 시간이 되면 새끼들은 햇볕에 쉬이 타기 때문에 어미의 거대한 몸뚱이가 쳐주는 차양 아래서 잠을 잔다.

코끼리 무리에서 새끼를 기르는 방식을 일컫는 말은 **알로마더링** Allomothering인데, '온 마을이 나선다'는 뜻의 신조어다. 모든 일이 그렇듯이, 아이를 키울 때 언니들과 이모들의 도움이 필요한 데는 생물학적인 이유가 있다. 하루에 150킬로그램의 먹이를 먹어야 하고 탐험을 좋아하는 새끼가 있다면 어미가 그를 쫓아다니면서 젖이 잘 나오는 데 필요한 영양분까지 고루 섭취하기란 불가능하다. 알로마더링을 통해 젊은 암코끼리들은 새끼를 어떻게 돌보고 보호해야 하는지, 새끼가 위험에 빠지지 않고 탐험할 수 있는 시간과 공간을 어떻게 마련해야 하는지도 배울 수 있다.

그래서 이론상으로 코끼리들은 많은 엄마를 두었다고 할 수 있다. 그러나 새끼와 친엄마 간에는 말로 표현할 수 없는 특별하고도 침범할 수 없는 끈끈함이 있다.

야생에서 두 살 이하의 새끼는 어미가 없으면 살아남지 못한다.

야생에서 어미의 역할은 어미가 되기 위해 알아야 할 모든 것을 딸에게 가르치는 것이다.

야생에서 어미와 딸은 누구 하나가 죽을 때까지 함께 지낸다.

제나

주 고속도로를 걷고 있는데 내 뒤에서 자갈이 차바퀴에 으드득거리는 소리가 들린다. 물론 세레니티다. 그녀가 차를 세우고서 조수석 문을 획 연다. "집까지 태워다 주게는 해주지 그래?" 그녀가 말한다.

나는 차 안을 들여다본다. 희소식은 버질 형사가 타고 있지 않다는 것이다. 그러나 세레니티가 버질 형사는 본분을 다한 거네 마네 하며 나를 설득하려 든다면 마음을 터놓고 싶지 않다. 아저씨가 옳을지도 모른다고 하면 더더욱.

"걷는 게 좋아요." 나는 그녀에게 말한다.

불빛이 번쩍번쩍거리더니 경찰차가 세레니티 뒤에 선다.

"훌륭해." 그녀는 이렇게 말하며 한숨을 쉰다. "젠장, 얼른 타, 제나."

경찰은 아직까지 여드름이 나 있을 만큼 앳되고, 골프장 18번 그린처럼 깎은 상고머리를 하고 있다. "부인. 무슨 문제라도 있으십니까?"

그가 말한다.

"네." 내가 말하는 것과 동시에 세레니티도 말한다. "아니요."

"우린 괜찮아요." 나는 덧붙여 말한다.

세레니티가 이를 바드득 간다. "얘야, 차에 타렴."

경찰이 얼굴을 찌푸린다. "무슨 말씀이시죠?"

나는 한숨을 크게 쉬며 폭스바겐에 오른다. "아무튼 고마워요." 세레니티는 인사를 하고서 좌회전 신호를 켜고 시속 10킬로미터로 달리고 있는 차량들 속으로 들어간다.

"이런 속도라면 진짜로 걸어가는 게 더 빠르겠어요." 나는 투덜거린다.

차 안에 널려 있는 쓰레기를 쿡쿡 찔러 본다. 머리끈, 껌 종이, 던킨도너츠 영수증 들이 있다. 내가 아는 한 세레니티에게 그런 재주는 없을 것 같지만 홈 인테리어 조안 패브릭 전단지도 있다. 먹다 남은 그래놀라, 동전 16센트와 1달러짜리 지폐도 있다.

나는 무심코 지폐를 잡고 코끼리 모양으로 접기 시작한다.

톡톡 치고 구기고 빳빳하게 펴는 내 모습을 세레니티가 힐끔 본다. "그건 어디서 배웠니?"

"엄마가 가르쳐줬어요."

"너 혹시, 서번트*였니?"

"곁에 없으면서도 가르쳐는 줬어요." 나는 그녀를 본다. "실망할 대로 실망한 사람한테서도 얼마나 많은 걸 배울 수 있는지를 알면 놀랄걸요."

---

* 전반적으로 정상인보다 지적 능력이 떨어지지만 특정 분야에서 비범한 능력을 보이는 사람.

"눈은 좀 어때?" 세레니티가 물어 나는 웃음이 터질 뻔 한다. 분위기 전환용으로 그만이다.

"아파요." 나는 다 만든 코끼리를 무선 조종기가 있는 구석진 곳에다 둔다. 그런 다음 조수석에 푹 기대 앉아 신발을 계기판에 올린다. 세레니티의 핸들 커버는 괴물처럼 보인다고들 하는 푸르스름한 색이고, 백미러에는 화려한 장식의 십자가가 매달려 있다. 이 두 개는 인간적으로는 수용할 수 있지만 믿음의 세계에서는 양 극단에 놓인 것 같다. 불현듯 이런 생각이 든다. 처음에는 서로 상반되어 사라질 것처럼 보이는 두 개의 생각을 끝까지 고수할 수 있을까?

엄마와 아빠 둘 다 10년 전 일어난 그 일에 책임이 있을까?

엄마는 날 두고 떠났지만 여전히 날 사랑할까?

나는 세레니티를 힐끔 본다. 강렬한 분홍색 머리에 꽉 끼는 표범 무늬 재킷을 입고 있어 흡사 인간 소시지 같다. 그녀가 니키 미나즈의 노래를 부르는데 가사가 전혀 맞지 않는 데다 라디오도 켜져 있지 않다. 이런 사람을 놀려 먹기는 쉽지만 나는 세레니티가 자기 행동을 변호하지 않는 것이 마음에 든다. 내 앞에서 욕을 할 때도 그렇고, 엘리베이터에서 사람들이 그녀의 화장한 모습(게이샤와 광대가 합체를 한 격이라고나 할까)을 쳐다볼 때도 그렇고, 심지어 자기 이력에 타격을 입힌 엄청난 실수를 저질렀을 때도 그렇다. 그녀는 무진장 행복하지는 않아도 그냥 **행복해서** 좋은 사람이다. 행복에 대해서라면 나는 할 말이 없다. "뭐 좀 **물어봐도** 돼요?" 내가 말한다.

"물론이지, 아가씨."

"삶의 의미가 뭐예요?"

"이런, 맙소사, 아가씨. 그건 질문이 아니야. 철학이지. 질문은 이런 거야. '저기요, 아줌마, 맥도널드에 좀 들러도 돼요?'"

나는 그렇게 쉽게 그녀를 놓아주지 않을 생각이다. 내 말은, 혼령들과 대화하는 사람과 날씨라든가 야구 이야기나 하고 있을 수는 없다는 뜻이다. "아줌마는 **물어본** 적 없어요?"

세레니티는 한숨을 쉰다. "내 영혼 안내자들인 데스몬드와 루신다가 말하길, 우주가 우리한테 원하는 건 두 가지뿐이래. 너 자신에게든 누구에게든 의도적인 해를 입히지 말 것, 행복해질 것. 그들 말이 인간들은 필요 이상으로 일을 복잡하게 만든대. 난 그들이 입에 발린 말을 하고 있다고 생각했어. **그것** 말고 뭔가가 더 있을 거라고 생각했지. 하지만 설령 있다고 해도 아직은 내가 알아서는 안 되는 거겠거니 생각해."

"제 삶의 의미가 **엄마의 삶**에 일어난 일을 알아내는 거라면요?" 내가 묻는다. "내가 행복해질 수 있는 길이 그것뿐이라면요?"

"그렇다고 확신해?"

나는 대답을 하고 싶지 않아 라디오를 켠다. 차가 도시 변두리에 들어서자 세레니티는 내가 자전거를 세워둔 곳에 날 내려준다. "저녁 먹을래, 제나? 잘하는 중국요리 시켜 줄게."

"고맙지만 됐어요." 내가 말한다. "할머니가 기다리고 계세요."

나는 그녀가 출발하기를 기다린다. 그래서 그녀는 내가 집으로 가지 않는 것을 알 수 없다.

자전거로 보호소까지 가는 데 30분이 걸리고, 들쭉날쭉한 덤불을 헤치고 보라색 버섯들이 피어 있는 곳까지 걸어가는 데 20분이 걸린다. 무성한 풀밭에 누워 높은 나뭇가지들 사이로 부는 바람 소리를 듣고 있는데 광대뼈가 지금도 욱신거린다. 낮과 밤이 포개지는 시간이다.

뇌진탕이 왔던 건지 나는 깜박 잠이 든다. 깨어보니 주위가 깜깜한데, 자전거에 조명이 없어 저녁을 못 먹게 되지 않을까 싶다. 그래도 괜찮다. 엄마에 관한 꿈을 꾸고 있었으니까.

꿈에서 나는 아주 어렸고, 유치원에 있었다. 엄마는 세 살이나 먹은 애가 동물 행동 심리학자인 어른들과 코끼리들하고만 어울리는 건 정상적이지 않다는 이유로 내가 유치원에 가야 한다고 우겼다. 우리 반은 현장학습으로 마우라를 만나러 갔다. 다녀와서 다른 아이들은 이상하게 생긴 동물들을 그렸는데, 교사들은 생물학적으로 터무니없는 그림들에도 칭찬을 아끼지 않았다. "멋진 회색이네! 코가 두 개라니 정말 창의적이구나!" 내 코끼리 그림은 정확했을 뿐 아니라 세밀했다. 나는 엄마가 코끼리를 스케치할 때 했던 식으로 마우라의 귀에 V자 표시도 넣었다. 우리 반의 다른 아이들은 못 보고 지나쳤지만 나는 마우라의 꼬리털까지 곱슬곱슬하게 그렸다. 마우라의 발톱이 몇 개 있는지도 정확히 알았다(뒷발에 세 개, 앞발에 네 개 있었다). 케이트 선생님과 해리어트 선생님이 날더러 꼬마 오듀본* 같다고 했지만, 그때는 그게 무슨 뜻인지 알지 못했다.

그것 말고도 나는 선생님들에게 수수께끼 같은 아이였다. 텔레비전을 보지 않아 위글즈**가 누군지도 몰랐다. 디즈니 공주들도 누가 누군지 몰랐다. 교사들은 내 기벽들에 대체로 침착하게 대처했다. 그러니까, 이곳은 입시 전문학원이 아니라 유치원이었으니까. 그러던 어느 날 연말연시 준비로 우리는 고급 도화지를 받았고 가족을 그려보라는 말을 들었다. 마카로니 액자도 만들어 그 위에 황금색 물감을 뿌린 다음

---

* 미국의 유명한 조류학자인 존 제임스 오듀본을 말한다. 그는 새의 생김새뿐 아니라 새의 생활과 습성까지 표현할 줄 아는 세밀화가이기도 했다.
** The Wiggles. 오스트레일리아에서 영유아들의 영웅이라 할 수 있는 밴드.

우리가 그린 그림을 액자에 넣을 예정이었다.

다른 아이들은 곧바로 그림을 그리기 시작했다. 가족 유형이 천차만별이었다. 로건은 엄마와 둘만 살았다. 야스미나는 아빠가 둘이었다. 슬라이는 갓난쟁이 남동생과 배다른 형이 둘 있었다. 다양한 형제자매가 있었지만, 가족 구성원에서 추가되는 대상은 거의가 아이들이었다.

내 경우에는, 부모를 다섯이나 그렸다.

안경을 낀 아빠가 있었다. 타는 듯한 빨강 머리를 질끈 묶은 엄마도 있었다. 보호소 유니폼인 카키색 반바지에 붉은색 폴로 민소매를 입은 기드온과 그레이스와 네비도 있었다.

케이트 선생님이 내 옆에 앉았다. "이 사람들은 누구니, 제나? 할머니랑 할아버지니?"

"아뇨." 나는 그녀에게 손가락으로 가리키며 말했다. "이게 엄마고요, 이게 아빠예요."

그 말 때문에 엄마는 날 데리러 왔다가 선생님에게 불려가게 되었다. "메트캐프 박사님." 해리어트 선생님이 말했다. "제나가 직계 가족을 알아보는 데 약간 문제가 있는 것 같아요."

선생님은 엄마에게 내 그림을 보여주었다. "저랑 진짜 똑같이 생겼네요." 엄마가 대답했다. "어른 다섯 명이 제나를 돌봐주고 있답니다."

"그건 문제가 안 되고요." 해리어트 선생님이 말했다.

그녀는 내가 이 다섯 사람 밑에 괴발개발 써놓은 거미줄 같은 글자를 가리켰다. 내 한 손을 잡고 있는 사람이 엄마, 다른 한 손을 잡고 있는 사람이 아빠라고 쓰여 있다. 문제는 아빠가 내가 안경을 그려넣은 사람이 아니었다. **그 사람**은 도화지 거의 맨 귀퉁이 쪽에 있었다.

내 행복한 가족 단위는 희망사항이었거나 어른들의 예상을 뛰어넘는 세 살짜리 아이의 기이한 관찰이었다.

나는 엄마를 찾을 것이다. 버질 형사가 찾기 전에 말이다. 엄마의 체포를 막을 수 있을지 모른다. 엄마에게 경고를 해줄 수도 있다. 이번만큼은 둘이 같이 도망을 갈 수도 있다. 지금 나는 밥벌이로 미스터리를 푸는 사설탐정에게 맞서고 있는 셈이다. 하지만 그가 모르는 사실이 하나 있다.

나무 밑에서 꾼 꿈은 내가 그동안 알고 있다고 짐작한 뭔가를 수면 위로 끌어올렸다. 나는 그 목걸이를 누가 엄마에게 주었는지 안다. 엄마 아빠가 그때 당시 왜 싸웠는지도 안다. 10여 년 전 내가 **바란** 아빠가 누구였는지도 안다.

지금부터는 기드온을 다시 찾기만 하면 된다.

아이들은 엄마 삶의 닻이다.

— 소포클레스의 『파이드라』 612편 —

2부

ALICE

앨리스

야생에서는 코끼리가 새끼를 가졌다는 사실을 분만 직전까지 알아채지 못할 때가 종종 있다. 코끼리의 젖샘은 21개월 무렵에 부풀어 오르는데, 그 전에 피 검사를 하지 않았거나 수코끼리가 2년 전 특정 암코끼리와 짝짓기 하는 모습을 목격하지 못했으면 임박한 출산을 예측하기 힘들다.

카기소는 열다섯 살이었고, 그녀가 새끼를 가졌다는 사실을 우리도 최근에야 알았다. 동료들은 카기소가 새끼를 낳았는지 확인하려고 날마다 그녀를 찾으러 다녔다. 동료들에게는 이 일이 좋은 현장 연구였다. 그러나 내 경우에는, 잠자리에서 일어나야 하는 이유일 뿐이었다.

나는 그때까지도 내가 임신했다는 사실을 몰랐다. 내가 아는 건 몸이 평소보다 더 피곤하고 더위에 나른해진다는 것이었다. 전에는 열정을 쏟았던 연구가 지금은 진부해 보였다. 어쩌다 현장에서 놀라운 광

경을 목격하게 되면 '토마스는 이것을 어떻게 이해할까'라는 궁금증이
가장 먼저 내 머리를 스치고 지나갔다.

그에 대한 관심은 그가 내 연구를 조롱하지 않은 최초의 동료였기
때문일 거라고 나 자신에게 말했다. 토마스가 떠난 후 그 일은 여름날
의 로맨스로 느껴졌다. 휴가 때 해변에서 주운 조개껍데기나 첫 브로
드웨이 뮤지컬 공연 티켓을 간직하는 것처럼 남은 생애 동안 꺼내서
볼 수 있는 값싼 장신구 같은 거였다. 하룻밤 정사라는 흔들거리는 틀
이 어엿한 연인관계의 부담을 질 수 있는지 확인하고 싶어도 현실성이
없었다. 그는 다른 대륙에 살고 있었고, 우리 둘 다 각자의 연구가 있었
다.

그러나 토마스가 지나가는 말로 얘기했듯이 한 명은 코끼리를 연구
하고 다른 한 명은 펭귄을 연구하거나 그렇지는 않았다. 감금된 삶에
서 비롯된 정신적 외상을 겪은 코끼리들이 있기 때문에 코끼리 보호소
에서는 야생에서보다 죽음과 애도 의식을 관찰할 기회가 더 많을 것이
다. 내 연구를 지속할 수 있는 기회가 툴리 구역에 국한돼 있지는 않았
다.

토마스가 뉴햄프셔로 떠난 후 우리는 학술 논문들의 암호로 연락
을 주고받았다. 나는 그에게 음아보가 죽은 지 한 달이 지났는데도 그
녀의 뼈를 방문하고 있는 무리에 관해 상세히 적어 보냈다. 그는 회신
으로 보호소에서 코끼리 한 마리가 죽었는데 동료 셋이 그녀가 쓰러
진 축사에 서서 몇 시간이나 그녀에게 세레나데를 불러주었다는 이야
기를 보냈다. 내가 '당신이 이 이야기에 흥미를 보일 것 같아요'라고 쓸
때 이 말의 진짜 의미는 '당신이 그리워요'라는 것이었다. 그가 '며칠
전 당신 생각이 났어요'라고 썼을 때 그 말의 진짜 의미는 '당신을 늘

마음에 두고 있어요'라는 것이었다.

마치 나를 이루고 있는 천이 찢어졌는데 그 틈을 꿰매는 데 맞는 색실이 그 사람밖에 없는 듯했다.

어느 날 아침 나는 카기소를 추적하다 그녀가 무리 속에 있지 않다는 사실을 깨달았다. 나는 근처부터 찾기 시작했고 1킬로미터 떨어진 곳에서 카기소를 발견했다. 쌍안경으로 보니 그녀의 발밑에 작은 형체가 있어, 나는 더 잘 볼 수 있는 유리한 위치로 달려갔다.

야생에서 새끼를 낳는 대부분의 코끼리들과 달리 카기소는 혼자였다. 나이 든 이모들이 갓난애 볼 한번 꼬집어보겠다고 달려드는 친족 모임처럼 뿌우거리는 불협화음과 앞다퉈 내미는 손길로 축하를 해주는 무리가 그곳에는 없었다. 카기소도 축하를 하고 있지 않았다. 그녀는 움직이지 않는 새끼를 발로 밀어 일으켜 세우려 애쓰고 있었다. 코를 뻗어 새끼의 코를 감아 보았지만 새끼의 코는 힘없이 미끄러져 내렸다.

나는 새끼가 병약하게 태어나 자기 다리로 일어서 어미 옆에서 휘청거리며 걷기까지 통상적인 30분을 넘기는 경우를 본 적이 있었다. 그래서 눈을 가늘게 뜨고 새끼의 가슴이 오르내리고 있는지 확인하려 했다. 그러나 사실은 카기소의 머리 모양, 늘어진 입, 처진 귀를 살피는 것만으로도 충분했다. 그녀의 모든 것이 빠져나간 듯한 모습이었다. 나는 몰랐지만 그녀는 이미 알고 있었다.

불현듯, 자신의 다 큰 아들이 총에 맞았을 때 그 아들을 지키려고 언덕을 뛰어 내려오던 로라토가 떠올랐다.

엄마라면 돌봐야 할 누군가가 있게 마련이다.

갓난애건 제 자식을 볼 만큼 다 자란 어른이건, 그 누군가를 잃게 되면, 그때도 당신을 엄마라고 부를 수 있을까?

나는 카기소를 응시하다 그녀가 새끼만 잃은 게 아니란 걸 깨달았다. 그녀는 자기 자신을 잃은 것이었다. 이제까지 나는 코끼리의 슬픔을 업으로 연구해왔고, 야생에서 무수한 죽음을 목격하면서도 관찰자가 지켜야 할 냉정한 태도로 그것을 기록해왔다. 그런데 지금은, 감정을 주체 못하고 울기 시작했다.

자연은 잔인하다. 동물의 왕국은 인간의 개입이 없어야 잘 굴러가기 때문에 우리 연구자들이 끼어들어서는 안 된다. 그러나 우리가 카기소를 몇 달 전부터 추적 관찰했다면 상황이 달라졌을지도 모를 일이었다. 물론 카기소가 새끼를 낳을 거라는 사실을 우리가 더 일찍 알아낼 가능성은 희박했지만.

반면에 내게는 변명의 여지가 없었다.

나는 작업복 바지 허리가 맞지 않아 안전핀을 써야 할 때까지도 생리를 건너뛰고 있다는 사실을 알아채지 못했다. 카기소의 새끼가 죽고 나서, 그녀의 슬픔을 닷새 동안 기록하고 나서야 나는 차를 타고 보호지역을 벗어나 폴로콰네 시내로 가서 처방전이 필요 없는 임신 검사 키트를 샀다. 페리페리 치킨 요리 전문점 화장실에 앉아 작은 분홍색 줄을 보면서 흐느껴 울었다.

캠프로 돌아올 때는 냉정을 되찾았다. 나는 그랜트 소장에게 3주간 휴가를 요청했다. 그런 다음 토마스에게 뉴잉글랜드 코끼리 보호소를 방문해달라던 그의 제안을 받아들이겠다는 음성메시지를 남겼다. 20분이 채 지나지 않아 토마스한테서 전화가 왔다. 그는 질문을 수도 없이 해댔다. 보호소에서 자도 괜찮으냐? 얼마나 있다 갈 거냐? 로건 공항에 마중을 나가도 되겠느냐? 등등. 나는 한 가지 아주 중요한 사실만 빼고 그가 원하는 모든 정보를 알려주었다. 다시 말해, 내가 임신했다는 사실을 말이다.

그에게 숨기는 게 옳았을까? 아니다. 그건 내가 모계 사회에 빠져 있었기 때문이고, 내가 겁쟁이였기 때문이다. 다만 나는 이 아이의 친권이 그에게도 있다는 사실을 알리기 전에 토마스란 사람을 세심하게, 더 면밀히 관찰하고 싶었다. 당시에는 아이를 낳을지 말지도 알지 못했다. 낳을 생각이었다면 아프리카에서 혼자 아이를 키웠을 것이다. 바오밥나무 아래서의 하룻밤이 토마스가 필연적으로 표를 받을 자격이 있다는 의미라는 건 생각지도 못했다.

나는 보스턴에 도착해 헝클어지고 피곤한 몰골로 비틀거리며 비행기에서 내려 줄을 서서 출국 수속을 마치고 짐을 챙겼다. 여러 문을 거쳐 도착 라운지에 당도하니 이내 토마스가 보였다. 그는 철책 뒤로 검은 정장을 입은 두 명의 운전기사 사이에 샌드위치처럼 끼여 있었다. 손에는 뿌리째 뽑은 식물을 마녀의 부케인 양 거꾸로 들고 있었다.

나는 여행 가방을 끌고 철책을 돌아 나갔다. "공항에 마중 나올 때마다 여자들한테 죽은 꽃을 바치나요?" 내가 물었다.

그가 식물을 흔들자 흙가루가 내 운동화와 바닥으로 비처럼 떨어졌다. "제가 구할 수 있었던 바오밥나무에 가장 가까운 식물입니다." 토마스가 말했다. "꽃집 주인은 별 도움이 안 돼서 제가 즉흥적으로 만들었습니다."

나는 이 행동을 그 역시 우리가 끝마쳤던 곳으로 다시 돌아오기를 바라고 있었고, 우리가 가졌던 관계가 불장난만은 아니었다는 신호로 읽지 않으려 애썼다. 내 속에서 희망이 탄산처럼 터지는데도 나는 짐짓 모르는 척하기로 했다. "바오밥나무를 왜 내게 주고 싶었는데요?"

"코끼리는 차에 들어가지 않아서요." 토마스는 이 말을 하며 미소를 지어 보였다.

의사들이라면 의학적으로 불가능하다고, 임신 초기에는 그럴 수 없다고 말할 것이다. 그러나 당시 나는 내 아기의 날갯짓을 느꼈다. 그 애가 생명체로 불붙는 데 필요한 것은 우리끼리 통하는 전기면 충분하다는 듯이 말이다.

뉴햄프셔로 가는 긴 주행길에 우리는 내 연구에 대해 이야기했다. 음아보가 죽고 나서 그녀의 무리가 어떻게 대처해나가고 있는지, 카기소가 죽은 새끼를 애도하는 모습을 지켜보는 것이 얼마나 가슴 아픈지를. 토마스는 크게 흥분해서는 곧 도착할 그의 일곱 번째 코끼리, 마우라라는 아프리카 코끼리를 위해 내가 왔나 보다고 말했다.

우리는 그 바오밥나무 아래서 우리 사이에 무슨 일이 있었는지에 대해서는 이야기하지 않았다.

내가 이따금, 이를 테면 어린 수코끼리 두 마리가 축구 선수들처럼 똥으로 만든 공을 차고 있는 모습을 지켜보다 그 진가를 알아볼 누군가와 이야기를 나누고 싶은 그런 때에 토마스를 그리워했다는 이야기는 하지 않았다. 잠에서 깼을 때 그의 지문이 흉터라도 남긴 양 그의 존재가 피부로 느껴지더라는 이야기도.

사실, 도착 라운지로 가져온 그 식물을 제외하고 토마스가 우리의 관계를 연구 동료가 아닌 다른 무엇으로 언급한 적이 없었다. 그럴수록 나는 우리의 그 밤이 꿈이 아니었는지, 이 아기도 내 상상의 산물이 아닌지 의심스러워지기 시작했다.

우리가 보호소에 도착했을 때는 날이 어두워져 나는 눈을 간신히 뜨고 있었다. 토마스가 차에서 내려 전자 문을 열고 두 번째 안쪽 문을 여는 동안 나는 차에 앉아 있었다. "코끼리들은 힘자랑하는 걸 정말 좋아한답니다. 우리가 울타리를 세우고 있을 때 어떤 녀석은 단지 할 수 있다는 걸 보여주려고 울타리를 무너뜨리곤 했어요." 그가 나를 힐끔 보았다. "보호소를 개장한 날 전화통에 불이 났습니다…… 동네 사람들이 자기네 뒷마당에 코끼리가 있다면서 말이죠……"

"코끼리들이 나가버리면 어떻게 하나요?"

"흠, 다시 데리고 들어오죠." 토마스가 말했다. "이곳 생활의 핵심은 코끼리들이 도망을 갔다고 해서 동물원이나 서커스에 있었을 때처럼 두들겨 맞거나 상처를 입지 않는다는 겁니다. 걸음마를 배우는 아이라고 보면 됩니다. 아이가 당신을 열 받게 만든다고 해서 아이를 사랑하지 않는 건 아니잖습니까."

아이 이야기가 나오자 나도 모르게 내 양팔로 배를 감쌌다. "그런 생각해본 적 있어요? 가족을 가지는 거요." 내가 물었다.

"이미 있습니다." 토마스가 대답했다. "네비와 기드온과 그레이스가 가족이죠. 내일 만나보게 될 겁니다."

순간 가슴팍에 창이 꽂히는 느낌이었다. 토마스에게 결혼을 했는지를 **물어본** 적조차 없었다니, 어떻게 이렇게 멍청할 수 있었을까?

"그들이 없었다면 이곳을 운영할 수 없었을 겁니다." 토마스는 조수석에서 지금 어떤 상심이 일어나고 있는지도 모른 채 계속 말했다. "네비는 남부에 있는 한 서커스에서 코끼리 조련사로 20년을 일했습니다. 기드온은 그녀의 제자였죠. 그는 그레이스와 결혼했습니다."

천천히, 나는 관계 퍼즐을 맞추기 시작했다. 그들 세 사람 중에 그의 아내나 자식은 없는 듯했다.

"그들 부부에게 아이들은 없나요?"

"없습니다, 고맙게도요." 토마스가 말했다. "제 보험료는 이미 하늘을 찌를 정도죠. 아이가 이런 곳을 돌아다니게 만드는 부담은 상상하고 싶지도 않습니다."

이것은 물론 옳은 반응이었다. 동물보호지역에서 아이를 키우는 것도 터무니없을 테지만, 이런 보호소에서 아이를 키우는 것도 미친 짓일 것이다. 게다가 토마스가 데려온 동물들은 그 자체로 '문제' 코끼리들이었다. 조련사를 죽였거나 혹은 다른 문제 행동들로 동물원이나 서커스 측에서 해치우고 싶어 했던 녀석들이었다. 하지만 그의 대답은 그가 어떤 시험에, 그도 모르게 내가 실시하고 있었던 시험에 떨어졌다는 느낌이 들게 했다.

너무 어두워서 보호소 내부가 전혀 보이지 않았다. 하지만 나는 또 하나의 높은 울타리를 지나쳤을 때 차창을 내려 코끼리들의 그 익숙하고도 먼지 긴 사료 냄새를 맡을 수 있었다. 멀리서 천둥 같은 우르렁거리는 소리가 들렸다. "시라일 겁니다." 토마스가 말했다. "그녀가 이곳 환영 위원이죠."

토마스는 차를 그의 오두막 앞에 대고 내 짐을 차에서 내렸다. 그의 집은 아주 작았다. 거실, 작은 부엌, 침실, 벽장만 한 사무실이 전부였다. 손님방도 없었건만 토마스는 내 낡은 가방을 그의 침실에도 두지 않았다. 그는 자기 집 한가운데 어색하게 서서 코에 걸친 안경을 밀어 올렸다. "즐거운 나의 집입니다." 그가 말했다.

문득 여기서 뭘 하고 있나 하는 생각이 들었다. 나는 토마스 메트캐프를 거의 알지 못했다. 그는 사이코패스였을 수도 있고, 연쇄살인범이었을 수도 있었다.

그가 어떤 별의별 인간이었건, 이 아기의 아빠이기도 했다.

"저기." 나는 불편해하며 말했다. "긴 하루였어요. 씻고 싶은데 그래도 될까요?"

토마스의 방은 놀랍게도 결벽증인가 싶을 만큼 깔끔했다. 칫솔은 서랍 속에 치약과 나란히 놓여 있었다. 허영은 눈을 씻고 봐도 없었다. 약품 수납 선반에는 약병들이 알파벳순으로 놓여 있었다. 나는 샤워기를 틀어 그 작은 공간이 수증기로 가득 찰 때까지 거울 앞에 귀신처럼 서서 내 모습을 보려고 애썼다. 여기에 온 것은 명백한 실수였기 때문에 살이 벌겋게 익을 때까지, 이 방문을 서둘러 끝낼 수 있는 가장 좋은 방법을 생각해낼 때까지 뜨거운 물을 틀어놓고 있었다. 나는 무슨 생각을 했던 것일까. 토마스가 1만 3천 킬로미터나 떨어진 곳에서 날 애타게 그리워하고 있었을 거라고? 우리가 멈췄던 지점으로 다시 돌아가기 위해 내가 지구 반 바퀴를 돌아오기를 은근히 바라고 있었을 거라고? 분명한 것은, 내 몸속을 떠돌아다니던 호르몬이 날 망상에 빠져들게 했다는 것이다.

내가 몸에 수건을 두르고 머리를 빗질하고 나무 바닥에 젖은 발자국을 찍으면서 걸어 나오니 토마스가 소파에 시트와 담요를 깔고 있었다. 아프리카에서 일어난 일이 시작이었다기보다 위험한 실수였다는 사실을 더 확실하게 말해주는 증거가 지금 내 눈앞에 펼쳐지고 있었다. "아, 고마워요." 말은 그렇게 했지만 속은 무너져 내렸다.

"여긴 제 자립니다. 당신은 침대를 쓰세요." 그가 시선을 피하며 말했다.

나는 얼굴이 화끈 달아올랐다. "당신이 원한다면요."

아프리카만의 로맨스가 있다는 사실을 이해할 필요가 있다. 일몰을 보는 순간 당신은 신의 손을 목격했다고 믿게 된다. 암사자가 천천히 달리는 모습을 볼 때는 숨조차 멎는다. 기린이 목을 구부려 삼각대 모양으로 물을 마시는 모습은 경이롭다. 아프리카에서는 새들의 날개에서 세상 어디서도 볼 수 없는 무지갯빛 청색을 볼 수 있다. 아프리카에서는 한낮의 불볕더위에도 공기 중 기포를 볼 수 있다. 아프리카에 있으면 세계의 요람에 누워 있는 듯한 원시성이 느껴진다. 이와 같은 환경이라면 기억도 장밋빛 색채를 띠는 게 당연하지 않을까?

"당신은 손님입니다. **당신이** 원하는 대로 하세요." 토마스는 정중하게 말했다.

난 뭘 원했지?

침대를 차지할 수도 있었고 소파에서 혼자 잘 수도 있었다. 아니면 토마스에게 아기에 대해 말할 수도 있었다. 하지만 나는 그에게 다가가 몸에 두르고 있던 수건을 바닥에 흘러내리게 두었다.

잠깐 동안, 토마스는 빤히 보기만 했다. 그가 손가락 하나를 내밀어 내 목에서 어깨까지 곡선 부위를 따라 내려갔다.

대학생 때 푸에르토리코에 있는 생물발광 만에서 밤중에 수영을 한 적이 있었다. 팔과 다리를 움직일 때마다 몸에서 별들이 생성되고 있는 것처럼 무지개 불꽃이 비 오듯 쏟아졌다. 토마스가 내 몸을 만졌을 때 내가 빛을 삼킨 것 마냥 그때 그 느낌이 되살아났다. 우리는 가구와 벽에 부딪혀 튕겨 나왔다. 소파까지는 이르지도 못했다. 나중에 나는 거친 나무 바닥에서 그의 품에 안겨 있었다. "**시라**가 환영위원이라고 했죠."

그가 소리 내어 웃었다. "원한다면 지금 가볼 수도 있습니다."

"괜찮아요. 됐어요."

"당신을 과소평가하지 마십시오. 당신은 굉장한 사람이에요."

나는 그의 품에서 돌아누웠다. "난 당신이 이걸 원하지 않는다고 생각했어요."

"난 **당신이** 원하지 않는다고 생각했습니다." 토마스가 말했다. "전에 일어난 일이 또 일어날 거라는 가정은 하고 싶지 않았죠." 그가 손으로 내 머리카락을 감는다. "무슨 생각을 하고 있어요?"

나는 이런 생각을 하고 있었다. 고릴라는 책임을 피하려고 거짓말을 한다. 침팬지는 속인다. 원숭이는 나무 높은 곳에 앉아 위험물이 없는 데도 있는 척을 한다. 그러나 코끼리는 다르다. 코끼리는 아닌 일을 가지고 척하는 법이 없다.

나는 이렇게 말했다. "그냥 우리가 침대에서도 이걸 하게 될까 생각하고 있었어요."

선의의 거짓말이었다. 또 무엇이 있었을까?

남아프리카 땅은 가뭄으로 발뒤꿈치와 팔꿈치처럼 쩍쩍 갈라지고 계곡은 햇볕에 벌겋게 타서 바싹 말라 보일 때가 많다. 그에 반해 이곳 보호소는 우거진 에덴동산이었다. 푸릇푸릇한 언덕들과 습한 들판, 만발한 꽃들, 굽은 가지들이 사방으로 뻗어 있는 단단한 나무들. 물론 코끼리들도 있었다.

아시아 코끼리 다섯, 아프리카 코끼리 하나, 지금 오고 있는 아프리카 코끼리까지 일곱이었다. 야생에서와 달리 여기서는 사회적 유대가 유전에 의해 형성되지 않았다. 무리는 두세 마리로 한정되었고, 그들은 자발적으로 모여 구역을 어슬렁거렸다. 토마스가 말하길, 누구는 단지

어울리지만 않고, 누구는 혼자 있기를 더 좋아하고, 누구는 자기가 선택한 친구와 몇 발짝도 떨어져 있지 않는다고 했다.

나는 보호소의 철학이 현장의 우리 철학과 비슷해서 놀랐다. 심한 부상을 입은 코끼리를 달려가서 구해주고 싶은 마음이 굴뚝같아도 자연을 방해하는 짓이기 때문에 그렇게 하지 않았다. 우리는 코끼리들의 본성을 따르면서 드러나지 않게 관찰을 할 수 있어 행운이라 여겼다. 우리와 마찬가지로 토마스와 여기 직원들도 은퇴한 코끼리들의 생활을 사소한 부분까지 관리하는 대신 그들에게 최대한 많은 자유를 주고 싶어 했다. 야생에 풀어놓을 수야 없는 노릇이므로 많은 자유를 주는 것이 차선책일 터였다. 여기 코끼리들은 이곳으로 오기 전, 강요된 행동을 하기 위해 인생 대부분을 매달려 있고 묶여 있고 두들겨 맞고 살았다. 토마스는 자유로운 접촉을 믿었다. 그와 직원들은 코끼리 구역으로 들어가 그들에게 먹이를 주고 필요할 때만 의술을 썼다. 그러나 행동 수정은 보상과 긍정적 강화로만 이루어졌다.

토마스는 내가 보호소에 익숙해질 수 있도록 날 ATV에 태워 데리고 다녔다. 나는 뒤에 앉아 양팔로 그의 허리를 감고 따뜻한 등에 뺨을 기댔다. 이곳의 문들은 차량들은 지나다닐 수 있지만 코끼리들이 도망치기에는 너무 작게 설계되어 있었다. 아시아 코끼리들과 아프리카 코끼리들의 구역은 분리돼 있었고 축사도 따로 있었다. 지금은 아프리카 코끼리 축사에 헤스터만 있었다. 축사는 거대한 격납고였는데, 어찌나 깨끗한지 바닥에 떨어진 음식을 먹어도 될 정도였다. 헤스터는 겨울이면 발을 따뜻하게 하려고 이 콘크리트 건물로 뛰어 들어왔는데, 문에는 두껍고 긴 가죽끈들이 혀처럼 매달려 있어 겨울에 열기는 새나가지 않으면서도 코끼리들은 마음대로 드나들 수 있었다. 외양간에는 자동

살수 장치도 있었다. "운영비가 엄청 들겠어요." 내가 중얼거렸다.

"13만 3천 달러가 듭니다." 토마스가 대답했다.

"연간이요?"

"**코끼리** 한 마리한테요." 그는 이 말을 하면서 웃었다. "맙소사, 연간 이면 얼마나 좋을까요. 이 사유지 광고를 보고 땅을 얻는 데 모든 걸 투자했습니다. 우리가 무엇을 하고 있는지 와서 보라고 이웃들과 기자들을 초대해 시라를 선전용으로 내세웠죠. 기부를 받고 있긴 한데 새 발의 피예요. 곡물만 코끼리 한 마리당 5천 달러 정도가 듭니다."

툴리 코끼리들은 몇 년째 가뭄이 이어질 경우 피부 아래 척추가 매듭처럼 드러나고 갈비뼈의 홈까지 보인다. 남아프리카와 달리 케냐와 탄자니아 코끼리들은 내 눈에 비교적 살집이 있고 행복해 보였다. 그렇다 해도 적어도 내 코끼리들은 **뭐든** 먹었다. 보호소 땅은 광대하고 푸르렀지만 코끼리들을 먹여 살릴 덤불이나 식물이 충분하지는 않았다. 이곳 코끼리들은 먹이를 찾기 위해 코끼리 이동 경로를 따라 수백 킬로미터씩 돌아다니는 호사를 누릴 수 없었다. 이들에게는 자신들을 거기까지 안내해줄 우두머리도 없었다.

"저게 뭐죠?" 나는 외양간 쇠격자에 가죽끈으로 묶어놓은 올리브 통처럼 생긴 것을 가리키며 물었다.

"장난감입니다." 토마스가 설명했다. "바닥에 구멍이 나 있고, 속에 사료를 채워 넣은 공이 들어 있습니다. 사료를 먹고 싶으면 디온이 코를 저 통에 집어넣고 공을 굴리면 됩니다."

자기 이름을 듣기라도 한 듯 그 순간 어떤 코끼리가 문에 매달려 대롱거리는 가죽끈들을 뚫고 축사로 들어갔다. 그녀는 덩치가 작고 반점들이 있고 정수리에 털이 듬성듬성 나 있었다. 귀는 내가 익히 아는 아프리카 코끼리들에 비해 아주 작았고 가장자리가 우둘투둘했다. 앙상한 눈두덩은 처마 달린 절벽같이 툭 불거져 나와 있었다. 갈색의 큰 눈에 모델도 명함을 내밀지 못할 만큼 진한 속눈썹을 가지고 있었다. 그런 두 눈이 이방인인 나를 뚫어지게 응시했다. 마치 내게 어떤 이야기를 열심히 들려주려는 것 같았지만, 나는 그녀의 언어에 유창하지 못했다. 갑자기 그녀가 머리를 흔들었다. 자연보호지역에서 우리가 의도치 않게 무리의 영역을 침범했을 때 익히 보던 정면 경고 행동이었다. 귀가 작아 흔들어도 아프리카 코끼리들만큼 위협적이지 않아 나는 싱긋 웃었다. "아시아 코끼리들도 저런 행동을 하나요?"

"아닙니다. 다만 디온은 필라델피아 동물원에서 아프리카 코끼리들과 지낸 탓에 대부분의 다른 아시아 아가씨들보다 동작이 큰 편입니다. 그렇지 않니, 멋쟁이 아가씨?" 토마스가 그렇게 말하면서 팔을 내밀자 디온이 코로 냄새를 킁킁 맡았다. 어디선가 그가 바나나를 불쑥 꺼냈고, 그녀는 우아한 동작으로 토마스의 손에서 바나나를 집어 입으로 밀어 넣었다.

"아프리카 코끼리와 아시아 코끼리를 함께 두는 것이 안전한지 모르겠어요." 내가 말했다.

"안전하지 않죠. 디온은 밀치기 시합 도중 부상을 입었고, 그 후 동물원 측이 그녀를 격리시켰습니다. 하지만 그렇게 격리시켜 둘 만한 공간이 여의치 않아 결국 우리 보호소로 보내기로 결정을 한 거지요."

그의 휴대전화가 울리기 시작했다. 그는 디온과 내게 등을 돌리면서 전화를 받았다. "네, 메트캐프 박사입니다." 그가 말했다. 그는 수화기를 가리고서 나를 돌아보며 입 모양으로만 말했다. "새로 오는 코끼리요."

나는 손을 저어 그를 보낸 뒤 디온에게 다가갔다. 현장에서는 내 얼굴을 아무리 잘 아는 무리일지라도 이 코끼리들이 야생동물들이라는 사실을 결코 잊지 않았다. 나는 경계하면서 길 잃은 개에게 접근하듯 손을 내밀었다.

나는 디온이 지금 서 있는 외양간에서 내 냄새를 맡을 수 있다는 걸 알았다. 아니, 어쩌면 축사 밖에서부터 내 냄새를 맡을 수 있었을 것이다. 디온의 코가 S자 모양으로 올라가면서 끝이 잠망경처럼 빙글빙글 돌았다. 갈라진 코끝이 딱 붙어서 외양간 쇠막대 사이로 꿈틀거리며 다가왔다. 나는 가만히 서서 그녀가 내 어깨와 팔과 얼굴을 만질 수 있게 해준다. 코로 더듬어 나를 읽고 있는 것이다. 디온이 숨을 내쉴 때마다 건초와 바나나 냄새가 났다. "만나서 반가워." 내가 부드럽게 말하자 그녀의 코가 내 팔을 따라 내려가 마침내 내 오목한 손바닥에 이르렀다.

디온이 산딸기를 훅 토해내 나는 웃음을 터뜨렸다.

"당신이 마음에 드나 봐요." 어떤 목소리가 말했다.

고개를 돌리니 내 뒤에 젊은 여자가 서 있는데, 짧게 자른 옅은 금발에 피부가 창백한 것이 너무 여려서 손대면 톡 터져버릴 비눗방울 같다는 게 내 첫인상이었다. 두 번째 인상은 코끼리들을 돌보려면 무거운 물건을 자주 들어야 하는데 그런 일을 하기에는 너무 왜소하다는 것이었다. 그녀는 젊었고, 유리그릇처럼 깨지기 쉬워 보였다.

"킹스턴 박사님이시죠." 그녀가 말했다.

"앨리스라고 불러 주세요. 당신은…… 그레이스?"

디온이 우르릉거리기 시작했다. "아 그래, 너한테는 왜 관심을 안 주냐고, 응?" 그레이스는 디온의 이마를 토닥여주었다. "곧 아침이 준비

될 거야, 여왕님."

토마스가 축사로 돌아왔다. "미안해요. 사무실로 가봐야겠습니다. 마우라의 이송 건으로……"

"제 걱정은 말아요. 농담이 아니라, 저는 다 큰 어른이고요. 코끼리들에 둘러싸여 있잖아요. 더할 나위 없이 좋아요." 나는 그레이스를 흘깃 보았다. "제가 도울 일이 있을 것 같은데요."

그레이스는 어깨를 으쓱했다. "저야 좋죠." 그녀는 토마스가 언덕을 뛰어 올라가기 전에 내게 잽싸게 키스를 하는 모습을 보고서도 아무 말도 하지 않았다.

나는 그레이스가 약할 거라고 생각했지만, 그녀는 한 시간 만에 내 생각이 틀렸다는 걸 증명해 보였다. 그녀가 내게 들려준 하루 일과는 이랬다. 코끼리들에게 아침 8시에 먹이를 두 번 주고 오후 4시에 다시 한 번 준다. 곡물을 사서 코끼리들 사료도 만들어야 했다. 거름도 치우고 외양간 물청소도 하고 나무에 물도 준다. 그레이스의 엄마 네비는 코끼리들이 먹을 곡물을 채워 넣고 들판에 남아 있는 먹이를 거둬서 퇴비 밭으로 옮겼다. 그녀는 코끼리들과 사육사들을 위해 농작물을 키우는 텃밭도 돌보았고, 보호소를 위해 사무도 보았다. 기드온은 출입구 점검과 조경을 담당했다. 보일러, 연장, 사륜 오토바이를 검사하고, 풀을 베고, 건초를 쌓아서 채우고, 농작물 상자를 운반하고, 코끼리들의 기본적인 건강도 관리했다. 훈련과 야간 근무는 세 사람이 돌아가면서 했다. 이날은 아무런 사고도 없고 특별히 관심 두어야 할 코끼리도 없는, 그런 평범한 하루의 연장일 뿐이었다.

나는 그레이스가 축사 부엌에서 코끼리들의 아침을 준비하는 것을 도우면서 내가 야생에서 한 일은 얼마나 쉬웠던가 하는 생각을 또다시

했다. 나는 나타나서 기록하고 자료를 분석하기만 하면 그만이었다. 이따금 산림 경비원이나 수의사가 코끼리에게 마취총을 쏠 때 돕거나 부상을 입은 이에게 약물 치료를 해주면 되었다. 나는 야생을 **운영하지** 않았다. 그랬기 때문에 자금을 댈 필요도 없었다.

그레이스는 이런 북쪽 끝에서 살 생각은 해본 적이 없다고 했다. 조지아 주에서 나고 자라 추위를 못 견딘다고 했다. 그러나 남편 기드온이 장모 일을 도우러 왔다가 토마스가 이 보호소 운영을 도와달라고 부탁해 자신도 침묵의 동반자로 따라왔다고 했다. "그럼 당신은 서커스에서 일하지 않았던 건가요?" 내가 물었다.

그레이스가 감자를 여러 양동이에 쏟아부었다. "저는 2학년 교사로 일할 예정이었어요." 그녀가 말했다.

"뉴햄프셔에도 학교는 많아요."

그녀가 나를 쳐다보았다. "네, 그렇겠죠."

순간 어떤 사연이, 아까 내가 디온과 나눈 무언의 대화처럼 내가 모르는 사연이 있다고 느껴졌다. 그레이스는 엄마를 따라 여기에 온 걸까? 아니면 남편을 따라온 걸까? 그녀는 일을 잘했지만, 자기가 하는 일이 실제로는 즐겁지 않은데도 일을 잘하는 사람들은 많이 있었다.

그레이스는 말도 안 되는 속도와 능률로 일했다. 모르긴 해도 나는 방해만 되었을 것이다. 녹색 채소, 양파, 고구마, 양배추, 브로콜리, 당근, 곡물이 있었다. 어떤 코끼리는 식단에 비타민 E나 관절건강보조제 코세퀸을 보충해주어야 했고, 어떤 코끼리는 공 모양 영양제로, 속을 파내 약물을 넣고 위에 땅콩버터를 바른 사과가 필요했다. 우리는 양동이들을 힘들게 끌어 사륜 오토바이 뒤에 싣고서 코끼리들이 아침을 먹을 수 있도록 그들을 찾아 나섰다.

전날 밤 코끼리들을 마지막으로 본 지점에서 똥이며 부러진 나뭇가지며 물웅덩이에 찍힌 발자국들을 따라 그들을 추적했다. 지금처럼 추운 아침이면 더 높은 곳으로 이동했을 가능성이 컸다.

맨 먼저 찾은 코끼리들은 우리가 먹이를 준비하러 간 사이 축사를 나온 디온과 그녀의 단짝 올리브였다. 올리브는 디온보다 덩치가 컸지만, 키는 디온이 더 컸다. 올리브의 귀는 벨벳 커튼처럼 살포시 접혀 있었다. 두 녀석은 몸이 닿을 만큼 가까이 서서 손을 잡고 있는 소녀들처럼 서로의 코를 휘감고 있었다.

나는 숨죽이고 있었지만 그 사실을 깨달은 것은 나를 바라보고 있는 그레이스의 눈길 때문이었다. "당신은 제 남편이랑 엄마를 닮았네요. 같은 피가 흐르는군요."

코끼리들은 사륜 오토바이에 익숙해 보였지만, 나로서는 그레이스가 양동이 두 개를 들어 올려 12미터쯤 떨어진 곳에 쏟아붓는 동안 코끼리들과 이렇게 가까이 있는 것이 놀랍기만 했다. 디온은 호박을 냉큼 집어 들고 통째로 입에 넣어 으드득 씹었다. 올리브는 채소를 한 번 먹고 지푸라기로 입을 헹구듯 두 가지를 번갈아 먹었다.

우리는 다른 코끼리들을 찾아 보물찾기를 계속했다. 나는 그들을 만날 때마다 이름을 들먹이며 누가 한쪽 귀에 벤 상처가 있고, 누가 부상을 당해 걸음걸이가 이상하고, 누가 까칠하고, 누가 다정한지를 기록했다. 코끼리들이 둘씩 셋씩 모여 있는 모습을 보니 내가 요하네스버그에서 보았던, 노년의 복을 축하하던 빨간 모자 여성들*이 떠올랐다.

우리가 아프리카 코끼리 구역에 도착하고 나서야 나는 그레이스가

---

* 1998년 앨런 쿠퍼 여사가 창설한 친목 모임 Red Hat Society의 나이 든 여성들을 말한다. 참석자는 빨간 모자를 써야 하며 재미와 우정이 이 모임의 슬로건이다.

ATV의 속도를 줄였고 출입문 밖에서 헛돌고만 있다는 걸 깨달았다. "저기는 들어가고 싶지 않아요." 그녀가 털어놓았다. "보통은 남편이 저 대신 해줘요. 헤스터는 깡패 같거든요."

그레이스가 왜 그렇게 느끼는지 알 수 있었다. 잠시 후 헤스터가 숲에서 뛰쳐나와 머리를 흔들고 거대한 두 귀를 펄럭거렸다. 뿌우거리는 울음소리는 또 얼마나 큰지 팔에 소름이 돋을 정도였다. 나는 금세 미소가 지어졌다. **이건**, 내가 아는 행동이었다. **이건**, 내게 익숙한 것이었다.

"내가 할 수 있어요." 내가 제안했다.

이때 누가 그레이스의 얼굴 표정을 보았다면 내가 맨손으로 염소를 때려잡아 제물로 바치겠다고 말한 줄 알았을 것이다. "메트캐프 박사님이 절 죽이려 할 거예요."

"날 믿어요." 나는 거짓말을 했다. "아프리카 코끼리는 한 놈만 알면 다 아는 셈이거든요."

그레이스가 막을 새도 없이 나는 ATV에서 내려 울타리에 난 구멍을 통해 헤스터의 먹이가 든 양동이를 힘들게 날랐다. 헤스터가 코를 치켜들고 으르렁거렸다. 그런 다음 나무 막대를 집어 들고 내게 휙 던졌다.

"빗나갔어." 나는 두 손을 허리에 얹고 이 말을 한 뒤 건초를 가지러 ATV로 돌아갔다.

내가 이런 짓을 절대 하지 말아야 했던 이유를 시시콜콜 나열하지는 않겠다. 나는 이 코끼리를 몰랐고, 그녀가 이방인을 어떻게 대하는지도 몰랐다. 토마스의 허락을 받은 것도 아니었다. 내가 배 속 아기를 지킬 생각이었다면 무거운 건초 다발을 든다거나 나 자신을 위험에 빠뜨리지 말았어야 했다.

그러나 나는 두려움을 내색해서는 안 된다는 것도 알았다. 그래서 헤스터가 건초를 나르고 있는 내게 다가와 발을 쳐들어 내 주위로 먼지 구름을 일으키는데도 꼼짝 않고 서 있었다.

갑자기 시끄러운 고함 소리와 함께 내 발이 허공에 붕 뜨면서 몸이 울타리에 난 구멍 바깥쪽으로 끌려 나갔다. "맙소사, 죽고 싶어 환장했습니까?" 어떤 남자가 말했다.

헤스터가 그 목소리를 듣고 머리를 들더니 방금 전까지 날 겁주려 하고선 언제 그랬냐는 듯 먹이 위로 몸을 숙였다. 나는 이 이방인의 억센 손아귀에서 벗어나려고 몸을 꿈틀거렸다. 그는 날 단단히 잡고서도 ATV에 있는 그레이스를 혼란스러운 표정으로 응시하고 있었다. "누굽니까, 당신?" 그가 물었다.

"앨리스예요." 나는 똑 부러지게 말했다. "만나서 반가워요. 저 좀 내려주실래요?"

그가 나를 똑바로 내려놓았다. "당신 바보예요? 저건 아프리카 코끼리란 말입니다."

"사실은 바보와는 정반대죠. 박사거든요. 저는 아프리카 코끼리들을 연구해요."

그는 키가 180센티미터가 넘고 피부는 구릿빛이었다. 두 눈은 까맣고 불안하게 떨리고 있어 나마저 균형을 잃을 것만 같았다. "헤스터는 연구한 적이 없겠지." 그는 작은 소리로 말했다. 나직이 말한 것으로 보아 내가 들으라고 한 말은 아닌 듯했다.

그는 이십 대 초반으로 추정되는 자기 아내보다 최소 열 살은 많아 보였다. 그는 ATV로 성큼성큼 걸어갔고, 그레이스는 일어서 있었다.

"왜 내게 무전을 치지 않았어?"

"헤스터의 양동이를 가지러 오지 않길래 바쁜가 보다 생각했어요." 그녀는 발끝을 세우면서 기드온의 목을 양팔로 감쌌다.

기드온은 그레이스를 안고 있는 동안에도 내가 바보인지 아닌지 판결을 내리려는 듯 그녀의 어깨 너머로 날 응시했다. 기드온이 안고 있어 그레이스의 두 발은 허공에 걸려 있었다. 고도 차이만 있을 뿐, 그레이스는 마치 절벽 끝에 매달려 있는 것처럼 보였다.

내가 두리번거리면서 천천히 사무실로 돌아가고 있을 즈음 토마스는 새로운 코끼리를 보호소까지 데리고 올 견인 트레일러를 준비하기 위해 시내로 나갔다. 나는, 거의 의식하지 못하고 있었다. 내가 보호소를 어슬렁거리면서 현장 연구를 하듯 야생에서 배울 수 없는 것을 배우고 있었다는 것을.

나는 아시아 코끼리들을 접한 적이 별로 없어 앉아서 잠시 관찰했다. 오래된 농담이 있다. 아프리카 코끼리와 아시아 코끼리의 다른 점은? 5천 킬로미터의 거리. 그러나 아시아 코끼리들은 확실히 달랐다. 내게 익숙한 아프리카 코끼리들보다 침착하고, 느긋하고, 감정을 잘 드러내지 않았다. 그래서 우리가 이 두 대륙의 인간들을 이해하는 과도한 일반화를 코끼리들도 그대로 따르고 있지 않나 싶었다. 아시아에서는 공손해 보이려고 눈길을 피하는 모습을 자주 볼 수 있다. 아프리카에서는 고개를 반항적으로 쳐들고 시선을 똑바로 맞춘다. 공격성의 표현이 아니라 그 문화에서는 용인이 되는 행동이다.

시라가 방금 연못으로 들어갔다. 그녀는 코로 여기저기 물을 끼얹었고 친구들에게도 뿌려주었다. 다른 코끼리들 중 한 녀석이 조심조심 비탈을 타고 내려와 물속에 빠지면 끽끽거리고 찍찍거리는 후렴이 뒤따랐다.

"누구 험담하는 것 같지 않아요?" 내 뒤에서 어떤 목소리가 말했다. "내 얘기는 아니었으면 좋겠다고 늘 바란답니다."

이 여인은 나이를 판별하기 힘든 얼굴을 하고 있었다. 머리는 금발이었고 한 갈래로 땋아 묶었으며, 피부는 샘이 날 정도로 매끄러웠다. 어깨가 떡 벌어졌고 팔뚝은 힘줄이 단단해 보였다. 여배우의 나이를 알고 싶으면 그녀가 주름 제거 수술을 몇 차례나 받았건 손을 보면 알 수 있다고 했던 엄마의 말이 기억났다. 이 여인의 손은 주름이 많고 거칠고 쓰레기로 가득했다.

"도와 드릴게요." 나는 그녀의 손에서 쓰레기를 몇 개 가져왔다. 호박 껍질과 곡물 껍질과 수박 껍질 반 토막이었다. 나는 그녀가 하는 대로 쓰레기를 양동이에 붓고서 셔츠 자락에 손을 닦았다. "당신이 네비시군요." 내가 말했다.

"당신은 앨리스 킹스턴이고요."

우리 뒤에 있는 코끼리들이 물속에서 몸을 뒹굴며 놀았다. 그들의 발성은 내가 외우다시피 한 아프리카 코끼리들의 발성에 비해 음악적이었다. "저들 셋은 참견쟁이들이랍니다." 네비가 말했다. "늘 떠들어대죠. 완다가 언덕을 내려가 보이지 않는 곳에서 풀을 뜯고 나서 5분 뒤에 다시 나타나면, 다른 두 녀석은 몇 년 만에 다시 보는 듯 친구를 반긴답니다."

"아프리카 코끼리 울음소리가 〈쥬라기 공원〉에서 공룡 티렉스 소리로 쓰였다는 거 알고 계세요?"

그녀는 고개를 저었다. "여기서는 내가 전문가라고 생각했어요."

"전문가 맞으세요, 그렇죠?" 내가 말했다. "서커스에서 일하셨다고요?"

그녀는 고개를 끄덕였다. "토마스 메트캐프가 자신의 첫 코끼리를 구했을 때 나까지 구해줬다고 할 수 있지요."

나는 토마스에 대해 좀 더 듣고 싶었다. 그가 선량한 사람인지, 위기에 처한 사람을 구해주었는지, 내가 믿어도 되는 사람인지 알고 싶었다. 여자들이 자기 자식의 아버지로 선택하는 남자에게 바라는 특성을 모조리 갖고 있기를 원했다.

"내가 본 첫 코끼리는 웜피였어요. 내가 자란 조지아 주의 작은 마을에 여름마다 오는 가족 서커스단의 코끼리였죠. 아, 웜피는 훌륭했어요. 정말 영리하고, 놀기도 잘 놀고, 사람들도 좋아했죠. 몇 년이 지나 웜피는 새끼 두 마리를 낳았고, 그들도 서커스의 일원이 되었어요. 웜피는 자식들이 자신의 긍지와 기쁨인 양 대했답니다."

내게는 전혀 놀랍지 않은 얘기였다. 나는 코끼리 엄마들이 인간 엄마들을 부끄럽게 만든다는 사실을 오래전부터 알고 있었다.

"웜피 때문에 동물들과 일하고 싶어졌죠. 그래서 십 대 때 동물원에서 견습생으로 일했고, 고등학교를 마치고 나서 조련사 자리를 구했어요. 이번에는 테네시 주에 있는 가족 서커스단이었어요. 나는 개들부터 조랑말들과 코끼리 우르술라까지 돌보았어요. 그들과 15년을 함께 지냈죠." 네비는 팔짱을 꼈다. "그런데 서커스가 파산을 해 정리가 되었고, 나는 순회공연을 하는 배스천 형제 서커스단에 일자리를 구했어요. 그 서커스에는 위험하다는 꼬리표가 붙은 코끼리가 두 마리 있었어요. 나는 그 판단을 내 눈으로 보고 나서 해야겠다고 생각했죠. 그러니 그 동물들을 소개받았을 때 한 녀석이 내가 어렸을 때 본 웜피인 걸 깨닫고 얼마나 놀랐을지 상상할 수 있겠죠? 정확히 언젠지는 모르지만 배스천 형제 서커스단에 팔려온 거였어요."

네비가 고개를 가로저었다. "처음에는 못 알아볼 뻔했어요. 쇠사슬에 묶여 있었고, 의기소침했죠. 온종일 관찰을 하는데도 내가 알던 그 코끼리가 맞나 싶을 정도였죠. 또 한 마리는 윔피의 새끼였어요. 녀석은 열선으로 울타리를 쳐놓은 곳에 갇혀 있었고, 윔피의 트레일러가 그 맞은편에 있었죠. 새끼의 상아 끝에는 내가 한 번도 본 적 없는 작은 금속 마개가 씌워져 있었어요. 나중에 알고 보니 어미가 보고 싶으니까 새끼가 어미한테 가려고 열선을 계속 찢었더군요. 그래서 배스천 형제들 중 누가 해결책으로 내놓은 것이, 새끼의 상아에 저 마개를 씌우고 입 속에 철판을 넣어 전선을 연결하는 거였죠. 결국 새끼는 어미에게 가려고 상아로 열선을 찢으려고 할 때마다 전기 충격을 받게 됐죠. 당연히, 새끼가 고통스럽게 꽥꽥거릴 때마다 윔피는 그저 보고 들을 수밖에 없었어요." 네비가 나를 쳐다보았다. "코끼리는 자살을 할 수 없어요. 하지만 난 윔피가 죽을힘을 다하고 있었다고 확신해요."

야생에서는 수컷 새끼가 열 살에서 열세 살이 되기 전에는 어미가 새끼를 떼어놓지 않는다. 인위적으로 떼어놓고 곤경에 처한 새끼를 보면서도 아무것도 할 수 없게 만들다니…… 흠, 케노시의 시신을 지키고 있으려고 언덕을 달려 내려오던 로라토가 떠올랐다. 코끼리들의 슬픔도 떠오르면서 상실이 반드시 죽음과 같은 의미는 아닐지 모르겠다는 생각이 들었다. 나는 무엇을 하는지 의식하지 못한 채 양팔로 배를 감쌌다.

"기적을 빌고 있었는데, 어느 날 토마스 메트캐프가 온 겁니다. 배스천 형제들은 윔피가 어쨌거나 죽어가고 있고, 새끼가 있으니 어미는 필요 없다고 생각했기 때문에 없애고 싶어 했죠. 토마스는 윔피를 북쪽까지 수송하기 위해 본인 차를 팔아 트레일러 사용료를 지불했어요. 윔피가 이 보호구역의 첫 코끼리였어요."

"전 시라라고 생각했어요."

"아, 그것도 맞아요." 네비가 말했다. "윔피는 여기 와서 이틀 만에 죽었으니까요. 너무 늦었던 셈이죠. 그래도 죽을 때만큼은 안전하다는 걸 알았을 거라고 생각하고 싶어요."

"새끼는 어떻게 됐어요?"

"우리에겐 수코끼리까지 맡을 수 있는 재원이 없었어요."

"하지만 어떻게 됐는지 추적하지는 않았나요?"

"지금은 어디선가 어른이 되어 있겠죠." 네비가 말했다. "여기 시스템이 완벽하지는 않아요. 그러나 우리가 할 수 있는 것은 다 하죠."

완다를 보니 연못에 조심조심 발가락을 담그고 있었다. 반면에 시라는 물 밑에서 끈질기게 물방울을 불고 있었다. 내가 지켜보자 완다가 물속으로 걸어 들어가 코로 물을 튀기고 물보라 분수를 일으켰다.

"토마스는 알지도 모르겠군요." 잠시 후 네비가 말했다.

"뭘 말이에요?"

그녀의 얼굴은 부드러웠지만 읽히지는 않았다. "그 새끼에 대해서요." 그녀가 대답했다. 그녀는 마치 코끼리 얘기만 하고 있었다는 듯이 껍질이 들어 있는 양동이를 들고 텃밭이 있는 언덕으로 올라갔다.

새 코끼리 마우라의 도착은 보호소 전체를 일주일간 준비의 회오리 속으로 몰아넣었다. 나는 아프리카 구역에 들어오는 두 번째 코끼리를 접대하기 위한 준비 작업을 도우면서 내가 할 수 있는 곳에서 힘을 보됐다. 이런 분주함 속에서 기드온이 아시아 축사에서 완다의 발을 관리해주고 있는 모습은 의외의 풍경이었다.

그는 외양간 밖에서 등받이 없는 의자에 앉아 있었고, 코끼리는 쇠격자에 뚫린 구멍 사이로 오른쪽 앞발을 내밀어 대들보 위에 올려놓고 있었다. 기드온은 연필깎이 칼로 그녀의 발바닥에 생긴 굳은살을 밀어내고 피부를 다듬어주면서 콧노래를 불렀다. 덩치에 비해 놀라울 정도로 온화하다는 생각이 들었다.

"매니큐어 색은 코끼리가 고르게 해주나요." 나는 지난번의 불운한 만남을 지울 대화를 시작할 수 있기를 바라며 그의 등 뒤로 다가갔다.

"발에 생긴 질병으로 감금된 코끼리들이 죽는 일이 허다합니다." 기드온이 말했다. "관절 통증, 관절염, 골수염이 생기죠. 60년 동안 콘크리트 바닥에 서 있어야 하니까요."

나는 쭈그리고 앉았다. "그럼 이건 예방치료네요."

"우리는 금이 간 데를 다듬어 줍니다. 돌멩이가 끼지 않도록 말이죠. 종기가 생기면 사과주에 발을 담가줍니다." 그가 턱으로 외양간 쪽을 가리켜서 보니 완다의 왼쪽 앞발은 커다란 고무 대야에 들어 있었다. "우리 아가씨들 중에는 고통을 덜어주려고 고무창을 댄 거대한 테바 샌들까지 신은 녀석도 있답니다."

이런 게 코끼리들을 위한 배려일 줄은 상상도 못했는데, 다시 생각하니 내가 아는 코끼리들은 발을 자연스럽게 길들여주는 거친 지형의 혜택을 받고 있었다. 그들에게는 뻣뻣해진 관절을 운동시킬 수 있는 방대한 땅이 있었다.

"정말 차분히 있네요. 당신이 최면이라도 건 것처럼요." 내가 말했다.

기드온은 내 칭찬을 못 들은 척했다. "늘 이렇지는 않았습니다. 이곳에 처음 왔을 땐 혈기가 왕성했어요. 코에다 물을 잔뜩 모아놓고는 누가 외양간 가까이 오기만 하면 뿌렸어요. 나뭇가지도 던졌죠." 그가 나를 힐끗 보았다. "헤스터처럼 말입니다. 다만 인상적인 목표물은 없었죠."

나는 얼굴이 화끈거렸다. "네, 그 일은 죄송하게 됐어요."

"그레이스가 말을 해줬어야 했어요. 더 잘 아니까."

"부인 잘못이 아니에요."

기드온의 얼굴 위로 어떤 표정이 스치고 지나갔다. 후회? 불쾌감? 나는 그의 표정을 읽을 수 있을 만큼 그를 잘 알지는 못했다. 그 순간 완다가 발을 뒤로 뺐다. 그녀는 외양간 쇠막대 사이로 코를 꿈틀꿈틀 움직여 기드온 옆에 있던 물그릇을 엎어 그의 무릎을 적셨다. 그는 한숨을 쉬고서 그릇을 바로 놓고 말했다. "발 올려!" 완다는 그가 일을 마칠 수 있도록 다리를 다시 들었다.

"완다는 시험해보는 걸 좋아하죠." 기드온이 말했다. "언제나 그런 코끼리였을 겁니다. 하지만 완다가 있던 곳에서 그런 행동을 하면 두들겨 맞습니다. 움직이지 않으려고 하면 보브캣*이 괴롭히기 일쑤고요. 완다는 여기 도착했을 때 우리더러 벌을 줄 테면 줘보란 듯이 쇠막대를 탕탕 치며 소란을 피웠습니다. 그래서 우리는 완다에게 응원도 해주고 심지어 소란을 **더** 피워도 된다고 말해주었습니다." 기드온이 발을 톡톡 쳐주자 완다는 우아하게 발을 외양간으로 도로 들었다. 그녀는 사과주 대야에 담근 발을 빼서 코로 대야를 들어 올려 물을 쏟아붓고 기드온에게 건넸다.

* Bobcat. 북미산 야생 고양이과 동물.

나는 깜짝 놀라 소리 내 웃었다. "지금은 교양의 모범 같은데요."

"꼭 그렇지도 않습니다. 작년에는 제 다리를 부러뜨렸죠. 제가 완다의 뒷발을 치료해주던 도중에 말벌에게 쏘였습니다. 그때 손을 홱 쳐들다 완다의 엉덩이를 치게 됐는데, 그게 위협적이었던가 봅니다. 완다가 쇠막대 사이로 코를 뻗어 저를 후려치고 또 후려쳤습니다. 무슨 기분 나쁜 환각이라도 본 듯이 말이죠. 메트캐프 박사와 장모님이 와서야 완다는 날 내려놓았고 두 사람이 상처를 봐주었죠. 대퇴골이 세 개나 아작이 났더군요."

"완다를 용서해주었군요."

"완다의 잘못이 아니었으니까요." 기드온은 무덤덤하게 말했다. "완다가 당해온 일들은 완다도 어쩔 도리가 없었죠. 사실은, 그런 일을 겪고서도 몸을 만질 수 있게 해줘서 놀랍기만 합니다." 그는 완다에게 방향을 틀어 다른 앞발을 내놓으라는 신호를 보냈다. "코끼리들이 기꺼이 용서하는 모습은 감탄스럽죠."

나는 고개를 끄덕이면서 교사가 되고 싶었지만 결국은 축사 바닥에 떨어진 코끼리 똥이나 치우고 있는 그레이스에 대해 생각했다. 우리에 익숙해진 이 코끼리들이 자신들을 그곳에 처음 들여보냈던 인간을 기억할 수 있는지도 궁금했다.

기드온이 발을 톡톡 쳐주자 완다는 울타리 틈 사이로 발을 빼서는 축사 바닥에 그 뚱뚱한 발바닥을 마구 문지르며 그의 세공을 시험해보았다. 이 생각을 처음 한 것은 아니지만 나는 용서와 망각이 서로 배타적이지 않다고 생각했다.

마우라가 도착했을 때 트레일러는 아프리카 구역에 세워졌다. 헤스터는 근처에 없었다. 그녀는 이 구역의 최북단 구석에서 풀을 뜯고 있었다. 반대로 트레일러는 남쪽 끝에 멈췄다. 그레이스와 네비와 기드온은 마우라를 나오게 하려고 네 시간 동안 수박이며 사과며 건초로 뇌물 작전을 펼쳤다. 소란스러우면 흥미를 보일까 싶어 탬버린도 쳤다. 휴대용 스피커로 클래식 음악을 들려주었지만 효과가 없어 장르를 클래식 록으로 바꿨다.

"전에도 이렇게 했나요?" 나는 토마스 옆에 서서 작은 소리로 물었다.

그는 기진맥진해 보였다. 눈 밑에는 다크서클까지 생겼는데, 마우라가 오고 있다는 말을 들은 후로 이틀 동안은 앉아서 식사도 끝까지 한 적이 없었을 것이다. "우리만의 드라마가 있었죠. 서커스 조련사가 올리브를 데려왔을 때 그녀는 트레일러에서 어슬렁어슬렁 내려와 조련사를 두 번 후려갈기고는 숲으로 사라졌습니다. 하지만 그 인간이 얼간이였다는 걸 아셔야 해요. 올리브는 우리 모두가 생각만 하고 있던 행동을 실행에 옮긴 것뿐이었죠. 그러나 다른 코끼리들은 궁금하기도 하고 갑갑하기도 해서 트레일러에 그렇게 오래 있지 못했어요."

구름이 절규하듯 진홍빛으로 타들어가며 밤이 맹렬히 오고 있었다. 곧 추워지고 어두워질 것이었다. 여기서 계속 기다리려면 손전등과 조명등과 담요가 필요했다. 토마스의 계획이 그렇다는 건 의심의 여지가 없었다. 나라도 그렇게 했을 것이다. 감금 상태에서 보호소로의 이전은 아니었지만 야생에서 출산이나 사망을 관찰할 때 나도 그렇게 했다.

"기드온." 수목 한계선에서 바스락거리는 소리가 들리자 토마스가 지시를 내리기 시작했다.

나는 야생에서 소리 없이 빠르게 움직이는 코끼리들 때문에 수도 없이 놀란 사람이었다. 그런 만큼 헤스터의 출현에 그렇게까지 놀랄 줄은 미처 몰랐다. 헤스터는 덩치에 비해 움직임이 정말 빠르고 발이 가벼웠고, 제 구역에 나타난 크고 낯선 금속 물체를 보더니 흥분했다. 토마스가 말하길 발굴 작업이나 조경 공사 때문에 불도저가 들어오면 코끼리들이 활기에 넘친다고 했다. 자신들보다 더 큰 물건에 호기심을 보인다고 했다.

헤스터는 트레일러 경사로 앞을 왔다 갔다 하기 시작했다. 인사인 양 우르릉거리는 소리를 냈다. 이 소리는 10초 정도 이어졌다. 아무런 응답이 없자 우르릉거림은 짧은 으르릉거림으로 바뀌었다.

트레일러 안에서 우르릉거리는 소리가 들렸다.

나는 토마스의 손이 내 손을 잡는 것을 느꼈다.

마우라는 조심스럽게 경사로를 걸어 내려오다 도중에 멈췄는데, 우리에겐 실루엣만 보였다. 헤스터도 왔다 갔다 하는 짓을 멈췄다. 헤스터의 우르릉은 으르릉으로, 다음에는 뿌우 소리로 높아졌다가 다시 우르릉으로 내려왔다. 무리와 떨어져 있던 코끼리들이 재회를 했을 때 울던 것과 똑같은 환희의 불협화음이었다.

헤스터는 머리를 들고 귀를 빠르게 펄럭거렸다. 마우라는 오줌을 싸고 측두샘에서 땀을 분비하기 시작했다. 코를 헤스터 쪽으로 조금씩 움직였지만 경사로에서 완전히 내려오려고는 하지 않았다. 두 코끼리가 계속 우르릉거리는 동안 헤스터가 두 앞발을 경사로에 올려 자신의 찢어진 귀가 마우라의 코에 닿을 때까지 머리를 돌렸다. 그런 다음 왼쪽 앞발을 들어 마우라에게 보여주었다. 마치 이런 얘기를 하고 있는 듯했다. "내가 얼마나 다쳤는지 볼래. 그래도 살아남았어."

이 모습을 지켜보면서 나는 울기 시작했다. 토마스의 팔이 내 어깨를 감쌌을 때 헤스터가 마침내 제 코를 마우라의 코에 감았다. 헤스터가 뒷걸음질 쳐서 경사로를 내려가자 마우라도 쭈뼛쭈뼛 따라갔다. "서커스를 구경하고 있다고 생각해요." 토마스가 긴장한 목소리로 말했다. "마우라가 트레일러에서 걸어 나오는 건 이번이 마지막일 겁니다."

두 코끼리는 앞뒤로 나란히 서서 엉덩이를 흔들며 수목 한계선 쪽으로 걸어갔다. 둘이 바싹 붙어 있어 한 마리 거대한 신화 속 동물 같았다. 어둠이 그들을 겹겹이 에워싸고 있어 코끼리들과 그들이 사라지고 있는 풀숲을 분간하기 어려웠다.

"저기, 마우라, 영원한 집에 온 걸 환영해." 네비가 작은 소리로 말했다.

그 순간 내가 어떤 결심을 할 수 있었던 데는 많은 이유가 있었다. 이 보호소의 코끼리들이 야생에 있는 코끼리들보다 나를 더 필요로 한다는 것. 내 학문의 기반이 되어온 연구가 지리적 여건에 구애받지 않는다고 생각하기 시작한 것. 내 손을 잡은 이 남자도 나처럼 구조된 코끼리의 도착을 보고 눈물을 글썽였다는 것. 그러나 이 중 어떤 것도 진짜 이유는 아니었다.

보츠와나에 처음 갔을 때 나는 지식과 명성, 내 분야에 기여할 방법을 좇고 있었다. 그러나 지금, 내 상황이 달라진 것처럼 내가 그 야생보호지역에 있는 이유들도 달라졌다. 최근 들어 나는 두 팔 벌려 내 연구를 껴안고 있지 못했다. 내 두 팔은 날 무서워 떨게 만드는 생각들을 밀어내느라 바빴다. 나는 더 이상 미래를 향해 달리고 있지 않았다. 나는 다른 모든 것으로부터 달아나고 있었다.

영원한 집. 나도 그것을 원했다. 내 아기를 위해서 말이다.

이제는 캄캄해져 아무것도 보이지 않았고 나도 코끼리들처럼 다른 감각으로 길을 찾아야 했다. 그래서 손으로 토마스의 얼굴을 더듬고 그의 냄새를 들이마시고 내 이마를 그의 이마에 댔다. "토마스." 나는 그에게 속삭였다. "당신한테 할 말이 있어요."

버질

내게 단서를 준 것은 그놈의 조약돌이었다.

토마스 메트캐프는 그 조약돌을 보자마자 분통을 터뜨렸다. 좋다, 그가 정상의 기준에 못 미친다는 건 인정하지만 그 목걸이에 시선이 쏠리던 순간 그의 눈빛이 우리가 그 방에 처음 들어갔을 때와는 달리 명료해졌다.

분노는 종종 인간의 진면목을 끌어낸다.

지금 나는 사무실 의자에 앉아 더부룩한 가슴 통증이 가시지를 않아 소화제 텀스를 한 알 더 입에 쏙 넣는다. 세고 있지는 않지만 이번이 열 알째 같다. 핫도그 노점에서 점심으로 먹은 쓰레기 같은 음식 때문에 속이 쓰린 듯하다. 그러나 단지 소화의 문제가 아닐지도 모른다는 생각이 스치고 지나간다. 어쩌면 순수한, 진짜 직감일지도 모른다. 두근거리는 예감. 실로, 실로 오랜만에 느껴보는 감정이다.

내 사무실은 증거로 뒤덮여 있다. 경찰서에서 가져온 상자들 앞에는 종이 봉지들이 옆으로 기울어져 있고 그 아래 내용물이 반원 모양으로 가지런히 배열돼 있다. 범죄 순서도, 중범죄 가계도. 나는 조심조심 발을 디디면서 검은 핏자국이 찍힌 부서지기 쉬운 나뭇잎을 밟지는 않는지, 섬유 조직이 든 작은 봉투 하나라도 못 보고 지나치지는 않는지 확인한다.

이 순간만큼은 내 무능이 고맙기까지 하다. 증거물 보관실은 주인에게 돌아갈 수 있었거나 돌아가야 했지만 돌아가지 못한 자료들로 가득했다. 그 이유는 수사관이 소유물 담당 경찰에게 이 물건들을 폐기하거나 돌려주라는 말을 하지 않았거나 담당 경찰이 수사에 참여하지 않아 그런 정보를 알지 못했기 때문일 것이다. 네비 루엘의 죽음이 사고로 결론이 난 후 내 상관은 은퇴를 했고 나는 랄프에게 그 상자들을 치우라고 말하는 걸 까먹었거나 무의식적으로 말하지 않겠다고 생각했는지 모른다. 한편으론 기드온이 보호소를 상대로 민사 소송을 제기하지 않을까 궁금했다. 또 한편으론 기드온은 그날 밤 어떤 역할을 했을까 궁금했다. 이유야 어쨌건 나는 이 상자들을 다시 샅샅이 조사해볼 필요가 있다는 걸 직감했다.

엄밀하게 따지면 나는 이 사건에서 해고된 것이 사실이다. 그러나 제나 메트캐프는 아침 메뉴를 정하기까지 마음이 열두 번도 더 변할 수 있는 열세 살 사춘기 소녀다. 그 아이가 진흙 싸움하듯 모진 말을 던지긴 했지만 지금은 그것들이 다 말라붙어 툭툭 털어낼 수 있다.

네비 루엘의 죽음이 토마스나 그의 아내 앨리스에 의한 짓이었다고 확신할 수 없는 것도 사실이다. 지금은 기드온도 배제할 수 없다고 추정된다. 그가 만약 앨리스와 잠자리를 가지고 있었다면 그의 장모가

달가워했을 리 만무하다. 비록 10년 전에 그렇게 결론내리긴 했지만 나는 사인이 짓밟힌 것만은 아니라고 믿는다. 그러나 누가 살인자인지 알아내려면 이것이 살인이라는 증거부터 찾아야 한다.

탈룰라의 연구소 덕분에 피해자한테서 발견된 머리카락이 앨리스 메트캐프의 것이라는 사실은 알아냈다. 그러나 사고 후에 그녀가 네비의 시신을 발견하고서 머리카락을 남긴 채 도망을 쳤던 걸까? 아니면 그녀가 애초부터 시신 발생의 원인 제공자였을까? 제나가 믿고 싶은 것처럼 머리카락은 사고와 무관할까? 두 여자가 하루 일과가 끝날 무렵 자신들 중 누가 죽게 될 줄 모른 채 그날 아침 일찍 사무실에서 서로를 스치고 지나갔기 때문에?

열쇠는 물론 앨리스다. 그녀만 찾을 수 있다면 답은 나올 것이다. 내가 그녀에 대해 아는 것은 그녀가 도망을 쳤다는 것이다. 도망치는 사람들은 얻고자 하는 것이나 피하고자 하는 것이 있게 마련이다. 이 경우에는 어느 쪽인지 확실치 않다. 그러나 어느 쪽이건 딸은 왜 데리고 가지 않았을까?

뭐가 됐건 세레니티가 옳다고 말하기는 싫지만 죽은 네비 루엘이 그날 밤 무슨 일이 있었는지 말해준다면 수사가 상당히 수월해질 것이다. "죽은 사람들은 말하지 않아." 나는 큰소리로 혼잣말을 한다.

"뭐라고 했어?"

주인 여자 아비가일 때문에 나는 화들짝 놀란다. 그녀는 갑자기 문간에 나타나서는 사무실에 널브러져 있는 물건들을 보고 눈살을 찌푸린다.

"염병, 애비, 이런 식으로 몰래 들어오지 말라니까요."

"그 말을 꼭 써야겠어?"

"**염병이요**?" 나는 되풀이하여 말한다. "이 말이 왜 싫은지 모르겠군요. 동사도 되고, 형용사도 되고, 명사도 되고. 아주 다용도인데." 나는 그녀에게 활짝 웃어 보인다.

그녀가 바닥에 있는 쓰레기를 보고 코를 킁킁거린다. "다시 한 번 말하지만 쓰레기 수거는 세입자 본인이 해야 해."

"이건 쓰레기가 아니에요. 일이라고요."

아비가일의 눈이 가늘어진다. "꼭 히루뽕 제조굴 같군."

"먼저, **히로뽕**이고요……"

그녀가 두 손으로 목을 가볍게 친다. "그 정도는 나도 **알아**……"

"몰라요!" 내가 말한다. "절 믿으세요, 아시겠어요? 여긴 히로뽕 제조굴과는 거리가 멀고요. 이것들은 어떤 사건의 증거들이에요."

아비가일이 두 손을 허리에 올린다. "그 변명은 지난번에 써먹었어."

나는 눈을 깜박거린다. 그러다 기억이 난다. 얼마 전 내가 술을 진탕 마시고서 일주일째 사무실을 나가지 않고 악취 소굴에서 뒹굴고 있을 때 아비가일이 조사를 하러 왔다. 그녀가 들어왔을 때 나는 술에 취해 책상 위에 엎어져 있었고, 사무실은 폭탄 맞은 꼴을 하고 있었다. 나는 그녀에게 밤샘 작업을 하다 깜박 잠이 든 모양이라고 말했다. 바닥에 있는 쓰레기는 강력 범죄 수사단에서 모은 물증이라고 했다.

그러나 강력 범죄 수사단이 전자레인지용 팝콘 빈 봉지며 《플레이보이》 지난 호들을 모으는 것을 본 적이 있는가?

"술 마시고 있었지, 빅터?"

"아니요." 나는 이 말을 하다 지난 이틀 동안 술 생각이 나지 않았다는 걸 깨닫지만 조금도 놀라지 않는다. 나는 술을 원치 않는다. 술이 필요하지도 않다. 제나 메트캐프는 내게 목적의식의 불씨만 당긴 게 아니었다. 그 애는 재활 센터 세 곳도 성공하지 못한 방식으로 내가 술을 뚝 끊게 만들었다.

아비가일이 내게서 고작 10센티미터 정도 떨어진 지점까지 걸어 나와 증거물 봉투들 사이에 균형을 잡고 선다. 발끝을 세워 몸을 쭉 빼는 것이 키스라도 할 태세지만 냄새만 킁킁 맡는다. "어라, 해가 서쪽에서 뜰 일이로군." 그녀가 말한다. 그녀는 왔던 길을 조심조심 되짚어 문간에 다시 선다. "근데 말이지, 자네가 틀렸어. 죽은 사람들도 말을 할 수 있어. 죽은 남편과 나는 암호를 쓰지, 탈옥의 명수라고 하는 그 유대인처럼……"

"후디니*요?"

"맞아. 남편은 저세상에서 돌아오는 길을 찾을 때마다 나만 해석할 수 있는 메시지를 보내."

"그런 헛소릴 아주머니는 믿는단 말이에요, 애비? 그럴 줄은 전혀 몰랐네요." 나는 그녀를 쳐다보았다. "언제 돌아가셨는데요."

"22년 전에."

"제가 맞춰보죠. 두 분은 늘 이야기를 나누시는군요."

그녀는 머뭇거린다. "남편이 아니었으면 자넬 진작 쫓아냈을 거야."

"남편분이 제 사정 좀 봐주라고 하던가요?"

"흠, 그런 건 아니고." 아비가일이 대답한다. "단지 남편 이름도 빅터였거든." 그녀가 밖에서 문을 끌어당겨 닫는다.

"내 진짜 이름이 버질인 걸 몰라서 다행이로군." 나는 혼잣말을 하고는 아직 뜯어보지 않은 종이봉투 옆에 쭈그리고 앉는다.

* Harry Houdini. 미국의 마술사. 수갑이나 자물쇠로 잠근 궤짝의 탈출 기술에 뛰어났다.

그 봉투에는 네비 루엘이 사망 당시 입고 있던 빨간색 폴로셔츠와 반바지가 들어 있다. 기드온 카트라이트와 토마스 메트캐프가 그날 밤 입고 있던 것과 같은 유니폼이다.

애비 말이 옳다. 죽은 사람들도 말을 할 수 있다.

나는 책상 옆에 쌓아둔 오래된 신문지 한 장을 집어 들고 압지 위에 펼친다. 그런 다음 빨간색 셔츠와 반바지를 봉지에서 꺼내 바르게 펴 놓는다. 옷에 얼룩이 묻어 있다. 핏자국과 흙 자국일 것이다. 찢겨 나간 곳들도 있는데, 짓밟힐 때 그렇게 됐을 것이다. 나는 책상 서랍에서 돋보기를 꺼내 찢겨서 해진 부위를 조사하기 시작한다. 테두리 쪽을 보면서 칼날에 벤 건지 아니면 잡아당겨서 찢어진 건지 판단해보려 애쓴다. 한 시간 동안 이 짓을 하다 어느 구멍을 조사했는지 놓치고 만다.

셔츠를 세 번째 들여다볼 때 아까는 주목하지 못한 구멍을 발견한다. 그러니까 이 구멍은 옷이 둘로 찢기면서 생긴 것이 아니다. 이 틈은 어깨와 왼쪽 소매가 만나는 지점에서 마치 올이 풀리기라도 한 듯 솔기를 따라 나 있다. 지름이 2~3센티미터밖에 되지 않는 것이, 찢겼다기보다 뭔가에 걸려 뜯어진 자국 같다.

바늘땀이 있는 가두리에 초승달 모양의 손톱이 고리처럼 걸려 있다.

어떤 영상이 번쩍 머릿속에 그려진다. 누군가가 네비의 셔츠 앞쪽을 움켜잡고 싸우는 장면이다.

이 손톱이 앨리스의 미토콘드리아 DNA와 일치하는지는 연구소에서 말해줄 것이다. 일치하지 않는다면 토마스의 표본을 구하면 된다. 그것도 일치하지 않는다면 기드온 카트라이트의 것일 수도 있다.

나는 그 손톱을 편지 봉투에 담는다. 조심스레 옷을 접어 종이 봉지에 다시 넣는다. 그때 또 하나의 편지 봉투가 눈에 띄는데, 이 속에는 보존된 지문 사진들과 함께 더 작은 종잇조각이 들어 있다. 닌하이드 린*에 푹 담가 숨길 수 없는 보라색 지문을 얻어낸 종잇조각이었다. 시체 안치소의 검시관이 검사한 바로는 이 지문들이 네비 루엘의 왼쪽 엄지손가락 지문과 일치했었다. 네비의 바지 주머니에서 발견된 영수증에 그녀의 지문이 묻어 있다는 사실은 놀랄 일도 아니었다.

나는 봉투에서 그 작은 종이를 꺼낸다. 지금은 화학성분이 바래져 연보라색을 띠고 있다. 이것을 연구소로 가져가 다른 지문은 더 없는지 검사를 요청할 수도 있지만, 있다고 해도 지금으로선 결정적인 증거가 못 될 것이다.

그 종이를 편지 봉투에 다시 넣으려는 순간 나는 그것이 무엇인지 깨닫는다. 고든 도매점. 날짜와 시간이 찍혀 있는데, 네비 루엘이 사망하기 전날 아침이다. 어떤 사육사가 주문한 물건을 가지러 왔는지는 나도 모른다. 그러나 도매점 직원들은 보호소에서 일한 사람들을 기억할지 모른다.

만약 앨리스 메트캐프가 남편 때문에 도망을 친 거라면 그녀를 찾기 위해 내가 할 일은 그녀가 어디로 갔는지만 알아내면 된다.

앨리스 메트캐프는 지구 상에서 종적을 감춘 듯했다. 기드온 카트라이트가 그녀와 함께 가지 않았을까?

세레니티에게 전화를 걸 **생각**은 정말로 아니었다. 어쩌다 보니 그렇게 됐다.

내가 전화기를 들자마자 다음 순간 그녀가 저편에서 전화를 받고 있

---

* 지문을 검사하는 데 주로 사용되는 화학물질로 아미노산과 반응하면 청자색을 띤다.

었다. 맹세컨대, 나는 번호조차 기억하지 못했고 술은 한 방울도 마시지 않은 상태였다.

그녀의 목소리를 들었을 때 내가 묻고 싶은 말은 "제나한테서 연락 왔어요?"였다.

내가 왜 관심을 가지는지 모를 일이다. 그 애가 떼 쓰는 애처럼 씩씩거리며 가버렸으니 속이 시원해야 마땅했다.

그러나 나는 밤새 잠을 이룰 수 없었다.

꿈에서 제나가 처음 내 사무실에 들어왔을 때 했던 말이 계속 맴돌았기 때문이다. 그 애가 너무 빨리 밴드를 떼버려 나는 다시 피를 흘리기 시작했다. 제나가 한 말 중에 하나는 옳을지 모른다. 이것이 내 잘못이라는 것. 도니 보이랜 상관이 10년 전 증거 불일치를 덮고 싶다고 했을 때 내가 너무 어리석어 맞서지 않았으니까. 그러나 다른 하나는 틀렸다. 이것은 엄마를 찾고 있는 제나의 문제가 아니다. 이것은 길을 찾고 있는 내 문제다.

문제는 내게 내놓을 만한 실적이 없다는 것이다.

그래서 전화기를 들었고, 나도 모르게 이른바 한물간 심령술사 세레니티에게 고든 농산물 도매점에 진상 조사를 하러 가자고 부탁하고 있었다. 그녀가 퀴즈 프로에 나가는 듯한 열정으로 나를 태우러 와서는 명실상부한 파트너가 돼주겠노라 동의한 후에야 내가 왜 그녀에게 손을 뻗었는지 이해가 되었다. 그녀가 내 조사에 실제로 도움이 될 거라고 생각한 것은 아니었다. 다만 세레니티는 자기가 잘못한 일을 자기 자신이 바로 잡지 못했을 때 자존심을 유지할 수 없는 것이 어떤 기분인지 알기 때문이었다.

한 시간이 지난 지금, 우리는 정어리 통조림만 한 그녀의 차를 타고 내 기억 속에 고든 도매점이 위치해 있는 분의 변두리로 달리고 있다. 그곳은 온 세계가 망고에 환장해 칠레나 파라과이에서만 망고가 재배되는 한겨울에도 망고를 파는 그런 곳이다. 여름에 파는 딸기는 신생아의 머리 크기만 하다.

나는 딱히 할 말을 찾지 못해 라디오를 켜려다가 코끼리 모양으로 접어서 구석에 밀어놓은 종이를 발견한다.

"그 애가 만들었어요." 세레니티가 말한다. 우리 사이에 제나의 이름은 굳이 말할 필요가 없다.

종이가 축구공처럼 내 손을 스르르 빠져나간다. 그것은 완벽한 포물선을 그리며 우리 가운데 콘솔 위에 메리 포핀스의 여행용 손가방처럼 입을 벌리고 있는 세레니티의 큼지막한 보라색 지갑으로 쏙 들어간다. "아직까지 연락이 오지 않았습니까?"

"네."

"왜 그런 것 같습니까?"

"아침 8시고 그 앤 십 대니까."

나는 조수석에서 몸을 꿈틀댄다. "내가 어제 멍청하게 굴었기 때문은 아닐까요?"

"10시나 11시면 그렇겠죠. 하지만 지금은 여름방학이니 그 애도 여느 애들처럼 자고 있지 않겠어요."

세레니티가 운전대를 잡고 있던 손을 푸는데, 나는 그녀가 운전대에 씌워 놓은 털북숭이 커버를 빤히 본다. 이번이 처음 본 게 아니다. 퉁방울눈에 하얀 엄니를 가진 파란색 커버다. 〈세서미 스트리트〉의 쿠키 몬스터를 약간 닮았다. 운전대를 삼킨 쿠기 몬스터라고나 할까. "대체 그게 뭡니까?" 내가 묻는다.

"브루스예요." 세레니티는 뭔 바보 같은 질문이냐는 듯 대답한다.

"운전대에도 이름을 지어 줍니까?"

"여보세요, 나랑 가장 오랜 시간을 보낸 것이 이 차네요. **댁의** 가장 친한 친구 이름이 잭이고 성이 다니엘인 점으로 볼 때 뭐라고 할 처지는 아니신 것 같은데요." 그녀는 환한 미소를 지어 보인다. "젠장, 이게 그리웠어요."

"말다툼 말입니까?"

"아뇨, 경찰 일이요. 당신이 타인 데일리보다 인물이 좀 낫다는 점만 빼면 우리 둘이 캐그니와 레이시* 같지 않나요."

"난 발끝에도 못 미쳐요." 나는 투덜거린다.

"있죠, 당신이 어떻게 생각하든 당신과 내가 하는 일은 그다지 다르지 않아요."

나는 푸하 웃고 만다. "아 네, 예측 가능한 과학적 증거에 대한 욕심만 빼고 말이죠."

그녀는 내 말을 무시한다. "생각해봐요. 우리 둘 다 어떤 질문을 해야 하는지 알아요. 어떤 질문을 하지 **말아야** 하는지도 알아요. 우린 몸짓 언어에도 능숙해요. 우리 둘 다 직감에 살고 죽어요."

나는 고개를 젓는다. 내가 하는 일을 그녀가 하는 일에 비교하다니 안될 말이다. "내 일에는 과학적으로 설명할 수 없는 것은 없습니다. 난 환영도 보지 않고, 내 앞에 있는 것에만 집중합니다. 형사는 관찰자죠. 난 내 눈을 보지 못하는 사람을 보면서 그것이 슬픔인지 수치심인지 알아내려 합니다. 무엇이 사람을 울리는지 관심을 기울이죠. 아무도 말

---

* 1980년대 미국에서 큰 사랑을 받은 TV 드라마 〈캐그니와 레이시〉의 강력계 두 여형사. 타인 데일리는 레이시 역을 맡은 배우 이름이다.

을 하고 있지 않을 때도 듣습니다." 내가 말한다. "신통력 같은 건 없다고 생각해본 적은 없습니까? 심령술사들이 탐정 노릇을 정말로 잘한다고 생각합니까?"

"아니면 그 반대일지도 모르죠. 좋은 탐정이 연구 대상을 읽을 수 있는 건 심령술사 같은 면이 있기 때문인지도 몰라요."

그녀가 고든 도매점 주차장에 차를 댄다. "자 낚시하러 떠나볼까요." 나는 세레니티에게 이렇게 말하고 차에서 내려 담배에 불을 붙이는데 그녀가 얼른 내게 따라붙는다. "우린 기드온 카트라이트를 낚아 올릴 겁니다."

"보호소가 문을 닫은 후로는 어디로 갔는지 모르지 않나요?"

"코끼리들을 새로운 집으로 옮길 때까지 남아 있었다는 건 알죠. 그 후에는…… 당신이나 나나 모르긴 매한가지죠." 내가 말한다. "사육사들은 사료를 사러 교대로 이곳에 왔을 겁니다. 기드온이 앨리스와 도망칠 계획을 세웠다면 대화 중에 무슨 말을 흘렸을지도 모르죠."

"10년이나 지났는데 직원들이 그대로 있을지도 모르잖아요……"

"없다는 것도 모르는 일이죠." 내가 받아친다. "낚시질이라 했잖습니까, 알겠어요? 낚아 올리기 전까진 무엇이 걸려들지 모르는 겁니다. 그냥 따라오기나 하세요."

나는 신발 뒤꿈치로 담배를 비벼 끄고 농산물 판매대로 걸어 들어간다. 판잣집을 좋게 개조한 듯한 건물에는 레게 머리를 하고 버켄스탁 슬리퍼를 신은 이십 대 풋내기 직원이 대부분이지만, 토마토를 거대한 피라미드 모양으로 쌓고 있는 늙은 직원도 한 명 보인다. 대단하다는 생각이 들면서도 저 밑에 있는 토마토를 하나 빼서 피라미드를 와르르 무너뜨리고 싶다는 고약한 마음도 든다.

직원들 중에 코걸이를 한 여자가 금전 등록기 쪽으로 커다란 사탕옥수수 바구니를 끌고 가다 세레니티에게 미소를 지어 보인다. "필요한 게 있으시면 말씀해주세요." 그녀가 말한다.

고든 도매점이 뉴잉글랜드 코끼리 보호소에 물건을 원가에 팔았다면 경영자가 누구건 그의 승인을 받아야 했을 것이다. 이런 것도 노인 차별일지 모르나 어쨌든 내 눈에는 저 늙은 직원이 눈에 핏발 선 젊은 것들보다 많이 알고 있을 것 같다.

나는 복숭아를 집어 들고 한 입 베어 먹는다. "세상에, 기드온 말이 맞았어." 나는 세레니티에게 말한다.

"죄송합니다만." 노인이 말한다. "시식은 물건 값을 지불하셔야 가능합니다."

"아, 그 복숭아 제가 사겠습니다. 몽땅 말입니다. 제 친구 말이 맞지 뭡니까. 여기 과일이 자기가 먹어본 중 최고라고 했거든요. 그 친구가 그러더군요. '마커스, 뉴햄프셔 분에 와서 고든 도매점에 들르지 않는다면 자네한테 몹쓸 짓을 하는 거라고 보면 되네'라고요."

노인은 활짝 웃는다. "아, 제 생각도 다르지 않답니다." 그가 손을 내민다. "저는 고든 도매점의 고든이라고 합니다."

"마커스 러트왈입니다." 내가 대답한다. "여기는 제…… 아내 헬가입니다."

세레니티는 그에게 미소를 지어 보인다. "저희는 골무 대회에 가는 길이었어요." 그녀가 말한다. "그런데 마커스가 여기 간판을 보더니 꼭 들러야 한다고 **우기지** 뭐예요." 그때 구슬 장식이 달린 커튼 안쪽에서 요란한 소리가 들린다.

고든이 한숨을 쉰다. "요즘 젊은이들은, 지속가능성과 친환경만 최곤줄 압니다. 그러나 쥐뿔도 모르는 소리죠. 잠깐 실례해도 될까요?"

그가 자리를 뜨자마자 나는 세레니티를 돌아본다. "골무 대회요?"

"헬가는 어떻고요?" 그녀가 맞받아친다. "게다가, 즉석에서 생각나는 말이 그건데 어쩌겠어요. 당신이 그렇게 천연덕스럽게 거짓말을 할 줄은 몰랐네요."

"거짓말을 하는 게 아니라 탐정 일을 하고 있는 겁니다. 자백을 받아내기 위해 하는 말이라 보면 됩니다. 수사관들이 옆에 있으면 사람들은 자신이 곤경에 빠지거나 다른 사람이 곤경에 빠질 거라 생각해 경계를 하거든요."

"당신은 **심령술사들**이 사기꾼이라고 생각해요?"

고든이 돌아와 입에 발린 사과를 한다. "벌레 먹은 청경채가 들어왔지 뭡니까."

"그런 일이 있으면 싫으시겠어요." 세레니티가 중얼거린다.

"멜론 좋아하십니까? 아주 꿀맛입니다." 고든이 말한다.

"어련할까요. 기드온 말이 사장님 물건을 코끼리들한테 낭비하는 게 아쉬울 정도라고 했으니까요."

"코끼리들이요." 고든이 따라 말한다. "설마 기드온 카트라이트를 말씀하는 겁니까?"

"그를 기억하세요?" 나는 환하게 웃으면서 말한다. "믿을 수가 없군요. 믿을 수가 없어요. 대학 때 제 룸메이트였는데, 대학 졸업 후로 보지를 못했지요. 저기, 그 친구가 아직 여기 살고 있습니까? 정말로 만나보고 싶거든요……"

"그 사람은 오래전에, 코끼리 보호소가 문을 닫은 후 마을을 떠났습니다." 고든이 말한다.

"문을 닫았다고요?"

"안타까운 일이었죠. 직원 한 명이 짓밟혀 죽는 사고가 있었어요. 그 사람이 사실은 기드온의 장모였죠."

"그 친구와 부인한테 큰 충격이었겠군요." 나는 모르는 체하며 말한다.

"그 부분은 다행이었지요." 고든이 대답한다. "그레이스는 그 일이 있기 한 달 전에 죽었으니까요. 그 사실을 몰랐죠."

옆에 있던 세레니티의 얼굴이 굳어진다. 그녀는 처음 듣는 얘기지만 나는 조사 기간에 아내가 세상을 떠났다고 했던 기드온의 말이 어렴풋이 기억난다. 가족은 한 명만 잃어도 비극이다. 두 명을 잇달아 잃는 건 우연의 일치로만 보기 힘들다.

기드온 카트라이트는 장모가 살해되었을 때 비통한 표정을 짓고 있었다. 하지만 그를 용의자로 보고 좀 더 자세히 관찰했어야 하지 않았을까.

"보호소가 문을 닫은 후 그 친구가 어디로 갔는지는 아십니까?" 내가 묻는다. "다시 연락을 하고 싶어서요. 조의도 표하고 싶고요."

"내슈빌로 갔다고 알고 있습니다. 코끼리들이 옮겨간 곳이지요. 그 근처에 보호소가 있다고 했습니다. 그레이스가 묻힌 곳이기도 하고요."

"제 친구의 아내도 잘 아셨습니까?"

"사랑스러운 여자였지요. 그렇게 젊은 나이에 죽기 아까운 사람이었어요."

"어디가 아팠나요?" 세레니티가 묻는다.

"그랬던가 봅니다, 조금은요." 고든이 말한다. "그레이스는 주머니에 돌을 넣고 코네티컷 강으로 들어갔어요. 일주일 만에 시신이 올라왔지요."

앨리스

22개월은 임신 기간으로 긴 시간이다.

코끼리에게 엄청난 시간과 에너지가 드는 시간이다. 갓 태어난 새끼를 제힘으로 살아갈 수 있는 정도까지 키우는 데 드는 시간과 에너지를 더하면 어미 코끼리에게 중요한 것이 무엇인지 이해할 수 있다. 당신이 누구인지 코끼리와 어떤 개인적인 친분을 쌓았는지는 중요하지 않다. 어미와 새끼 사이에 끼어든다면 어미는 당신을 죽이고 말 것이다.

마우라는 서커스단에 있다가 아프리카 수코끼리의 짝으로 동물원에 보내졌다. 둘 사이에 불꽃이 튀긴 했지만 사육사들이 생각한 그런 불꽃이 아니었다. 야생에서는 암코끼리가 수코끼리와 가까운 곳에서 지내는 법이 없기 때문에 놀랄 일이 아니었다. 오히려 마우라는 수코끼리를 공격하고, 우리 담장을 부수고, 사육사를 울타리로 밀어붙여 척추를 으스러뜨렸다. 마우라는 살인자라는 꼬리표를 달고 우리한테 왔다. 이곳 보호소에 오는 여느 코끼리들처럼 그녀도 결핵을 비롯한 각종 검사를 수십 가지 받았다. 그러나 임신 검사는 협약서에 들어 있지 않아 우리는 해산일이 다 돼서야 그녀가 새끼를 가졌다는 사실을 알았다.

우리는 그 사실을 가슴이 붓고 배가 내려온 걸 보고서야 알게 되었고 마우라를 두어 달 격리시켰다. 같은 구역에 있는 다른 아프리카 코끼리 헤스터가 새끼를 낳아본 경험이 없어 어떤 반응을 보일지 짐작하기 어려웠기 때문이다. 우리는 마우라가 어미가 되는 경험을 몇 번이나 했는지도 몰랐는데, 마우라가 속해 있던 서커스단을 토마스가 찾아낸 끝에 수컷을 낳은 적이 한 번 있었다는 사실을 알게 되었다. 그 일도 서커스단이 마우라를 위험 분자로 분류하게 만든 여러 이유 중 하나였다. 그들은 암코끼리의 모성 공격성을 무릅쓰고 싶지 않아 출산 때 마우라를 사슬로 묶어놓고 새끼를 돌보았다. 그러나 마우라는 새끼에게 가려고 울부짖고 으르렁거리고 사슬을 내동댕이치면서 미쳐 날뛰었다. 새끼를 만지게 해주자 그제야 괜찮아졌다.

서커스단은 새끼가 두 살이 되었을 때 동물원에 팔았다.

토마스가 이 이야기를 들려주었을 때 나는 마우라가 풀을 뜯고 있는 구역으로 나가 내 아이를 내 발치에서 놀게 하고 앉았다. "두 번 다시 그런 일이 없도록 해줄게." 나는 그녀에게 말했다.

보호소에서 우리 모두는 저마다의 이유로 흥분해 있었다. 토마스는 새끼를 보호소에 돈을 벌어다 줄 가능성으로 보았다. 새끼 코끼리가 태어나면 방문객이 수만 명씩 드나드는 동물원과 달리 우리는 새끼를 보여주지는 않을 것이었다. 다만 새끼를 후원해주려고 사람들이 기금을 내놓을 확률이 컸다. 말 뒤에 붙는 쉼표처럼 달랑거리는 코, 어미의 다리 기둥 사이로 얼굴을 내밀고 있는 아기 코끼리 사진들만큼 귀여운 것도 없었다. 우리는 기금 조성 자료들을 이런 사진들로 채울 수 있기를 바랐다. 그레이스는 코끼리의 출산을 본 적이 없었다. 기드온과 네비는 서커스단에 있을 때 두 번 보았지만 이번에는 더 좋은 결과를 기대하고 있었다.

그럼 나는? 흠, 나는 이 거구의 코끼리한테 가족애를 느꼈다. 마우라는 나와 비슷한 시기에 이 보호소를 자기 집으로 삼았고, 여섯 달 뒤 나는 딸을 해산했다. 지난 18개월 동안 마우라가 소통하는 모습을 관찰하던 중 그녀와 눈이 마주칠 때가 종종 있었다. 비과학적이고 의인화된 시각이라고 볼 수도 있지만 그렇다고 비공개로 해야 할까? 나는 우리 둘 다 이곳에 있게 된 것을 행운으로 느꼈다고 생각한다.

내게는 어여쁜 딸과 명석한 남편이 있었다. 나는 토마스가 녹음해둔 코끼리들의 대화를 이용해 자료를 모아서 코끼리들의 슬픔과 인지에 관한 논문으로 꿰맞추고 있었다. 이 인정 많고 똑똑한 동물들한테서 하루도 빠짐없이 배웠다. 그랬기 때문에 부정적인 면보다 긍정적인 면에 집중하기가 쉬웠다. 토마스가 보호소를 어떻게 계속 운영해나갈 수 있을지를 고민하며 밤마다 회계 장부를 들여다보고 잠을 이루지 못해 약을 먹기 시작했다는 사실, 나는 보호소에서 1년 반이 지나도록 실제 죽음을 기록하지 못해 누구 하나가 죽어서 내 연구를 발전시킬 수 있기를 바라는 마음에 죄책감이 들었다는 사실, 그런 것이 부정적인 면이었다.

그런데다 나는 네비와 의견 충돌이 잦은 편이었다. 네비는 코끼리들과 가장 오래 일해왔다는 이유로 모든 것을 안다고 생각했다. 내가 무슨 의견을 내면 코끼리들이 야생에서 했던 방식을 보호소에 적용해도 좋은지 믿지 못하겠다며 무시했다.

사소하기 이를 데 없는 갈등들도 있었다. 내가 코끼리들 먹이를 준비해놓으면 네비는 시라는 딸기를 좋아하지 않는다는 둥 올리브의 위는 꿀에 거부 반응을 보인다는 둥 하는 이유로(내가 보기에는 어떤 주장도 뒷받침할 근거가 없는데도) 메뉴를 바꾸곤 했다. 어떤 때는 네비가 자기 지위를 이용해 내 개인적인 영역까지 침범하곤 했다. 가령, 내가 코끼리들의 반응을 보려고 아프리카 구역에 아시아 코끼리 뼈를 갖다 놓으면 그녀는 죽은 코끼리들을 모독하는 짓이라고 여겨 뼈들을 치워버렸다. 그녀가 제나를 봐줄 때는 내가 읽은 육아서마다 두 살 이전에는 아이에게 꿀을 먹이면 안 된다고 되어 있는데도 이가 나는 데 좋다며 제나에게 꿀을 먹여도 괜찮다고 우겼다. 내가 토마스에게 이 문제를 꺼내자 그는 화부터 냈다. "네비는 시작부터 나랑 일해온 사람이야." 그가 해명이랍시고 한 말이었다. 그와 끝까지 갈 사람은 나라는 사실은 중요하지 않은 듯했다.

마우라가 언제 임신을 했는지는 나도 네비도 몰랐기 때문에 예정일은 추정에 의존해야 했다. 이 문제도 네비와 나의 의견이 달랐다. 마우라의 가슴 발달에 근거해 나는 예정일이 얼마 남지 않았다는 걸 알았다. 네비는 코끼리들이 늘 보름에 새끼를 낳는다며 앞으로 3주가 남았다고 주장했다.

무리에 속해 있는 새끼들 수만 본다면 야생에서 출산 장면을 볼 기회가 많았을 것으로 생각되겠지만 나도 한 번밖에 보지 못했다. 츠와나족* 말로 '생명'을 뜻하는 보트셀로라는 코끼리였다. 나는 다른 무리

---

* 남아프리카 보츠와나 주변 지구에 사는 흑인의 한 종족.

를 추적하고 있다 강바닥 옆에서 아주 이상하게 행동하고 있는 보트셸로의 무리를 보게 되었다. 평소에는 느긋한 무리였는데, 이때는 얼굴을 바깥쪽으로 향한 채 보트셸로를 빙 둘러싸고 보호하고 있었다. 30분 정도 우르릉거리는 소리가 들리더니 철벅 하는 소리가 났다. 무리가 자세를 바꾼 덕에 나는 보트셸로가 양막을 찢어 머리 위로 휙 젖히는 것을 볼 수 있었는데, 양막이 전등갓처럼 보여 보트셸로가 파티 주인공 같았다. 그녀의 몸뚱이 아래 아주 작은 암컷이 우르릉거리고 빵빵거리고 왁자지껄한 폭발적 소리에 둘러싸여 있었다. 무리는 오줌을 싸고 분비물을 배출했다. 그런 다음 나를 보고 하얀 눈알을 굴렸는데, 마치 나도 같이 축하해달라고 말하는 듯했다. 무리의 전 구성원이 갓 태어난 새끼를 머리끝부터 발끝까지 만져주었다. 보트셸로는 코로 새끼를 감싸고 새끼의 배 아래와 입 속에도 코를 넣었다. "안녕. 반가워."

새끼는 당황한 얼굴로 몸을 옆으로 굴려 다리를 불가사리처럼 사방으로 뻗었다. 보트셸로는 발과 코를 이용해 새끼를 일으켜주었다. 새끼는 앞다리를 간신히 세웠지만 뒷다리를 들려다 앞으로 고꾸라졌고, 반대로 했을 때는 다리 길이가 맞지 않는 삼각대 형상이 되었다. 마침내 보트셸로가 무릎을 꿇고서 새끼의 머리를 얼굴로 밀면서 일어섰는데, 마치 이렇게 하면 된다고 방법을 일러주는 듯했다. 새끼가 일어서려다 또 미끄러지자 보트셸로는 더 안전한 발판을 만들어주려고 풀과 흙을 충분히 채워주었다. 20분에 달하는 보트셸로의 지극정성 끝에 그 작은 새끼가 뒤뚱거리며 어미 옆에 나란히 섰다. 새끼가 넘어질 때면 보트셸로의 코가 새끼를 일으켜주었다. 마침내 새끼는 어미의 몸뚱이 밑으로 들어가 기운 없는 코로 어미의 배를 밀어 올리며 젖을 뒤적거리기 시작했다. 탄생의 전 과정은 사실적이면서 압축적이었고 내게는 태어나 가장 놀라운 경험이었다.

어느 날 아침, 나는 여느 날처럼 제나를 자루처럼 등에 메고 마우라를 보러 갔다가 그녀의 불룩한 배가 내려와 있는 것을 알아챘다. 사륜오토바이를 타고 아시아 축사로 갔더니 네비와 토마스는 우리 코끼리들 중 누군가의 발톱에 생긴 곰팡이 균에 대해 이야기하고 있었다. "때가 됐어요." 나는 숨 가쁘게 말했다.

토마스는 내 양수가 터졌다는 말을 들었을 때처럼 행동했다. 흥분하고 우왕좌왕하고 어찌할 바를 모른 채 뛰어다니기 시작했다. 그는 그레이스에게 무전을 쳐 제나를 데리고 오두막으로 돌아가 우리 나머지가 아프리카 구역에 있는 동안 제나를 봐달라고 부탁했다. "서두를 것 없어요." 네비가 주장했다. "코끼리가 낮에 출산했다는 말은 들어본 적이 없으니까. 새끼 눈이 적응을 할 수 있도록 밤에 출산을 한대요."

마우라의 경우 시간이 그렇게 길어진다면 무슨 이상이 생겼다는 의미였다. 그녀의 몸은 진통이 상당히 진행되었다는 걸 보여주고 있었다. "내 생각엔 길어야 30분이에요." 내가 말했다.

토마스는 네비의 얼굴과 내 얼굴을 번갈아 보더니 기드온에게 무전을 쳤다. "아프리카 축사로 빨리 와줘요." 그가 말했다. 나는 쏘아보는 네비의 시선을 느꼈지만 외면했다.

처음에는 축제 분위기였다. 토마스와 기드온은 새끼가 수컷이면 좋을지 암컷이면 좋을지를 놓고 티격태격했다. 네비는 자신이 그레이스를 낳았을 때 이야기를 했다. 다들 코끼리가 출산할 때 마취를 받아도 되는지, 된다면 마취제 이름을 파치듀랄*이라고 해야겠다며 농담을 했

* pachy는 두껍다는 뜻으로 경막외 마취제 epidural과 혼용한 말장난이다.

다. 내 경우에는, 나는 마우라에게 집중했다. 그녀가 진통 때문에 힘들어서 우르렁거리는 소리를 내자 보호소 전역으로 자매애가 느껴지는 청각 기류가 전파되었다. 헤스터는 마우라에게 뿌우 하는 나팔 소리를 들려주었고, 아시아 코끼리들은 더 먼 거리에서 안부를 전했다.

내가 토마스에게 빨리 오라고 한 그때 이후로 반 시간이 지났고, 또한 시간이 지났다. 마우라는 두 시간째 빙글빙글 돌기만 할 뿐 진전을 보이지 않았다. "아무래도 수의사를 불러야겠어요." 내가 제안했지만 네비는 손사래를 쳤다.

"말했잖아, 해 지고 나서 출산을 한다니까."

나는 낮 시간에도 코끼리들이 새끼를 낳는 장면을 보았다고 한 산림 경비원들을 많이 알았지만 입술을 깨물었다. 마우라가 야생에 있어서 무리 중 누군가가 걱정할 것 없다고, 다 잘될 거라고 말해줄 수 있다면 얼마나 좋았을까.

그러나 여섯 시간이 지나자 진짜로 의심이 들었다.

그 시각에는 기드온과 네비가 아시아 코끼리들과 헤스터의 먹이를 준비해서 나눠주러 가고 없었다. 새끼도 받아야 했지만 다른 여섯 마리 코끼리도 돌보아야 했다. "수의사를 부르는 게 좋겠어." 나는 마우라가 지쳐서 비틀거리는 것을 보고 토마스에게 말했다. "뭔가가 이상해."

토마스는 주저하지 않았다. "제나한테 가보고 전화할게." 그가 걱정스런 얼굴로 나를 보았다. "마우라와 함께 있을 거야?"

나는 고개를 끄덕이고서 울타리 건너편에 무릎을 세우고 앉아 마우라가 힘들어하는 모습을 지켜보았다. 이런 말을 입 밖에 내고 싶진 않지만, 내 머릿속에 자꾸 떠오르는 것은 내가 아프리카를 떠나기 직전 죽은 새끼와 함께 있는 것을 보았던 카기소였다. 카기소를 생각조차 하기 싫었던 건 이 출산에 불운을 가져올지 모른다는 불길한 두려움 때문이었다.

토마스가 떠나고 5분도 지나지 않아 마우라가 빙 돌아서 내게 궁둥이를 보였고 나는 그녀의 다리 사이로 양막이 늘어나고 있는 것을 볼 수 있었다. 벌떡 일어나긴 했지만 토마스를 데려오고 싶은 마음과 시간이 얼마 없다는 생각 사이에서 갈팡질팡했다. 그러나 어물거릴 틈도 없이 양막이 툭 미끄러지면서 양수가 콸콸 쏟아졌고, 새끼가 하얀 양막에 그대로 싸인 채 풀 위에 떨어졌다.

마우라가 무리 속에 있었다면 자매들이 무엇을 해야 하는지 알려줄 텐데. 양막을 찢고 새끼가 일어서게 도와주라고 격려해줄 텐데. 그러나 마우라에게는 나밖에 없었다. 나는 두 손을 동그랗게 모아 입에 대고서 포식자가 나타났을 때 코끼리들이 내던 SOS 조난 소리를 흉내 내보려 애썼다. 마우라를 깜짝 놀라게 해 행동을 취할 수 있게 하고 싶었다.

세 번의 시도 끝에 마침내 마우라가 코로 양막을 찢기 시작했다. 하지만 그 순간에도 나는 뭔가가 이상하다는 걸 알았다. 보트셸로와 그 무리의 환희의 몸짓들과 달리 마우라의 몸은 구부정했다. 눈도 아래로 처져 있고, 입도 늘어져 있었다. 두 귀는 몸에 납작 붙어 있었다.

마우라는 죽은 새끼 옆에 있던 카기소를 빼닮아 있었다.

마우라는 사산된 수컷 새끼를 일으켜 세우려 애썼다. 앞발로 새끼를 밀어보았지만 새끼는 움직이지 않았다. 코로 새끼의 몸을 감아서 들어올리려 했지만 새끼는 잡히지 않고 미끄러졌다. 마우라는 태반을 치운 다음 새끼의 몸을 굴렸다. 뒷다리 사이로 측두샘에서 흐르는 분비물만큼 진하고 선명한 피가 흐르고 있는데도 마우라는 숨 한번 쉬지 않은 새끼를 계속해서 닦아주고 밀쳐보았다.

내가 눈물을 흘리고 있을 때 토마스가 기드온을 데리고 돌아와 수의사가 한 시간 안으로 도착할 거라는 소식을 전했다. 보호소 전체가 쥐죽은 듯 조용해졌다. 다른 코끼리들도 울음을 멈췄고 바람마저 잠잠해졌다. 해는 지평선 저편으로 얼굴을 돌려 보이지 않았다. 애도의 물결인 양 밤의 장막이 찢기면서 별들이 하나둘 모습을 드러냈다. 마우라는 제 몸을 우산처럼 씌워 아들의 시신 곁을 지키고 서 있었다.

"어떻게 된 거야?" 토마스가 말했다. 내 남은 생애 동안 나는 토마스의 책망에서 벗어날 수 없을 것이다.

나는 고개를 저었다. "수의사한테 다시 전화해." 내가 말했다. "여기올 필요가 없어졌어." 지금은 피도 멈췄다. 더는 할 수 있는 일이 없었다.

"의사가 새끼를 부검하고 싶어 할 거야⋯⋯"

"마우라가 슬픔을 끝내기 전까지는 안 돼." 내가 말했다. 그 순간 며칠 전 빌었던 무언의 소원이 번쩍 떠올랐다. 박사 학위 취득 후 연구를 지속할 수 있도록 여기 코끼리들 중 누가 죽었으면 했던 것을.

내 잠재의식 속에서 이런 일을 바라온 듯했다. 토마스가 나를 책망해도 옳을지 모른다. "난 여기 있을게." 내가 선언했다.

토마스가 다가왔다. "그럴 필요 없어⋯⋯"

"이건 내가 **할 일**이야." 나는 단호하게 말했다.

"제나는 어쩌고?"

우리의 목소리가 커지자 기드온이 물러서는 모습이 보였다. "그 애가 어떻다고?" 내가 물었다.

"당신은 엄마야."

"당신은 아빠고." 제나의 인생에서 1년 중 오늘 하룻밤은 마우라가 제 새끼를 지켜보는 모습을 관찰하기 위해 내 새끼를 재우는 일은 건너뛸 수 있었다. 이것은 내 일이었다. 내가 의사였다면 응급 환자 호출을 받은 것이나 다름없었다.

그러나 토마스에게는 관심 밖의 문제였다. "난 저 새끼한테 의지하고 있었어. 우리를 구해줄 거라고 말이야." 그가 중얼거렸다.

기드온이 헛기침을 했다. "토마스? 내가 당신을 오두막까지 데려다 주고 그레이스를 시켜 부인에게 스웨터를 갖다 주면 어떨까요?"

그들이 떠난 후 나는 마우라가 코로 새끼의 등뼈를 어루만지고 양막을 힘없이 던진 시간을 표시하면서 기록을 했다. 그녀의 발성이 어떻게 달라지는지, 안심시키는 웅웅 소리부터 어미가 새끼를 자기 곁에 돌아오게 하려고 울먹이는 소리까지도 썼지만 그것은 일방적인 대화였다.

그레이스가 스웨터와 침낭을 가지고 와서는 내 옆에 말없이 앉아 잠깐 동안 마우라를 지켜보면서 그녀의 슬픔을 느꼈다. "여기가 더 무겁네요." 그녀가 말했다. "공기가요." 코끼리의 죽음이 기압에 무슨 영향을 끼치겠냐마는 나는 그 말의 의미를 이해했다. 적막이 목구멍 저 안쪽에 있는 숨통을 거쳐 고막까지 밀고 들어와 우리를 질식시킬 것만 같았다.

네비도 조의를 표하러 왔다. 그녀는 아무 말도 하지 않고 내게 물 한 병과 샌드위치만 건네고서 멀찍이 서서 다른 사람과 나누고 싶지 않은 기억의 카드를 섞고 있는 듯했다.

새벽 3시, 내가 깜박 졸다 깼을 때 마우라가 마침내 새끼 곁에서 떨어졌다. 그녀가 코로 새끼를 들어 올렸지만 새끼는 두 번 모두 미끄러졌다. 새끼의 목을 들어 올리는 것도 되지 않자 다리를 들어 올렸다. 몇 번의 시도 끝에 마우라는 건초 다발을 들어 올리는 식으로 새끼의 몸을 코로 겨우 감았다.

조심조심, 천천히, 마우라는 북쪽으로 걸어가기 시작했다. 저 멀리서 헤스터의 호출이 들려왔다. 마우라는 부드럽게 응답을 하다 새끼를 깨울까 걱정된다는 듯 소리를 줄였다.

기드온과 네비가 사륜 오토바이를 타고 가버려서 나는 걸어서 가야 했다. 마우라가 어디로 가는지 알 수 없었지만 나는 해서는 안 될 짓을 했다. 출입구에 차량만 드나들 수 있게 만들어놓은 구멍으로 빠져나와 마우라의 뒤를 그림자처럼 따라간 것이다.

다행히 마우라는 자신의 슬픔에 빠져 있어서, 아니면 소중한 짐에 집중해 있는 탓에 나를 알아채지 못한 채 나무들 뒤로 최대한 조용히 살살 걸어갔다. 우리는 20미터 정도의 거리를 두고서 연못을 지나고 자작나무 숲을 통과하고 초원을 가로질러 마우라가 가장 더운 날이면 곧잘 오는 장소에 이르렀다. 가지들이 쭉쭉 뻗어 있는 참나무 아래 솔잎들이 양탄자처럼 깔려 있는 곳이었다. 마우라는 그 나무 그늘에서 옆으로 누워 낮잠을 자곤 했다.

그러나 오늘은 새끼를 그곳에 눕혀놓고 소나무 가지를 부러뜨리고 솔잎과 이끼 뭉치를 걷어차 새끼를 덮어주기 시작했고, 마침내 시신이 대충 덮였다. 그러자 마우라는 제 다리를 신전 기둥 삼아 새끼 옆을 다시 지키고 섰다.

나는 참배했다. 기도도 했다.

마우라가 새끼를 출산하고 스물네 시간이 지났지만 나는 한잠도 자지 않았고 마우라도 마찬가지였다. 그보다 더 위험한 사실은 마우라가 아무것도 먹지 않았다는 것이었다. 먹이야 얼마 동안은 안 먹고 지낼 수 있지만 물은 마셔야 했다. 그래서 기드온이 나를 발견하고, 울타리 저편에 안전하게 다가왔을 때 그에게 물을 부탁했다.

나는 축사에서 발 마사지를 할 때 쓰는 키 작은 대야 하나와 2리터짜리 물병 다섯 개를 갖다 달라고 했다.

등 뒤로 ATV가 다가오는 소리가 들렸을 때 나는 마우라가 반응을 하는지 보려고 살폈다. 식사 시간이 되면 보통은 아프리카 코끼리들이 관심을 보였다. 그러나 마우라는 기드온이 오고 있는 방향으로 머리도 돌리지 않았다. 기드온이 시동만 켜놓고 멈춰 서 있어 내가 말했다. "어서 가요."

야생보호지역에서는 내가 하고 있는 짓이 생태계를 조정하는 행위였기 때문에 엄격히 금지돼 있었다. 또한 내가 슬퍼하는 어미 코끼리의 사적인 공간을 침범하고 있었던 만큼 위험하기도 했다. 그러나 나는 눈곱만치도 개의치 않았다.

"싫습니다." 기드온은 내가 무엇을 하려는지 정확히 알았다. "올라타십시오."

그래서 나는 올라탔다. 내가 뒤에서 팔을 두르자 기드온은 울타리에 있는 작은 구멍을 통과해 마우라가 있는 구역으로 달렸다. 마우라가 귀를 쫙 펴고 무거운 발로 땅을 쿵쿵 찍으면서 우리에게 달려들었다. 기드온이 후진을 하려고 해 나는 그의 팔을 잡았다. "안 돼요." 내가 말했다. "시동 꺼요."

그는 어깨 너머로 날 보았는데, 사장 부인의 말을 들을 것인지 자기 보호 본능을 따를 것인지 갈등하는 눈빛이었다.

330

사륜 오토바이가 탈탈거리며 멈췄다.

마우라도 멈췄다.

아주 천천히, 나는 ATV에서 내려 무거운 고무 대야를 짐칸에서 내렸다. 이것을 차량에서 3미터쯤 떨어진 곳에 놓고 물을 여러 병 부었다. 그런 다음 기드온 뒤에 다시 올라탔다. "후진해요." 내가 속삭였다. "지금이요."

그가 후진을 하자 마우라의 코가 우리 쪽으로 홱 돌았다. 마우라는 가까이 걸어와 대야에 든 물을 한 번에 다 마셨다.

마우라는 상아가 거의 내 코앞에 이를 정도로 몸을 구부렸는데, 수십 년을 쓰는 동안 생긴 자국들과 흉터들까지 보이고 그녀가 내 눈을 들여다볼 수 있을 정도로 가까웠다.

마우라가 코를 뻗어 내 어깨를 어루만졌다. 그런 다음 느릿느릿 새끼의 시신 쪽으로 걸어가 새끼를 지키고 선 자세를 다시 취했다.

기드온의 손이 내 등에 와 닿았다. 위로와 경외가 고루 섞인 손길이었다. "숨 좀 쉬어요." 그가 말했다.

서른네 시간 후 독수리들이 나타났다. 녀석들은 빗자루를 탄 마녀들처럼 머리 위에서 빙빙 돌았다. 녀석들이 덮칠 때마다 마우라는 귀를 펄럭이고 우렁찬 소리를 내지르며 쫓아냈다. 밤에는 담비들이 나타났다. 코끼리 새끼에게 슬금슬금 다가오는 녀석들의 눈은 초록색 네온사인처럼 번득였다. 마우라는 스위치가 탁 켜지기라도 한 듯 혼수상태에서 깨어나 녀석들에게 달려들어 상아로 쓰러뜨렸다.

토마스는 내게 집으로 오라는 말을 더는 하지 않았다. **아무도** 더는 말하지 않았다. 나는 마우라가 떠날 준비가 될 때까지 떠나지 않을 생각이었다. 나는 그녀의 무리가 되어 비록 새끼는 살 수 없지만 그녀는 살아야 한다는 사실을 일깨워줄 생각이었다.

여기에는 어쩔 수 없는 아이러니가 있었다. 나는 코끼리 역을 맡고 있었던 반면, 마우라는 죽은 아들에 대한 애도를 그치지 않음으로써 오히려 인간적으로 행동하고 있었다. 야생에서 코끼리들의 애도와 관련해 가장 놀라운 사실 중 하나는 슬퍼할 만큼 슬퍼하다 어느 순간 탁 놓을 줄 아는 능력이다. 인간들은 그렇게 할 수 없는 것 같다. 나는 그 이유가 종교 때문이라고 생각했다. 우리는 내세가 무엇이든 그곳에서 사랑하는 사람을 다시 만날 거라고 기대한다. 코끼리들은 현세의 기억만 가질 뿐 그런 희망은 갖지 않는다. 어쩌면 그래서 코끼리들이 다음으로 넘어가기가 더 쉬운 건지 모른다.

출산 후 일흔두 시간이 지나고부터 나는 야생에서 수천 번도 더 들었던 '놓아주자'는 우르릉 소리를 흉내 내며 나 자신을 그 방향으로 돌리려 애썼다. 마우라는 그 소리를 무시했다. 이때쯤 나는 서 있기도 힘들었고 시야도 흐릿했다. 수코끼리가 울타리를 뚫고 오는 환각마저 보였는데, 다시 보니 ATV가 다가오는 모습이었다. 네비와 기드온이 타고 있었다. 네비가 나를 보더니 머리를 흔들었다. "자네 말이 맞군, 제정신이 아니야." 네비가 기드온에게 말했다. 그런 다음 내게 말했다. "집으로 돌아가야 해. 딸이 엄마를 찾아. 마우라를 혼자 두는 게 싫다면 내가 곁에 있을게."

기드온은 내가 잠이 들어 그를 붙잡고 있지 못할 거라고 생각해 나를 뒤에 태우지 않았다. 나는 아이들이 오토바이에 탈 때처럼 앞쪽에 앉아 그의 팔에 안긴 채 꾸벅꾸벅 졸았고, ATV가 우리 오두막 앞에 섰을 때 깼다. 당황하여 오토바이에서 뛰어내려 고맙다는 인사를 하고 얼른 안으로 들어갔다.

놀랍게도 그레이스가 제나의 침대 옆 소파에 잠들어 있었다. 제나의 침대는 아기 방이 따로 없어 거실 한가운데 있었다. 나는 그녀를 깨워 기드온과 함께 집으로 돌아가라고 한 뒤 복도를 따라 토마스의 사무실로 갔다.

나처럼 토마스도 사흘 전 입은 옷 그대로 입고 있었다. 그는 어떤 장부를 들여다보고 있었는데, 내가 들어온 것도 알아채지 못할 만큼 연구에 빠져 있었다. 책상 위에는 엎질러진 약병이 누워 있고, 다 비운 위스키 병도 그의 옆에 보초처럼 서 있었다. 일을 하다 잠이 들었을 수도 있겠다 싶어 가까이 가보니 그의 두 눈은 초점도 없이 멀뚱히 떠 있었다.

"토마스." 나는 부드럽게 말했다. "그만 자러 가요."

"바쁜 것 안 보여?" 그가 소리를 빽 지르자 거실에 있는 아기가 울기 시작했다. "빌어먹을! 닥치지 못해!" 그는 소리를 지르고 장부를 쳐들어 내 뒤쪽에 있는 벽으로 던졌다. 나는 머리를 홱 숙였다가 그것을 주우려고 몸을 구부렸다. 페이지가 펼쳐져 있었다.

토마스가 그렇게 깊이 빠져들어 있던 것이…… 설마 이 장부란 말인가. 이것은 이 페이지에도 다음 페이지에도 아무것도 없는 텅 빈 일지였다.

그제야 그레이스가 아기를 토마스와 둘만 두는 것을 왜 불편해했는지 이해가 되었다.

내가 토마스의 서랍장에서 보병들처럼 줄지어 있는 약병들을 발견한 것은 분 시청에서 결혼식을 올리고 난 후였다. 내가 물었을 때 그는 우울증 때문이라고 했다. 그에게 남은 마지막 육친이었던 아버지가 돌아가신 후 침대에서 일어날 기운조차 없었다고. 나는 고개를 끄덕이며 연민을 느끼려 애썼다. 그때는 그의 병적 절망보다 부모님이 두 분 모두 돌아가셨다는 것조차 모른 채 누군가와 번갯불에 콩 볶아 먹듯 결혼했다는 사실이 더 불안하게 다가왔다.

토마스는 내게 그때 이후로는 우울증 증세를 보인 적이 없다고 말했지만 솔직히 말하면 나는 물어보지도 않았다. 답을 구태여 알 필요가 있나 싶었으니까.

나는 몸을 부르르 떨면서 쫓겨나듯 그 방을 나와 문을 닫았다. 내가 안아주자 제나는 이내 조용해졌고, 나는 아이를 안고 어쩌다 내 아이의 아빠가 된 낯선 남자와 함께 쓰는 침대로 갔다. 모든 악조건에도 불구하고 나는 딸의 자그마한 손을 내 손에 떨어진 별처럼 꼭 쥔 채 아주 곤한 잠에 빠져들었다.

잠에서 깨보니 햇빛에 눈이 부셨고, 파리가 귓전에서 왱왱거렸다. 관자놀이 쪽을 털어 파리를 쫓아내보았지만, 알고 보니 파리가 아니었고 그 소리는 사라지지 않았다. 멀리서 건설 장비 소리가, 보호소에서 조경 공사를 할 때 사용하는 굴착기 소리가 들렸다.

"토마스." 내가 불렀지만 그는 대답하지 않았다. 나는 깨어나서 방실방실 웃고 있는 제나를 덥석 안고 그의 사무실로 갔다. 토마스는 책상에 앉아 장부에 얼굴을 박고 있었는데, 의식이 전혀 없었다. 그가 살아 있는지 보려고 그의 등이 오르내리는 모습을 두 번 관찰하고서 야생보호지 캠프에서 요리를 해주던 아프리카 여성들로부터 배운 대로 제나를 업고 포대기를 둘렀다. 나는 오두막을 나와 ATV를 타고 지난밤 마우라를 두고 온 보호소 북쪽 끝으로 향했다.

내 눈에 맨 먼저 띈 것은 열선이었다. 마우라가 그 앞을 왔다 갔다

하면서 빵빵 울어대고 화를 내고 머리를 획획 흔들고 상아로 땅을 찔러댔고, 전기 충격을 받지 않는 선까지 열선 가까이 다가갔다. 이런 공격적인 행동을 하는 동안에도 마우라는 새끼한테서 눈을 떼지 않았다.

새끼는 네비 옆에 있는 커다란 목재 운반대에 사슬로 묶여 있었고, 네비는 기드온에게 무덤을 팔 자리를 지시하고 있었다.

나는 ATV를 몰고 출입구를 통과해 마우라를 지나 네비와 한 발짝 떨어진 지점에 끼익 세웠다. "도대체 무슨 생각으로 이러는 거예요?"

네비는 나와 내 등에 업힌 아기를 힐끔 보았는데, 내 육아법에 대한 자기 생각을 말해주고 싶다는 표정이었다. "코끼리들이 죽으면 으레 하는 일이야. 부검 표본은 오늘 아침에 수의사가 가져갔어."

피가 거꾸로 솟는 듯했다. "슬퍼하는 어미와 새끼를 떼어놓겠다고요?"

"사흘이나 지났어." 네비가 말했다. "이건 마우라를 위한 거야. 난 새끼들이 괴로워하는 모습을 보다 무너져버린 어미들을 많이 봤어. 윔피도 그랬고, 우리가 조치를 취하지 않으면 이번에도 그렇게 될 거야. 마우라가 그렇게 되길 원하는 거야?"

"제가 원하는 건 당사자인 마우라가 놓아줄 때를 결정하는 거예요." 내가 소리쳤다. "그게 이 보호소의 철학이라고 생각했어요." 기드온 쪽을 돌아보자 그는 굴착기 작업을 멈춘 채 한쪽에 어색하게 서 있었다. "토마스한테 물어보기는 했어요?"

"당연하지." 네비가 턱을 치켜들며 말했다. "내가 잘 알아서 할 거라고 믿는다고 했어."

"당신은 새끼를 잃은 어미의 슬픔이 뭔지 전혀 모르고 있어요." 내가 말했다. "이건 자비가 아니에요. 학대라고요."

"이미 지난 일이야." 네비가 반박했다. "마우라도 새끼를 보지 않는 날이 빠를수록 지난 일을 빨리 잊을 거야."

"마우라는 지난 일을 결코 잊지 않을 거예요." 나는 단언했다. "그건 나도 마찬가지고요."

얼마 안 있어 토마스는 감정이 가라앉은 본래 모습으로 깨어났다. 그는 네비가 독자적으로 일을 처리했다고 질책했고, 자신의 정신 상태가 온전하지 않을 때 그녀에게 권한을 준 만큼 자기 책임은 없는 거라고 했다. 그는 울면서 나와 제나에게 악마를 들여서 미안하다고 했다. 화가 난 네비는 남은 오후 동안 모습을 보이지 않았다. 기드온과 나는 새끼를 운반대에서 끌어내리지는 못하고 새끼의 몸에서 가죽끈과 사슬만 제거했다. 내가 열선의 전기를 끄자마자 마우라는 지푸라기를 떼듯 열선을 쉽게 뜯고서 아들에게 달려갔다. 그녀는 뒷다리로 아들을 받치고서 코로 아들을 어루만졌다. 그런 다음 45분 동안 새끼 곁을 지키고 서 있다 천천히 물러나 자작나무 숲으로 느릿느릿 걸어갔다.

마우라가 돌아올까 싶어 10분을 기다렸지만 그런 일은 없었다. "됐어요." 내가 말했다.

기드온은 굴착기에 올라타 마우라가 곧잘 쉬곤 하는 참나무 아래를 파기 시작했다. 나는 새끼의 시신을 운반대에 다시 묶었고, 무덤이 충분히 깊게 파였을 때 시신은 무덤 속으로 내려졌다. 나는 기드온이 굴착기로 흙을 떠서 무덤을 메우는 일에 작게나마 보탬이 되려고 그가 가져온 삽을 들고 시신 위에 흙을 뿌렸다.

무덤이 거의 완성돼 원두커피 찌꺼기처럼 비옥한 흙을 톡톡 두드려 다질 즈음 내 말총머리는 거의 풀려버렸고 겨드랑이에도 땀이 송글송

글 맺히고 등도 흠뻑 젖었다. 쑤시고 지친 데다 지난 다섯 시간 동안 밀어놓았던 감정이 봇물 터지듯 밀려와 무릎이 꺾여버렸다. 나는 무릎을 꿇고 흐느껴 울었다.

갑자기 기드온이 다가와 나를 안아주었다. 그는 토마스보다 키도 크고 가슴도 넓은 남자였다. 나는 높은 곳에서 떨어졌을 때 딱딱한 바닥에 뺨이 눌리듯 그에게 얼굴을 기댔다. "괜찮아요." 그가 말했지만 나는 괜찮지 않았다. 마우라의 새끼를 돌아오게 할 수 없었으니까. "당신 말이 맞았어요. 어미와 새끼를 떼어놓아서는 안 되는 일이었어요."

나는 몸을 뒤로 뺐다. "근데 왜 그랬어요?"

그가 내 눈을 응시했다. "자의적으로 판단하다 보면 이따금 문제가 생기기도 하죠."

그가 내 어깨에 두 손을 얹었다. 그의 몸에서 짠 내가 났다. 그의 피부색은 나와는 대조적으로 가무잡잡했다.

"두 사람한테 이게 필요할 것 같아서요." 그레이스가 말했다. 그녀는 아이스티 주전자를 들고 있었다.

그레이스가 언제부터 거기 있었는지는 모를 일이었다. 남편이 나를 위로해주고 있는 모습을 보고 무슨 생각을 했는지도 모를 일이었다. 위로의 뜻 이상이 없는 행동이었건만 우리는 감출 게 있는 사람들처럼 얼른 떨어졌다. 나는 셔츠 자락으로 눈을 닦았고 기드온은 손을 뻗어 아이스티 주전자를 잡았다.

기드온이 그레이스와 손을 잡고 떠난 뒤에도 그의 손바닥 열기가 여전히 느껴졌다. 그래서일까, 너무 늦었다는 걸 알면서도 새끼 곁을 지키고 서서 안식처가 되어주려 한 마우라가 생각났다.

제나

대부분의 어른들에게 아이는 구태여 관심을 기울여야 할 존재가 아니다. 회사원들은 남녀를 불문하고 전화 통화나 문자에 열중해 있거나 상사에게 이메일을 보내느라 보지 않는다. 엄마들은 사랑스럽기 그지 없는 아이가 이어폰을 귀에 꽂고 불평 이상의 대화를 나누려 하지 않는 반사회적인 십 대가 될 것 같은 낌새가 보이면 외면한다. 내 눈을 실제로 들여다보는 사람들은 외로운 할머니들이나 관심을 원하는 아이들뿐이다. 이런 이유로 표를 끊지 않고도 그레이하운드 버스에 올라타기는 식은 죽 먹기다. 그러면 기분이 아주 죽여주는데, 190달러나 되는 돈을 구하기가 어디 쉬운가? 나는 빽빽 울어대는 아기와 엄지손가락을 쪽쪽 빨고 있는 다섯 살쯤 된 남자애, 문자질을 어찌나 해대는지 갤럭시 휴대전화가 폭발해버릴 것 같은 십 대 소녀의 가족 끄트머리에 붙어 어슬렁거린다. 참으로 한데 모이기 힘든 조합이다. 보스턴행 탑승

방송이 나와 기진맥진해진 엄마 아빠가 짐 보따리와 자식들 수를 세려고 할 때 나도 가족의 일원인 양 큰딸을 따라 버스에 올라탄다.

아무도 나를 막지 않는다.

기사가 터미널을 떠나기 전 탑승객 수를 센다는 사실을 알고 있어 나는 곧장 화장실로 가서 문을 잠근다. 바퀴 구르는 느낌이 들 때까지, 뉴햄프셔 분을 출발하는구나 싶을 때까지 머문다. 그런 다음 오줌 비슷한 냄새가 난다고 아무도 앉고 싶어 하지 않는 맨 뒷좌석에 슬그머니 앉아 잠이 든 척한다.

잠시 옆길로 좀 새자면, 할머니는 이 일에 대한 벌로 내가, 흠, 꼬부랑 할머니가 될 때까지 외출을 금지할 것이다. 쪽지는 남겨두었지만, 할머니가 그 쪽지를 발견했을 때 어떤 반응을 보일지 빤해서 전화기를 일부러 꺼두었다. 인터넷으로 엄마를 찾는 것이 내 인생을 망치고 있다고 생각하는 할머니라면 내가 직접 엄마를 추적하기 위해 테네시행 버스에 몰래 타고 있다고 한들 감격할 리가 없지 않겠는가.

사실 나는 이 생각을 왜 진작 못했나 싶어 스스로에게 화가 좀 나 있다. 내 기억을 환기시킨 것은 어쩌면 아빠의 분노였는지도 모른다. 대부분의 시간을 긴장성 분열증 상태에 있는 아빠의 성격에는 맞지 않는 행동이었다. 그 기억이 무엇이었건, 내가 기드온을 기억해내고, 그 아저씨가 나와 엄마에게 얼마나 중요한 사람이었는지를 기억해낼 만큼 뭔가가 맞아 떨어졌다. 아빠가 그 조약돌 목걸이에 보인 반응은 마치 전기 충격처럼 몇 년째 조용히 들끓고만 있던 신경세포에 불을 붙여 내 머리 속에서 깃발이 흔들리고 네온사인이 번쩍였다. **주목해.** 물론 기드온을 지금까지 기억하고 있었다 해도 그가 10년 전 어디로 갔는지는 알아낼 수 없었을 것이다. 하지만 그가 도중에 어디에 들렀는지는 알고 있다.

엄마가 실종되고 아빠의 사업이 파산에 이르렀을 때 코끼리들은 테네시 주 호엔발트에 있는 코끼리 보호소로 보내졌다. 나는 구글 검색으로 뉴잉글랜드 보호소의 곤경을 접한 그쪽 이사회가 집 없는 코끼리들을 수용할 공간을 마련하기 위해 재빨리 움직였다는 기사를 찾아 읽었다. 한 명 남은 직원이 그 코끼리들을 따라갔다고 했다. 그가 바로 기드온이었다.

그쪽 보호소가 우리 코끼리들을 계속 돌볼 수 있도록 그를 채용했는지 아니면 그가 코끼리들만 내려놓고 가던 길을 계속 갔는지는 모르는 일이었다. 그가 엄마와 재회를 했는지도. 아무도 보고 있지 않다고 생각해 두 사람이 지금도 손을 잡고 있는지도.

자, 아이들은 볼 수 없다고 생각하는 어른들이 가진 또 하나의 문제가 이것이다. 아이 앞에서 조심해야 한다는 사실을 잊는다는 것.

어리석은 줄은 알지만 내 속에는 기드온이 그곳에 있되 엄마가 어디에 있는지는 모르기를 바라는 내가 크게 자리하고 있었다. 내가 그 이유 때문에, 그러니까 단지 엄마 있는 곳을 알아내기 위해 누구와도 눈을 마주치고 싶지 않아 헐렁한 스웨터에 달린 모자를 푹 눌러쓴 채 사람들을 비집고 버스에 올라탔지만 말이다. 엄마가 지난 10년을 행복하게 살았다고 생각하면 감당할 수가 없다. 그렇다고 엄마가 죽기를 바라거나 불행하게 살기를 바라지도 않는다. 그렇지만 말이다, 어느 쪽이었건 **내가** 그 속에 있었어야 하지 않는가?

어쨌거나 내가 머릿속으로 짜본 몇 가지 시나리오는 이렇다.

1. 기드온은 그 보호소에서 일하면서 엄마와 함께 살고 있다. 엄마

는 마타 하리 같은 스파이나 유포니아 라리크나 다른 불가사의한 존재처럼 가명을 쓰고 있어 숨어 지낼 수 있었다(엄마가 누구 때문에 숨으려 했는지는 생각하고 싶지 않다. 아빠인지, 법인지, 나인지, 그 어떤 것도 내가 바라는 정답이 아니다). 기드온은 물론 나를 첫눈에 알아보고 엄마에게 데려갈 것이고, 엄마는 기쁨의 눈물을 터뜨리며 용서를 구하고 내 생각을 하지 않은 날이 없다고 말할 것이다.

2. 기드온은 지금 그 보호소에서 일하고 있지 않지만, 규모가 작은 코끼리 공동체여서 서류에 그의 연락처가 남아 있다. 나는 그의 집 앞에 나타나고, 엄마가 손님을 맞으러 나온다. 나머지는 첫 번째 시나리오와 같다.

3. 마침내 기드온이 있는 곳을 찾아내지만, 그는 내게 미안하다고 말한다. 그도 엄마가 어떻게 됐는지 모른다. 엄마를 사랑한 것은 맞다. 엄마가 그와 함께 아빠한테서 도망치고 싶어 한 것도 맞다. 네비의 죽음이 이 불행한 사랑과 어쨌거나 관련이 있었을지 모른다. 그러나 내가 자라온 그 긴긴 시간 동안에도 두 사람 사이의 문제는 해결이 되지 않았고 엄마는 나를 떠난 것처럼 그를 떠났다.

물론 최악의 시나리오도 있었다. 암울하기 짝이 없는 시나리오였다. 얼마나 음울한지 상상에 불과한데도 문틈으로 살짝 엿보기만 해도 내 마음 구석구석으로 흘러들까 봐 문을 쾅 닫아버리고 싶은 시나리오였다.

4. 기드온의 도움으로 나는 엄마가 있는 곳을 알아낸다. 그러나 기쁨도, 재회도, 놀라움도 없다. 체념만 있을 뿐이다. 엄마가 한숨을 쉬며 말한다. "네가 엄마를 찾아내지 않았으면 했는데."

이미 말했듯이 나는 이 가능성에 대해서는 생각조차 하지 않을 것이다. 세레니티 말대로 두서없는 생각이 우주로 에너지를 발송해 실제로 어떤 결과를 초래할까 두려워서다.

버질 형사가 내가 어딜 갔는지 알아내거나 내가 이른 결론, 즉 기드온이 엄마와 정분을 나눴고, 그래서 엄마가 도망을 쳤고, 그가 단순 사고가 아닐지 모를 그 사고사와 연관이 있을지도 모른다는 사실에 이르기까지는 그리 오랜 시간이 걸리지 않을 것이다. 내가 향하고 있는 곳을 세레니티에게 말하지 않은 것은 마음에 조금 걸린다. 그러나 사람들을 읽는 것이 그녀의 업이지 않은가. 내게 돌아올 의사가 분명히 있다는 것을 그녀가 알 수 있기를 바란다.

단 혼자가 아니라.

보스턴, 뉴욕, 클리블랜드에는 환승 정류장이 있다. 버스가 정차할 때마다 나는 숨을 죽인 채 버스에서 내려 나를 집으로 데려가기 위해 경찰이 대기하고 있지는 않은지 확인한다. 그러나 경찰이 나와 있으려면 할머니가 실종자 신고를 해야 하는데, 까놓고 말해 할머니가 그런 엄청난 실적을 낼 리가 없다.

나는 할머니든 버질이든 세레니티든 전화를 받고 싶지 않아 전화기를 꺼두었다. 버스가 터미널에 설 때마다 나는 앞서 했던 대로 내가 끄트머리에 붙어 있어도 눈치 채지 못할 것 같은 가족을 찾는다. 나는 자다 깨다를 반복하고 혼자 이런저런 게임도 해본다. 95번 간선도로에서 빨간 차를 연달아 세 번 보면 엄마가 나를 만났을 때 기뻐할 것이다. 백까지 세기 전에 폭스바겐 비틀을 보게 되면 엄마는 선택의 여지가 없어 도망을 친 것이다. 영구차를 보게 되면 엄마가 죽어서 내게 돌아오지 못하는 것이다.

혹 궁금해할까 봐 얘기하자면 영구차는 한 대도 보지 못했다.

뉴햄프셔 분을 떠난 지 3시간 48분 후에 테네시 주 내슈빌 버스 터미널에 내리자 더운 열기가 주먹질을 하듯 훅 하고 나를 때린다.

터미널은 도시 한복판에 있는데, 놀랍게도 활기와 소음이 넘친다. 마치 골칫거리 속으로 들어가는 기분이다. 볼로 타이*를 맨 남자들과 물병을 안고 있는 관광객들, 동냥질을 하려고 가게 앞에서 기타를 치는 사람들이 보인다. 모두가 카우보이 부츠를 신고 있는 것 같다.

나는 곧장 에어컨이 가동되는 터미널 안으로 들어가 테네시 주 지도를 찾는다. 보호소가 위치한 호엔발트는 이 도시의 남서쪽에 있고 한 시간 반 거리다. 거기까지 가는 대중교통 편이 없는 걸 보니 유명 관광지는 아닌 모양이다. 나는 히치하이크를 할 만큼 어리석지 않다. 설마 하니 마지막 남은 130킬로미터가 지금까지 온 수천 킬로미터보다 더 힘들까?

잠깐 동안 벽에 붙은 거대한 테네시 주 지도 앞에 서 있노라니 미국 아이들은 왜 지리를 공부하지 않을까 궁금해진다. 그랬다면 이 주에 관한 기본적인 지식 정도는 가지고 있었을 것을. 나는 심호흡을 하고서 버스 정류장을 걸어 나와 시내를 어슬렁거리며 서부 개척 시대 의상을 파는 가게들과 생음악을 틀어놓은 식당들을 들락거린다. 도로변에는 차들과 트럭들도 세워져 있다. 번호판을 보니 렌터카들이 많다. 그러나 아기 카시트가 있거나 CD들, 쓰레기가 바닥에 널브러져 있는 자가용도 있다.

* 장식 금속 고리로 고정시키는 끈 넥타이.

나는 자동차 범퍼 스티커들을 읽기 시작한다. 빤한 글귀(태생은 미국인, 신의 은총으로 남부인)도 있고 구역질나는 글귀(사슴은 구하고, 동성애자는 쏘아라)도 있다. 그러나 나는 버질 형사가 찾았을 법한 방식으로 작은 정보나, 단서를 찾고 있다. 차주의 가족에 대해 더 많은 것을 말해주는 무엇을 말이다.

마침내 한 트럭에서 '컬럼비아 대학생임을 자랑스러워하라!'고 적힌 스티커를 발견한다. 이것은 두 가지 횡재를 의미한다. 숨을 수 있는 짐칸이 있고, 그레이하운드 터미널에 있는 지도대로라면 컬럼비아는 호엔발트로 가는 길에 있다는 것이다. 나는 아무도 보지 않을 때 짐칸에 올라가서 누워 있으려고 뒷범퍼에 발을 올린다.

"누나 뭐해?"

나는 거리에 있는 사람들이 나를 주목하지 않는지만 신경 쓰다 그 작은 남자애가 내 뒤로 몰래 다가오는 것은 보지 못했다. 일곱 살쯤 돼 보이고, 이가 얼마나 많이 빠졌는지 남아 있는 이가 묘지에 있는 묘비처럼 보일 지경이다.

나는 쭈그리고 앉아 지난 몇 년간 해온 애보기 프로그램들을 돌려본다. "숨바꼭질하고 있어. 너도 할래?"

아이는 고개를 끄덕인다.

"좋았어. 하지만 이 놀이는 비밀을 지켜줘야 해. 그럴 수 있겠어? 엄마나 아빠한테 누나가 여기 숨어 있다고 말하지 않을 수 있어?"

아이는 턱에 힘을 주고 머리를 위아래로 움직인다. "그럼 내 차례도 있는 거지?"

"물론이야." 나는 약속하고서 짐칸에 몸을 숨긴다.

"브라이언!" 어떤 여자가 모퉁이를 돌아 뛰어오면서 화난 목소리로 아이의 이름을 부르는데, 십 대 소녀가 팔짱을 낀 채 부루퉁한 표정으로 그 뒤를 따라오고 있다. "너 이리 와!"

트럭 바닥이 불에 달구어진 것처럼 뜨겁다. 손바닥과 종아리에 물집이 생기고 있다는 걸 말 그대로 느낄 수 있다. 나는 남자애와 눈을 맞추려고 머리를 살짝 들고 쉿을 뜻하는 만국의 기호로 입술을 오므려 손가락을 갖다 댄다.

아이 엄마가 우리 쪽으로 다가오고 있어 나는 똑바로 누워 팔짱을 끼고 숨을 죽인다.

"다음은 내 차례야." 브라이언이 말한다.

"누구한테 말하는 거니?" 그 애 엄마가 다그친다.

"새 친구한테."

"엄마가 거짓말하면 못 쓴다고 했지." 그녀는 이렇게 말하면서 운전석 문을 연다.

나는 브라이언이 안쓰럽다. 단지 엄마가 그 애 말을 믿어주지 않아서가 아니라 나 역시 그 애한테 숨을 차례를 줄 생각이 없기 때문이다. 그때쯤 나는 떠나고 없을 테니까.

차에 탄 누가 환기를 시키려고 운전석 뒤쪽 창문을 내린다. 열린 창문으로 라디오 방송이 들리고, 브라이언과 그 애 누나와 엄마는 간선도로를 따라 내가 바라는 테네시 주 컬럼비아로 향한다. 나는 눈을 감고 햇볕에 살을 태우면서 금속 바닥이 아닌 해변에 누워 있다고 상상한다.

흘러나오는 노래들이 이런 트럭을 운전하거나 잘못을 저지른 마음씨 착한 여자들에 관한 이야기다. 내게는 모든 노래가 거기서 거기 같다. 엄마는 알레르기에 가까울 정도로 밴조 악기를 혐오했다. 가수의 목소리에 콧소리가 조금만 섞여 있어도 라디오를 꺼버리던 기억이 난다. 컨트리 음악을 싫어하는 여자가 그랜드 오우 아프리*에 쉽게 갈 수 있는 곳에 새로운 가정을 꾸리는 것이 가능할까? 아니면 엄마를 아는 사람이면 엄마가 컨트리 음악 도시 한복판에 정착할 일은 절대 없을 거라 생각할 테니까, 그 반감을 연막으로 이용한 걸까?

나는 짐칸에 누워 머리를 까닥거리며 생각한다.

1. 밴조는 사실 멋진 악기 같다.
2. 사람은 변할 수 있다.

앨리스

코끼리들에게는 짝짓기가 노래고 춤이라고 말해도 조금도 과장이 아니다.

이 동물들이 나누는 대화를 보면 발성과 몸짓이 나란히 간다. 예를 들어 평상시와 같은 어느 날, 암컷 우두머리가 '가자'는 우르릉 소리를 낸다면 그와 동시에 자신이 무리를 데리고 가고 싶은 방향으로 자세를 잡는다.

그러나 짝짓기 소리는 더 복잡하다. 야생에서 수코끼리들의 맥박 소리, 발정하여 목 뒤에서 나오는 웅웅거리는 소리, 깊고 낮은 가르릉 소리를 들으면 분노의 도구가 아닌 호르몬으로 만든 활시위를 팽팽히 당기는 장면이 연상될지 모른다. 수코끼리들은 다른 수컷의 도전을 받거나, 차량이 다가와 깜짝 놀라거나, 짝을 찾고 있을 때면 발정한 것처럼 광폭한 우르릉 소리를 낸다. 그 소리는 코끼리들마다 다르고 귀를 흔든다거나 오줌을 질질 싸는 행동이 동반된다.

　발정한 수코끼리가 소리를 내면 암코끼리들은 무리 전체가 일제히 울기 시작한다. 그 소리는 대화를 튼 수코끼리만이 아닌 신랑감으로 적합한 모든 수코끼리를 유혹하기 때문에 발정한 암코끼리들은 가장 매력적인 짝을 고를 기회를 가진다. 여기서 매력적인 짝은 얼굴 반지르르한 놈이 아니고 가장 잘 살아남을 것 같은 놈, 건강하고 나이가 더 많은 코끼리를 의미한다. 상대가 마음에 들지 않으면 암코끼리는 수컷이 자기에게 올라탔어도 더 나은 짝을 찾기 위해 달아날 수 있다. 물론, 더 나은 짝을 찾을 수 있다는 전제가 따랐을 때 말이다.

　이런 이유로 암코끼리는 발정기에 이르기 며칠 전부터 으르렁거리는 소리를 낸다. 더 많은 수컷을 현장으로 불러들여 더 광범위한 선택의 여지를 두려는 강렬한 소리다. 암코끼리는 짝짓기를 하겠다고 마음먹는 순간 마침내 발정기 노래를 부른다. 이 노래는 수코끼리들의 광포한 우르렁 소리와 달리 서정적이고 반복적이고, 빠르게 높아졌다 점점 잦아드는 그렁 소리다. 암코끼리는 귀를 시끄럽게 펄럭이고 측두샘에서 분비물을 배출한다. 짝짓기가 끝나면 무리에 속한 암컷들이 합류해 출산이나 재회처럼 그 사회를 흥분시키는 다른 때와 마찬가지로 으르렁거리고 우르렁거리며 빵빵거리는 교향곡을 부른다.

　수고래의 경우에는 가장 복잡한 노래를 부르는 수컷이 암컷을 차지한다고 알려져 있다. 반대로 코끼리 세계에서는 발정한 수컷은 누구와도 짝짓기를 할 수 있다. 노래를 부르고 생리적 욕구가 발동한 암컷과 말이다. 암코끼리의 발정 기간은 고작 엿새인데, 관계를 가질 만한 수컷들이 몇 킬로미터씩 떨어져 있을 수도 있다. 유인 물질인 페로몬은 거리가 멀면 효과가 없기 때문에 암코끼리는 신랑감들을 유인하기 위해 다른 방법을 써야 한다.

고래의 노래는 대대로 전해 내려오고 전 세계의 모든 바다에 존재한다고 입증되어 왔다. 같은 원리가 코끼리들에게도 적용되는지 궁금하다. 코끼리 새끼들이 자기 차례가 왔을 때 가장 강하고 사나운 수코끼리를 유혹하는 법을 알 수 있도록 짝짓기 시기에 나이 많은 암컷들로부터 발정기 노래를 배우는지도. 그렇게 함으로써 딸들이 어미들의 실수에서 배우는지도.

세레니티

내가 아직까지 말하지 않은 것이 있다. 옛날에, 그러니까 심령술사로 잘 나가던 시절에도 딱 한 번 혼령들과 대화하는 능력을 상실한 적이 있다.

죽은 아빠에게 연락을 취하고 싶어 하는 젊은 여대생의 마음을 읽고 있을 때였다. 여대생은 엄마를 데리고 왔는데, 두 사람 모두 녹음기를 가지고 있어서 상담 시간에 오간 대화를 언제든 다시 들을 수 있었다. 한 시간 반 동안 나는 그의 이름을 입 밖에 내면서 접속을 해보려 애썼다. 내 머리에 떠오르는 생각은 이 남자가 권총으로 자살을 했다는 것뿐이었다.

그렇지 않고서야 웬 침묵.

내가 죽은 사람들과 접속을 시도하려는 지금처럼 말이다.

아무튼, 나는 무서웠다. 90분 동안 두 여인에게 아무것도 채워주지 못하고 있었다. 환불 약속은 하지 않았지만 심령술사로서 그렇게까지 실패해보기는 처음이었다. 그래서 나는 사과했다.

여대생은 결과에 실망해 눈물을 왈칵 터뜨렸고 화장실을 좀 쓰겠다고 했다. 딸이 자리를 비우자마자 그 긴긴 시간 동안 거의 침묵하고 있던 엄마가 남편에 대해, 딸에게는 차마 털어놓지 못했던 비밀을 내게 말해주었다.

그 남편은 정말로 엽총으로 자살을 했다. 그는 노스캐롤라이나에서 유명한 대학 농구 코치였는데, 팀에 소속된 한 선수와 바람이 났다. 아내는 이 사실을 알고 이혼을 요구했고, 비밀을 지켜주는 대가로 돈을 주지 않으면 그를 파멸시키겠다고 말했다. 남편은 거절했고 그 선수를 진심으로 좋아한다고 했다. 그래서 아내는 남편에게 애인을 가져도 좋지만 그의 전 재산을 요구하는 소송을 제기하고 그가 자신에게 한 짓을 까발리겠다고 말했다.

남편은 지하실로 내려가 머리를 날려버렸다.

장례식 때 아내는 다른 사람이 없는 데서 작별 인사로 이렇게 말했다. "당신은 개자식이야. 죽어버렸다고 내가 당신을 용서할 거라고는 생각하지 마. 속이 다 시원해."

이틀 뒤 딸이 내게 전화를 걸어 아주 이상한 일이 일어났다고 말했다. 자신이 녹음한 내용이 깡그리 지워졌다고 했다. 상담 시간에 우리가 나눈 대화가 들어 있기는 한데 재생을 해서 들어보면 쉬쉬 소리만 들린다는 것이었다. 더 이상한 일은 엄마가 녹음한 것도 그렇다는 것이었다.

죽은 남편은 아내가 장례식 때 한 말을 똑똑히 알아듣고 곧이곧대로 따르고 있는 것이 분명했다. 아내가 어떤 관계도 원치 않았으므로 남편이 우리 모두를 멀리한 것이었다. 영원히.

혼령들에게 말을 거는 것은 대화다. 손뼉도 마주쳐야 소리가 나는 법. 아무리 애를 써도 묵묵부답이라면 혼령이 소통을 원치 **않거나** 영매가 소통을 **못하기** 때문이다.

"수도꼭지처럼 말을 듣지 않아요." 나는 버질과 거리를 두려고 애쓰면서 툴툴거린다. "이따금 틀 수가 없다니까요."

우리는 고든 도매점 야외 주차장에서 방금 들은 그레이스 카트라이트의 자살 정보를 처리하고 있다. 솔직히 말해 나로서는 예상 밖의 정보였지만, 버질은 이것이 없어서는 안 될 퍼즐 조각이라고 확신한다. "단도직입적으로 말하죠." 그가 진지하게 말한다. "이 내가 심령술이 순전히 헛소리만은 아니라고 인정하겠다 그 말입니다. 그러니까 당신의…… 재능에…… 기회를 주겠다 그 말입니다. 그런데도 시도조차 안 하겠단 겁니까?"

"알았어요." 나는 좌절하여 말한다. 차 앞범퍼에 몸을 기댄 채 출발대에 선 수영 선수처럼 어깨와 팔을 턴다. 그런 다음 눈을 감는다.

"여기서도 할 수 있습니까?" 버질이 방해한다.

나는 왼쪽 눈을 가늘게 뜬다. "당신이 생각했던 거랑 다른가요?"

그의 얼굴이 벌게진다. "아 나는…… 잘은 모르겠지만 뭐가 필요하다고 생각했어요. 천막이나 뭐 그런."

"수정 구슬이나 찻잎이 없어도 할 수는 있어요." 나는 냉담하게 말한다.

나는 제나와 버질에게 지금은 혼령들과 소통을 하지 못한다는 사실을 털어놓지 않았다. 코끼리 보호소가 있던 곳에서 앨리스의 지갑과 목걸이를 우연히 발견한 것을 두고 그들이 요행이 아니라 신통력이라고 믿는데도 그냥 있었다.

나 자신도 그렇다고 믿었던 것 같다. 그래서 나는 눈을 감고 생각한다. '그레이스, 그레이스, 와서 말 좀 해봐요.'

내가 늘 하던 방식이다.

그러나 아무 말도 들리지 않는다. 자살을 한 노스캐롤라이나 농구 코치에게 접촉을 시도했던 그때처럼 공허한 침묵만 있다.

나는 버질을 힐끗 본다. "뭐 알아낸 거 있어요?" 내가 묻는다. 그는 휴대전화로 테네시 주 기드온 카트라이트를 검색하고 있다.

"전혀." 그가 말한다. "하지만 내가 그 남자라면 가명을 쓰고 있겠죠."

"흠, 나도 알아낸 게 없어요." 나는 버질에게 말한다. 이번만큼은, 진실이다.

"더 큰소리로…… 해야 하는 거 아닙니까."

나는 한 손을 허리에 올린다. "내가 형사님 하는 일에 뭐라고 하던가요?" 내가 말한다. "자살자들의 경우, 가끔 이러곤 해요."

"예를 들어?"

"자신들이 저지른 일에 당황했을 경우에요." 자살자들을 정의하면, 사랑하는 사람들에게 어떻게든 사과하고 싶어 하거나 스스로를 몹시 부끄러워하여 지상에 묶여 있는 유령들이라 할 수 있다.

그러자 앨리스 메트캐프에 대해 다시 생각하게 된다. 내가 그녀와 소통할 수 없었던 것도 그녀가 그레이스처럼 자살을 했기 때문일까.

나는 이 생각을 이내 밀어낸다. 버질의 기대에 그만 우쭐해진 것이다. 내가 앨리스나 다른 혼령들과 접촉할 수 없었던 것은 그들보다 내게 문제가 더 많기 때문이다.

"나중에 다시 해볼게요." 나는 거짓말을 한다. "그나저나 그레이스한데 무슨 말을 듣고 싶은데요?"

"무엇 때문에 자살을 했는지 알고 싶습니다." 그가 말한다. "안정된 직장과 가족을 가진 행복한 유부녀가 왜 주머니에 돌을 넣고 연못으로 걸어 들어갔을까요?"

"행복한 유부녀가 아니어서 그랬겠죠." 내가 대답한다.

"정답자 나셨네." 버질이 말한다. "남편이 다른 여자랑 자고 있는 걸 알았다고 칩시다. 당신은 어떻게 할 겁니까?"

"축복으로 받아들이고 인생에 적어도 한번은 예식장을 걸어본 사실을 기뻐하라?"

버질이 한숨을 쉰다. "아니요. 정면으로 부딪치거나 도망을 칩니다."

생각의 매듭이 풀린다. "기드온이 이혼을 원했는데 그레이스가 싫다고 했다면요? 그가 아내를 죽이고 자살처럼 보이게 했다면요?"

"자살이 아니고 살인이었다면 검시관이 부검 과정에서 알아냈을 겁니다."

"그래요? 사망 원인에 관해서라면 법이 언제나 가장 적법한 판결을 내리지만은 않는다고 보는데 말이죠."

버질은 내 야유를 무시한다. "기드온이 앨리스와 도망칠 계획을 세우고 있었고 토마스가 그 사실을 알아냈다면요?"

"토마스는 앨리스가 병원에서 사라지기 전에 정신병동에 입원시켰다고 하지 않았나요?"

"하지만 토마스가 그날 저녁에 아내와 싸우고 있었다면, 그래서 앨리스가 코끼리 구역으로 도망을 쳤을 수도 있습니다. 네비 루엘은 잘 못된 시간에 잘못된 장소에 있는 꼴이 되었고요. 그녀가 토마스를 제지하려다 오히려 그가 그녀를 제지해버린 겁니다. 그 사이 앨리스는 도망을 가다 나뭇가지에 머리를 부딪혀 그들과 1킬로미터쯤 떨어진 곳에서 기절을 하게 된 거죠. 기드온이 병원에서 앨리스를 만났고 두 사람은 계획을 짭니다. 앨리스를 화난 남편한테서 멀리 보내는 계획을 말이죠. 우리는 기드온이 코끼리들을 새로운 집까지 데려다 주었다는 사실을 알고 있습니다. 앨리스는 병원을 빠져나가 그곳에서 그를 만났을지도 모르죠."

나는 감탄하며 팔짱을 낀다. "훌륭해요."

"아니면." 버질은 생각에 잠긴다. "다른 추리도 가능합니다. 기드온은 앨리스와 도망치기 위해 그레이스에게 이혼을 원한다고 말합니다. 그레이스는 충격에 빠진 나머지 자살을 합니다. 앨리스는 그레이스의 죽음에 죄책감을 느껴 자신들의 계획을 재고합니다. 그러나 기드온은 그녀가 자신을 버리고 가도록 할 의향이 없습니다. 어쨌든 산 채로는 말이죠."

나는 잠시 그 문제를 생각해본다. 기드온이 병원에 와서 아이가 힘들어한다고 앨리스를 설득했을 수도 있고, 아니면 그녀가 그와 함께 떠나버릴 만한 거짓말을 했을 수도 있다. 나는 바보가 아니다. 〈로앤오더〉 열혈 시청자다. 너무나 많은 살인이 피해자가 문을 두드리거나 도움을 청하거나 태워달라고 하는 인간을 믿기 때문에 발생한다. "그렇다면 네비는 어떻게 죽은 건데요?"

"기드온이 죽였겠죠."

"그가 왜 장모를 죽인단 말이에요?" 내가 묻는다.

"지금 장난합니까, 예?" 버질이 말한다. "뻔한 스토리 아닙니까? 네비가 기드온과 앨리스가 잠자리를 하고 있다는 말을 들었다면 싸움을 건 사람은 네비지 않겠습니까."

"기드온은 건드리지 않았을 수도 있어요. 코끼리 구역에 있는 앨리스를 쫓아갔을지 모르죠. 앨리스는 살려고 도망치다가 기절을 한 거고요." 나는 그를 흘깃 본다. "이건 제나가 내내 얘기하던 거잖아요."

"그런 눈으로 보지 마십시오." 버질은 못마땅한 얼굴로 말한다.

"제나한테 전화를 해봐요. 기드온과 엄마에 대해 기억하고 있을지도 모르잖아요."

"제나의 도움 따윈 필요 없어요. 우린 내슈빌로 가기만 하면……"

"그 앨 두고 가는 건 옳지 않아요."

버질은 반박을 할 것처럼 보인다. 그러더니 전화기를 꺼내 멍하니 본다. "그 애 번호 있습니까?"

한 번 통화를 했지만 휴대전화가 아니고 집 전화였다. 나도 그 애 번호를 가지고 있지 않다. 그러나 버질과 달리 나는 번호가 어디에 있는지 안다.

우리는 차를 타고 내 아파트로 간다. 버질은 내 집에 이르기 전 반드시 거쳐야 하는 술집을 그리운 듯 힐끔거린다. "어떻게 참고 사십니까?" 버질이 중얼거린다. "이건 기름내 솔솔 풍기는 중국집 위에 사는셈인데."

버질이 문간에 서 있는 동안 나는 고객들 이름을 받아두는 장부를 찾기 위해 식탁 위에 쌓아둔 우편물을 뒤적거린다. 제나는 물론 가장 최근의 고객이었다. "있죠, 들어와도 돼요." 내가 말한다.

이번에는 식탁 위 키친타월 밑에 숨어 있는 전화기를 찾아낸다. 수화기를 들고 제나의 번호를 눌러보지만 발신음이 들리지 않는다.

버질은 벽난로 선반에 있는 사진을 보고 있다. 조지 부시와 바바라

부시 사이에 내가 서 있는 사진이다. "댁이 제나와 나 같은 부류와 어울려주다니 감지덕지한데요." 그가 말한다.

"그 시절엔 제가 다른 사람이었죠." 내가 대답한다. "그렇다고 유명세가 꼭 좋은 것만도 아니에요. 사진에는 보이지 않지만 대통령 손이 내 엉덩이에 있답니다."

"불행 중 다행이군요." 버질이 중얼거린다. "바바라의 손이었음 어쩔 뻔했어요."

제나의 번호를 다시 눌러보지만 아무런 반응이 없다. "이상하네. 전화기에 문제가 생겼나 봐요." 내가 말하자 버질이 주머니에서 휴대전화를 꺼낸다.

"내가 해보죠." 그가 제안한다.

"됐어요. 여기서 휴대전화가 터지려면 내가 머리에 은박지를 둘러쓰고 비상계단에 매달려 있어야 할 걸요. 시골 생활의 기쁨이라고나 할까요."

"술집 전화기를 써도 되잖습니까." 버질이 제안한다.

"그건 됐네요." 나는 위스키 잔에 손을 뻗으려는 그를 말리는 장면을 상상해본다. "탐정일 하기 전에는 경찰이었다면서요, 맞아요?"

"네."

나는 장부를 지갑 속에 쑤셔 넣는다. "그럼 그린리프 가로 가는 길을 알겠네요."

제나가 사는 동네는 여느 동네와 다를 게 없다. 조각보처럼 네모반듯한 땅에 잘 정돈된 잔디, 빨강색과 검정색 덧문으로 꾸민 집들, 보이지 않는 울타리 너머에서 짖어대는 개들까지. 어린아이들이 보도에서 자전거를 타고 있는데 나는 차도와 인도 사이에 차를 댄다.

버질이 제나 집 앞뜰을 힐끔 본다. "집만 보고도 사는 사람에 대해 많은 걸 알 수 있죠." 그가 생각에 잠겨 말한다.

"예를 들면요?"

"아, 그러니까, 국기는 종종 집주인이 보수적이라는 걸 의미하죠. 토요타 프리우스를 모는 사람이면 좀 더 자유로울 거고요. 대개는 허튼소리지만 재미있는 과학이기도 하죠."

"콜드리딩이랑 비슷한 걸요. 난 거의 정확하다고 확신해요."

"흠, 이건 내 생각일 뿐이지만, 제나가 이런…… 고급 주택 단지에 살고 있을 줄은 예상을 못했습니다. 무슨 말인지 아실까 모르겠지만."

물론 안다. 막다른 골목형, 세심한 주택들, 보도에 쌓여 있는 재활용통들, 마당에서 노는 2.4 아이들*까지, 흡사 스텝포드 마을** 같다. 제나에게는 이곳과는 어울리지 않는 불안정한 뭔가가, 끝이 들쭉날쭉한 뭔가가 있다.

"제나 할머니 성함이 뭐예요?" 나는 버질에게 묻는다.

"젠장, 그걸 내가 어떻게 압니까?" 그가 말한다. "하지만 그건 중요하지 않아요. 낮에는 일하러 가시니까."

"그럼 당신은 차에 있어요." 나는 버질에게 제안한다.

"왜요?"

"댁이 없어야 제나가 내 면전에서 문을 쾅 닫는 확률이 적을 테니까요." 내가 말한다.

---

* 1991년부터 1999년까지 방영된 영국 BBC 방송사의 시트콤 제목에서 기원한 말로 두 아이와 노는 아빠를 또 하나의 아들로 간주해 생긴 명칭이다.
** 영화 〈스텝포드 와이프〉에 등장하는 살기 좋고 평온한 마을.

버질이 골칫덩어리일지는 몰라도 어리석지는 않다. 그는 조수석에 구부정하게 앉는다. "좋으실 대로."

그래서 나는 혼자 자갈길을 따라 현관까지 걸어간다. 문은 연보라색이고, 페인트로 '환영합니다'라고 써서 못으로 박아놓은 심장 모양 나무 팻말이 있다. 초인종을 누르자 잠시 후 문이 저 혼자 열린다.

어떻게 저 혼자 열리지 했더니, 가만 보니 내 앞에 작은 아이가 서서 엄지손가락을 빨고 있다. 세 살쯤 돼 보이는데, 나는 이런 작은 인간을 다루는 데는 영 시원찮다. 이런 애들을 보면 비싼 가죽 구두를 갉아먹고 부스러기와 똥을 남겨놓는 설치류들이 생각난다. 제나가 할머니 댁으로 들어온 후 태어났을 법한 아이인데, 나는 제나에게 동생이 있었던가 하는 생각으로 어안이 벙벙해 인사말조차 찾지 못한다.

아이는 둑에 막아놓은 마개를 뽑듯 엄지손가락을 쑥 빼더니, 아니나 다를까 으앙 울기 시작한다.

이내 젊은 여자가 달려 나와 아이를 안아 올린다. "죄송해요." 그녀가 말한다. "초인종 소리를 못 들었어요. 무슨 일이시죠?"

물론 아이가 큰소리로 울어대서 그렇겠지만 그녀는 이 말을 괴성을 지르듯 한다. 내가 자기 아이한테 실제로 손을 대기라도 한 듯 날 쏘아보고 있다. 그동안 나는 이 여자가 누구고 제나의 집에서 무엇을 하고 있는지 알아내려 애쓴다.

나는 가장 예쁜 방송용 미소를 지어 보인다. "제가 시간을 잘못 맞춰 온 것 같네요." 나는 말한다. 큰소리로. "제나를 보러 왔는데요?"

"제나라뇨?"

"메트캐프 씨 댁 아닌가요?" 내가 말한다.

여자는 아이를 옆구리 쪽으로 내린다. "주소를 잘못 알고 오신 것 같은데요."

그녀가 문을 닫으려 할 때 나는 발을 문 안쪽에 들이밀며 장부를 찾아 지갑 속을 뒤진다. 마지막 쪽까지 쉽게 넘어가는데, 제나가 십 대다운 동글동글한 글씨로 분 그린리프 가 145번지라고 써놓았다.

"그린리프 145번지 아닌가요?" 내가 묻는다.

"맞게 찾아오셨지만요." 그녀가 대답한다. "그런 이름을 가진 사람은 여기 없어요."

여자는 내 면전에서 문을 닫아버리고 나는 손에 든 장부를 내려다본다. 어안이 벙벙해진 채 차로 돌아와 운전석에 앉아 장부를 버질에게 던진다. "제나가 날 갖고 놀았어요." 내가 말한다. "가짜 주소를 알려줬어요."

"왜 그런 짓을 했을까요?"

나는 고개를 젓는다. "난들 알겠어요. 내가 스팸 메일이라도 보낼 줄 알았나 보죠."

"아니면 당신을 신뢰하지 않았거나." 버질은 넌지시 말했다. "그 앤 우리 둘 다 신뢰하지 않습니다. 그게 무슨 뜻인지 알겠습니까." 그는 내가 쳐다볼 때까지 기다린다. "제나가 우리보다 한발 앞섰다는 겁니다."

"무슨 말이에요?"

"제나는 자기 아빠가 왜 그런 반응을 보였는지 알아내고도 남을 만큼 똑똑합니다. 엄마와 기드온의 일도 알고 있을 겁니다. 그렇다면 우리가 한 시간 전에 했어야 할 일을 그 애가 하고 있다는 거죠." 버질은 손을 뻗어 열쇠를 돌려 시동을 건다. "테네시 주로 갑시다." 버질이 말한다. "제나가 그곳에 있다는 데 백 달러를 걸죠."

앨리스

슬픔에 못 이겨 죽는 것은 숭고한 희생이지만 진화론적으로는 가능하지 않은 일이다. 슬픔이 그 정도로 불가항력적이라면 종은 간단히 없어지고 말 것이다. 그렇다고 해서 동물의 왕국에서 이런 예가 없다는 말은 아니다. 나는 어느 날 갑자기 죽은 말과 마굿간을 오래도록 같이 썼던 동료 말이 금세 따라 죽은 이야기를 알고 있다. 테마파크에서 함께 일한 돌고래 부부에 관한 이야기도 있다. 암컷이 죽자 수컷은 몇 주 동안이나 눈을 감은 채 빙글빙글 헤엄을 쳤다.

새끼가 죽은 후 마우라의 슬픔은 온 얼굴과 공기 마찰조차 고통스럽다는 듯이 몸을 조심조심 움직이는 모습에서 역력히 드러났다. 마우라는 새끼의 무덤 근처에서 고립된 채 지냈다. 밤에도 축사로 들어오려 하지 않았다. 마우라 곁에는 그녀가 현실 세계로 다시 돌아올 수 있도록 위로해줄 가족이 없었다.

나는 마우라가 슬픔에 빠져 죽게 내버려두지 않겠다고 결심했다.

기드온은 공공사업국이 새로운 도로 청소기를 구입하면서 보호소에 기증한 털이 뻣뻣한 특대 빗자루를 울타리에 부착했다. 예전 같았으면 마우라가 몸을 부비고 놀았을 호화 장난감이었다. 그러나 마우라는 기드온이 그것을 다는 동안 망치질 소리가 나는 방향으로 눈길 한번 주지 않았다. 그레이스는 적포도와 수박 같은 마우라가 좋아하는 먹이로 기분을 띄워주려 했지만 마우라는 아무것도 먹으려 하지 않았다. 마우라의 멍한 응시, 전보다 훨씬 줄어든 것 같은 행동반경은 마우라의 새끼가 죽고 난 뒤 사흘 밤을 사무실에 처박혀 텅 빈 장부만 응시하고 있던 토마스의 모습과 닮아 있었다. 육체는 존재하지만 정신은 어디 딴 데 있는 상태.

네비는 헤스터가 마우라를 위로해줄 수 있을지도 모르니 헤스터를 아프리카 구역에 들여보내야 한다고 했지만 나는 아직은 때가 아니라고 생각했다. 가까운 친척들 같은 제 무리 코끼리들이 살아 있는 새끼에게 너무 가까이 접근할 경우 우두머리 암코끼리가 공격하는 모습을 많이 보았다. 슬픔에 빠져 있는 마우라가 죽은 새끼를 보호하기 위해 무슨 짓을 할지 누가 알겠는가? "아직은 아니에요. 마우라가 일어설 준비가 되었는지 확인되면요." 나는 네비에게 그렇게 말했다.

외로운 코끼리가 자신을 지지해주는 무리도 없이 어떻게 슬픔을 딛고 서는지를 기록하는 것은 학술적으로 흥미로웠다. 또한 가슴 아팠다. 나는 내 일이었기 때문에 마우라의 행동을 몇 시간이고 기록했다. 토마스는 너무 바빠서 그레이스가 제나를 봐줄 수 없을 때는 내가 데리고 다녔다.

우리 모두가 마우라를 둘러싸고 있는 끈적한 슬픔에 갇혀 여전히 느릿느릿 움직이고 있었던 반면 토마스는 효율의 모범 상태로 냉큼 복귀했다. 그가 얼마나 집중하고 열정을 쏟는지 나는 마우라의 새끼가 죽은 다음 날 밤 신경을 곤두세우고 책상에 앉아 있던 그를 다시 보는 듯한 환각을 느낄 정도였다. 아기 코끼리의 탄생에 흥분한 기부자들로부터 받을 수 있을 거라 기대했던 돈은 물거품이 되고 말았지만 그는 자금을 후원받을 새로운 방안을 갖고 있었고, 그 일에 매달렸다.

솔직히 말하면 토마스가 바쁜 동안 나는 보호소의 경영 공백을 메워야 했지만 개의치 않았다. 뭐가 됐건 토마스의 그때 그 모습, 망가지고 내 손이 닿지 않는 모습을 본 충격보다는 나을 것이었다. 내가 그를 알기 전에 존재했던 그 토마스의 모습은 다시는 보고 싶지 않은 사람이었다. 나는 지금 상황에서 내가 필수 요소가 되었으면 했고, 내 존재만으로 그의 우울증을 다시 불러들이지 않을 수 있기를 바랐다. 또한 토마스를 촉발시킬지 모를 방아쇠가 되고 싶지 않아 그가 원하거나 요구하면 무엇이든 할 생각이었다. 최고의 지지자가 돼줄 생각이었다.

마우라의 새끼가 죽고 2주가 흐른 뒤(그 사건 이후 나는 시간을 표기하기 시작했다) 나는 일주일치 사료를 사러 차를 타고 고든 도매점에 갔다. 그러나 계산을 하려고 했을 때 신용카드가 먹히지 않았다.

"다시 해보세요." 부탁을 했지만 결과는 마찬가지였다.

우리 보호소가 돈에 허덕인다는 사실이 국가 기밀은 아니었지만 나는 당황하여 고든에게 자동인출기에서 돈을 인출해 현금으로 지불하겠다고 말했다.

그러나 자동인출기도 돈을 토해내려 하지 않았다. **계좌 폐쇄.** 화면에는 그렇게 떴다. 나는 은행으로 들어가 점장을 만나게 해달라고 청했다. 분명 무슨 착오가 생겼을 것이다.

"남편분이 그 계좌에서 돈을 인출해 가셨어요." 여점장이 내게 말했다.

"언제요?" 나는 어리둥절해하며 물었다.

그녀는 컴퓨터를 조회했다. "지난주 목요일이네요." 그녀가 말했다. "그날 재융자도 신청하셨어요."

나는 얼굴이 화끈거렸다. 나는 토마스의 아내였다. 그런 결정을 어떻게 내게 상의 한 마디 없이 할 수가 있단 말인가? 이번 주 농산물을 사지 못하면 식사량을 대폭 감소해야 할 코끼리가 일곱 마리나 있었다. 돌아오는 금요일에 급료를 기다리는 직원도 세 명이나 있었다. 그러나 내가 아는 한 우리에겐 돈이 없었다.

나는 고든 도매점으로 돌아가지 않았다. 대신 집으로 차를 몰아 제나를 낚아채듯 카시트에서 들어 올렸는데, 아이가 울기 시작했다. 나는 오두막 문을 탕 열자마자 토마스를 불렀지만 그는 대답이 없었다. 아시아 축사에 가보니 그레이스는 호박을 자르고 있고 네비는 야생머루 가지를 치고 있었는데, 둘 다 토마스를 보지 못했다고 했다.

집으로 돌아오니 기드온이 기다리고 있었다. "묘목 수송건에 대해 들은 얘기 있으세요?" 그가 물었다.

"아기 방이라뇨?"* 나는 아기들을 떠올리며 되물었다. 마우라도.

"아니, 식물이요."

"그 물건은 받지 말아요." 내가 말했다. "시간 좀 벌어줘요." 바로 그때 토마스가 출입구를 빠져나가는 트럭에 손을 흔들면서 우리 옆을 지나갔다.

---

* 기드온이 말한 묘목의 영어 표기는 nursery로 아기 방, 놀이방이라는 뜻으로 자주 쓰인다.

나는 기드온에게 아기를 건네고 토마스의 팔을 붙잡았다. "시간 좀 있어?"

"사실은, 없어." 그가 말했다.

"있는 것 같네." 나는 그의 말을 묵살하고 그를 사무실로 끌고 가 소리가 새나가지 않게 문을 닫았다. "그 트럭은 뭐야?"

"난초야." 토마스가 말했다. "당신도 상상해볼래? 보라색 난초들이 아시아 축사까지 펼쳐져 있는 들판을 말이야?" 그는 활짝 웃었다. "그런 꿈을 꾸었어."

꿈 때문에 당장 필요하지도 않은 이국의 꽃을 한 트럭이나 샀다고? 난초라면 이런 흙에서 잘 자랄 리가 없다. 게다가 싸지도 않을 텐데. 돈을 허공에 날리는 배달이었다.

"**화초**를 샀단 말이야…… 신용카드도 정지되고 은행 계좌도 바닥난 마당에?"

놀랍게도 토마스의 얼굴은 빛이 났다. "난 화초만 산 게 아니야. 미래에 투자를 한 거야. 왜 진작 이 생각을 못했는지 몰라, 앨리스." 그가 말했다. "아프리카 축사 위에 있는 창고 있지? 그걸 전망대로 만들 생각이야." 그가 속사포처럼 떠들어대 말들이 헝클어진 실타래처럼 뒤엉켰다. "그 위에선 모든 걸 볼 수 있어. 보호소 전체를 말이야. 창밖을 보고 있으면 세상의 왕이 된 기분일 거야. 창이 열 개나 있다고 상상해봐. 유리벽을 말이야. 큰손들이 전망대에서 코끼리들을 보겠다고 올 수도 있고, 아니면 행사 장소로 빌려줄 수도 있고……"

나쁜 생각은 아니었다. 그러나 지금은 때가 아니었다. 우리에겐 작업비를 댈 여윳돈이 없었다. 이번 달 운영비를 대기도 벅찰 지경이었다. "토마스, 우린 그만한 여유가 없어."

"공사하는 데 사람을 안 쓰면 할 수 있어."

"기드온은 그럴 시간이 없어……"

"기드온?" 그가 소리 내어 웃었다. "기드온은 필요 없어. 나 혼자서 할 수 있어."

"어떻게?" 내가 물었다. "당신은 건설에 대해 아무것도 모르잖아."

그의 표정이 험악해졌다. "당신은 나에 대해 아무것도 몰라."

나는 사무실 밖으로 걸어 나가는 그를 보면서 그 말이 맞을지 모른다고 생각했다.

나는 기드온에게 착오가 생겼다고, 난초를 돌려보내야 한다고 말했다. 그가 이 기적을 어떻게 이뤄냈는지는 모르겠지만 어쨌든 그는 돈을 환불받아 왔고, 그 돈은 즉시 우리가 상자째 구입한 양배추와 목이 굵은 호박, 푹 익은 멜론 값으로 고든 도매점에 나갔다. 토마스는 난초가 없어진 사실을 깨닫지도 못하는 듯했다. 그는 아프리카 축사 위에 있는 낡은 다락 공간에서 새벽부터 저녁까지 망치질과 톱질을 하느라 바빴다. 그러나 일이 얼마나 진행됐는지 보자고 하면 그는 난리를 쳤다.

과학적으로 생각하면, 이것이 토마스가 슬픔을 대하는 방식인지도 몰랐다. 우리가 잃어버린 것을 생각하고 싶지 않아 어떤 사업에 몸을 던지고 있는 건지도 몰랐다. 정말 그렇다면 그를 바보짓에서 건져 올릴 가장 좋은 방법은 그가 아직까지 가진 것을 일깨워주는 게 아닐까 생각했다. 그래서 나는 마카로니 치즈 외엔 잘할 줄 아는 요리가 없는데도 정성껏 음식을 만들었다. 소풍 도시락을 싸서 제나를 데리고 아프리카 축사로 가서 토마스에게 점심을 같이 먹자고 꼬드겼다. 어느 날 오후 나는 그의 사업에 대해 물었다. "살짝만 볼게." 나는 애원했다. "완성이 될 때까진 아무한테도 말 안 할게."

그러나 토마스는 고개를 저었다. "기다리는 보람이 있을 거야." 그는 약속했다.

"나도 도울 수 있잖아. 나 페인트칠 잘하는데……"

"당신은 많은 걸 잘하지." 토마스는 이렇게 말하며 내게 키스를 했다.

우리는 섹스를 자주 했다. 제나가 잠이 든 후 토마스는 아프리카 축사에서 돌아와 샤워를 한 뒤 내 옆에 슬그머니 누웠다. 우리의 섹스는 절망적인 몸부림에 가까웠다. 내가 마우라의 새끼에 대한 기억에서 도망치려 했다면 토마스는 무언가에 묶여 있으려 애쓰는 듯했다. 나란 사람은 중요하지 않고, 누가 누워 있건 일을 치렀을 것처럼 보였다. 그러나 나 역시 잊기 위해 토마스를 이용하고 있었기 때문에 비난할 수 없었다. 나는 녹초가 되어 잠이 들곤 했고, 한밤중에 손을 더듬어 그를 찾으면 그는 다시 사라지고 없었다.

처음 소풍을 갔을 때 나는 고마워서 그에게 키스를 했다. 그러자 그의 손이 내 셔츠 속으로 들어오며 브래지어 고리를 만지작거렸다. "**토마스.**" 나는 속삭였다. "여긴 다 **보이는** 데라고."

우리는 직원들이 지나다닐 수 있는 아프리카 축사 그늘에 앉아 있었고, 제나까지 우리를 빤히 보고 있었다. 아이가 두 발로 일어서서 자그마한 좀비처럼 휘청거리며 우리 쪽으로 걸어왔다.

나는 헉 숨을 내쉬었다. "토마스! 애가 걷고 있어!"

그는 내 목에 얼굴을 묻고 있었다. 그의 손이 내 가슴을 덮쳤다.

"**토마스.**" 나는 그를 거칠게 떠밀며 말했다. "**보라고.**"

그는 성난 얼굴로 떨어졌다. 안경 너머 그의 두 눈은 매서웠고, 아무 말도 하지 않았지만 나는 똑똑히 들을 수 있었다. '어떻게 감히?' 그러나 바로 그때 제나가 그의 무릎 위로 넘어졌고 그는 제나를 얼른 안아 올려 이마와 양 볼에 뽀뽀를 해주었다. "다 컸네, 딸." 제나는 아빠의 어깨에 대고 옹알거렸다. 토마스는 제나를 내려놓고 내 쪽을 보게 했다. "요행이었을까, 새로운 기술이었을까?" 그가 물었다. "한 번 더 실험을 해봐야 하지 않겠어?"

나는 소리 내어 웃었다. "이 앤 과학자를 엄마 아빠로 둘 운명이었나 봐." 나는 두 팔을 벌렸다. "엄마한테 와봐." 나는 아이를 구슬렸다.

나는 내 딸에게 말하고 있었다. 그러나 토마스에게도 그렇게 부탁했다면 좋았을 것을.

며칠 후, 그레이스가 아시아 코끼리들의 식사를 준비하고 있을 때 나는 그녀를 거들면서 기드온과 다투기도 하는지 물어보았다.

"왜요?" 그녀는 갑자기 경계하며 말했다.

"그냥 두 사람은 잘 지내는 것 같아서요." 내가 대답했다. "쉬운 일이 아니잖아요."

그레이스는 긴장을 풀었다. "그이는 변기 물을 안 내려요. 그래서 미치겠어요."

"그게 유일한 흠이라면 당신은 정말로 행운아네요." 나는 식칼을 들어 멜론을 반으로 쪼개 흘러나오는 즙에 주의를 집중했다. "기드온이 당신한테 뭘 비밀로 한 적 있어요?"

"내 생일 선물을 준비했을 때 같은 거요?" 그녀는 어깨를 으쓱했다. "그럼 있죠."

"그런 비밀을 말하는 게 아니에요. 뭔가를 숨기고 있다고 느껴지는 그런 비밀이요." 나는 칼을 내려놓고 그녀의 눈을 응시했다. "마우라의 새끼가 죽은 그날 밤에…… 사무실에 있는 토마스를 봤죠, 그렇죠?"

우리는 그 얘기를 한 번도 하지 않았다. 그러나 내가 알기로 그레이스는 토마스를, 그가 멍한 눈으로 의자에 앉아 몸을 앞뒤로 흔들고 손을 떨고 있는 모습을 보았다. 그래서 제나를 아빠와 단둘이 두려고 하지 않았던 것이다.

그레이스는 내 눈길을 피했다. "누구나 속에는 악마가 있어요." 그녀가 중얼거렸다.

그 얘기는, 그런 토마스를 본 것이 그때가 처음이 아니라는 뜻이었다. "그런 일이 전에도 있었어요?"

"늘 원상 복귀돼요."

이 보호소에서 그 사실을 모르는 사람이 나뿐이었던 건가? "토마스는 딱 한 번, 부모님이 돌아가신 후에만 그랬다고 했어요." 내가 말했다. 얼굴이 화끈거렸다. "난 부부는 동반자라고 생각했어요, 안 그래요? 좋을 때나 나쁠 때나, 아플 때나 건강할 때나 말이죠. 그는 왜 거짓말을 했을까요?"

"비밀로 하는 게 꼭 거짓말은 아니에요. 때로는 사랑하는 사람을 지키는 유일한 길이기도 해요."

나는 코웃음을 쳤다. "그건 당신이 당해보지 않아서 할 수 있는 말이에요."

"그렇지 않아요." 그레이스는 부드럽게 말했다. "나도 비밀을 가지고 있는 사람이거든요." 그녀는 반으로 쪼갠 멜론 속에 땅콩버터를 퍼 넣기 시작했다. 손이 빠르고 능숙했다. "나는 당신 딸을 보는 게 좋아요."

그녀가 뜬금없는 말을 했다.

"알아요. 고마워하고 있어요."

"당신 딸을 보는 게 좋은 건요." 그레이스는 같은 말을 되풀이했다. "내 자식을 가져본 적이 없기 때문이에요."

나는 그녀를 보았다. 그 순간 마우라가 생각났다. 그레이스의 눈에는 내가 미처 간파하지 못한, 젊음과 불안 탓으로만 여겼지, 사실은 그녀가 한 번도 가져보지 못한 대상의 상실이었을지 모를 그늘이 있었다. "당신은 아직 젊어요." 내가 말했다.

그레이스는 고개를 저었다. "전 다낭성 난소 증후군이에요." 그녀는 분명하게 말했다. "호르몬 문제래요."

"대리모를 둘 수도 있잖아요. 입양을 할 수도 있고. 그런 대안들에 대해 기드온과 얘기해봤어요?" 그녀는 날 빤히 보기만 했지만 나는 알아들었다. '기드온은 몰라요.' 이것이 그녀가 남편에게 숨기고 있던 비밀이었다.

그레이스가 내 팔을 덥석, 그것도 엄청 아프게 꽉 잡았다. "말하지 않을 거죠?"

"그럼요." 나는 약속했다.

그녀는 마음을 놓고 다시 칼을 들고 자르기 시작했다. 우리는 잠시 말없이 일했는데, 그레이스가 다시 말했다. "토마스가 진실을 말하지 않는 건 당신을 사랑하지 않아서가 아니에요." 그녀가 말했다. "말할 엄두도 못 낼 만큼 사랑하기 때문이에요."

그날 밤 토마스가 자정이 넘어 오두막으로 슬그머니 들어온 후 침실로 머리를 들이밀었을 때 나는 잠든 척했다. 샤워기 물소리가 들릴 때까지 기다렸다가 침대에서 일어나 제나가 깨지 않게 조심하면서 오두막을 빠져나왔다. 눈이 어둠에 적응되었을 때 부리나케 달려 불이 꺼져 있는 그레이스와 기드온의 오두막을 지났다. 두 사람이 침대에서 실오라기 하나 비집고 들어갈 틈 없이 서로의 몸을 밀착시킨 채 엉겨 있는 모습이 그려졌다.

아프리카 축사의 나선형 계단은 검정색으로 칠해져 있어 나는 그 계단에 정강이를 쿵 찧고서야 목적지에 이르렀다는 사실을 깨달았다. 코끼리들이 깨어나 의도치 않게 경적을 울릴 수도 있어 나는 아픈데도 입술을 꽉 깨문 채 조용조용 계단을 기어올랐다. 창고 문은 잠겨 있지만, 마스터키로는 보호소에 있는 모든 문을 열 수 있어 나는 안으로 들어갈 수 있었다.

내 눈에 맨 먼저 띈 것은 토마스의 말대로 빼어난 달빛 전경이었다. 토마스는 판유리 창을 달지는 않았지만 창문 크기로 대충 구멍을 내 그 위에 투명 비닐을 붙여놓았다. 그 구멍으로 보름달의 은총으로 빛나는 보호소의 전 구역이 내다보였다. 우리가 보호하고 있는 놀라운 동물들의 자연 서식지를 방해하거나, 그들을 동물원이나 서커스처럼 구경거리로 만들지 않고도 일반인들이 볼 수 있는 조망대, 즉 전망대를 쉽게 상상할 수 있었다.

내가 과민 반응을 하고 있는지도 몰랐다. 토마스는 이곳을 살리겠다고 한 자신의 말을 지키고 있을 뿐인지도 몰랐다. 나는 돌아서서 벽을 더듬어 스위치가 있는 곳을 찾아냈다. 불빛이 범람하자 눈이 부셔 잠깐 동안은 아무것도 보이지 않았다.

창고는 텅 비어 있었다. 가구도, 상자도, 연장도, 심지어 나무토막 하나도 없었다. 벽은 말할 것도 없고 천장과 바닥까지 온통 눈부신 흰색

이 칠해져 있었다. 그러나 어디에나 문자와 숫자를 반복해서 써내려간 낙서가 휘갈겨져 있었다.

C14H19NO4C18H16N6S2C16H21NO2C3H6N2O2C189H285N5 5O57S.

마치 예배당을 걷다 온 벽에 피로 쓴 불가해한 기호들을 발견한 기분이었다. 나는 숨이 턱 막혔다. 벽이 나를 포위해 들어오더니 숫자들이 어른거리면서 서로 뒤섞이기 시작했다. 나는 바닥에 털썩 주저앉고서야 내가 울고 있었다는 사실을 깨달았다.

토마스는 아팠다.

토마스는 도움이 필요했다.

나는 정신과 의사도 아니고 정신과 치료를 받아본 경험도 없었지만 이건 단순한 우울증으로 보이지 않았다.

이것은…… 미친 짓으로 보였다.

나는 일어나 뒷걸음질 쳐서 문도 잠그지 않고 그곳을 나왔다. 시간이 얼마 없었다. 그렇지만 우리 오두막으로 가지 않고 기드온과 그레이스가 자고 있는 오두막으로 가서 문을 두드렸다. 그레이스가 남자 티셔츠를 입고 헝클어진 머리를 한 채 나왔다. "앨리스? 무슨 일이에요?" 그녀가 말했다.

'내 남편이 마음에 병이 들었어요. 이 보호소는 죽어가고 있어요. 마우라는 새끼를 잃었어요. 골라 봐요.'

"기드온 안에 있어요?" 나는 뻔히 있는 줄 알면서 물었다. 빈 다락방의 천장과 바닥과 벽에 영문 모를 말을 쓰기 위해 한밤중에 슬그머니 집을 빠져나가는 남편이 몇이나 되겠는가.

기드온은 반바지만 입은 반나체 차림으로 손에 셔츠를 들고 나왔다.

"당신 도움이 필요해요." 내가 말했다.

"코끼리들한테요? 무슨 문제가 생겼습니까?"

나는 대답하지 않고 발길을 돌려 아프리카 축사 쪽으로 다시 걷기 시작했다. 기드온은 나와 보조를 맞춰 걸으면서 머리 위로 티셔츠를 입었다. "어떤 아가씨죠?"

"코끼리들은 괜찮아요." 나는 말했다. 목소리가 떨리고 있었다. 우리는 나선형 계단 앞에 이르렀다. "당신이 해줄 일이 있어요. 그리고 나한테 아무것도 묻지 말아 줘요. 그래 줄 수 있어요?"

기드온은 내 얼굴을 보며 고개를 끄덕였다.

나는 마치 처형장으로 향하듯이 계단을 올랐다. 돌이켜보면 정말 그랬던 것 같다. 그것이 깊고 치명적인 낭떠러지로 향하는 첫걸음이었을 것이다. 나는 기드온이 내부를 볼 수 있도록 문을 열었다.

"하느님 맙소사." 그가 나직이 말했다. "이게 다 뭡니까?"

"나도 몰라요. 하지만 아침이 오기 전에 페인트칠을 새로 해줘요." 그 순간, 팽팽하던 자제력이 실처럼 툭 끊기면서 몸이 반으로 꺾여 더는 숨을 쉴 수도, 눈물을 참을 수도 없었다. 기드온이 즉각 손을 뻗었지만 나는 물러섰다. "서둘러줘요." 나는 이 말을 겨우 내뱉고서 계단을 뛰어내려가 오두막으로 돌아왔는데, 토마스가 몸에서 희뿌연 김을 날리며 욕실에서 막 나오고 있었다.

"나 때문에 깼어?" 그가 이렇게 물으며 미소를 지었다. 아프리카에서 날 그의 말에 귀 기울이게 만들었고, 눈을 감을 때마다 떠올랐던 그 뒤틀린 미소였다.

토마스를 구할 기회를 가지려면 그에게 내가 적이 아니라는 사실을 믿게 만들어야 했다. 내가 그를 믿는다는 것도 믿게 만들어야 했다. 그래서 나는 비슷했으면 좋겠다는 바람으로 그의 미소를 복사해 내 얼굴에 붙였다. "제나가 우는 소리를 들은 것 같았어."

"애는 괜찮아?"

"깊이 잠들었어." 나는 목구멍에 가시처럼 걸려 있는 진실을 삼키면서 토마스에게 말했다. "악몽을 꿨던가 봐."

기드온이 내게 벽에 적힌 것들이 뭐냐고 물었을 때 나는 모른다고 거짓말을 했다. 사실은 알고 있었다.

그것은 문자와 숫자를 마구잡이로 나열해놓은 것이 아니었다. 약을 만드는 화학식이었다. 아니소마이신, U0126, 프로파노롤, D 사이클로세린, 신경펩티드 Y. 내가 코끼리의 기억과 인지의 연관 고리를 찾고 있을 때 초창기 논문에 썼던 약들이었다. 이 약들은 어떤 기억이 고통이나 혼란으로 코드화되지 못하도록 편도체와 상호작용하는 합성물이었다. 단 트라우마가 일어난 직후에 썼을 경우였다. 과학자들은 실험쥐들을 이용해 특정 기억들이 일으킨 스트레스와 불안을 제거하는 데 성공했다.

이것이 초래할 수 있는 영향은 짐작할 수 있는데, 최근에는 몇몇 의료진들이 영향을 받았다. 성폭력 피해자에게 이런 약을 투여하고 싶어하는 병원들 사이에서 논란이 불붙었다. 차단된 기억이 실제로 영원히 차단되는지 아닌지에 대한 현실적인 문제는 차치하고 도덕적인 문제가 있었다. 정신적 외상을 입은 피해자가 정신적 외상으로 명료한 사고를 할 수 없다고 본다면 그 약을 투여하는 것이 과연 옳은 일일까?

토마스는 내 논문으로 무엇을 하고 있었을까, 그 일을 보호소를 살리기 위한 기금 마련 계획과 결부시켰을까? 그러나 결부시키지 못했을 것이다. 만약 토마스가 정말로 한순간 무너진 거라면 십자말풀이 단서에서도 연관성을 찾으려 할 것이다. 일기예보에서도 의미를 찾으려 할 것이다. 다른 사람들에게는 아무런 관련이 없어 보이는 인과관계 사슬로 현실을 세우고 있을 것이다

오랜 시간이 걸렸지만 내 논문의 결론은 뇌가 기억에게 적기를 들게 하는 방향으로 발달하는 데는 이유가 있다는 것이었다. 기억이 미래의 위험으로부터 우리를 보호해준다면 화학 요법으로 기억을 지우는 것이 우리를 위한 최선일까?

화학식이 꼬리에 꼬리를 물고 있던 그 다락방을 안 본 것으로 할 수 있을까? 아니, 기드온이 그 방을 다시 칠해놓더라도 그럴 수는 없었다. 다만 그 방을 떠올리면 내가 사랑에 빠졌다고 생각한 남자와 오늘 아침 휘파람을 불면서 부엌으로 들어오는 남자가 같은 사람이라고 여겨지지 않는 만큼 그 방법이 최선이었을 것이다.

나는 계획을 세웠다. 토마스를 도울 길을 찾고 싶었다. 하지만 그가 전망대로 떠나자마자 네비가 그레이스와 함께 나타났다. "헤스터를 옮겨야 하는데 도와줘야겠어." 네비가 말했다. 그제야 아프리카 코끼리 두 마리를 오늘부터 붙어 지내게 해주자고 했던 약속이 떠올랐다.

날짜를 미룰 수도 있었지만 그러면 네비가 이유를 물었을 것이다. 나는 지난밤 일을 얘기하고 싶지 않았다.

그레이스가 제나를 안으려고 두 팔을 내밀었고, 나는 어젯밤의 대화를 생각했다. "기드온은……" 내가 운을 뗐다.

"마쳤어요." 그녀가 말했다. 그것이 내가 알고 싶은 전부였다.

나는 네비를 따라 아프리카 구역으로 가서 투명 비닐이 붙어 있고 갓 칠한 페인트 냄새가 진동하는 축사 이 층을 슬쩍 올려다보았다. 토

마스는 지금도 저곳에 있을까? 자신의 작품이 없어진 것을 알고 화가 났을까? 충격에 빠졌을까? 무덤덤할까?

내가 그랬다고 의심할까?

"정신을 어디 팔고 **있어**?" 네비가 물었다. "왜 대답이 없어."

"미안해요. 간밤에 잠을 못 자서 그래요."

"울타리를 치울 건지 헤스터를 몰고 올 건지 물었잖아?"

"울타리를 치울게요."

마우라가 임신한 사실을 알았을 때 우리는 헤스터와 마우라를 떼놓기 위해 열선 울타리를 설치했다. 사실 두 코끼리가 서로에게 가려 했다면 그런 울타리쯤은 쉽게 허물어버릴 수 있었을 것이다. 그러나 이 둘은 유대를 형성할 만큼 오랜 시간을 함께하다 헤어진 사이가 아니었다. 그들은 친구가 아니라 안면만 있는 사이였다. 아직은 서로에 대한 끈끈한 정이 없었다. 그래서 나는 네비의 계획을 실행에 옮길 때가 아니라고 생각했던 것이다.

츠와나족 속담 중에 이런 게 있다. 부빌 언덕이 있으면 슬픔도 없다 Go o ra motho, ga go lelwe. 이 말의 의미는 야생에서 코끼리들이 구성원의 죽음을 애도할 때 볼 수 있다. 누가 죽으면 얼마 후 몇몇 코끼리는 무리에서 떨어져 나가 물웅덩이로 간다. 다른 코끼리들은 먹을 것을 찾아 덤불을 뒤적거린다. 마지막에 남는 코끼리는 한두 마리로 대개가 일상으로 돌아가기를 꺼리는 죽은 코끼리의 딸이거나 어린 아들이다. 그러나 무리가 언제나 그들에게 돌아온다. 다함께 오기도 하고, 두어 마리만 사절로 오기도 한다. 그들은 '가자'는 우르릉 소리를 내면서 슬퍼하는 코끼리가 자신들과 함께할 수 있도록 몸의 각도를 튼다. 결국 새끼들은 그렇게 한다. 그러나 헤스터는 마우라의 사촌이나 동생이 아니었다. 또 하나의 코끼리에 지나지 않았다. 생면부지의 누군가가 내게 다가와 점심을 같이 하자고 했을 때 따르지 않을 확률이 큰 것처럼 마우라에게도 헤스터의 말을 들을 동기가 없었다.

네비가 헤스터를 찾으러 ATV를 타고 간 사이 나는 울타리 제어 장치를 끄고 열선을 풀어 길을 열어주었다. 기다리고 있으니 마침내 엔진 소리가 들리고 네비를 얌전히 따르고 있는 코끼리가 보였다. 헤스터는 수박이라면 환장을 하는데, ATV 짐칸에 마우라 근처에 내려놓으려고 실어놓은 수박 한 통이 있었다.

나는 오토바이에 올라탔고 우리는 새끼의 무덤이 있는 곳으로 달렸다. 마우라는 지금도 그곳에서 어깨를 비스듬히 기울인 채 코를 땅에 질질 끌고 있었다. 네비가 시동을 껐을 때 나는 뛰어내려 헤스터를 위해 마우라와 조금 떨어진 곳에 수박을 놓아주었다. 마우라의 선물도 가져왔지만 헤스터와 달리 마우라는 자기 것을 건드리지 않았다.

헤스터는 엄니를 수박에 꽂아 뚝뚝 떨어지는 즙을 입으로 마셨다. 그런 다음 코로 수박을 돌돌 감아 상아 꼬치가 된 수박을 쑥 뽑아서는 턱으로 으스러뜨렸다.

마우라는 헤스터의 출현을 인지하지 못했다가 헤스터가 수박을 깨부수는 으드득 소리에 척추를 펴기 시작했다. 나는 ATV에 다시 올라타면서 조용히 말했다. "네비, 시동을 켜요."

마우라가 번개처럼 빠르게 빙그르르 돌더니 머리를 흔들고 귀를 펄럭거리며 헤스터를 향해 천둥처럼 우르릉거렸다. 흙먼지가 날리고 위협의 기운이 감돌았다. 헤스터는 자기도 물러서지 않겠다는 듯 꽤액꽤액거리며 코를 한껏 폈다.

"가요." 내가 말했다. 네비는 헤스터가 마우라에게 접근하기 전에 진로를 차단하려고 ATV의 방향을 틀었다. 우리가 헤스터를 열선 울타리 반대편으로 모는 동안 마우라는 우리 쪽은 돌아보지도 않았다. 그녀는 저 너머 아가리 모양으로 뻗어 있는 거무스름하고 엉성한 새끼의 무덤만 볼 뿐이었다.

두 코끼리의 대치로 땀이 비 오듯 흐르고 심장도 계속 쿵쾅거렸다. 네비가 헤스터를 아프리카 구역 안쪽으로 이끄는 동안 나는 열선을 다시 이어 붙여 꼭꼭 감은 뒤 전지를 재부착했다. 몇 분 후 내 일이 마무리될 때쯤 네비가 다시 돌아왔다.

"그러게, 내가 뭐랬어요." 내가 말했다.

나는 그레이스가 제나를 봐주고 있는 틈을 이용해 토마스와 이야기를 나누려고 아프리카 축사에 들렀다. 나선형 계단을 오르는 동안 안에서는 아무 소리도 들리지 않았다. 토마스가 새하얗게 칠해진 벽을 보고 마음의 평정을 되찾은 건 아닐까 궁금해졌다. 그러나 내가 문 앞에 이르러 손잡이를 돌려 그 방에 들어섰을 때 발견한 것은 간밤에 보았던 기호들로 한 벽이 온통 채워져 있고, 또 한 벽도 반쯤 채워져 있는 것이었다. 토마스가 의자 위에 올라가 어찌나 미친 듯이 써 내려가고 있는지 하얀 벽에서 불길이 치솟을 것만 같았다. 나는 심장이 얼어붙는 느낌이었다. "토마스." 내가 말했다. "우리 얘기 좀 해."

그는 내가 들어오는 소리조차 듣지 못할 정도로 작업에 몰두해 있다 어깨 너머로 힐끔 보았다. 당황한 얼굴도, 놀란 얼굴도 아니었다. 단지 실망한 표정이었다. "이건 놀라운 발견이 될 거야." 그가 말했다. "당신을 위해 하고 있었어."

"뭘 말이야?"

그는 의자에서 내려왔다. "이건 분자 합병 이론이라고 하는 거야. 기억이 뇌에 의해 화학적으로 암호화되기 전까지는 탄력적이라는 사실은 이미 증명되어 왔어. 그 과정을 방해할 수 있다면 기억을 불러내는 방식을 바꿀 수 있어. 지금까지 성공한 과학적 사례들은 억제제를 트라우마 직후에 투여했을 때뿐이었어. 하지만 트라우마가 이미 지나갔다고 해봐. 만약 생각을 그 순간으로 되돌려서 약을 투여한다면 어떻게 되겠어. 트라우마가 잊히지 않을까?"

나는 망연자실한 채 그를 빤히 보았다. "그건 불가능해."

"그때로 돌아갈 수 있다면 가능해."

"어떻게?"

그는 눈을 굴렸다. "난 타디스* 같은 타임머신을 만들고 있는 게 아니야." 토마스가 말했다. "그건 미친 짓이지."

"미친 짓." 나는 그 말을 따라한다. 그 말이 눈물에 젖은 목울대에 걸린다.

"이건 말 그대로의 사차원으로 들어가는 게 아니야. 하지만 한 **개인**의 인지를 바꿀 수 있으니까 시간을 효과적으로 돌린 셈이지. 바뀐 의식을 통해 당시의 스트레스 상황으로 돌아가 약이 제 기능을 할 수 있을 만큼 오랫동안 감정적인 트라우마를 다시 경험하게 만드는 거야. 당신한테 놀라운 대목은 이거야. 마우라 있지, 마우라를 실험 대상으로 삼는 거야."

그 이름을 듣는 순간 내 눈이 번쩍 빛났다. "마우라는 건드리지 마."

"내가 마우라를 고칠 수 있는데도 안 돼? 새끼의 죽음을 잊게 해줄

---

* 영국 BBC 드라마 〈닥터 후〉에 등장하는 타임머신 이름.

수 있는데도?"

나는 고개를 저었다. "그렇게 되지가 않아, 토마스……"

"그렇게 되면 어떻겠어? 인간들한테 영향을 미친다면 어떻겠냐고? 외상 후 스트레스 장애를 앓는 참전 군인들에게 거둘 수 있는 효과를 상상해봐. 우리 보호소가 중대한 연구 시설로 이름을 굳힌다고 상상해봐. 뉴욕대 신경과학 센터로부터 착수금을 받을 수도 있다고. 그들이 나와 동업을 하겠다고만 하면 언론이 주목할 거고, 그러면 마우라의 새끼가 끌어들일 것으로 예상되었던 투자자들을 다시 끌어들여 수익 손실을 상쇄할 수 있어. 내가 **노벨상**까지 탈 수 있다고."

나는 침을 꿀꺽 삼켰다. "의식을 돌릴 수 있다는 생각은 어떻게 하게 된 거야?"

"그럴 수 있다고 들었어."

"**누구한테서?**"

그가 뒷주머니에 손을 넣어 상단에 보호소 주소가 찍혀 있는 종이를 꺼냈다. 그 종이에는 나도 아는 전화번호가 적혀 있었다. 지난주 고든 도매점에서 내 신용카드가 먹히지 않았을 때 전화를 건 곳이었다.

'시티은행 마스터카드에 오신 것을 환영합니다.'

고객 서비스 직통 번호 밑에는 통장 잔고 Account Balance의 어순을 바꿔 말을 만들어놓은 문장이 나열돼 있었다.

Cabal cannot cue(비밀결사는 신호를 보낼 수 없다), banal ceca count(흔해 빠진 맹장도 중요하다), accentual bacon(리듬을 타는 베이컨), cabala once cunt(좆같은 신비주의), cab unclean coat(더러운 코트를 훔쳐라), lacuna ant bocce(구멍의 반의어는 공), nebula coca cant(성운 코카인은 은어를 쓴다), a cab nuance clot(기묘한 뉘앙스는

엉긴다), a cab cannot clue(택시는 실마리를 줄 수 없다), a cable can count(하나의 밧줄도 중요할 수 있다), a conceal can but(감추면 이의를 말할 수 있다), cabal can't cue on(비밀결사는 신호를 계속 보낼 수 없다), anal acne cub cot(항문 여드름은 새끼 침대), ban ocean lac cut(바다 락 염료 감축을 금지하라), cabal act once nu(비밀결사는 일단 익명으로 행동한다), *actual can be con*(**현실은 사기일 수 있다**).

마지막 문장에는 종이가 해질 정도로 동그라미가 **빡빡** 쳐져 있다. "뭔지 알겠어? 암호로 되어 있어. 현실은 사기일 수 있어." 토마스의 두 눈은 내게 삶의 의미를 설명하려는 듯 활활 타올랐다. "눈에 보이는 것만 믿으면 안 돼."

나는 그와 가슴이 거의 맞닿을 때까지 다가섰다. "토마스." 나는 손바닥으로 그의 뺨을 감싸며 속삭였다. "여보. 당신은 아파."

그가 내 손을 동아줄인 양 움켜잡았다. 그제야 내가 얼마나 바들바들 떨고 있었는지 알 수 있었다. "그래, 제길 나 아파." 그가 투덜거리며 내 손을 너무 세게 쥐는 바람에 나는 아파서 몸을 뒤틀었다. "당신이 날 **의심하는** 게 지긋지긋해." 그가 얼굴을 들이밀어 나는 그의 눈동자 주위에 어른거리는 오렌지 빛과 관자놀이의 맥박을 볼 수 있었다. "내가 이러는 건 **당신**을 위해서라고." 그는 한 자 한 자 씹어뱉듯이 내 얼굴에 침을 튀기며 말했다.

"나도 당신을 위해 이러는 거야." 나는 소리를 빽 지르고서 그 답답한 방을 뛰쳐나와 나선형 계단을 내려갔다.

다트머스 대학은 남쪽으로 100킬로미터 거리에 있었다. 그 대학에는 최첨단 병원이 들어서 있었다. 또한 운 좋게도 분에서 가장 가까운 입원환자 정신병동도 있었다. 예약을 하지 않았다는 사실을 감안할 때 정신과 의사가 어떤 말 때문에 나를 보겠다고 했는지는 모르겠지만 대기실에는 나와 같이 절박한 문제를 가진 사람들로 가득했다. 제나를 꽉 움켜잡고 티보두 박사를 마주보고 앉아 있자니 접수원이 나를 보았을 때 어떤 추리를 했을까 하는 생각만 들었다. '저런, 남편 문제로군. 결혼 생활이 위기를 맞은 게야.' 내 주름진 유니폼과 감지도 않은 머리와 울고 있는 아이를 보면서 그런 생각을 했을 것이다.

나는 의사에게 내가 토마스에 대해 알고 있는 모든 것을, 간밤에 있었던 일을 30분 정도 이야기했다. "중압감 때문에 망가진 게 아닌가 싶어요." 내가 말했다. 소리가 얼마나 크게 울리는지 내 말이 현란한 풍선처럼 부풀어 올라 진찰실을 가득 채우는 느낌이었다.

"부인의 설명대로라면 조증 같습니다." 의사가 말했다. "조울병의 하나인데 의학계에서는 조울증 장애라고 합니다." 의사는 내게 미소를 지어 보였다. "조울증은 향정신성 의약품 LSD를 복용했을 때와 비슷합니다. 그 얘기는 감각과 정서와 창의력이 최고조에 이른다는 뜻이지만, 높을 때는 너무 높고 낮을 때는 너무 낮죠. 부인도 들어보셨을 텐데, 조증 환자가 해괴한 짓을 했을 때 그게 나중에 맞으면 그는 천재입니다. 틀리면 미친 사람이 되는 겁니다." 티보두 박사는 자신의 문진에 침을 바르고 있는 제나를 보고 싱긋 웃었다. "희소식은, 남편분에게 그런 증상이 실제로 일어나고 있다면 치료가 가능하다는 겁니다. 그런 감정 기복을 통제하는 약물을 쓰면 정상으로 돌아옵니다. 만약 남편분이 현실이 아닌 조증 에피소드 속에 살고 있다는 걸 깨달으면 심각한 우울증에 빠질 수도 있습니다. 본인이 생각하는 그 사람이 아니니까요."

'저도 같은 생각이에요.' 나는 속으로 말했다.

"남편분이 부인을 해친 적이 있습니까?"

나는 토마스가 내 손을 움켜잡았던, 뼈가 우드득거려 소리를 질렀던 순간을 떠올렸다. "아니요." 나는 말했다. 지금껏 충분히 토마스를 배신해왔다. 이번에도 그럴 수는 없었다.

"앞으로 그럴 것 같습니까?"

나는 제나를 내려다보았다. "잘 모르겠어요."

"전문의 진단을 받아보는 게 좋습니다. 조증 장애가 맞다면 안정을 찾기 위해 당분간 입원을 해야 할지도 모릅니다."

나는 기대에 차서 의사를 힐끔 보았다. "그럼 선생님이 그이를 데려올 수도 있나요?"

"아니요." 티보두 박사가 말했다. "강제 수용은 그 사람의 권리를 빼앗는 겁니다. 남편분이 부인을 해치지 않는 한 강제로 데려올 수는 없습니다."

"그럼 제가 어떻게 해야 하나요?" 내가 물었다.

의사는 내 눈을 응시했다. "자기 발로 올 수 있도록 설득을 하셔야 합니다."

의사는 내게 명함을 건네며 토마스가 입원할 준비가 되면 전화를 달라고 했다. 분으로 돌아오는 차에서 나는 무슨 말을 하면 토마스가 병원에 가겠다고 동의를 할까 생각했다. 제나가 아프다고 할 수도 있지만 그러면 가까운 소아과에 가면 되지 않겠느냐고 하지 않을까? 그의 실험에 흥미를 보이는 기부자나 신경과학자를 찾았다고 해도 병원 앞까지만 그를 데려갈 수 있을 것이다. 내가 정신과 접수 창구에서 수속을 밟는 순간 무슨 일인지 알아버릴 것이다.

결국 토마스 스스로 정신병동에 수속을 밟게 할 수 있는 길은 이것이 그를 위한 최선이라는 사실을 그냥 솔직하게 말하는 것뿐이라는 결론에 이르렀다. 내가 그를 사랑한다는 사실도. 우리가 이렇게 함께 있다는 사실도.

나는 마음을 굳게 먹고 보호소까지 차를 몰아 오두막 앞에 대놓고는 잠든 제나를 안고 들어갔다. 아이를 소파에 눕힌 다음 열어둔 문을 닫으려고 돌아갔다.

토마스가 뒤에서 와락 껴안아 나는 비명을 질렀다. "놀랐잖아." 나는 몸을 돌려 그의 표정을 읽으려 애썼다.

"당신이 날 두고 떠난 줄 알았어. 제나를 데리고, 돌아오지 않을 줄 알았어."

나는 손으로 그의 머리카락을 쓸어 넘겼다. "아니. 그럴 일은 절대 없어." 나는 맹세했다.

그가 내게 키스를 할 때 자신을 지키려 애쓰는 한 남자의 절박함이 전해졌다. 그가 내게 키스를 할 때 나는 토마스가 좋아질 거라고 믿었다. 티보두 박사에게 전화를 걸 일이 없을지도, 토마스의 감정 기복이 나아지기 시작했는지도 모른다고 믿었다. 이 결정으로 나 또한 얼마나 토마스처럼 변할지 모르는 상태에서 비록 근거도 없고 가능성도 없지만 이 모든 것을 믿어보자고 나 자신에게 말했다.

기억과 관련하여 토마스가 거론하지 않은 것이 있다. 기억은 비디오 녹화와는 다르다. 기억은 주관적이다. 일어난 일을 문화적인 맥락에 따라 기억한다. 얼마나 정확한지는 중요하지 않다. 당신에게 어떤 의미가 있느냐가 중요하다. 당신이 배워야 하는 것을 가르쳐주느냐가 중요하다.

몇 달 동안은 보호소의 삶이 정상으로 돌아온 것처럼 보였다. 마우라는 새끼의 무덤을 조금 벗어난 곳까지 어슬렁거리다 저녁이면 그곳으로 돌아왔다. 토마스는 전망대를 세우는 대신 오두막 사무실에서 다시 일하기 시작했다. 우리는 그곳을 유령 마을처럼 문을 잠그고 판자로 막았다. 토마스가 몇 달 전 사업 자금으로 신청한 보조금이 뜻밖에도 들어와 먹이와 급료를 댈 수 있어 우리도 숨통이 조금 트였다.

나는 마우라와 그녀의 슬픔에 관한 내 기록을 새끼를 잃은 다른 코끼리들에 관한 기록과 비교하기 시작했다. 나는 아장아장 걷기 시작한 제나와 함께 몇 시간씩 걸어 다녔다. 아이에게 색깔로 야생화를 구분해주고 새로운 말도 가르쳤다. 토마스와 나는 아이를 코끼리 구역에 두는 것이 안전한지 아닌지를 놓고 다투곤 했다. 나는 그런 언쟁이 좋았다. 지극히 평범해서. 지극히 정상적이어서.

어느 한가한 오후, 그레이스가 텁텁한 열기 속에 제나를 봐주고 있는 동안 나는 아시아 축사에서 디온의 코를 씻겨주었다. 우리는 결핵여부를 검사하기 위해 코끼리들에게 이런 행동을 훈련시켰다. 주사기에 소금물을 채워 콧구멍에 주입한 뒤 코끼리에게 코를 최대한 높이 들라고 한다. 그런 다음 4리터짜리 지퍼락을 코에 대고 코끼리가 코를 내릴 때 쏟아지는 액체를 받는다. 그 견본을 용기에 담아 연구소로 보낸다. 어떤 코끼리들은 그 과정을 싫어한다. 디온은 수월한 코끼리에 속하는 편이었다. 그래서 방심을 했던 것 같고, 그래서 토마스가 갑자기 축사로 들어오고 있는 것도 알아채지 못했던 것 같다. 그는 내 멱살을 움켜잡더니 디온이 쇠막대 사이로 코를 뻗어도 닿지 않는 곳까지 나를 끌고 갔다.

"티보두가 누구야?" 토마스가 소리를 지르며 내 머리를 강철에 쾅쾅 찍어대 눈앞이 흐릿해졌다.

솔직히 그가 무슨 말을 하고 있는지 알 수 없었다.

"티…… 보…… 두라고." 토마스는 그 이름을 되풀이했다. "알고 있을 거 아냐. 그 작자 명함이 **당신** 지갑에 들어 있던데." 그의 손이 내 목을 옥죄어 왔다. 허파에 불이 붙고 있는 듯했다. 나는 그의 손가락과 손목을 할퀴었다. 그가 네모반듯한 하얀 명함을 내 얼굴에 들이댔다. "전화해봐?"

곁눈질로 별들만 얼핏 보일 뿐 다른 것은 거의 보이지 않았다. 그랬는데도 어쨌거나 다트머스 히치콕 병원의 로고는 알아볼 수 있었다. 내가 만났던 정신과 의사, 내게 명함을 주었던 의사였다. "날 철장 속에 가두고 싶은 거지." 토마스가 추궁했다. "내 연구를 훔치려는 거지. 내 공을 가로채려고 뉴욕 대학에 벌써 전화를 했는지 모르겠지만, 당신은 웃음거리만 된 거야, 앨리스. 왜냐하면 당신은 그 학회 전용 번호를 가지고 있지 않으니까. 그건 곧 자신이 사기꾼이라고 광고하는 격이나 마찬가지거든……"

디온이 우렁찬 소리를 내지르며 축사에 쳐둔 쇠막대를 들이받기 시작했다. 나는 설명을 하려고 했다. 말을 하려고 했다. 그러나 토마스는 내 머리를 더 세게 쾅쾅 찍어댔고, 나는 눈알이 핑핑 돌 지경이었다.

갑자기 공기와 빛이 들어왔고, 나는 시멘트 바닥으로 쓰러져 불붙고 있는 가슴을 부여잡고 숨을 헐떡거렸다. 옆으로 몸을 굴려서 보니 기드온이 토마스에게 주먹을 날려 그의 머리가 활처럼 뒤로 휘면서 코와 입에서 피가 솟구쳤다.

나는 손을 짚어 가며 힘겹게 일어나 축사를 뛰쳐나갔다. 얼마 가지도 못해 다리에 힘이 빠지고 말았지만 놀랍게도 쓰러지지 않았다. 나는 기드온의 팔을 잡고 있었다. 그가 내 목을 빤히 보더니 토마스의 손이 만들어놓은 빨간 자국에 손가락을 갖다 댔다. 그 손길이 흉터를 가려주는 비단처럼 부드러워 속에서 뭔가가 확 올라왔다.

나는 그를 밀쳤다. "도와달라고 한 적 없어요!"

그는 깜짝 놀라 나를 놓아주었다. 나는 비틀거리며 그에게서 떨어져 그레이스가 제나에게 수영을 가르치러 데려간 장소로 가지 않고 우리 오두막으로 향했다. 그리고 토마스가 장부를 기재하고 코끼리들 파일에 최근 정보를 덧붙이면서 대부분의 시간을 보내는 사무실로 곧장 들어갔다. 책상 위에는 우리의 모든 수입과 지출을 기록해둔 장부가 놓여 있었다. 나는 의자에 앉아 앞장을 몇 장 넘기면서 건초 배달과 건강 관리 비용, 연구소 청구서와 농산물 계약서를 주목해서 보았다. 그런 다음 마지막 장으로 건너뛰었다.

$C_{14}H_{19}NO_4C_{18}H_{16}N_6S_2C_{16}H_{21}NO_2C_3H_6N_2O_2C_{189}H_{285}N_{55}O_{57}S$. $C_{14}H_{19}NO_4C_{18}H_{16}N_6S_2C_{16}H_{21}NO_2C_3H_6N_2O_2C_{189}H_{285}N_{55}O_{57}S$. $C_{14}H_{19}NO_4C_{18}H_{16}N_6S_2C_{16}H_{21}NO_2C_3H_6N_2O_2C_{189}H_{285}N_{55}O_{57}S$.

나는 머리를 책상에 박고 울었다.

나는 목에 얇은 파란색 스카프를 두르고서 마우라의 새끼 무덤가로 가서 마우라 옆에 앉았다. 한 시간쯤 앉아 있자니 토마스가 조용히 다가왔다. 그는 두 손을 주머니에 찔러 넣은 채 울타리 반대편에 섰다. "잠깐 어디 좀 다녀오겠다고 말하러 왔어." 그가 말했다. "예전에 갔던 곳이야. 거기서 도움을 받으려고."

나는 그를 쳐다보지 않았다. "좋은 생각인 것 같네."

"부엌 조리대에 연락처를 남겨뒀어. 하지만 통화는 허락되지 않을 거야. 그들이 일을 하는 방식이…… 그래."

토마스가 떠나고 없는 동안에도 그가 필요할 일은 없을 듯했다. 우리는 그가 있었을 때도 그의 부재 속에 이 보호소를 운영해오고 있었다.

"제나한테는……" 그는 고개를 저었다. "저기, 제나한테는 내가 사랑한다고만 해주고 다른 말은 말아줘." 토마스가 한 발짝 다가왔다. "이런 말 한다고 달라질 것도 없겠지만, 그래도 미안해. 나는 지금…… 내가 내가 아니야. 변명이 못 된다는 것도 알아. 하지만 달리 할 말이 없어."

나는 그가 떠나는 모습을 보지 않았다. 양팔로 무릎을 감싼 채 앉아만 있었다. 스무 걸음쯤 떨어진 곳에서 마우라가 솔잎이 달려 빗자루처럼 보이는 나뭇가지를 주워 제 앞을 쓸기 시작했다.

마우라는 비질을 얼마 동안 하고는 무덤 곁을 떠나기 시작했다. 몇 미터쯤 간 후 고개를 돌려 나를 보았다. 이번에도 조금 걷다가 멈춰 서서 기다렸다.

나는 일어나 마우라를 따라갔다.

날이 습했다. 옷이 살에 들러붙었다. 나는 말을 할 수가 없었다. 그 정도로 목이 아팠다. 목에 두른 스카프 끝이 더운 산들바람에 어깨 위에서 나비처럼 펄럭거렸다. 마우라는 천천히 신중히 움직여 마침내 열선 울타리에 이르렀다. 울타리 저 너머 있는 연못을 간절한 눈빛으로 응시했다.

내게는 연장도 장갑도 없었다. 전기 울타리를 해체하는 데 필요한 장비가 아무것도 없었다. 그러나 손톱으로 상자를 간신히 열어 전지를 빼냈다. 다음에는 손가락과 손이 철사에 찔려 피가 질질 나는데도 있는 힘을 다해 내가 몇 주 전 임시방편으로 만든 울타리를 풀었다. 그런 다음 울타리를 끌어내 마우라가 지나갈 수 있도록 길을 터 주었다.

마우라가 여기는 통과했지만 연못에 이르자 멈칫했다.

우리가 여기까지 온 데는 이유가 있었다. "가자." 나는 쉰 목소리로 말하고서 신발을 차버리고 물속으로 걸어 들어갔다.

물은 차고 맑아, 기분 좋게 상쾌했다. 셔츠와 스카프가 살에 달라붙었고, 바지는 허벅지 주위로 풍선처럼 부풀었다. 나는 말총머리가 풀려도 상관하지 않고 물속으로 쑥 들어갔다가 다시 올라와 물에 떠 있으려고 발을 찼다. 그런 다음 마우라에게 물을 한 움큼 튀겼다.

마우라는 두 걸음 물러서서 코를 연못 속에 넣었다가 내 머리 위로 소나기처럼 물을 뿌렸다.

마우라의 행동은 아주 계산적이고 아주 뜻밖이면서 아주 장난스럽기까지 했는데, 몇 주간의 절망 끝에 보는 장난기여서 나는 큰소리로 웃었다. 그 웃음소리가 내 목소리 같지 않았다. 껄끄럽고 귀에 거슬렸지만 기쁘기도 한 목소리였다.

마우라는 조심조심 물을 헤치고 들어와 엎치락뒤치락 몸을 굴리면서 제 등에 물을 뿌린 다음 또다시 내게도 뿌렸다. 그러자 보츠와나에서 코끼리 무리가 물웅덩이에서 노는 모습을 구경시켜주려고 토마스를 데려갔던 일이, 내 삶이 이제까지와는 달라질 거라고 생각했던 그때의 기억이 떠올랐다. 나는 마우라가 물을 뿌리고 몸을 굴리고, 예전보다 더 가볍게 물에 떠 있는 모습을 지켜보았고, 나 자신도 아주 천천히 물 위를 떠다녔다.

"마우라가 놀고 있군요." 기드온이 연못 기슭에서 말했다. "이젠 놓아주려나 봅니다."

나는 그가 와 있는지도 모르고 있었다. 우리를 지켜보고 있는 줄도 몰랐다. 나는 기드온에게 사과를 해야 했다. 도와달라고 하지 않은 건 사실이지만 도움이 필요하지 않은 상황이었던 것은 아니었다.

나는 어리석었고, 전문가답지 못했다. 마우라를 혼자 놀게 두고서 연못을 가로질러 물을 뚝뚝 흘리며 기슭으로 나왔지만 무슨 말을 할까 망설였다. "미안해요." 나는 솔직하게 말했다. "그런 말을 하는 게 아니었는데."

"몸은 어떻습니까?" 기드온이 걱정하는 얼굴로 물었다.

"그러니까……" 나는 뭐라고 답을 할지 몰라 더듬거렸다. 후련하다고? 불안하다고? 무섭다고? 고민하다 살짝 웃어 보였다. "젖었어요."

기드온도 나를 따라 싱긋이 웃었다. 그는 빈 손을 내밀었다. "어쩌죠, 저도 수건이 없는데."

"수영까지 하게 될 줄은 몰랐네요. 마우라한테 응원군이 필요해 보였거든요."

그가 내 눈을 응시했다. "자기를 위해 주는 사람이 있다는 걸 알 필요가 있었는지도 모르죠."

나는 그를 쳐다보았는데, 갑자기 마우라가 우리 둘에게 고운 안개비를 뿌렸다. 기드온은 차가운 물줄기 밖으로 펄쩍 뛰었다. 그러나 내게는 그 물이 세례처럼 느껴졌다. 다시 시작하라는 것처럼.

그날 밤 나는 직원회의를 가졌다. 네비와 그레이스와 기드온에게 토마스가 해외 투자자들을 만나기 위해 잠시 자리를 비우게 돼서 우리끼리 보호소를 운영해나가야 한다고 말했다. 아무도 그 말을 믿지 않았지만 믿는 척 해줄 만큼 그들이 날 동정하고 있다는 건 알 수 있었다.

나는 제나에게 저녁으로 그냥 아이스크림만 주고서 아이를 내 침대에서 재웠다.

그런 다음 욕실로 가서 마우라와 물놀이를 하고 난 뒤 말라서 쭈글쭈글해진 스카프를 풀었다. 그 자리에는 남태평양 흑진주처럼 까만 손가락 자국이 목걸이처럼 나 있었다.

멍은 자기가 당한 모욕을 몸이 기억하는 방식이다.

어둠 속에서 거실을 소리 안 나게 걸어 토마스가 부엌에 남겨둔 쪽지를 찾았다. 그는 인쇄로 찍어낸 듯 정자체로 또박또박 써놓았다. 모건 하우스, 버몬트 주 스토우. 802-555-6868.

나는 수화기를 들고 번호를 눌렀다. 통화를 할 필요는 없었지만 그가 무사히 도착했는지는 알고 싶었다. 앞으로 좋아질 것인지도.

"지금 거신 번호는 없는 번호입니다. 번호를 확인하시고 다시 걸어주십시오."

그래서 그렇게 했다. 이번에는 토마스의 사무실로 가서 컴퓨터로 모건 하우스를 검색했지만 그 이름은 라스베이거스에 사는 전문 도박꾼과 유타 주에 있는 십 대 미혼모들을 위한 쉼터로만 등록돼 있을 뿐이었다. 그 이름을 가진 입원 시설은 어디에도 없었다.

∽

버질

우리는 망할 놈의 비행기를 놓칠 판이다.

세레니티는 전화로 표를 예약했다. 표 값이 거의 내 집세 수준이었다(내가 세레니티에게 지금 당장은 돈을 줄 수 없다고 하자 그녀는 뭘 그런 걸 걱정하냐는 식으로 손사래를 쳤다. "여보세요, 신이 신용카드를 괜히 만드셨겠어요"라고 말이다). 테네시로 가는 비행기 출발 시각이 한 시간 뒤여서 우리는 시속 130킬로미터로 고속도로를 달려 공항에 도착했다. 짐이 없어 수화물표를 받으려고 줄 서 있는 사람들을 피해 자동발권기로 달려갔다. 세레니티의 표는 공짜 음료 쿠폰과 함께 문제없이 나왔다. 그러나 내 예약 번호를 넣었을 때는 '매표소에 문의하세요'라는 문구만 깜박거렸다.

"진짜 왜 이러는 거야?" 나는 길게 늘어선 줄을 보고 투덜거린다. 내 슈빌행 5660 비행기가 12번 게이트에서 출발한다는 안내 방송이 들린다.

세레니티는 수하물 검사대로 이어지는 에스컬레이터를 바라본다. "결국 다음 비행기를 타야겠네요." 그녀가 말한다.

하지만 그때쯤이면 제나가 어디에 있을지, 기드온에게 먼저 도착을 했을지 누가 알겠는가. 만약 제나가 나와 같은 결론, 즉 기드온이 엄마의 실종이나 어쩌면 죽음까지도 책임이 있다는 결론에 이르렀다면, 기드온이 자신이 한 짓을 세상 모르게 하려고 제나에게 무슨 짓을 할지 누가 알겠는가.

"먼저 타십시오." 내가 말한다. "내가 못 타도 말이죠. 기드온을 찾는 것도 중요하지만 뭣보다 제나를 찾아야 합니다. 그 애가 기드온을 먼저 찾게 되면 나쁜 일이 일어날 수도 있습니다."

세레니티는 내 목소리에서 위급함을 읽었는지 에스컬레이터로 날듯이 뛰어가 신발이며 벨트며 노트북을 내놓고 있는 부루퉁한 여행객들의 줄로 사라졌다.

매표창구 줄은 줄어들 기미를 보이지 않는다. 나는 조바심이 나서 발을 동동 구른다. 시계를 본다. 잠시 후 고삐 풀린 망아지처럼 줄을 끊고 나와 맨 앞으로 새치기를 한다. "미안합니다. 비행기를 놓치게 생겨서요." 내가 말한다.

나는 격분과 경악과 욕설이 터져 나오기를 기다린다. 그러면 아내가 진통 중이라는 핑계를 댈 참이다. 그러나 어떤 불평이 나오기도 전에 항공사 직원이 나를 가로막는다. "이러시면 안 됩니다, 선생님."

"죄송합니다만." 나는 그녀에게 말한다. "제 비행기가 **곧** 출발할 거라서……"

그녀는 정년퇴임을 하고도 남을 만한 얼굴로 보이는데, 아니나 다를까 이렇게 말한다. "저는 선생님이 태어나기도 전부터 이곳에서 일했습니다. 그러니 분명히 말씀드리는데, 규칙은 규칙입니다."

"부탁입니다. 위급해서 그래요."

그녀는 내 눈을 똑바로 보았다. "여긴 선생님 자리가 아닙니다."

창구 직원이 내 옆에 선 다음 탑승객을 부른다. 나는 그를 붙잡아 새치기를 해버릴까 생각한다. 하지만 그러지는 못하고 늙은 여직원을 보면서 혀끝에 걸려 있는 임산부 아내 이야기를 할까 말까 망설인다. 그러나 정작 내 입에서 나오는 말은 이렇다. "당신 말이 맞습니다. 제 자리가 아니죠. 하지만 제가 좋아하는 사람이 곤경에 처해 있어 어떻게든 그곳에 가려는 겁니다."

그 순간, 내 경찰 경력과 사립탐정 경력까지 통틀어 최초의 진실한 고백을 한 것 같다는 생각이 든다.

항공사 직원은 한숨을 쉬며 창구 뒤에 비어 있는 컴퓨터 단말기 쪽으로 가면서 내게 따라오라고 손짓한다. 그녀는 내가 건넨 예약 번호를 받아 천천히 자판을 두들기는데, 얼마나 느린지 그녀가 누르고 있는 자판과 자판 사이의 철자들까지 알 수 있을 정도다. "여기서 일한 지 40년째지만." 그녀가 내게 말한다. "선생님 같은 사람들은 이해가 안 돼요."

이 여인은 나를 도와주고 있다. 고장 난 컴퓨터 앞에 나를 속수무책으로 놔두지 않고 기꺼이 마법을 부릴 줄 아는 진실한 인간이다. 그래서 나는 혀를 깨문다. 영겁의 시간이 흐른 후 그녀가 내게 탑승권을 건넨다. "이것만 기억하세요, 무슨 일이 있어도 선생님은 그곳에 가게 될 겁니다."

나는 표를 쥐고서 게이트로 달려가기 시작한다. 에스컬레이터를 한

번에 두 계단씩 오른다. 솔직히 말하면 검사대는 어떻게 통과했는지 기억조차 나지 않는다. 해설자가 내 운명을 예고하듯 스피커에서 내슈빌행 탑승객들에게 전하는 마지막 안내 방송을 들으면서 12번 게이트가 있는 복도로 줄달음친 것만 기억이 난다. 나는 게이트 직원이 문을 닫으려는 순간 전력 질주해 그녀에게 탑승권을 휙 던진다.

말도 할 수 없을 만큼 숨을 헐떡거리며 비행기에 올라타 뒤에서 다섯 번째 줄에 앉은 세레니티를 이내 발견한다. 승무원이 이륙 전 안내 방송을 늘어놓기 시작할 때 세레니티 옆자리에 털썩 앉는다.

"기어이 탔군요." 그녀는 나만큼 놀란 표정으로 말한다. 그녀는 자신의 왼쪽 창가 자리에 앉은 남자를 돌아본다. "제가 별것도 아닌 일에 흥분을 했나 보네요."

남자는 그녀에게 어색한 미소를 지어 보이고는 하와이에 있는 최고급 골프장 기사를 읽기 위해 평생을 기다려온 사람처럼 기내 잡지에 머리를 처박는다. 그의 태도를 보니 세레니티가 쉴 새 없이 떠들어댄 모양이다. 내가 사과를 하고 싶을 만큼.

그러나 사과 대신 좌석 팔걸이에 올려져 있는 세레니티의 손을 토닥거린다. "오, 믿음이 적은 자여." 나는 말한다.

우리의 비행은 도무지 순탄치 않다.

폭풍우 때문에 비행기가 볼티모어에 임시 착륙한 후 우리는 게이트에서 이륙 허가를 기다리며 의자에 앉은 채로 잠을 잔다. 이륙 허가가 아침 6시 직후에 떨어져 우리는 8시쯤 흐트러지고 지친 상태로 내슈빌에 도착한다. 세레니티는 비행기 표를 샀던 신용카드로 차를 빌린다. 그녀가 테네시 주 호엔발트로 가는 길을 아느냐고 묻자 렌터카 업자가

지도를 찾아보는데, 그동안 나는 앉아서 졸음을 쫓으려 애쓴다. 탁자에는《스포츠 일러스트레이티드》잡지와 모서리가 잔뜩 접혀 있는 2010년도 전화번호부가 자랑스레 놓여 있다.

코끼리 보호소가 있는 페이지를 찾아 확인을 해보지만 전화번호부에는 코끼리 보호소가 등록되어 있지 않은데, 사업장이면 그럴 만도 하다. 그런데 브렌트우드에 카트라이트, G.라는 사람이 있다.

갑자기 다시 정신이 초롱초롱해진다. 세레니티 말대로 우주가 내게 무슨 말을 하려고 하는 것만 같다.

G. 카트라이트가 우리가 찾고 싶어 하는 기드온 카트라이트일 확률이 얼마나 될까? 이렇게 쉬운 일이건만, 우리는 어떻게 알아보지도 않고 이 먼 데까지 온 걸까? 무엇보다 제나도 그를 찾고 있는 마당에?

전화번호부에는 등록된 번호는 없고 주소만 나와 있다. 그래서 우리는 테네시 주 호엔발트로 가지 않고 기드온 카트라이트를 무턱대고 찾을 요량으로 내슈빌의 외곽에 자리한 브렌트우드라는 곳으로, 그가 살고 있을지 모를 거주지로 차를 몬다.

막다른 길이 등장하는데, 이 상황에 딱 맞아 보인다. 세레니티가 길가에 차를 세운 뒤 우리 둘은 언덕에 자리한, 오랫동안 사람이 살지 않은 것처럼 보이는 그 집을 쳐다만 본다. 이 층의 덧문들은 희한한 각도로 걸려 있고, 외벽은 잘 문질러서 페인트칠을 새로 할 필요가 있어 보인다. 한때는 손질이 잘 돼 있었을 잔디와 정원에는 풀들이 무릎 높이만큼 자라 있다.

"기드온 카트라이트는 게으름뱅이네요." 세레니티가 말한다.

"두말하면 잔소리겠군요." 나는 중얼거린다.

"앨리스 메트캐프가 저런 곳에 산다는 게 상상이 안 돼요."

"나는 **누구라도** 저런 데서 산다는 게 상상이 안 됩니다." 나는 차에서 내려 돌들이 울퉁불퉁 박혀 있는 길을 따라가 본다. 현관에는 부서질 듯 누렇게 뜬 덤불난초 화분이 놓여 있고, 브렌트우드 마을에서 압정으로 붙여놓은 비와 햇빛에 바랜 표지판도 있다. 저주 받은 집.

문에 노크를 하려고 방충망을 열자 방충망이 떨어진다. 나는 방충망을 벽에 기대 놓는다. "기드온이 여기 살았다면 왕년이었겠네요." 세레니티가 말한다. "그러니까, 옛날 옛적에 이사를 갔겠단 말이죠."

내 생각도 크게 다르지 않다. 그러나 다른 생각은 그녀에게 말하지 않는다. 만약 기드온이 네비 루엘의 죽음과 토마스 메트캐프의 분노와 앨리스의 실종과 관계가 있는 핵심 인물이 맞다면 제나 같은 아이가 부적절한 질문을 해댈 때 많은 걸 잃을 수 있다. 그가 제나를 없애고 싶어 한다면 이곳이야말로 사람들이 두 번 다시 쳐다보고 싶어 하지 않을 곳이다.

나는 더 세게 노크를 한다. "누구 안 계십니까." 내가 말한다.

문으로 다가오는 발소리가 들렸을 때 우리 둘 중 누가 더 놀랐는지는 나도 모른다. 문이 휙 열리더니 내 앞에 어수선한 모습의 여자가 나타난다. 백발에 하나로 땋은 머리는 지저분하게 엉켜 있고, 블라우스에는 얼룩이 져 있다. 신발도 짝짝이로 신고 있다. "무슨 일이신가요?" 입은 묻고 있는데 눈은 나를 보고 있지 않다.

"귀찮게 해서 죄송합니다, 부인. 저희는 기드온 카트라이트를 찾고 있습니다."

수사관으로서의 촉이 발동하기 시작한다. 내 눈은 그녀 뒤에 있는 모든 것을 빨아들인다. 가구 한 점 없는 휑뎅그렁한 응접실. 구석구석 레이스를 친 거미줄들. 좀먹은 카펫들과 바닥에 널려 있는 신문들과 우편물들까지.

"기드온 말인가요?" 그녀는 이렇게 말하며 고개를 젓는다. "나도 몇 년째 보지 못했어요." 그녀는 소리 내어 웃더니 지팡이로 문틀을 때린다. 그제야 지팡이 끝이 하얀 것이 눈에 띈다. "하긴, 몇 년째 사람 구경이라곤 못 했네요."

그녀는 장님이다.

만약 기드온이 여기 살고 있고 숨길 게 있다면 정말로 편한 동거인이다. 집 안으로 들어가 제나가 지하 어느 방이나 외부인 출입을 금하는 뒷마당의 콘크리트 지하실에 갇혀 있지는 않은지 확인하고 싶은 마음이 굴뚝같다.

"그런데 여긴 기드온 카트라이트의 집이 아닌가요?" 나는 대답을 유도한다. 그래야 공무상 영장 없이 가택 침입을 하더라도 정당한 사유가 성립된다.

"아니에요." 여자가 말한다. "여긴 내 딸 그레이스의 집이에요."

카트라이트, G.

세레니티의 눈이 나를 홱 돌아본다. 나는 그녀의 손을 잡고 그녀가 무슨 말을 꺼내기 전에 꽉 쥔다.

"아까 누구시라고 말씀하셨죠?" 여자가 이마를 찡그리며 묻는다.

"말하지 않았습니다." 나는 솔직하게 말한다. "하지만 내 목소릴 듣고도 누군지를 모르다니요." 나는 노부인의 손을 잡는다. "나예요, 네비. 토마스 메트캐프."

세레니티의 얼굴 표정을 보니 꿀 먹은 벙어리가 된 듯하다. 지금 상황에선 반드시 재앙이라고는 볼 수 없겠다. "토마스라고? 이게 대체 얼마만이야." 여자는 숨넘어갈 듯이 말한다.

세레니티가 팔꿈치로 쿡 찌른다. 지금 뭐하는 거예요! 그녀는 소리 없이 입 모양으로만 말한다.

대답은, 나도 모른다이다. 나는 분명 시체 운반용 자루에 들어 있는 모습을 보았건만 지금은 딸과, 그것도 자살을 했다고 추정되는 딸과 함께 살고 있는 여인과 얘기를 나누고 있다. 더군다나 10년 전 정신이 나가 이 여자를 폭행했을지도 모를 그녀의 전직 사장 행세를 하고 있다.

네비가 손을 뻗어 내 얼굴을 더듬거리며 찾는다. 손가락으로 내 코와 입술과 광대뼈를 만지작거린다. "언젠가 찾아올 줄 알았어."

나는 내가 말한 그 사람이 아니라는 걸 그녀가 알아챌까 봐 떨어진다. "당연하죠. 우린 가족이잖아요." 나는 거짓말을 한다.

"안으로 들어가지. 그레이스는 곧 올 거니까 그동안은 우리끼리 있으면 돼……"

"그게 좋겠네요." 내가 말한다.

세레니티와 나는 네비를 따라 들어간다. 창문이 죄다 닫혀 있어 집 안에 바람이라곤 들지 않는다. "폐가 안 된다면 물 한 잔 부탁드려도 될까요?" 내가 묻는다.

"폐는 무슨." 네비가 말한다. 그녀는 나를 거실로 안내하는데, 아치형 천장의 넓은 공간에 흰 천을 씌운 소파와 탁자가 몇 개 있다. 한 소파에만 그런 보호막이 없다. 세레니티는 그 소파에 앉고, 나는 하얀 천을 들춰보며 책상이라든가 서류 정리함이라든가 이 사태 전환을 설명해줄 아무 정보든 찾으려 애쓴다.

"대체 일이 어떻게 되어 가고 있는 거죠?" 네비가 발을 끌면서 부엌으로 가자마자 세레니티가 내게 퍼붓는다. "그레이스가 곧 올까요? 난 그녀가 **죽었다고** 생각했어요. 네비도 **짓밟혀** 죽었다고 생각했고요."

"나도 그렇게 생각했습니다." 나는 인정한다. "시신을 봤습니다, 그것도 확실히."

"**그녀의** 시신이 맞아요?"

그건 답을 할 수가 없다. 내가 현장에 도착했을 때는 기드온이 피해자를 자기 무릎에 안고 있었다. 멜론처럼 으깨진 두개골과 피범벅이된 머리카락은 기억이 난다. 그러나 시신의 얼굴을 볼 수 있을 만큼 가까이 갔는지는 모르겠다. 가까이 갔다 해도 네비 루엘의 사진을 본 적이 없으니 그녀인지 알 수 없었을 것이다. 토마스가 자기 직원을 알아보았을 테니까 피해자 이름을 말했을 때 그 말을 믿은 것이었다.

"그날 밤 경찰에 전화한 사람이 누구였어요?" 세레니티가 묻는다.

"토마스요."

"그럼 그가 죽은 사람이 네비라고 믿게 만들고 싶어 했을 수도 있겠네요."

그러나 나는 고개를 젓는다. "코끼리 구역에서 네비를 뒤쫓은 사람이 토마스였다면 네비는 지금보다 더 초조해할 거고, 우리를 집안으로 들이지도 않았을 겁니다."

"우리를 독살할 생각이 아니라면 말이죠."

"물은 마시지 말아야겠군요." 내가 제안한다. "시신을 발견한 사람은 기드온이었습니다. 그가 착각을 했거나, 난 아니라고 보지만, 사람들한테 네비라고 생각하게 만들고 싶어 했을 수도 있죠."

"흠, 그녀가 부검 테이블에서 일어나 나가지는 않았겠죠." 세레니티가 말한다.

나는 그녀의 눈을 응시한다. 다른 말은 할 필요가 없다.

피해자 한 명은 그날 밤 시체 자루에 싸여 치워졌다. 또 한 명의 피해자는 머리를 강타 당해 의식을 잃은 채 발견된 뒤 병원으로 옮겨졌지만 그 후유증으로 눈이 멀었을지 모른다.

바로 그때 네비가 물병과 유리잔 두 개를 쟁반에 받쳐 들고 거실로 들어온다. "내가 들게요." 나는 그녀의 손에서 쟁반을 받아 들고 흰 천으로 덮인 탁자 위에 놓는다. 물병을 들어 각자의 잔에 물을 따른다.

어딘가에 시계가 있다. 보이지는 않지만 똑딱거리는 소리가 들린다. 아마도 어느 천 밑에서 썩어가고 있을 것이다. 옛날 가구의 귀신들로 가득한 이 집처럼 말이다.

"여기 사신 지는 얼마나 되셨어요?" 나는 그녀에게 묻는다.

"지금은 다 잊어버렸어. 자네도 알겠지만 그 사건 이후, 날 돌봐준 사람이 그레이스였어."

"사고라뇨?"

"자네도 알잖아. 그날 밤 보호소에서 있었던 일 말이야. 그날 시력을 잃었어. 머리를 부딪힌 후에 그렇게 된 것 같은데, 오히려 그만하기가 다행이었지. 운이 좋았어. 사람들이 그러더군." 그녀는 안락의자에 씌워진 천을 의식하지 못한 채 주저앉는다. "기억이 하나도 나지 않지만 그게 복일지도 모르겠어. 그레이스가 오면 다 설명해줄 수 있을 거야." 그녀가 내가 있는 쪽을 본다. "난 자네나 마우라를 탓한 적이 없었어, 토마스. 알아주면 좋겠어."

"마우라는 누구예요?" 세레니티가 불쑥 말한다.

네비가 있는 데서 세레니티가 말을 한 것은 지금이 처음이다. 네비는 쑥스러운 듯 입가에 미소를 살짝 띠며 고개를 돌린다. "내가 무례했군 그래. 손님을 데리고 온 줄은 미처 몰랐어."

나는 당황한 얼굴로 세레니티를 본다. 토마스 메트캐프 행세를 하고 있으니 내가 지어낸 이야기에 따라 그녀도 소개를 해야 한다. "아닙니다, 무례했던 건 오히려 저죠." 내가 말한다. "제 아내를 기억하세요, 앨리스요?"

네비의 손에서 유리잔이 미끄러지며 마룻바닥에 떨어져 산산조각 난다. 나는 가구에 씌워 놓은 천들 중 하나를 벗겨 무릎을 꿇고 물을 훔친다.

그러나 물을 닦는 속도가 빠르지 않은지, 물이 천에 스며들어 웅덩이를 이룬다. 바지 무릎이 흠뻑 젖고 그 물이 흘러내려 웅덩이는 더 커진다. 물은 신을 짝짝이로 신은 네비의 발까지 차오른다.

세레니티는 목을 쭉 뽑아 거실을 둘러본다. "하느님 맙소사……"

벽지가 울고 있다. 천장에서도 물이 흘러내린다. 흘깃 보니 네비는 안락의자에 기대 앉아 팔걸이를 꽉 붙잡고 있고 얼굴이 자신의 눈물과 이 집의 흐느낌에 젖어 있다.

나는 움직일 수가 없다. 대관절 무슨 일이 일어나고 있는지 알 길이 없다. 위를 쳐다보니 천장 한가운데가 갈라져 있고 그 틈이 점점 벌어지고 있어 천장이 무너지는 건 시간문제일 것 같다.

세레니티가 내 팔을 잡는다. "뛰어요." 그녀가 소리쳐 나는 그녀를 따라 그 집을 뛰쳐나온다. 단단한 목재 바닥에 고인 웅덩이에 신발이 철벅거린다. 우리는 쉬지 않고 달려 차도로 나와 숨을 헐떡거린다. "망할 놈의 붙임 머리가 떨어진 것 같군." 세레니티가 뒤통수를 쓰다듬으며 말한다. 그녀의 흠뻑 젖은 분홍색 머리를 보니 코끼리 보호소에서 본 피해자의 피투성이 두개골이 떠오른다.

나는 몸을 숙인 채 여전히 헥헥거리고 있다. 언덕 위의 그 집은 우리

가 처음 보았을 때처럼 금방이라도 무너질 듯하고 들어가고 싶지가 않
다. 우리의 방문 흔적은 길 위에 찍힌 축축하고 정신없는 발자국들뿐
이다. 그 흔적마저도 우리가 언제 다녀갔냐는 듯 더운 열기에 빠르게
사라지고 있다.

앨리스

두 달은 떠나 있기에 긴 시간이다. 두 달 사이 많은 일이 일어날 수 있다.

나는 토마스가 어디 있는지도 몰랐고, 알아보고 싶은 마음도 없었다. 그가 돌아올지도 몰랐다. 하지만 그는 제나와 나만 두고 떠난 것이 아니라 일곱 마리 코끼리와 보호소 직원들까지 두고 떠났다. 그건 곧 누군가는 사업을 떠맡아야 한다는 뜻이었다.

두 달이면 자신감이 다시 붙기 시작할 수 있다.

두 달이면 당신이 과학자로서 뿐 아니라 썩 괜찮은 사업가이기도 하다는 사실을 발견할 수 있다.

두 달이면 아이가 대충 꿰맞춘 문장과 꼬부랑거리는 음절을 시끄럽게 떠들어대고 자기가 보는 세상이 다른 사람에게도 새로운 줄 알고 이름을 마구 대기 시작할 수 있다.

두 달이면 다시 시작할 수 있다.

기드온은 내 오른팔이 되어주었다. 우리는 새로운 직원을 채용하는 문제를 의논했지만 돈이 없었다. 우리끼리 할 수 있다고, 그는 장담했다. 내가 내 연구와 그보다 골치 아픈 재무를 양립해서 할 수 있었다면, 그의 장점은 체력이었다. 그는 종종 하루 열여덟 시간씩 일했다. 어느 날 저녁, 식사를 마친 뒤 제나를 데리고 기드온이 울타리를 손보고 있는 곳으로 나가보았다. 나는 펜치 두 개를 들고 그의 옆에서 작업을 도왔다. "이런 일은 안 해도 된다니까요." 그가 내게 말했다.

"당신도 마찬가지네요." 내가 말했다.

일상이 돼버린 일이었다. 여섯 시가 넘으면 우리는 끝도 없는 할 일 목록에서 못다 한 일을 둘이 협력해서 하곤 했다. 우리는 제나를 데리고 다녔고, 제나는 꽃을 꺾어 모으거나 키 큰 풀들 사이를 뛰어다니는 야생 토끼를 쫓곤 했다.

어쩌다, 우리는 그 습관에 빠져들었다.

어쩌다, 우리는 빠져들었다.

마우라와 헤스터는 아프리카 구역에서 다시 만났다. 두 코끼리는 유대감을 형성하기 시작해 이제는 떨어져 지내는 때가 거의 없었다. 대장은 확실히 마우라였다. 그녀가 헤스터에게 싸움을 걸면 나이가 어린 헤스터가 돌아서서 항복의 표시로 엉덩이를 내밀었다. 마우라는 연못에서 놀았던 그날 이후 새끼의 무덤을 딱 한 번 찾아갔다. 살아가기 위해 자신의 슬픔을 어렵사리 밀쳐둔 것이었다.

나는 토마스가 위험하다고 생각하는 일인 줄 알면서도 날마다 제나를 데리고 나가 코끼리들을 관찰했다. 그는 이곳에 없었다. 그에게는 결정권이 없었다. 아장아장 걷는 내 아이는 타고난 과학자였다. 그 애는 코끼리 구역을 돌아다니면서 돌과 풀과 들꽃을 모아 차곡차곡 분류를 해놓곤 했다. 이런 오후 나절이면 기드온은 우리 근처에서 일거리를 찾았고, 앉아서 우리와 잠시 쉬기도 했다. 나는 그를 위해 아이스티뿐 아니라 여분의 간식도 챙겨오기 시작했다.

기드온과 나는 보츠와나에 대해, 내가 거기서 본 코끼리들이 여기 코끼리들과 어떻게 다른지를 이야기했다. 기드온은 코끼리들과 함께 보호소에 도착한 사육사들이 들려준 이야기들, 코끼리들이 조련을 받는 동안 얼마나 매질을 당하고 우리에 갇혀 지내는지를 이야기했다. 어느 날 그는 부러진 다리가 영영 제대로 붙지 못한 릴리에 대해 말해주었다. "릴리는 여기 오기 전 다른 서커스에 있었습니다." 기드온이 말했다. "릴리가 타고 다니던 배가 노바스코샤 부두에 있을 때 불이 났습니다. 배는 가라앉았고, 동물들 태반이 죽었죠. 릴리는 살아서 도망쳤지만 등과 다리에 2도 화상을 입고 말았습니다."

내가 2년 가까이 돌보고 있는 릴리는 내 상상을 뛰어넘는 상처를 입은 것이었다. "다른 사람들한테 그렇게 당하고도 우리를 비난하지 않는다는 게 놀라워요." 내가 말했다.

"용서를 하는 것 같습니다." 기드온은 마우라를 바라보았는데, 그의 입꼬리가 아래로 처져 있었다. "용서를 해주면 **좋겠어요**. 마우라는 내가 새끼를 치운 사실을 기억할까요?"

"그럼요." 나는 직설적으로 말했다. "하지만 지금은 그 일로 당신을 원망하고 있지 않아요."

기드온은 무슨 말을 할 것처럼 보였다. 그런데 갑자기 얼굴이 사색이 되더니 벌떡 일어나 뛰기 시작했다.

제나가, 코끼리들 가까이는 가지 않는 게 좋다는 것도 알고 이제까지 한 번도 자기 한계를 시험하지 않았던 아이가 마우라와 고작 두어 발짝 떨어진 곳에 서서 황홀한 표정으로 그녀를 쳐다보고 있었다. 아이는 나를 보고 빙그레 웃었다. "코끼리야!" 그 애가 소리쳤다.

마우라가 코를 뻗어 제나의 가느다란 양 갈래 머리 위로 콧김을 내뿜었다.

마법 같은 순간이면서, 극히 위험한 순간이었다. 아이들과 코끼리들은 예측 불허의 존재들이다. 단 한 번에 제나는 코끼리 발에 짓밟힐 수 있었다.

나는 일어섰고 입이 타들어갔다. 기드온이 이미 도착해 마우라를 놀라게 하지 않으려고 몸을 천천히 움직였다. 그는 놀이가 끝났다는 듯 제나를 두 팔로 얼른 안아 올렸다. "이젠 엄마한테 돌아가자." 그는 그렇게 말하며 어깨 너머로 마우라를 보았다.

그러자 제나가 빽빽거리기 시작했다. "코끼리." 그 애가 소리쳤다. "가고 싶어!" 제나는 기드온의 배를 발로 차고 낚싯줄에 걸린 물고기처럼 꿈틀거렸다.

그야말로 생떼였다. 마우라가 그 소리에 화들짝 놀라 빵빵거리며 숲으로 달아났다. "제나, 동물들 근처에는 가면 안 된다고 했지! 너도 잘 알고 있잖아!" 나는 엄하게 말했다. 그러나 내 무서운 목소리에 아이는 더 자지러지게 울 뿐이었다.

기드온은 제나의 신발 한 짝이 사타구니 쪽에 닿아 있어 끙끙거렸다. "정말 미안해요······" 내가 제나를 받아 안으려 했지만 기드온은 몸을 돌렸다. 그가 제나를 품에 안고 계속 흔들어주자 마침내 아이의 비명 소리가 잦아들고 흐느낌은 딸꾹질로 변했다. 제나는 잠이 들려고 할 때 담요에 대고 하는 식으로 기드온의 빨간 유니폼 셔츠 깃을 꼭 쥐고서 제 볼에 부비기 시작했다.

몇 분 후 기드온은 잠든 아이를 내 발치에 눕혔다. 제나의 볼은 발그레했고, 입은 벌어져 있었다. 나는 아이 옆에 쭈그리고 앉았다. 이 아이는 달빛으로 도자기처럼 빚어진 존재일지도 모른다.

"많이 지쳤나 봐요." 내가 말했다.

"무서웠겠죠." 기드온이 내 말을 정정하며 옆에 다시 앉았다. "그런 일을 겪었으니까요."

"흠." 나는 그를 쳐다보았다. "고마워요."

그는 마우라가 사라진 숲 쪽을 응시했다. "마우라도 도망을 친 걸까요?"

나는 고개를 끄덕였다. "마우라도 그 일 때문에 무서웠을 거예요." 내가 말했다. "수년간 연구를 해오고 있지만 말이에요, 어미 코끼리가 새끼 때문에 화내는 모습은 본 적이 없다는 거 알아요? 새끼의 존재가 아무리 성가시고 짜증나고 힘들어도 말이에요." 내가 손을 뻗어 제나의 머리를 묶은 리본을 당기자 아이의 머리카락은 감정 폭발 뒤에 찾아드는 반성처럼 길게 늘어졌다. "안타깝게도 내겐 그런 양육 기술이 없는 것 같아요."

"제나는 이런 엄마를 뒀으니 행운아예요."

나는 피식 웃었다. "이런 엄마라도 있으니까 말이죠."

"아닙니다." 기드온이 말했다. "당신이 제나와 있을 때를 보면 말이죠. 당신은 좋은 엄마입니다."

나는 어깨를 으쓱하며 자기비하적인 농담을 꺼내볼까 했지만 그런 식의 확인 사살은 내게 너무 가혹한 처사 같았다. 대신 나도 모르게 나온 말은 이것이었다. "당신도 좋은 아빠가 될 거예요."

그는 제나가 마우라 쪽으로 가기 전에 쭉쭉 뽑아서 비축해둔 민들레들 중 하나를 집어 들었다. 엄지손가락으로 줄기에 작은 구멍을 내 두 번째 민들레를 실처럼 꿰었다. "저도 방금 그럴 것 같다는 생각을 했습니다."

그레이스의 비밀은 발설할 수 없는 것이었기에 나는 입을 다물었다.

기드온은 민들레를 계속 이어 나갔다. "어떤 사람한테 반한다거나…… 그 사람 생각만 난다거나 하는 게 궁금한 적 없습니까?"

슬픔이나 사랑에 빠지면 균형감이 없어진다는 게 내 생각이다. 그 사람을 잃었거나 찾았기 때문에 한 사람이 우주의 중심이 된 마당에 균형감이 어떻게 **가능하겠는가**?

기드온이 화관을 제나의 머리에 살포시 얹었다. 화관은 풀지 않은 땋은 머리 쪽으로 기울어지며 이마 위로 떨어졌다.

"때로는 사랑에 빠지는 일 따윈 없지 않을까 싶기도 해요. 사랑이 아니라 대상을 잃는 두려움일 뿐이라고요."

산들바람에 꽃사과와 큰조아재비풀 냄새가 실려 왔다. 코끼리 가죽과 똥오줌 같은 세속의 냄새도. 제나가 여름용 원피스에 질질 흘리며 먹던 복숭아 주스 냄새도. "걱정되지 않습니까?" 기드온이 물었다. "토마스가 이대로 돌아오지 않으면 어떻게 될지 말입니다."

토마스가 떠난 문제를 이야기하기는 처음이었다. 서로의 배우자를 어떻게 만났는지는 이야기했지만, 우리의 대화는 그 지점에 머물러 있었다. 가능성의 최고봉, 그런 관계에서 모든 것이 가능해보이는 순간에 말이다.

나는 턱을 치켜들고 기드온을 똑바로 보았다. "내가 걱정되는 건 그가 **돌아오면** 어떻게 될까 하는 거예요." 내가 말했다.

배앓이였다. 상한 건초를 먹었거나 식단이 갑작스레 바뀌었거나 하는 코끼리들한테 흔히 있는 증상이었다. 두 경우 모두 해당되지 않았지만 시라는 배가 부풀어 오른 채 맥없이 모로 누워 있었다. 먹지도 마시려고도 하지 않았다. 배 속은 계속 쿨렁쿨렁거렸다. 시라와 늘 붙어 다니는 강아지 거티가 옆에 앉아 울부짖었다.

그레이스는 내 오두막에서 제나를 봐주고 있었다. 우리가 시라의 상태를 지켜볼 수 있도록 그녀는 밤새 그곳에 있을 예정이었다. 기드온 혼자 하겠다고 했지만 지금은 내가 책임자였다. 내가 시라 곁을 지키지 않는 건 안 될 말이었다.

우리는 축사에서 팔짱을 낀 채 수의사가 시라를 진찰하는 것을 지켜보았다. "저 양반은 이제 곧 우리가 다 아는 얘기를 할 겁니다." 기드온이 내게 속삭였다.

"그래요, 그러고는 시라가 좋아질 수 있는 약을 주겠죠."

그는 고개를 저었다. "이번에는 뭘 담보로 약값을 지불할 겁니까?"

기드온의 지적은 옳았다. 자금이 빠듯해서 오늘 같은 비상사태가 터지면 운영비를 빼서 비용을 충당해야 했다. "생각해봐야죠." 나는 그를 쏘아보며 말했다.

수의사는 시라에게 소염제인 플루닉신과 근육이완제 주사를 맞혔다. 거티는 시라 옆에 웅크리고 앉아 낑낑거렸다. "이제는 시라가 부드러운 음식을 넘기기를 바라며 기다리는 수밖에 없습니다." 의사가 말했다. "그때까지는 물만이라도 마시게 해주십시오."

그러나 시라는 마시고 싶어 하지 않았다. 우리가 양동이를 들고 가까이 가면 물이 따뜻하든 시원하든 시라는 씩씩거리며 머리를 돌려버렸다. 이렇게 몇 시간이 지나자 기드온과 나는 애간장이 탔다. 의사가 처방한 약은 잘 듣지 않는 듯했다.

강하고 위엄 있는 동물이 이렇게 축 늘어져 있는 모습을 보고 있으면 측은하다. 아프리카에 있을 때 마을 사람들의 총에 맞았거나 덫에 걸려 상처를 입은 코끼리들이 생각났다. 나는 배앓이가 가볍게 볼 일이 아니라는 것쯤은 알았다. 자칫하면 매복증으로 이어져 죽음에 이를 수 있었다. 나는 시라 옆에 무릎을 꿇고 앉아 맥박을 재보고 딱딱해진 배를 만져보았다. "전에도 이런 일이 있었어요?"

"시라는 없었습니다." 그가 말했다. "하지만 이런 증상을 처음 본 건 아닙니다." 그는 말끝을 흐리면서 생각을 곱씹고 있는 표정을 지었다. 그러더니 내 얼굴을 보았다. "제나한테 베이비오일을 발라줍니까?"

"목욕할 때 쓰곤 했어요. 왜요?" 내가 말했다.

"어디 있는데요?"

"아직 있다면 욕실 세면대 밑에 있을 거예요……"

그가 일어나 축사를 걸어 나갔다. "어디 가는 거예요?" 나는 묻기만 하고 따라 나가지는 않았다. 지금은 시라 곁을 떠날 수 없었다.

10분 후 기드온이 돌아왔다. 그는 베이비오일 두 병과 우리 집 냉장고에 있던 파운드케이크를 들고 있었다. 나는 그를 따라 코끼리들 식사를 준비하는 아시아 축사 주방으로 들어갔다. 그가 케이크 포장을 뜯기 시작했다. "배 안 고파요." 내가 말했다.

"당신 게 아닙니다." 기드온은 조리대에 케이크를 올려놓고 칼로 쿡쿡 찌르기 시작했다.

"케이크가 죽었겠네요." 내가 말했다.

그는 베이비오일 병을 열어 케이크 위에 부었다. 칼자국이 난 구멍들 속으로 오일이 스며들기 시작했다. "서커스에 있을 때 코끼리들이 이따금 배앓이를 했습니다. 그때마다 수위사가 기름을 먹여보라고 했습니다. 이게 먹히지 않을까 싶습니다."

"우리 수의사는 그런 말을 하지 않……"

"앨리스." 기드온은 두 손을 케이크 위에 멈춘 채 조심스럽게 말했다. "날 믿습니까?"

나는 이 남자를 바라보았다. 이 보호소가 살아남을 수 있다는 환상을 심어주려고 몇 주째 내 옆에서 일해온 남자를. 나를 한 번 살려준 남자를. 내 딸까지도.

언젠가 치과에서 시답잖은 여성 잡지를 뒤적거리다 누군가를 좋아하면 동공이 커진다는 글을 읽은 적이 있다. 누군가를 볼 때 동공이 커지는 사람을 좋아하는 경향이 있다는 것도. 끝없는 순환 구조인 셈이다. 우리는 우리를 원하는 사람을 원한다. 기드온의 홍채는 동공과 색깔이 비슷해서 착시 현상을 일으켰다. 블랙홀, 끝없는 추락. 지금 내 동공은 어떤 모습일지 궁금했다. "네." 나는 말했다.

그는 내게 물 한 동이를 가져다 달라고 했다. 그를 따라 외양간으로 들어가니 시라는 여전히 모로 누워 힘겹게 배를 들썩이고 있었다. 거티가 갑자기 경계하며 일어나 앉았다. "헤이, 예쁜이." 기드온이 시라 앞에 무릎을 꿇으면서 말했다. 그는 케이크를 내밀었다. "시라는 말입니다, 이빨이 정말 예쁘답니다." 그가 내게 말했다.

시라는 코를 쿵쿵거리며 케이크 냄새를 맡았다. 그런 다음 조심스레 코를 갖다 댔다. 기드온이 케이크를 조금 떼서 시라의 입 속에 던져주자 거티는 그의 손가락을 쿵쿵거렸다.

잠시 후 시라는 케이크를 통째로 가져가 한 입에 삼켰다.

"물이요." 기드온이 말했다.

나는 시라의 코가 닿는 곳에 양동이를 갖다 놓고 시라가 물을 빨아 올리는 모습을 지켜보았다. 기드온은 몸을 숙여 그 힘센 두 손으로 시라의 옆구리를 어루만지며 정말 착한 아가씨라고 말해주었다.

나도 그렇게 만져주었으면 싶었다.

그런 생각이 스치고 지나가 나는 당황했다. "난…… 나는 제나 좀 보고 올게요." 나는 더듬거렸다.

기드온이 흘깃 올려다보았다. "제나와 그레이스는 잠들었을 겁니다."

"그래도……" 목소리 끝이 흐려졌다. 얼굴이 화끈거려 손바닥으로 뺨을 지그시 눌렀다. 나는 돌아서서 황급히 축사를 나갔다.

기드온 말이 맞았다. 오두막에 도착하니 그레이스와 제나는 소파에서 서로 부둥켜안고 자고 있었다. 제나의 손은 그레이스의 손에 쥐여 있었다. 속이 울렁거렸다. 내가 사랑하는 사람을 그레이스가 봐주고 있는 동안 나는 **그녀가** 사랑하는 사람과 그렇게 할 수 있기를 바라고 있었으니까.

그레이스가 몸을 뒤척이며 제나를 깨우지 않으려고 살며시 일어나 앉았다. "시라는요? 어떻게 됐어요?"

나는 제나를 두 팔로 끌어안았다. 아이는 설핏 깼다가 다시 눈을 스르르 감았다. 아이를 방해하고 싶지 않았지만 이 순간에는 내가 누구인지 기억하는 것이 더 중요했다. 내가 무엇인지도.

엄마이고, 아내임을.

"기드온한테 말해야 해요." 나는 그레이스에게 말했다. "아이를 가질 수 없는 문제를요."

그녀가 눈을 가늘게 떴다. 몇 주 전 얘기를 한 이후로 우리는 이 주제를 다시는 꺼내지 않았다. 내가 기드온에게 무슨 말을 했을까 봐 그녀가 걱정한다는 것도 알았지만 중요한 건 그게 아니었다. 나는 두 사람이 대화를 해서 그레이스가 그를 전적으로 믿는다는 사실을 기드온이 알 수 있기를 원했다. 두 사람이 대화를 해서 대리모를 두든 입양을 하든 미래를 계획할 수 있기를 원했다. 그들의 관계가 너무 견고해서 내가 우연이라도 그 부부 사이에 난 틈을 발견하고 엿볼 수 없기를 원했다.

"기드온한테 말해야 해요." 나는 거듭 말했다. "그도 알 자격이 있어요."

다음 날 아침 놀라운 일이 두 가지 일어났다. 시라가 겉보기에는 배앓이가 끝난 듯 깡충깡충 뛰는 거티와 함께 아시아 구역으로 갔다. 그리고 소방서에서 선물을 놓고 갔다. 최근에 소방서 장비를 새로 바꿔 기부를 하고 싶다며 쓰던 호스를 갖다 준 것이었다.

기드온은 나보다 잠이 부족할 텐데도 굉장히 기분이 좋아 보였다. 그레이스가 내 충고를 받아들여 자신의 비밀을 말했어도 그는 좋게 받아들였거나 시라가 나아서 너무 기쁜 나머지 별 영향을 받지 않았을 것이다. 어쨌거나 그는 지난밤의 내 어색한 퇴장에 대해서는 깊게 생각하지 않는 모양이었다. 그가 어깨 위로 호스를 들어 보였다. "아가씨들이 이걸 얼마나 좋아할까요. 시험해보자고요." 그는 싱글거리며 말했다.

"할 일이 태산 같네요." 내가 대답했다. "당신도 마찬가지고요."

나는 차갑게 말했다. 하지만 그 덕에 우리 사이에 벽이 생긴다면 그 편이 안전했다.

수의사는 시라를 진찰하러 와서 건강이 양호하다는 진단서를 끊고 갔다. 나는 사무실에 파묻혀 장부를 점검하면서 수의사의 청구서를 충당하려면 어디서 빚을 내 메울 수 있을지 알아보려 애썼다. 제나는 내 발치에 앉아 크레용으로 지난 신문들에 실린 사진에 색칠을 하고 있었다. 네비는 트럭을 정비하러 시내로 나갔고, 그레이스는 아프리카 축사를 말끔히 치우고 있었다.

제나가 내 바지를 잡아당기며 배가 고프다고 할 때까지 시간이 그렇게나 흐른 줄도 몰랐다. 나는 땅콩버터와 젤리를 만들어주었고, 샌드위치를 아이의 손에 딱 맞는 크기로 잘랐다. 빵 껍질은 잘라내 마우라에게 주려고 주머니에 따로 챙겼다. 그때 누군가가 죽어가는 소리가 들렸다.

나는 제나를 와락 안고서 소리가 나고 있는 아프리카 축사 쪽으로 달리기 시작했다. 골머리 아픈 불길한 생각들이 꼬리에 꼬리를 물었다. '마우라와 헤스터가 싸우고 있다. 마우라가 다친다. 두 녀석 중 누가 그레이스를 해쳤다.'

'두 녀석 중 누가 기드온을 해쳤다.'

축사 문을 열어젖히자 헤스터와 마우라는 각자의 외양간에 있었는데, 둘 사이를 막아놓은 접이식 쇠막대가 활짝 열려 있었다. 이 넓어진 공간에서 그들은 소방 호스에서 뿜어져 나오는 인공비를 맞으며 즐겁게 뛰놀고 춤을 추고 깔깔거리고 있었다. 기드온이 물을 뿌리면 그들은 빙글빙글 돌면서 꽤액꽤액거렸다.

그들은 죽어가고 있지 않았다. 그들은 즐거운 한때를 보내고 있었다.

"뭐하는 거예요?" 내가 소리쳤다. 제나는 내 품을 벗어나려고 발길질을 해댔다. 내가 내려주자마자 아이는 시멘트 바닥에 생긴 웅덩이에서 펄쩍펄쩍 뛰기 시작했다.

기드온은 쇠막대 사이로 소방 호스를 이리저리 흔들어대며 활짝 웃었다. "심화학습입니다." 그가 말했다. "마우라 좀 보십시오. 저렇게 미친 듯이 노는 모습을 본 적이 있습니까?"

정말로 그랬다. 마우라는 슬픔의 흔적을 모두 지운 모습이었다. 머리를 흔들고 발을 쿵쿵거리고 큰소리로 노래 부를 때마다 코를 높이 쳐들었다.

"난로는 고쳤어요?" 내가 물었다. "ATV 기름은 갈았어요? 아프리카 구역에 있는 울타리도 치우고 북서쪽에 있는 나무도 뽑았어요? 아시아 구역에 있는 연못은 경사를 다시 손봤어요?" 이 모든 게 우리가 해야할 일의 목록이었다.

기드온이 호스 노즐을 비틀자 물이 천천히 흘러내렸다. 코끼리들은 빵빵거리며 나팔 소리를 내고 빙빙 돌면서 더 많은 물을 기다리고, 바라고 있었다.

"난 그런 생각뿐이라고요." 내가 말했다. "제나, 아가, 이리 온." 내가 다가가자 아이는 내게서 달아나 또 다른 물웅덩이에서 첨벙거렸다.

기드온은 입을 꾹 눌렀다. "어이, 사장." 그는 이렇게 말하고서 내가 돌아서기를 기다렸다.

내가 돌아서자마자 그는 노즐을 비틀었고 물줄기는 내 가슴팍을 정면으로 강타했다.

물줄기는 차갑고 충격적이었고, 너무나 강력해 나는 비틀거리며 뒷걸음질 치고서 흠뻑 젖은 머리칼을 귓가로 밀어내고 홀딱 젖은 옷을 내려다보았다. 기드온이 호스의 각도를 틀어 이번에는 물줄기가 코끼리들을 때렸다. 그는 활짝 웃었다. "너희들도 열을 식혀야지." 그가 말했다.

나는 호스를 향해 돌진했다. 그가 나보다 컸지만 내가 더 잽쌌다. 나는 물줄기를 기드온 쪽으로 돌렸고 마침내 그가 두 손을 머리 위로 쳐들었다. "좋아요! 좋아요. 항복!" 그는 소리 내어 웃었고 물줄기 때문에 켁켁거렸다.

"시작한 건 당신이에요." 나는 일깨워주었다. 그의 손이 내게서 노즐을 낚아채려 애썼다. 호스는 우리 둘 사이에서 뱀처럼 꿈틀거렸고, 우리는 하나님을 먼저 만나겠다고 싸우고 있는 신앙요법가들 같았다. 기드온은 흠뻑 젖고서도 잘도 빠져나가 마침내 나를 양팔로 껴안고서 물줄기가 발밑으로 떨어지도록 내 두 손을 우리 둘 사이에 가뒀는데, 나는 더 이상 노즐을 잡고 있을 수 없었다. 노즐은 바닥에 떨어져 반원을 그리며 휙휙휙 돌다 마침내 멈추고서 코끼리들 쪽으로 물을 분수처럼 내뿜었다.

나는 너무 웃어서 숨이 가쁠 정도였다. "좋아요, 당신이 이겼어요. 이젠 놓아줘요." 나는 숨을 헐떡거렸다.

한순간 앞이 보이지 않았다. 머리카락이 얼굴에 딱 들러붙었다. 기드온이 머리카락을 치워주자 미소 짓고 있는 그의 얼굴이 보였다. 그의 치아가 새하얗게 반짝거렸다. 그의 입에서 눈을 뗄 수가 없었다. "싫습니다." 그가 말하고서 내게 입을 맞추었다.

그 충격은 호스의 첫 맹타보다 훨씬 더 강렬했다. 심장박동만 남기고 온몸이 얼어붙는 듯했다. 잠시 후 내 두 팔은 그의 허리를 감쌌고 손바닥은 그의 축축한 등에 찰싹 붙었다. 나는 양손으로 그의 몸 풍경을 쓸어내리며 근육과 근육이 만나는 등골에 이르렀다. 나는 이렇게 깊은 우물은 난생 처음 본 듯 그를 빨아들였다.

"젖었다." 제나가 말했다. "엄마 젖었다."

아이가 우리 밑에서 우리의 다리를 하나씩 톡톡 쳤다. 그때까지 나는 제나의 존재를 까맣게 잊고 있었다.

부끄러워할 것이 조금도 없는 듯이.

다음 순간 나는 내 삶이 위협받고 있다는 듯 기드온에게서 도망쳤다. 정말로 그랬던 것 같다.

몇 주 동안 나는 기드온을 피했다. 용건이 있으면 그레이스나 네비를 통해 전달하면서 축사나 코끼리 구역에서 기드온과 단둘이 있는 상황을 만들지 않았다. 해야 할 일의 목록 쪽지는 축사 주방에 남겨두었다. 하루가 끝날 무렵에는 기드온을 만나러 가는 대신 제나와 오두막 마루에 앉아 퍼즐과 블록과 인형을 가지고 놀았다.

어느 날 밤 기드온이 건초 헛간에서 무전을 쳤다. "메트캐프 박사님." 그가 말했다. "문제가 생겼습니다."

그가 나를 메트캐프 박사라고 마지막으로 부른 때가 언제였는지 기억도 나지 않았다. 이것은 내가 연이어 보낸 냉담함에 대한 반발이거나 진짜로 위급 상황이 발생했거나 둘 중 하나였다. 나는 ATV에 올라타 제나를 내 앞에 앉히고서 그레이스가 코끼리들의 저녁 식사를 준비하고 있을 아시아 축사로 달렸다. "제나 좀 봐줄 수 있어요?" 내가 물었다. "기드온이 긴급 상황이래요."

그레이스는 손을 뻗어 양동이를 뒤집어 발판 의자를 만들었다. "여기 올라와볼래, 아가씨." 그녀가 말했다. "저 사과 보여? 이모한테 한 개씩 건네줄 수 있을까?" 그녀가 어깨 너머로 나를 보았다. "우린 괜찮아요." 그녀가 말했다.

ATV를 타고 건초 헛간에 당도하니 기드온이 우리에게 건초를 대주는 클라이드와 대치하고 있었다. 클라이드는 우리가 믿고 거래하는 사람이었다. 코끼리가 먹을 건데 무슨 문제가 있겠냐고 생각해 곰팡내 나는 건초를 팔아치우는 농부들이 의외로 많았다. 클라이드는 팔짱을 끼고 서 있었다. 기드온은 건초 더미에 다리 하나를 받치고 있었다. 클라이드의 트럭에서 헛간으로 옮겨진 건초는 반밖에 되지 않았다.

"무슨 일이에요?" 내가 물었다.

"클라이드가 지난번 수표가 반송됐다며 수표는 받지 않겠답니다. 그런데 여유 현금을 찾을 수가 있어야죠. 현금이 아니면 나머지 건초는 트럭에서 못 내리게 하겠답니다." 기드온이 말했다. "박사님한테는 해결책이 있을 것 같아서요."

지난번 수표가 반송된 이유는 우리에게 돈이 없기 때문이었다. 여유 현금이 없는 이유는 이번 주에 농산물 대금을 치르는 데 썼기 때문이었다. 수표를 또 쓴다 해도 이번에도 반송될 것이다. 장부에 있는 마지막 자금은 수의사 청구비로 썼다.

코끼리들 건초는 둘째 치고 다음 주부터 내 딸이 먹을 식료품 비용은 어떻게 충당할지 알 수 없었다.

"클라이드." 내가 말했다. "보호소 사정이 정말로 좋지 않아요."

"나라 전체가 그렇죠."

"하지만 우리 관계는 오래됐잖아요." 내가 대응했다. "당신과 그이는 10년 넘게 거래를 해왔어요, 안 그래요?"

"그랬죠, 하지만 토마스는 어떻게든 대금을 치렀어요." 그는 얼굴을 찌푸렸다. "더는 외상으로 건초를 줄 수 없습니다."

"알아요. 하지만 코끼리들을 굶어 죽게 할 순 없잖아요."

모래 늪에 빠진 기분이었다. 천천히, 그러나 확실히, 나는 빠져 죽고 말 것이다. 기금 마련을 해야 했지만 내겐 그 일을 할 여력이 없었다. 연구는 잊혀진 지 오래였다. 몇 주째 손도 대지 못했다. 새로운 기부자들의 관심사를 알아보려는 노력은 차치하고 보호소 운영만으로도 힘에 부쳤다.

관심사라.

나는 클라이드를 보았다. "지금 건초를 주면 10퍼센트 얹어서 다음 달에 청산해줄게요."

"내가 왜 그래야 합니까?"

"인정하고 싶든 아니든, 클라이드, 우린 역사가 깊고 당신의 미심쩍은 점을 봐주기도 했잖아요."

그가 의심을 산 적은 없었다. 그러나 나는 지푸라기 하나에도 보호소 등골이 부러질 수 있다는 죄책감을 불러일으켜 그가 모쪼록 딴청을 부려주기를 바라고 있었다.

"그럼 20퍼센트요." 클라이드는 흥정을 했다.

나는 그와 악수를 나눴다. 그런 다음 트럭에 올라가 건초 더미를 끌어내리기 시작했다.

한 시간 후 클라이드는 트럭을 타고 떠났고, 나는 건초 다발 끝에 앉았다. 기드온은 하던 일을 계속했는데, 등을 굽혔다 폈다 하며 공간을 효율적으로 쓰기 위해 내 키가 닿을 수 있는 것보다 더 높이 건초를 쌓아 올렸다.

"그런데요." 내가 말했다. "그렇게 계속 날 없는 사람 취급하고 있을 건가요?"

기드온은 돌아보지도 않았다. "주인한테 배웠나 봅니다."

"내가 어떻게 했어야 하는데요, 기드온? 당신은 답을 가지고 있어요? 날 믿는다면 대답을 좀 듣고 싶네요."

그는 두 손을 옆구리에 살짝 얹고 내 얼굴을 마주 보았다. 땀이 흐르고 있었다. 팔뚝에는 왕겨와 지푸라기가 묻어 있었다. "당신의 봉이 되는 게 지긋지긋합니다. 난초를 돌려보내라. 건초를 공짜로 가져와라. 빌어먹을 물을 와인으로 바꿔라. 다음은 또 뭐죠, 앨리스?"

"그럼 시라가 아픈데 의사한테 돈을 주지 말았어야 했나요?"

"난 모릅니다." 그는 퉁명스럽게 말했다. "내 알 바 아닙니다."

내가 일어서자 그는 나를 밀치고 지나갔다. "아뇨, 당신은 알아요." 나는 손으로 눈을 닦고 그를 쫓아가면서 소리쳤다. "그거 다 내가 부탁한 거 아니잖아요. 난 보호소를 운영하고 싶지 않았어요. 아픈 동물들도 급여 지급도 파산 문제도 걱정하고 싶지 않았다고요."

기드온이 문 앞에 우뚝 섰다. 그가 돌아섰고 불빛 때문에 그의 실루엣만 보였다. "그럼 당신은 뭘 **하고** 싶은데요, 앨리스?"

이런 질문을 받아보는 게 대체 얼마만인가?

"난 과학자가 되고 싶어요." 내가 말했다. "코끼리들이 얼마나 많이 생각하고 느낄 줄 아는지를 사람들에게 알리고 싶어요."

그가 앞으로 걸어 나와 내 시야를 가득 채웠다. "또요?"

"제나가 행복했으면 좋겠어요."

기드온이 한 발짝 더 다가왔다. 이제는 너무 가까워 그의 질문이 내 목덜미를 타고 흘러 살이 파르르 떨릴 정도였다. "또요?"

돌진하는 코끼리 앞에서도 꿈쩍하지 않았던 나였다. 과학적 신뢰를 잃는 위험을 불사하고도 직감을 따른 나였다. 이제까지의 삶을 몽땅 싸들고 새롭게 시작한 나였다. 그러나 기드온의 얼굴을 보면서 진실을 말하려고 하니 그 어느 때보다 용기를 내야 했다. "나도 행복해지고 싶어요." 나는 작은 소리로 말했다.

우리는 울퉁불퉁한 계단을 이룬 건초 다발 위로 뒹굴어 헛간 바닥에 깔린 짚더미에 떨어졌다. 기드온의 손이 내 머리카락과 옷 속으로 파고들었다. 내 가쁜 숨이 그의 숨과 한데 뒤엉켰다. 우리의 몸은 풍경이었고, 우리의 손길이 닿는 곳마다 손바닥에 지도가 뜨겁게 새겨졌다. 그가 내 몸속에서 움직일 때 나는 그 이유를 알았다. 이제부터 우리는 집으로 돌아가는 길을 찾게 될 거라는 걸.

일이 끝난 후 옷이 팔다리에 감겨 있고 건초가 등을 긁어대는데도 나는 무슨 말인가를 하려고 했다.

"하지 마요." 기드온이 손가락을 내 입술에 대며 말했다. "그냥 하지 마요." 그는 몸을 굴려 똑바로 누웠다. 그의 팔에 머리를 베자 맥박이 뛰는 자리였다. 그의 심장 고동이 고스란히 전해졌다.

"어렸을 때 말입니다." 그가 내게 말했다. "삼촌이 스타워즈 조각상 하나를 사주었습니다. 상자에 들어 있었고, 조지 루카스 서명이 있었죠. 잘은 모르겠지만 예닐곱 살쯤 됐을 때였습니다. 삼촌이 포장을 뜯지 말라고 하더군요. 그대로 놔두면 언젠가 값나가는 물건이 될 거라면서요."

나는 그를 보려고 고개를 젖혔다. "그래서 포장을 안 뜯었어요?"

"젠장, 뜯었죠."

나는 웃음을 터뜨렸다. "그걸 선반 어디다 계속 보관해두고 있었다고 말할 줄 알았어요. 건초 값에 쓰라며 기꺼이 내놓을 줄 알았더니."

"미안해요. 어렸잖아요. 어떤 아이가 상자 속에 든 장난감을 보고만 있겠습니까?" 그의 미소가 조금 희미해졌다. "그래서 아주 가까이에서 보지 않는 한 뜯었는지 안 뜯었는지 모르게 조각상을 꺼냈습니다. 나는 날마다 루크 스카이워커와 놀았습니다. 그러니까, 학교에도 같이 갔단 말이죠. 욕조에도 같이 들어가고. 잠도 내 옆에서 같이 잤습니다. 물론, 그 정도로 가치 있는 물건은 아니었겠지만 내게는 세상 전부였습니다."

나는 그가 무슨 말을 하는지 알았다. 손을 대지 않았다면 정말로 값나가는 물건이 되었을지 모르지만 도둑맞은 시간들은 값으로도 매길 수 없다는 것을.

기드온은 싱긋 웃었다. "당신을 선반에서 내려서 정말로 기쁩니다, 앨리스."

나는 그의 팔을 퍽 쳤다. "내가 월플라워* 같다는 말로 들리네요."

"구두가 맞으면······"

나는 몸을 굴려 그에게 올라탔다. "이제 그만요."

그가 내게 키스했다. "당신이 먼저 내려달라고 하지는 않을 테니까." 그가 말했다. 그의 두 팔이 다시 내 몸을 부둥켜안았다.

축사를 나오자 별들이 우리에게 눈을 찡그렸다. 내 머리에는 여전히 지푸라기가 붙어 있었고 다리에도 흙이 묻어 있었다. 기드온이라고 더 나을 것이 없었다. 그는 ATV에 올라탔고 나도 뒤에 올라타 그의 등에

---

* wallflower. 파티에서 파트너가 없어 춤을 추지 못하는 존재감 없는 사람을 뜻한다.

뺨을 눌렀다. 그의 몸에서 내 냄새가 났다.

"뭐라고 말해요?" 내가 물었다.

그가 어깨 너머로 보았다. "아무 말도." 그는 이렇게 대답하고 시동을 켰다.

기드온은 그의 오두막에 ATV를 먼저 세우고 내렸다. 불이 꺼져 있었다. 그레이스는 제나와 함께 있었다. 사방이 트여 있어 그는 나를 만지는 위험을 무릅쓰지 않고 가만히 보기만 했다. "내일은?" 그가 물었다.

무슨 뜻이나 될 수 있는 말이었다. 우리는 코끼리들을 데리고 나간다거나 축사를 청소한다거나 트럭 점화 플러그를 교체한다는 말로 약속 시간을 정할 수 있었다. 하지만 그가 묻고 있는 진짜 속뜻은 내가 지난번처럼 이번에도 그를 피할 것인지였다. 이번에도 또 그럴 것인지를.

"내일이요." 나는 따라 말했다.

잠시 후 나는 우리 오두막에 당도했다. ATV를 세워놓고 내려서 헝클어진 머리를 매만지고 옷을 탈탈 털었다. 내가 건초 헛간에 있었다는 건 그레이스도 아는 사실이었지만, 나는 건초 다발만 내린 모습으로 보이지 않았다. 흡사 전쟁을 치르고 온 모습이었다. 나는 손으로 입을 쓱쓱 문질러 기드온의 키스는 지우고 핑계만 남겨두었다.

오두막 문을 여니 그레이스가 거실에 있었다. 제나도 있었다. 그리고 은하수도 밝힐 수 있을 것 같은 미소를 만면에 띤 채 제나를 안고 있는 토마스가 있었다. 그가 나를 보자마자 우리 딸을 그레이스에게 건넨 뒤 탁자 위에 있는 상자로 손을 뻗었다. 그런 다음 눈을 크게 뜨고 내게 다가왔다. 그는 옹이투성이 뿌리들이 활짝 핀 꽃처럼 퍼진 채 거꾸로 서 있는 식물을 내게 건넸다. 2년 전 내가 보스턴 공항에 처음 도착했던 꼭 그날처럼. "깜짝 선물이야." 그가 말했다.

제나

테네시 주 코끼리 보호소가 있는 시내에는 각 코끼리의 역사가 적힌 명판과 함께 그들의 대형 사진이 벽에 걸려 있는 작은 상점이 있다. 뉴 잉글랜드 보호소에 있던 코끼리들의 이름을 여기서 보니 기분이 묘하 다. 나는 엄마가 가장 좋아한 코끼리 마우라의 사진 앞에서 가장 오래 머문다. 이미지가 흐릿해보일 때까지 열심히 쳐다본다.

판매용 책들과 크리스마스 장식과 책갈피들로 가득한 테이블이 있 다. 코끼리 인형이 잔뜩 들어 있는 바구니도 보인다. 영상을 반복적으 로 보여주는 비디오 플레이어도 있는데, 아시아 코끼리 무리가 뉴올리 언스 스윙 재즈 밴드처럼 소리를 내고 있는 영상과 여름에 소화전이 열렸을 때의 도시 아이들처럼 코끼리 두 마리가 소방 호스로 물장난을 치고 있는 영상이다. 또 하나의 더 작은 비디오 플레이어는 보호 접촉 에 대해 설명하고 있다. 코끼리들을 다룰 때 이제껏 주로 쓰인 조련용

막대기를 사용하거나 부정적으로 혼을 내는 대신 이 보호소 사육사들은 긍정적으로 칭찬을 하면서 훈련을 한다고 한다. 사육사와 코끼리들 사이에는 늘 방벽이 있는데, 이것은 사육사의 안전만이 아니라 코끼리에게도 휴식을 주기 위해서라고 한다. 프로그램에 참여하고 싶지 않은 코끼리는 언제든 가버리면 된단다. 해설자는 이 방식이 2010년부터 도입됐고, 자유 접촉으로 인간들과 심각한 신뢰 문제가 발생한 코끼리들에게 효과가 있다고 말한다.

자유 접촉. 엄마와 우리 사육사들이 그랬듯이 코끼리 구역으로 바로 들어갈 수 있는 것을 자유 접촉이라 부른다. 우리 보호소에서의 죽음이, 뒤이은 실패가 이런 변화를 초래한 것일까.

관광 상점에는 나 말고 방문객이 둘밖에 없다. 둘 다 전대를 차고 있고 테바 샌들을 양말과 함께 신고 있다. "시설 견학은 불가능합니다." 직원이 설명한다. "이곳의 철학은 코끼리들이 전시물이 아니라 코끼리답게 살아가도록 해주는 거라서요." 관광객들은 그렇게 하는 게 올바른 행동이어서 고개를 끄덕이지만 이만저만 실망한 얼굴이 아니다.

내 경우에는, 지도를 찾아 돌아다니고 있다. 호엔발트 도심은 구역이 하나뿐이건만, 천만 제곱미터나 되는 대규모 코끼리 단지를 알려주는 단서가 어디에도 없다. 할인점에서 팔려나간 게 아닌 이상 코끼리들이 대체 어디 숨어 있단 말인가.

나는 두 명의 관광객보다 먼저 앞문으로 슬쩍 나가 배회하다 직원 주차장으로 가본다. 승용차 세 대와 트럭 두 대가 서 있다. 코끼리 보호소 로고가 찍혀 있는 차는 없다. 보호소에서 이용하는 게 아닌 것이다. 나는 차마다 조수석 창문에 얼굴을 붙이고서 차주가 어떤 사람인지 알아보려고 안을 들여다본다.

한 대는 주인이 애 엄마다. 바닥에 유아용 컵들과 시리얼이 굴러다닌다.

두 대의 임자는 아저씨들이다. 차량용 주사위와 사냥 달력이 있다.

그러나 첫 번째 소형 트럭에서 나는 노다지를 발견한다. 운전석 차광판 뒤에 코끼리 보호소 로고가 찍힌 종이 뭉치가 펄럭이고 있다.

트럭 짐칸에는 지저분하긴 해도 건초가 제법 실려 있어 다행이다. 날이 더럽게 뜨거워 맨바닥에 누웠다간 전기 구이가 될 판이었는데 말이다. 짐칸에 몰래 올라탔다. 이제껏 탄 차량들 중 가장 마음에 든다.

트럭은 덜컹거리면서 한 시간을 못 달려 금속으로 된 높은 자동 출입문 앞에 이른다. 여자 운전자가 문을 열려고 번호를 누른다. 백여 미터를 못 가 두 번째 출입문이 등장하고 여자는 처음과 똑같이 한다.

그녀가 차를 모는 동안 나는 지형을 살피려 애쓴다. 보호소는 흔한 철책이 둘러쳐져 있지만 안쪽 울타리는 쇠파이프와 쇠줄로 엮여 있다. 우리 보호소는 어땠는지 기억이 없지만 이곳은 원시적이면서 정돈이 잘 돼 있다. 대지가 끝도 없이 펼쳐져 있다. 언덕과 숲과 연못과 풀밭이 보이고 군데군데 큼지막한 축사가 끼어 있다. 모든 것이 눈이 시릴 만큼 푸르다.

트럭이 어떤 축사 앞에 멈추기에 나는 운전자가 내릴 때 눈에 띄지 않으려고 납작 엎드린다. 문이 탕 열리는 소리와 발소리에 이어 사육사가 축사로 들어와 기분 좋은 코끼리들의 뿌우뿌우 소리가 들린다.

나는 잽싸게 트럭에서 내린다. 축사 안쪽 벽으로 숨어들어 무거운 쇠사슬 울타리를 따라가니 첫 번째 코끼리가 등장한다.

아프리카 코끼리다. 나는 엄마 같은 전문가는 아니지만 그 정도는 안다. 이 자세로 봐서는 암컷인지 수컷인지 알 수 없지만 어마하게 크다. 코끼리에 대해 이야기할 때 당신과 코끼리 사이에 놓여 있는 것이 세 발짝 거리와 쇠울타리뿐이라면 크다는 말조차 불필요할지 모르겠다.

쇠 얘기가 나와서 하는 말인데, 이 코끼리의 상아에는 금속이 있다. 상아 끝에 금을 씌우기라도 한 것처럼.

갑자기 이 아프리카 코끼리가 머리를 흔들고 귀를 펄럭이며 우리 둘 사이에 붉은 먼지 구름을 일으킨다. 시끄럽고 갑작스럽다. 나는 기침을 하며 물러난다.

"누가 들여보내준 거지?" 어떤 목소리가 추궁한다.

돌아서자 어떤 남자가 내 뒤에 우뚝 서 있다. 머리를 빡빡 깎다시피 했고, 피부는 적갈색이다. 이는 대조적으로 형광등처럼 새하얗다. 그 남자가 내 옷깃을 움켜잡고 날 보호소 밖으로 완력으로 끌고 나가거나 경비원이나 무단 출입자를 못 들어오게 막는 아무한테나 전화를 걸 줄 알았더니 웬걸, 그는 내가 유령이기나 한 것처럼 눈을 크게 뜨고 날 빤히 본다. "넌 엄마를 똑 닮았구나." 그가 작은 소리로 말한다.

기드온을 이렇게 쉽게 찾을 거라곤 예상하지 못했다. 그러나 여기까지 오기 위해 1천5백 킬로미터나 이동해온 걸 생각하면 이런 운수대통을 누릴 자격이 있지 싶다.

"저는 제나예요……"

"알고 있다." 기드온이 내 주위를 둘러보며 말한다. "엄마는 어디 있니? 앨리스는?"

희망은 부풀어 올랐다 금세 바람이 빠져버리는 풍선 같다. "저는 엄마가 **여기** 있을 줄 알고 왔는데요."

"엄마와 함께 온 게 아니란 말이니?" 그의 얼굴에 실망의 빛이 어린다. 흠, 꼭 거울 속 내 얼굴을 보고 있는 듯하다.

"그럼 아저씨도 엄마가 어디 있는 줄 모르세요?" 내가 말한다. 무릎에 힘이 빠진다. 여기까지 와서 그를 찾아냈건만 헛수고만 했다는 게 믿기지가 않는다.

"경찰이 왔을 때 난 네 엄마를 보호하려 했단다. 그곳에서 무슨 일이 있었는지는 몰랐지만 장모님은 죽어 있었고, 네 엄마는 보이지 않았지…… 그래서 경찰에게 널 데리고 도망을 간 것 같다고 말했어." 그가 말한다. "그게 엄마의 계획이었거든."

갑자기 몸속으로 빛이 스며든다. '엄만 날 원했어. 엄만 날 원했어. 엄만 날 원했어.' 그러나 엄마가 미래를 계획하고 실행하는 어디쯤에서 일이 끔찍하게 꼬여버렸다. 열쇠를 쥐고 있어야 하는, 암호문을 밝혀줄 해결책인 기드온도 나만큼이나 모르고 있다. "아저씨도 그 계획에 끼어 있었나요?"

그가 나를 바라보며 내가 엄마와 자기의 관계를 얼마만큼 알고 있는지 가늠해보려 애쓴다. "난 그랬다고 생각했지만 네 엄만 내게 한 번도 연락을 하지 않았어. 사라져버렸지. 알고 보니 난 목적을 위한 수단이었어." 기드온은 인정한다. "엄마는 날 사랑했어. 하지만 그보다 널 훨씬 사랑했어."

내가 어디에 있는지 깜빡 잊고 있었는데, 갑자기 우리 앞에 있는 코끼리가 코를 쳐들고 뿌우뿌우 울어댄다. 햇빛이 머리 위로 쨍쨍 내리쬔다. 며칠을 바다에서 표류하다 마지막 조명탄을 쏘아 올렸지만 내가 구조선이라고 확신한 배가 사실은 빛의 장난이었다는 걸 알게 된 것처럼 머리가 어질어질하다. 상아에 멋진 금을 입힌 코끼리를 보니 어렸을 때 무서워했던 회전목마가 생각난다. 엄마 아빠가 나를 축제에 데려간 것이 언제였고 어디였는지도 모르겠지만 얼어붙은 갈기와 악다문 이빨을 가진 그 무시무시한 나무 말 때문에 나는 울음을 터뜨렸다.

지금이, 딱 그러고 싶은 심정이다.

기드온은 계속 날 빤히 보는데, 내 피부 밑을 들여다보거나 겹겹이 포개진 내 뇌를 넘겨보려고 하는 듯한 묘한 응시다. "네가 만나볼 누가 있을 것 같다." 그는 이렇게 말하고서 울타리를 따라 걷기 시작한다.

앞서는 시험이었을지 모른다. 날 엄마에게 데려가기 전에 내가 충격을 얼마나 받았는지 확인할 필요가 있었을지 모른다. 희망을 품고 싶지 않지만 그를 따르는 내 발걸음이 점점 빨라진다. '어쩌면, 어쩌면, 어쩌면.'

어쩌나 더운지 얼마 걷지 않았는데도 50킬로미터나 걸은 느낌이다. 셔츠가 땀에 흠뻑 젖은 채 언덕에 오르자 꼭대기에 또 다른 코끼리가 있다. 그가 말해주지 않아도 마우라인 걸 알겠다. 마우라가 울타리 꼭대기에 코를 조심스레 올려놓고 갈라진 코끝을 장미처럼 부드럽게 벌렸다 오므렸다 하는데, 내가 저를 기억하듯 마우라도 나를 기억하고 있다는 걸 알겠다. 내면의 어떤 교감으로.

엄마는 정말로, 확실히 여기에 없다.

마우라의 눈은 검고 반쯤 감겨 있고, 두 귀는 햇빛에 반투명하게 비쳐 고속도로 지도처럼 퍼져 있는 핏줄이 훤히 보인다. 마우라의 몸에서 열기가 뿜어져 나온다. 그녀는 가죽 같고, 원시적이고, 백악기 시대 동물처럼 보인다. 마우라의 코가 아코디언처럼 늘어나 파도처럼 넘실거리며 울타리를 넘어 내 쪽으로 다가온다. 마우라가 내 얼굴에 콧김을 내뿜자 여름과 지푸라기 냄새가 난다.

"내가 여기 있는 이유란다." 기드온이 말한다. "언젠가 앨리스가 마우라를 보러 올 거라고 생각했거든." 마우라가 코를 뻗어 기드온의 팔뚝을 휘감는다. "마우라는 처음 이곳에 와서 정말로 힘든 시간을 보냈단다. 축사를 나가려고 하지 않았어. 외양간 구석에 얼굴을 처박고 움직이질 않았어."

나는 엄마의 일지에 있던 항목들을 떠올렸다. "마우라가 그 사건에 죄책감을 느꼈다고 생각하세요?"

"아마도." 기드온이 말한다. "처벌의 공포였을지도 모르고, 네 엄마를 그리워했을지도 모르지."

차에 시동이 켜질 때처럼 마우라가 우르렁거린다. 주위 공기가 진동한다.

마우라가 옆으로 누워 있는 소나무 통나무를 집어 든다. 상아로 통나무를 쭉쭉 긁은 다음 코로 통나무를 들어 올려 무거운 쇠울타리에 밀어붙인다. 다시 껍질을 쭉쭉 긁고서 나무를 떨어뜨려 발밑에서 굴린다. "뭐하는 거예요?"

"노는 거야. 마우라가 껍질을 벗기고 놀 수 있게 나무를 잘라주었지."

10분쯤 지나자 마우라는 통나무를 이쑤시개처럼 들더니 울타리 높이만큼 쳐든다. "제나, 비켜!" 기드온이 소리친다.

그가 나를 거칠게 떠밀며 안고 쓰러지고, 통나무는 몇 발자국 뒤, 내가 서 있던 바로 그 지점에서 쿵 소리와 함께 부서진다.

내 어깨를 잡고 있는 그의 두 손이 따뜻하다. "괜찮니?" 그는 이렇게 물으며 나를 일으켜주고서 미소 짓는다. "널 마지막으로 안아주었을 때는 키가 60센티미터밖에 되지 않았는데."

그러나 나는 그에게서 떨어져 쭈그리고 앉아 내가 받은 이 선물을 응시한다. 길이 1미터, 폭 25센티미터쯤 되는 무거운 곤봉이다. 마우라의 상아가 무늬를 만들어놓았다. 까닭은 모르겠지만 선들이 엇갈려 있고 홈들이 교차해 있다.

다시 말해, 주의 깊게 보지 않으면 알 수 없다.

나는 손가락으로 그 선들을 따라가본다.

상상력을 조금만 발휘해도 U자와 S자를 알아볼 수 있다. 옹이 때문에 나뭇결이 W자처럼 물결친다. 반대편에는 두 개의 길쭉한 자국 사이에 반원이 걸려 있다. I-D-I.

코사족 말로, 사랑하는 사람을 부를 때 쓰는 말이다.

기드온은 엄마가 돌아왔다고 생각하지 않겠지만 나는 엄마가 주위에 있다고 믿기 시작한다.

바로 그때 내 배 속이 마우라처럼 아주 시끄럽게 꼬르륵거린다. "배가 고프구나." 기드온이 말한다.

"괜찮아요."

"먹을 걸 좀 사주마." 그가 제안한다. "앨리스가 있었어도 내가 그렇게 해주길 원했을 거다."

"좋아요." 나는 말한다. 우리는 내가 트럭을 타고 왔을 때 처음 본 축사로 돌아간다. 그의 차는 대형 검정색 밴인데, 내가 앉을 수 있게 그가 조수석에 있는 공구 상자를 옮긴다.

차를 타고 가는 동안 기드온은 계속 날 힐끔힐끔 훔쳐본다. 내 얼굴이나 뭐 그런 걸 기억해두고 싶은 듯이. 그제야 나는 그가 뉴잉글랜드 코끼리 보호소 유니폼이었던 붉은색 셔츠와 카고 반바지를 입고 있다는 사실을 깨닫는다. 호엔발트에 있는 이곳 코끼리 보호소 직원들은 모두 일자형 카키색 바지를 입고 있는데 말이다.

말이 안 되지 않는가. "여기서 일한 지 얼마나 됐다고 하셨죠?"

"아, 몇 년 됐지." 그가 말한다.

천만 제곱미터나 되는 넓은 땅에서 내가 다른 누구도 아닌 기드온을 맨 먼저 만날 가능성이 얼마나 될까?

그렇게 되도록 계획하지 않은 이상 말이다.

내가 기드온 카트라이트를 찾지 못했다면? 그가 날 발견하지 못했다면?

나는 버질처럼 추리를 해보는데, 이런 추리는 자기 보호 차원에서 꼭 나쁜 것은 아니다. 물론, 나는 기드온을 찾고야 말겠다고 마음먹었었다. 그러나 막상 찾고 보니 과연 좋은 생각이었을까 하는 의문이 든다. 혀끝에서 소태를 씹는 듯한, 서늘한 공포 맛이 느껴진다. 어쩌면 엄마의 실종과 관계있는 사람이 기드온일지도 모른다는 생각이 처음으로 든다.

"그날 밤 일 기억하니?" 그가 묻는다. 내 머릿속에서 기억의 실을 잡아당기는 것만 같다.

기드온이 엄마를 병원에서 데리고 나와 차를 타고 가던 중 갓길에 차를 세우고 엄마의 목을 조르는 상상을 해본다. 내게도 똑같은 짓을 하는 장면을 상상한다.

나는 목소리를 떨지 않으려고 조심한다. 버질이라면 이런 상황에서 용의자로부터 정보를 얻기 위해 어떻게 할까 생각해본다. "아뇨. 전 애였잖아요. 내내 잠만 잔 것 같아요." 나는 그를 쳐다본다. "**아저씨는요?**"

"불행히도, 난 다 기억해. 잊을 수 있으면 좋을 텐데."

차는 이제 시내로 들어선다. 씽씽 스쳐 지나가던 주택가 풍경이 각종 매장과 주유소로 바뀌기 시작한다.

"왜요?" 나는 불쑥 묻는다. "아저씨가 엄마를 죽여서요?"

기드온이 브레이크를 밟으면서 방향을 홱 튼다. 내게 귀싸대기라도 얻어맞은 듯한 얼굴을 하고 있다. "제나…… 난 네 엄마를 사랑했다." 그가 단언한다. "네 엄마를 보호하려고 애썼어. 결혼하고 싶었고. 너도 지켜주고 싶었어. 그리고 아기도."

갑자기 차 안의 공기가 싹 사라진다. 누가 비닐봉지로 내 코와 입을 틀어막고 있는 것만 같다.

내가 잘못 들었을지도 모른다. 그가 지켜주고 싶었다고 말한 **아기가 나인지도** 모른다. 지켜주지 못했지만.

기드온이 천천히 차를 세우고서 그의 무릎을 내려다본다. "몰랐구나." 그가 중얼거린다.

나는 한번에 안전띠를 풀고서 조수석 문을 연다. 그리고 뛰기 시작한다.

뒤에서 차 문이 쾅 닫히는 소리가 들린다. 기드온이 나를 쫓아오고 있다.

나는 가장 먼저 눈에 띄는 건물인 식당으로 들어가 여주인을 지나 식당이면 으레 있는 안쪽 구석으로 간다. 여자 화장실에 들어가 문을 잠그고 변기 위로 올라가서 벽에 뚫린 좁은 창문을 드르륵 연다. 여자 화장실 밖에서 웅성대는 소리가 들리는데, 기드온이 누군가에게 나를 데리고 나와달라고 부탁하고 있다. 나는 창문으로 겨우 빠져나와 식당 뒤편 골목에 있는 쓰레기통 뚜껑 위로 떨어진 뒤 냅다 도망친다.

숲을 통과한다. 마을 변두리에 이를 때까지 멈추지 않는다. 그런 다음 하루 반나절 만에 휴대전화를 켠다.

신호는 한 칸, 배터리는 세 칸이다. 할머니한테서 문자가 43통이나와 있다. 그러나 문자는 무시하고 세레니티의 번호를 누른다.

세 번째 신호 만에 그녀가 전화를 받는데 얼마나 고마운지 눈물이 왈칵 쏟아진다. "제발요, 저 좀 도와줘요." 내가 말한다.

앨리스

아프리카 축사 다락에 앉아 나는 미친 건 **내가** 아닐까 생각했다. 처음 하는 생각이 아니었다.

토마스가 집에 돌아오고 다섯 달이 흘렀다. 여기 벽은 기드온이 다시 페인트칠을 해둔 상태였다. 바닥에 있는 페인트받이 천과 벽 쪽에 나란히 서 있는 페인트 통들을 빼고 다락은 비어 있었다. 내 남편을 송두리째 삼켰던 현실과의 단절은 흔적조차 없었다. 그래서인지 그 모든 일이 내 상상의 산물이었다는 확신마저 들곤 했다.

오늘은 비가 마구 쏟아졌다. 제나는 무당벌레처럼 생긴 새 장화를 신고 유치원에 간다고 몹시 흥분했다. 그레이스와 기드온이 아이의 두 살 생일 선물로 준 장화였다. 날씨 때문에 코끼리들은 축사에 그대로 두기로 했다. 네비와 그레이스는 기금 마련 홍보 봉투를 접고 속지를 넣고 있었다. 토마스는 터스크*에서 온 임원들을 만나고 뉴욕에서 집으로 돌아오는 중이었다.

토마스는 치료를 어디서 받았는지 말하지 않았는데, 다만 여기 뉴햄프셔 주가 아니고 원래 입원하려고 했던 병원은 차를 타고 가보니 문을 닫았더라고만 했다. 그의 말을 어디까지 믿어야 할 지 알 수 없었지만 그는 자기 자신으로 돌아온 듯했고, 나는 의심이 들어도 그냥 넘어갔다. 장부를 보여달라거나 그를 예단하려 하지 않았다. 지난번에 그런 짓을 했다가 목 졸려 죽을 뻔하지 않았던가.

토마스는 새로운 약과 세 명의 개인 투자자로부터 수표를 받아 들고 회복이 되어 돌아왔다(그 투자자들도 입원 환자들이었을까? 궁금했지만 수표가 반송되어 오지 않는 한 아무래도 상관없었다). 그는 언제 떠났냐는 듯 보호소 운영의 고삐를 넘겨받았다. 이 이행은 흠 잡을 데가 없었지만 우리 부부의 관계 재건은 그렇지가 못했다. 그가 몇 달째 조증이나 우울 증세를 보이지 않는데도 나는 여전히 그를 믿지 못했고, 그렇다는 걸 그도 알았다. 우리 부부는 제나가 우리 가운데 중첩되어 있는 벤다이어그램이었다. 그가 사무실에 오래 있으면 전처럼 영문 모를 글자들을 써서 숨겨놓고 있지는 않은지 자연히 궁금해졌다. 기분이 괜찮냐고 물으면 멀쩡한 사람 들볶는다고 비난하며 문을 잠그기 시작했다. 악순환이었다.

나는 떠나는 꿈을 꾸었다. 제나를 데리고 도망치는 꿈을. 유치원에서 제나를 차에 태우고서 계속 달리기만 한 적도 있다. 때로는 기드온과 같이 있을 수 있는 시간에 그 꿈을 큰소리로 과감히 말해보기도 했다.

* Tusk. 아프리카 전역의 자연보호, 지역 발전, 환경 교육에 기금을 대는 단체.

그런데도 내가 도망치지 않은 것은 기드온과 잠자리를 한다는 사실을 토마스가 알고 있는 것 같아서였다. 부모 중 어느 쪽이 나은지를 법정이 알아낼 수 있을지도 의심스러웠다. 정신질환을 가진 아빠와 바람을 피운 엄마 중에서 말이다.

토마스와 나는 몇 달째 잠자리를 하지 않았다. 나는 제나를 재우고 7시 30분에 와인 한 잔을 마시고서 소파에서 책을 읽다 잠이 들었다. 그와 나의 소통은 제나가 깨어 있을 때 아이 앞에서 이루어지는 의례적인 대화와 그 애가 자고 있을 때 오고 가는 열띤 논쟁이 전부였다. 나는 요즘도 제나를 코끼리 구역으로 데리고 나갔다. 아기 때 아슬아슬한 위기를 겪은 후 그 애도 경험으로 배웠다. 코끼리들 가까이 있으면서 마음이 불편하다면 아이가 어떻게 코끼리 보호소에서 자랄 수 있겠는가? 토마스는 이것이 언제 터질지 모를 사고를 기다리는 짓이라고 생각했지만 나는 내 딸이 아빠와 단둘이 있는 것이 더 두려웠다. 내가 제나를 다시 코끼리 구역으로 데리고 갔다 온 어느 날 밤, 그는 내 두 팔을 멍이 들 정도로 꽉 잡았다. "어떤 판사가 당신을 엄마 자격이 있는 사람이라 생각하겠어?" 그는 성난 어조로 비난했다.

그 순간 제나를 코끼리 구역에 데려간 사실만 문제 삼고 있는 게 아니란 걸 깨달았다. 단독 친권 문제를 나만 생각하고 있지 않다는 것도.

제나를 유치원에 보낼 때가 된 것 같다고 제안한 사람은 그레이스였다. 두 살 반이나 됐는데도 제나의 사회적 교류가 어른들과 코끼리에 국한돼 있다고 말이다. 제나가 아빠와 단둘이 있을 걱정을 할 필요가 없고 하루 세 시간을 내게 쓸 수 있어 나는 그 제안을 덥석 물었다.

그때의 내가 누구였는지를 누가 물었다면 나는 말할 수 없었을 것이다. 자기 딸을 당근과 얇게 자른 사과를 넣은 도시락과 함께 시내에 내려놓는 엄마? 마우라의 슬픔에 관한 논문을 써서 보내기 버튼을 클릭하기 전 한 장 한 장 열심히 기도를 한 후 학술지에 제출한 연구원? 보스턴 칵테일파티에서 검정 드레스를 입고 토마스 옆에 서 있다 남편이 코끼리 보호에 대해 이야기하려고 마이크를 잡을 때 열렬히 박수를 쳐주는 아내? 사랑하는 남자의 품에 안겨 그가 이 세상에 남은 유일한 생명의 빛인 양 꽃을 피우는 여자?

인생 3막에 들어 나는 무대 뒤로 걸어 나와야 위장을 벗을 수 있다는 듯 연기를 하고 있다고 느꼈다. 관객의 눈 밖에 있게 되면 기드온과 있고 싶었다.

나는 거짓말쟁이였다. 상처 받고 있다는 사실조차 모르고 있는 사람들을 상처 주고 있었다. 그리고 자제를 할 수 있을 만큼 강인하지도 못했다.

그러나 코끼리 보호소는 사생활이 거의 보장되지 않는 분주한 곳이었다. 각자의 배우자도 같은 공간에서 일하는 상황에서 바람을 피울 때는 더 그렇다. 야외에서 미친 듯한 정사를 몇 번 나눴고, 한번은 아시아 축사 문 뒤에서 급작스레 달아올라 서로의 몸에 자비를 베풀기 위해 피임도 단념하고 러시아 룰렛 같은 아슬아슬한 곡예를 벌였다. 그렇기에 내가 우리의 밀회를 위해 안전하고 고립된 장소로 토마스가 가볼 엄두를 내지 않고 네비와 그레이스도 둘러볼 생각을 하지 않는 곳을 찾게 된 데는 짓궂은 환경 탓이기보다 그만큼 절박해서였기 때문일지 모른다.

문이 열렸을 때 나는 언제나처럼 혹시나 싶어 숨을 죽인다. 기드온이 폭우 속에 서서 우산을 접어 둘둘 말아 잠근다. 그는 나선형 계단 쇠난간에 우산을 세워놓고 안으로 들어온다.

나는 그를 기다리는 동안 바닥에 있는 페인트받이 천을 펴놓았다. "몬순이 기승을 부리는군요." 기드온이 씩씩거렸다.

나는 일어나 그의 셔츠 단추를 풀기 시작했다. "그럼 당신을 이 젖은 옷에서 꺼내줘야겠네요." 내가 말했다.

"얼마 동안?" 그가 물었다.

"20분이요." 내가 말했다. 그 정도가 내가 사라져도 찾을 사람이 없다고 판단되는 시간이었다. 믿음직하게도 기드온은 불평 한번 하지 않았고 나를 잡아두려고도 하지 않았다. 우리는 페인트받이 천을 펴둔 좁은 구역으로 들어갔다. 아무리 작은 자유라도 없는 것보다는 나았다.

나는 머리를 그의 가슴에 기댄 채 몸을 그에게 밀착시켰다. 그가 나를 들어 올려 나는 두 다리로 그의 몸을 감쌌고, 그가 키스를 했을 때는 눈을 감았다. 그의 어깨 너머로 한 번도 교체한 적 없는 비닐 창으로 빗줄기가 죄를 씻듯 억수같이 쏟아지는 것이 보였다.

그레이스가 나선형 계단 문 앞에 서서 얼마 동안 우리를 지켜보고 있었는지는 나도 모른다. 그녀는 무용지물인 양 우산을 내려놓은 채 폭풍우에 무방비로 서 있었다.

제나의 유치원에서 전화가 왔다고 했다. 아이가 열이 오르고 있고, 토하기도 했다고. 누가 아이를 데리러 와줄 수 없냐고.

그레이스가 직접 가도 되는 일이었다. 하지만 그녀는 내가 알고 싶어 할 거라고 생각했다. 내가 다녀오겠다고 한 아프리카 축사로 찾으러 왔지만 내가 없었다. 그러다 기드온의 빨간 우산을 발견했다. 그녀는 기드온이라면 내가 있는 곳을 알 거라고 생각했다.

나는 흐느껴 울었다. 사과를 했다. 기드온을 용서해주고 토마스에게는 말하지 말아 달라고 빌었다.

나는 기드온을 돌려주었다.

누구하고도 같이 일할 수가 없어 다시 내 연구로 도망쳤다. 네비는 내게 말을 걸지 않았다. 그레이스는 말할 때마다 울음을 터뜨렸다. 기드온은 좀 더 현명했다. 나는 숨죽인 채 그들이 토마스에게 사직서를 제출할 날을 기다렸다. 하지만 그럴 일은 없다는 걸 알았다. 그들 세 사람이 다 같이 코끼리를 돌보는 일자리를 어디서 구할 수 있겠는가? 이곳은 그들의 집이었다. 내가 집으로 여겨온 그 이상으로.

나는 탈출을 계획하기 시작했다. 자기 아이들을 납치한 부모들의 이야기를 읽은 적이 있다. 머리를 염색하고 가짜 신분증과 새 이름으로 아이들을 데리고 감쪽같이 국경을 건넌 부모들을. 제나는 아직 어려서 이곳에서의 기억은 어렴풋이만 간직한 채 자랄 수 있다. 나는, 흠, 나는 다른 일을 찾아볼 수 있을 것이다.

다시는 논문을 발표하지 않을 것이다. 그랬다간 토마스에게 발각될 위험이 컸고, 발각되면 제나를 빼앗기고 말 것이다. 그러나 익명성이 우리를 안전하게 지켜준다면 해볼 만하지 않은가?

나는 제나의 옷과 내 옷을 더플백에 싸두고 돈도 여기저기 숨겨놓았고, 몇 백 달러쯤 모였을 때 컴퓨터 본체 케이스에 쑤셔 넣었다. 그 돈이면 새 출발을 하는 데 무리가 없기를 바라면서.

나는 속으로 천 번도 넘게 예행연습을 했고, 드디어 탈출을 하겠다고 작정한 아침이 밝았다.

제나에게 그 애가 가장 좋아하는 멜빵바지를 입히고 분홍색 운동화를 신길 생각이었다. 그 애가 가장 좋아하는 와플을 막대 모양으로 잘라 메이플 시럽에 담가 먹게 해줄 생각이었다. 평소처럼 유치원까지

가는 동안 차에서 가지고 놀라고 동물 인형도 하나 챙기게 해줄 생각
이었다.

물론 우리는 유치원으로 가지 않을 것이었다. 유치원 건물을 지나
치기만 하고 고속도로에 올라 누군가 의심을 할 때쯤이면 멀리 떠나고
없을 것이었다.

속으로 그렇게 천 번도 넘게 예행연습을 했건만, 떠나기도 전에 기
드온이 손에 쪽지를 움켜쥔 채 우리 오두막으로 뛰어들어서는 그레이
스를 보지 못했느냐고, 제발 보았다고 대답 좀 해달라는 눈빛으로 묻
는 것이 아닌가.

그레이스는 쪽지를 남겼다. 기드온이 이 쪽지를 발견할 때쯤이면 너
무 늦을 거라고 쓰여 있었다. 나중에 안 사실이지만, 기드온이 잠에서
깼을 때 그 쪽지는 욕실 세면대 위에 놓여 있었다고 한다. 쪽지는 작지
만 완벽한 피라미드 모양의 돌무덤에 눌려 있었는데, 아마도 그레이스
가 자기 남편이 깊이 잠들어 있는 장소에서 3킬로미터쯤 떨어진 코네
티컷 강바닥에 눕기 전 주머니에 채워 넣은 돌과 같은 종류였을 것이
다.

세레니티

폴터가이스트는 자이트가이스트(시대정신)나 샤덴프로이데(남의 불행을 고소해하는 마음)처럼 모두가 알고 있다고 생각하지만 실제로는 아무도 이해하지 못하는 독일어 중 하나이다. 번역하면 '시끄러운 유령'이란 뜻인데, 진짜로 그렇다. 심령 세계에서 이들은 시끄러운 깡패들이다. 이들은 분노 에너지를 끌어모으는 주술에 잠깐 손을 대거나 감정 기복이 심한 십 대 소녀들에게 들러붙는 경향이 있다. 나는 내 고객들에게 폴터가이스트들은 그냥 화가 난 것뿐이라고 말해주곤 했다. 그들은 종종 누명을 쓴 여자들이거나 배신을 당한 남자들, 다시 말해 반격할 기회를 가져본 적이 없는 사람들의 유령들이다. 이 좌절이 나타나는 방식을 보자면, 집에 있는데 누가 물거나 꼬집는다거나, 찬장이 쿵쿵거리거나 문이 쾅 닫힌다거나, 접시가 거실을 윙윙 날아다닌다거나, 덧문이 열리고 닫히는 식이다. 어떤 경우에는 자연과 관계가 있기도 하다. 바람이 저절로 불어 벽에 칠한 페인트가 벗겨진다거나 양탄자에 갑자기 불이 붙는다거나 하는 식이다.

아니면 물바다가 되거나.

버질은 셔츠 자락으로 눈을 닦으면서 이 모든 말을 받아들이려 애쓴다. "그럼 우리가 방금 그 집에서 유령한테 쫓겨났다고 생각하는 겁니까?"

"폴터가이스트라니까요." 내가 말한다. "근데 뭘 그리 꼬치꼬치 따져요?"

"그게 그레이스라 생각하시는 거고."

"일리가 있잖아요. 그녀는 남편이 바람을 피워 물에 빠져 죽었어요. 누군가가 돌아와 물귀신으로 나타난다면 그녀겠죠."

버질은 곰곰이 생각하며 고개를 끄덕인다. "네비는 자기 딸이 아직 살아 있다고 생각하는 것 같던데요."

"정확하게 말하면요, 네비는 딸이 **곧 돌아올** 거라고만 했어요. 어떤 **모습**인지는 명시하지 않았어요." 나는 지적한다.

"밤샘 작업으로 머리가 멍한 것도 아닌데 나로서는 정말 이해하기 힘들군요." 버질이 인정한다. "난 확실한 증거에만 익숙해요."

나는 손을 뻗어 그의 셔츠 끝을 움켜잡고 비틀어 짠다. "그러시겠죠." 나는 빈정댄다. "이것도 확실한 증거 축에 못 드나 보군요."

"그럼 기드온이 네비를 죽은 것처럼 꾸미고, 네비는 자기 딸이 예전에 살던 테네시 주 집으로 왔다 이거죠." 그는 고개를 젓는다. "어째서요?"

그 질문엔 나도 대답할 수 없다. 때마침 휴대전화가 울려 대답할 필요가 없어진다.

나는 가방을 뒤적거려 마침내 휴대전화를 찾아낸다. 내가 아는 번호다.

"제발요." 제나가 말한다. "저 좀 도와줘요."

"속도 늦춰요." 버질이 말한다. 벌써 다섯 번째다.

제나는 지금 참고 있지만 울어서 눈이 충혈됐고 코도 계속 훌쩍이고 있다. 손가방을 뒤적거려 휴지를 찾아보지만 선글라스를 닦는 천밖에 없다. 그거라도 제나에게 건넨다.

제나가 우리에게 알려준 방향은 십 대의 기준이었다. "월마트를 지나면요, 좌회전하는 데가 있어요. 와플 하우스도 있는데, 좌회전 구간은 와플 하우스 뒤에 있을 거예요." 솔직히, 우리가 그 애를 찾아낸 것은 기적에 가깝다. 가서 보니 제나는 어디 주유소 철책선과 대형 쓰레기통 뒤에 있는 나무 위에 숨어 있었다.

"제나, 젠장, 어디 있어?" 버질이 소리쳤다. 그 목소리를 듣자마자 제나가 나뭇가지와 나뭇잎 사이로 얼굴을 내밀었는데, 푸른 별 들판에 작은 달이 떠 있는 듯했다. 제나는 나무줄기를 타고 조심조심 내려오다 발을 헛디며 버질의 품에 떨어졌다. "잡았다." 그가 한 말이었다. 그리고 아직까지 제나를 놓아주지 않고 있다.

"기드온 아저씨를 찾았어요." 제나가 말한다. 목소리가 껄끄럽고 고르지 않다.

"어디서?"

"보호소에서요."

제나는 다시 울기 시작한다. "처음에는 아저씨가 엄마를 해쳤을지도 모른다고 생각했어요." 그 애가 말한다. 버질이 손가락으로 제나의 어깨를 풀어준다.

"그 인간이 너한테 손댔어?" 버질이 묻는다. 제나가 그렇다고 대답하면 버질은 맨손으로라도 기드온을 죽이겠다는 확신이 든다.

제나는 고개를 젓는다. "그냥…… 느낌이 그랬어요."

"직감을 따랐다니 잘했어, 아가씨." 내가 말한다.

"하지만 아저씨도 엄마가 병원으로 이송된 그날 밤 후로 엄마를 본적이 없다고 했어요."

버질은 입을 꾹 다문다. "새빨간 거짓말일 수도 있어."

제나의 눈에 다시 눈물이 고인다. 그 눈을 보니 네비가 떠오른다. 또물이 끝없이 흘러내리던 그 거실이 생각난다. "아저씨 말이 엄만 아기를 가졌다고 했어요. 아저씨 아기를요."

"내 신통력이 떨어진 건 알았지만 그건 정말 예견 **못한** 일이구나." 나는 조용히 말한다.

버질이 제나를 놓아주고 서성거리기 시작한다. "그게 동기였군." 그는 중얼거리면서 머릿속으로 시간표를 훑기 시작한다. 손가락을 탁탁거려 무슨 표시를 하고 머리를 흔들고 하는 식의 행동을 되풀이하다 마침내 엄숙한 얼굴로 제나를 돌아본다. "네가 알아야 할 게 있다. 네가 보호소에서 기드온과 있는 동안 세레니티와 나는 네비 루엘과 있었다."

제나가 고개를 번쩍 든다. "네비 루엘은 죽었잖아요."

"아니." 버질이 말한다. "우리 모두가 네비 루엘이 죽었다고 **생각하길** 원하는 사람이 있었어."

"우리 아빠가요?"

"네 아빠는 짓밟힌 시신을 발견한 사람이 아니었다. 그건 기드온이었어. 검시관과 경찰들이 도착했을 때 그가 네비를 안고 있었지."

제나는 눈을 닦는다. "하지만 시신은 **그대로** 있었잖아요."

나는 땅만 바라보며 제나가 점들을 연결해 결론을 도출해내기를 기다린다.

그러나 제나의 화살은 내 예상과는 다른 방향으로 향한다. "기드온 아저씨는 아니에요." 그 애가 주장한다. "저도 처음에는 그렇다고 생각했어요. 하지만 엄만 임신을 했잖아요."

버질이 한 걸음 다가선다. "바로 그거야." 그가 말한다. "그러니까 기드온은 엄마를 죽인 사람이 아닌 거야."

출발에 앞서 버질이 주유소 화장실을 이용하러 가서 제나와 나만 남는다. 제나의 눈은 여전히 충혈돼 있다. "엄마가…… 죽은 거라면요……" 제나의 목소리가 점점 작아진다. "그래도 날 기다릴 수 있어요?"

사람들은 사랑하는 사람이 세상을 떠나도 다시 만날 수 있다고 생각하고 싶어 한다. 그러나 사후 세계에는 수없이 많은 층이 있다. 마치 같은 하늘 아래 살고 있으니 언젠가는 누군가를 꼭 만나게 될 거라고 말하는 것이나 진배없다.

그러나 제나는 오늘 하루 나쁜 소식을 충분히 들었다. "아가씨, 엄마가 지금 네 옆에 있을지도 몰라."

"난 모르겠어요."

"영적 세계는 현실 세계와 우리가 보는 실물들을 본떠 만들어져. 네가 할머니 부엌에 들어가면 엄마가 커피를 만들고 있을지도 몰라. 네가 잠자리를 펴고 있을 때 열린 문을 지나칠 수도 있고. 하지만 같은 공

447

간에 살고 있기 때문에 때로는 경계가 모호해지지. 같은 그릇에 담긴 물과 기름처럼 말이야."

"그럼." 그 애가 잠긴 목소리로 말한다. "엄마를 돌아오게 할 수는 없는 거네요."

나는 거짓말을 할 수도 있었다. 모두가 듣고 싶어 하는 말을 해줄 수도 있지만 그러지 않을 것이다. "맞아, 그런 거야." 나는 제나에게 말한다.

"아빠는 어떻게 되나요?"

그 대답은 내가 해줄 수 없다. 토마스가 그날 밤 자기 아내를 죽인 사람이란 사실을 버질이 입증하려고 할지, 아니면 그 가련한 남자의 정신 상태를 참작해 그냥 넘어갈지는 나도 모른다.

제나는 간이 탁자 위에 앉아 무릎을 가슴팍까지 끌어올린다. "채텀 이라는 친구가 있었는데요, 파리를 거의 천국처럼 얘기하는 애였어요. 소르본 대학에 가고 싶다고 했어요. 샹젤리제 거리도 거닐고, 카페에 앉아 비쩍 마른 프랑스 여자들이 거리를 걸어 다니는 모습도 구경하고, 이것저것 다 해볼 거라고 했어요. 그 친구가 열두 살 때 이모가 파리 출장을 가면서 깜짝 선물로 그 애도 데려갔어요. 채텀이 집에 돌아 왔을 때 파리가 소문대로 그렇게 좋더냐고 물었더니 그 애가 뭐라고 한 줄 아세요? '그냥 다른 도시들하고 비슷했어'라고 했죠." 제나는 어깨를 으쓱한다. "여기까지 와서 나도 그런 기분을 느끼게 될 줄은 몰랐어요."

"테네시 주가 말이야?"

"아뇨. 마지막에…… 와서요." 그 애는 눈물이 그렁그렁한 눈으로 나를 쳐다본다. "엄마가 원해서 날 두고 간 게 아니란 사실을 안다고 해도 마음이 더 편해지는 건 아니에요, 안 그래요? 달라진 건 아무것도 없어요. 엄만 여기 없고, 나만 **있어요**. 여전히 허전해요."

나는 한 팔로 제나를 감싼다. "여행을 마치는 건 그리 쉬운 일이 아니야." 내가 말한다. "목적지에 도착하면 방향을 돌려서 다시 집으로 향해야 한다는 사실은 아무도 말하지 않아."

제나는 눈가를 쓱쓱 닦는다. "버질 아저씨 말이 맞다면요, 아빠가 감옥에 가기 전에 만나고 싶어요."

"아직은 몰라. 그렇다는……"

"아빠 잘못이 아니었어요. 아빤 무슨 짓을 하는지도 몰랐어요."

제나가 기정사실처럼 말하는 것을 보니 정말로 그렇게 믿어서가 아니란 걸 알겠다. 다만 믿을 필요가 있어서라는 걸.

나는 제나를 끌어당겨 내 어깨에 기대 잠시 울게 해준다. "세레니티." 제나는 내 셔츠에 눌려 잠긴 목소리로 묻는다. "내가 엄마랑 얘기하고 싶을 때마다 그렇게 하게 해줄래요?"

사람이 죽는 데는 이유가 있다. 내가 영매가 될 수 있었던 때를 돌아보면 고객을 위해 한 일은 기껏해야 영혼 대 영혼의 대화를 한 것뿐이었다. 나는 800번 같은 망자 직통 전화가 되고 싶기보다 사람들의 슬픔을 꿰뚫어 그들을 돕고 싶었다.

내가 이 일을 잘했을 때, 즉 나를 자기들 뜻대로 부리고 싶어 하는 혼령들로부터 날 지켜주는 루신다와 데스몬드가 있었을 때는 벽을 어떻게 쌓는지를 알았다. 그래서 산 사람들에게 메시지를 받아야 한다며 줄 서 있는 혼령들 때문에 한밤중에 깨는 일을 막을 수 있었다. 또한 내 재주를 그들 방식이 아닌 내 방식대로 쓸 수 있었다.

그러나 지금은, 혼령들과 다시 접속할 수만 있다면 사생활을 침해받아도 좋았다. 제나는 충분히 그런 대우를 받을 자격이 있기 때문이다. 제나에게 또다시 가짜 점을 치고 싶지는 않지만 그러면 이 아이가 원하는 것을 줄 수 있는 방법이 없다.

그런 이유로, 나는 제나의 눈을 보며 말한다. "당연하지."

귀갓길은 길고 지옥 같고 조용하다고만 말해두자. 제나가 미성년자여서 후견인의 허락 없이는 비행기를 탈 수가 없어 우리는 결국 밤새도록 차를 타고 가는 중이다. 메릴랜드 주 경계 어디쯤에서 내가 졸음을 쫓으려고 라디오를 켜자 그제야 버질이 말문을 열려고 한다. 그는 제나가 아직 자고 있는지 확인하려고 뒷좌석부터 힐끔 본다.

"그녀가 죽었다고 칩시다." 버질이 말한다. "그럼 난 뭘 하죠?"

물꼬를 트는 대화치곤 어이가 없다. "앨리스 말인가요?"

"넵."

나는 망설인다. "누가 그랬는지 확실히 알아내고 추적을 해야 하지 않을까요."

"난 경찰이 아닙니다, 세레니티. 이제 와 보니 경찰이기는 **했던가** 싶을 정도지만." 그는 고개를 젓는다. "이때까지 난 일을 망친 게 도니 형사라고 생각했습니다. 근데 오늘 보니 나더군요."

나는 그를 힐끔 본다.

"그러니까 말이죠, 그날 보호소는 난장판이었습니다. 야생동물들이 돌아다니는 범죄 현장에서 어떻게 안전을 확보할지 아무도 몰랐어요. 토마스 메트캐프는 제 정신이 아니었지만 우리는 그 사실을 몰랐습니다. 실종 신고가 되지 않은 사람들이 있었습니다. 그중 한 명은 성인 여자였죠. 나는 그 사람만 찾으면 됐어요. 그래서 피투성이에다 더럽고 의식이 없는 몸뚱이를 발견했을 때 그 여자라고 추정했습니다. 나는 구급요원들에게 앨리스라고 말했고, 그들은 그녀를 병원으로 이송해 그 이름으로 입원을 시켰습니다." 그가 고개를 돌려 창밖을 본다. 지나가는 차들의 전조등 불빛에 그의 옆모습이 조금씩 드러난다. "그녀는 신분증을 가지고 있지 않았습니다. 더 알아보았어야 했는데. 그녀를 봤는데도 생김새가 왜 기억이 나지 않을까요? 금발이었는지 빨간 머리였는지 왜 눈여겨보지 않았을까요?"

"치료를 받게 하는 게 더 중요했을 테니까요." 내가 말한다. "자책하지 말아요. **일부러** 그런 게 아니잖아요." 나는 늪지대 마녀로 산 최근의 이력을 떠올리며 지적해준다.

"그 지적은." 그가 말한다. "틀렸습니다." 그는 나를 돌아본다. "난 증거를 묻어버린 겁니다. 네비의 시신에서 발견된 빨간 머리는 어떻고요? 검시관의 보고서에서 그 대목을 읽고 앨리스의 머리카락인지는 몰랐지만 그 사건이 단순 사고사가 아니란 건 **알았습니다.** 그랬는데도 대중들은 안정을 원하고, 밟혀 죽은 것만도 심각한데 살인이라고 하면 훨씬 더 심각해질 거라고 했던 상관의 말에 넘어간 겁니다. 그래서 검시관의 보고서에서 그 페이지를 없앴고, 도니 상관의 말대로 나는 영웅이 되었습니다. 내가 형사로 진급한 최연소 경찰이었다는 것, 알고 있었습니까?" 그는 고개를 가로젓는다.

"그 페이지는 어떻게 했어요?"

"형사 진급식 날 아침에 주머니에 넣었습니다. 그런 다음 차를 타고 절벽으로 달렸어요."

나는 브레이크를 세게 밟는다. "**어떻게** 했다고요?"

"첫 반응들은 내가 가망이 없다는 거였습니다. 죽어 자빠진 줄 알았더니, 그것마저 용케도 망쳐버렸더군요. 눈을 떠보니 재활원이었고, 내 혈관에 다량의 마약성 진통제 옥시콘틴이 투여되고 있었고, 통증이 너무 심해 나보다 힘센 남자 열도 죽일 수 있을 것 같았습니다. 두말할 것도 없이 난 직장으로 돌아가지 않았습니다. 내부에서는 죽고 싶어 하는 인간들을 좋게 보지 않으니까요." 그가 나를 바라본다. "이제는 내가 정말로 어떤 인간인지 아시겠죠. 아닌 줄 뻔히 알면서, 앞으로 20년 동안 좋은 경찰인 척하고 살 생각을 하니 견딜 수가 없더군요. 적어도 지금은 사람들한테 구제불능 알코올 중독자라고 해도 거짓말을 하고 있는 건 아니니까요."

나는 사이비 심령술사와 비밀을 간직한 수사관을 고용한 제나를 생각한다. 10년 전 보호소에서 발견된 시신이 앨리스 메트캐프라는 증거가 속속 등장하고 있건만 나는 왜 그 사실을 한 번도 감지하지 못했을까를 생각해본다.

"나도 당신한테 할 말이 있어요." 나는 고백한다. "내가 앨리스 메트캐프의 혼령과 대화할 수 있느냐고 당신이 계속 물었던 거 기억해요? 난 아니라고 말했고, 그건 아마도 그녀가 죽지 않았다는 의미일 거라고 했던 건요?"

"기억하죠. 당신 재주를 재정비할 필요가 있다고 한 것 같은데."

"그 이상이 필요하죠. 매코이 의원의 아들에 대해 잘못된 정보를 제공한 후로 난 심령 대화를 해본 적이 없어요. 다 소모됐고, 끝났고, 고갈됐어요. 초능력으로 보자면 이 차량 변속기가 나보다 나을 걸요."

버질이 웃기 시작한다. "당신이 돌팔이라고 고백성사 하는 겁니까?"

"더 못한 신세죠. 항상 돌팔이였던 건 아니니까." 나는 그를 본다. 백미러에 비친 모습에는 그의 눈가에 녹색 마스크가 있어 꼭 슈퍼맨처럼 보인다. 하지만 그는 슈퍼맨이 아니다. 흠이 있고, 상처가 있고, 전투에 지친 사람이다. 나처럼. 우리 모두처럼.

제나는 엄마를 잃었다. 나는 신뢰를 잃었다. 버질은 신념을 잃었다. 우리 세 사람은 잃어버린 조각들을 가지고 있었다. 잠깐이었지만 나는 셋이 함께하면 완전체를 이룰 수 있지 않을까 믿었더랬다.

우리는 델라웨어 주로 넘어간다. "제나가 자기를 도와줄 사람으로 우리 둘보다 못한 인간을 고르기도 쉽지 않았을 것 같아요." 나는 한숨을 쉰다.

"그러니까 더, 바로잡아야죠." 버질이 말한다.

앨리스

나는 그레이스의 장례식이 열리는 조지아 주에 가지 않았다.

그녀는 가족 묘지에, 아버지 무덤 옆에 묻혔다. 기드온은 갔고, 네비도 물론 갔다. 그러나 동물 보호소를 운영하는 현실은 가야 할 이유가 아무리 절박해도 누군가는 남아서 동물들을 돌보아야 한다는 의미였다. 그레이스의 시신이 강가로 올라오기 전까지 그 끔찍한 한 주 동안 우리 모두는 힘을 합쳐 그녀의 몫까지 일을 했다. 기드온과 네비는 그녀가 어딘가에 살아 있다는 희망을 버리지 않고 있었다. 토마스는 새로운 사육사를 채용할 생각이었지만 이런 일은 사람을 구하기가 쉽지 않았다. 그리고 지금, 직원이 반 이상 빠졌다는 건 토마스와 내가 주야장천 일을 하고 있다는 의미였다.

토마스가 내게 기드온이 장례식을 끝내고 보호소로 돌아왔다고 말해주었을 때 그가 나 때문에 돌아왔을 거라는 주제넘은 생각 따윈 하지 않았다. 사실은 내가 뭘 기대하는지도 알지 못했다. 우리의 밀회는, 행복은 1년간 이어졌다. 그레이스에게 일어난 일은 처벌이었고, 예정된 징벌이었다.

단 그레이스에게는 아무런 일도 **일어나지** 않았다. 그레이스가 그 일을 일어나게 만든 장본인이었으므로.

나는 생각하고 싶지가 않아 바닥이 반짝거릴 때까지 축사를 청소하고 아시아 코끼리들을 위해 새로운 장난감을 만드는 데 몰두했다. 아프리카 구역 북쪽 끝에는 덤불이 울타리 키를 넘기고 있어 덤불도 베어냈다. 나는 재단기를 들고 덤불을 베면서도 기드온이 있었다면 했을 일이었겠구나 생각했다. 나는 코앞에 닥친 일 외에는 다른 생각이 끼어들지 못하도록 몸을 쉴 새 없이 움직였다.

기드온을 본 것은 다음 날 아침이었다. 그는 ATV에 건초를 싣고 내가 하루치 먹이를 준비하기 위해 사과 속을 파서 공 모양을 만들고 있는 축사로 오고 있었다. 나는 칼을 떨어뜨리고서 그를 부르려고 손을 들고 출입구로 뛰어나가다가 마지막 순간에 어둠 속으로 물러섰다.

사실, 내가 그에게 무슨 말을 할 수 있었을까?

나는 그가 건초를 내리는 모습을, 건초 다발을 피라미드 모양으로 쌓을 때 팔 근육이 씰룩거리는 모습을 얼마간 지켜보았다. 그런 다음 마침내 용기를 내 햇빛 속으로 걸어 나갔다.

기드온은 멈칫했다가 들고 있는 건초를 내려놓았다. "시라가 또 기운이 없어요." 내가 말했다. "시간 있을 때 한번 봐줄래요?"

그는 나와 눈을 맞추지 않고 고개만 끄덕였다. "그것 말고 또 봐줄 일은 없습니까?"

"사무실 에어컨이 고장 났어요. 하지만 그건 급하지 않아요." 나는 팔짱을 꽉 꼈다. "정말 유감이에요, 기드온."

기드온은 건초를 걷어찼고 우리 사이에 먼지구름이 일었다. 그가 이제야 가까이 서 있는 내 얼굴을 보았다. 그의 눈은 속에서 뭔가가 폭발하기라도 한 듯 뻘겋게 충혈돼 있었다. 그것은 부끄러움이었을지도 모른다.

내가 손을 뻗자 그는 머리를 홱 숙였고, 내 손가락만 그의 얼굴에 살짝 닿았다. 그는 이제 나와 등을 지고서 건초 다발을 또 하나 움켜잡았다.

나는 햇빛이 부셔 눈을 깜박거리며 축사 주방으로 돌아갔다. 놀랍게도 내가 방금 전 있던 자리에 네비가 서서 숟가락으로 땅콩버터를 떠 내가 속을 파놓은 사과 속에 넣고 있었다.

토마스도 나도 네비가 이렇게 빨리 돌아올 거라고는 예상하지 못했다. 어쨌거나 바로 얼마 전 자식을 땅에 묻지 않았는가. "네비…… 돌아온 거예요?"

그녀는 나를 쳐다보지도 않고 일했다. "내가 여기 말고 어디 있겠어?" 그녀가 말했다.

며칠 후 나는 내 딸을 잃어버렸다.

우리는 오두막에 있었다. 제나는 누워서 자고 싶지 않다며 울어대고 있었다. 요즘 들어 제나는 잠드는 것을 무서워했다. 낮잠을 낮잠이라 하지 않고 헤어지는 시간이라고 했다. 눈을 감았다가 뜨면 내가 여기 없을 거라고 믿었다. 그렇지 않다고 말로도 하고 행동으로 보여도 아이는 흐느껴 울고 몸이 의지를 이기지 못할 때까지 버티려 애썼다.

나는 제나를 살살 흔들어주면서 노래를 불러주었다. 1달러짜리 지폐를 코끼리 모양으로 접기도 했는데, 이렇게 하면 아이는 대개 울음을 그치고 종이접기에 집중했다. 제나가 마침내 최근 들어 생긴 수면 자세로 스르르 잠이 들었다. 몸을 달팽이집처럼, 보호막처럼 웅크리고 자는 것이었다. 내가 그 자세에서 막 놓여났을 때 기드온이 문을 두드렸다. 아프리카 구역의 연못 경사를 손보려면 열선 울타리를 세워야 하는데 손이 부족하다고 했다. 코끼리들은 신선한 물을 마시려고 땅을 파곤 하는데, 그렇게 파놓은 구덩이들이 코끼리들한테도, ATV를 타고 다니거나 걸어 다니는 우리한테도 위험했다. 그런 구덩이에 빠지면 다리가 부러지거나 머리가 깨질 수 있었고, 바퀴 차축이 부서질 수 있었다.

열선 작업은, 특히 아프리카 코끼리들이 있으면, 두 사람이 해야 하는 일이었다. 한 명은 ATV를 타고 코끼리들을 몰아내고 다른 한 명은 울타리를 꿰어야 했다. 나는 두 가지 이유로 그를 따라나서는 게 내키지 않았다. 첫째는 제나가 깨서 그 아이의 최대 공포인 내가 정말로 사라진 게 현실화되는 사태를 원치 않았고, 두 번째는 나와 기드온의 관계가 지금 어디에 있는지를 몰랐다. "토마스를 데려가요." 내가 제안했다.

"그는 시내에 갔습니다. 장모님은 시라의 코를 씻겨주고 있고요." 기드온이 말했다.

나는 소파에 깊이 잠들어 있는 딸을 보았다. 깨워서 데려갈 수도 있었지만 저렇게 잠들기까지 한참이 걸린 데다 데리고 나간 걸 토마스가 안다면 언제나처럼 길길이 날뛸 것이었다. 아니면 기드온에게 최대 20분을 내주고 제나가 깨기 전에 돌아올 수도 있었다.

나는 후자를 택했고, 작업은 15분밖에 걸리지 않았다. 우리 두 사람의 공동 작업은 그만큼 빠르고 원활했다. 손발이 척척 맞아 가슴이 아팠다. 그에게 하고 싶은 말이 너무 많았다.

"기드온." 일을 마쳤을 때 내가 말했다. "내가 뭘 할 수 있을까요?"

그는 눈길을 피했다. "그녀가 그립습니까?"

"네." 나는 작은 소리로 말했다. "당연히 그립죠."

그의 콧구멍이 벌름거리고 턱이 돌처럼 딱딱해졌다. "그래서 우리가 더 이상은 안 되는 겁니다." 그가 중얼거렸다.

나는 숨을 쉴 수가 없었다. "그레이스가 떠난 걸 미안해서요?"

그는 머리를 흔들었다. "아닙니다. 내가 미안해하지 않아서요." 그가 말했다.

입이 일그러지고 뒤틀리더니 그가 무릎을 꿇고 흐느꼈다. 그는 내 배에 얼굴을 묻었다.

나는 기드온의 정수리에 입을 맞추고 그를 감싸 안았다. 그가 무너지지 않도록 꽉 안아주었다.

10분 뒤 나는 ATV를 타고 쏜살같이 오두막으로 달렸는데, 현관문이 열려 있었다. 바삐 나오다가 문 닫는 걸 깜박했는지도 몰랐다. 어쨌거나 그런 생각을 하며 오두막으로 들어가 보니 제나가 사라지고 없었다.

"토마스, 토마스!" 나는 토마스를 부르며 다시 뛰쳐나갔다.

그가 데리고 있을 거야, 그가 데리고 있을 거야, 그렇게 빌고 빌고 또 빌었다. 제나가 깼을 때 내가 없는 것을 알고 어떤 반응을 보였을지 생각해보았다. 울었을까? 당황했을까? 날 찾으러 나갔을까?

이제까지 나는 제나에게 안전에 대해 잘 가르쳤고, 아이도 잘 배웠고, 아이가 다칠 수 있다는 토마스의 생각은 틀렸다고 믿어 의심치 않았다. 그러나 지금, 코끼리 구역의 철책에는 아이가 기어서 쉽게 통과할 수 있는 구멍들이 있다는 사실에 생각이 미쳤다. 만약 제나가 문 밖을 돌아다니다 울타리를 통과해버렸다면?

나는 기드온에게 무전을 쳤고, 그는 내 목소리에서 공포를 읽고 속히 왔다. "축사를 확인해줘요. 코끼리 구역도요." 나는 부탁했다.

보호소 코끼리들이 동물원이나 서커스에서 인간들과 일한 적이 있다고 해서 자기네 영역을 침범한 인간을 공격하지 않는다고 볼 수는 없었다. 더군다나 코끼리들은 남자들의 저음을 좋아해 나도 코끼리들에게 말을 걸 때는 목소리를 깔려고 애썼다. 고음은 신경질적으로 들리기 때문에 코끼리들은 여자들의 목소리를 불안과 연관 짓는다. 아이의 목소리가 이 범주에 속한다.

야생보호지역에 자신의 사유지가 있어 어린 두 딸을 데리고 오지 여행을 왔다가 야생 코끼리 무리에 둘러싸이게 된 남자가 있었다. 그는 딸들에게 몸을 공처럼 말아 최대한 작게 만들라고 말했다. "무슨 일이 있어도 고개를 들면 안 돼." 그가 딸들에게 말했다. 커다란 암코끼리 두 마리가 다가와 냄새도 킁킁 맡고 조금 밀기도 했지만 두 아이 모두 털끝 하나 해치지 않았다.

그러나 나는 현장에 있지 않아 제나에게 몸을 둥글게 말라고 말해줄 수 없었다. 그리고 제나는 코끼리들과 소통하는 엄마를 보아왔기 때문에 무서워하지도 않을 것이었다.

제나가 아주 멀리는 못 갔을 거라고 생각해 나는 집에서 가장 가까운 아프리카 구역으로 ATV를 몰았다. 축사와 연못을 쏜살같이 지나 코끼리들이 서늘한 아침이면 곧잘 가는 높은 곳으로 갔다. 언덕 꼭대기에 서서 쌍안경을 꺼내 눈길이 닿는 데까지 움직임을 찾으려 애썼다.

우리 딸이 없어진 것을 토마스에게 어떻게 설명하나 생각하며 눈물을 글썽이며 20여 분을 돌아다녔는데, 무전기에서 기드온의 목소리가 치직거렸다. "찾았습니다." 그가 말했다.

그는 내게 오두막에서 보자고 했고, 가보니 내 아이가 네비의 무릎에 앉아 아이스캔디를 빨고 있었다. 손바닥이며 앵두 같은 입술이 끈적끈적했다. "엄마." 제나가 내게 아이스캔디를 내밀며 말했다. "내가 소리 질렀어."

그러나 나는 아이를 볼 수가 없었다. 내 눈은 오직 네비에게만 쏠렸다. 그녀는 내가 화에 북받쳐 부들부들 떨고 있다는 사실은 안중에도 없는 듯했다. 네비의 손은 축복을 내리듯 내 딸의 머리에 올려져 있었다. "누가 깨서 울고 있더라고." 그녀가 말했다. "엄마를 찾으면서 말이지."

그것은 변명이 아니었다. 설명이었다. 내 아이를 혼자 두었으므로 비난을 받아야 할 사람은 오히려 나였다.

불현듯 나는 소리를 질러서도, 내게 묻지도 않고 내 딸을 데려갔다고 네비를 질책해서도 안 된다는 걸 깨달았다.

제나에게는 엄마가 필요했지만 나는 옆에 없었다. 네비에게는 아이가 필요했고, 그래서 지금도 누군가의 엄마가 되어줄 수 있었다.

그때는 하늘이 맺어준 짝처럼 보였다.

내가 코끼리들 사이에서 가장 이상하다 싶은 행동을 목격한 것은 툴리 구역에 있을 때였다. 많은 동물들이 지나다니는 한 지역에서 오랜 가뭄으로 강바닥이 말라붙은 강기슭에서 있었던 일이었다. 전날 밤에는 사자들이 보였었다. 그날 아침에는 강기슭 위쪽으로 표범 한 마리가 보였다. 포식자들이 떠나자 마레아라는 코끼리가 새끼를 낳았다.

정상적인 출산이었다. 진통이 진행되는 동안 무리는 머리를 바깥쪽으로 향한 채 마레아를 보호했다. 새끼가 나왔을 때 그들은 황홀해서 빵빵거렸다. 마레아는 새끼가 어미의 다리에 기대어 균형을 잡고 일어설 수 있게 도와주었다. 어미는 새끼의 몸을 닦아준 뒤 무리에게 소개했고, 구성원들은 새끼를 만져서 존재를 확인했다.

갑자기 타토라는 코끼리가 말라붙은 강바닥으로 걸어오기 시작했다. 그녀는 이 무리와 잘 아는 사이였지만 무리의 구성원은 아니었다. 타토가 자기 가족을 떠나 혼자서 무엇을 하고 있었는지는 나도 모른다. 어쨌든 그녀는 갓 태어난 새끼에게 다가가 코로 새끼의 목을 감아들어 올리기 시작했다.

어미가 갓난 새끼를 움직이게 하고 싶을 때는 언제나 새끼의 배 밑이나 다리 사이로 코를 밀어 넣어 새끼를 들어 올린다. 목을 잡고 새끼를 드는 일은 없다. 어떤 어미도 일부러라도 그렇게 하지 않는다. 타토가 걸음을 내딛자 새끼의 작은 몸이 그녀의 코에서 미끄러졌다. 새끼가 미끄러져 나갈수록 타토는 단단히 붙잡으려 애쓰면서 더 높이 들어올렸다. 결국 새끼는 땅바닥으로 쿵 떨어졌다.

그것이 기폭제가 되어 무리가 행동을 취하기 시작했다. 우르릉거리고 뿌우거리는 소리와 혼란에 이어 구성원들은 새끼가 괜찮은지 확인하려고, 행여 다친 데는 없는지 살피려고 새끼를 어루만졌다. 마레아는 새끼를 자신의 두 다리 사이로 끌어당겼다.

나로서는 이해되지 않는 점이 너무 많은 상황이었다. 나는 새끼가 물속에 있을 때 익사하지 않도록 어미 코끼리가 새끼를 들어 올리는 모습을 많이 보았다. 새끼가 일어설 수 있도록 어미가 누워 있는 새끼를 들어 올리는 모습도 보았다. 그러나 코끼리가 암사자처럼 새끼를 유괴하려는 모습은 본 적이 없었다.

타토가 무엇 때문에 남의 새끼를 유괴해갈 수 있다고 생각했는지는 모를 일이었다. 정말로 유괴할 의도였는지, 아니면 사자와 표범의 냄새를 맡고 새끼가 위험하다고 느껴 그랬는지 모를 일이었다.

타토가 새끼를 데리고 가려고 했을 때 무리는 왜 가만히 있었는지도 모를 일이었다. 타토가 마레아보다 나이가 많기는 해도 같은 식구가 아니었는데 말이다.

우리는 그 새끼 코끼리를 몰라틀레기라고 불렀다. 츠와나족 말로 '잃어버린 아이'라는 뜻이다.

제나를 잃어버릴 뻔했던 그날 밤 나는 악몽을 꾸었다. 꿈속에서 나는 타토가 몰라틀레기를 데리고 떠날 뻔했던 장소에 앉아 있었다. 코끼리들은 높은 지대로 이동했고, 물은 메마른 강바닥 입구로 흘러들기 시작했다. 물은 쏴 소리를 내며 더 빠르고 더 세차게 흘러 내 발목까지 차서 찰랑거렸다. 강 저편에 그레이스 카트라이트가 서 있었다. 그녀는 입은 옷 그대로 물속으로 들어왔다. 강바닥에 이르러 보드라운 돌멩이를 주워 셔츠 속에 넣었다. 그녀는 이 행동을 되풀이했고, 몸을 구부렸다 다시 펼 수 없을 때까지 바지 속과 코트 주머니를 돌로 채웠다.

이제 그녀는 출렁거리는 강물 속으로 더 깊이 들어가기 시작했다.

나는 물이 얼마나 깊어졌는지, 얼마나 빠른 속도로 그렇게 됐는지 알았다. 그레이스에게 소리를 질러보지만 소리가 나오지 않았다. 입을 열자 돌멩이들만 와르르 쏟아졌다.

갑자기 나도 물속에 짓눌리고 있었다. 내 말총머리가 물살에 떠밀리고 있었다. 나는 공기를 마시려 버둥거렸다. 그러나 숨을 쉴 때마다 삼켜지는 것은 조약돌이었다. 마노와 뾰족한 방해석, 현무암과 점판암과 흑요석 등등. 나는 가라앉으면서 수채화 빛 해를 쳐다보았다.

겁에 질려 눈을 떴더니 기드온의 손이 내 입을 막고 있었다. 내가 걷어차고 뒹굴어대며 몸부림을 치자 그는 하는 수 없이 내가 누운 침대 한쪽 끝에 누웠고, 우리 사이에는 했어야 했지만 하지 않은 말의 장벽이 가로놓였다.

"당신이 비명을 질렀어요." 그가 말했다. "보호소를 다 깨울 판이었어요."

그제야 하늘이 새벽의 첫 핏빛 노을에 물들어 있다는 사실을 깨달았다. 잠깐 눈만 붙일 생각이었는데 그새 잠이 들었다는 사실도.

한 시간 후 토마스가 깼을 때 나는 오두막 거실로 돌아와 그 무엇도 제나를 내게서 뺏어갈 수 없다는 듯이, 아이가 깼을 때 엄마가 보이지 않는 일이 절대 없게 하겠다는 듯이 제나의 작은 몸뚱이에 팔을 걸친 채 소파에서 자고 있었다. 토마스는 의식이 없는 사람처럼 나를 힐끔 보고는 커피를 찾아 휘청거리며 부엌으로 갔다.

그가 지나갔을 때 나는 사실 자고 있지 않았다. 나는 내 평생 나의 밤들은 꿈이 없이 어둡기만 했는데, 딱 한 번, 상상력이 극에 달해 한밤 내내 가장 큰 공포의 무언극을 꿈꿨구나 생각하고 있었다.

마지막 관계를 가진 날, 나는 임신을 했다.

제나

할머니는 나를 귀신 보듯 빤히 본다. 나를 꽉 잡고서 어디 상한 데는 없는지 살피듯 내 어깨와 머리카락을 쓸어내린다. 그러나 할머니의 손길은 내가 아프게 한 만큼 너도 아파 보라는 듯 고약하기도 하다. "제나, 세상에, 어딜 **갔다** 온 거니?"

집까지 태워다 주겠다던 세레니티나 버질의 제안을 받아들였으면 할머니와 나 사이에 난 길을 닦기가 수월했을 걸 하는 아쉬움이 든다. 지금은 우리 사이에 킬리만자로 산이 불쑥 솟아난 느낌이다.

"죄송해요." 나는 중얼거린다. "할 일이 좀…… 있었어요." 나는 거티를 할머니한테서 떨어질 핑곗거리로 삼는다. 거티는 두 번 다시 못 볼 사이이기나 한 듯이 내 다리를 핥기 시작하더니 내 품에 껑충 뛰어드는데, 나는 녀석의 목털에 얼굴을 묻는다.

"네가 도망을 간 게 아닐까 생각했단다." 할머니가 말한다. "약을 하

464

고 있을지도 모른다 생각했지. 술이나. 몇 시냐고 묻는 낯선 사람에게
뭣도 모르고 대답해주는 착한 소녀들이 유괴된 뉴스가 날마다 나온단
다. 얼마나 걱정을 했게, 제나."

할머니는 여전히 주차 단속 유니폼을 입고 있지만 눈도 충혈되고 피
부도 창백한 것이 잠을 제대로 못 잔 얼굴이다. "동네방네 전화해봤다.
앨런 씨 말이 아내와 아이는 캘리포니아에 있는 처가에 갔다면서 네가
자기 아들을 봐준 적이 없다고 하더구나…… 학교에도…… 친구들한
테도……"

나는 충격에 빠져 할머니를 빤히 본다. 도대체 누구한테 전화를 했
다는 건가? 이제는 여기 살지 않는 채텀 말고 내가 어울리는 애가 누가
있다고. 그 말은 닥치는 대로 전화해서 내가 혹시 그 집에서 자기로 한
건 아닌지 알아보았다는 건데, 그게 더 창피한 일이지 않은가.

가을 학기에는 학교로 돌아갈 수 없을 것 같다. 20년이 지난다 해도
돌아갈 수 있을지 의문이다. 당황스럽고 할머니한테 화가 난다. 엄마가
죽었고 그 엄마를 죽인 사람이 발광한 아빠였다는 사실만으로도 낙오
자가 될 판인데 거기다 8학년의 웃음거리까지 되었단 말인가.

나는 거티를 밀어낸다. "경찰에도 전화했어요?" 내가 묻는다. "아니
면 그 문제는 아직도 할머니 발목을 잡고 있어요?"

할머니의 손이 나를 때릴 듯이 올라간다. 나는 움찔한다. 이로써 날
사랑해주어야 할 사람들한테서 이번 주에만 손찌검을 두 번 당하게 되
는 걸까.

그러나 할머니는 내게 손을 대지 않는다. 쳐든 손으로 위층을 가리
킨다. "네 방으로 올라가." 할머니가 내게 말한다. "내려오라고 할 때까
지 내려오지 마."

샤워를 못한 지가 이틀하고도 반나절이 넘어서 나는 욕실부터 들른다. 욕조에 뜨거운 물을 받기 시작하자 김이 커튼처럼 작은 공간을 채우고 거울도 뿌예져 옷을 벗을 때 내 모습을 볼 필요가 없다. 나는 욕조에 앉아 무릎을 가슴까지 끌어올리고서 욕조 가장자리까지 물이 차게 수도를 틀어놓는다.

숨을 훅 들이켠 뒤 욕조 밑으로 미끄러져 바닥에 드러눕는다. 관에 누운 자세처럼 두 손을 모으고 눈을 최대한 크게 뜬다.

흰색 꽃무늬가 있는 분홍색 샤워 커튼이 만화경처럼 보인다. 콧김을 불면 거품들이 가미가제 특공대처럼 주기적으로 달아난다. 머리카락은 해초처럼 얼굴 주위를 떠다닌다.

'이러고 있더라고요.' 나는 할머니가 할 말을 상상해본다. '물속에서 방금 잠이 든 것처럼요.'

세레니티가 버질과 함께 내 장례식에 와서 내가 얼마나 평화로워 보이는지를 말하는 장면도 그려본다. 버질은 나중에 집으로 돌아가 내 죽음을 기리며 한 잔, 아니 여섯 잔이나 기울일지 모른다.

누워 있기가 점점 힘들어진다. 가슴이 얼마나 조여드는지 갈비뼈가 툭툭 부러지고 가슴팍이 움푹 내려앉을 것 같다. 눈앞에서는 별들이 수중 폭죽처럼 터지기 시작한다.

그 일이 있기 전, 엄마도 이런 기분이었을까?

물론 엄마는 익사한 것이 아니고 가슴이 으스러졌다. 검시 보고서에서 읽은 적이 있다. 두개골도 깨졌다. 머리를 먼저 맞았을까? 날아드는 강타를 보았을까? 시간이 천천히 흐르고 소리가 다채로운 물결처럼 움직였을까? 가느다란 손목 아래 피세포들이 움직이는 것을 느꼈을까?

엄마가 느낀 그 느낌을, 나도 한번 느껴봤으면.

그것이 내 마지막 느낌일지언정.

내가 곧 폭발하겠구나, 물이 콧구멍으로 마구 쳐들어와 내 몸이 난파선처럼 가라앉겠구나 싶을 때 내 손이 욕조 끄트머리를 잡고 나머지 몸을 물 밖으로 끌어올린다.

숨을 헉 토해내고서 미친 듯이 기침을 하자 물속에 피가 보인다. 머리카락이 얼굴을 뒤덮었고 어깨가 부들부들 떨린다. 나는 욕조 가장자리에 가슴을 기대고서 몸을 내밀어 쓰레기통에 토를 한다.

그 순간, 어렸을 때 욕조에 있었던 일이, 일어나 앉으려고 할 때마다 몸이 달걀처럼 고꾸라지던 일이 기억난다. 엄마는 내 뒤에서 다리를 벌리고 앉아 등을 받쳐주었다. 엄마 몸에 비누칠을 하고 내 몸에도 비누칠을 했다. 나는 엄마의 손 사이로 피라미처럼 미끄러졌다.

이따금 엄마는 노래를 불렀다. 잡지에 실린 논문을 읽기도 했다. 나는 엄마의 다리 사이에 앉아 무지개색 고무 컵들을 가지고 놀았다. 컵에 물을 채워 내 머리 위와 엄마 무릎 위에 쏟아부었다.

엄마가 느낀 감정을 나도 이미 느꼈다는 걸 이제는 알겠다.

사랑받았구나.

고래작살 줄에 목이 감겨 보트 밖으로 떨어지기 직전의 에이해브 선장*은 무슨 생각을 했을까? 혼잣말로 이렇게 중얼거렸을까? 흠, 실망스럽긴 하지만 저 망할 놈의 고래와 함께라면 된 거 아니겠어?

자베르는 장발장이 자신은 하지 않은 자선을 했다는 사실을 알게 되었을 때 어깨를 으쓱하고는 뜨개질이라던가 〈왕좌의 게임〉** 같은 새

---

* 허먼 멜빌의 『모비 딕』에 등장하는 주인공. 자신의 다리를 앗아간 모비 딕에 대한 복수심으로 그 고래를 끝까지 추적하다 고래작살에 목이 감겨 바다에 떨어져 최후를 맞는다.

로운 집착 대상을 찾았던가? 아니다. 그는 미워할 장발장이 없어져 자신이 누구인지를 모르게 되었다.

나는 몇 년 동안 엄마를 찾아왔다. 지금은 모든 단서가 내가 온 세상을 이 잡듯 뒤져도 엄마를 찾을 수 없을 거라는 사실을 가리키고 있다. 10년 전 엄마가 세상을 떠났기 때문에.

죽었으면 **마지막**인 거다. **끝난** 거다.

그러나 나는 이제 더는 울지 않기로 결심한 아이처럼 울지 않는다. 황무지와도 같았던 내 생각 밭을 뚫고 올라온 자그마한 위안의 새싹이 있지 않은가. 엄마는 자진해서 날 두고 떠난 것이 아니었다.

엄마를 죽인 사람이 아빠일지 모른다는 사실도 있다. 이 사실은 왜 그다지 충격적이지 않은 걸까. 내가 아빠를 전혀 기억하지 못하기 때문일지 모른다. 내가 아빠의 존재를 알았을 때는 아빠는 이미 자신이 만들어놓은 가상 세계에 살고 있었다. 한 번 잃어버린 대상은 두 번째는 잃었다고 느껴지지 않는다.

그러나 엄마는 다르다. 나는 **원했고 바랐다**.

버질은 이 수사에서 이미 많은 걸 망친 적이 있는 만큼 이번에는 꼼꼼하게 살펴볼 것이다. 내일은 모두가 네비라고 생각한 시신의 DNA를 검사할 방법을 알아볼 거라고 했다. 그러면 우리 모두가 **알게** 될 거라고.

재미있는 것은 지금 이 순간이 지난 몇 년간 내가 수색의 절정이라고 생각해온 순간이라면 그걸 알게 되는 것이 중요할까? 문제는 이것이다. 나는 마침내 진실을 마주하게 될 것이다. 학교 상담 교사가 그 빌

** 판타지 소설을 원작으로 한 미국 드라마.

어먹을 상담실에 날 가둬놓고 늘 얘기했듯이 종료 순간을 마주하게 될 것이다. 그러나 마주하지 못하는 것이 있다. 바로 엄마다.

나는 엄마의 일지를 다시 읽기 시작하지만 읽을 수가 없다. 읽으면 숨쉬기가 힘들다. 그래서 돈주머니를 꺼낸다. 주머니에는 작은 코끼리 모양으로 접은 1달러짜리 지폐만 여섯 장 들어 있다. 나는 코끼리 무리를 책상 위에 행군 대열로 세운다.

그런 다음 컴퓨터를 켠다. 신원 미상자를 올려놓는 사법부 공식 사이트에 로그인을 하고 새로운 사건들을 클릭한다.

노스캐롤라이나 주 웨스트민스터에 있는 직장에 엄마를 내려준 후 사라진 열여덟 살 소년이 있다. 그 소년이 운전한 차는 녹색 닷지 다트로 차량 번호는 58U-7334였다. 어깨까지 내려오는 금발에 손톱을 뾰족하게 다듬었다.

코네티컷 주 웨스트 하트포드 출신의 일흔두 살 할머니는 편집형 정신분열증 약을 먹고 있었는데, 직원에게 〈태양의 서커스〉 오디션을 보러 간다고 말한 후 복지 시설을 나갔다고 한다. 청바지에 고양이 그림이 있는 헐거운 스웨터를 입고 있었다.

노스다코타 주 엘렌데일 출신의 스물두 살 여성은 그보다 나이 많은 정체불명의 남자와 집을 나갔다가 돌아오지 않았다.

여기 있는 링크를 다 보려면 온종일 클릭해야 할 것이다. 다 보고 나면 수백 명이 또 올라와 있을 것이다. 다른 누군가의 심장에 구멍을 낸 사람들은 셀 수 없이 많다. 결국 용감하면서도 어리석은 사람이 나타나 그 구멍을 메워주려 애쓸 것이다. 하지만 그런 일은 가능하지 않고, 오히려 그 이타적인 영혼의 심장에도 구멍이 나고야 만다. 그렇게 반복된다. 우리의 많은 것을 잃고도 살아남는다면 그건 기적이다.

잠깐 동안 나는 내 인생이 어땠을지 상상해본다. 어느 비오는 일요일 엄마와 아기 여동생과 나는 소파에 담요를 덮고 앉아 여자들이 좋아하는 멜로 영화를 보는데, 엄마는 가운데 앉아 양팔로 우리 둘을 껴안는다. 엄마가 내게 거실은 빨래 바구니가 아니라며 스웨터를 치우라고 소리친다. 고등학교 댄스파티 때문에 엄마가 내 머리를 만져주는 동안 여동생은 욕실 거울을 보며 마스카라 바르는 흉내를 낸다. 내가 데이트 상대에게 꽃을 꽂아줄 때 사진을 팡팡 찍어대는 엄마에게 괜한 짜증을 부리지만, 사실은 이 순간이 엄마에게도 나만큼이나 기념할 만하다는 사실에 잔뜩 들떠 있다. 한 달 후 같은 남자애가 내게 결별을 고할 때 엄마는 내 등을 어루만지며 어떻게 너 같은 애를 사랑하지 않을 수가 있냐며 멍청한 놈이라고 욕을 해준다.

방문이 열리더니 할머니가 들어온다. 할머니는 침대 끝에 앉는다. "첫째 날, 네가 집에 오지 않았을 때는 이 할미가 얼마나 걱정을 하는지 네가 모르는구나 생각했다. 알았으면 연락이라도 줬겠지."

나는 얼굴이 화끈거려 무릎만 보고 있다.

"하지만 내 생각이 틀렸다는 걸 알았다. 누군가가 사라지는 게 어떤 건지 아니까 넌 누구보다 그 마음을 이해할 수 있었어."

"테네시 주에 갔어요." 나는 고백한다.

"**어딜** 갔다고?" 할머니가 말한다. "**어떻게?**"

"버스로요." 내가 말한다. "우리 코끼리들이 옮겨간 보호소에 갔어요."

할머니는 손을 목에 대고 떤다. "1천5백 킬로미터나 떨어진 동물원에 갔단 말이냐?"

"동물원이 아니에요, 동물원하고는 달라요." 나는 바로잡는다. "그랬어요. 엄마를 아는 사람을 찾으려고 갔어요. 기드온 아저씨라면 엄마에게 무슨 일이 있었는지 말해줄 수 있을 거라고 생각했거든요."

"기드온이라." 할머니가 따라 말한다.

"같이 일했던 분이었어요." 나는 말한다. 다음 말은 하지 않는다. '엄마가 바람피운 남자였어요.'

"그리고?" 할머니가 묻는다.

나는 목에 두른 스카프를 천천히 잡아당기며 고개를 끄덕인다. 스카프가 하도 가벼워 무게감이 조금도 느껴지지 않는다. 구름처럼, 숨처럼, 기억처럼. "할머니, 엄마는 죽은 것 같아요." 나는 작은 소리로 말한다.

지금에서야 이 말에 날카로운 날이 서 있다는 걸 알겠다. 이 말에 혀를 베일 수 있다는 것도. 지금 당장은 아무리 노력해도 다른 말을 더 못할 것 같다.

할머니는 손을 뻗더니 스카프를 붕대처럼 손에 감는다. "나도 그런 것 같구나." 할머니가 말한다.

다음 순간 할머니가 스카프를 반으로 찢는다.

나는 비명을 지른다. 그만큼 충격적이다. "뭐 **하시는** 거예요?"

할머니는 내 책상 위에 쌓여 있는 엄마의 일지들도 양팔에 그러모은다. "널 위해서다, 제나."

눈물이 분수처럼 솟구친다. "그건 할머니 게 **아니잖아요.**"

내가 엄마 것으로 남겨둔 전부를 가져가버리는 할머니라니, 마음이 아프다. 할머니는 지금 내 생살을 찢고 있고, 나는 살이 벗겨져 쓰라리다.

"**네 것도** 아니잖니." 할머니가 말한다. "이건 네 연구도 아니고, 네 역사도 아니다. 테네시 주라고? 이번엔 도를 넘었어. 넌 **엄마**의 인생이 아니라 **네 자신**의 인생을 살 필요가 있어."

"할머니 미워요!" 나는 악을 쓴다.

그러나 할머니는 이미 문 밖을 나서고 있다. 문턱에 잠시 선다. "넌 네 가족을 계속 찾고 있어, 제나. 하지만 네 가족은 항상 네 코앞에 있었다."

할머니가 나가자마자 나는 책상 위에 있는 스테이플러를 집어 들고 문에 던진다. 그런 다음 앉아서 손등으로 코를 닦는다. 스카프를 어떻게 찾을지, 찾아서 어떻게 꿰맬지 계획을 짜기 시작한다. 일지를 어떻게 도로 빼올 건지도.

그러나 진실을 말하면 내게는 엄마가 없다. 앞으로도 그럴 것이다. 나는 내 이야기를 고쳐 쓸 수는 없다. 다만 결말에만 관여할 수 있을 뿐이다.

이제는 더 이상 중요하지 않은 정보들로 가득한 엄마의 실종 사건이 노트북 화면에서 반짝거린다.

나는 신원 미상자 프로필 환경을 클릭해 단 한 번의 터치로 그 사건을 삭제한다.

어렸을 때 할머니가 내게 가르쳐준 응급 대처들 중 하나는 집에 불이 났을 때의 대피법이었다. 우리 집의 각 방에는 만일을 대비해 창문 밑에 특별한 비상계단이 접혀 있었다. 연기 냄새가 나거나 문을 잡았을 때 열기가 느껴지면 창문을 열고 사다리를 걸어서 고정한 뒤 집 밖으로 안전하게 하강해야 했다.

세 살짜리가 창문을 비집어 여는 건 말할 것도 없고 그런 사다리를 탈 수 있는지 없는지는 그냥 넘어가자. 나는 그 규약이 무엇인지 알았고, 그것만으로도 내게 닥칠 위험 가능성을 막기에는 충분했다.

이 집에 불이 난 적이 없는 걸 보면 그 미신이 통하지 않았나 싶다. 어쨌건 그 먼지투성이 사다리는 지금도 내 방 창문 밑에 있는데, 책꽂이나 신발장이나 배낭 자리로만 쓰였지 탈출구로는 한 번도 쓰이지 않았다. 지금까지는.

이번에는 할머니를 위해 쪽지를 남긴다. 그만할게요. 나는 약속한다. 하지만 작별인사를 할 수 있게 기회를 한 번만 더 주세요. 내일 저녁 식사 시간에 맞춰 돌아올게요.

나는 창문을 열고 사다리를 걸어 고정시킨다. 사다리가 내 무게를 지탱할 수 있을 만큼 견고해 보이지 않아 집의 화재를 피하려다 결국 추락해서 죽고 만다면 얼마나 어이없을까 하는 생각이 든다.

사다리는 차고 위 경사진 지붕까지만 내려와 실제로는 아무런 도움이 되지 않는다. 그러나 나는 나름 탈출의 명수라 지붕 끝으로 조금씩 나아가 빗물 홈통에 손가락을 건다. 거기서 바닥까지는 1.5미터밖에 되지 않는다.

내 자전거는 저번에 놔둔 곳에, 집 앞 현관 난간에 기대어 서 있다. 나는 자전거에 올라타 페달을 밟기 시작한다.

한밤중에 자전거를 타면 느낌이 다르다. 나는 바람처럼 움직인다. 내가 보이지 않는 존재 같다. 거리는 비가 오고 있어 축축하고, 포장도로는 자전거 바퀴가 지나간 자리만 남기고 온통 반짝거린다. 쌩하고 지나는 자동차 미등을 보자 독립기념일에 가지고 놀던 폭죽이 생각난다. 불꽃이 어둠 속에 어떻게 걸려 있었는지, 내가 두 팔을 흔들어 빛의 알파벳을 어떻게 그릴 수 있었는지도. 표지판을 읽을 수가 없어 감으로 길을 찾는다. 어느새 분 시내를 지나 세레니티의 아파트 아래층 술집 앞에 와 있다.

술집은 들썩거리고 있다. 변변찮은 몇몇 취객들 대신 몸에 착 붙는 스판덱스 원피스를 입은 여자들이 오토바이족들의 이두박근에 매달려 있다. 벽에 기대서서 술을 마시며 담배를 피우고 있는 비쩍 마른 남자들도 있다. 주크박스의 시끄러운 음악이 거리로 흘러나온다. 꿀꺽! 꿀꺽! 꿀꺽! 들이키라고 재촉하는 소리도 들린다. "헤이, 꼬마 아가씨." 어떤 남자가 혀 꼬인 소리로 말한다. "내가 한 잔 사줄까?"

"전 **열세 살**이라고요." 내가 말한다.

"난 라울이야."

나는 머리를 숙인 채 그를 밀치고 지나가 자전거를 세레니티의 아파트 입구 통로로 끌고 간다. 자전거를 들고 힘겹게 층계를 올라 현관 입구까지 나르면서 이번에는 탁자를 넘어뜨리지 않으려고 조심한다. 아무래도 새벽 2시니까 노크를 살살 하려던 참인데, 문이 먼저 열린다.

"너도 잠이 안 온 모양이구나, 아가씨?" 세레니티가 말한다.

"내가 온 줄 어떻게 알았어요?"

"그 망할 것을 끌고 오는데 요정처럼 사뿐히 계단을 오르진 않았겠지." 그녀는 내가 들어올 수 있게 물러서준다. 집안은 내가 여기 처음 왔을 때 기억하는 그 풍경 그대로다. 엄마를 찾는 것이 내가 세상에서 가장 원하는 일이라고 믿었던 그때와 같다.

"이렇게 늦은 시간에 할머니가 널 내보내주다니 놀라운데." 세레니티가 말한다.

"할머닌 선택권이 없었어요." 내가 소파에 털썩 앉자 그녀도 옆에 앉는다. "기분이 꽝이에요." 내가 말한다.

그녀는 내 말을 못 알아듣는 척하지 않는다. "흠, 아직은 속단하지 마. 버질 형사 말이……"

"엿 먹으라고 해요." 나는 그녀의 말을 끊는다. "버질 아저씨가 뭐라고 하건 엄마를 살리지는 못해요. 생각해봐요. 다른 남자의 아이를 가졌다고 하는데 어떤 남편이 임신 축하 파티를 열어주겠어요."

나는 노력했지만, 정말이다, 어떻게 해도 아빠를 미워할 수가 없다. 불쌍하기만 하고, 사실, 무지근하게 아프다. 아빠가 엄마를 죽인 사람이라고 해도 재판에 회부되지는 않을 것이다. 이미 정신병원에 갇혀 있지 않은가. 어떤 감옥이 아빠가 당하고 있는 정신 감금보다 더 큰 벌을 줄 수 있을까. 그렇다는 것은 할머니가 한 말이 맞다는 의미다. 할머니가 내게 남은 유일한 가족이라는 것.

나는 내 잘못을 안다. 세레니티에게 엄마를 찾도록 도와달라고 부탁한 사람도, 버질을 그 배에 태운 사람도 나라는 걸 안다. 호기심이 문제되는 건 이것이다. 당신이 지구 상에서 가장 큰 유독성 폐기물 처리장 꼭대기에 살고 있다고 해도 그 땅을 파헤치지만 않으면 당신의 잔디는 푸르고 정원은 무성하다고 여기며 살 수 있다.

"그게 얼마나 힘든 일인지 사람들은 잘 몰라." 세레니티가 말한다. "고객들이 삼촌이나 사랑하는 할머니와 얘기를 하고 싶다며 나를 찾아왔을 때 관심을 쏟는 건 안부를 묻고, 그 사람이 살아 있을 때 못다 한 말을 하는 거였어. 하지만 문을 열면 닫기도 해야 해. 안부를 물었으면 작별 인사도 해야 하는 거지."

나는 그녀를 마주본다. "난 자지 않았어요. 아줌마랑 아저씨가 얘기하고 있을 때요, 차에서 말이에요. 아줌마가 하는 말 다 들었어요."

세레니티는 얼어붙는다. "흠, 그럼, 내가 사이비인 것도 알겠네." 그녀가 말한다.

"하지만 사이빈 아니에요. 그 목걸이를 찾았잖아요. 지갑도요."

그녀는 고개를 젓는다. "어쩌다 보니 적절한 시간에 적절한 장소에 있었던 것뿐이야."

나는 그 말을 잠시 생각해본다. "하지만 그런 게 신통력 아니에요?"

세레니티는 신통력을 그런 식으로는 생각해본 적이 없던 모양이다. 어떤 사람의 우연이 다른 사람의 필연이 될 수 있다는 걸. 그런 게 버질 형사의 말대로 직감이든 아니면 신통력이든, 당신이 찾고 있는 것을 얻기만 한다면 문제가 안 되지 않을까?

세레니티가 바닥에 있는 담요를 끌어당겨 자기 발을 덮고 넓게 펼쳐서 내 발도 덮어준다. "그럴지도." 그녀는 인정한다. "하지만 전에는 이렇지 않았어. 다른 사람들의 생각이 어느 순간 내 머리에 그냥 들어왔어. 때로는 그 연결이 잡음 없이 깨끗했고, 때로는 산에서 터지는 휴대전화처럼 세 마디 중 한 마디만 들리기도 했어. 하지만 그런 경우도 어쩌다 풀밭에서 반짝거리는 물건을 발견한 것과는 차원이 달라."

우리는 세제와 인도 요리 냄새가 나는 담요를 덮고 서로 껴안고 있고, 밖에서는 빗줄기가 창문을 때리고 있다. 이 그림은 앞서, 엄마가 살아 있었다면 내 인생이 어땠을까를 상상해보았던 그 장면과 흡사하다.

나는 세레니티를 흘깃 본다. "아줌마도 그리워요? 가버린 사람들의 소식이요?"

"그럼." 그녀는 인정한다.

나는 그녀의 어깨에 머리를 기댄다. "저도요." 내가 말한다.

앨리스

기드온의 품은 세상에서 가장 안전한 장소였다. 그와 있으면 잊을 수 있었다. 토마스의 감정 기복이 얼마나 나를 두렵게 만드는지도. 아침이면 언쟁으로 시작해서 밤이면 내 남편이 자기만의 비밀과 마음의 그림자와 함께 사무실에 틀어박히는 것으로 끝난다는 사실도. 기드온과 있으면 우리 세 사람이 내가 꿈꾸어왔던 가족이라고 상상할 수 있었다.

그러다 우리가 넷이 된다는 사실을 알았다.

"괜찮을 겁니다." 내가 그 소식을 알렸을 때 기드온은 그렇게 약속했지만 나는 그 말을 믿지 않았다. 기드온은 미래를 알 수 없었다. 그가 나의 미래가 될 수 있기만을 나는 바랐다.

"모르겠어요?" 기드온은 눈을 반짝거리며 말했다. "우리는 함께할 인연이었던 겁니다."

그럴지도 모르지만, 치러야 할 대가는 어쩔 것인가. 그의 결혼. 나의 결혼. 그레이스의 목숨.

그럼에도 우리는 총천연색 꿈을 큰소리로 떠들어댔다. 나는 기드온을 아프리카로 데려가 이 놀라운 동물들이 인간에게 길들여지기 전의 모습을 보여주고 싶다고 했다. 기드온은 자신이 태어난 남쪽으로 가고 싶다고 했다. 나는 제나와 함께 도망칠 꿈을 다시 꾸었지만, 이번에는 그도 함께할 거라고 생각했다. 우리는 앞으로 달리고 있는 척했지만 사실은 우리를 삼키려 드는 함정이 있어 한 발짝도 움직이지 못했다. 그는 장모에게 말해야 했고, 나는 남편에게 말해야 했다.

그러나 내 몸의 변화를 숨기는 것이 힘들어질 수밖에 없는 만큼 우리에겐 기한이 있었다.

어느 날, 기드온이 아시아 축사에서 일하고 있는 날 찾아왔다. "장모님께 아기에 대해 말했어요." 그가 말했다.

나는 얼음이 되었다. "네비가 뭐래요?"

"누릴 수 있으면 다 누려야지 하고 말하더군요. 그 말만 하고 가버렸어요."

그 순간, 환상은 끝이 났다. 이것은 현실이었고, 기드온이 네비에게 맞설 만큼 용감했다면 나 또한 토마스에게 맞설 만큼 용감해져야 한다는 의미였다.

나는 온종일 네비를 보지 않았고, 기드온도 마찬가지였다. 토마스의 행방을 추적해 이 구역 저 구역으로 그를 따라다녔다. 그에게 저녁도 차려주었다. 릴리에게 발 마사지를 해줘야 한다며 도와달라고 부탁까지 했는데, 평소 같았으면 기드온이나 네비에게 부탁했을 일이었다. 몇 달 동안 그를 피해왔지만 이날은 피하지 않고 사육사로 지원한 사람들에 대해 이야기하고 누구를 채용할지 결정을 했느냐고 물었다. 나는 제나가 잠들 때까지 함께 누워 있다 토마스의 사무실로 가서 우리가 평소 그 공간을 같이 쓰기라도 하는 듯 초록을 읽기 시작했다.

그가 꺼지라고 말하지 않을까 생각했지만 토마스는 화해의 손길처럼 미소를 지어 보였다. "얼마나 좋았는지 잊고 지냈어." 그가 말했다. "당신과 내가 나란히 앉아 일을 하는 게 말이야."

결심은 도자기와도 같다, 그렇지 않나? 의도가 아무리 좋아도 미세한 균열이 생기는 순간 산산조각 나는 건 시간문제일 뿐이다. 토마스가 텀블러에 스카치위스키를 따른 뒤 내게도 한 잔 따라주었다. 나는 내 잔을 책상 위에 올려두었다.

"기드온을 사랑하게 됐어요." 나는 직설적으로 말했다.

그의 두 손은 여전히 위스키 병을 쥐고 있었다. 잠시 후 그가 잔을 들고 술을 비웠다. "내가 눈 뜬 장님인 줄 알아?"

"우린 떠날 거예요." 나는 그에게 말했다. "애를 가졌어요."

토마스는 의자에 앉았다. 얼굴을 두 손에 묻고 울기 시작했다.

나는 그를 위로해야 할지 그를 이 상태로 몰아넣은 장본인인 나를 미워해야 할지 갈등하며 잠시 보기만 했다. 망해가는 보호소, 바람을 피운 아내, 정신질환을 가진 망가진 남자를.

"토마스, 뭐라고 말 좀 해봐요." 나는 부탁했다.

그의 목소리가 확 커졌다. "내가 뭘 잘못한 거야?"

나는 토마스 앞에 무릎을 꿇었다. 그 순간, 보츠와나의 찌는 듯한 더위에 안경에 김이 서렸던 남자가, 나무뿌리를 움켜잡고 공항에서 나를 만났던 남자가 보였다. 꿈이 있었고 그 꿈에 동참해달라고 나를 초대했던 남자가. 그 남자를 나는 아주 오랫동안 보지 못했다. 그렇게 된 건 그가 사라졌기 때문일까? 아니면 내가 보려고 하지 않았기 때문일까?

"아무 잘못도요." 내가 대답했다. "잘못은 내가 했어요."

그가 한 손을 뻗어 내 어깨를 꽉 잡았다. 다음 순간 다른 손으로 내 따귀를 갈겼는데, 피 맛이 느껴질 정도로 손이 매웠다.

"창녀 같으니." 그가 말했다.

나는 볼을 움켜잡고 뒤로 넘어졌다. 그가 내 쪽으로 다가와 나는 뒤로 물러나면서 그 방을 나오려고 재빨리 일어섰다.

제나는 소파에서 아직 자고 있었다. 나는 이번에야말로 아이를 데리고 이 집을 나가야겠다고 결심하고 아이에게 달려갔다. 옷이며 장난감이며 다른 필요한 것은 나중에 살 수 있었다. 그러나 토마스가 내 손목을 움켜잡고 등 뒤로 비틀어 나는 다시 쓰러졌고 그가 우리 아이에게 먼저 도착했다. 그가 아이의 작은 몸뚱이를 안아 들자 제나가 몸을 웅크렸다. "아빠?" 그 애는 꿈인지 생시인지 모를 몽롱한 상태에서 한숨을 쉬었다.

그는 제나를 감싸 안고서 제나가 내 얼굴을 보지 못하도록 돌아섰다. "떠나고 싶어?" 토마스가 말했다. "그렇게 해. 하지만 내 딸을 데려가고 싶어? 그럼 내 시체를 넘고 가."

그 말과 함께 그는 미소를 지었다. 끔찍하고도 끔찍한 미소를. "더 좋은 수도 있지." 그가 말했다. "당신 시체를 넘고 가."

제나가 깼을 때는 내가 없을 것이다. 그 아이의 가장 큰 공포가 현실이 되는 것이다. "미안해, 아가." 나는 제나에게 조용히 말했다. 그런 다음 아이를 남겨둔 채 도움을 청하러 달려 나갔다.

버질

10년 전에 묻힌 시신을 찾아낼 수 있다고 해도 법원 명령을 받아낼 수는 없을 것이다. 나는 무엇에 의지하려고 했던 것일까? 프랑켄슈타인 박사처럼 묘지에 숨어들어 내가 네비 루엘이라고 추정했던 시신을 파내는 건 꺼려지는 일이 아닌가. 그러나 시신은 장례식장으로 보내지기 전에 검시관이 부검부터 한다. 부검을 했다면 주립 연구소가 DNA 샘플을 채취해 후세를 위해 FTA 카드* 파일 어딘가에 저장해두었을 것이다.

나는 민간인이므로 주립 연구소가 내게 증거를 토해낼 리는 만무하다. 그렇다면 그것을 내게 줄 **만한** 사람을 찾아야 한다는 뜻이다. 그래서 30분 후 나는 분 경찰서에 있는 증거물 보관실 선반에 기대 랄프를

---

* 유전자의 안전한 이동과 장기 보존을 목적으로 호주에서 개발된 제품.

다시 구슬리고 있다. "또 왔나?" 그는 한숨을 쉰다.

"전들 어쩌겠어요? 당신이 미치도록 보고 싶은데. 꿈에도 자꾸 등장하시고."

"지난번에 이미 들여보내줬잖아. 자네 때문에 내 자리를 위태롭게 만들고 싶지 않아."

"랄프, 서장이 이 자리를 다른 사람한테는 넘기지 않을 거라는 건 당신도 나도 아는 사실이에요. 당신은 반지를 지키는 호빗이니까요."

"뭐라고?"

"경찰서의 디 브라운*이기도 하고요. 그 작가가 없었다면 19세기에 켈트족이 **존재했다**는 사실을 아무도 모르고 넘어가지 않았겠습니까, 안 그래요?"

랄프가 히죽 웃는데 주름이 깊다. "흠, 말이 나왔으니 하는 말인데." 그가 말한다. "사실이 그러네. 요즘 것들은 똥인지 된장인지 분간을 못해. 아침에 여기 오면 말이지, 누가 최신 전산 방식으로 자료를 분류하겠다며 개수작을 떨고 있는데, 결과가 어떤지 아나? 제길, 자료가 분실된다고. 결국은 내가 찾아서 제자리에 갖다 놓지. 무슨 말인지 알겠나, 긁어 부스럼은 만들지 말아……"

나는 한 마디도 흘려듣지 않는다는 듯이 고개를 주억거린다. "제 말이 그 말입니다. 당신은 이 경찰서의 중추신경계예요, 랄프. 당신이 없으면 여긴 엉망진창이 될 겁니다. 그러니 당신이야말로 제가 기댈 수 있는 적임자이신 거죠."

그는 어깨를 으쓱하며 짐짓 무안해한다. 내가 그에게서 뭔가를 얻어

---

* 『나를 운디드니에 묻어주오』의 작가이자 역사가.

내기 위해 회유책으로 아부를 떨고 있다는 걸 알게 되면 그는 어떻게 나올까? 이 층 휴게실에서는 경찰들끼리 랄프가 얼마나 망령이 들었는지, 얼마나 느려 터졌는지 증거물 보관실에 일주일 넘게 쓰러져 있어도 그가 있는지 없는지 모를 공산이 크다는 얘기들을 하고 있을지 모른다.

"제가 옛날 사건 하나 재조사하고 있었던 거 기억하시죠, 네?" 나는 몸을 더 가까이 들이밀며 그에게 이 비밀을 흘린다. "주립 연구소에서 실시한 혈액 DNA 샘플을 구하고 싶은데 말입니다. 그걸 구하려면 어디 알아볼 만한 데가 있을까요?"

"알아볼 수야 있지, 버질. 하지만 주립 연구소 파이프가 5년 전에 터져버렸어. FTA 카드가 망가지면서 8년 치 분량의 증거물이 사라졌네. 1999년부터 2007년까지는 사건 사고가 없었다고 봐야지."

내 미소가 굳어진다. "어쨌든 고마워요." 나는 그에게 말하고 누가 보기 전에 경찰서를 빠져나온다.

이 소식을 제나에게 어떻게 전해야 하나 생각하면서 내 사무실 건물 쪽에 차를 대는데 세레니티의 폭스바겐 버그가 세워져 있는 것이 보인다. 내가 트럭에서 내리자마자 제나가 얼굴을 들이밀며 질문을 속사포처럼 퍼부어댄다. "뭐 좀 알아냈어요? 누가 묻혀 있는지 알아낼 방법이 있대요? 10년이나 지난 사건인 건요, 그게 문제가 될 것 같아요?"

나는 그 애를 흘깃 본다. "커피 가져왔니?"

"뭐라고요?" 그 애가 말한다. "아니요."

"그럼 커피 좀 사다 줄래. 추궁부터 하기엔 이르지 않니."

나는 제나와 세레니티가 따라오는 걸 의식하며 사무실로 이어진 계단을 오른다. 문을 잠그고 산더미 같은 증거물을 넘어 책상 의자에 무너지듯 앉는다. "10년 전 우리가 네비 루엘이라고 신원을 확인한 시신의 DNA 샘플은, 생각보다 구하기가 쉽지 않겠습니다."

세레니티는 피폭 지역보다 조금 더 어지러운 내 사무실을 둘러본다. "여기서 **뭘** 찾을 수 있을지 모르겠네요, 탐정님."

"**여기서는** 찾고 있지 않았습니다." 나는 반박한다. 마법을 믿을지도 모르는 여자한테 경찰 증거 보존의 순서도를 설명해봤자 뭐하나 생각하다 내 눈이 책상 위 다른 쓰레기들 위에 던져져 있는 작은 봉투에 쏠린다.

그 봉투에는 내가 피해자의 유니폼 셔츠 솔기에서 발견한 손톱이 들어 있다.

피로 얼룩져 있어 제니가 질겁했던 유니폼이다.

탈룰라는 세레니티를 보더니 나를 얼싸안는다. "빅터, 이렇게까지 친절하다니. 연구소에서 우리가 하는 일이 바깥세상에서 어떻게 쓰이는지 한 번도 들어본 적이 없거든요." 그녀는 제니를 보고 활짝 웃는다. "엄마를 만나서 정말 좋겠구나."

"오, 아니에요……" 세레니티와 제니가 거의 동시에 말한다. "흠, 아직은요."

"사실." 내가 설명한다. "제니 엄마는 아직 못 찾았어요. 세레니티는 이 사건을 도와주고 있어요. 그녀는…… 심령술사예요."

탈룰라가 세레니티에게 곧장 다가간다. "나한테 이모가 있었거든요? 다이아몬드 귀걸이를 내게 남겨주겠다고 일평생 얘기하셨죠. 그런데 유언장도 못 남기고 덜컥 돌아가셨고, 아니나 다를까 귀걸이는 온데간데없이 사라졌어요. 어떤 못된 사촌이 그걸 훔쳐갔는지 알고 싶어요."

"누구 소행인지 듣게 되면 알려드리죠." 세레니티는 작은 소리로 말한다.

나는 연구소로 가져온 종이 가방을 들어 보인다. "부탁이 또 있어요, 룰루."

그녀가 눈썹을 치켜든다. "내 계산으로는 지난번 것도 지불하지 않은 걸로 아는데요."

나는 보조개를 발사한다. "약속해요. 이 사건만 해결되면 바로 주죠."

"당신 사건을 제일 먼저 검사해달라는 뇌물인가요?"

"그야 뭐." 나는 추파를 던진다. "뇌물 좋아해요?"

"내가 뭘 좋아하는지는 알면서……" 탈룰라는 나직이 말한다.

잠시 후 나는 그녀의 구속에서 풀려나 종이 가방 속에 든 내용물을 흔들어 살균한 테이블 위에 올린다. "내가 원하는 건 당신이 이걸 봐주는 거예요." 셔츠는 더럽고 갈기갈기 찢기고, 거의 흙빛이 되어 있었다.

탈룰라는 캐비닛에서 면봉을 꺼내 적신 다음 셔츠에 문지른다. 면봉이 분홍빛 도는 갈색으로 변한다.

"10년 전 옷이에요." 내가 말한다. "상태가 얼마나 나쁜지는 나도 몰라요. 다만 그것과 당신이 제나한테서 채취한 미토콘드리아 DNA가 일치하는지만 알 수 있으면 더할 나위 없이 좋겠어요." 나는 주머니에서 손톱이 들어 있는 봉투를 꺼낸다. "그리고 이것도요. 내 예감이 맞다면 하나는 일치할 거고, 하나는 아닐 겁니다."

제나는 철제 검사대 반대편에 서 있다. 한쪽 손가락으로 유니폼 셔츠 끝자락을 살짝 만진다. 다른 쪽 손가락으로는 경동맥을 눌러 맥박을 잰다. "토할 것 같아요." 제나는 그렇게 내뱉고 연구소를 뛰쳐나간다.

"내가 가볼게요." 세레니티가 말한다.

"아니, 내가 가죠." 나는 그녀에게 말한다.

제나는 우리가 저번에 바보같이 웃어댔던 이 건물 뒤편 벽에 있다. 다만 지금은 머리를 늘어뜨린 채 벌게진 얼굴로 헛구역질을 하고 있다. 나는 그 아이의 작은 등에 손을 올린다.

제나는 소매로 입을 닦는다. "저만 했을 때 독감 걸려본 적 있어요?"

"아마도. 있을 걸."

"저도요. 학교 마치고 집에 있었어요. 할머니는, 일을 나가셔야 했어요. 그래서 내 얼굴에 붙은 머리카락을 떼어주거나 수건을 건네주거나 진저에일 같은 음료를 갖다 줄 사람이 없었어요." 제나가 나를 쳐다본다. "그렇게 아무도 없는 편이 더 나았을 텐데, 안 그래요? 지금은 죽었을지도 모르는 엄마와 그 엄마를 죽인 아빠를 둔 애가 돼버렸잖아요."

제나가 무너지듯 주저앉아 나도 따라 옆에 앉는다. "그 점은 나도 잘 모르겠다." 나는 자백한다.

제나가 나를 돌아본다. "무슨 말이에요?"

"네 엄마가 살인자가 아니라고 처음에 말한 사람은 너였다. 시신에 있던 머리카락은 엄마가 사고를 당한 현장에서 네비와 무슨 접촉이 있었다는 증거일 수 있다고 했지."

"하지만 테네시 주에서 네비 아줌마를 보셨다고 했잖아요."

"그랬지. 지금은 무슨 혼동이 있었고, 네비 루엘로 신원이 확인된 시신은 네비 루엘이 아니었다고 생각하고 있어. 하지만 그렇다고 해서 네비가 어떤 식으로든 관련이 없었다고는 볼 수 없어. 그래서 룰루한테 그 손톱을 검사해달라고 한 거야. 옷에 묻은 피가 네 엄마 것과 일치하고 손톱은 일치하지 않는다고 나온다면, 네 엄마가 죽기 전에 누군가와 싸우고 있었다는 걸 뜻해. 그 싸움이 걷잡을 수 없었는지도 모르지." 내가 설명한다.

"네비 아줌마는 왜 엄마를 해치고 싶었을까요?"

"그건 말이다." 내가 말한다. "네 엄마가 기드온의 아이를 가졌다는 소식을 듣고 화가 났을 사람이 비단 네 아빠만은 아니었던 거지."

"이건 보편적으로 인정되고 있는 사실인데요." 세레니티가 말한다. "이 세상에서 엄마의 복수보다 더 대단한 건 없다고 해요."

세레니티의 잔에 커피를 다시 채워주러 온 여종업원이 그녀를 이상하다는 듯이 본다.

"그 말을 베개에 새겨 놓으셔야겠군요." 나는 세레니티에게 말한다.

우리는 내 사무실 길 아래 있는 식당에 와 있다. 제나는 토를 한 후여서 식욕이 없을 줄 알았더니 놀랍게도 걸신들린 모습이다. 팬케이크를 한 접시 다 먹고도 내 것까지 반을 먹어치웠다.

"연구소 결과가 언제쯤 나올까요?" 세레니티가 묻는다.

"모르죠. 빠를수록 좋다는 건 룰루도 알겠죠."

"기드온이 시신에 대해 왜 거짓말을 했는지 아직도 이해가 안 돼요." 세레니티가 말한다. "발견했을 때 앨리스라는 걸 알았을 텐데 말이에요."

"그야 간단하죠. 시신이 앨리스라고 하면 용의자가 되니까요. 시신이 네비면 피해자가 되는 거고. **그녀는** 병원에서 깼을 때 무슨 일이 있었는지 기억해내고서 살인죄로 체포될까 두려워 튀었을 겁니다."

세레니티가 머리를 가로젓는다. "있죠, 수사관 일을 때려치우면요. 당신은 기가 막힌 늪지대 마녀가 되겠어요. 콜드리딩으로 점을 볼 수 있겠어요."

지금은 식당에 있는 다른 사람들도 우리를 이상하다는 듯이 보고 있다. 우리가 날씨나 레드삭스 같은 평범한 얘기가 아닌 살인 사건 수사니 초자연적 현상을 떠들어대고 있어 그런 것 같다.

방금 전에 왔던 여종업원이 다가온다. "거의 다 드셨으면 자리를 치웠으면 하는데요."

자리가 반이나 비었는데, 이 무슨 얼토당토않은 소린가. 내가 따지려 하자 세레니티가 손을 내젓는다. "먹고 떨어지라고 해요." 그녀가 말한다. 그러고는 주머니에서 20달러 지폐를 꺼내 테이블에 탁 놓고는 자리에서 일어나 걸어 나간다. 식대에다 팁으로 겨우 3센트만 얹은 액수다.

"세레니티?"

제나가 여태 얼마나 조용히 있었던지 그 아이의 존재를 잊고 있다시피 했다. "버질 아저씨한테 좋은 늪지대 마녀가 될 거라고 했잖아요. 나는 어때요?"

세레니티는 싱긋 웃는다. "아가씨, 내가 전에도 말했을 텐데, 넌 네생각보다 뛰어난 신통력을 가지고 있을지 모른다고. 너한테는 애늙은이가 있거든."

"가르쳐줄 수 있어요?"

세레니티는 나를 쳐다본 뒤 제나를 돌아본다. "뭘 가르쳐달라는 거니?"

"심령술사가 되는 법?"

"아가씨, 그건 가르친다고 되는 게 아니에요……"

"그럼, 어떻게 **되는** 건데요?" 제나는 졸라댄다. "아줌마도 사실은 모르잖아요, 안 그래요? 사실은 아주 오랫동안 되고 있지 않다면서요. 그러니 방법을 달리 해보는 것도 나쁜 생각은 아니잖아요."

제나는 나를 마주본다. "아저씨는 사실과 수치와 증거를 최고로 친다는 거 알아요. 하지만 때로는 같은 걸 열두 번이나 봤는데도 열세 번째 보았을 때라야 아저씨가 찾고 있던 게 눈에 띄기도 한다고 했잖아요. 지갑도, 목걸이도, 피가 묻어 있는 셔츠도, 10년이 넘도록 아무도 찾지 못했던 물건들이잖아요." 제나는 이제 세레니티를 돌아본다. "지난번에 우리가 그 물건들을 찾을 때마다 아줌마는 적절한 시간에 적절한 장소에 있었다고 했죠? 근데, 나도 거기 있었어요. 만약 그 단서들이 아줌마가 아니라 날 위한 거였다면요? 아줌마가 엄마 목소리를 들을 수 없는 게 엄마가 얘기하고 싶은 사람이 **나이기** 때문이라면요?"

"제나." 세레니티는 부드럽게 말한다. "그건 장님이 장님을 인도하는 꼴이야."

"그래봤자 잃을 게 뭐 있어요?"

세레니티는 자조 섞인 웃음을 터뜨린다. "아, 가만 보자. 자존심? 마음의 평화?"

"나의 신뢰?" 제나도 거든다.

세레니티는 제나의 머리 너머로 나와 시선을 맞춘다. '도와줘요.' 그렇게 말하고 있는 눈빛이다.

나는 제나가 왜 이러는지 알겠다. 이렇게 하지 않으면 이 사건은 완벽한 원이 되지 못하고 선이 될 테고, 선이 흐트러지면 자신이 전혀 의도하지 않은 방향으로 나아갈 수 있다. 결말은 대단히 중요하다. 그렇기 때문에, 방금 교통사고를 당한 아이의 부모는 경찰로부터 무슨 일이 있었는지 정확히 듣고 싶어 한다. 길이 빙판이었는지, 견인차를 피하려고 차 방향을 틀었는지 등등. 부모는 아이의 마지막 몇 분을 남은 나날 동안 간직하고 살 것이기 때문에 빠짐없이 알려고 든다. 그렇기 때문에, 나는 룰루에게 앞으로는 그녀와 데이트를 하고 싶지 않다는 말을 했어야 옳았다. 말을 하지 않으면 실낱같은 희망이 계속 남아 그녀가 어떻게든 문을 비집고 들어오려 할 테니까. 그렇기 때문에, 앨리스 메트캐프가 지난 10년 동안 내 뇌리에서 떠나지 않았던 것이다.

나는 영화가 아무리 허접해도 DVD를 끌 사람이 아니다. 마지막 장을 끝내기 전에 고꾸라질까 봐 속임수를 써서라도 마지막 장부터 읽을 사람이다. 나는 사건을 미완의 상태로 둔 채 어떻게 될 지를 영원히 궁금해하며 살고 싶지 않다.

이 대목에서 약간 흥미로워지는데, 현실성의 대가이자 증거 제일주의자인 이 버질 스탠호프가 세레니티 존스가 퍼뜨리는 초자연적인 일을 손톱만치라도 믿어야 한다는 뜻이기 때문이다.

나는 어깨를 으쓱한다. "어쩌면." 나는 세레니티에게 말한다. "일리가 있네요."

앨리스

유아들이 아주 어릴 때 일을 기억하지 못하는 이유 중 하나는 그것을 표현할 언어를 가지고 있지 않아서다. 유아들의 성대는 일정 나이에 이를 때까지 완성되지 않는데, 그렇다는 것은 유아들이 위급 상황에서 성대 대신 후두를 쓴다는 뜻이다. 사실 유아는 편도체에서 후두까지 이어지는 직접 돌기가 있어 아기는 극도의 스트레스 상황에서 재빨리 울음을 터뜨릴 수 있다. 이 울음은 그야말로 보편적인 소리여서 대략 둘에 한 명, 심지어 아기들과 접촉해본 경험이 없는 남자 대학생들도 도와주려 애쓴다는 연구 결과가 나와 있다.

아이들은 자랄수록 후두가 발달해 말을 할 수 있게 된다. 아기들은 두세 살이 되면 울음소리도 바뀌는데, 그러면 사람들이 전처럼 아기들을 도와주고 싶어 하지 않고 실제로는 짜증 섞인 소리에 반응한다. 이런 이유로 아이들은 '자기 말을 쓰는' 법을 배운다. 자신들이 주목받을 수 있는 유일한 길이기 때문이다.

그러나 원래 있던 돌기, 편도체에서 후두까지 이어지는 신경에는 무슨 일이 일어나는 걸까? 흠…… 아무 일도 없다. 성대가 돌기 주위에서 꽃처럼 커져도 돌기는 있던 자리에 그대로 있으면서 거의 쓰이지 않는다. 캠프에서 자고 있는데 누군가가 침대 바로 밑에서 확 튀어 나오는 일이 아니고서는. 혹은 어두운 골목길에서 모퉁이를 돌았는데 너구리 한 마리가 뛰어드는 일이 아니고서는. 그야말로 극한 공포의 순간이 아니고서는 말이다. 그런 일이 일어나면 '경보'가 울린다. 사실, 그럴 때 나오는 소리는 우리가 아무리 노력해도 자발적으로는 복제할 수 없는 소리다.

세레니티

내가 이런 종류의 일을 잘했을 때를 돌아보면, 특히 죽은 사람과 접촉을 하고 싶을 때 나는 내 영혼 안내자인 데스몬드와 루신다에게 의지하곤 했다. 그들이 직통 번호로 연결해주는 전화 교환원이라고 생각했다. 그렇게 하는 것이 내가 이야기하고 싶은 특정인을 찾으려고 집을 개방해 무수한 혼령들을 다 살펴보는 것보다 훨씬 효율적이었기 때문이다.

그것을 '열린 창구'라고 부른다. 당신은 간판을 내걸고 영업을 개시하고 마음을 다진다. 그 상황은 모든 사람이 한꺼번에 질문을 해대는 기자회견과 비슷하다. 말이 난 김에 말하면, 그런 상황은 심령술사에게 지옥과도 같다. 그러나 남의 속을 떠보기만 하고 어떤 혼령도 보지 못하는 것보다 그런 지옥이 더 낫지 않을까 싶다.

나는 제나에게 엄마에게 특별하다고 생각되는 장소를 알려달라고 했고, 우리 셋은 코끼리 보호소가 있던 곳으로 돌아와 거대한 참나무가 거인족의 팔처럼 가지를 뻗은 채 보라색 버섯들을 통솔하듯 서 있는 장소에 와 있다. "이따금 여기 와서 시간을 보내요." 제나가 말했다. "엄마가 곧잘 데려왔던 곳이에요."

버섯들이 작은 마법의 양탄자를 이루고 있어 천상의 세계 같다. "버섯이 어째서 여기서만 자라는 거니?" 내가 묻는다.

제나는 고개를 젓는다. "모르겠어요. 엄마의 일지에 따르면 여긴 마우라의 새끼가 묻힌 곳이에요."

"자연이 기억하는 방식일지도 모르겠구나." 나는 추측한다.

"이쪽 흙에 질산이 듬뿍 들었다고 봐야 하지 않을까요." 버질이 투덜거린다.

나는 그를 홱 쏘아본다. "부정적인 시각은 금지예요. 혼령들도 다 느낀다고요."

버질은 이제 곧 신경 치료라도 받는 양 안절부절못한다. "난 저쪽으로 좀 가봐야 할 것 같은데?" 그는 먼 곳을 가리킨다.

"안 돼요, 당신도 있어야 해요. 이건 기와 관련이 있다고요." 내가 말한다. "그래야 혼령들이 나타나요."

그래서 우리는 다 같이 앉는다. 제나는 긴장하고 있고, 버질은 떨떠름한 표정이고, 나는, 흠, 절실하다. 나는 눈을 감고 실권자들에게 한 줄기 희망을 건다. '이 아이를 위해 이번 한 번만 도와주시면 제 재주를 두 번 다시 요구하지 않겠습니다.'

어쩌면 제나 말이 맞을지도 모른다. 그 아이의 엄마는 딸과 대화하려고 내내 노력했지만, 지금까지 제나는 엄마가 죽었다는 사실을 받아들이려 하지 않았다. 이제는 들을 준비가 됐는지도 모른다.

"그럼." 제나가 작은 소리로 말한다. "서로 손을 잡아야 하나요?"

사랑하는 사람들에게 그립다는 말을 어떻게 하면 되냐고 묻는 고객들이 있었다. "방금 했잖아요." 나는 그렇게 말해주곤 했다. 사실은 그렇게 쉬운 것이다. 그래서 제나에게도 그러라고 할 것이다. "네가 엄마한테 왜 얘기를 하고 싶은지 말해."

"너무 뻔하지 않아요?"

"나한테야 그렇지만, 엄마한테는 아닐지도 몰라."

"흠." 제나는 마른 침을 삼킨다. "기억도 잘 안 나는 사람을 그리워할 수 있는지는 모르겠지만 내 마음은 그래요. 엄마가 왜 내게 돌아올 수 없었을까 이야기를 지어보곤 했어요. 해적들한테 잡혀서 어쩔 수 없이 금을 찾아 카리브 해를 항해하고 있지만 밤이면 별들을 보며 제나도 저 별들을 보고 있겠지 생각할 거라고. 아니면 기억상실증에 걸려 날마다 엄마의 과거에 대한 실마리를 찾으려 애쓰고 있다고, 내게로 돌아오는 길을 엄마에게 알려주는 이 작은 화살표들처럼 말이죠. 아니면 나라의 비밀 임무를 맡고 있어 엄마가 누구인지 말하면 정체가 탄로 날 수밖에 없는데, 엄마가 마침내 집에 돌아올 때는 군중이 국기를 흔들며 환호해 엄마가 영웅이었다는 걸 알게 될 거라고요. 영어 선생님들은 내 상상력이 정말로 놀랍다고 했지만 그건 이해를 못 해 하는 말이고, 나한테는 그 이야기들이 상상이 아니었어요. 너무 현실적이어서 때로는 아팠어요. 달리기를 너무 열심히 해서 옆구리가 결리거나 성장통 때문에 다리가 아프거나 할 때처럼요. 그런데 이제는 엄마가 내게 돌아올 수 없을지도 모른다는 생각이 들어요. 그래서 내가 **엄마한테** 가려고요."

나는 제나를 바라본다. "더 없어?"

제나는 심호흡을 한다. "없어요."

앨리스 메트캐프가 어디에 있든 그녀를 멈춰 세워 듣게 만들 수 있는 것은 무엇일까?

이따금 우주는 당신에게 선물을 준다. 당신은 지금 엄마가 영원히 떠나는 것을 무서워하는 소녀를 보고 있고, 마침내 무엇을 해야 하는지 이해한다.

"제나." 나는 숨을 헐떡인다. "엄마가 보이니?"

제나는 고개를 홱홱 돌린다. "어디에요?"

나는 가리킨다. "바로 저기에."

"아무것도 안 보여요." 제나는 울먹대며 말한다.

"집중해야 해……"

버질마저 눈을 가늘게 뜨고 몸을 숙이고 있다.

"안 보여요……"

"그건 네가 그만큼 노력하지 않아서야." 나는 냉정하게 말한다. "엄마 모습이 점점 환해지고 있어, 제나. 빛이, 엄마를 삼키고 있어. 엄마는 이제 곧 이승을 떠날 거야. 이번이 마지막 기회야."

엄마를 주목하게 만드는 것은 무엇일까?

자식의 울음이다.

"**엄마아!**" 제나는 목이 쉬도록 소리를 지르다 보라색 버섯 들판에 구부정하게 엎드린다. "엄마가 떠났어요?" 제나는 미친 듯이 흐느껴 운다. "정말로 떠났어요?"

나는 제나를 안아주려고 기어가면서 사실은 앨리스를 보지 못했고, 네 가슴에 응어리져 있던 그 절실한 한 마디를 쏟아놓게 하려고 거짓말을 한 거라고 어떻게 설명하나 생각한다. 버질은 얼굴을 찌푸리며 일어선다. "순 엉터리야, 역시나." 그가 투덜거린다.

"이게 뭐죠?" 내가 묻는다.

나는 종아리를 찔러 날 움찔 놀라게 만든 날카로운 물체에 손을 뻗는다. 그것은 버섯 대가리들 밑에 보이지 않게 묻혀 있는데, 뿌리를 파헤쳐 꺼내보니 이빨이다.

앨리스

지금까지 나는 코끼리들에게는 슬픔에 영구히 꺾이지 않고 죽음을 분리할 줄 아는 비상한 능력이 있다고 말해왔다.

그러나 예외의 사례도 있다.

잠비아에서 밀렵꾼들 때문에 고아가 되어 젊은 수코끼리 무리와 어울려 다니기 시작한 새끼 암코끼리가 있었다. 반가우면 여학생들은 서로 껴안지만 남학생들은 서로에게 다가가 어깨를 퍽퍽 치곤 한다. 이것과 비슷하게 이 젊은 수코끼리들의 행동도 젊은 암코끼리가 다른 환경에서 겪었을지 모를 행동과는 많이 달랐다. 이들은 〈웨스트사이드 스토리〉의 아무나처럼 언젠가는 짝짓기를 할 수 있어 그 암컷이 같이 다니는 것을 용인했지만 사실은 좋아하지 않았다. 그 암코끼리는 고작 열 살 때 새끼를 낳았는데, 자신을 가르쳐줄 어미도 없고 번식 무리 속에서 공동 육아 경험을 받아본 적도 없어 수코끼리들이 자신을 다뤘던 방식으로 새끼를 대했다. 그녀는 새끼가 잠이 들면 일어나 가버리곤 했다. 새끼가 깨서 엄마를 찾아 빽빽 울기 시작해도 그녀는 그 울음을 무시하곤 했다. 이와 대조적으로 번식 무리에서는 새끼가 꽤액꽤액 울 어대면 적어도 셋 이상의 암컷이 여기저기서 달려와 새끼가 괜찮은지 확인한다.

야생에서는 젊은 암코끼리가 제 새끼를 낳기 전까지 알로마더 경험을 오랫동안 한다. 무리에서 태어난 새끼들의 큰언니 노릇을 15년 정도 한다. 나는 새끼들이 위안을 찾아 젖을 빨려고 젊은 암코끼리에게, 심지어 가슴도 없고 젖도 나오지 않는 암컷에게 다가가는 것을 본 적이 있다. 그러면 젊은 암코끼리는 어미나 이모들이 하는 대로 발을 앞으로 내밀어 당당하게 어미인 척했다. 그녀는 준비가 될 때까지 실제로는 책임을 지지 않아도 되는 어미처럼 행동할 수 있었다. 그러나 젊은 암코끼리에게 새끼 키우는 법을 가르쳐줄 가족이 없으면 끔찍한 사태가 벌어질 수 있다.

내가 필라네스버그에서 일하고 있을 때도 이 이야기가 되풀이되었다. 그곳에서는 살던 곳에서 쫓겨난 젊은 수코끼리들이 차량을 공격하기 시작했다. 관광객도 한 명 죽었다. 40마리가 넘는 코뿔소들이 야생동물 보호지역에서 죽은 채 발견되었는데, 이들을 공격한 것은 성장기가 거의 끝난 이 수코끼리들이었다. 정상적인 것과는 거리가 먼 대단히 공격적인 행동이었다.

자신의 새끼를 돌보지 않은 젊은 암코끼리와 호전적인 십 대 수코끼리 무리의 이상한 행동의 공통분모는 무엇일까? 확실한 것은 부모의 지도 부족이었다. 하지만 그것만이 배후에 있는 문제였을까? 이 코끼리들은 인위적인 도태로 가족이 눈앞에서 살해되는 것을 목격한 적이 있었다.

내가 야생에서, 가령 늙은 우두머리를 잃은 무리를 보면서 연구한 슬픔은 가족 구성원의 폭력적인 죽음을 지켜본 데서 비롯된 슬픔과는 뚜렷한 대조를 보인다. 그 후유증이 현저하게 다르기 때문이다. 자연사의 경우에는 새끼가 슬픔을 딛고 살아갈 수 있도록 격려해주는 무리가 있다. 인간에 의해 대량 학살을 당한 경우에는 당연한 일이지만 부양해줄 무리가 남아 있지 않다.

오늘날까지 동물 연구 집단은 코끼리의 행동이 가족 살해 현장을 목격한 트라우마에 의해 영향을 받을 수 있다는 사실을 인정하기를 꺼렸다. 내 생각에 이것은 과학적 이의 제기라기보다 정치적인 치욕이다. 어쨌거나 우리 인간이 이 폭력의 가해자였지 않은가.

적어도 코끼리의 슬픔을 연구할 때는 죽음이 자연사인지 기억하는 것이 중요하다. 살해는 자연사가 아니다.

제나

"마우라의 새끼 이빨일 거예요." 나는 버질에게 말한다. 우리는 두 시간 전 탈룰라를 만났던 그 방에서 결과를 기다리고 있다. 나는 이 말을 속으로도 계속하고 있다. 다른 무엇을 생각하기란 정말이지 너무 힘들기 때문이다.

버질 형사가 손에 쥔 이빨을 뒤집어본다. 그러자 할머니가 내게서 빼앗아 간 엄마의 일지에 코끼리들이 작은 상아 조각에 발을 문지른다고 써놓은 글이 생각난다. "코끼리 이빨 치고는 너무 작아." 그가 말한다.

"주위에 다른 동물들도 있잖아요. 담비, 너구리, 사슴이요."

"난 지금이라도 경찰서에 가져가야 한다고 생각해." 세레니티가 말한다.

나는 세레니티의 눈을 볼 수가 없다. 그녀는 자신의 작은 속임수를,

엄마가 나타나지 않았다는(어쨌거나 그녀가 아는 한) 사실을 해명해주었다. 그러나 무슨 이유에서인지 그래서 더 기분이 언짢기만 하다.

"그럴 겁니다." 버질도 동의한다. "결국에는."

문이 열리더니 에어컨 바람이 우리를 가르듯 지나간다. 탈룰라가 열받은 얼굴로 들어온다. "점점 어이가 없네요. 난 당신만을 위해 일하는 사람이 아니라고요, 빅. 내가 당신 부탁을 들어준다고……"

버질 형사가 이빨을 내민다. "맹세해요, 루, 이것만 해주면 다시는 부탁하지 않을게요. 앨리스 메트캐프의 유해를 발견한 건지도 몰라요. 셔츠에 묻어 있던 피는 잊어버려요. **이것의** DNA를 찾을 수 있으면……"

"그럴 필요 없어요." 탈룰라가 말한다. "이건 앨리스 메트캐프의 이가 아니에요."

"그러게, 동물 거라고 했잖아요." 나는 투덜거린다.

"아니, 이건 인간 거예요. 내가 치과에서 6년간 일한 거, 기억해요? 이건 두 번째 어금니예요. 눈 감고도 알아맞힐 수 있다고요. 하지만 이건 젖니예요."

"그게 무슨 말이죠?" 버질이 묻는다.

탈룰라가 이를 버질에게 돌려준다. "이건 아이 거예요. 다섯 살 미만의 아이일 거예요."

내 입에서 분출하는 고통이 전에 없이 몹시 불쾌하다. 용암이 들끓는 동굴 같다. 눈이 있던 자리에서 별들이 폭발하고 있다. 신경이 찢기고 일렁거린다.

도대체 무슨 일이지.

눈을 떠보니 내내 그럴 줄 알고 있기나 한 것처럼 엄마가 없다.

그래서 나는 눈을 감기가 싫다. 눈을 감으면 사람들이 사라지니까. 사라지면 다시 돌아올지 확실하지 않으니까.

엄마가 보이지 않는다. 아빠도 보이지 않는다. 나는 울기 시작하는데 잠시 후 누군가가, 다른 사람이 나를 들어 올린다. "울지 마." 그녀가 속삭인다. "이것 봐. 아이스크림이야."

그녀가 아이스크림을 보여준다. 초콜릿 막대 아이스크림인데 내가 빨리 못 먹자 아이스크림이 녹아 손에 덕지덕지 묻고 내 두 손이 기드온 아저씨의 피부색과 같아진다. 나는 그렇게 돼서 기쁘다. 우리에게 닮은 점이 생겼으니까. 그녀가 내게 재킷을 입히고, 신발을 신긴다. 우리가 모험을 떠날 거라고 말한다.

바깥세상은 너무 커 보이는데, 눈을 감고 잠이 들면 어둠 속에서 아무도 날 못 찾지 않을까 불안해질 때의 그 느낌이랑 비슷하다. 그럴 때면 나는 울기 시작하는데, 그러면 어김없이 엄마가 온다. 엄마는 내 옆에 누워 밤이 나를 삼켜버릴지 모른다는 생각을 멈추고 해는 다시 떠오르기 마련이라는 생각을 내가 기억해낼 때까지 함께 있어준다.

그러나 오늘밤은 엄마가 오지 않는다. 나는 우리가 어디로 가는지를 안다. 내가 이따금 풀밭을 뛰어다니고, 엄마와 내가 코끼리들을 보러 가는 곳이다. 그러나 더는 이곳에 있으면 안 된다. 아빠가 소리를 지를 테니까. 울음이 목구멍까지 차올라 금방이라도 터질 것 같은데 그녀가 내 엉덩이를 흔들어주며 말한다. "자, 제나, 너랑 나랑 우린 놀러 갈 거야. 너도 노는 것 좋지, 그치?"

"그럼요. 노는 것 좋아요."

숲에서 숨바꼭질을 하고 있는 코끼리가 보인다. 우리가 그 놀이를 하지 않을까 생각한다. 마우라가 술래라고 생각하니 우습다. 마우라가 코로 우리 뒤를 쫓는 모습을 상상하며 키득거린다.

"웃으니까 좋구나." 그녀가 말한다. "그래야 내 착한 딸이지. 그래야 내 행복한 딸이지."

그러나 나는 그녀의 착한 딸도 행복한 딸도 아니다. 나는 우리 엄마의 딸이다.

"누워보렴." 그녀가 내게 말한다. "똑바로 누워서 별들을 쳐다보렴. 별들과 별들 사이에 코끼리가 있는지 찾아보렴."

나는 이 놀이가 좋아서 찾아본다. 그러나 보이는 건 엎어진 그릇 같은 밤하늘과 떨어지고 있는 달이다. 저 그릇이 떨어져 나를 가두면 어쩌지? 내 모습이 가려져 엄마가 날 못 찾으면 어쩌지?

나는 울기 시작한다.

"쉬잇." 그녀가 말한다.

그녀의 한 손이 내 입을 막고 누른다. 나는 이 놀이가 싫어져서 도망치려고 한다. 그녀의 다른 손에는 큼지막한 돌이 들려 있다.

설핏 잠이 들었다고, 나는 생각한다. 꿈결에 엄마 목소리가 들린다. 내 눈에 보이는 건 비밀을 나누고 있는 것처럼 서로 기대고 있는 나무들뿐인데, 갑자기 마우라가 뛰쳐나온다.

다음 순간 나는 어디 다른 곳에서, 외부에서, 위쪽에서, 주위에서 내 모습을 보고 있다. 마치 엄마가 아기 적 내 모습을 찍은 동영상을 틀어줘 내가 여기 있으면서 TV로 내 모습을 볼 때랑 비슷하다. 나는 들려서 옮겨지고 있고, 흔들림이 있고, 우리는 제법 멀리 간다. 마우라가 나를 내려놓고 뒷발로 내 몸을 문지르는데, 그 손길이 너무 부드러워 마우라라면 숨바꼭질을 정말 잘했겠구나 하는 생각이 든다. 마우라가 코로 나를 쓰다듬는 느낌은 올봄에 아기 새가 둥지에서 떨어졌을 때 엄마가 내게 아기 새를 만지는 법을 가르쳐준 방식과 비슷하다. 바람이 스치고 지나가는 느낌이다.

모든 것이 부드럽다. 내 뺨에 닿는 마우라의 숨결도, 나를 따뜻이 감싸주려고 담요처럼 덮어주는 나뭇가지들도.

방금 내 앞에 서 있던 세레니티가 다음 순간 사라진다. "제나?" 목소리는 들리는데 모습은 전파 방해를 받은 것처럼 어룽거리다 흑백으로 지워진다.

나는 연구소에 있지 않다. 나는 어디에도 있지 않다.

"때로는 그 연결이 잡음 없이 깨끗했고, 때로는 산에서 터지는 휴대전화처럼 세 마디 중 한 마디만 들리기도 했어." 세레니티가 했던 말이다.

나는 들으려고 하지만 띄엄띄엄 들리기만 하는데, 그러다 끝내는 신호가 끊긴다.

ALICE

앨리스

그들은 제나의 시신을 찾지 못했다.

나는 내 눈으로 시신을 보았지만 경찰이 그곳에 갔을 때는 제나는 사라지고 없었다. 그 소식은 신문에서 읽었다. 나는 경찰에게 코끼리 구역에 누워 있던 아이를 보았다고 말할 수가 없었다. 나를 찾아올 것이 뻔해서 경찰에 연락을 할 수가 없었다.

그래서 나는 1만 3천 킬로미터나 떨어진 곳에서 분을 면밀히 조사했다. 매일매일이 아이가 없는 또 하루였기 때문에 일지도 중단했다. 일지의 마지막에 이르면 내가 누구였고 지금은 누구인지의 간극이 너무 커져 저편을 볼 수 없게 될까 불안했다. 잠깐이었지만 치료사를 만나 내 슬픈 상황에 대해 (교통사고라고) 거짓말을 했고 가명을 썼다(한나 Hannah라는, 앞뒤 어느 쪽에서 읽어도 같은 말이 되는 회문이었다). 나는 그에게 아이가 실종됐는데도 밤중에 아이 울음소리가 들려 그 가상의 소리에 잠이 깨는 것이 정상이냐고 물었다. 잠에서 깰 때 비록 찰나지만 아이가 벽 저편에서 여전히 자고 있다고 생각해 기뻐하는 것이 정상이냐고 물었다. 그는 "환자님께서는 정상입니다"라고 말했고, 그 순간 나는 치료를 끊었다. 그는 이렇게 말했어야 했다. "아무것도 다시는 정상적이지 않을 겁니다."

1999년에 엄마의 생명을 표백시키고 있는 암에 대해 처음 알게 된 날 나는 그 소식에서 달아나려고 차를 타고 밀림 지대를 막무가내로 달렸다. 그러다 코가 잘려나간 코끼리 다섯 마리의 시신과 엄청난 충격에 빠져 두려움에 떨고 있는 새끼 한 마리를 발견하고서 경악했다.

새끼의 코는 축 늘어져 있었고, 귀는 반투명했다. 태어난 지 3주도 안 됐을 것 같았다. 그러나 나는 새끼를 돌보는 법을 알지 못했고, 그 새끼의 이야기는 해피엔딩이 되지 못했다.

우리 엄마의 이야기도 해피엔딩이 아니었다. 나는 엄마가 돌아가실 때까지 함께 있으려고 박사 학위 취득 후 연구를 접고 6개월 휴가를 받았다. 보츠와나로 돌아와서는 이 세상에 혼자가 되어 슬픔을 회피하려고 연구에 빠져들었는데, 그러다 이 크고 우아한 코끼리들은 죽음을 있는 그대로 받아들인다는 사실을 깨닫게 되었다. 코끼리들은 생각의 쳇바퀴에 갇히지 않았다. 왜 나는 어버이날에 집에 전화를 하지 않았을까. 왜 나는 엄마에게 엄마의 자립정신을 본받은 것에 대해서는 이야기하지 않고 엄마와 늘 다투기만 했을까. 일 때문에 너무 바쁘다거나 빈털터리라 추수감사절에도, 크리스마스에도, 새해에도 집으로 날아갈 수 없다고만 했을까. 그런 돌고 도는 생각에 나는 점점 죽어갔고, 그런 생각의 나사가 돌 때마다 죄책감의 늪에 빠져들었다. 이런 우연으로 나는 코끼리의 슬픔을 연구하기 시작했다. 비록 직감이지만 이 연구가 왜 학문적으로 중요한지에 대해 온갖 이유를 갖다 댔다. 그러나 내가 정말로 원한 것은 죽음이 왜 그렇게 쉬워 보이는지를 코끼리들로부터 배우는 것이었다.

내 인생의 두 번째 슬픔을 치유하려고 아프리카로 돌아왔을 때는 밀렵이 한창이던 시기였다. 밀렵꾼들은 영악해졌다. 전에는 가장 나이 많은 우두머리와 가장 큰 상아를 가진 수코끼리만 죽이더니 이제는 어린 코끼리들까지 마구잡이로 겨냥했다. 그렇게 하면 무리가 방어를 하려고 모여들어 한꺼번에 죽이기가 더 쉬웠기 때문이다. 남아프리카 코끼리들이 또다시 위기에 처했다는 사실을 아무도 오랫동안 인정하려 들지 않았지만 사실이 그랬다. 모잠비크 국경 지대에 있는 코끼리들은 밀렵을 심하게 당하고 있었고, 고아가 된 새끼들은 겁을 먹고 크루거 국립공원으로 돌아갔다.

이런 새끼들 가운데 한 마리를 남아프리카에 숨어 있을 때 보게 되었다. 밀렵에 희생된 어미 코끼리는 어깨에 총을 맞고 상처가 곪아 쓰러져 있었다. 새끼는 어미 곁을 떠나지 않고 제 오줌을 마시면서 버티고 있었다. 내가 숲에서 그들을 발견했을 때 어미는 안락사를 시키지 않으면 안 될 지경이었다. 그러면 암컷 새끼도 죽게 될 거라는 걸 나는 알았다.

그런 일이 두 번 다시 일어나게 하고 싶지 않았다.

나는 나이로비에 있는 데임 대프니 셸드릭의 코끼리 고아원을 본받아 남아프리카 팔라보와에 구조 본부를 세웠다. 이곳의 철학은 사실상 아주 간단했다. 가족을 잃은 코끼리 새끼에게 새로운 가족을 제공하기.

인간 사육사들은 하루 종일 새끼들과 함께 있으면서 우유와 애정과 사랑을 주고 밤에도 옆에서 같이 잔다. 코끼리들이 한 인간에게만 강한 애착을 느끼지 않도록 사육사들은 교대 근무를 한다. 새끼가 한 인간에게만 긴밀한 애착을 갖게 되면 그 사육사가 하루 이틀만 빠져도 새끼가 우울증에 빠진다는 것을 나는 실수를 통해 배웠다.

사육사들은 보살펴야 할 코끼리들이 엇나간 행동을 하더라도 절대로 때리지 않는다. 대개는 질책이면 충분하다. 이런 새끼들은 자신의 사육사를 어떻게든 기쁘게 해주고 싶어 한다. 그러나 코끼리들은 모든 것을 기억하므로 자신들이 벌을 받는 이유가 사랑스럽지 않아서가 아니라 단지 말을 듣지 않아서라고 생각할 수 있도록 나중에 반드시 따듯이 어루만져 주는 것이 중요하다.

우리는 새끼들에게 특별한 조제 우유를 먹이지만 다섯 달이 지나면 오트밀도 만들어준다. 인간 아기에게 이유식을 먹이는 원리와 비슷하다. 어미의 젖에서만 섭취할 수 있는 지방은 야자유로 대체한다. 코끼리들의 성장은 볼을 보면 알 수 있는데, 인간 아기처럼 볼이 통통해진다. 두 살 무렵이면 새끼들은 형 누나 언니들이 있는 새로운 시설로 옮겨진다. 사육사들 중에 탁아소를 거쳐간 이들이 있으면 새로 옮겨간 코끼리들은 그들을 알아본다. 이들은 탁아소를 이미 졸업하고 떠난 옛 친구들도 알아본다. 이곳에서는 사육사들이 코끼리들과 떨어져서 잠을 자지만 코끼리들 소리가 들리는 곳에 머문다. 사육사들은 날마다 이들을 크루거 국립공원으로 데리고 나가 무리에게 소개한다. 시설에 있는 나이 든 코끼리들은 우두머리가 될 만한 놈이 누군지 알아보려고 거칠게 떠민다. 그런 다음 새로운 새끼들을 보살피는데, 암코끼리 한 마리 당 새끼 한 마리씩을 입양해 어미 노릇을 한다. 새끼들은 자기네

보다 조금 더 나이 많은 코끼리들을 따라 처음으로 초원을 행군한다. 이들은 결국 야생 무리의 구성원으로 통합된다.

어떤 때는 야생으로 나간 코끼리들이 도움을 청하러 돌아오기도 한다. 한번은 젊은 어미가 젖이 말라 새끼를 잃을 뻔한 적이 있었다. 아홉 살 수코끼리의 다리가 덫에 걸린 적도 있었다. 이들은 인간들이 일으킨 참해를 직접 겪은 만큼 모든 인간을 무조건 믿지는 않는다. 그렇다고 해서 그런 몇몇 인간들로 우리 모두를 판단하지도 않는다.

현지 사람들은 미스 앨리스를 줄여서 나를 미즈 앨리라고 부르기 시작했다. 결국에는 그 이름이 시설의 명칭이 되었다. "코끼리 새끼를 발견하면 〈미즈앨리〉에 데려오세요." 내가 일을 제대로 하면 이 고아 코끼리들은 마침내 야생으로 걸어 나가 자신들이 속한 크루거 국립공원에서 무리에 기꺼이 편입된다. 어쨌거나 우리도 자식들이 언젠가는 부모의 품을 떠나서 살 수 있도록 키우지 않는가.

도무지 이해가 되지 않는 것은 자식들이 너무 일찍 우리 곁을 떠날 때이다.

버질

어렸을 때 구름은 솜 같을 거라 생각했는데 실제로는 물방울로 이루어져 있다는 사실을 알게 되었던 때를 기억하는가? 그래서 구름 위에 대자로 누워 낮잠을 자려고 했다가는 몸이 쑥 빠져서 땅에 쿵 떨어지고 만다는 것을?

먼저, 나는 이를 떨어뜨린다.

사실은 떨어뜨린 것이 아니다. 떨어뜨린다고 하면 쥐고 있었다는 것이 전제되는데, 내 손의 악력이 없어지기라도 한 듯 이가 쑥 빠지면서 바닥에 핑 떨어진다. 나는 기겁하며 고개를 들어 가장 가까운 대상을 잡는데, 공교롭게도 탈룰라다.

내 손이 그녀를 와락 붙잡으려고 하자 그녀의 몸이 소멸되면서 연기처럼 돌돌 감긴다.

같은 현상이 제나에게도 일어난다. 제나의 몸이 깜박깜박거리고 얼굴이 공포로 일그러진다. 제나의 이름을 불러보지만 우물 밑바닥에서 소리를 지르고 있는 듯한 느낌이다.

불현듯, 내가 공항에서 새치기를 할 때 아무런 반응을 하지 않던 길게 줄을 선 사람들, 나를 한쪽으로 데려가 "당신이 있을 곳이 아니에요"라고 했던 매표원이 기억난다.

나와 제나는 관심 밖인 듯 지나갔던 여섯 명의 식당 여종업원과 마침내 우리에게 신경을 써주었던 한 명이 기억난다. 그럼 다른 사람들은 우리를 볼 수 없어 그랬던 것인가?

언제나 금주법 집회를 다녀온 사람처럼 입고 다니는 집주인 애비 부인을 떠올리자 어쩌면 그랬겠다는 생각이 이제야 번쩍 든다. 증거물 보관실에 있던 랄프는 내가 근무하던 그때도 인간 화석이었을 만큼 늙었다는 걸 깨닫는다. 탈룰라, 여종업원, 매표원, 애비, 랄프, 이 모든 사람들은 나와 같았다. 이승에 있지만 이승의 사람이 아니었다.

그러자 자동차 사고가 기억났다. 눈물이 하염없이 흘렀고, 라디오에서는 에릭 클랩튼의 노래가 나왔고, 나는 가속 페달을 밟으면서 급커브를 돌았다. 나는 겁쟁이처럼 차를 안전한 방향으로 돌리고 싶지 않아 운전대를 그대로 잡고 있다 마지막 순간 팔을 내려 안전띠를 풀었다. 예상은 하고 있었지만 충돌의 순간은 어쨌거나 충격이었다. 자동차 앞 유리가 얼굴 위로 비 오듯 쏟아졌고, 운전대가 가슴을 뚫고 들어왔고, 내 몸은 내동댕이쳐졌다. 날아가는 한순간은 찬란하고 고요했다.

테네시 주에서 집으로 돌아오는 차 안에서 나는 세레니티에게 죽는 건 어떤 느낌이냐고 물었었다.

그녀는 잠시 생각했다. "잠은 어떻게 들어요?"

"무슨 말입니까?" 내가 말했다. "그냥 드는 거죠."

"그거예요. 당신은 깨요. 그런 다음 잠시 부유하다 빛처럼 꺼져요. 육체적으로는 이완이 돼요. 입은 늘어지고, 심장 박동은 느려져요. 당신이 3차원의 세상과 분리돼요. 약간의 의식은 있지만 대부분은 당신이 또 다른 구역에 있는 것 같아요. 가사 상태죠."

지금, 그 말에 덧붙일 것이 있다. 잠이 들 때 당신은 꿈을 꾸고 있는 동안 완전히 실제라고 느껴지는 온전한 다른 세상이 있다고 생각한다.

세레니티.

나는 그녀를 보려고 돌아서려 애쓴다. 그러나 내 몸이 갑자기 무중력 상태처럼 너무 가벼워져 움직일 필요조차 없어진다. 나는 내가 있어야 하는 곳에서 그저 생각만 하고 있다. 눈을 깜박거리자 그녀가 보인다.

나와 달리, 탈룰라와 달리, 제나와 달리, 세레니티의 몸은 소멸되거나 깜박거리지 않았다. 그녀는 바위처럼 단단하다.

'세레니티.' 생각만 하는데 그녀가 고개를 돌린다.

"버질?" 그녀가 속삭인다.

내가 완전히 사라지기 직전 마지막으로 하는 생각은 세레니티가 뭐라고 말을 했건, 내가 무엇을 **믿었건** 그녀는 엉터리 심령술사가 아니라는 것이다. 그녀는 진짜 끝내주는 심령술사다.

앨리스

사실 나는 아이 둘을 잃었다. 내가 잘 알고 사랑했던 아이와 한 번도 만나지 못한 아이를. 나는 병원에서 도망치기 전에 유산을 했다는 사실을 알았다.

지금은 내 삶의 매 순간을 사로잡는 백이 넘는 아기들과 함께 있다. 나는 회오리바람 같은 고통에서 빠져나와 너무 급하게 방향을 튼 나머지 자신이 얼마나 많은 자멸을 초래하고 있는지도 모르고 사는 불안정하고 바쁜 사람들 중 한 명이 되었다.

하루 중 가장 싫은 때는 하루가 끝날 때다. 그럴 수 있다면 나는 사육사들처럼 코끼리 새끼들과 탁아소에서 자고 싶다. 그러나 누군가는 미즈앨리의 얼굴 마담이 되어야 한다.

여기 사람들은 내가 툴리 구역에서 연구를 한 적이 있다는 걸 안다. 짧은 기간 미국에서 살았다는 것도 안다. 그러나 연구원이었던 예전의 나와 활동가인 지금의 나를 연결 짓는 사람들은 거의 없다. 나는 오랫동안 앨리스 메트캐프를 잊고 살았다.

내가 아는 한, 그녀도 죽은 사람이다.

잠에서 깰 때면 나는 비명을 지른다.

그래서 잠을 자고 싶지 않다. 꼭 자야 한다면 꿈을 꾸지 않고 깊이 잠들고 싶다. 이런 이유로 나는 보통 뼈 빠지게 일을 한 후 밤마다 두세 시간 기절하다시피 잔다. 날마다, 매순간 제나를 생각하지만 토마스나 기드온은 오랫동안 생각하지 않았다. 토마스는 지금도 정신병동에 있다는 걸 알고 있다. 장마철이던 어느 날 밤 취중에 구글 검색을 하다 기드온이 군에 입대했다가 이라크에서 사람들로 붐비는 광장에서 IED 폭탄이 터져 사망했다는 사실을 알게 됐다. 나는 그가 받은 사후 명예 훈장에 관한 신문 기사를 프린트했다. 그는 알링턴 국립묘지에 묻혔다. 미국으로 돌아갈 일이 생기면 참배를 하러 갈 수도 있겠다 생각했다.

나는 침대에 누워 천장을 뚫어지게 보며 내 몸이 이 세상으로 천천히 돌아오게 한다. 현실은 싸늘하다. 더 깊이 들어가기 전에 한 번에 한 발씩 담가 충격을 완화해야 한다.

내 시선은 여기 남아프리카에서 내가 가진 내 지난 삶의 한 유물에 쏠린다. 길이 75센티미터, 너비 20센티미터쯤 되는 곤봉이다. 어린 나무의 몸통으로 만든 것이다. 껍질은 마구잡이로 돌돌 벗겼거나 쭉쭉 벗겼다. 원주민 토템처럼 꽤 아름답지만 한참을 들여다보고 있으면 풀어야 할 메시지가 있다고 느껴진다.

우리 코끼리들의 새 보금자리가 된 테네시 주 코끼리 보호소에는 그들의 성장을 추적할 수 있는 웹사이트가 있었다. 보호소 측은 감금의 고통을 겪은 코끼리들을 위해 자신들이 하는 일에 대한 인식을 높이기도 했다. 5년 전에는 기금 마련을 위해 크리스마스 경매를 열었다. 그즈음 죽은 한 코끼리가 살아 있을 때 심심풀이로 나무껍질 벗기는 걸 좋아했는데, 그렇게 만든 문양이 믿기 어려울 만큼 정교했다. 그녀의 '예술' 작품들은 기증물로 팔려나가고 있었다.

그 코끼리가 마우라인 것은 대번에 알 수 있었다. 마우라가 그렇게 하는 것을 수십 번도 더 보았으니까. 우리가 놀이용으로 통나무를 축사 외양간 쇠막대에 고정시켜주면 마우라는 상아를 힘겹게 움직이며 은빛 자작나무나 딱딱한 소나무 껍질을 벗겼다.

남아프리카에 있는 미즈앨리 코끼리 고아원이 테네시 주 보호소의 기금 마련을 후원하고 싶다고 해도 이상할 것이 없었다. 우편으로 보낸 수표의 배후자가 누구인지는 알 수 없었을 것이다. 내가 너무나 잘 알았던 코끼리의 사진과 함께 그 물건을 받아들었을 때 나는 한 시간을 울었다. '마우라 편히 잠들다'라는 글귀가 상단에 정교하게 쓰여 있었다.

지난 5년 동안 그 나무 원통은 내 침대 맞은편 벽에 걸려 있었다. 그런데 지금 그것을 보고 있는데 원통이 벽에서 떨어지더니 바닥에 부딪혀 정확히 반 토막이 난다.

그 순간 내 전화가 울린다.

"저는 앨리스 메트캐프를 찾고 있습니다." 어떤 남자가 말한다.

내 손이 얼어붙는다. "누구시죠?"

"분 경찰서 밀즈 형사입니다."

그래 여기가 끝이구나. 그래, 이제야 결국 발목이 잡혔구나. "제가 앨리스 메트캐프입니다만." 나는 웅얼거린다.

"흠, 부인, 외람된 말이지만, 부인을 찾기가 정말 힘들었습니다."

나는 눈을 감고 질책을 기다린다.

"메트캐프 부인, 따님의 시신을 발견했습니다." 형사가 말한다.

세레니티

방금 나는 사설 연구소의 한 방에서 세 사람과 함께 있었는데, 다음 순간 같은 방에 혼자 있다. 떨어진 이를 찾으려고 네 발로 기는 자세로. "도와 드릴까요?"

이를 주머니에 쑤셔 넣고 고개를 들자 흰색 가운을 입고 턱수염이 난 남자가 서 있다. 나는 쭈뼛쭈뼛 그에게 다가가 어깨를 탁탁 친다. "당신은 진짜 여기 있군요."

그가 움찔하더니 쇄골을 문지르며 나를 미친 여자 보듯 한다. 어쩌면 그럴지도 모른다. "그렇습니다만 **댁은** 왜 여기 있는 거죠? 누가 들여보내 준 겁니까?"

나는 그에게 내 의혹을 말할 생각이 없다. 나를 들여보낸 '사람'은 지상에 묶여 있는 영혼, 즉 유령이었다는 것을. "저는 탈룰라라는 직원을 찾고 있는데요." 내가 말한다.

그의 얼굴이 부드러워진다. "친구셨나 보군요?"

'셨나'라니. 나는 고개를 젓는다. "그냥 지인이에요."

"탈룰라는 3개월 전에 세상을 떴습니다. 원인 불명의 심장질환으로 그리된 것 같습니다만? 하프마라톤 첫 출전을 대비해 훈련을 받고 있던 중이었습니다." 그는 연구소 가운 주머니에 두 손을 넣는다. "이런 소식을 전해드리게 돼 정말 유감입니다."

나는 비틀거리며 연구소를 나와 접수계에 있는 비서와 경비원과 연구소 건물 콘크리트 벽에 기대 앉아 전화를 걸고 있는 소녀를 지나친다. 나는 누가 살아 있고 누가 살아 있지 않은지 알 수가 없어 눈을 마주치지 않으려고 땅만 보며 걷는다.

차로 돌아와 에어컨을 최대로 켜놓고 눈을 감는다. 버질은 바로 여기 앉아 있었다. 제나는 뒷좌석에 있었다. 나는 그들에게 말을 걸고, 그들을 만지고, 그들의 목소리를 종소리처럼 들었다.

종소리처럼. 나는 휴대전화를 꺼내 최근 통화 목록이 나올 때까지 화면을 이동한다. 제나가 테네시 주에서 혼자 겁에 질려 내게 전화했던 그때 번호가 있어야 한다. 하기는 혼령들이 기를 조종하기도 하지 않는가. 초인종이 울려 나가보면 아무도 없다든가. 프린터가 고장 난다든가. 폭풍도 치지 않는데 불이 깜빡거린다든가.

그 번호를 다시 누르니 녹음된 소리가 나온다. "지금 거신 번호는 결번입니다."

이럴 수는 없다. 얼마나 많은 사람들이 내가 버질과 제나와 함께 있는 것을 보았는데 이럴 수가 있나.

나는 시동을 켜고 주차장을 시끄럽게 빠져나와 오늘 아침 무례한 여종업원이 우리 자리로 음식을 내온 식당으로 달린다. 식당 건물로 들어가자 머리 위에서 종이 땡그랑거린다. 주크박스에서는 크리시 하인드의 〈브래스 인 포켓Brass in Pocket〉*이 흘러나오고 있다. 나는 붉은 가죽 재질의 높은 칸막이 좌석들 위로 목을 길게 뽑아 오늘 아침 우리의 주문을 받았던 종업원을 찾는다.

"저기요." 나는 축구복을 입은 아이들 자리로 음식을 나르고 있는 그녀를 방해하며 말한다. "나 기억해요?"

"3센트 팁을 어떻게 잊겠어요." 그녀가 투덜거린다.

"내 자리에 몇 명이 앉아 있었어요?"

나는 계산대로 가는 그녀 뒤를 따른다. "함정 질문이에요? 손님 혼자 앉아 있었어요. 주문은 아프리카 아이들 반을 먹이고도 남을 만큼 했지만요."

나는 제나와 버질도 주문을 하지 않았느냐고 따지려고 입을 떼지만 생각해보니 아니다. 그들은 자신들이 먹고 싶은 것을 내게 말한 후 화장실에 가버렸다.

"짧은 스포츠머리에 이 더위에도 플란넬 셔츠를 입은 삼십 대 남자랑…… 부스스한 빨간 머리를 한 십 대 여자애랑 같이 있었는데……"

"여기요, 손님." 여종업원이 계산대 밑으로 손을 뻗어 내게 명함을 건네며 말한다. "손님이 도움을 청할 수 있는 곳은 많이 있어요. 하지만 여긴 그런 곳이 아니에요."

나는 명함을 힐끗 본다. 그래프턴 군 정신 건강 서비스.

분 주민센터에서 나는 강장 음료 레드불과 2004년부터의 출생, 사

---

* 크리시 하인드는 록 그룹 프리텐더스의 보컬을 맡고 있는 여성 멤버로 그녀가 만든 이 곡은 데뷔 앨범에 수록되어 무수히 많은 매체에서 좋은 곡으로 평가받았다.

망, 혼인 신고 기록을 앞에 놓고 앉아 있다.

너무 많이 봐서 외울 지경에 이른 네비 루엘의 사망 증명서부터 읽는다.

직접적인 사망 원인: A) 둔기 외상

B) 이유: 코끼리 발에 짓밟힘

사망의 종류: 사고사

부상 장소: 뉴햄프셔 주 분, 뉴잉글랜드 코끼리 보호소

부상이 일어난 경위: 미상

다음으로 찾은 것은 버질의 사망 증명서다. 그는 12월 초에 죽었다.

직접적인 사망 원인: A) 흉부 관통상

B) 이유: 자동차 사고

사망의 종류: 자살

제나 메트캐프는 시신이 발견되지 않았기 때문에 당연히 사망 증명서가 없다.

그 이가 발견되기 전까지는.

검시관의 보고서에는 착오가 없었다. 그날 밤 보호소에서 죽은 사람은 네비 루엘이 맞았고, 의식을 잃고 쓰러져 있어 버질이 병원으로 옮긴 후 사라진 여인은 앨리스 메트캐프였다.

이 논리를 따라가던 중 나는 마침내 앨리스 메트캐프가 왜 나와 소통이 되지 않았는지를 확실히 알았다. 또 제나와 왜 소통이 되지 않았

는지도. 앨리스 메트캐프는 필시 살아 있다.

마지막으로 찾아본 사망 증명서는 제나가 봐주고 있다고 했던 볼품 없는 아기의 아빠 채드 앨런 선생이다. "그 선생님을 아세요?" 직원이 내 어깨 너머로 보며 묻는다.

"사실은 몰라요." 나는 작은 소리로 말한다.

"정말 애석한 일이었어요. 일산화탄소 중독으로 온 가족이 죽었지 뭐예요. 제가 그 선생님께 미적분 수업을 듣고 있을 때였어요." 그녀는 탁자 위에 수북이 쌓인 서류들을 힐끗 본다. "복사를 해드릴까요?"

나는 고개를 젓는다. 내 눈으로 확인했으니 그거면 충분했다.

나는 그녀에게 고맙다고 하고 다시 차로 돌아간다. 그러나 이제는 정말이지 어디로 가야 할지를 몰라서 무작정 달리기 시작한다.

테네시 주로 가는 비행기 안에서 내가 버질과 대화하기 시작했을 때 잡지에 머리를 처박았던 승객이 생각난다. 그 남자한테는 미친 여자가 혼자 떠들어대고 있는 꼴이었겠다.

우리 셋이 하트윅 하우스에 있는 토마스를 방문했을 때도 곰곰 생각 해본다. 환자들은 제나와 버질을 쉽게 볼 수 있었지만 간호사와 잡역 부는 내게만 말을 걸었다.

제나를 처음 만났던 날, 고객이었던 랭햄 부인이 황급히 나가버린 것도 기억난다. 내가 제나에게 말하고 있을 때 부인이 어떤 말을 엿들 었을까. 나는 그 애한테 당장 꺼지지 않으면 경찰을 부르겠다고 했다. 당연한 일이지만 랭햄 부인은 내 아파트 입구에서 제나를 보지 못했을 것이다. 부인으로서는 내가 지칭한 대상이 **자신**이라고 생각했을 것이 다.

가만 보니 나는 눈에 익은 동네에 차를 대고 있다. 버질의 사무실 건물이 마주 보이는 거리다.

나는 차를 세워놓고 내린다. 날이 얼마나 뜨거운지 아스팔트가 발밑에서 일렁거리는 듯하다. 얼마나 뜨거운지 보도를 뚫고 올라온 민들레들이 드러누워 있다.

건물의 공기가 전과 다르다. 더 퀴퀴하고, 더 낡았다. 전에는 알아채지 못했는데, 문의 유리가 깨져 있다. 나는 버질의 사무실이 있는 이 층으로 올라간다. 문이 잠겨 있고 어둡다. 팻말이 걸려 있다. 세놓음. 히아신스 부동산. 603-555-2390.

머릿속이 윙윙거린다. 편두통이 시작되고 있는 것 같지만 실제로는 내가 아는 모든 것, 내가 믿었던 모든 것을 의심해야 하는 소리가 아닐까 싶다.

이제까지 나는 혼령과 유령 사이에는 분명한 경계가 있다고 생각해왔다. 혼령은 존재의 다른 차원으로 순조롭게 입성하는 반면, 유령은 이승에 정박해 있을 수밖에 없는 이유가 있다고 생각했다. 내가 전에 만난 유령들은 완고했다. 때로는 자신들이 죽었다는 사실도 깨닫지 못했다. 그런 혼령들은 '자기네' 집에 살고 있는 사람들의 소리가 들리면 그 사람들이 귀신이라고 추정하곤 했다. 자기들끼리 안건도 내고 실망도 하고 화도 냈다. 유령들은 갇혀 있는 존재들이어서 나는 그들을 자유롭게 해주겠다고 자청했다.

하지만 그때는 그들이 무엇인지 알아볼 수 있는 능력이 있었다.

이제까지 나는 혼령과 유령 사이에는 분명한 경계가 있다고 생각해왔다. 그러나 죽은 자와 산 자의 간격이 얼마나 좁은지는 미처 모르고 있었다.

나는 지갑에서 제나가 내 아파트에 처음 왔을 때 서명한 장부를 꺼낸다. 그 애 이름이 한 줄로 꿴 거품처럼 십 대 소녀답게 동글동글한 필기체로 써 있다. 그린리프 가 145번지라고 주소도 적혀 있다.

이 주택가는 사흘 전 버질과 내가 제나를 만나러 갔다가 그 아이가 이 주소에 살고 있지 않다는 사실을 알게 된 곳이다. 이제야 제나가 **살고 있었던** 집이라는 걸 알겠다. 다만 현재의 주인들이 그 사실을 모르고 있었을 뿐이라는 것도.

전에 문을 열어준 엄마가 초인종 소리를 듣고 나온다. 그녀의 작은 아들은 이번에도 엄마 다리에 껌딱지처럼 붙어 있다. "또 오셨어요?" 그녀가 말한다. "말씀드렸잖아요, 저는 그 소녀를 모른다고요."

"알아요. 또 귀찮게 해서 죄송합니다. 근데 최근에 그 아이에 대해…… 나쁜 소식을 듣게 되어서요. 그래서 무슨 일인가 알아보고 있는 중이랍니다." 나는 두 손으로 관자놀이를 문지른다. "이 집을 언제 구입하셨는지만 말씀해주실 수 있으세요?"

등 뒤로 여름 소리가 배경음악처럼 들린다. 옆집에서 아이들이 쭈르르 미끄러지는 물놀이를 하면서 질러대는 꺄악꺄악 소리, 개가 울타리 뒤에서 짖어대는 컹컹 소리, 잔디 깎는 기계가 돌아가는 웅웅 소리. 이 거리는, 생기로 가득 차 있다.

여자는 내 얼굴을 보고 냉큼 문을 닫을 것처럼 굴더니 내 목소릴 듣고는 웬일인지 멈칫하고서 생각에 잠긴다. "2000년이었어요." 그녀가 말한다. "남편과 제가 아직 결혼하기 전이었죠. 여기 살던 부인은 돌아가셨어요." 그녀는 아들을 힐끔 내려다본다. "아시겠지만 아이 앞에서는 이런 얘기를 하고 싶지 않답니다. 상상력이 지나친 나머지 애가 밤에 잠을 못 자곤 하거든요."

사람들은 자신들이 이해할 수 없는 일은 두렵기 때문에 자신들이 이해할 수 있는 방식으로 포장을 한다. 상상력이 지나쳐서라든가. 어둠을 무서워해서라든가. 심지어는 정신병이라든가.

나는 쭈그리고 앉아 그녀의 아들을 똑바로 본다. "누가 보였어?" 내가 묻는다.

"할머니요. 누나도요." 그 아이가 속삭인다.

"그들은 널 해치지 않을 거야." 나는 아이에게 말한다. "누가 뭐라고 해도 그들은 실재한단다. 유치원 친구들이 네 장난감을 같이 쓰고 싶어 하는 것처럼 그들도 네 집을 같이 쓰고 싶어 하는 것뿐이란다."

아이 엄마가 아이를 홱 잡아당긴다. "911을 부르겠어요." 그녀가 위협하듯 말한다.

"어머니 아이가 족보에도 없는 파란 머리를 가지고 태어났다면, 게다가 어머니 살아생전 파란 머리라곤 본 적이 없어 어떻게 애 머리가 파란색일 수 있는지 이해가 되지 않는다 해도…… 그래도 어머니는 아이를 사랑하실 건가요?"

그녀는 문을 닫으려고 하지만 내가 닫지 못하게 문을 꽉 잡고 있다. "사랑하실 건가요?"

"당연한 거 아니에요." 그녀는 단호하게 말한다.

"이것도 다르지 않아요." 나는 그녀에게 말한다.

나는 차로 돌아와 지갑에서 장부를 꺼내 마지막 장까지 넘긴다. 아주 천천히, 바늘땀이 풀리듯, 제나의 기록이 지워진다.

내가 인간의 유해를 발견했다고 하자마자 내근 경사가 나를 안쪽 방으로 안내한다. 면도를 일주일에 두 번만 해도 될 것 같은 얼굴을 한 밀즈라는 애송이다. 나는 이 형사에게 내가 아는 모든 정보를 이야기한다. "서류를 뒤져보면 2004년도에, 코끼리 보호소가 있던 곳에서 사망 관련 사건 기록을 찾을 수 있을 거예요. 이 유해가 두 번째 사망자가 아닐까 싶어서요."

형사가 호기심에 차서 나를 본다. "당신은 이 일을…… 어떻게 아시죠?"

내가 그에게 심령술사라고 말한다면 나는 토마스가 있는 정신병원으로 옮겨져 그의 옆방에 감금되고 말 것이다. 아니면 살인을 저질러놓고 선뜻 자수하는 별종으로 취급하고 내게 수갑을 채울 수도 있다.

그러나 제나와 버질은 내게 백 퍼센트 실재해 보였다. 그들이 내게 말을 할 때, 나는 그 말을 전부 믿었다.

'이런 이런, 아가, 그게 바로 심령술사가 해야 하는 일이 아니겠니?'

머릿속에서 희미하지만 친숙한 목소리가 들린다. 남부 특유의 느린 말투, 음악처럼 오르내리는 어조. 나는 어디서든 루신다를 알 수 있다.

한 시간 후, 나는 경찰관 두 명의 호위 아래 자연보호구역으로 간다. **호위**는 아무도 당신을 믿지 않아 경찰차 뒷좌석에 박혀 있다는 걸 좋게 표현한 말이다. 나는 제나가 그랬던 것처럼 다져진 길을 벗어나 키큰 풀들을 헤치고 나아간다. 경찰들은 삽과 체를 들고 온다. 우리는 앨리스의 목걸이를 발견한 연못을 지나 같은 곳을 두 번 뱅뱅 돈 끝에 참나무 아래 보라색 버섯들이 흐드러지게 피어 있는 장소를 발견한다.

"여기예요." 내가 말한다. "여기가 이를 발견한 곳이에요."

경찰들은 법의학 전문가도 데려왔다. 법의학 전문가가 무슨 일을 하는지는 모르겠지만, 토양 분석? 뼈 분석? 아니면 둘 다? 암튼, 그가 버섯의 머리를 하나 뽑는다. "자주돌각버섯이군요." 그가 선언한다. "암모니아 진균입니다. 질소 농도가 높은 토양에서 잘 자라죠."

'염병할 버질.' 나는 생각한다. 그의 말이 옳았다. "여기만 있더라고요." 나는 법의학 전문가에게 말한다. "이 보호지에 다른 곳에는 없었어요."

"무덤이 얕아서 그럴 겁니다."

"여기는 코끼리 새끼도 묻은 곳이에요." 내가 말한다.

밀즈 형사가 눈썹을 치켜든다. "댁은 정보의 샘이시군요, 네?" 법의학 전문가는 나를 여기까지 태우고 온 두 경찰에게 땅을 체계적으로 파라고 지시한다.

그들은 참나무의 반대편, 그러니까 제나와 버질과 내가 어제 있었던 곳의 맞은편에서 땅을 파기 시작하는데, 운이 좋으면 분해된 조각일망정 발굴할지 몰라 흙더미를 체로 친다. 나는 나무 그늘에 앉아 흙더미가 점점 높아지는 것을 지켜본다. 두 경찰은 소매를 걷어붙인다. 한 명은 구덩이에 뛰어내려 흙을 떠서 밖으로 던진다.

밀즈 형사가 내 옆에 앉는다. "자, 이를 발견했을 때 무얼 하고 계셨는지 다시 한 번 말씀해주시겠습니까?" 그가 말한다.

"산책을 하고 있었어요." 나는 거짓말을 한다.

"혼자서 말입니까?"

아니요. "네."

"그럼 코끼리 새끼는요? 그 사실을 알고 있는 건……"

"제가 이 가족의 오랜 친구거든요." 내가 말한다. "메트캐프 부부의 아이를 못 찾았다는 사실도 그래서 아는 거예요. 그 아이의 장례식도 치러주어야 한다고 생각했거든요, 그렇지 않나요?"

"형사님?" 구덩이를 파고 있던 경찰이 밀즈 형사에게 가까이 와보라고 손짓한다. 거무스름한 흙 속에 하얀 뭔가가 있다. "너무 무거워서 옮길 수가 없습니다." 그가 말한다.

"그럼 주변을 파보십시오."

구덩이 끝에 서서 보니 두 경찰이 밀려드는 파도에 모래성이 계속 부서지는데도 모래성을 짓고 있는 아이들처럼 뼈를 덮고 있는 흙을 파내고 있다. 마침내 어떤 형태가 드러난다. 두 개의 눈구멍이다. 상아가 자랐을 구멍이다. 윗부분이 잘려나간 벌집 모양의 두개골. 로르샤흐 자국*처럼 좌우 대칭이다. '너는 무엇을 보고 있니?'

"제가 뭐랬어요." 내가 말한다.

이후로는 아무도 내 말을 의심하지 않는다. 발굴 작업은 사분하여 시계 반대 방향으로 체계적으로 진행된다. 이분면에서는 녹슨 연장 조각만 발견된다. 삼분면에서 흙을 떠서 휙휙 던지는 소리가 규칙적으로 들리더니 그 소리가 뚝 멎는다.

고개를 들어서 보니 한 경찰이 부채 모양으로 깨진 갈비뼈를 들고 있다.

"제나." 이름을 중얼거려 보지만 내게 들리는 응답은 바람 소리뿐이다.

며칠째 나는 저편에 있는 제나를 찾으려 애쓰고 있다. 그 애가 얼마나 당황스럽고 혼란스러울지, 무엇보다 혼자 있을지를 상상해본다. 데스몬드와 루신다에게 제나와 연락이 닿게 해달라고 간청한다. 데스몬

---

* 스위스의 정신과 의사 로르샤흐에 의해 창안된 투사법에 의한 인격 검사법. 잉크 자국으로 생긴 좌우 대칭형 도판 열 장이 이용된다.

드는 제나 스스로 준비가 되면 날 찾을 거라고 말한다. 제나에게는 처리할 일이 많다면서. 루신다는 내 영혼 안내인들이 7년간 침묵했던 이유는 내가 여행 중에 나 자신을 다시 믿게 하기 위해서였다고 알려준다.

나는 루신다에게 그런 거라면 지금 내가 이야기하고 싶은 그 한 명의 혼령과는 왜 얘기를 할 수 없느냐고 묻는다.

"조급하게 굴지 마. 잃어버린 것부터 찾아." 데스몬드가 말한다.

데스몬드의 말은 언제나 뉴에이지 크립토퀴트*로 가득 차 있다는 사실을 잊고 있었다. 그러나 나는 화를 내는 대신 충고해줘서 고맙다고만 하고 기다린다.

나는 랭햄 부인에게 전화를 걸어 내 무례를 사죄하고 싶다며 무료로 점을 봐주겠다고 제안한다. 그녀는 내켜하지 않지만 외식에 돈을 쓰는 대신 코스트코를 돌아다니면서 시식만 하는 부류의 여자라 내 제안을 거절하지 않으리라는 걸 나는 안다. 그녀가 왔을 때 나는 속이지 않고 처음으로 그녀의 남편 버트와 실제로 이야기를 나눈다. 이제 보니 그 남편은 살아 있을 때만큼이나 내세에서도 세상 물정 모르는 얼간이다. "아내가 나한테 원하는 게 뭡니까?" 그는 투덜거린다. "허구한 날 떽떽거리기만 하더니. 난 내가 죽어버려도 제발이지 아내가 날 좀 내버려뒀으면 했던 사람이오."

"남편분은." 나는 그녀에게 말한다. "부인이 그만 좀 따라다니면 좋겠다고 생각하는 이기적이고 고마워할 줄 모르는 바보네요." 나는 그가 말한 그대로 옮겨준다.

* 암호화된 문장을 해독하는 일종의 퍼즐.

랭햄 부인은 순간 말이 없다. 잠시 후 대답한다. "남편이 하던 소리 그대로네요."

"으흠."

"하지만 전 사랑했어요." 그녀가 말한다.

"받을 자격이 없는 분이네요." 내가 말한다.

며칠 후 그녀는 재정 문제와 중요한 결정들에 대한 조언을 구하고 싶다며 친구를 데리고 다시 온다. 그녀를 언니라고 부르는 친구다. 나도 모르는 사이 달력 일수가 모자랄 정도로 고객들이 다시 몰려든다.

그러나 날마다 점심때는 짬을 내서 버질의 무덤에서 시간을 보낸다. 분에는 공동묘지가 한 곳뿐이어서 무덤을 찾기는 그리 어렵지 않았다. 나는 그가 좋아할 만한 것들을 가지고 간다. 에그롤, 《스포츠 일러스트레이티드》, 잭 다니엘까지. 술은 마지막 한 방울까지 무덤에 붓는다. 이러면 어쨌거나 잡초가 죽을 수도 있지 않겠는가.

나는 그에게 말을 건다. 경찰에게 제나의 유해가 있는 곳을 알려준 덕에 신문들마다 나에 대한 칭송을 늘어놓았다고 말해준다. 보호소가 사라진 이야기가 분 지역 〈페이턴 플레이스〉*처럼 신문 앞면을 장식하며 전국으로 퍼져나갔다는 것도. 네비 루엘이 죽던 날 밤 나는 할리우드에서 내 쇼를 찍고 있었다는 알리바이가 입증되기 전까지 내가 관심 인물이었다는 것도 말해준다.

"제나하고는 얘기해요?" 하늘에 비구름이 잔뜩 걸려 있는 어느 날 오후 나는 그에게 묻는다. "그 앨 아직 못 찾았어요? 난 그 애가 걱정돼요."

---

* 미국 작가 그레이스 메탈리스의 작품으로 영화로도 만들어졌는데, 페이턴 플레이스라는 조그만 마을에서 살아가는 사람들의 이야기가 소우주처럼 펼쳐진다.

버질도 내게 응답하지 않는다. 데스몬드와 루신다에게 이유를 물으니 버질이 만약 강을 건넜다면 3차원의 세계를 다시 방문하는 법을 아직 모르기 때문일 거라고 했다. 엄청난 에너지와 집중이 요구되는 일이어서 학습을 해야 한다고 했다.

"당신이 그리워요." 나는 버질에게 말한다. 이건 진심이다. 겉으로만 좋은 척하고 실제로는 시기하는 동료들이 있었다. 내가 할리우드 연회에 초대를 받는 사람이라 어울리고 싶어 하는 지인들도 있었다. 그러나 진정한 친구는 한 번도 가져보지 못했다. 날 의심하면서도 무조건적으로 받아들여주는 사람은 한 명도 없었다.

묘지에서는 헤드폰을 낀 채 제초기를 들고 돌아다니는 관리인만 아니면 혼자 있을 때가 많았다. 그러나 오늘은 울타리 근처에서 무슨 일이 진행되고 있다. 많지는 않지만 사람들이 모여 있다. 장례식인가?

무덤가에 있는 사람들 중 내가 아는 얼굴이 있다. 밀즈 형사다.

그는 나를 단번에 알아본다. 머리가 분홍색이어서 누릴 수 있는 특권 중 하나다. "존스 양, 다시 보니 반갑네요." 그가 말한다.

나는 미소를 지어 보인다. "저도요." 주위를 흘깃 보니 처음에 생각한 것보다 인원이 많지 않다. 상복을 입은 여인 한 명, 다른 경찰 두 명, 묘지 관리인이 전부다. 관리인은 작은 나무 상자 위에 갓 뜬 흙을 덮어 톡톡 두들기고 있다.

"오늘 와주셔서 고맙습니다." 밀즈 형사가 말한다. "메트캐프 박사님도 감사하고 있답니다."

자기 이름이 들리자 그 여인이 돌아본다. 창백하고 초췌한 얼굴이 사자의 갈기 같은 빨간 머리에 둘러싸여 있다. 제나를 실물로 다시 보는 듯하다. 나이가 조금 더 많고, 마음의 상처가 조금 더 많은 제나를.

그녀가 손을 내민다. 내가 그토록 절실히 찾으려 애썼던 여인이 말 그대로 내 앞에 서게 되었다. "세레니티 존스라고 합니다." 나는 말한다. "부인의 따님을 찾은 사람입니다."

ALICE

앨리스

내 아이의 남은 유해는 그리 많지 않다.

과학자로서 말하면 무덤이 얕으면 시신이 부패할 확률이 더 높다. 포식자들이 흙을 파헤쳐 뼛조각을 먹어 치우기도 한다. 아이의 유해는 작은 구멍이 많고 콜라겐도 많아 산성 토양에서 부패가 더 잘 된다. 그런 사실을 알면서도 가느다란 뼈들이 나뭇가지를 쌓아 놓은 듯 엉켜 있는 것을 보니 영 낯설기만 하다. 척추, 두개골, 대퇴골 하나, 지골 여섯 개.

나머지는 없다.

솔직히 말하겠다. 나는 돌아오지 않으려고도 했다. 내 속에는 예정된 일을 마음 졸이며 기다리고 있는 내가 있었다. 이것이 내가 빠질 함정이고 비행기에서 내리면 내게 수갑이 채워질 거라는 예감이 자꾸 들었다. 그러나 내 아이의 문제였다. 내가 10여 년을 기다려왔던 일이 종료된 것이었다. 그러니 어떻게 가지 **않을** 수 있을까?

밀즈 형사가 모든 준비를 도맡아 해주었고 나는 요하네스버그에서 날아왔다. 나는 제나의 관이 입 벌리고 비명을 지르는 듯한 땅 속으로 내려가는 것을 지켜보면서 '이건 아직 내 딸이 아니야'라고 생각한다.

매장이 끝난 후 밀즈 형사가 내게 뭘 좀 먹겠느냐고 묻는다. 나는 고개를 젓는다. "피곤해요." 내가 말한다. "저는 쉬어야겠어요." 그러나 나는 숙소로 돌아가지 않고 렌터카를 타고 토마스가 10년째 살고 있는 하트윅 하우스로 간다.

"토마스 메트캐프를 면회하러 왔는데요." 나는 접수대 간호사에게 말한다.

"누구신지?"

"아내예요." 내가 말한다.

그녀가 놀란 얼굴로 나를 본다.

"무슨 문제 있어요?" 내가 묻는다.

"아니요." 그녀는 정신을 차린다. "원체 방문객이 없는 분이라서요. 이 복도를 따라가시면 왼쪽 세 번째 방에 계십니다."

토마스의 문에는 웃는 얼굴 스티커가 붙어 있다. 문을 여니 한 남자가 창문 옆에 앉아 책을 두 손에 받친 채 무릎 위에 올려놓고 있다. 나는 처음에 잘못 들어왔다고 믿는다. 이건 토마스가 아니다. 토마스는 백발이 아니다. 토마스는 등이 굽지도, 어깨가 좁지도, 가슴이 움푹 파이지도 않은 사람이다. 하지만 그 순간 그가 고개를 돌리면서 미소를 짓는데, 이 새로운 얼굴 밑에서 내가 기억하고 있는 남자의 이목구비가 잔물결처럼 번져나간다.

"앨리스." 그가 말한다. "도대체 어딜 **다녀온 거야?**"

지나온 세월을 생각하면 너무 단도직입적이고 너무 터무니없는 질문이어서 나는 피식 웃고 만다. "아, 여기저기." 내가 말한다.

"당신한테 할 말이 무지 많아. 어디서부터 시작해야 할지도 모르겠다고."

하지만 그가 말을 할 새도 없이 문이 다시 열리더니 잡역부가 들어온다. "방문객이 오셨다고 들었는데, 토마스. 공동실로 내려가고 싶어?"

"안녕하세요, 앨리스라고 해요." 나는 내 소개를 한다.

"내가 올 거라고 했잖아." 토마스는 우쭐해하며 말한다.

잡역부가 고개를 젓는다. "아이고 내가 졌네. 얘기 **많이** 들었습니다, 부인."

"난 앨리스랑 단둘이 얘기했으면 좋겠는데." 토마스가 말을 하자 내 마음 깊은 곳에 박힌 응어리가 느껴진다. 10년이면 우리가 나누어야 할 대화의 날 선 면들이 무뎌졌기를 바랐건만 내가 순진했다.

"그럼 괜찮지." 잡역부는 뒷걸음질로 나가면서 내게 윙크를 한다.

지금이야말로 토마스가 내게 그날 밤 보호소에서 일어난 일을 물을 순간이다. 우리가 중단한 그 끔찍하고 충격적인 지점으로 다시 돌아갈 때이다. "토마스, 정말로, 정말로 미안해." 나는 내 책임을 통감하며 말한다.

"당연히 그래야지." 그가 대답한다. "당신도 이 논문의 공동 저자니까 말이야. 당신한테는 당신 일이 중요하다는 것도 알고, 그걸 못하게할 마음도 추호도 없지만, 다른 사람이 당신 가설을 도용하기 전에 출판부터 해야 한다는 건 누구보다 당신이 이해를 해줘야지."

나는 눈을 깜박거린다. "뭐라고?"

그가 내게 손에 쥐고 있던 책을 건넨다. "부디, 조심해. 도처에 스파이가 깔려 있다고."

그것은 닥터 수스가 쓴 책이다. 『초록 달걀과 햄』.

"이게 당신 논문이야?" 내가 묻는다.

"암호문으로 되어 있어." 토마스는 속삭이듯 작게 말한다.

내가 여기 온 이유는 나 말고 살아남은 사람을, 내 인생 최악의 밤을 이해해주고 그 기억을 같이 짊어줄 사람을 찾을 수 있을까 싶어서였다. 그러나 토마스는 과거에 깊이 갇혀 있어 미래를 받아들일 수가 없다.

어쩌면 이편이 더 건강할지도 모른다.

"제나가 오늘 뭘 했는지 알아?" 토마스가 말한다.

눈물이 솟구친다. "말해봐."

"냉장고에서 좋아하지도 않는 야채를 몽땅 꺼내더니 코끼리들한테 주겠다는 거야. 야채는 너한테 좋은 거라고 했더니 그 애 말이 이건 그냥 실험이고 코끼리들은 자기 통제 영역 안에 있다는 거야." 그가 나를 보고 씩 웃는다. "세 살이 이 정도로 영특한데 스물세 살이 되면 어떻겠어?"

모든 것이 잘못되기 전, 보호소가 도산하고 토마스가 병들기 전, 우리 가족이 행복했던 순간이 있었다. 그는 우리의 갓난애를 말없이 품에 안았다. 나를 사랑했고, 아이를 사랑했다.

"놀라운 애가 될 거야." 토마스는 자신의 반어적 물음에 스스로 답을 내린다.

"맞아. 그럴 거야." 나는 잠긴 목소리로 말한다.

나는 숙소로 돌아와 신발과 재킷을 벗고 블라인드를 친다. 책상 회전의자에 앉아 거울을 응시한다. 이것은 마음이 평안한 사람의 얼굴이 아니다. 딸을 찾았다는 연락을 받으면 느끼게 될 거라고 생각했던 그 마음이 전혀 아니다. **현실**과 **만약** 사이에 다리를 걸치고 있을 필요가 없어지지 않았는가. 그런데도 여전히 뿌리박혀 있는 느낌이다. 꼼짝할 수가 없다.

텔레비전에 비친 멍한 얼굴이 나를 조롱한다. TV는 켜고 싶지 않다. 뉴스 진행자가 떠들어대는 세상의 새로운 공포에 대해, 끝도 없는 비극에 대해 듣고 싶지 않다.

노크 소리가 들려 나는 화들짝 놀란다. 이 도시에는 내가 아는 사람이 없다. 누가 올 가능성은 한 가지뿐이다.

경찰이 내가 한 짓을 알아내 마침내 찾아온 것이다.

나는 마음을 다잡고 심호흡을 한다. 괜찮다, 정말이다. 예상했던 일이 아닌가. 앞으로 어떻게 되든 지금은 제나가 어디에 있는지 알지 않는가. 남아프리카 아기들은 잘 돌볼 줄 아는 사람들의 손에 맡겨져 있지 않은가. 그러니, 나는 갈 준비가 되어 있다.

그러나 문을 여니 분홍색 머리를 한 여자가 문지방에 서 있다.

솜사탕, 진짜 그렇게 보인다. 나는 단 것을 무지 좋아하는 제나에게 솜사탕을 먹여주곤 했다. 아프리칸스어*로 솜사탕은 스푸크 아셈spook asem이라고 하는데 '유령의 숨결'이라는 뜻이다.

"안녕하세요." 그녀가 말한다.

이름이 뭐였더라. 트랜퀼리티던가…… 세레니티던가…… 그랬는데.

"저는 세레니티예요. 아까 만났었죠."

---

* 남아프리카공화국과 나미비아에서 백인들이 주로 사용하는 언어로 네덜란드어와 유사하다.

제나의 유해를 찾았다던 여자. 원하는 게 대체 뭘까 궁금해하며 그녀를 빤히 본다. 사례금인가?

"제가 부인의 따님을 찾았다고 말씀드렸을 텐데요." 그녀가 입을 여는데, 목소리가 떨리고 있다. "사실은 거짓말이었어요."

"밀즈 형사 말이 댁이 이를 가지고 왔다던데……"

"그랬죠. 하지만 사실은 제나가 먼저 **저를** 찾았어요. 일주일 전쯤에요." 그녀는 머뭇거린다. "저는 심령술사예요."

내 딸의 뼈가 묻히는 것을 본 스트레스 탓일지 모른다. 토마스는 운 좋게 이런 일이 일어난 적이 없는 세상에 갇혀 있다는 걸 알게 된 탓일지 모른다. 스물두 시간을 날아와 아직도 시차와 싸우고 있는 탓일지 모른다. 이 모든 이유로 내 속에서 분노가 들불처럼 끓는다. 나는 세레니티의 두 팔을 세게 치며 그녀를 떠민다. "어떻게 **이럴** 수가 있어요?" 내가 말한다. "내 딸이 죽었다는 사실을 어떻게 이렇게 우습게 볼 수 있어요?"

그녀는 내게서 예기치 못한 습격을 받고 뒤로 넘어진다. 그녀의 큼지막한 지갑이 우리 둘 사이에 쏟아진다.

그녀는 무릎을 꿇고 쏟아진 물건들을 주워 담는다. "우습게 보다니, 그건 **절대** 아니에요." 그녀가 말한다. "제가 여기 온 건 제나가 부인을 얼마나 사랑했는지 말해주기 위해서예요. 제나는 자기가 죽었다는 사실을 몰랐어요, 앨리스. 그 앤 엄마가 자기를 두고 떠났다고만 생각했어요."

이 삼류 작가가 하고 있는 짓은 더없이 위험하다. 나는 과학자이고, 그녀가 하고 있는 말은 터무니없지만 그렇다 해도 내 가슴이 사정없이 난도질당할 수 있다.

"당신 여기 왜 왔어요?" 나는 분개하며 말한다. "돈 때문이에요?"

"저는 제나를 볼 수 있었어요." 여자는 우겨댄다. "얘기도 나누고 만질 수도 있었어요. 저는 제나가 혼령인 줄 몰랐어요. 십 대 소녀라고만 생각했어요. 전 그 애가 먹고 웃고 자전거 타고 휴대전화에 남겨진 음성을 확인하는 것도 보았어요. 지금 당신처럼 제겐 그 애가 실재처럼 보이고 들렸어요."

"왜 하필 **당신**이죠?" 나는 어느새 묻고 있다. "왜 그 애가 **당신**한테 갔는데요?"

"그 앨 알아본 몇 안 되는 사람들 중 한 명이었던가 봐요. 유령들은 우리 도처에서 이야기를 나누고 호텔에 투숙하고 맥도널드에서 먹는 등 당신과 제가 일상적으로 하는 일들을 하고 있지만 그들을 볼 수 있는 사람들은 불신을 저만치 밀쳐둘 수 있는 사람들뿐이에요. 아이들이나 정신이상자들, 그리고 심령술사들처럼요." 그녀는 머뭇거린다. "제나가 저한테 **온 건** 제가 그 애 목소리를 들을 수 있어서일 거예요. 하지만 그 애가 **머물렀던** 건 제가 엄마를 찾아줄 수 있다고 알아서일 거예요. 저는 몰랐는데도 말이죠."

나는 지금 울고 있다. 눈앞이 선명하지 않다. "가주세요. 그냥 가주세요."

그녀는 일어나면서 무슨 말인가를 하려다 다시 생각해보고는 고개만 까닥하고 복도를 걷기 시작한다.

바닥을 흘깃 보니 뭔가가 눈에 띈다. 지갑에서 떨어졌는데 그녀가 모르고 챙기지 못한 작은 종잇조각이다.

나는 문을 닫는 게 맞다. 안으로 들어가는 게 맞다. 그러나 어느새 쭈그리고 앉아 그것을 집어 든다. 아주 작은 종이 코끼리다.

"이거 어디서 났어요?" 나는 작은 소리로 묻는다.

세레니티가 걸음을 멈춘다. 그녀가 돌아서서 내가 손에 들고 있는 것을 본다. "부인의 따님한테서요."

과학의 98퍼센트는 수량화할 수 있다. 당신은 진이 빠질 때까지 연구를 할 수 있다. 반복적이거나 스스로를 고립시키거나 공격적인 행동들을 눈앞이 흐릿해질 때까지 열거해놓고 그 행동들을 트라우마의 지표로 상호 참조할 수 있다. 그러나 코끼리가 왜 가장 친한 친구의 무덤에 자기가 좋아하는 타이어를 두고 가는지, 어미가 왜 결국에는 죽은 새끼 곁을 떠나는지는 결코 설명할 수 없다. 그것이 과학으로 측정하거나 설명할 수 없는 2퍼센트 영역이다. 그렇다고 해서 존재하지 않는다는 의미는 아니다.

"제나가 또 무슨 말을 하던가요?" 내가 묻는다.

천천히, 세레니티가 내 쪽으로 걸음을 뗀다. "많은 걸요. 엄마가 보츠와나에서 일했다고. 엄마도 자기랑 똑같은 운동화가 있었다고. 엄마가 자기를 코끼리 구역에 데리고 다녔고, 그것 때문에 아빠가 화를 냈다고. 엄마 찾는 일을 한 번도 멈춘 적이 없다고."

"알겠어요." 나는 눈을 감으면서 말한다. "그리고 내가 살인자라고도 말하던가요?"

기드온과 내가 오두막에 도착하니 현관문이 활짝 열려 있고 제나가 없었다. 나는 숨을 쉴 수도, 생각을 할 수도 없었다.

나는 토마스가 아이를 데리고 있을지 모른다고 생각하며 사무실로 뛰어 들어갔다. 그러나 토마스는 팔베개를 하고 혼자 있었다. 책상 위에는 알약들이 색종이 조각처럼 흩어져 있고 반쯤 비운 위스키 병이 놓여 있었다.

그가 내 딸도 없이 술에 취해 엎어져 있는 모습을 본 순간 나는 제나가 어디에 있는지를 여전히 모른다는 사실에 극도의 불안에 휩싸였다. 먼젓번과 똑같았다. 제나는 깼을 때 내가 없는 것을 알았을 것이다. 그 아이의 최대 악몽이 지금은 나의 악몽으로 바뀌고 있었다.

방안을 짠 사람은 기드온이었다. 나는 명료한 사고를 할 수 없었다. 그가 불침번을 서고 있는 네비에게 무전을 쳤고, 그녀가 답을 하지 않아 우리는 찢어져서 찾아보기로 했다. 그는 아시아 축사로 향했고, 나는 아프리카 구역으로 달려갔다. 이런 기시감이라니, 지난번 제나가 행방불명되었던 때와 너무나 흡사해 나는 네비가 아프리카 울타리 안쪽에 서 있는 것을 보고도 놀라지 않았다. "아이하고 같이 있어요?" 나는 소리쳤다.

칠흑같이 어두웠고, 달조차 흘러가는 구름에 가려져 있어 내가 알아볼 수 있는 것은 프레임이 딱딱 맞지 않는 옛날 영화처럼 형체가 흐릿하고 불규칙했다. 그러나 내가 아이라는 말을 내뱉었을 때 네비의 얼굴이 굳어지는 것은 알아챌 수 있었다. 그녀의 입이 뒤틀리면서 칼날같이 날카로운 미소를 짓는 것도. "네 딸을 잃은 기분이 어때?" 그녀가 물었다.

미친 듯이 주위를 둘러보았지만 너무 어두워서 한 치 앞도 잘 보이지 않았다. "제나!" 소리쳐 불러도 아무런 대답이 없었다.

나는 네비를 움켜잡았다. "애한테 무슨 짓을 한 건지 말해요." 나는 대답을 들으려고 그녀를 마구 흔들었다. 그러는 동안에도 그녀는 싸늘하게 웃고 또 웃을 뿐이었다.

네비는 강했지만 나는 마침내 두 손으로 그녀의 목을 졸랐다. "말하라고." 나는 그녀에게 소리쳤다. 그녀가 얼굴을 일그러뜨리며 숨을 헐떡였다. 코끼리들이 물을 마시려고 파둔 구덩이들 때문에 낮에도 코끼리 구역은 다니기가 위험한데, 밤이면 지뢰밭이나 마찬가지였다. 그래도 상관없었다. 내가 원하는 건 오직 대답이었다.

우리는 앞으로 휘청했다. 뒤로 휘청했다. 그러다 내가 발을 헛디뎠다.

제나의 작은 몸뚱이가 피투성이가 된 채 땅에 누워 있었다.

심장이 빠개질 때 나는 소리는 거칠고 사납다. 그때의 고통은, 폭포나 다름없다.

"네 딸을 잃은 기분이 어때?"

분노가 내 속에서 솟구쳐 올라 몸속을 휘휘 돌아 내 몸을 들어 올렸고 나는 네비에게 달려들었다. "당신이 애를 저렇게 한 거야." 나는 소리쳤지만, 그 순간에도 조용히 생각했다. '아니야. 내가 그런 거야.'

네비는 나보다 강했고 자기 목숨을 걸고 싸우고 있었다. 나는 내 아이의 죽음을 걸고 싸우고 있었다. 그러다 나는 오래된 물웅덩이에 빠지고 말았다. 나는 네비든 뭐든 붙잡으려 했지만, 어느 순간 눈앞이 캄캄해졌다.

그 다음 일은 기억이 나지 않는다. 내가 지난 10년 동안 매일같이 기억하려 애썼다는 것은 신만이 아실 것이다.

정신이 들었을 때는 여전히 어두웠고 머리가 욱신거렸다. 얼굴과 목덜미로 피가 흘러내렸다. 너무 어지러워 일어설 수가 없어 기어서 내가 빠져 있던 물웅덩이를 나와 네 발 자세 그대로 주위를 둘러보았다.

네비가 두개골이 열린 채 나를 빤히 올려다보고 있었다.

그리고 내 아이의 시신은, 사라지고 없었다.

나는 울부짖고 뒷걸음질 치고 머리를 흔들면서 제나가 있었던 텅 빈 장소를 보지 않으려 애썼다. 허둥지둥 일어나 달렸다. 내 딸을 잃어서, 그것도 두 번이나 잃어서 달렸다. 네비 루엘을 내가 죽였는지 기억할 수가 없어 달렸다. 온 세상이 거꾸로 뒤집힐 때까지 달렸다. 깨어보니 병원이었다.

"네비는 죽었고, 제나는 없어졌다고 말해준 사람은 간호사였어요." 나는 세레니티에게 말한다. 그녀는 책상 회전의자에 앉아 있고 나는 침대 끝에 걸터앉아 있다. "나는 어찌해야 할지 몰랐어요. 내 딸의 시신을 보았지만, 보았다고 하면 내가 네비를 죽였다는 것을 알고 경찰이 날 체포할 거라서 아무한테도 말할 수가 없었어요. 기드온이 제나를 발견하고 옮겨놓았을 수도 있지만 내가 네비를 죽인 사실을 알지도 모른다고 생각했어요. 경찰에 벌써 알렸을지도 모를 일이었고요."

"하지만 부인은 죽이지 않았어요." 세레니티가 내게 말한다. "시신은 짓밟혀 있었어요."

"후겠죠."

"부인처럼 뒤로 자빠져 머리가 부딪혔을 수도 있어요. 그렇게 된 게 부인 때문이었다고 해도 경찰은 이해했을 거예요."

"내가 기드온과 자는 사이였다는 게 밝혀지기 전까지는 그랬겠죠. 내가 그 사실을 거짓말했다면 다른 것들도 거짓말로 비칠 수 있었어요." 나는 무릎을 내려다본다. "당황스러웠어요. 어리석은 짓이었지만 도망을 쳤죠. 그냥 머리를 식히고 어떻게 할지 충분히 생각하고 싶었어요. 당시는 나란 인간이 얼마나 이기적이었는지, 그것 때문에 어떤 대가를 치렀는지만 알 수 있었어요. 배 속 아기, 기드온, 토마스, 보호소, 제나까지."

"엄마?"

나는 세레니티 존스의 얼굴을 지나 책상 뒤에 있는 거울을 응시하고 있다. 그런데 세레니티의 분홍색 올림머리 대신 한 가닥으로 땋은 어수선한 적갈색 머리가 흐릿하게 보인다.

"저예요." 그 애가 말한다.

나는 숨을 헉 들이킨다. "제나?"

아이의 목소리가 기뻐 파닥거린다. "이젠 알았어요. 엄마만 살아 있다는 걸요."

10년 전 내가 무엇을 피해 달아났는지, 무엇 때문에 달아나기부터 했는지 인정하는 데는 그 말이면 충분했다. "엄마는 네가 살아 있지 **않다는 걸** 알고 있었어." 나는 작은 소리로 말한다.

"왜 떠났어요?"

눈물이 앞을 가린다. "그날 밤, 누워 있는, 너를…… 봤어. 엄마는 네가 떠났다는 걸 알았어. 그렇지 않았다면 난 절대 떠나지 않았을 거야. 끝까지 널 찾으려고 했을 거야. 하지만 너무 늦어버렸어. 엄마는 널 살릴 수가 없어서 날 살리려고 했어."

"엄마가 날 사랑하지 않는다고 생각했어요."

"난 널 사랑했어." 나는 숨을 헐떡인다. "아주, 아주 많이. 하지만 서툴렀구나."

책상 뒤, 세레니티가 앉아 있는 의자 뒤 거울에 비친 영상이 선명해진다. 민소매 티셔츠, 귀에 걸린 작은 금색 고리.

나는 세레니티가 거울을 마주볼 수 있게 책상 의자를 돌려준다.

아이의 이마는 토마스처럼 넓고 턱은 뾰족하다. 대학 시절 내 골칫거리였던 주근깨가 있다. 눈은 내 눈을 빼닮았다.

제나는 예쁘게 컸다.

"엄마." 그 애가 말한다. "엄마는 날 더할 나위 없이 사랑했어요. 내가 엄마를 찾을 때까지 날 여기 묶어둘 만큼."

어떻게 이렇게 쉬울 수 있지? 사랑이 거창한 몸짓이나 공허한 맹세나 깨지기 마련인 약속이 아니고, 용서의 증거가 될 수 있지? 기다리고 있는 사람에게 인도해주는, 기억으로 만든 빵 조각일 수 있지?

"엄마 잘못이 아니었어요."

그 말에 나는 무너진다. 제나가 그 말을 해주고서야 내가 그 말을 얼마나 듣고 싶어 했는지를 알겠다.

"난 엄마를 기다릴 수 있어요." 내 딸이 말한다.

나는 거울 속 아이와 눈을 맞춘다. "아니야." 내가 말한다. "넌 충분히 기다렸어. 사랑한다, 제나. 언제나 사랑했고 앞으로도 그럴 거야. 네가 누군가를 떠난다고 해서 그들과 영영 이별하는 건 아니야. 엄마를 볼 수 없었을 때조차 넌 내가 있다는 걸 속으로는 알았잖니. 그러니까 엄마도 널 볼 수 없을 때도 네가 있다는 걸 알 거야." 나는 갈라진 목소리로 말한다.

내가 이 말을 하자마자 제나의 얼굴이 보이지 않는다. 내 옆에 있는 세레니티의 얼굴만 보인다. 그녀는 얼떨떨하고 멍해 보인다.

그러나 세레니티는 나를 보고 있지 않다. 그녀는 제나가 걸어가고 있는 거울 속 소실점을 응시하고 있다. 다시는 자라지 못할 흐느적거리고 앙상한 팔꿈치와 무릎을. 점점 작아지는 제나를 보고 있으니 그 아이가 내게서 멀어지는 것이 아니라 누군가에게 가까워지고 있다는 걸 알겠다.

그 아이를 기다리고 있는 사람이 누군지는 모르겠다. 머리를 짧게 잘랐고 파란색 플란넬 셔츠를 입고 있다. 기드온이 아니다. 내가 한 번도 본 적이 없는 사람이다. 하지만 그가 반갑다며 손을 흔들자 제나도 흥분해서 손을 흔든다.

그 남자 옆에 서 있는 코끼리는 알아보겠다. 제나가 그 앞에 멈추자 마우라가 코로 내 아기를 감싸 내가 해줄 수 없는 포옹을 해주고 있다. 그들 셋은 돌아서서 걸어간다.

나는 지켜본다. 눈을 크게 뜨고서 그 애가 보이지 않을 때까지.

제나

이따금 나는 돌아가서 엄마를 방문한다.

밤도 아니고 낮도 아닌 시간에 찾아간다. 내가 가면 엄마는 어김없이 깬다. 그리고 탁아소에 도착한 고아 코끼리들에 대해 말해준다. 지난주에 야생동물 관리국에서 했던 연설도 들려준다. 시라와 거티처럼 강아지를 친구로 삼은 새끼 코끼리에 대해서도 말해준다.

이런 이야기들은 내가 그리워한 잠자리 동화 같다.

내가 가장 좋아하는 이야기는 '코끼리에게 속삭이는 남자'로 불리는 남아프리카 출신의 어떤 남자에 관한 실화다. 그의 진짜 이름은 로렌스 앤서니였고, 우리 엄마처럼 그도 코끼리들을 포기할 생각이 없었다. 유달리 사나운 두 코끼리 무리가 엄청난 파괴를 일으켜 총살당할 지경에 처했을 때 그는 그들을 구해내 자신의 야생보호지역으로 데려가 재활을 도왔다.

로렌스 앤서니가 죽었을 때 그 두 무리는 줄루란드 숲을 반나절 이상 걸어서 그의 사유지를 둘러싸고 있는 담벼락 밖에 서 있었다. 그들이 이 집을 찾은 것은 1년 반 만이었다. 코끼리들은 이틀을 조용히 머물며 입회인이 되었다.

앤서니가 죽은 사실을 코끼리들이 어떻게 알았는지는 설명할 길이 없다.

나는 그 답을 안다.

사랑했지만 떠난 사람을 생각하고 있다면 당신은 이미 그와 함께 있는 것이다.

나머지는 곁가지에 불과하다.

이 책은 허구지만 세계적인 코끼리의 곤경은 슬프게도 허구가 아니다. 아프리카에 퍼져 있는 가난과 아시아에서 커지고 있는 상아 시장 때문에 상아를 사고팔려고 밀렵이 증가하고 있다. 케냐와 카메룬과 짐바브웨, 중앙아프리카공화국, 보츠와나와 탄자니아, 수단에는 입증된 사례들이 있다. 조셉 코니*가 콩고민주공화국에서 밀렵한 상아를 불법적으로 거래하기 위해 우간다 신의 저항군**에게 자금을 대고 있다는 소문도 있다. 대부분의 불법 수송물은 규제가 약한 국경을 넘어 케냐와 나이지리아에 있는 항구를 거쳐 타이완과 태국과 중국 같은 아시아 국가들로 보내진다. 중국 측은 상아 제품을 거래하지 못하게 금해왔다

---

* Joseph Kony. 우간다 출신의 세계적으로 악명을 떨치고 있는 악한으로 20년 넘게 우간다의 아이들을 대상으로 강간, 폭행, 살인을 저질렀다. 어린이를 비롯한 민간인 수천 명을 학살한 혐의로 국제형사재판소 지명 수배 1순위에 올라 있다.
** 1987년 설립된 우간다의 반군 조직으로 조셉 코니가 지도자다.

고 하지만 홍콩 정부가 최근에 탄자니아에서 시가 2백만 달러가 넘는 불법 상아를 싣고 온 배 두 척을 붙잡았다. 이 글을 쓰기 얼마 전에는 짐바브웨에서 코끼리 41마리가 청산가리를 탄 웅덩이 물을 마시고 독살됐는데, 그때 얻은 상아의 가치는 12만 달러였다.

코끼리 사회에 밀렵이 이루어지고 있다는 사실은 개체군 역학이 비스듬해지는 것을 보면 알 수 있다. 쉰 살이 되면 수코끼리의 상아가 암코끼리의 상아보다 일곱 배 이상 무거워지기 때문에 첫 번째 표적은 언제나 수코끼리다. 밀렵꾼들의 다음 목표물은 암코끼리다. 암컷 우두머리는 덩치가 가장 큰 만큼 상아도 가장 무겁기 마련인데, 우두머리가 살해되면 사상자는 우두머리만이 아니다. 뒤에 남겨진 새끼들의 수도 계산에 넣어야 한다. 조이스 풀과 이언 더글러스 해밀턴은 야생에서 코끼리들을 연구 대상으로 삼고 밀렵을 막고 코끼리 사회의 붕괴를 비롯해 상아 암거래의 영향에 관한 인식을 넓히는 데 전념해온 전문가들이다. 최근의 추정치에 따르면 아프리카에서 연간 3만 8천 마리가 도살되고 있다고 한다.

그러나 코끼리들을 위협하는 것은 밀렵만이 아니다. 코끼리 등에 올라타는 사파리 여행, 동물원, 서커스에 팔리기 위해 포획되기도 한다. 남아프리카에서는 코끼리 개체 수가 너무 불어난 1990년대에 체계적인 도태가 이루어졌다. 헬리콥터로 근육이완제가 전 종족에 발사되었는데, 이것을 맞으면 몸은 마비되지만 의식은 잃지 않았다. 그래서 코끼리들은 인간들이 자기네 땅에 들어와 조직적으로 돌아다니면서 귀뒤에 마취총을 쏜다는 사실을 십분 인지했다. 결국 사냥꾼들은 새끼들이 어미 곁을 떠나지 않는다는 사실을 깨닫고 새끼들을 어미 시신에 묶어서 이송할 준비를 했다. 그들 중 몇몇은 외국의 서커스나 동물원에 팔려 나갔다.

그런 코끼리들이 테네시 주 호엔발트에 있는 코끼리 보호소 같은 곳에 와서 포로의 삶을 끝낼 수 있으면 운이 좋은 경우였다. 토마스 메트캐프의 뉴잉글랜드 코끼리 보호소는 허구적 장치지만 테네시 주의 코끼리 보호소는 다행히도 실재다. 또한 내가 지어낸 가상의 코끼리들은 모두 테네시 주 보호소에 있는 코끼리들의 가슴 아픈 실제 이야기에 바탕을 두고 있다. 책에 등장하는 시라처럼 코끼리 타라에게는 늘 붙어 다니는 강아지 친구가 있었다. 완다의 실제 모델인 시시는 홍수에서 살아남았다. 릴리는 선박 화재의 고통을 딛고 살아났지만 뒷다리가 심하게 부러져 지금도 어색하게 걸어 다니는 셜리를 토대로 그렸다. 책에서 늘 붙어 있는 올리브와 디온은 서로 떨어질 줄을 모르는 미스티와 둘라리의 가명이다. 반항적인 태도를 지닌 아프리카 코끼리 헤스터는 짐바브웨에서 대량 도태로 고아가 된 플로라가 모델이다. 이 아가씨들은 운이 좋은 코끼리들이다. 감금된 채 살아오고 일해온 코끼리들을 평화롭게 은퇴할 수 있게 해주는 세계 몇 안되는 보호소에 살기 때문이다. 이 이야기들은 지금도 서커스에서 학대를 받거나 동물원이라는 열악한 환경에서 지내는 무수한 코끼리들의 아주 작은 사례들에 불과하다.

나는 동물애호가들에게 테네시 주 호엔발트에 있는 코끼리 보호소 홈페이지 www.elephants.com을 방문해볼 것을 적극 권한다. 코끼리 영상을 시청할 수 있을 뿐 아니라(조심하라, 여러분의 소중한 작업 시간을 잃을 수 있으니), 코끼리를 '입양하거나' 동물애호가를 추모하여 기부를 하거나 하루 날을 잡아 코끼리들에게 먹이를 줄 수도 있다. 양은 작아도 상관없다. 모두가 진심으로 고마워할 것이다. 전 세계적으로 통합적이고 자연적인 코끼리 보호소 설립 작업을 돕고 있는 세계 코끼리 보호소 www.globalelephants.org도 방문해달라.

밀렵이나 야생 코끼리들에 대해 더 많이 알고 싶거나 밀렵을 방지하고자 국제적인 제재를 따내려고 싸우는 사람들에게 기부를 하고 싶다면 여기를 방문해보라. www.elephantvoices.org, www.tusk.org, www.savetheelephants.org.

마지막으로 내가 이 소설을 쓰는 동안 참고한 중요한 자료들을 소개하고 싶다. 앨리스의 연구는 대부분 이 사람들의 놀라운 실제 연구와 통찰에서 빌려온 것이다.

로렌스 앤서니, 『코끼리에게 속삭이는 남자*The Elephant Whisperer*』, 토머스 던 북스, 2009년.

G. A. 브래드쇼, 『코끼리는 아프다*Elephants on the Edge*』, 예일 대학 출판, 2009년. (우리나라에서는 현암사에서 2011년에 출간되었다.)

칩 코피, 『심령술사 되기*Growing up Psychic*』, 쓰리 리버즈 프레스, 2012년.

이언 더글러스 해밀턴, 오리아 더글러스 해밀턴, 『코끼리들 속에서*Among the Elephants*』, 바이킹 프레스, 1975년.

바바라 J. 킹, 『동물들은 어떻게 슬퍼하는가*How Animals Grieve*』, 시카고 대학 출판, 2013년.

신시아 모스, 『코끼리의 기억*Elephant Memories*』, 윌리엄 모로우, 1988년.

신시아 J. 모스, 크로즈 하비, 리 C. 필리스 편집, 『암보셀리 코끼리들*Amboseli Elephants*』, 시카고 대학 출판, 2011년.

제프리 무사이에프 메이슨, 수잔 매카시, 『코끼리들은 언제 우는가*When Elephants Weep*』, 델라코트 프레스, 1995년.

케이틀린 오코넬, 『코끼리의 비밀 감각 *The Elephant's Secret sense*』, 프리 프레스, 2007년.

조이스 풀, 『코끼리들과 성장하기 *Coming of Age with Elephants*』, 하이페리온, 1996년.

대프니 셸드릭, 『아프리칸 러브 스토리 *Love, Life, and Elephants*』, 파라, 스트라우스&지루, 2012년. (우리나라에서는 문학동네에서 2014년에 출간되었다.)

그리고 코끼리와 코끼리 사회를 지속적으로 공부하는 연구원들이 쓴 수십 편의 학술 논문들도 있다.

이 책을 쓰는 동안 코끼리들이 인간들보다 훨씬 진화했을지도 모른다고 생각되는 순간들이 있었다. 코끼리들의 애도 습관, 양육 기술, 기억을 공부할 때 그랬다. 독자 여러분들이 이 소설에서 뭔가를 가져간다면 이 아름다운 동물들의 인지 지능과 감정 지능에 대한 인식과 그들을 보호하는 일이 우리 모두에게 달렸다는 이해였으면 좋겠다.

2013년 9월
조디 피코

감사의 글

코끼리 새끼 한 마리를 키우는 데는 무리 전체가 동원된다. 마찬가지로 한 권의 책이 결실을 맺기까지도 많은 사람이 동원된다. 나는 내 책을 출판으로 이끌어준 이 모든 '알로마더들'에게 신세를 졌다.

미제 사건들에 대한 정보를 제공해준 밀리 크누센과 맨해튼 검사 마샤 배시포드에게 고맙다. 수사 업무와 관련해 개별 지도를 해주고 내 정신없는 질문에 빠짐없이 답해준 로드아일랜드 주립 경찰의 존 그래슬 경사에게도 감사드린다. 스포츠 상식을 알려준 앨런 월버와 다른 무엇보다 버섯에 관해 알려준 베티 마틴에게도 고맙다. TV 스타가 되기 전부터 내 오랜 친구였던 〈고스트 헌터스〉의 제이슨 호스는 내게 칩 코프를 소개해주었다. 코프는 자신의 통찰로 날 열광하게 만들고 자신의 경험을 나누어주고 세레니티의 마음이 어떻게 작동하는지를 이해시켜준 놀랍고 유능한 심령술사이다. 이런 것을 전혀 믿지 않는 사람도 칩과 한 시간만 같이 있으면 마음이 바뀔 것이다.

테네시 주 호엔발트에 있는 코끼리 보호소는 실제 장소다. 서커스 공연이나 우리에 갇혀 일생을 보낸 아프리카와 아시아 코끼리들을 위한 천만 제곱미터의 쉼터다. 내가 그 시설에 들어가 이 동물들을 물질적, 정신적으로 치료하기 위해 자신들이 하는 놀라운 작업을 볼 수 있도록 해준 보호소에 정말로 감사드린다. 나는 현재 일하고 있거나 그 보호소와 관련이 있었던 사람들과 이야기를 나눴다. 질 무어, 안젤라 스파이비, 스코트 블라이스와 십여 명의 현직 사육사들이 그들이다. 내 소설에 현실적 기반을 제공해준 것도 고맙지만 무엇보다 그들이 날마다 하는 그 일에 감사드린다.

내게 코끼리 전문가가 필요하다고 했을 때 눈 하나 깜짝하지 않았던 남아프리카 홍보 담당자 아니카 이브라힘에게도 고맙다. 야생 코끼리 지식 창고가 되어주고 보츠와나 툴리 구역에 있는 코끼리 무리를 소개해주고 이 책의 정확도를 점검해준 남아프리카 국립생물다양성협회 응용생물다양성 연구분과의 수석 과학자 지네타 세리아에게도 감사드린다. 코끼리 연구와 보존 세계에서 록스타에 가까운 조이스 풀을 소개해준 터스크의 메레디스 오길비 톰슨에게도 감사드린다. 코끼리 행동에 관한 가장 독창적인 문헌을 쓴 전문가와 직접 이야기할 수 있었던 경험은 지금까지도 감동적이다.

내 '연구 보조'가 되어 내가 이해할 수 있는 방식으로 인지와 기억과 학술 논문들을 설명해주고, 불볕더위에도 유별나게 코트를 휘날리고 다닌 바사 대학교 심리학과 부교수 아비가일 베어드에게도 고마움을 전해야겠다. 코끼리 뼈를 짜 맞추는 작업은 그가 아닌 다른 사람과는 하고 싶지 않은 일이다. 보츠와나 군단의 일원이 또 한 명 있다. '새끼

보조'로 일한 내 딸 사만다 밴 리어이다. 지시를 받고 천 장도 넘는 사진으로 연구를 뒷받침해주고, 모피로 만든 운전대 커버에 브루스라는 이름을 붙여주고, 내게 꼭 필요한 것을 늘 평퍼짐한 바지 속 어딘가에 숨겨주어서 고맙다. 야생에서 어미 코끼리와 딸은 평생을 아주 가깝게 지낸다. 나도 그처럼 운이 좋기를 바란다.

이 책의 새로운 집으로 선정된 곳은 랜덤하우스의 밸런타인 북스이다. 이 소설에 대한 폭발적 반응과 더불어 지난 1년간 무대 뒤에서 일해온 이 놀라운 팀의 일원이 된 것을 영광스럽게 생각한다. 지나 센트렐로, 리비 맥과이어, 킴 허비, 데비 아로프, 산유 딜런, 레이첼 카인드, 데니스 크로닌, 스코트 섀넌, 매튜 슈와르츠, 조이 맥가비, 애비 코리, 테레사 조로, 파올로 페페, 그리고 이 무적함대의 다른 십여 명의 보병들이 그들이다. 당신들의 열정과 생기 덕분에 하루하루를 수월하게 이길 수 있었다. 모든 작가가 이런 행운을 누리지는 않는다. PR의 드림팀에도 감사드린다. 카밀 맥더피, 캐슬린 아례락, 수잔 코코런은 최고의 응원군들이었다. 언제나.

새로운 편집자와 일하는 것은 전통 결혼식과 비슷하다. 사람들을 믿고 당신의 짝을 고르게 하지만 베일을 걷어 올리기 전까진 그가 어떤 사람인지 알 수 없다. 흠, 그런 기준으로 보자면 제니퍼 허시는 굉장히 매력적인 편집자이다. 논평을 달고 제안을 할 때마다 그녀의 통찰과 기품과 지성이 빛을 발한다. 이 소설의 페이지마다 내 피와 땀 못지않게 젠의 피와 땀도 스며들어 있다고 생각한다.

로라 그로스에게는, 그대의 지지와 끈기가 없었다면 내 인생이 지금이 모습이 아닐 거라고 말하고 싶다. 나는 당신이 참 좋다.

나의 어머니 제인 피코는 40년 전에도 내 첫 번째 독자였고 지금도 내 첫 번째 독자이다. 내가 제나를 맨 먼저 쓸 수 있었던 것은 엄마와 나의 감정적 유대와 사랑 때문이다.

마지막으로 나의 나머지 가족, 카일, 제이크, 새미(다시 한 번 더) 그리고 팀에게도 고맙다. 이 책은 우리가 사랑하는 사람들을 우리 곁에 남겨두는 법을 이야기한 책이다. 당신들이 있기에 그 일이 세상에서 가장 중요하다는 것을 나는 안다.

사랑하는 사람을
우리 곁에 남겨두는 법

한 번도 읽지 않을 수는 있지만 일단 첫 페이지를 읽으면 마지막 페이지까지 읽지 않을 수 없게 만드는 작가. 스토리텔링 기술의 대가, 문학성과 상업성이라는 두 마리 토끼를 다 잡는 작가. 22년 동안 23권의 책을 썼고 8권이 뉴욕타임스 베스트셀러에 오른 작가. 대중성에 비해 평단으로부터 저평가 받고 있는 작가. 언론에서 조디 피코를 수식하는 찬사들이다. 『마이 시스터즈 키퍼-쌍둥이별』, 『19분』으로 한국에도 이름을 알린 조디 피코는 이제까지와는 조금은 다른 소설을 내놓았다. 피코의 작법은 일정한 공식을 가지고 있다. 논란이 많은 주제, 다중 시점, 도발적인 대단원이 그렇다. 피코가 도덕적 쟁점으로 삼은 주제는 줄기세포 연구, 데이트 폭력, 가정 폭력, 성적 학대, 10대 자살, 총기 규제 등이다. 이런 주제를 그녀는 변호사나 판사를 등장시켜 법정 공방으로 끌고 가곤 했다. 이번 작품에선 법정이 빠지고 영적 세계가 등장한다.

『코끼리의 무덤은 없다』는 미스터리와 로맨스, 초자연적 현상에다 동물학 교본처럼 읽히는 유익한 정보까지 두루 갖춘 작품이다. 소설의 배경으로 설정된 곳은 뉴잉글랜드 코끼리 보호소와 야생 코끼리 떼가 돌아다니는 아프리카의 사바나이다. 소설은 열세 살의 제나 메트캐프가 10년 전 코끼리 보호소에서 비극적인 사건 이후 자취를 감춘 엄마를 찾는 것으로 시작된다. 제나의 엄마 앨리스는 코끼리의 인지 능력과 슬픔을 연구하는 과학자였다. 엄마의 소재에 대한 단서를 알아내기 위해 제나는 엄마가 남긴 일지를 닳도록 읽고 열한 살 때부터 엄마를 적극적으로 찾기 시작한다. 이 과정에서 제나는 대척점에 서 있는 두 지원군을 얻게 된다. 실종자 수색으로 명성을 날렸지만 한 번의 실수로 늪지대 마녀로 추락한 심령술사 세레니티 존스와 제나 엄마의 실종 사건을 처음 수사했던 전직 경찰이자 사립탐정인 버질 스탠호프이다. 작가는 사실과 수치를 최고로 치는 증거 제일주의자와 예감과 영혼을 우선시하는 초능력자를 대비시켜 과학과 비과학이 만나 어떤 충돌을 빚고 어떤 시너지 효과를 내는지를 흥미진진하게 그리고 있다. 피코는 빈정대고, 쏘아붙이고, 거들먹거리고, 따지고, 폐부를 찌르는 대화체를 잘 구사하는데, 심령술사와 탐정이라는 설정을 통해 그런 맛깔나는 대화의 극치를 보여주고 있다.

제나가 엄마를 찾고 싶어 하는 마음은 간절하고 눈물겹다. 어떤 아이가 하루아침에 종적을 감춘 엄마의 행방이 궁금하지 않겠는가. 두 지원군의 등장으로 살인 사건까지 개입된 실종자 수색은 진척을 보이지만 사건을 파헤칠수록 더욱 어려운 난관에 부닥치게 된다. 죽은 자가 과연 누구이고 범인은 누구인지, 어떻게 해서 그런 사건이 일어나게 되었는지, 더 나아가 지금 살아 있는 자와 죽은 자는 누구인지 꼬리에 꼬리를 무는 의문을 부른다. 제나의 기억과 앨리스의 일지에 수록된 사건의 아귀가 맞아 떨어지면서 긴장감은 더욱 고조되고 이야기는 충격적인 대단원으로 이어진다.

이러한 미스터리와 더불어 이 소설의 또 한 축을 이루고 있는 것은 제나의 엄마 앨리스가 연구하는 코끼리 이야기다. 테네시 주 코끼리 보호소에서 있었던 가슴 아픈 사실들에 근거해 탄생한 소설 속 코끼리들은 가슴 뭉클한 감동을 넘어 경외감마저 불러일으킨다. 진흙 구덩이에 빠진 새끼 코뿔소를 구해주고, 자신과는 아무 상관없는 어미 잃은 코끼리를 새끼로 거두고, 죽어가는 동료를 도우려 쩔쩔매고, 죽은 동료의 사체를 지키며 오랜 시간 만지고 쓰다듬고, 자신들의 재활을 도운 은인의 죽음을 애도하기 위해 반나절을 걷기도 한다. 기억하고 공감하고 연민하고 용서하고 죽음을 이해하는 코끼리들에게 반하지 않을 독자가 과연 있을까. 나는 동물에 대해 각별한 애정을 가진 사람은 아니지만 인간들이 코끼리들에게 저지르는 만행을 읽으면서 분개했다. 코끼리들의 특성들 중 내게 무엇보다 부럽고 부끄럽게 와 닿았던 것은 무리에서 새끼를 기르는 방식인 알로마더링이었다. 이 말의 뜻은 '온 마을이 나선다'이다. 다시 말해 새끼를 기르고 보호하는 책임을 무리 전체가 진다는 것이다. 나는 이 말을 이렇게 바꾸고 싶다. '온 국가가 나선다.' 육아를 부모만이 아닌 국가 공동의 책임으로 여기고 그것을 실천하는 사회야말로 진정한 선진국이 아니겠는가.

그러나 이 소설에서 코끼리 이야기가 비중 있게 다뤄진 것은 코끼리의 우월함만을 알리기 위해서가 아니다. 앨리스의 연구 주제는 코끼리의 슬픔이다. 하지만 앨리스의 일지에서 밝히고 있듯 작가가 이 소설에서 진짜 하고 싶은 이야기는 코끼리들이 슬픔을 어떻게 다루는가 보다는 인간이 슬픔에 얼마나 취약한가 하는 문제이다. 피코는 이 책이 출간된 후《내셔널 지오그래픽 트래블러》편집자와 가진 인터뷰에서 이렇게 말했다. "이 책을 쓰기 시작할 즈음 저는 빈집 증후군을 앓고 있었어요. … 자식들은 언젠가 부모 곁을 떠나요. 남겨진 사람들에게 일어나는 일들이 내가 쓰고 싶었던 주제였어요." 이 소설 속 등장인물들은 저마다 상실의 아픔을 지니고 있다. 제나는 엄마를 잃었고, 세레니티는 부모와 신뢰를 잃었고, 버질은 신념을 잃었다. 누군가를 잃은 삶은 다시는 이전으로 돌아갈 수 없는 정상적이지 못한 삶이다. 세상에 태어난 이상 우리는 슬픔과 상실을 비켜갈 수 없다. 슬픔은 '절대로 없어지지 않는 볼품없는 소파' 같고 상실은 심장에 난 '구멍'과도 같다. 코끼리들처럼 슬픔이 단순하고 명쾌해 슬퍼할 대로 슬퍼하다 탁 놓을 줄 안다면 살아가기가 훨씬 수월할 것이다. 그러나 제나의 말대로 '많은 것을 잃고도 살아남는다면 기적이다.' 지금, 여기, 살아 있는 우리 모두는 기적 같은 삶을 살고 있는 셈이다. 그래서 내게는 이 소설이 때론 슬픔을 안고, 때론 슬픔을 딛고, 살아가는 사람들을 위한 애가로 여겨진다. 사랑하는 사람을 잃어본 적이 있는가. 심장에 난 구멍, 즉 '대상의 상실이 남겨놓은 공백을 아물게'* 해줄 것은 그 사람과 함께한 추억을 '기억'하는 것이다. 그것이 '사랑하는 사람을 우리 곁에 남겨두는' 길이다.

  조디 피코는 앞에서도 말했지만 문단에서는 그리 높은 평가를 받

---

* 나희덕 시집 『말들이 돌아오는 시간』(문학과지성사, 2014) 남진우 평론가의 해설 중 인용.

지 못하는 작가이다. 그녀의 작품은 '칙릿'*이라고 폄하되곤 한다. 이런 평가에 피코는 자신의 등장인물들처럼 뼈 있는 대답을 날렸다. "나는 여자들의 소설을 쓴다. 여기서 여자는 당신을 의미하는 게 아니다. 당신 안에 있는 여성성을 의미한다."** 피코는 등장인물의 내밀한 감정을 잘 파고들 줄 아는 통찰력 있는 작가이다. 그녀는 우리가 굳이 생각하고 싶지 않거나, 생각은 하되 발설하고 싶지 않은 감정을 들추어 생각하게 만든다. 이번 작품에서도 그녀의 이 장점은 유감없이 발휘되고 있다. 그녀의 소설은 재미와 시사성과 깊이와 감동이 적절히 버무려져 있다. 독자들이 이 소설을 읽으면서 자기 안의 여성성이 무엇인지 발견하고 기뻐할 수 있기를 기대해본다.

* chick lit, 여성 독자를 겨냥한 여자들 소설.
** 2014년 《텔레그래프》와의 인터뷰에서 한 말이다.

코끼리의
무덤은
없다

초판 1쇄 펴낸날 2015년 12월 15일
초판 3쇄 펴낸날 2016년 1월 22일

지은이 조디 피코
옮긴이 곽영미
펴낸이 양숙진

펴낸곳 (주)현대문학
등록번호 제1-452호
주소 06532 서울시 서초구 신반포로 321(잠원동, 미래엔)
전화 02-2017-0280
팩스 02-516-5433
홈페이지 www.hdmh.co.kr

ISBN 978-89-7275-756-6 03840

* 책값은 뒤표지에 있습니다.